T0243308

Darlis Stefany

CONTRADICCIONES
El negocio
Libro 1

Papel certificado por el Forest Stewardship Council®

MIXTO
Papel procedente de
fuentes responsables
FSC® C117695

Penguin
Random House
Grupo Editorial

Primera edición: abril de 2023

© 2023, Darlis Stefany
© 2023 Penguin Random House Grupo Editorial, S. A. U.
Travessera de Gràcia, 47-49. 08021 Barcelona
© 2023, Luciana Bertot, por las ilustraciones
© 2023, iStockphoto LP, por los recursos gráficos de interior

Printed in Spain – Impreso en España

ISBN: 978-84-19169-84-6
Depósito legal: B-2883-2023

Compuesto en Grafime Digital S. L.
Impreso en Liberdúplex
Sant Llorenç d'Hortons (Barcelona)

GT 69846

Advertencia:
este libro incluye contenido sensible
relacionado con el consumo de drogas
y relaciones de maltrato.

Hola, querido lector o lectora, un gusto saludarte.

Ante todo, gracias por aventurarte a esta historia que espero disfrutes; sin embargo, antes de que inicies esta aventura es mi responsabilidad hacerte saber que dentro de ella encontrarás contenido sensible que pudiese despertar o desencadenar ciertos detonantes; por lo tanto me gustaría advertirte confiando en que conoces tus límites.

En esta historia encontrarás lenguaje y situaciones extremas de carácter sexual y violencia gráfica y explícita, aborda temas como la salud mental, el acoso y abuso sexual, también alude al uso de las drogas. Hace mención y abarca el abuso físico, psicológico y emocional tanto como el de poder.

Los escenarios transcurren dentro de Nottingham, en el Reino Unido. Sin embargo, la institución universitaria junto con muchos escenarios dentro de esta historia son ficción.

Como autora, me he informado sobre datos importantes que contribuyen al desarrollo de la historia dentro de un campus universitario, no obstante, me he tomado unas pocas licencias literarias para adaptarlas a la historia.

A todas esas personas que inequívocamente alguna vez han tenido que preguntarse: ¿por qué me pasa esto a mí?

A todos esos corazones que cargan con culpas que aún trabajan en sanar y que todavía cuesta soltar.

A esas almas heridas que han sido lastimadas, ultrajadas e incluso asesinadas cuando su «no» no fue escuchado.

A los que viven sabiendo que fuera hay un mundo repleto de monstruos, pero aun así se levantan con valentía y enfrentan día tras día.

A los esperanzados, atormentados, valientes y no tan valientes que aun así lo intentan.

A los que creen, a los incrédulos, a los soñadores y a los realistas.

A los que intentan definirse y solo encuentran en sí mismos una serie de contradicciones que los hacen ser quienes son.

A los que sonríen, a los que lloran, a los que se permiten vivir las alegrías, pero también abrazar el dolor.

Y a ti que existes, que temes y vives porque aun cuando sabes que el mañana es incierto te levantas con la esperanza de vivir un día mejor.

El mundo es aterrador y vivir muchas veces duele, pero no olvides que eres una estrella de este enorme misterio que llamamos universo y tu luz importa, no debe apagarse e incluso si apenas titila, aquí estaremos para apreciarte.

PLAYLIST

Old Me de **5 Seconds of Summer**

Moves like Jagger de **Maroon 5**

Maroon de **Taylor Swift**

Enemy de **Imagine Dragons**

Dazed & Confused de **Ruel**

Out of the Woods de **Taylor Swift**

Teenage Dream de **Katy Perry**

Not Afraid Anymore de **Halsey**

Play with Fire de **Sam Tinnesz**

Dark Red de **Steve Lacy**

I'm Tired de **Labrinth & Zendaya**

Bones de **Imagine Dragons**

Welcome to My Life de **Simple Plan**

Tuyo mía de **Danny Ocean**

Human de **Rag'n'Bone Man**

Him & I de **Halsey & G-Eazy**

Adore You de **Harry Styles**

Dusk Till Dawn de **Zayn & Sia**

Secrets de **OneRepublic**

Set Fire to the Rain de **Adele**

De cero de **Morat**

Dame de **RBD**

Luna de **Zoé**

Salir con vida de **Morat**

Wake Me Up de **Avicii & Aloe Blacc**

Somewhere I Belong de **Linkin Park**

Die for You de **The Weeknd**

Welcome to the Jungle de **Guns N' Roses**

EL NEGOCIO

El negocio no es un culto secreto ni tampoco tiene pretensiones de ser una mafia.

No es un juego de niños, pero se supone que es inofensivo.

Está para dar respuestas y encontrar soluciones.

Y, aunque no lo sabe todo, conoce muchas cosas.

En teoría, no lastima, tampoco quiere ocasionar daño.

Somos simples estudiantes, con herramientas, ingenio y demasiada curiosidad que coquetean con el poder.

El negocio nació como una herramienta de ayuda, un simple proyecto destinado a hacer las cosas más fáciles. Un medio honesto, fiable y legal para alcanzar un fin.

Pero todo cambió cuando ella fue la consecuencia de un error, cuando su vida fue destruida por algo que apenas comenzaba.

Nada es igual desde entonces.

Hemos crecido. Todos creen en nosotros. Todos quieren nuestra ayuda.

Sin embargo, también quieren destruirnos.

Destruirme.

Seguimos siendo tan legítimos como se puede ser, pero no siempre somos correctos.

Seguimos siendo los mismos integrantes.

Seguimos ayudando y cobrando por ello.

Pero ahora todo se siente más oscuro.

Ya no parece tan inocente.

Ya no es inofensivo.

Este es el negocio y todos siempre vienen a por ayuda.

Todos vienen a mí. ¿Sabes por qué?

Porque te ofrezco soluciones, escondo tus trapos sucios y mejoro tu vida. Pero no te equivoques, no soy el chico bueno. Sin embargo, tampoco soy el chico malo.

Ahora, dime: ¿qué necesitas?

Te doy la bienvenida a mi negocio. Si necesitas ayuda, solo pregunta por mí, Jagger Castleraigh.

NOTA NO ENTREGADA A JAGGER

Querido Jagger:

Seguramente pensarás que esto es un tanto cruel, dramático e innecesario. Pero no quiero irme dejándote solo el vacío.

Soy infeliz, Jagger, y ni siquiera tú puedes solucionar eso.

Todo me duele y, cuando no duele, no siento.

Quizá no sea hoy ni mañana, pero un día ya no estaré.

Un día me iré.

No puedo culparte, pero me gustaría no haberte escuchado. A veces desearía no haberte seguido.

No veo mi futuro, tampoco vislumbro el pasado. Solo me queda un presente tormentoso que duele.

No quiero escribir.

No quiero llorar.

No quiero avanzar.

Me duele. Duele mucho.

No maldigo el tiempo juntos, pero maldigo lo que haces. Lo que este nuevo cambio le hizo a nuestras vidas.

Si esto es lo que quieres, entonces, sé feliz.

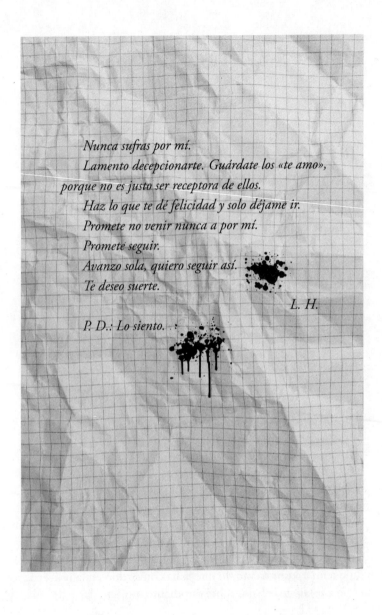

Nunca sufras por mí.

Lamento decepcionarte. Guárdate los «te amo»,
porque no es justo ser receptora de ellos.

Haz lo que te dé felicidad y solo déjame ir.

Promete no venir nunca a por mí.

Promete seguir.

Avanzo sola, quiero seguir así.

Te deseo suerte.

L. H.

P. D.: Lo siento.

OCROX UNIVERSITY OF NOTTINGHAM: «TOMANDO EL PASADO, APRENDIENDO EL HOY Y EDUCANDO AL FUTURO»

Tras alternar durante los últimos cuatro años como la universidad número dos o tres en el *ranking* mundial de las universidades con mayor desempeño académico y egresados con un futuro prometedor junto a sus sedes de Viena (OUOV), Berlín (OUOB), Sídney (OUOS) y Washington (OUOW), la Ocrox University of Nottingham consigue ser la número uno.

Y es que la prestigiosa institución, con un variado y completo plan de estudios que abarca un sinfín de especialidades, demuestra una vez más por qué sus estudiantes tienen la suerte de educarse dentro de sus instalaciones.

Con una enriquecedora arquitectura que rinde homenaje al pasado, pero celebra los cambios de la modernidad, la OUON ofrece un ambiente sano, didáctico e idóneo para que sus estudiantes convivan en medio de sus estudios, recreándose con actividades extracurriculares, estableciendo vínculos afectivos y desarrollando muchas de sus capacidades sociales.

Este año, el nivel de abandono de los estudiantes de la institución se redujo a un 13 por ciento, lo que la ha convertido en la universidad con el porcentaje más bajo. ¿Qué estudiante quisiera darse de baja en una universidad que parece tenerlo todo?

Con cuatro grandes fraternidades y cinco hermandades, los estudiantes forjan un vínculo y relaciones personales que los hacen sentir cómodos y en casa, desarrollando una experiencia social con fiestas, reuniones, actividades al aire libre y torneos que se hacen desear. También encontrarán edificios residenciales con un costo elevado y otros pocos con precios accesibles. La universidad cuenta con un programa de ayuda estudiantil que les permite a algunos estudiantes trabajar durante veinte horas a la semana a cambio de una remuneración económica de un 80 por ciento del salario mínimo.

En cuanto a lo académico, no hay que olvidar que la institución cuenta con un profesorado enriquecido en conocimientos, premios y reconocimiento internacional que forjan al futuro.

La OUON es la cuna de los grandes profesionales que cambiarán el mundo.

Esta institución también celebra la diversidad y acumula sus propias costumbres y tradiciones, siendo la fuente de sabiduría ubicada entre la Facultad de Medicina y Ciencias Tecnológicas el lugar que alberga un sinfín de monedas de diversos países cubiertos de sueños y deseos de los estudiantes que asumieron el reto y la responsabilidad de ser parte de esta comunidad universitaria.

En lo referente a la seguridad, es importante recordar que el campus universitario cuenta con una moderna, amplia y eficaz seguridad de alta gama que se ha ido fortaleciendo a lo largo de los años con el propósito de brindar seguridad a todo el alumnado (habría que recordar que hijos de importantes empresarios, políticos, celebridades y figuras públicas asisten a esta casa de estudio), y, aunque a lo largo de los años los rumores del uso de drogas no han cesado, esta sigue pareciendo una movida típica e inevitable de la vida universitaria, nada muy grande, se aplica un férreo control sobre ello.

Aún continúa el programa de otorgamiento de becas para jóvenes de entre dieciocho y veintidós años del tercer mundo, reafirmando de esta manera su compromiso de brindar oportunidades a estudiantes de bajos recursos con gran potencial.

Con tal despliegue de capacidades, parecería imposible no hacer a Ocrox University of Nottingham la número uno finalmente.

¡Felicidades a la OUON! Sin duda alguna, siguen siendo la cuna de un buen futuro y el comienzo de grandes oportunidades.

PRÓLOGO

Tienes que estar bromeando.

Tienes que estar jodidamente bromeando.

Miro incrédula a Rose, mi hermana mayor, y solo puedo pensar: «¿Por qué mis padres me dieron una hermana estúpida?». Estoy a muy poco de enloquecer y, aunque por lo general eso sucede con bastante facilidad cuando pierdo el control de las cosas, esta vez es muy diferente.

En general, Rose no suele ser tan estúpida como lo es en este momento. Suele ser una chica que, aunque se mete en problemas, sabe cuándo no debe excederse y que ha sabido llevar bien, mejor de lo que se esperaba, sus asignaturas en la universidad. Es sociable, amigable con todos e incluso empática, pero no es la mejor a la hora de escoger relaciones amorosas.

En este momento, se encuentra con la vista clavada al suelo mientras mueve uno de sus pies como si esperara con temor mi veredicto, el cual básicamente es colocarle un candado en las bragas y lanzarle un manual de las normas a su profesor.

—¿Eso no pasaba solo en los libros que lees, Rose? —pregunto aparentando calma, sin embargo, tengo un tic nervioso en el ojo izquierdo que me delata.

—Sí, pero ¿quién dice que no podemos adaptar un libro a la realidad?

Es una buena actriz, pero la conozco demasiado bien para tragarme la inocencia que aparenta en este momento.

—¿Y esa es la parte que se te ocurrió adaptar?

—¿Sí?

—¡Oh, Dios mío! ¡Oh, Dios mío! Voy a matarte. Quedarás tan muerta que ni los gusanos querrán comerte.

—Por favor, debes ayudarme. Por favor.

Une las manos en la pose universal de súplica, hace un puchero con los labios y pestañea una y otra vez. Ella es una experta en derretir a las personas, le doy el crédito por eso.

—No es mi deber, Rose.

En otra ocasión, la llamaría Rosie, como he hecho siempre, pero de verdad que estoy muy enfadada.

—Pero eres mi hermana y estoy muy asustada. Estoy desesperada.

Compartimos una larga mirada y termino por suspirar.

Me encantaría ser más determinada y firme sobre mis decisiones, pero la verdad es que nunca le he dado la espalda a mi hermana mayor, ni siquiera cuando se trata de grandes problemas.

—Vete, déjame pensar cómo sacarte de este lío, Rose.

—¿Lo prometes?

—Es eso o matarte, y no tengo lugar donde sepultar tu cuerpo.

De nuevo sus labios se convierten en un puchero antes de que salga de mi habitación. Una vez que estoy sola, comienzo a caminar como un animal enjaulado o como un prisionero sin cigarrillos en la cárcel. ¡Mierda! ¿Por qué tengo una hermana que en ocasiones puede ser tan estúpida?

Pienso en nuestro peculiar papá, en la locura y el estado de relajación de mamá. Sé que si ellos se enteran de las travesuras de Rose serán malas noticias, lo que haría que mi hogar se convirtiera en un completo caos.

Al final, cuando ya he caminado demasiado dentro de las cuatro paredes, me dejo caer en la silla de mi escritorio, inhalando y exhalando.

En mi cabeza evoco la voz de mamá dándome técnicas de relajación para no perder el temperamento. Verás, por norma general, soy una persona tranquila, no me gusta ser el centro de atención y disfruto más siendo una observadora, pero dentro de mí habita un pequeño demonio de fuego que llamo «temperamento». Este temperamento, cuando estalla, me convierte en alguien explosiva que actúa por puro impulso y que luego lamenta las consecuencias.

Mamá, con su constante estado de meditación y relajación, ha intentado que trabajemos en ello, pero, hasta el día de hoy, la mejor respuesta es solo evitar que mi temperamento estalle. Casi como si yo fuese una especie de Hulk —sin ser enorme ni verde— suelto por Inglaterra.

Venir a Ocrox University of Nottingham siempre me pareció la decisión correcta. Fue como cuando trazas una lista en donde están todas tus esperanzas y aspiraciones, todo parecía idílico y perfecto.

La OUON es una de las universidades más prestigiosas del mundo, junto a sus sedes en otros países. Todos saben que obtener una licenciatura, maestría o posgrado dentro de una institución educativa tan importante te garantiza un futuro prometedor.

Ingresar no es nada fácil y no solo para aquellos afortunados que obtienen una beca, sino también para los que costean su alta matrícula. Debes poseer una media bastante alta, aunque a veces supongo que la burocracia juega un poco a la hora de dejar entrar a algunos.

Lo primero que establecí cuando supe que Rose vendría a estudiar a la misma universidad fue sencillo: que no me metiera en sus futuros problemas.

Porque Rose y problemas son dos palabras que siempre van de la mano. Como ves, no salí ilesa y ahora necesito soluciones para los problemas de mi hermana.

Miro fijamente mi portátil, aún estoy dentro del grupo de Facebook de la facultad. Estoy tan molesta…, pero necesito soluciones rápidas, así que me siento frente al objeto que servirá de herramienta para sanar el daño y comienzo a escribir rápidamente, aunque sé que no me pueden ayudar.

> **Dakota Monroe:** ¡Ey! ¿Alguien aquí sabe cómo limpiar un desastre universitario sin que todos se enteren? Ya saben, lo usual, lo casual.

Doy clic a publicar mientras miro la pantalla fijamente, pero al darme cuenta de que no hay un cambio inmediato, comienzo a angustiarme de nuevo.

—¿Por qué? ¡¿Por qué?! —Golpeo mis pobres teclas como si ellas fueran Rose o su profesor.

Rose puede ser atolondrada, infantil y risueña, pero es mi hermana y nunca la dejaría en problemas. Lo cual es gracioso, porque ella es la hermana mayor por un año.

Entramos juntas a la universidad porque se tomó un año libre y aunque en general todos la consideran tonta, la verdad es que es buena estudiante. Incluso fue la número tres en la lista de espera de la universidad y consiguió entrar tras redactar un potente informe que convenció al consejo académico de que la admitiera. Sin embargo, esto es algo que ella no dice en público, por lo general deja que las personas crean que entró por algún tipo de corrupción y empujón, deja que todos piensen lo que quieran.

No me pesa ayudar a mi hermana cuando se mete en problemas porque, cuando la he necesitado, ella ha estado ahí para mí, pero a veces preferiría que no me involucrara, pese a que la mayor parte del tiempo sus problemas son mínimos y los soluciona sin mí. Cuando me involucra, tiendo a estresarme demasiado.

Pero bueno, me queda muy claro que ya he aceptado ayudarla con este lío, así que suspiro y vuelvo la mirada a la pantalla de la portátil. Supongo que muchos ignoran mi publicación y algunos son tan estúpidos que dejan un «me divierte» al que quiero responder: «No, idiota, no es divertido. Estoy a punto de sufrir un aneurisma». Pero entre tantos estudiantes sin corazón, tres se apiadan de mí y me dan la misma respuesta, que obtiene múltiples me gusta. En sí, no es una frase, oración o algo parecido. Son solo dos palabras que conforman un nombre y apellido: «Jagger Castleraigh».

Segundos después aparece una nueva respuesta. Una mano señalando al comentario de arriba junto a: «Ese es tu hombre, si él no puede meter tus trapos sucios bajo la alfombra, entonces date por perdida».

¿Jagger? ¿Tiene que ser Jagger?

Me declaro perdida.

1

DULCE

Dakota

Estoy apuñalando mi comida y todos somos conscientes de eso, pero déjame decirte que en mi mente tengo razones para ser tan agresiva con mis alimentos.

En primer lugar, Drew, quien me ha gustado durante el casi año completo que llevo acá, le está succionando la boca a Alondra, de quien, por cierto, detesto que me guste su nombre. Luego está el factor de que, desde la esquina de la mesa, con dos chicos aclamando su atención, Rose me mira con intensidad como si me implorara que le dijera que ya tengo solución para su problema.

Y, en último lugar pero no menos importante, está el hecho de que estoy planteándome hablarle a Jagger en serio y comprobar si es cierta toda la fama que le precede, y no exactamente la fama sobre sus habilidades «camísticas». Y sí, la palabra no existía, pero ahora sí.

> **Camística:** Adjetivo relativo a las habilidades obtenidas bajo las sábanas, contra la pared, en la ducha, donde usted quiera ir a practicar lo que llamamos sexo.

Sé quién es Jagger. La verdad es que sería difícil que alguien no lo supiera cuando es uno de esos chicos que se hacen sentir a donde quiera que vaya, que llama la atención y que parece ser amigo de todos. Además, lo he visto estar en el círculo social de Rose un par de veces y ella lo ha mencionado unas pocas veces; no como una conquista, sino como una persona que ha sido amable con ella y una vez la ayudó a quitarse a un chico de fraternidad de encima cuando se volvió algo irrespetuoso. Sin embargo, nunca he tenido una conversación con él más allá de palabras de cortesía como «permiso», «disculpa» y «lo siento». Esta última fue cuando me tropecé con su espalda y se giró a observarme durante unos largos segundos que me hicieron sentir intimidada; a eso se reduce mi escasa relación social con Jagger.

Me duele la cabeza, tendría que ser una chica de diecinueve años con solo estrés pre y posparciales, sin todo este drama innecesario. Sentirme así me hace darme cuenta, muy a mi pesar, de que no hay manera en la que termine de comer, por lo que dejo que Avery, mi asocial compañera de piso, se tome el resto del desayuno que apenas he tocado.

Decido que lo mejor será que me vaya a clase. Me toca Finanzas y, debido a mi mal rendimiento en dicha asignatura, prefiero ir temprano. Así que, tras tomar mi mochila, me despido rápidamente de Avery y me pongo en marcha al auditorio donde se imparte la clase, pero no voy demasiado lejos cuando Rose comienza a caminar a mi lado.

—Tu clase no es en mi escuela, Rosie —señalo lo obvio y apuesto a que mi hermana entorna los ojos.

No me responde de manera inmediata. En lugar de ello, enlaza su brazo con el mío como una reina social que se encarga de devolver todos los saludos que llueven a su paso, muy diferente a mí, que, aunque soy amigable, mi círculo de «amigos» dentro del campus es bastante reducido debido a que vivo más por el estrés de llevar las clases al día.

—Gracias por ayudarme. —Nos detenemos frente al auditorio—. Sé que lo último que deseabas era que desequilibrara tu vida perfectamente planeada.

—No tengo tal cosa como una vida perfectamente planeada —la interrumpo.

Sí, tengo metas que, como cualquier persona, me gustaría alcanzar. Pero mi objetivo inmediato es conseguir buenas notas en mis materias. No soy mala estudiante, pero me cuesta memorizar las cosas y soy más de analizarlas en profundidad, por lo que algunas asignaturas me cuestan más que otras. He renunciado a mucha vida social en pro de encerrarme a leer mis textos para no quedarme atrás en mis clases, porque me lleva tiempo comprender todo a la perfección.

—Yo tampoco quería arruinarlo para ti, pero estoy asustada, Dakie. —Se lame los labios—. No parecen amenazas vacías y no entiendo por qué tanto odio por un desliz.

En eso tiene razón. Independientemente de su error de juicio, los pocos mensajes que le han estado llegando tienen un desprecio incontenible, como si Rose estuviese arrastrando consigo un odio que no va del todo dirigido hacia ella. No lo entiendo, pero quiero resolverlo.

Suspirando, le coloco las manos en los hombros y la miro fijamente a los ojos. Por suerte, solo es unos centímetros más alta que yo.

—No contaba con esto, menos en medio de mi supervivencia para aprobar una de mis clases —porque esto será una distracción—, pero eres mi hermana y quiero ayudarte. Lo único que te pido es que seas cuidadosa, no te guardes nada que pueda servirme y que esto no recaiga solo en mis manos.

—No seré pasiva en esto, promesa.

—Somos un equipo, encontraremos la solución.

—Gracias —lo dice con sinceridad. Le devuelvo la sonrisa, luego ella mira detrás de mí y levanta la mano para saludar—. Hola, Jagger.

Y, por alguna razón, me tenso y siento que las orejas se me calientan, apuesto a que me he sonrojado.

—Hola, Rose —dice la voz masculina y de tono grave detrás de mí.

Cuando me giro, me encuentro con su pecho a una distancia prudente y, cuando alzo la vista, mis ojos conectan con los suyos grises, que desde mi punto de vista son bastante intensos. Tragando, sin saludar ni decir nada, vuelvo a girarme hacia mi hermana.

—Te veo después, Rosie.

—Presta atención a clase, Dakie —bromea mi hermana antes de prestarle atención a Jagger.

Se despide con la mano y escucho a Jagger hablarle. Luego creo que ella camina hacia él, pero no estoy segura porque entro con rapidez al aula y subo las escaleras en busca de un asiento que resulta estar en la sexta fila.

Como tengo unos minutos libres, los dedico a pensar en la situación de mi hermana.

¿Quién le dijo a Rose que fuera y se acostara con su profesor de Ética? Quien irónicamente parece no tener ética. Sí, el tipo tiene un trasero aceptable, treinta y dos años y una melena llena de rizos rubios para morirse, pero hay estudiantes mucho mejores que él. Estudiantes que estarían felices de salir con Rose.

En el casi año que llevamos en la OUNO, Rose lo había hecho bien. Aunque se enredó con personas que, siendo franca, me parecieron cuestionables o no me importaron, nada había sido tan épico como esto.

Tan épico como para tener a algún enfermo diciendo que la grabó a mitad de un encuentro sexual con su profesor. Tan enfermo como para enviarle capturas de ciertas partes del vídeo. Lo sé, es perturbador y es el tipo de problemas que esperas que solo pasen en una producción de cine independiente, con un buen mensaje de «no al acoso», pero en esta ocasión es real.

Masajeándome las sienes, intento aplacar mi dolor de cabeza, pero dejo de hacerlo en cuanto el teléfono me vibra en el bolsillo del tejano.

Demi: Me he quedado dormida.

Dakota: No creo que eso sea algo que nos sorprenda.

Veo que está escribiendo y espero con paciencia a que Demi, una de mis pocas amigas, responda. Se distrae con facilidad y cambia todo el rato de un chat a otro antes de responder.

La conocí en mis clases de orientación y, aunque estudia Biología Marina y no tenemos ninguna clase juntas, seguimos conversando porque su personalidad chispeante no me dejó escapar.

Demi: Pero he conseguido llegar y, de hecho, es el profesor quien aún no ha llegado.

Demi: Dime que tú estás haciendo algo más interesante.

Dakota: No, espero a mi verdugo.

Dakota: ¡Ah! Y acabo de ver el pecho de Jagger.

Demi: *gritos internos* ¿Y no te has desmayado?

Me río por lo bajo antes de teclear una respuesta.

Dakota: No me ha dado tiempo, solo he podido mirarlo a los ojos. Me acobardé.

Demi: Si quieres ayudar a Rose, entonces debes darte prisa a hablarle y descubrir si es tan bueno como dicen.

Dakota: ¿Bueno ayudando a las personas?

Demi: Y en otras áreas…

Dakota: Sabes que no se trata de eso.

Demi: Podría tratarse de eso.

Suelto un bufido.

No es que no tenga fe en mí misma o no aprecie mi apariencia, pero considero que soy otra castaña común y bonita fácil de encontrar en cualquier rostro. Quizá mi atributo es que mis labios sean amplios y carnosos. Soy bonita o eso me han dicho, pero he visto a todas las fans de Jagger y todas son hermosas, aunque también las hay sencillas. En realidad, desconozco sus gustos, pero estoy suponiendo que es exigente, después de todo, es hermoso de una manera que resulta dura y muy masculina.

Pero ¿por qué pienso en eso? Ese no es mi interés en Jagger, sus habilidades camísticas no son mi asunto.

Dakota: Se trata de que necesito ayuda.

Demi: De que ROSIE necesita ayuda.

Demi: Pero ¡habla con él!

Dakota: Lo intentaré, nos vemos más tarde.

Recibo una ráfaga de emojis que me hace entornar los ojos, pero también sonreír porque así es Demi.

Mientras bloqueo el teléfono y lo guardo de nuevo, escucho una voz que se acerca. En efecto, cuando alzo la vista, encuentro a mi amigo Ben, que toma asiento a mi lado.

Él es un amigo genial y, aunque no le cuento tanto mis cosas como a Demi, la verdad es que siempre nos hablamos y lo quiero. Agradezco compartir con él muchas de mis clases, pero Ben tiene un gran defecto que es difícil de ignorar.

—Hola por aquí. ¿Cómo estamos hoy de humor? —pregunta estirando sus largas piernas hacia delante.

—No muy felices.

—¿Y eso por qué?

Pienso en todo el asunto de Rose y la molestia vuelve a embargarme.

—Los chicos son idiotas —es mi declaración final.

—Soy un chico —aclara lo obvio, enarco una ceja.

—Sí, y eres un idiota —añado, pero termino por sonreír antes de girarme a mirarlo—. En realidad, son ciertos problemas que espero resolver.

—Pero no te estreses demasiado, siempre me transmites tus vibras —se queja, y eso me hace reír por lo bajo.

Mi gran amigo, porque es alto y fornido con una complexión gruesa, se reacomoda en el asiento sonriendo y saca un puñado de caramelos de la mochila. Siempre trae dulces consigo debido a que es adicto al azúcar y así de dulce es su personalidad, lástima que su novia sea una arpía succionaalmas. Y ese, amigos míos, es el gran defecto de Ben Morgan: Lena, su novia.

Él me ofrece varios caramelos que no dudo en aceptar. De hecho, me encargo de comer tres a la vez y, por la manera en la que me mira, soy consciente de que mi gran hazaña dulcera lo desconcierta.

—Pensé que no comías dulces hasta después del almuerzo y apenas estamos en el horario del desayuno.

—Algunos pierden sus angustias en el licor o las drogas, yo me perderé en el azúcar. Amén a eso.

—Entonces, ¿qué fue esa pregunta en el grupo de la escuela?

Por un momento, tardo en entender a lo que se refiere, pero todo viene a mi mente con rapidez. Y me pongo en alerta al darme cuenta de lo idiota que fue publicar algo como eso en el grupo donde el acosador de Rose podría verlo y sospechar. En retrospectiva, fue un movimiento bastante estúpido.

—Rosie tiene problemas —termino por decir.

Veo que la expresión de su rostro no cambia y eso me alivia, porque sería triste pensar que se trata de Ben. Confío en él y es un amigo valioso para mí, incluso cuando su novia hace que no pasemos mucho tiempo juntos fuera de clases.

—Mira qué bonita no sorpresa.

—Pero esta vez es bastante serio. —No puedo evitar justificar a Rose. Siempre quiero protegerla de los demás.

—¿Y Jagger Castleraigh puede ayudarte a resolverlo?

—Cállate. —Casi lo pellizco ante la pregunta que me tiene desequilibrada.

Jagger es una persona muy conocida en la universidad. Si por lo que sea nos escuchan hablar de él, podría prestarnos atención. Sobre todo en esta clase. Aunque Jagger no la está cursando, se encuentra realizando algún tipo de investigación bajo la tutoría del profesor McCain, pues tiene que ser el único estudiante de la OUON al que le agrada a este señor. Tener un profesor así de estricto, cascarrabias y peleado con el mundo en Finanzas es jodido. Tanto que debo recuperarme de mi nota medianamente aceptable del primer examen.

—¿Y bien? —me apremia Ben a responder a su pregunta.

—Solo fueron sugerencias de algunos.

—Si el problema es muy grande, debo decir con conocimiento de causa que él podría ayudarte.

—¿Te ha ayudado alguna vez?

—No a mí, pero he visto que sí ha ayudado a otros. Se hace cargo de los problemas de los demás.

—Hacen que parezca un mafioso.

—No, es solo que tiene habilidad, destreza y contactos, pero Jagger no da nada gratis.

No respondo, doy por terminada la conversación.

Golpeo un bolígrafo contra mis labios y me pierdo en mis pensamientos. Todo sería más sencillo si el vídeo fuese eliminado y quedara como un mal momento, pero la vida nunca ha sido fácil.

Unas cuantas risitas me hacen salir de mi mente porque sé que tiene que tratarse de algo o alguien muy llamativo haciendo acto de presencia. En efecto, Jagger se encuentra entrando en el auditorio.

En parte puedo entender los suspiros colectivos que llueven cuando Jagger pone el pie en algún lugar. Físicamente, es un sueño, tan agradable de ver, tan seductor.

Lo primero que siempre llamará la atención son los tatuajes que le cubren los antebrazos, aunque en este momento los cubra su camisa. Las manos también las tiene tatuadas y lleva más en el cuello. Lo observo mientras saluda a un par de personas antes de dejarse caer en el asiento de la primera fila. Sin cuaderno, sin lápiz, solo con su presencia y aun así tiene la mejor nota de la escuela de Negocios. Y, por supuesto, es el mejor en su carrera: Economía, y he escuchado que se especializa en Economía Internacional.

De verdad, no lo entiendo. Quizá se trate de que nunca me ha interesado hacerlo o, al menos, intento esforzarme al máximo por verlo lo menos posible y no irritarme con él, porque no es su culpa que sea tan atractivo.

Lo miro con tanta intensidad que alza la vista y se encuentra con mis ojos. De inmediato, bajo la mirada al cuaderno que no recuerdo haber sacado. Mi corazón late como loco ante la idea de que me haya pillado y, cuando alzo de nuevo la vista, me regala una sonrisa juguetona, como si me dijera: «Te pillé».

De nuevo bajo la cabeza y quiero maldecir, podía haber sido menos obvia. Tiene que ser la primera vez que recibo una mirada suya —que yo me haya dado cuenta—, pues hasta ayer pensaba que era invisible en su interesante vida.

Pero claro, tal vez me conoce como la hermana de Rose o recuerda cuando me choqué con su espalda y solo se quedó mirándome como si algo estuviese mal en mí.

El profesor amargado, que fue bautizado con el apellido McCain, entra y de inmediato todos se sumen en el silencio, porque el tipo podría hacer que te lo hagas encima con una simple mirada. El profesor saluda a Jagger con la cabeza y procede a empezar a torturar a mi cerebro.

Se me dio bien Finanzas I. Quizá no fui la mejor, pero mi nota fue algo que me hizo sentir bien y contenta conmigo misma, pero Finanzas II con este profesor es tan agradable como un lavado de cerebro. Me hace sentir idiota porque copio de manera constante, pero me pierdo, lo cual luego requiere que me encierre semanas con el libro para entender por mí misma lo que él da en tantas clases. Y eso hace que profese un profundo desprecio hacia el profesor McCain y una sana, espero, envidia hacia Jagger. No solo fue el mejor de la clase del profesor en su momento, aunque puede que diera otros temas con él, sino que ahora el amargado es su tutor de un trabajo de investigación destinado a darle más créditos. Envidia, envidia y más envidia.

Copio mucho y entiendo poco, una representación clásica de la vida del universitario frustrado.

Mi teléfono vibra con múltiples mensajes y los leo como puedo. Son de mi hermana.

> **Rosie:** Estoy asustada, acaba de llegar un mensaje extraño. Voy a reenviarlo.

> **Rosie:** Re: Predecible. Me gusta eso. Me pones las cosas muy fáciles. Una ficha ya se ha movido, un nuevo jugador muy deseado ha entrado. Bienvenidos todos al juego.

Es un mensaje que hace que me surjan escalofríos en el cuerpo. ¿Qué demonios...?

> **Rosie:** ¿Qué quiere decir con eso? Suena espeluznante.

> **Rosie:** Es un puto enfermo.

Rose está comenzando a enloquecer. Paso de estar avergonzada a estar algo asustada por los mensajes raros de su acosador con estatus de extorsionista. Y eso solo me pone más ansiosa, por lo que me tomo un par de los caramelos que me ha dado Ben. Cuando empiezo a abrir el envoltorio, odio el sonido que hace.

—¿Señorita Monroe?

Oh, no. Alerta de ser el objetivo de desprecio del señor amargado.

Dirijo la mirada al frente. El profesor tiene el ceño muy fruncido, su molestia es evidente y está claro que yo soy la causa de tal emoción. Me encojo un poco en mi asiento, deseando hacerme más diminuta.

Soy el centro de atención y eso no me gusta, menos cuando es de manera negativa.

—¿Sí? —Mi voz suena débil incluso para mí.

—Si no le interesa la clase, puede salir a comer sus dulces. De esa manera, nos evitamos la molestia de la interrupción.

—Lo siento, profesor. No volverá a ocurrir.

Me frunce un poco más el ceño como si no creyera en mi palabra, lo cual seguro que es el caso, y se vuelve de nuevo a la pizarra para hacer unas anotaciones. A mi lado, Ben se ríe y lo golpeo en el estómago sin dejar de mirar la pizarra.

—No es gracioso —acuso.

—Sí que lo es.

Bajo la vista a mi mano y me llevo los caramelos a la boca con un movimiento rápido. Después de todo, ya he conseguido abrirlos y necesito aplacar el dolor de la vergüenza.

Demi: Tengo media hora libre!!! Café?

Dakota: Tengo veinte minutos y necesito urgentemente ese café.

Demi: Estoy llegando.

Demi: Te pido lo de siempre?

Dakota: ¡Lo de siempre!

—¿Te veo mañana? —pregunta Ben poniéndose de pie, como si tuviera alguna especie de resorte en el trasero, pero es la desesperación de ir a ver a la chupaalmas: su novia.

Mientras me guardo el teléfono y termino de recoger mis cosas, lo miro.

—¿Qué pasa con la siguiente clase?

—Saldré con Lena.

—Ya, claro.

—¡Luego me prestas los apuntes! —grita bajando las escaleras.

Espero a que el profesor salga del auditorio porque no quiero toparme con él y, cuando por fin salgo del lugar, me doy cuenta de que el pasillo se encuentra menos concurrido. Jagger está hablando con Joe, otro estudiante de la escuela con el que se lleva bastante bien.

No sé qué le dice, pero él asiente y esboza una sonrisa de lado antes de hacerle un gesto de despedida con la mano y caminar para seguir con su camino.

Sigo con la mirada su espalda ancha alejándose envuelta en una camisa de mangas largas color negro.

Estoy indecisa sobre seguirlo. Sé que si de verdad quiero pedirle el favor, en teoría, tendría que hacerlo ahora, pero no sé… No me encuentro particularmente emocionada por perder mi dignidad en este momento.

Mientras me debato sobre qué decisión tomar, Jagger saluda a otra persona de la que no sé nada antes de retomar su caminata y entonces tomo la decisión de que no tengo nada que perder. Bueno, aparte de mi dignidad.

A una distancia prudente, comienzo a seguirlo mientras intento preparar en mi mente un discurso que sea lo suficiente convincente. Aunque podría alcanzarlo sin más y decírselo, pero estoy algo nerviosa. Él dobla la esquina y segundos después también lo hago yo, pero grito cuando me choco con un cuerpo duro y firme.

—¡Ay!

Unas manos me sujetan por los hombros y dichas manos están tatuadas. Poco a poco, casi de una manera dramática, alzo la vista y me encuentro con unos ojos grises muy claros que me miran fijamente mientras una de sus cejas se arquea formando una pregunta que no emite con palabras.

Lo único que hago es mirarlo, procesando que ya no hay vuelta atrás. Estoy frente a Jagger Castleraigh y… ¡Vaya! Mira eso, es lo suficiente alto para hacerme sentir muy pequeña.

—¿Por qué me sigues, Dulce?

Su voz me saca de mi ensoñación.

—No… No me llamo Dulce —aclaro frunciendo el ceño y dando un paso hacia atrás para liberarme de su agarre.

—¿Eres la chica que comía caramelos durante la clase?

—Bueno, sí, pero no sucede siempre, fue una casualidad…

—Entonces, eres Dulce.

—No. Soy Dakota.

—Dakota, la chica dulce.

—No… —Me detengo porque me doy cuenta de que estoy a punto de caer en una discusión absurda—. Soy Dakota.

Me mira de la manera en la que la hizo hace un tiempo cuando tropezamos, como si estuviese intentando entender algo de mí que yo desconozco. ¿Qué podría querer descifrar? Tal vez sea que me parezco a mi hermana en el exterior, pero soy muy diferente en el interior. Claro, Rose y yo no somos iguales, pero nuestro cabello, nuestra estatura y nuestros rasgos faciales dejan claro que estamos emparentadas.

—¿Por qué estabas siguiéndome, Dulce?

—No te seguía.

—Ah, perfecto, nos vemos.

Lo veo dar unos cuantos pasos, llevándose mis esperanzas con él y maldigo porque debo hacer algo para retenerlo.

—¡Espera! —Se detiene y se voltea mirándome expectante—. De acuerdo, quizá iba en el mismo camino que tú.

—Vale, hasta luego…

—No, no. Espera —insisto. No me lo pone fácil este espécimen de hombre.

Me encargo de alcanzarlo y es imposible no notar la diversión que brilla en sus bonitos ojos. Tomo un profundo respiro, aquí va mi dignidad. «Recuerda siempre que te amé».

—Necesito un favor.

—Creo que no te he escuchado, Dulce. Creo que debes hablar un poco más alto —pide.

—He dicho que necesito un favor —repito apretando los labios.

—¿Un qué?

—¡Un favor, joder! ¡Un maldito favor! —grito exasperada, la diversión en su rostro ahora es mucho más evidente.

—Así que Dulce tiene su carácter…

—Dakota.

—Dulce.

—Necesito…

—Un favor, ya lo has dicho —completa, y abro la boca ante su astucia.

En este momento, no sé qué decir y él se dedica a mirarme durante unos largos segundos en los que me hace ser muy consciente de mí misma, de mi apariencia, de mi ropa y de la manera estúpida en la que me siento intimidada por él.

—Este favor que…

—Dímelo más tarde. Nos vemos, Dulce.

Incrédula, lo veo comenzar a alejarse y casi troto para alcanzarlo. Cuando lo hago, lo escucho suspirar como si yo fuera una cosa que no entiende y que le impide llegar a algún lugar. Estoy segura de que ese es el caso.

—Dulce, debo llegar a un lugar y estás resultando ser un impedimento.

—Bonita manera de llamarme estorbo.

—Bueno, me alegra que te parezca bonito. Tú eres bonita.

Una vez más me quedo en silencio, esta vez estoy sorprendida de su cumplido. Suspira de nuevo pasándose las manos por el cabello castaño claro y se despeina en el proceso.

Está muy impaciente, puedo notarlo.

—Este favor... —comienzo de nuevo.

—Dímelo más tarde.

—Pero... ¿Dónde?

—Fiesta.

Esa es la única respuesta que me da antes de alejarse a paso rápido. Me quedo de pie en el lugar.

Es la primera vez que hablo con Jagger Castleraigh y he conseguido que me llame Dulce, impacientarlo y que me invite a una fiesta que no sé dónde es.

Nadie puede decir que no quiero a mi hermana.

2

EL INICIO DEL JUEGO

Dakota

—Así que has hablado con Jagger…

—No iría tan lejos —le respondo a Demi. Le doy un sorbo a mi café mientras nos sentamos en uno de los bancos que rodean la fuente de la sabiduría.

La veo dejar su té a un lado mientras se recoge el cabello castaño y rizado en un moño alto. Hace todo este exagerado movimiento de apreciar los pequeños rayos del sol.

—Oh, vamos, no me obligues a sacarte las palabras. Cuéntamelo todo.

—Lo seguí, me tropecé con su espalda, balbuceé y él me dijo que lo viera en la fiesta, pero ¿qué fiesta?

—Es algo que podemos chequear en el grupo de Facebook del campus o preguntándole a cualquiera, pero ¡te invitó a una fiesta!

—No me invitó —aclaro—. Me hizo ir para poder pedirle ayuda.

—Para mí ese es un pequeño detalle.

—¿Pequeño? —Me río—. Demi, ayudar a Rose es lo único que quiero.

Suspirando, apoya la cabeza en mi hombro mientras le da un sorbo a su té, que ya debe de haberse enfriado.

—Pobre Rose, nadie merece tal canallada.

Hasta el momento, además de Rose y el involucrado profesor de Ética, Demi es la única que lo sabe. Se lo conté y está tan indignada como yo.

—Estoy segura de que Jagger podrá ayudarte.

—Eso espero, pero lo que en realidad me preocupa es qué me pedirá a cambio.

—Esa sí es una pregunta interesante. —Se incorpora de nuevo para girarse y poder mirarme mejor con esos ojos azules—. Así que… ¿Qué se siente al ser el foco de atención del famoso Jagger?

—¿Eres su mayor fan? —bromeo, y ella me guiña un ojo.

—Jagger merece tener fans. Nunca hemos hablado, pero siempre que

35

cruzamos miradas cuando nos vemos me sonríe. He escuchado que a su manera es amable.

—¿Qué significa «a su manera»? —Enarco las cejas.

—Que todos somos amables a nuestra manera —concluye sonriendo—, pero no te hagas la loca, responde a mi pregunta.

—Tener la atención de Jagger fue… —busco qué palabra usar— intenso.

No digo que por un momento enmudecí y que me fijé demasiado en su aspecto, su voz y nuestra diferencia de estatura. Ni tampoco que iba pensando en el encuentro mientras venía a verme con ella.

—¿Cómo de intenso?

—No tan intenso como tú con tus preguntas, Demi.

—Vale, vale, me calmo. Debo recordar que haces esto por un fin y que no es conocerlo.

—Exacto.

—Pero si en el camino se da la oportunidad, aprovéchala.

Una vez más, entorno los ojos, pero esta vez estoy sonriendo.

—Buscaré una lista de las fiestas que se celebran hoy e iremos descartando.

—Gracias por ayudarme.

Lo único que hace es sonreírme y para mi suerte cambia de tema para hablar de lo densa que considera que fue su clase y que no le agrada tanto uno de sus compañeros. Durante toda la conversación, río y bebo de mi café.

—¿Por qué no te has traído a Ben contigo?

—Ben está con Lena.

—Ah —hace una mueca—, qué desagradable. ¿Algún día la dejará?

—Crucemos los dedos para que suceda.

—Bueno, mi gran amiga, es mi hora de volver a mi edificio solitario, desprotegido, pobre y de becado…

Está claro que está bromeando porque la realidad es que las residencias de los estudiantes becados son más pequeñas que las otras, pero son espaciosas y cómodas.

—Luego debo ir a cubrir mis horas de trabajo en la secretaría de Medicina. —Frunce el ceño—. Te veo más tarde y te escribo cuando sepa algo de las fiestas.

Me da un pellizco en la barbilla y se va, dejándome que me termine el café con tranquilidad, porque la verdad es que soy una chica que disfruta de su tiempo a solas.

Siempre he sido de pocos amigos y eso no cambió al llegar a la universidad. Conozco a muchos de mis compañeros y a otros con los que me he topado en algunos lugares, pero la categoría de amigos solo la llenan Demi y Ben.

Cuando la alarma de mi teléfono suena para anunciarme que ya debo volver a mi escuela para la próxima clase, tiro el envase vacío del café y me acerco a la fuente mientras me saco una moneda del bolso.

¿Qué podría desear?

Cierro los ojos y solo pienso: «Que Jagger acepte ayudarme».

Sonrío al oír el sonido de la moneda cayendo al agua, uniéndose a miles más que descansan ahí.

Me giro y comienzo a caminar hacia mi próxima clase, pero no alcanzo a ir muy lejos cuando alguien me da un toque en el hombro, cosa que me sobresalta.

Al girar, me encuentro con un hombre alto, de cabello corto y rubio con unos ojos azules bastante pálidos. Me sonríe y creo que hago una mueca, porque no lo conozco y me mira con cierta familiaridad.

—Se te ha caído esto —me hace saber extendiéndome lo que parece una nota.

—Creo que eso no es mío, pero gracias. —Intento girarme de nuevo.

—Es tuyo, se te ha caído del bolso.

Paso la mirada de la nota a su rostro y termino por asentir con lentitud y tomarla. Me la meto en el bolsillo de los tejanos.

—Gracias.

—No hay de qué —dice guiñándome un ojo y pasando de mí.

Sus piernas largas lo hacen caminar con grandes pasos y poco tiempo después va bastante delante de mí, luego toma un camino muy distinto al mío.

Cuando llego a mi próxima clase, recuerdo que Ben no vendrá porque está con Lena. Hasta unos minutos después no me acuerdo de la nota que el chico ha asegurado que se me ha caído.

La recupero y la aliso, puesto que se ha arrugado. Frunzo el ceño cuando leo las simples palabras impresas en ordenador:

> **Prepárate, el juego comienza y formas parte de él. Eres mi regalo.**

Es una nota bastante extraña, la verdad es que no creo que sea mía, así que tenía razón cuando le he dicho al chico rubio que no era mía.

La arrugo y la arrojo al bolso para tirarla al finalizar la clase. Suspiro pensando de nuevo en encontrar a Jagger donde sea que suceda la fiesta a la que irá.

3

FAVORES Y PAGOS A CIEGAS

Jagger

—La fiesta comienza dentro de media hora —grita James pasando por delante de mi habitación, pero no despego la vista del libro—. ¿Me has escuchado, Jagger?

—Por suerte, aún no estoy sordo —respondo sin mirarlo.

—Entonces, suelta ese libro.

—Unas pocas páginas más.

La petición se vuelve imposible cuando James entra a mi habitación y se lleva mi oportunidad de adelantar la lectura sobre mi trabajo de investigación.

Siento su mirada en mí y sé que puede ser lo suficiente persistente como para quedarse un buen rato. No hasta que me decida, pero sí para demostrar algo.

Cierro el libro, he decidido no hacernos perder el tiempo a ambos. Cuando dirijo la mirada hacia él, una risa se me escapa al ver la camisa que lleva puesta. Es tan ridícula como muchas más de su colección de ropa.

—¿Qué camisa es esa? —me atrevo a preguntar.

—Una camisa llena de vida.

—Una camisa vomitada por un arcoíris.

—Lo siento, señor todo oscuro.

—Ni siquiera voy a discutir contigo. Puedes irte a la fiesta, primero iré a por comida…

—Jagger, van a llevarse a todas las nenas buenas.

—Dame tu definición de nenas buenas —pido, aunque puedo conocer a la perfección la respuesta que va a darme.

—Ropa pequeña, bragas sexis, cuerpos candentes y mucha diversión.

—Tal vez deberías esforzarte de ese modo cuando presentas un examen en Literatura.

—Jódete.

Tomo mi billetera, las llaves de mi auto y cierro la puerta de la habitación detrás de nosotros.

—Decide rápido, ¿irás primero a por comida conmigo o irás por tus nenas buenas?

—Lo siento, colega, pero las tetas ganan. —Es una respuesta que ni siquiera me sorprende.

Con Jamie, la forma en la que todos llamamos a James, algunas cosas a veces resultan predecibles cuando lo conoces bien.

En mi vida tengo más prioridades aparte de lo que él llama «nenas buenas». Aunque no soy un santo y admito libremente que me gusta el sexo, me gusta pensar que tengo estándares que van más allá de qué tan mínimas sean las prendas de ropa, o al menos eso espero.

Mientras bajo y salgo de la fraternidad, me doy cuenta de que está bastante tranquila. Es posible que la mayoría ya se encuentre en algunas de las fiestas o emborrachándose antes de llegar a una, es una movida muy común de un viernes por la noche.

Salgo del campus cuando decido que quiero comer afuera, específicamente en el local de hamburguesas rápidas donde trabaja Olivia.

En cuanto llego al lugar, me siento en la barra. De esa manera, podré hablar con ella y sus otros trabajadores mientras como, al igual que la mayoría de las veces. Disfruto de una buena hamburguesa con su compañía a la vez que me hace preguntas sobre mi semana, los estudios y cómo me porto. Las cosas básicas que me hacen extrañar a mamá, a mi antigua mamá, pues solía hacerme estas preguntas.

Olivia y Marie se han vuelto personas muy importantes para mí, sobre todo esta última. Marie es una mujer increíble que me da todo ese amor maternal del que he estado hambriento durante mucho tiempo.

Cuando decido que es el momento de irme, ha pasado una hora y media. Pero como no estoy muy lejos de la universidad, consigo llegar en pocos minutos. Estaciono el auto y hago la caminata hacia la fraternidad donde se está celebrando la fiesta.

Me es inevitable no entornar los ojos cuando veo a un estudiante, que luce bastante joven, vomitando en los arbustos.

—Es asqueroso, ¿verdad? —me pregunta una guapa morena de piel oscura que reconozco.

—Algunas veces esa eres tú, Aria. —Le sonrío, acercándome hacia ella. Se encuentra sentada en la baranda de la gran mansión fumándose un porro.

—Me gusta creer que yo me veo mejor.

Me detengo frente a ella para devolverle la larga mirada que me lanza.

Mi historia con Aria es complicada, en cierto modo.

Es la amiga de mi mejor amiga, la conocí cuando Maddie y ella se hicieron inseparables al llegar a la universidad. No sucedió nada porque en ese momento era imposible y para mí nunca había sido una posibilidad, pero eso cambió hace poco más de un año. Comenzamos a hablar más entre nosotros en algunas fiestas y me di cuenta de que me atraía de la misma manera en la que yo parecía atraerle.

Coqueteamos y al final nos besamos. Después de ello vino el sexo casual y conversamos sobre no ser exclusivos ni esperar demasiado de ello. Estaba bien y luego ella inició una relación, ahí es donde las cosas se volvieron un poco incómodas.

No me gustó demasiado verla dentro de una relación, pero fue un proceso de adaptación. Sin embargo, aquel noviazgo duró poco. Cuando me propuso volver a nuestro antiguo arreglo, aquello no duró demasiados orgasmos porque se sintió forzado después de acostarnos. De alguna manera, creo que los límites no le quedaron muy claros y, al darnos cuenta de que no valía la pena estropear la amistad por ello, lo dejamos.

Ahora sigue siendo la mejor amiga de mi amiga, la que saludo y hablo con ella cuando coincidimos. En cierta manera, podría llamarla una especie de amiga debido a que nos vemos con bastante frecuencia gracias a Maddie.

—Nadie se ve bien vomitando —me limito a decir. La veo llevarse el porro a los labios para dar una profunda calada antes de ofrecérmelo, pero sacudo la cabeza en negación.

Las drogas son algo a lo que renuncié desde hace unos años, incluso si solo se trata de lo que aquí llaman «una hierba inofensiva». No me gusta consumir cualquier cosa que invada o perturbe mis sentimos y el funcionamiento de mi cerebro, es algo paranoico, pero me tocó aprenderlo de una manera muy dura.

—¿Me esperas? —pregunta dando otra calada. Suspiro y apoyo la espalda en la baranda.

—Date prisa, cuanto más rápido entre, más rápido puedo irme.

—No te recuerdo como alguien al que le guste lo rápido —coquetea, y sonrío.

—Recuerdas muchas cosas de mí, ¿eh?

—Es que eres inolvidable —bromea. Me guiña un ojo y decide apagar el porro cuando se da cuenta de que terminárselo le tomará demasiado tiempo.

La ayudo a bajar cuando estira la mano hacia mí y sostengo la mirada de esos instigadores ojos avellana que me miran con picardía y coqueteo.

Eso es algo que no ha cambiado, ella aún coquetea y empuja. A veces me pregunto si de verdad es inofensivo o espera que las cosas se relajen lo suficiente como para volver a ser lo que fue en un principio.

Y sí, la recuerdo bastante bien. El sexo era increíble y me gusta conversar con ella, pero no la extraño de esa manera. No correré el riesgo de joder la amistad de mi mejor amiga con ella por unos orgasmos.

—Vamos, entremos —digo tirando del borde de su camisa, antes de liberarlo cuando comienza a caminar a mi lado.

Apenas entro a la fraternidad reconozco a casi la mitad de las personas. Me tomo el tiempo de saludar, rechazar cervezas que no sé quién rayos ha servido y declinar la oferta de una pastilla de éxtasis.

—Eres demasiado popular —dice Aria, alzándose sobre las puntas de sus zapatos—. No veo a Maddie.

Paseo la mirada por el lugar y tampoco la localizo. Tal vez esté apretujada entre todas las personas que bailan.

Cuando mis ojos se deslizan hacia el frente, me encuentro con unos ojos azules. Pertenecen a una castaña de cabello rizado envuelta en un vestido negro bastante favorecedor.

La he visto varias veces, pero como nunca he preguntado o escuchado su nombre, no lo recuerdo. Tengo un amplio conocimiento sobre la universidad que he ido recolectando durante los años que llevo aquí. Además, tengo una memoria increíble, pero su nombre no me viene de inmediato.

Sin embargo, la castaña me mira con familiaridad y me sonríe alzando la mano a modo de saludo. Respondo con un leve asentimiento y una mínima sonrisa antes de que Aria se coloque frente a mí.

—Es patético cómo babean por ti.

—Eso es cruel de decir, solo está saludando —comento, mirando hacia abajo para poder toparme con sus ojos—. Además, ¿tú no babeabas por mí?

—Aún lo hago y ella no te conoce, solo te está mirando como un artista.

Ignoro su declaración odiosa. Miro por encima de ella a la castaña que ahora está conversando con otra persona que me da la espalda.

—Demi Foster —murmuro recordando al fin—, estudiante de Biología… Marina.

—Es espeluznante que almacenes tanta información inservible. —Vuelvo mi atención a Aria ante sus palabras—. Espero que recuerdes todo lo que me gustaba.

—Lo que estoy recordando muy bien es lo pretenciosa y prejuiciosa que puedes ser. No es un rasgo atractivo.

—Pero te gustó.

—Exacto, me gustó.

Ella sabe leer entre líneas y entiende mi mensaje: me gustó en su momento, no ahora.

Suspirando de manera teatral, se peina el cabello con los dedos antes de relajar su postura y sonreírme.

Aria puede ser la persona más agradable que conozcas o la más odiosa. Con ella no hay un punto medio y todo depende de lo bien que congenies con ella desde el primer encuentro.

—Iré a bailar, está claro que hoy no estás de humor —me dice con diversión.

—¿El problema soy yo? —pregunto divertido, viendo como comienza a bailar al ritmo de la música.

—Obvio, los chicos calientes como tú siempre sois el problema. —Me guiña un ojo antes de darse la vuelta y alejarse bailando.

Una vez más, deslizo la mirada por el lugar y de nuevo descubro a Demi mirándome. Me sonríe antes de escribir algo en su teléfono.

—¡Jagger!

Volteo ante el grito femenino justo en el momento preciso en el que unas piernas se envuelven alrededor de mi cintura, mientras unos labios carnosos dejan un beso en mi barbilla.

—Sabía que vendrías.

—Hola, Millie. —Sonrío de costado.

Millie estudia Teología, es una chica inteligente, está definitivamente más que buena y sabe qué hacer cuando la ropa no está. Es divertida y hablar con ella siempre es divertido. Cuando comenzamos a enrollarnos, al igual que yo, ella no buscaba una relación, acababa de salir de una larga y a mí me vino bien el arreglo.

El sexo para mí tiende a ser casual, pero por lo general —no siempre— es con mujeres que ya he conocido y con las que he congeniado, aunque suelo repetir. Es cierto que también he tenido aventuras de una noche y el punto en común de todos estos encuentros es que siempre dejo claros los intereses de ambas partes porque la mentira no va conmigo.

No dudo que en alguna ocasión pueda llegar una chica que me golpee duro y me haga querer algo más que físico, pero por el momento no ha sucedido. Cuando pase, no correré.

No voy prometiendo ser un príncipe, pero mi padre me dijo algo una vez: «No importa si quieres un beso, su cuerpo o su corazón. Siempre trátala con respeto, recuerda que no vienes del viento, vienes de una hermosa mujer que te ha enseñado a respetar y valorar».

Si lo analizas bien, cuando conoces mi historia familiar, te das cuenta de que en realidad la última parte era innecesaria. Mi mamá no me enseñó de respeto ni de valores, ella es el peor ejemplo de ambas palabras, pero a papá le gusta mentirse a sí mismo cuando se trata de Megan y hay secretos que él aún no conoce. Sin embargo, entendí el mensaje. Así que, aunque vaya a ofrecerles algo rápido y fugaz, me encargo de tratarlas como princesas. Con respeto.

Por eso me hierve la sangre cuando veo idiotas tratando mal a alguna mujer, queriéndose pasar de listos, intimidando o degradando. A ver, que si una mujer quiere irse a follar con un rollo de una noche en cada fiesta, ¡pues bien! Como diría el abuelo: «Lo que es igual no es trampa».

Mientras se esté soltero, libre y sin compromiso, nadie tendría que juzgar con quién o cuántas personas te acuestas, pero escucho con demasiada frecuencia palabras como zorras, perras o putas.

—¿Nos podemos divertir hoy?

Pregunta Millie acariciándome la barbilla con una de sus uñas. Me mira de una manera en la que sabe que tiene toda mi atención.

—Creo que ya te estabas divirtiendo, cariño —le respondo sonriéndole.

Riéndose, me da un rápido beso en la boca que me deja deseando más en cuanto se aleja y baja de mí para estar de pie.

—¿Quieres alguna bebida?

—Eso sería amable de tu parte, Jagger, luego yo podría ser amable contigo. —Se pasa el dedo índice por el escote de la camisa ajustada que lleva y casi suspiro. Es imposible que no reaccione a eso, aun cuando no me planteé divertirme con Millie. El cielo sabe que sabemos divertirnos muy bien juntos.

—Seré amable contigo incluso si tú no lo eres más tarde —aseguro tras acariciarle la barbilla con los dedos—. Ahora, iré por nuestras bebidas. No te pierdas, Millie.

Voy en busca de las bebidas sin aceptar ninguna mierda que otro me ofrezca. Soy del tipo que tiene que servirse su propia copa para saber que está como lo quiero y sin ninguna basura que lo altere. Es algo que siempre tengo presente, lo aprendí de la manera más dura.

Una vez que tengo las copas listas, regreso y no encuentro a Millie. La busco con la mirada y la encuentro arrastrando a Callie, su amiga, en muy borracho estado, antes de dejarla brevemente con sus otras dos amigas para correr hacia mí.

Al llegar hasta mí, me toma del cuello y me da un beso húmedo. Nuestras lenguas juegan por unos breves segundos y, cuando se aleja, me lamo su sabor en mis labios.

—Ahora vuelvo, vamos a asegurarnos de que Callie descanse. Algún idiota ha creído que podía aprovecharse de ella ebria, como si no tuviese amigas. Patanes.

—Cabrones —agrego, lo que hace que me gane otro beso. Toma uno de los vasos y se lo bebe de un solo trago.

—Vuelvo dentro de un momento, espérame.

Corre de nuevo con sus amigas sabiendo que la esperaré. Dejo en alguna mesa el vaso vacío de Millie y bebo del mío sin ninguna prisa, pues embriagarme no está en mi lista de cosas por hacer hoy.

Camino por el lugar. Me río cuando veo a James rodeado de tres chicas que están embelesadas por él, no se puede negar que es encantador. Y mirando un poco más allá, veo a Joe, es de los pocos de mi clase que me cae bien.

Él parece estar discutiendo con su novia Bonnie, pero eso no es raro. Estoy muy seguro de que aman pelear solo porque aman aún más reconciliarse.

Ojalá disfrutara de las fiestas como antes.

He decidido hacer tiempo mientras Millie regresa, no tengo demasiadas ganas de estar en esta fiesta, así que camino hasta Chad, el presidente del Centro de Estudiantes. Es un tipo estricto cuando debe jugar su rol, pero es un desastre cuando lo pones en una fiesta.

—Jagger.

—Chad, veo que te diviertes.

—Amigo, es mi momento de diversión. —Hace una pausa breve antes de volver a hablar—. Tengo un trabajo para ti.

—¿Estás imitando la voz de Al Pacino?

—¿Me ha salido bien?

—Absolutamente patético —sonrío—, pero al menos lo has intentado.

—Necesito cierta información, te haré llegar la carpeta. Si aceptas, te daré buen pago.

—No olvides que el precio y el cómo pagarlo lo estipulo yo.

—Perdóname si te he ofendido, poderoso Jagger.

—Veré qué necesitas y entonces te diré si estoy dentro.

Con Chad siempre es bueno hacer negocios, nunca son movidas raras ni difíciles. La última vez fue un poco más serio, alguien le estaba hackeando sus dispositivos electrónicos y luego lo amenazaron. Podrían haber hecho que lo expulsaran, pero, por suerte, mi equipo y yo pudimos evitarlo. No fue fácil, pero tampoco imposible.

Fue un buen trabajo, nada aburrido y algo complejo de una manera que nos hizo pensar mucho. Fue algo muy diferente a la cantidad insana de personas que me buscan para que les cambie las notas en el sistema. No negaré que es algo que he hecho para algunos unas cuantas veces, aunque me gustaría decirles que lo único que tienen que hacer es estudiar; si eso no funciona, entonces, están en la carrera equivocada.

Permanezco al lado de Chad, hay un par de tipos más y tres chicas con una conversación bastante interesante a la que acabo por unirme.

Pasada la media hora y un par de bebidas más, decido que Millie se está demorando y que quiero un poco de aire.

—Oye, Abel —llamo a uno de los traficantes inofensivos de la universidad para captar su atención.

—¿Qué pasa, Jagger?

—Si Millie pregunta por mí, dile que estoy en la piscina.

Alza su pulgar en respuesta, Está más entretenido mirándole el culo a Ana, porque Abel siempre será así de mirón. Me alejo para salir del lugar que parece estar albergando a demasiadas personas de fiesta e inhalo el aire fresco que me ofrece la noche.

Veo a Joe y Bonnie alejándose hacia una zona llena de arbustos y sonrío. Sé que viene la fase de reconciliación que tanto aman, bien por ellos.

—¿Cuándo he dejado de divertirme? —susurro.

A veces me siento nostálgico sobre el principio de mi primer año en la OUON. Todo parecía tan sencillo e iba tan bien que no entiendo cómo no calculé todo lo que podía salir mal.

También he llegado a añorar estar en una relación, pero no me he vuelto a sentir con ganas de iniciar una. No se ha dado la oportunidad y nunca he sentido que fuera el momento.

Y en cuanto a las fiestas… Me gustan o al menos me gustaban antes de que sucediera algo en mi primer año aquí. Vengo a muchas de ellas y no siempre tengo esta actitud de desinterés al respecto. Sin embargo, en ocasiones como esta, tan solo salgo a por algo de aire libre, para alejarme de todo el sudor y sexo que parece alborotarse en estas fiestas.

Me saco una cajetilla de cigarrillos del bolsillo delantero de mi pantalón y descubro que solo queda uno. Le pido un encendedor al tipo que está fumando cerca y me enciendo el cigarrillo.

La música aún se escucha con claridad desde aquí y hay tres chicas junto a dos chicos dentro de la piscina, dos de ellas no tienen nada que les cubra los pechos.

Tampoco soy fan de las piscinas. Se debe a que fue en una fiesta con piscina donde mi vida pasó de ser controlada a ser un completo caos y una pesadilla. Fue también el lugar donde perdí algo valioso y a alguien importante. Fue el lugar donde tuve mi fallo más grande.

No puedo evitar hacer una mueca porque soy consciente de que hay muchas cosas que me causan esa sensación de amargura.

—No lleves tus pensamientos ahí, Jagger —me reprendo.

Decido no caer en esos pensamientos y cambio mis reflexiones mientras fumo.

Estoy a solo semanas de terminar mi penúltimo año en la universidad y no todos los recuerdos de este lugar son felices.

Papá solía decir que nací con muchas habilidades sociales. De alguna forma, siempre estoy haciendo contactos, sé administrarme y tengo mucho ingenio para crear locuras que terminan teniendo mucho potencial. Quizá por eso no me sorprendió que en mi primer año, poco a poco, me fuese creando una especie de negocio. Después de todo, estoy precisamente en la escuela de Negocios.

«El negocio», como tendemos a llamarlo, fue creciendo, ganando reconocimiento y volviéndose más potente de lo que siquiera imaginé. Para cuando terminé mi primer año, estaba haciendo dinero, todos sabían quién era y parecía ser el tipo que tenía todas las respuestas.

Me pregunto si es un legado que dejaré en esta universidad o que se irá conmigo cuando me gradúe.

—Jagger.

Esa voz femenina definitivamente no es la de Millie. Al girarme, la chica de cabello castaño que me mira me confunde por un momento. Hasta que ella frunce el ceño y la recuerdo, no solo porque la vi y hablé con ella más temprano al salir de la clase de McCain.

Es la hermana menor de Rose Monroe, con quien sí que he conversado muchas veces. También es la chica a la que he mirado varias veces con curiosidad y a ella también la he descubierto en ocasiones mirándome con molestia sin ninguna razón que yo supiera.

Pero en este momento no me mira con molestia, me mira con incertidumbre y valentía. Me intriga bastante, pues no esperaba que Dakota Monroe se relacionara conmigo o buscara mi ayuda alguna vez.

—Así que Dulce ha venido a mi encuentro —digo dándole una calada al cigarrillo a punto de consumirse del todo.

Mi apodo, tal como esta mañana, le genera disgusto.

—Llevaré flores a tu funeral —dice mirando a mi cigarrillo.

—Gracias por tu preocupación, pero todos moriremos algún día —sentencio.

—Algunos preferimos morir más tarde que pronto.

—Cierto —concedo sin dejar de mirarla y dándole la última calada a mi cigarrillo.

Dakota debe de medir al menos un metro sesenta y ocho, ya que es más baja que su hermana. Es una chica bonita de una manera convencional, aunque sus labios pequeños pero carnosos se destacan de una manera preciosa en su rostro de facciones delicadas. La complexión de su cuerpo es delgada, sin embargo, en ella destaca la hinchazón de sus pechos de una manera discreta. Tiene similitudes físicas con Rose, solo que esta última es más voluptuosa y alta.

He visto a esta chica en la clase del profesor McCain varias veces y su mirada sobre él podría lanzarle puñaladas al corazón. También la he visto un par de veces en los cafetines, pero han sido solo eso, pequeños vistazos en los que he intentado descifrar por qué siempre parece tan seria y pensativa. Sin embargo, conozco a su hermana. Muchos conocen a Rose, no es que me haya enredado con ella, pero es una chica que sabe cómo llamar la atención con su alegría y diversión donde sea que vaya.

También recuerdo que una vez Dakota se chocó con mi espalda. En aquel entonces la miré durante unos segundos porque era la primera vez que no la veía tan inalcanzable y distanciada del mundo. Intentaba entender por qué siempre se escondía en las clases y por qué lucía tan fría; solo mantiene contacto con su amigo Ben y, ahora que lo recuerdo, también con Demi.

Con ese tropezón, reafirmé mi idea de que era bonita, pero no es que alguna vez hayamos hablado en una conversación plena, al menos no hasta hoy.

—Así que necesito…

—Un favor —completo sonriéndole—. Esa parte ya me la adelantaste, Dulce.

—Dakota. —Se coloca las manos en las caderas mostrándome un poco de su carácter—. Dakota no es un nombre muy difícil de pronunciar.

—Claro, Dulce. ¿Por qué crees que seré el chico de tus favores?

Sus mejillas se sonrojan y ahora me interesa saber lo que está pensando. Por suerte, no tengo que esperar mucho porque ella habla y me entran ganas de reírme:

—No estoy hablando de sexo.

—Yo tampoco —mi sonrisa crece mientras la miro sonrojarse—, pero si ese es el tipo de favor…

—¡No!

—De acuerdo.

—Me han dicho que tú podrías ayudarme.

—¿Con qué?

Se pasa las palmas de las manos por el tejano ajustado. Parece nerviosa de una manera que me desconcierta.

—Sabes que no soy ni un mafioso ni un sicario, ¿verdad? —pregunto para aligerar el aire nervioso que parece estar consumiéndola.

Su respuesta es asentir antes de morderse el pulgar, pero lo baja de inmediato en cuanto se da cuenta de lo que hace.

—Tu nerviosismo me hace creer que se trata de quitar una vida, sepultar cuerpo o planear un crimen.

—No, no, nada de eso.

—Estoy bromeando, Dulce.

—¿Cómo puedo confiar en ti y decírtelo?

—¿Cómo puedo ayudarte con un favor si no me lo dices?

Por un momento, parece que va a llorar. El labio inferior le tiembla y también parece perdida. Enseguida se recompone, sacude la cabeza y se coloca unos mechones de cabello detrás de la oreja.

—Solo olvídalo. ¡Todo siempre es malditamente complicado! No puedo tener una vida tranquila como cualquier estudiante yendo de fiesta, emborrachándose, siendo idiota.

Se deja caer sobre el césped. Parece derrotada y eso hace que se vea mucho más joven.

Boto lo que queda del cigarrillo y me dejo caer a su lado. Permanecemos en silencio mientras la miro de reojo.

Mirándola bien, es bastante bonita y sus ojos son de un marrón que parece contener algún chocolate fundido en ellos.

—¿No puedes decírmelo? —rompo el silencio al darme cuenta de que esto no nos está llevando a ningún lado.

—No si no vas a ayudarme.

Estiro las piernas y apoyo mi peso sobre las palmas de mis manos, a los lados. Veo a la chica que está enseñando sus tetas dentro de la piscina besuquearse con uno de los tipos y estoy seguro de que el chico le está agarrando los pezones, pero aparto la vista, pues la chica nerviosa que está a mi lado requiere de mi atención.

—No hago nada gratis, ¿sabes eso?

—Eso escuché. ¿Cuánto quieres? —Es temeraria la manera en la que realiza la pregunta, no hay titubeos y encuentro que eso me gusta.

Mientras me mira, decido que Dakota no luce como muchas chicas con experiencias de esta universidad. Parece que está en su propio mundo y, siendo franco, tengo mucha curiosidad sobre por qué siempre parece distante y molesta. Y aún más intrigado sobre por qué este ángel bueno busca ayuda de mí.

—Hago mucho dinero, Dulce. Y te contaré un secreto.

—¿Cuál? —Luce curiosa cuando me acerco a ella para poder susurrar.

—Mi abuelo tiene mucho dinero y ama mucho a su único nieto, que vengo a ser yo. Así que no necesito más dinero.

—Pero cobras…

—Me gusta hacer mi propio dinero y no solo ser el chulo de los esfuerzos del abuelo.

—Entonces, ¿no quieres nada a cambio?

—No he dicho que vaya a ayudarte.

—Oh… —Se aflige de nuevo.

Permanecemos en silencio y entonces me río. No imaginé que Dakota Monroe iba a necesitar de mi ayuda, que vendría a una fiesta y que yo estaría sentado sobre el césped solo hablando con una chica dulce.

—¿Cómo supiste en qué fiesta estaría?

La verdad es que pensé que solo por pura suerte daría con la fiesta de la que le hablaba, teniendo en cuenta que hay tres dentro del campus y otras dos en los pubs de afuera a los que solemos ir los estudiantes de la OUON.

—Una amiga me ayudó…

—¿Demi? —pregunto, sonriendo cuando la sorpresa es evidente en su expresión.

—¿Cómo lo has sabido?

—Es que sé muchas cosas.

En realidad, es que ahora puedo entender la mirada insistente de su amiga y cómo escribía en su teléfono mientras lo hacía.

—Demi solo quería ayudarme —la defiende pese a que no he dicho nada—, pero no nos desviemos del tema. ¿Cuánto me cobrarás?

—No quiero tu dinero, Dulce.

—¿Qué quieres?

—Te lo diré cuando el favor esté hecho. ¿Trato?

—No puedo pactar algo con los ojos cerrados. ¿Qué quieres?

—Esa es mi oferta. Te ofrezco mi ayuda sin saber qué es y tú aceptas sin saber cuál es el pago. Lo sabrás al final, cuando todo esté hecho.

De nuevo se mordisquea el pulgar mientras me mira. Puedo ver que se está matando al pensar si esto es una buena idea. No sé qué espera de mí, pero yo me lo pensaría bien. Sin embargo, creo que su problema tiene que ser lo suficiente grave como para que extienda su mano delicada hacia mí.

—Tenemos un trato, Jagger.

Estrecho su mano sonriéndole. Esto se ha puesto bastante interesante.

—Jagger —me llama una voz que definitivamente pertenece a Millie.

Me pongo de pie y extiendo mi mano hacia Dakota, que me permite ayudarla a incorporarse. Me acerco a su oreja sin soltar mi agarre en su mano.

—El lunes espero tu explicación del favor. Nos vemos al salir de la clase de McCain, Dulce.

Le libero la mano y me alejo. La dejo ahí de pie y me acerco a Millie, que de inmediato enlaza su brazo conmigo y me cuenta lo mucho que ha costado que Callie se calmara. No soy tan atento con ella como suelo serlo, pero eso es porque mis pensamientos están dispersos pensando de qué modo Dakota Monroe va a pagarme el favor.

Pero siendo sincero, el pensamiento poco a poco se borra de mi cabeza cuando, un poco más tarde en una habitación, Millie y yo somos colisiones de piel, sudor y gemidos mientras intercambiamos placer. Es un buen momento, ambos lo disfrutamos. Cuando me estremezco después de mi orgasmo, descanso mi frente contra su hombro.

Ha sido muy buen polvo, lo he disfrutado, ambos lo hemos hecho, sin embargo, sigo tenso y con la mente dispersa.

Es como si durante el sexo callara muchos pensamientos, pero todos volvieran con fuerza después del orgasmo.

Ruedo hacia un lado luego de darle un beso en la boca a Millie y me deshago del condón arrojándolo poco después en una papelera convenientemente ubicada al lado de la cama.

—¿Te sucede algo, grandote?

Volteo para dedicarle toda mi atención. Me la encuentro boca abajo, sosteniéndose la barbilla con las manos y sin ninguna vergüenza o timidez por su desnudez. Millie es una chica segura y confiada, no es que tuviera razones para no serlo.

—Solo trabajo y algunas cosas de casa —termino por responder de manera simple.

No miento. No soy específico sobre mis problemas porque esos solo los conocen personas de confianza. Aunque seguro que muchas de las personas que ingresaron a la universidad cuando yo lo hice o que estuvieron antes recuerdan la tragedia de la que fui parte o protagonicé en mi primer año, no es algo de lo que se hable. No es bonito, fue atroz y terrible. Solo algún morboso comentaría sobre ello.

La cuestión es que me siento inquieto. Este semestre ha sido un poco extraño para mí, ha estado plagado de muchos recuerdos agrios. Además, está mi madre, con la que tengo una pésima relación, que me persigue para que la escuche y la comprenda. Se piensa que tiene redención, que en mí hay alguna bondad del perdón, como si no sospechara que cada dolor que me ha causado sigue presente y latente.

Me giro en mi posición, retiro el cabello del rostro de Millie y la beso antes de ponerme de pie y comenzar a vestirme.

Ella no me pide que me quede y eso está bien, ambos tenemos definida nuestra relación. Termino por atarme los cordones de las botas y me encuentro con que ella sigue acostada en la cama, tan desnuda como cuando follamos, lo cual ocasiona que mi polla comience a entusiasmarse un poco.

Le sonrío.

—Eres toda una tentación, Millie.

—Me gusta tentar —casi ronronea, cosa que me hace reír—. Espero que podamos divertirnos pronto.

—También lo espero.

—Y, Jagger, sonríe un poco más, eres demasiado caliente cuando lo haces. —Me sonríe—. He dormido con idiotas, pero, por sorprendente que parezca, tú no eres uno de ellos.

Sacudo la cabeza riéndome y salgo de su habitación. Me cruzo con muchas chicas de la hermandad, pero ellas solo me saludan o se ríen. Cuando estoy afuera, la madrugada es bastante fría y hay más estudiantes de lo normal para esta ahora, pero se debe a que la fiesta en la fraternidad está en pleno apogeo.

Meto las manos en los bolsillos de mi pantalón y camino sin un rumbo definido, sintiendo un leve vacío en mi pecho y una sensación de angustia. Tengo este repentino impulso de que me abracen de manera maternal, de que alguien me diga que todo estará bien y sentirme en casa, así que, aunque es bastante tarde, camino hacia mi auto para ir a casa de mamá Marie.

Me arrepiento de no tener un abrigo conmigo y, cuando llego a mi auto siento alivio, pero frunzo el ceño al ver una nota en el parabrisas. ¿Es acaso una multa? No he estacionado mal o en un lugar prohibido. También podría ser algún idiota jugando a fastidiarme o una chica interesada. Sea cual sea el motivo, tomo la nota y subo a mi auto. Lo arranco para poder activar la calefacción y, mientras mi cuerpo se relaja conforme va entrando en calor, desdoblo la nota.

> **Bienvenido al juego.**
>
> **Esto ya lo jugaste antes.**
>
> **¿Caerás de nuevo?**
>
> **Supe que ya recibiste mi regalo.**

¿Qué carajos…? Es una nota impresa, sin firma y con esas palabras que me producen una mala sensación.

Saco mi teléfono y llamo a Jamie, pero por supuesto que no responde. Sin embargo, por suerte para mí, Louis, otro de los chicos que forma parte del negocio, responde a mi segunda llamada.

—¿Qué sucede? —Su voz suena ronca debido al sueño.

—He encontrado una nota extraña en mi auto. ¿Podemos hablar de ello?

—¿No puede esperar?

Suena más dormido que despierto.

Respiro hondo. Soy razonable al darme cuenta de que podemos discutir de esto después, tal vez se trate de una broma de algún imbécil.

Excepto que, hace unos años, hubo unas notas parecidas que tal vez…

—¿Jagger? ¿Me dejarás seguir durmiendo? No todos nos vamos de fiesta.

—Sí, claro, Louis. Lamento haberte despertado. Hablamos mañana.

—Querrás decir más tarde —gruñe antes de colgar.

Arrojo mi teléfono al portavasos y leo la nota una vez más. Quiero creer que es alguna broma, pero no se lee tan inocente.

¿De qué juego se supone que fui parte antes? Porque si se refiere a aquella noche… Eso nunca fue un juego.

4

CERRANDO EL TRATO

Dakota

Es lunes y estoy llegando con tiempo de sobra a la clase del profesor McCain. Eso me permite ser la representación de la serenidad cuando tomo asiento en la esquina de la cuarta fila.

Me permito saborear el chocolate caliente que Demi me regaló cuando me imploraba de nuevo que le repitiera mi «encuentro con Jagger». Según ella, era posible que me hubiese olvidado de detalles importantes en mi primer relato.

Pero la verdad es que no hay mucho que contar. Podría decir mucho sobre lo bien que se veía, la potencia de su mirada de ojos grises y el tacto de su mano, pero eso solo haría que Demi crease fantasías de escenarios que no sucederán. Esto se trata de ayudar a Rose. Sin embargo, le compré a mi amiga su dulce favorito de la cafetería en agradecimiento por haberme avisado a tiempo de en qué fiesta se encontraba Jagger.

Demi y yo habíamos organizado un plan. Nos dividimos para buscarlo, de esa manera podíamos ser más rápidas entre tantas fiestas. Cuando ella me envió una foto de Jagger que decía «lo encontré», suspiré de alivio.

Pasé todo el fin de semana pensando sobre la conversación que él y yo tendremos hoy. Debo admitir que estoy nerviosa, pero trato de tener algo de control sobre mí misma.

Dando otro sorbo de mi chocolate, saco mi libreta junto a un bolígrafo. Lo dejo todo ordenado en la tabla de apuntes del asiento.

Un rápido vistazo alrededor me hace saber que aún somos pocos estudiantes, pero casi todos se encuentran agrupados conversando, tal vez estén poniéndose al día sobre cómo fue su fin de semana. El mío consistió en pensar en mi encuentro con Jagger y en estudiar un montón intentando entender Finanzas por mi cuenta, pero no funcionó.

Verlos conversar me hace sentir celosa de algún modo. No soy asocial, de hecho conozco a muchas personas de mi clase, pero son compañeros, no amigos. Quizá eso se deba a mi falta de esfuerzo en socializar más allá de Ben y Demi, aunque también converso y hago planes con mi compañera de piso, Avery. Es tímida y extraña, pero considero que somos cercanas.

¡Jesús! He estado tanto tiempo centrada en solo estudiar que me he pasado todos estos meses en la OUON dentro de la comodidad de un círculo de amigos que se creó por casualidad.

No tengo oportunidad de autocompadecerme de mis pésimas habilidades sociales porque mi teléfono vibra con una llamada entrante. Descubro que se trata de Rose.

—Rosie, ¿qué sucede? —es lo primero que pregunto al contestar.

—Dakie, no entiendo de qué se trata esto. —Parece que está a punto de llorar—. Me ha enviado una foto horrible y dice que el tiempo corre.

—Maldito bastardo —gruño—. Estoy en proceso de concretar algo, solo necesito un poco más de tiempo.

—¿Tiempo para qué? —pregunta. Mi silencio no parece una buena respuesta, porque dice mi nombre como un lamento—. ¿En qué te estás metiendo? No necesito que te involucres en problemas por mí, Dakota. No quiero alterar más tu vida.

Casi suena histérica.

Puede que ella sea la de los problemas, pero también se preocupa por mí. No puede renunciar del todo a pensar como la hermana mayor.

—Estoy concretando algo, no estoy en problemas por ello. —Al menos eso creo, con Jagger no tengo ninguna certeza—. Vamos a solucionar esto, Rosie.

—Juntas, ¿verdad? No necesito quedar por fuera de mi desastre. —Hace una breve pausa—. Sé que lo arruiné, pero quiero que esto pare. ¿Está mal dormir con alguien que te gusta?

Técnicamente, en la universidad sí, pero me ahorro el comentario porque ambas lo sabemos.

—Es jodido lo que sucede, pero tienes que admitir que nunca debiste hacer algo tan estúpido.

—Pensé que era especial. Me sentí querida. Sentía cosas por él. —Por un momento su voz se detiene—. No pensaba, solo sentía y no creí que alguien pudiera aprovecharse de esto, que alguien haría estas amenazas… este chantaje.

No es el momento para conversar esto por una llamada telefónica.

—Debo colgar, Rosie. Hablaremos más tarde.

—Dakota, prométeme que no estás haciendo algo peligroso por esto.

—Lo prometo.

Y de verdad espero que sea una promesa real.

Me guardo el teléfono antes de presionar la frente contra la tabla de apoyo que traen los asientos. Respiro hondo varias veces al darme cuenta de que mi tranquilidad se ha ido.

No debo entrar en pánico, esto tiene solución. Mi hermana saldrá de esto y luego todo quedará como una fatídica experiencia.

—¿Por qué parece que estás a punto de colapsar? Más de lo que lo pareces siempre.

Me doy la vuelta para mirar a Ben. Me lo encuentro sonriendo mientras toma mi chocolate caliente. Es una manía que tiene y detesto que lo haga, soy quisquillosa sobre compartir mis bebidas con otros. Una vez que alguien toma de mi vaso, ya no lo quiero, incluso si es Rose, porque no sé dónde ha estado su boca.

—¿Sigue el problema?

Por un momento, no entiendo de lo que habla Ben, que espera mi respuesta.

—¿Qué problema?

—El del grupo de Facebook.

—Ah, lo solucioné —miento, no quiero involucrar a más personas en esto.

Voy a desviar la conversación a otros ámbitos cuando noto algo que me hace incorporarme por completo y mirarle fijamente la mejilla.

—¿Qué te ha sucedido, Bennedict?

—Lena piensa que la estoy engañando.

—Eso es imposible. Te pasas casi cada segundo de tu vida junto a ella, casi ni sales conmigo fuera de clases.

Lo último suena como un reproche porque lo es.

—Ella dice que siente vibras extrañas y sospecha. Iniciamos una discusión y, en algún punto, me abofeteó.

Estoy tan sorprendida, sé que siempre pienso que Lena lo absorbe y antes tendía a opinar en voz alta, pero esto ya es cruzar otra línea.

Abusa de él.

—¿Por qué dejas que ella te trate así? —pregunto molesta y a la vez triste.

Ben es guapo de una manera no convencional, es alto, fornido y robusto. Tiende a verse mayor a su edad, con una pancita nada, cabello castaño y ojos conmovedores. Además, su personalidad es encantadora, lo que hace que sea difícil no quererlo.

—Ben, te golpeó.

—Se arrepintió de inmediato —la excusa.

—¿Piensas que no van a creerte? ¿Te avergüenza? Esto es bastante grave y no importa si ella se arrepintió. El caso es que te hizo eso, Ben.

—La amo, solo estaba enojada —es lo que me dice, y el que justifique tal agresión me hace sentir mal por él.

Veo esto muy tóxico. Si los roles estuvieran invertidos, quizá sería diferente, pero nunca lo sabré. Lo único que entiendo es que él dejará pasar que su novia lo ha atacado.

—Enojada… —repito con un bufido—. Entonces debo de suponer que, cada vez que lo esté, abusará de ti físicamente.

—No lo entiendes.

—Si así es el amor, no quiero entenderlo.

—Como si tu asunto con Drew fuera mucho más sano y sensato.

Eso me calla totalmente y es un golpe muy bajo.

Drew es un tema difícil del que evitamos hablar. No es solo el chico que me gustó desde que entré a la universidad, también es el chico con el que me acosté por primera vez.

Los primeros meses admito que fui espeluznante observándolo en todas partes y suspirando en secreto por él. Entonces, tiempo después, nos chocamos en un pasillo por culpa de algún inepto que iba a toda prisa y me empujó. Casi no pude hablar cuando mis ojos se toparon con los suyos oscuros. Él me sonrió y me preguntó si estaba bien. Es vergonzoso admitir que balbuceé mi respuesta. Me lanzó otra sonrisa de muerte y me dejó sola en el pasillo, con las piernas de gelatina. La siguiente semana, traté de superar ese épico encuentro y volví a mi rutina de observarlo en la distancia.

Un día, después de su práctica de natación, me atrapó mirándolo y alzó la mano para saludarme. Se acercó y me habló. Creo que la mayor parte del tiempo asentí y me reí sin procesar nada de lo que me decía, nada memorable, pero estaba demasiado alucinada.

Y así empezó a hablarme. Después de eso, fui a una fiesta con Rose en la que Drew y yo bailamos y hablamos mucho. Yo estaba fascinada, no quería arruinarlo.

Hoy en día tengo la certeza de que muchas de las cosas que sucedieron entre nosotros esa noche fueron el resultado de sentirme presionada por encajar y no querer perder una oportunidad.

Esa noche, me besó y me sentí en las nubes. Luego su mano me tocó el trasero y subió hasta también tocarme los pechos. Casi de inmediato estuve mojada.

Estaba asustada, aterrada, nerviosa y excitada. Cuando su mano entró debajo de mi falda mientras me besaba y me acariciaba por encima de las bragas, casi me derretí. Asentí en automático cuando sugirió que nos fuéramos a una de las habitaciones del piso de arriba.

Creo que no me sentía lista, pero estaba tan desesperada por no perder la oportunidad, tan excitada y afectada que no puse «peros». Me besó mucho más en una habitación que hasta el día de hoy no sé de quién era y empezó a sacarme la ropa mientras hacía lo mismo con la suya. Me tocaba de maneras que resultaron emocionantes y que me hicieron sentir desesperada por más. Esa fue la parte buena.

No tardó en cubrirse con un condón antes de posicionarse sobre mí. Sentí tantas dudas, alarmas y ganas de detenerlo todo, pero él me miró a los ojos y yo no dije nada. Lo dejé entrar y fue muy brusco. No lo culpo, no mencioné que era mi primera vez, él solo lo descubrió. Cuando pareció que entraría en pánico, le dije que estaba bien y que, de hecho, me mostrara qué tan bueno podía ser. Estaba luchando, fingiendo estar bien, pero me dolía, era incómodo y solo pensaba en que quería que terminara. No hubo orgasmos, pero le sonreí al final y nos besamos otro poco más.

Cuando bajé de la habitación, no sabía cómo sentirme, así que me fui a mi residencia y dejé a Rose besuquearse con algún jugador de golf. Días después, Drew se acercó a mí y me sorprendió. Pensé que había sido tan mala que él me ignoraría, pero me dijo cosas lindas y fue atento conmigo durante una semana, lo que me convenció de ir a su fraternidad, esa vez a su habitación. De nuevo nos besamos, una vez más nos quitamos la ropa. No dolió tanto, pero aun había un pinchazo de dolor y estaba muy incómoda. Fingí un orgasmo porque estaba asustada de que pensara que yo era frígida.

Y luego volvió a suceder. Para el cuarto encuentro, conseguí por fin un orgasmo de verdad con penetración. Al menos antes había obtenido unos pocos con la atención de sus dedos y su boca. Sin embargo, no me dio oportunidad de disfrutar mucho de los orgasmos que involucraban la acción real, porque para el octavo encuentro, unos días después, él tenía sus ojos en Alondra.

Sé que nunca me dijo que estábamos saliendo, solo lo asumí y eso fue mi error. Me gustaba tanto que lloré toda una semana y me llamé idiota por haber dormido con él sin ni siquiera haber ido a citas, por cegarme hacia una atracción que era más fuerte que yo.

Ese fue el final de lo que sea que sucedió con nosotros, pero no implicó que no siguiera viéndolo a la distancia y que de hecho siguiera sintiendo cosas por él. Técnicamente, mi momento con Drew solo duró un mes y unos pocos días, contaría las horas, pero eso definitivamente no es saludable. Lloré por otra semana cuando su rollo con Alondra fue mucho más público que lo nuestro. Creo que nadie supo que nos enrollamos.

Sufrí otro poco más cuando noté que, a donde sea que él fuera de fiesta, ella iba de su mano. A veces los miraba a ambos liarse con otras personas en público, pero al día siguiente aparecerían tomados de la mano y luciendo enamorados. Me dolía tanto, era como recibir múltiples puñaladas en el estómago.

Sin embargo, lo he superado, aunque a veces no puedo dejar pasar la costumbre de buscarlo en los lugares y querer suspirar por él. Aún siento la espinita cuando lo veo con Alondra, pero ya no lloro ni me torturo pensando en qué hice mal o si de verdad quien tenía el problema en el sexo era yo.

Técnicamente, le di todas mis primeras veces sexuales, pero él no me dio las primeras veces que me hubiese gustado tener.

Después de él, me acosté con otros dos chicos. Uno fue algo de una noche y con el otro tuve citas, fue bueno, me gustó, pero siempre me resulta difícil apagar mi mente durante el sexo. Todo el tiempo estoy pensando en si les está gustando, qué debo hacer, si querrán repetir, si estoy lo suficiente mojada… que al final termino exhausta a nivel mental.

No me he rendido sobre lo de follar, pero simplemente he preferido concentrarme en mis clases y aceptar el hecho de que el sexo para mí no es tan divertido como para los demás. Sí, me han dado orgasmos durante el sexo, pero no es suficiente cuando me quedo plagada de dudas e incertidumbre después de ello.

Sin embargo, esos dos chicos con los que follé no me hicieron un caos de emociones, como Drew.

Solo hay cuatro personas que saben de mi etapa-lío Drew: Rose, Demi, Avery y Ben, porque ellos fueron tan amables como para soportar mis lágrimas… Aunque es posible que Rose se lo comentara a su mejor amiga, Cassie.

—Tierra llamando a Dakota —dice Ben y me pasa una mano por delante del rostro. Parpadeo volviendo a la realidad, no sé qué expresión tengo en mi rostro, pero él luce culpable—. Lo siento, Dakie, eso ha estado fuera de lugar. Sé que Drew es tema prohibido.

—Está bien, lo he superado. —Me aclaro la garganta—. Y sobre Lena, lo siento. Supongo que debo recordarme que es tu novia y que al final mi opinión no influye en tus decisiones.

El ambiente entre nosotros queda un poco tenso e incómodo y me parece triste que esto nos suceda debido a su relación con Lena.

Las risas y el eco de los saludos me hacen saber que Jagger ha llegado. Me es inevitable no dirigir la mirada a la puerta donde se encuentra hablando con una chica hermosa con la que lo he visto muchas veces. Ellos se ríen antes de que ella lo abrace para después empujarlo y arrojarle un beso antes de irse.

Se veían bien.

Bajo la vista a mi cuaderno. Lo de Rose, la situación tóxica de Ben con Lena, pensar en mi pasado con Drew y ver a la bonita pareja despedirse hacen que me sienta con un mal sabor de boca.

Con un dedo trazo las líneas de la cubierta de mi cuaderno y me dejo ir en ello hasta que percibo que alguien se sienta a mi otro lado.

—Hola, Dulce.

Alzo la vista y me giro. Me encuentro con la mirada de Jagger Castleraigh, que estira las piernas, echa para atrás el respaldo del asiento y se recuesta mientras me sonríe de lado.

—Es lunes —dice como si eso fuera algo muy resaltante.

—Eso dicen —respondo.

—¿Estamos de mal humor?

—¿Estamos de buen humor? —replico.

Él se ríe antes de mirar a mi otro lado.

—Hola, Ben.

—¿Sabes quién es? —cuestiono.

—Sé quiénes son muchas personas, creo que esa es la razón por la que te soy útil. ¿Correcto?

—Hola, Jagger —le devuelve el saludo Ben antes de centrarse mágicamente en su teléfono.

Me asusto cuando la mano tatuada de Jagger cubre la hoja de mi cuaderno aclamando mi atención.

—¿Ha empeorado? —me pregunta sin despegar su mirada de la mía.

—¿El qué? —Su pregunta me confunde.

—Tu situación.

—Yo no tengo una situación.

—Ah, ¿no?

—No es mi situación. Es… Solo espera a que te diga cuando estemos a solas. —Esto último lo susurro, no quiero que Ben nos escuche.

Jagger no dice nada, solo saca el teléfono y no vuelve a hablarme. No se cambia de puesto, el profesor llega y me preparo para el lavado de cerebro que se aproxima.

Jagger no saca un cuaderno, pero se guarda el teléfono y presta atención a la clase.

Tomo notas que parecen garabatos y, aunque la mayoría de las veces mi letra es bonita y legible, en esta clase soy un desastre. Aprobé mi primer examen en el límite, no sobreviví al segundo y, si no paso el siguiente, no podré hacer nada para salvar esta clase. ¡Qué presión!

Estoy tan angustiada intentando entender lo que dice el profesor que me paso las manos por las mejillas y estoy segura de que adquiero mi expresión de tragedia épica avecinándose. No sé cómo voy a rendir bien el examen, no he entendido las últimas clases y encerrarme con los libros no me aclara las cosas del todo. Joder, joder, voy a suspender. Me quedaré atrás todo un semestre y mi promedio se volverá tan bajo como los malditos infieles.

Soy tan intensa que estoy viendo toda mi carrera universitaria pasar frente a mis ojos. Estoy segura de que, con mi mala suerte, estaré condenada a que mi horario siempre coincida con el de este profesor. Estoy atrapada y condenada a suspender con él por toda la eternidad, a menos que lo empuje por las escaleras y él sufra un accidente, o lo envenene o contrate a una prostituta que lo entretenga por siempre.

—No me graduaré nunca —murmuro horrorizada.

No hay manera en la que logre entender todas las últimas clases a través de los libros y el material de estudio.

—Oh, Dios, oh, Dios mío. No me graduaré nunca.

—¿Por qué? —Me sobresalto al ver a mi lado a un muy inclinado Jagger. Había olvidado su presencia a mi lado en medio de mi crisis.

—Porque mi cerebro no asimila nada de esto. Copio garabatos, es como escucharlo hablar en otro idioma. No entiendo nada, suspenderé, me quedaré atrás y estaré atascada en este curso una y otra vez. Como una maldición.

—¿No quisiste por casualidad estudiar actuación?

—No es gracioso. —Me llevo las manos al cabello y alzo las piernas hasta tener las rodillas encogidas en el asiento.

Su mano va a la mía para retirarla de mi cabello, me mira antes de reírse.

—No es tan difícil, Dulce.

—Dice el chico genio de la escuela. Déjame sufrir en silencio, por favor.

—De acuerdo.

Abrazándome las piernas, apoyo la mejilla en las rodillas. Me obligo a mirar al profesor y dejo de tomar nota en un vago intento de esperar aprender con solo verlo y escucharlo. No funciona.

Cada vez es más tentadora la idea de empujarlo por las escaleras.

Me giro para mirar a Ben. Si bien sus notas no fueron excesivamente altas, no necesita muchos puntos en este último examen, puede relajarse un poco y al menos parece que puede seguir la clase. Una vez intentó explicarme el temario, pero él no tiene paciencia y se alteró, por lo que terminé insultándolo y no volvimos a intentarlo.

Cuando la clase termina, me quedo sentada mirando al frente.

—¿Dakie? —me llama mi amigo, esperando que me ponga de pie para que vayamos a nuestra siguiente clase.

—Estoy jodida. Voy a suspender, Ben.

—¿Tan mal?

—Espantoso.

—Bueno, ponte de pie y llóralo en la siguiente clase —me alienta Ben.

—«Dakie» no irá a la siguiente clase. Tenemos una cita, ¿cierto, Dulce?

Bajo las traumadas piernas del asiento y miro a mi sorprendido amigo antes de guardar mi cuaderno junto al bolígrafo y ponerme de pie.

—No entraré a la clase. ¿Me prestas después los apuntes?

—Claro, claro. No hay problema. Nos vemos, Dakie.

Veo a Ben irse y me doy cuenta de que ha terminado mi tortura de la clase, pero ahora tengo que someterme de manera voluntaria a contar el desastre de mi hermana y buscar una solución con alguien cuyo pago por dicho favor aún no ha establecido.

—¿Cuál es el plan? —pregunto resignada.

—Da la impresión de que tú me estás haciendo un favor a mí debido a tus ánimos.

—Solo me duele la cabeza, acabo de pasar por un lavado de cerebro junto a la revelación de que voy a colgar esta materia.

Cuando me doy cuenta de que hay demasiado silencio, levanto la vista y me lo encuentro mirándome con interés. Sigo el movimiento de su lengua cuando se lame el labio inferior y luego conecto con sus ojos cuando parece que al fin hablará.

—Te ofrezco un paquete 2 × 1 —comienza a tentarme—. Dos favores al precio de uno. Puedo ayudarte a estudiar y con tu famoso favor, al precio de un solo pago.

Este chico es el favorito de McCain, no hay manera en la que aprendiendo de él no tenga salvación, pero eso sería relacionarme con él fuera de la ayuda de mi hermana y tengo la impresión de que eso lo haría todo diferente. Sin embargo, soy consciente de tres cosas:

1. Necesito aprobar este curso.
2. Necesito ayudar a Rose.
3. Necesito a Jagger Castleraigh.

—¿Qué pasa, Dulce? ¿Piensas que te vas a arrepentir?

Pienso que esto cambiará mi experiencia dentro de la universidad.

Mordisqueándome el pulgar, me miro los pies intentando hacer un repaso rápido de los pros y los contras de aceptar esta propuesta, pero la verdad es que nada me viene a la mente.

Hasta hace poco, trataba de no centrarme en la existencia de Jagger y ahora dependo de él.

—Está bien —acepto.

—Cerremos nuestro trato —dice con una pequeña sonrisa.

Extiendo la mano, pero se ríe antes de tomarla para tirar de mi cuerpo hacia el suyo y mirarme fijamente. Mantiene sus labios muy cerca de los míos.

—Así cierro mis tratos.

—¿Todos? —alcanzo a decir.

—¿Puedo cerrar el trato? —pregunta en un susurro sin responderme.

—Sí —alcanzo a exhalar.

Siento de manera inmediata la presión de sus labios contra los míos. Es una suave presión húmeda que termina tan rápido como empieza, apenas estuvo ahí y aun así el corazón me alte rápido.

—Ahora, andado. Hablemos sobre este negocio.

Ubica su mano en mi espalda baja y me guía hacia las escaleras para salir del auditorio mientras me pregunto: «¿En qué clase de locura me acabo de adentrar y con quién he pactado mi destino?».

Casi en automático, le dejo que me arrastre hacia donde sea que nos dirija, pero hay una persistencia extraña que me hace detenerme y mirar alrededor. Descubro que alguien nos estaba prestando atención, pero se gira con rapidez y se aleja. Sin embargo, no creo que haya algo extraño en alguien curioso que nos vea juntos. En realidad, me siento inquieta cuando, al mirar más allá, me topo con unos ojos oscuros que lucen burlones.

Conozco a ese chico o al menos sé quién es: Guido, un estudiante engreído y sexista de octavo semestre. Él me mira como si le causara gracia o conociera algo que yo no, se ríe y se da la vuelta comenzando a alejarse.

—¿Sucede algo? —me pregunta Jagger.

Dejo de mirar a Guido porque me hace sentir inquieta y prefiero llevar mi atención a Jagger, que me mira esperando una respuesta.

Estoy tan paranoica sobre la situación de Rose que para mí todos son sospechosos, todos me dan mala espina, todos me hacen desconfiar.

—No, no sucede nada. Solo creía haber visto a alguien —le respondo a Jagger.

Y, deshaciéndome de su mano en mi espalda baja, continúo la caminata a su lado.

5

MI CASO ESPECIAL

Jagger

Siempre he sabido que el juego mental influye mucho en una persona. Esa es la razón por la que me he dedicado a comer en completo silencio mi hamburguesa, mientras observo a Dakota retorcerse sin apenas tocar la suya. Su cuerpo envía señales de nerviosismo, ansiedad y desesperación. Creo que es la primera vez que no la veo serena y controlada.

Mi teléfono vibra y, cuando lo miro, descubro que se trata de un mensaje de Maddie.

> **Maddie:** Te estoy viendo. Linda chica.
> No parece tu tipo. Demasiado dulce para ti.

> **Jagger:** Me gusta lo dulce.

> **Maddie:** Pobre chica.

No puedo evitar reír mientras dejo el teléfono sobre la mesa. Miro a una mesa algo alejada donde, en efecto, Maddie se encuentra sentada junto a dos chicos que no conozco y Aria, que me mira con curiosidad. Mi mejor amiga me arroja un beso que me hace sonreír antes de volver mi atención a Dakota. Tiene la mirada clavada en la mesa de mi amiga, pero cuando se da cuenta de que la he pillado, se sonroja y se encoge de hombros antes de llevarse a la boca una papa frita.

—Ya he faltado a una clase y no faltaré a la siguiente, pero aún no me has dicho nada. —Toma la iniciativa, lo que me sorprende.

—No soy quien debe hablar, eso te toca a ti. No puedo ofrecer mis servicios cuando no conozco el problema —informo.

No pretendo ser pesado, pero necesitamos avanzar más allá de su típica frase: «Necesito un favor».

—Tienes razón.

Presiona sus labios de una manera en la que luce pensativa y me recuerda a la pequeña presión de bocas que hemos compartido hace unos minutos. No debería haberlo hecho, pero es tarde para el arrepentimiento.

Normalmente, no hago nada formal para cerrar un trato. Consiste en que ambas partes seamos responsables y está listo, pero por alguna razón sentí la necesidad de inquietar y tocar a Dakota, por eso me inventé un beso para cerrar el trato. Nada grave, nada duradero ni muy ardiente.

Vuelve de nuevo su mirada a Maddie, por lo que yo también llevo mis ojos ahí. Mi amiga está distraída ahora, riéndose de algo. Maddie parece no poder dejar de reírse, muy al contrario de Aria, que nos lanza miradas nada discretas y, aunque no son molestas, luce demasiado intrigada para mi gusto.

—¿A ella no le molesta? —pregunta Dakota tras un largo momento de silencio.

Por un instante, me pregunto si habla de Maddie o de Aria, pues la respuesta podría variar. Sin embargo, me doy cuenta de que habla de la primera.

—Te vi con ella antes de que iniciara la clase y ahora parece que os habláis con la mirada, entonces me pregunto si no le molesta.

—¿Qué tiene que molestarle a Maddie?

—Que estés aquí conmigo.

—Maddie no es celosa y es mi amiga.

—Oh.

—Además, estamos almorzando. No te estoy besando o manoseando, ni siquiera estoy lo suficiente cerca para tocarte. —Sonrío para restarle seriedad a mis palabras—. Y, de hecho, le agradarías.

—Así que no es tu novia…

—No tengo novia desde hace mucho. —Sonrío hacia su interés disfrazado—. Veo que los chismes de mí no te llegan frescos. Ese bello dolor de culo llamado Maddison ha sido como mi hermana desde hace diez años. No novia, no follada segura, no amiga con beneficios e incluso lo veríamos como incesto. Podría inclinarme en este momento para besarte y ella solo se encogería de hombros esperando que seas una buena chica que pueda darme algo de control.

Sonrío porque toma una profunda respiración. Luego dejo de hacerlo porque ella se lame los labios y es tan inocente, pero tan sensual a la vez…

—Pero no vas a besarme —acaba por decir.

—No, no voy a hacerlo.

—Bien —dice tomando otra papa, pero sin prestarle atención a la hamburguesa.

—Así que, dime, ¿cuál es este problema para el que me necesitas?

Le toma poco más de un minuto comenzar a hablar.

—Se trata de mi hermana.

—Rose Monroe. Cabello castaño oscuro y ojos igual de oscuros, buenas curvas, diversión y una risa peculiar.

—Dormiste con mi hermana —prácticamente sisea su acusación.

—En primer lugar, yo no duermo con las chicas, hacemos de todo menos eso. Y no, no he follado con tu hermana.

Conozco a Rose desde que llegó a la universidad. Es sociable, llamativa y, en general, amigable con todo el que conoce. Siempre está en las fiestas de las hermandades y fraternidades, parece llevar una sonrisa consigo a donde sea que vaya, como si no pudiese contener su felicidad. Claro, Rose Monroe es preciosa y está buena, pero no nos hemos involucrado de manera sexual o parecida. Sí coqueteamos un par de veces, sin embargo, todo se ha mantenido amigable con algunas charlas y conversaciones casuales. Sé que muchas veces finge ser tonta, pero la verdad es que es una chica lista y analítica debajo de toda la imagen que le vende a su hermandad.

Hace un tiempo, pensé que ella podría trabajar con nosotros porque creo que de verdad tiene grandes dotes de actuación. Lo repito: no es tonta, hay mucho más en ella de lo que todos creen. Lo pude notar enseguida por sus expresiones la primera vez que conversamos, es más inteligente de lo que aparenta. Pero no la integré al grupo porque no puedo dejar pasar el hecho de que ser muy sociable la hace algo chismosa y parece muy interesada en divertirse y festejar. Además, dudo que hubiese aceptado cualquier oferta.

Y con respecto a follar, si ahora tuviera la oportunidad, me temo que Rose no sería la hermana que desearía.

—Así que dime, ¿qué sucede con tu popular hermana?

—Rose, llamémosla solo Rose.

—De acuerdo. ¿Qué sucede con Rose?

—Hizo algo muy malo y ahora está siendo extorsionada. —Hace una pausa, pero no agrega nada más y quiero que entienda que esa frase no me dice mucho.

—¿Con qué?

Me mira con sospecha, como si de alguna manera le sorprendiera que no me altere o enloquezca por sus ambiguas palabras.

Me mantengo en silencio para darle la oportunidad de decidir. Cuando mira a su alrededor antes de inclinarse hacia delante, sé que continuará con esto.

—No puedes decírselo a nadie, Jagger.

—No lo haré.

—Promételo.

—Cierro mis promesas del mismo modo en que cierro un trato. ¿Quieres otro beso? —ofrezco y me divierte ver que se ruboriza.

—No, no —su respuesta es absolutamente rápida.

Al ver que se está tan paranoica sobre que la escuche, me pongo de pie y después me deslizo a su lado, pero parece alarmada.

—Es para que puedas susurrar todos tus secretos.

—Oh.

No sé cómo es que soy un ser humano con tanta paciencia, pero lo agradezco porque en este momento ella se toma su tiempo antes de volver a hablar.

—Ella durmió con su profesor... Bueno, no sé si durmió, pero sí que se acostaron. —Cierra sus ojos mientras lo dice y la miro.

Cuando no respondo, abre los ojos.

—Créeme, no es la primera ni será la última estudiante que lo hace. Es más común de lo que imaginas, solo que algunos son bastante buenos ocultándolo. —Me encojo de hombros—. ¿Rose quiere dejar al profesor y él la extorsiona?

—No. —Mira hacia su hamburguesa sin tocar—. Los grabaron follando.

Silbo pasándome una mano por el cabello.

—Esas son palabras mayores.

—Y eso no es lo peor. El verdadero problema es que hay alguien enviándole mensajes de capturas del vídeo diciéndole cosas desagradables como que ella es su perra y debe obedecer.

—¿Quieren dinero?

—No.

—¿Qué quieren? —Sin darme cuenta, me he estado inclinando hacia ella en busca de más información, ella tampoco parece notarlo.

—Si lo he entendido bien, quiere que sea su esclava sexual.

¡¿Qué carajos...?! La miro incrédulo y parece divertida de haberme sorprendido al fin, pero el miedo y la incertidumbre son evidentes en su mirada.

—No dejan de llegarle mensajes sobre que debe obedecer. Le dejan indicaciones y, cada vez que ella no cumple, le envía alguna imagen del vídeo. Dicen que cuando llegue a la imagen número veinticinco, no solo se las enviarán a ella, sino que comenzarán a hacerlas virales.

—¡Vaya hijos de puta! ¿No pueden follarse a una chica sin extorsionarla? —Hago una pausa al darme cuenta de que hay algo que debo preguntar—: ¿Quién es el profesor?

Dakota entrelaza los dedos y suspira como si no le gustase lo que está por decirme. Se inclina todavía más para poder hablar en voz muy baja.

—¿Conoces a Simon Clark? Es profesor de Ética en la escuela de Letras. Intento controlar mi expresión facial. Conozco al personaje del que habla y, aunque es de otra escuela y nunca he tomado su clase como optativa, no me ha dado clases, pero sé de él. Oh, lo conozco bien.

Cuando inicié todo este equipo de trabajo en mi primer semestre, uno de los asuntos más importantes que traté fue que dicho profesor acosaba sexualmente a una de sus estudiantes y otra de ellas lo acusó de agresión sexual. Por desgracia, la última chica al final decidió retirarse y el caso de la chica que en un principio ayudé solo terminó como una infracción en el expediente de Simon. Me enfureció mucho que mi ayuda no pudiese ser más útil.

Lo único que supe es que tiempo después, luego de que la chica de la agresión sexual se retirara, a la que ayudé con su acusación de acoso sexual fue transferida de universidad.

Tiempo después, un día Simon Clark me confrontó en las afueras del campus. Puedo garantizar que él me amenazó, pero no tengo pruebas para demostrarlo más que mi palabra. Yo casi había logrado que él fuese despedido y que se abriera una investigación en su contra, pero ni siquiera consiguió mala fama porque todo quedó a puertas cerradas.

Una de las razones principales por las que quise ayudar a esas chicas era porque Simon era profesor en la escuela en la que estaba una persona muy importante para mí y no quería que ella estuviese en una situación similar, aunque no es que alguna vez ella me hubiese insinuado que fuese acosada.

Algunas veces, intenté revisar su basura, pero nunca encontré que acosara a otra chica o que alguna presentara una queja. Nunca nadie me buscó de nuevo para que ayudara con un caso similar, así que pensé que tal vez todo era diferente. Pero supongo que solo me mentía a mí mismo para no cargar con el peso de saber que pude haber hecho más porque sé que los depredadores como él nunca cambian.

—¿Él acosó a Rose? —pregunto intentando mantener un tono de voz neutral y no uno afectado.

Me jodería que mi falta de interés por el profesor luego de estos semestres haya ocasionado a otra víctima de sus ataques no deseados.

Dakota se mira muy incómoda ante mi pregunta.

—No. Ella se involucró de manera consensuada con él.

¡Joder! ¿Dónde se encuentra el criterio de Rose? Claro, no puedo culparla cuando el tipo físicamente trae locas a muchas estudiantes y apuesto a que puede ser encantador si se lo propone. Además, las estudiantes no conocen de su acoso sexual y la agresión de la que casi fue acusado.

No es culpa de las chicas caer. Es culpa de los que nos callamos lo que sucedió y, sobre todo, de quienes barrieron el incidente debajo de la alfombra como si nunca hubiese pasado.

—¿Qué dice el admirable profesor al respecto? —Porque el tipo tendría que interesarse en cubrir a la pobre chica que durmió con él.

—Nada. El mensaje dice que no debe decírselo, que de hecho nadie debe saberlo.

Así que es un encuentro sexual de dos, pero solo uno se ve perjudicado. Resulta bastante inusual.

Permanecemos en silencio, mirándonos fijamente. Cuando alzo una mano para enredar en mis dedos un mechón de su cabello, ella no se aleja. Me deja sentir la suavidad de las hebras castañas mientras pienso en la situación de Rose.

Es curioso que este asunto se trate de su hermana, pero que sea ella la que esté en este momento conversando conmigo sobre el problema.

—Dime algo, Dulce. ¿Por qué eres tú quien me está pidiendo el favor y no ella?

—Es lo que hago.

—¿Qué es lo que haces?

—Ayudarla cuando no encuentra solución. Soy la mente que la encuentra.

—Eso tiene que ser muy agradable, ¿no? Dejar el peso de las responsabilidades en los hombros de alguien más.

—Rose no hace eso —suena a la defensiva.

—Eres quien en este momento está frente a mí, eres quien me deberá el favor.

—Tomé esta decisión, ella ni siquiera lo sabe y quiero que permanezca así. Nos cuidamos las espaldas. No quiero que salga perjudicada y, vale, cometió el error de follar con su profesor, pero eso no justifica la manera en la que le están haciendo todas estas cosas.

Creo que le ofende mi falta de respuesta y que piense que Rose debería estar sentada aquí y no ella. Tras apretar los labios, se pone de pie, pero tengo reflejos rápidos y la detengo. La tomo de la mano y tiro de su cuerpo para que su culo aterrice de nuevo a mi lado, solo que esta vez acerco mucho más su silla. La mantengo en el lugar envolviendo uno de mis brazos alrededor de su cintura. Creo que podría estar pasándome puesto que no tenemos la confianza para esto, pero es mi reacción rápida para retenerla.

Aprovechando nuestra cercanía, le hablo directo al oído:

—No te molestes, Dulce. Solo estoy sorprendido de que te sacrifiques de tal modo por un error que no te corresponde. No me quejo, me gusta que mi trato sea contigo y no con ella, me da mejor perspectiva sobre mi pago.

—No me molesta ayudar a mi hermana, ella lo haría por mí.

—Puedo respetar eso.

Ladea el rostro para poder verme mejor y eso ocasiona que nuestras bocas estén demasiado cerca, lo suficiente para sentir la calidez de su aliento contra mis labios.

—¿Cuál es tu sugerencia a la solución de este problema? —susurro ordenándome no mirarla directamente a la boca.

Puedo ir trabajando en diversas acciones, pero me gustaría escuchar sus ideas.

—No lo sé… Investigar de quién es el número privado y obligarlo a borrar el vídeo y… No lo sé.

—Creo que tenemos pensamientos parecidos. Consigue el teléfono de tu hermana, iremos de cacería.

—Bien.

—Ahora, sobre tus tutorías. Dos horas cada tarde, solo tienes dos semanas para aprender cada cosa del examen. Soy rudo, te obligaré a aprender.

—¿Cuál es el pago?

—No seas impaciente, algún día lo sabrás.

Libero mi agarre de su cintura y tomo su hamburguesa en vista de que no parece dispuesta a comérsela. Supongo que pasaré mucho tiempo con Dakota Monroe.

—Así que Maddie tenía razón y te encuentras aquí en una cita.

Estoy tan enfrascado en Dakota que me he distraído lo suficiente para no darme cuenta de que Joe se estaba acercando a mí. Noto su palmada demasiada fuerte en mi cuello antes de que se siente frente a nosotros y mire abiertamente a Dakota.

—Eres la hermana de Rose, ¿verdad? —le pregunta, estirándose por sobre la mesa y quitándome la hamburguesa que en primer lugar no era mía.

—Soy más que la hermana de Rose —murmura Dakota, pero Joe no alcanza a escucharlo.

—Ella es Dakota, va a la escuela de Negocios, y Dakota, él es Joseph, también va a la escuela de Negocios y es un poco demasiado entrometido —los presento.

—En realidad, me puedes llamar Joe. —No borra la sonrisa encantadora que le dedica a Dakota—. Y qué raro, nunca te había visto en la escuela.

Ante sus palabras, Dakota se encoje en sí misma. A nadie le gusta escuchar que es olvidable incluso si Joe lo dice de una manera amistosa.

—Pero es un gusto conocerte, me cae muy bien tu hermana.

—Qué bien —dice con torpeza.

—Así que estáis en esta cita…

—No es una cita —le aclara ella con demasiada rapidez.

Joe me mira en busca de una respuesta. Tal como ha mencionado, tiene que estar aquí debido a algún mensaje de Maddie y puede que sea mi único amigo dentro de la escuela, pero eso no significa que a veces no me fastidie.

—Seré tutor de Dakota para su clase de Finanzas II.

—¿Tú siendo tutor? —Se ríe—. Invéntate una excusa mejor, a ti no te gusta eso.

Ahora siento la mira de Dakota en mi perfil, pero mantengo los ojos en Joe.

—Siempre hay excepciones —termino por decir, y eso hace que mire de nuevo a Dakota.

—Guau, cariño, él nunca había hecho excepciones. —Su sonrisa se torna ladeada—. Espero que os divirtáis.

—Lo estábamos haciendo hasta que has llegado. ¿Por qué no estás con Bonnie?

—Porque está ocupada estudiando —responde sin prisas—. Ah, Dakota, Bonnie es mi novia. Te encantará conocerla cuando tengamos alguna cita doble.

—No estoy teniendo citas con Jagger.

—Aún —agrega él riéndose, y ella se pone de pie.

—Un gusto conocerte, Joe —se despide y la miro—. Jagger, entonces quedamos con ese acuerdo y…, eh… Gracias, nos vemos pronto, debo ir a clase.

Aún es temprano para su próxima clase, pero la dejo ir y miro su cuerpo alejarse hasta que sale de la cafetería. Casi de manera inmediata, mi teléfono vibra.

Aria: ¿Así se ven tus nuevos gustos? Un poco sosa.

Ni siquiera le respondo, solo bloqueo el teléfono y llevo mi atención a Joe, que se encuentra mirándome con picardía.

—La estoy ayudando.

—Ni siquiera he preguntado.

—Pero sé que ibas a hacerlo.

—Sin embargo, parecía que la mirabas con interés.

—Porque es interesante —sonrío—, es mi caso especial.

—Maddie tenía razón cuando me ha enviado la foto diciendo que estabas actuando como un caballero cortejando y, por supuesto, debía venir a verlo con mis propios ojos.

Al menos Maddie no lo ha enviado en el grupo que tenemos del negocio y del que Joe no forma parte. Una vez se lo propuse y él lo rechazó de manera diplomática haciéndome saber que estaba a gusto llevando una vida universitaria tranquila y que le bastaba con mi inservible amistad.

—Bueno, Jagger, espero que te vaya bien con tu caso especial. La chica me da buena vibra, tiene buen aire, no es denso —me hace saber antes de engullir lo que resta de la hamburguesa.

Desbloqueo mi teléfono y entro de nuevo al chat con Aria. De hecho, le respondo el mensaje anterior.

> **Jagger:** ¿Sosa? No reflejes tus inseguridades en alguien más.

> **Jagger:** No me gusta lo soso, me gusta lo dulce.

Sin esperar respuesta o mirar hacia su mesa, no escucho lo que sea que Joe me esté contando de Bonnie. Mientras, comienzo a pensar en estrategias que puedan ayudar a Dakota Monroe a sacar a su hermana del problema.

Dakota Monroe, la chica dulce, mi caso especial.

6

INCERTIDUMBRE

Jagger

—¡Pollita en casa! —grita algún idiota cuando Maddie entra conmigo a la fraternidad, lo que la hace entornar los ojos.

—Por eso nunca conseguirás a una buena mujer, Greyson.

Me río a medida que la apresuro a subir las escaleras hasta mi habitación. Después de años en la fraternidad, me he ganado el respeto de muchos y también he movido mi influencia para poseer una habitación para mí solo.

Cuando pasamos dos habitaciones antes de la mía, somos capaces de escuchar fuertes gemidos femeninos acompañados de unos roncos gruñidos y el inconfundible sonido del golpe de piel contra piel.

Maddie se ríe y enarca una ceja mirándome.

—Es la habitación de Drew —es lo único que digo.

La apremio a llegar a mi habitación y, una vez dentro, se lanza sobre mi cama mientras busco mi portátil.

—¿Alondra sabe de las actividades extracurriculares de Drew?

—Creo que Alondra también tiene actividades extracurriculares. Ellos sabrán cómo llevar su extraño arreglo.

—¡Vaya relación! —dice consternada y fascinada en igual medida.

Introduzco la clave en mi portátil y busco los códigos que necesito.

—Aquí está, Seth puede hacerlo en dos días, ¿verdad?

—Seth es un genio, mi hermanito puede tenerlo en horas.

—Lo sé. Todo será más fácil cuando Seth venga a estudiar aquí el próximo semestre.

—Será tu discípulo. —Se ríe.

Seth es el hermano menor de Maddison. Es un buen chico y un genio con los números y todo lo que tenga que ver con tecnología. Desde que descubrimos sus habilidades a sus tiernos catorce años, decidí que el día que tuviera que hacer cosas grandes lo reclutaría. Por eso, a sus diecisiete años y desde

Londres, Seth se encarga de los trabajos que implican informática y, a veces, algo no tan moralmente aceptable.

Es el menor de nosotros tres, yo tengo veintiún años y Maddison se encuentra a meses de igualarme la edad. Cuando nos graduemos dentro de tan solo un año, si Seth lo desea, todo este negocio quedará en sus manos. Los hermanos Campbell son la clase de hermanos y primos que no tengo, incluso la pequeña niña, Layla Campbell, de tan solo ocho años.

Cargo la información a nuestra línea directa superprotegida gracias a Seth y le envío lo que necesito. Mi equipo no es grande y son básicamente mis amigos: Maddison, Seth, Lorena, James (es estupendo en infiltrarse y conseguir información cuando se requiere) y Louis, con quien nunca nos ven y es lo suficiente tímido para que nunca pensaras que está involucrado con nosotros.

A Lorena y a James los conocí en mi primer año, y a Louis, en el segundo. No llevó muchos intentos convencerlos, y James básicamente le dirá «sí» a cualquier acción que le garantice diversión, adrenalina o peligro.

Apago el portátil y me siento en la cama mirando a Maddison antes de tirar de su pierna para arrastrarla por la cama, lo que la hace reír.

—¿Qué sucede con Jamie? —pregunto, aunque no es la primera vez que lo hago.

—Nada. Solo nos molestamos.

—¿Os gustáis y tenéis algún gusto perverso sobre discutir?

—No, Jagger. —Ríe antes de incorporarse y arrodillarse a mi lado—. James no me gusta.

Lo pongo un poco en duda, pero no diré nada al respecto. No soy cupido y mientras eso no nos afecte…

—Y deja de preguntar sobre eso, yo no te atosigo con Aria.

—Eso es porque entre tu amiga y yo no hay nada —aseguro.

—No es lo que parece.

—No sé qué es lo que parece, pero definitivamente sé que no tengo ningún tipo de relación sexual o romántica con ella.

—Le gustas, Jagger.

—Eso no me condiciona a deber tener una relación con ella.

—Lo sé, solo digo que… ¿Por qué pareces tan reacio? Antes te gustaba.

—Antes tuvimos solo un rollo sexual, Maddie. Sí, me gustaba y puede que alguna vez sintiera celos cuando inició su relación, pero eso fue todo. No me interesa relacionarme de nuevo con Aria de ese modo y ella lo sabe.

—¿Y si le duele?

—Que se sobe.

—Auch.

—No quiero discutir contigo, Maddie. Entiendo que sea tu amiga y la quieras, pero no te metas en esto ni intentes abogar a favor de una relación que no va a existir. Aria sabe que ni siquiera somos amigos, que nos relacionamos por ti y no haremos que sea una situación tensa.

—Vale, lo siento, prometo no volver a hablar al respecto. Tienes razón, no es mi asunto y no quiero que nos enfademos.

Me sonríe con dulzura y entorno los ojos, difícilmente me molesto con ella.

—Ahora hablemos sobre otro asunto importante.

—¿Qué sería eso? —pregunto con cautela.

—¿Qué sucede con la chica bonita con la que almorzabas ayer?

—Dakota Monroe —digo en automático.

Al menos no me está preguntando: «¿Qué sucede con la hermana de Rose?». Porque con nuestras breves interacciones, me he dado cuenta de que a Dakota le pesa esa primera frase que yo mismo pensé hace poco.

—Sí, Dakota, no sabía que ese era su nombre —me dice—. La he visto cuando ha estado con Demi. Debes de saber que Demi es parte de mi hermandad, pero de Dakota nunca he sabido nada, de hecho, me dio la impresión de que además de Demi no habla con nadie más.

—Tiene amigos, Maddie, no puedes estar al día con las relaciones sociales de todos los estudiantes, así de sencillo.

—¡Vaya! Pareces particularmente listo para defenderla. —Me dedica una sonrisita—. ¿Qué pasa con Dakota?

—Necesita mi ayuda —respondo con simpleza.

—¿Con qué?

—Le di mi palabra de que no se lo diría a nadie, salvo que necesite vuestra ayuda. Es mi trabajo especial.

—Nunca has tenido un trabajo especial. Es bonita.

—Es una chica dulce.

—Estás sonriendo como un idiota. ¿A Jagger putito le gusta una chica dulce?

—No lo sé —respondo—. Voy a ayudarla a estudiar.

Abre la boca totalmente sorprendida antes de tocarme la frente de forma teatral y buscar señal de si estoy enfermo.

—¿Estás muriendo? ¿Cuánto tiempo te queda?

—No seas bromista. Tu gracia no llega tan lejos, Maddie.

—¡Joder! Tú odias dar tutorías. Te has negado siempre porque no te gusta. No tienes instinto de profesor, al menos no con lo académico, y ahora esta chica es tu trabajo especial y como bonus vas y le enseñas como su tutor. ¡El infierno está congelándose!

—¡Mierda! Cállate, no todo el mundo tiene que escucharte.

—No me lo creo.

—Cállate, niña loca.

—Llamaré a Seth y se lo diré. Espera, mejor lo escribo en nuestro grupo.

—¡No! —Intento arrebatarle el teléfono, pero corre por toda mi habitación—. Y podrías cambiar el asunto del grupo, no somos ningunos asesinos mafiosos y el cumpleaños de Louis ya pasó.

—Y enviar. —Segundos después mi teléfono vibra—. ¡Oh! Espera, cambiaré el asunto también.

Leo su mensaje y quiero quejarme, pero se vuelve peor cuando leo el nuevo nombre del grupo: «Jagger tiene un caso especial #Dagger».

—Será mejor que corras, porque voy a ahorcarte.

—¿No es gracioso que sus nombres unidos formen la palabra «*dagger*»? Tiene que ser una señal.

—Una señal de que por fin te has vuelto loca.

—¡Mira! Lore ya ha escrito: «¿Qué mierda, Jagger?». Clásico y predecible. Al menos ha podido poner un emoji.

—¡Maddison! —grito cuando abre la puerta de la habitación y sale.

La sigo y me encuentro a Drew besuqueándose con la chica de los gemidos al inicio de las escaleras.

—¡Nos vemos, Jagger! —Es lo único que grita Maddie saliendo del lugar.

Me paso las manos por el cabello y, cuando me giro, me encuentro con la escena de la mano de Drew debajo de la falda de la chica. No entiendo cómo a tantas mujeres les gusta ser víctimas de Drew.

El tipo no me agrada, finge ser el chico bueno y encantador, pero ¿la verdad? Es una absoluta mierda. Un desperdicio.

De: Megan Hilton
Para: Jagger Castleraigh
   Hijo, la desesperación comienza a embargarme al ver que te niegas a hablar conm…

No tengo que pensarlo mucho cuando borro el correo electrónico de la mujer que me trajo al mundo. Ni siquiera lo leo y me planteo durante unos segundos si debo bloquearla, pero la experiencia de veces pasadas me hace recordar que solo se abrirá una cuenta nueva desde la cual seguir atormentándome. Para mí no hay excusas lo suficiente válidas que justifiquen cada dolor que Megan me ha ocasionado en esta vida.

Todo empezó cuando era apenas un niño y su última puñalada llegó hace un tiempo, cuando el dolor ardió tanto que pensé que me mataría. Para mí, mi mamá dejó de serlo hace mucho tiempo. Papá siempre intenta justificarla sin importarle que desde hace mucho tiempo ellos no están juntos. No entiendo esa lealtad y él tampoco entiende mi completo rechazo, pero es porque él no sabe muchas cosas de nuestra relación madre e hijo, las cosas que ella me ha hecho vivir y sufrir.

No niego que la extraño. Muchas veces quisiera tener la oportunidad de correr y abrazarla, de sentirme seguro y amado a su alrededor, pero esa sensación solo la experimento cuando estoy con mamá Marie y eso que con ella todo ha sido una casualidad.

Apoyo la cabeza en la pared del edificio de Arte, donde me encuentro esperando que sea la hora de verme con Louis. Unos murmullos llaman mi atención y, al inclinarme hacia delante, consigo tener una mejor vista. En automático, entorno los ojos como si eso mejorara mi visión en la oscuridad y distingo dos sombras haciendo un intercambio rápido. ¿Drogas? Con sinceridad, no lo sé, todo ocurre muy rápido.

No es un secreto que en las universidades se mueven las drogas y la OUON no es la excepción, es solo que estos intercambios me inquietan al hacerme recordar lo caótico que fue este asunto mi primer año.

Durante ese tiempo, una droga nociva y desconocida se encontraba asesinando a estudiantes, ocasionando sobredosis, induciendo al coma e incluso muerte cerebral. Era un desastre sin control que me propuse detener cuando supe quién era el líder de una red que no hacía más que crecer y que estaba generando todas esas cosas dañinas. Lo supe cuando Seth, bajo mis indicaciones, indagó con su portátil sobre ello.

Bryce Rhode fue expulsado cuando le dejé unas carpetas anónimas al rector. Particularmente, no me considero un soplón, sé que la vida universitaria conlleva movimiento de drogas, pero Bryce lo estaba llevando a otro nivel, era una droga desconocida. Varios estudiantes habían muerto de manera inexplicable luego de consumir lo que sea que vendiera, otros habían estado en un grado de gravedad terrible en el que terminaron muriendo por causas derivadas de ellos y muchos iban por el mismo camino. Sus porquerías se estaban expandiendo de una manera alarmante. Además, sé que molestaba a algunas estudiantes y una de ellas fue la novia de un graduando que considero mi amigo. Aunque en ese momento no había pruebas y tal vez nunca supe en concreto lo que sucedía, cosas graves estaban girando a su alrededor. Así que no me arrepiento de haberlo expuesto.

Él no supo que fui yo o al menos eso he pensado el tiempo posterior a esos sucesos. Aunque estaba empezando en el negocio, traté de no dejar cabos sueltos. Sin embargo, tras su expulsión, durante mucho tiempo estuve alerta por si él descubría que fui yo e intentaba hacerme daño, pero no volví a saber de él y, hasta el día de hoy, desconozco qué fue de su existencia. Lo último que supe es que estaba en la Ocrox University of Washington. Solo espero que no se haya llevado su droga adulterada con él.

Esa es la razón por la que este intercambio tan misterioso me llama tanto la atención. Normalmente, desde Bryce, no hay tanto protocolo para conseguir marihuana, pastillas que mejoren el rendimiento del cerebro, relajantes o cosas más fuertes en la universidad, pero eso suelen llevarlo Abel, Guido y otros estudiantes con menos demanda. Ellos son los ocasionales, los proveedores de las drogas suelen estar afuera de la OUON.

Cuando el intercambio termina, apoyo la espalda en el edificio y saco un cigarrillo para lucir más casual. Lo enciendo con rapidez y casi me ahogo de lo rápido que tomo caladas para desgastarlo. Consigo verme casual cuando una de las sombras comienza a acercarse a donde estoy, puesto que debe caminar por aquí y trato de no lucir sorprendido cuando me doy cuenta de que es Chad.

No es que vaya a juzgarlo, pero no esperaba que estuviese metido en el consumo de drogas. Por lo general, es un buen chico con notas excepcionales que hacen que se mantenga como presidente estudiantil de la escuela de Negocios. Es muy sociable, un conquistador nato de las chicas y siempre me paga bien cuando lo ayudo con tonterías o cosas algo más complicadas.

Él no es bueno ocultando su sorpresa al verme, sin embargo, me sonríe y parece lucir algo avergonzado.

—No esperaba verte por aquí, Jagger.

—Lo mismo digo. —Doy otra calada a mi cigarrillo—. Pensé que te mantenías como un chico bueno, Chad.

—Es inofensivo —me asegura—. Promesa de explorador.

—Estás jurando con la mano equivocada —señalo, riéndome por lo bajo—. ¿Es algo seguro?

Lo último que quisiera es que de nuevo circulara droga adulterada y que alguien como Chad o cualquier otro estudiante acabara con un destino trágico.

—Solo es hierba, Abel consigue cosas buenas.

—¿Ese era Abel? —Asiente en respuesta—. Qué raro, nunca lo he visto haciendo un intercambio así por hierba.

—Sabes que Abel puede ser bastante extraño.

Eso es verdad. El estudiante de Biología y mujeriego certificado es más normal cuando actúa extraño que cuando lo hace de manera convencional.

Hasta el día de hoy, me sorprende lo desconcertante que puede resultar a veces hablar con Abel.

—¿Y qué haces aquí, Jagger?

—Tomó un poco de aire, fumo y espero para encontrarme con Maddie —miento. Lo hago sobre todo para no hablar de mis asuntos incluso con tipos que me caen bien, como Chad.

—Tú sí que sabes cómo enloquecerlas. Siempre he creído que Maddison y tú terminaréis casados y con dos hijos. —Palmea mi espalda—. Te dejo, tengo hierba que fumar y filósofos que estudiar. En serio, a veces siento que me volveré loco de lo tenso y estresado que estoy.

—Espero que tengas un buen viaje —es lo único que digo antes de verlo marcharse.

Fumo lo que resta de mi cigarrillo y camino hasta el final oscuro donde he visto todo el intercambio. El lugar está solitario y, solo a una considerable distancia, se encuentra un grupo de estudiantes nocturnos.

Tomo un chicle del paquete que mantengo en mi pantalón y espero a Louis, pero todavía siento la incertidumbre sobre lo que acabo de presenciar.

7

¿LA SOLUCIÓN? MENTIR

Dakota

—¿Por qué hablas contigo misma? —pregunta Avery desde la entrada de mi habitación.

Técnicamente, esta era la habitación que iba a compartir con Rose, pero ella se unió a una de las hermandades. Siempre me olvido del nombre, pero no es la misma que la de Demi.

—Suspenderé Finanzas —termino por anunciar.

—Oh, no.

—Pero encontré un tutor.

—Oh, sí.

—Pero no sé si ir.

—Oh, vaya.

—Pero lo necesito.

—Oh, mierda.

—Pero no quiero necesitarlo y ahora voy a deberle más a mi favor.

—Oh, humm…

Riéndome, dejo de caminar por la pequeña habitación y miro a Avery Judd. Es tímida con las personas, bueno, en realidad es muy asocial. Me tomó cinco meses hacerla hablar más allá de unas pocas oraciones y sacar su verdadero ser. Creo que soy de sus pocas amigas, quizá la única hasta ahora con la que habla tanto. Tiene un problema de ansiedad social.

Es linda e incluso me parece un poco tierna con su torpeza y timidez. Su cabello es bastante ondulado hasta el punto de que en ocasiones parece indomable, pero me gusta cómo es, y su sonrisa es tan aniñada que me hace sonreír con facilidad. Además, Avery es un millón de veces mejor compañía que Laurie, nuestra odiosa, grosera y presumida compañera de piso. Ni siquiera estoy segura de si le agrado a Laurie, o, para el caso, si alguien lo hace en realidad.

—¿Quieres aprobar el curso, Dakota?

—Sí —me rindo—. He lanzado un montón de monedas en la fuente de la sabiduría con ese deseo.

Su suave risita me hace sonreír.

—Si dices tu deseo, no se cumplirá —me recuerda.

—¡Mierda! Es verdad —me lamento, aunque hasta el momento ese deseo estaba lejos de cumplirse.

—Pero viendo tu desesperación y que parece que no puedes lograrlo sola…

—No entiendo absolutamente nada.

—Entonces, Dakota, ve con quien sea que se ofreciera a ser tu tutor. No le des más vueltas. No quieres volver a esa clase el próximo semestre ni atrasarte en la carrera.

—Es lo último que deseo. —Solo de pensarlo casi me hace entrar en crisis.

Ambas asentimos y, aunque sabía con certeza que iba a acudir al encuentro con Jagger, me hace sentir mejor esta pequeña charla con Avery.

—¿Estás bien? —me pregunta y la miro con intriga—. Es que llevas muchos días pareciendo preocupada.

—Oh, son algunas cosas que me molestan, pero ya estoy solucionándolas. No es nada grave.

—Aquí estoy si necesitas hablar.

—Gracias, Avery. —Me acerco y le doy un apretón en el hombro, pues no le gustan los abrazos inesperados, la ponen nerviosa—. Supongo que mejor me doy prisa, no quiero llegar tarde y tentar a mi tutor a abandonarme.

—En ese caso, corre.

Tomo mi bolso y hago básicamente eso, correr.

No sé cómo consiguió Jagger mi número, pero el mensaje que me ha enviado antes me dejó muy claro el lugar donde espera verme. Cuando llego, estoy jadeando y soy consciente de que voy con minutos de retraso. Es fácil encontrarlo, es difícil ignorar a alguien que luce como Jagger. Está sentado sobre el césped con la espalda apoyada en un árbol.

Hay poca vegetación en la universidad, pero este jardín suele ser una de las zonas de descanso más bonitas del campus. Está ubicado entre los edificios que representan la Facultad de Ingeniería y paralela a los edificios que conforman los laboratorios de bioanálisis. Pocas veces vengo a este lugar porque me queda alejado de la escuela y la verdad es que puedo llegar a ser perezosa.

—Lamento llegar tarde —me disculpo apenas soy consciente de que puede oírme.

—Nos quedan una hora y cuarenta y cinco minutos. Es tu tiempo el que has perdido.

No digo nada, solo me dejo caer a su lado y respiro hondo un par de veces en un intento por calmar mi respiración.

—¿Siempre que te agitas tu piel se sonroja? —pregunta de la nada.

No quiero analizar por qué esa declaración parece tener mucho doble sentido y su pequeña sonrisa me lo confirma. No le respondo. En lugar de ello, saco de mi mochila mi cuaderno, un libro y el material de práctica de mi clase de Finanzas II.

Hago todo eso bajo la atenta mirada de Jagger, que poco después toma el cuaderno de mis manos. Lo abre por una página al alzar y arquea ambas cejas mientras pasa una hoja tras otra. Al final termina por reírse y yo frunzo el ceño, pese a que siento que me sonrojo.

—Sé que parece un desastre —corto el silencio.

—¿Qué clase de jeroglífico es esto? No entiendo ni siquiera dónde empieza.

—Yo tampoco —admito, y eso le hace sonreír—. Soy un total asco en esa clase hasta para tomar apuntes. —Me meto unos mechones de cabello detrás de las orejas antes de volver a hablar—: ¿Cómo lo haces? Tienes al tipo en tu bolsillo, parece que te adora.

—¿Qué puedo decirte? Soy encantador.

—No lo dudo. —Entorno los ojos.

—Siempre me ha resultado fácil estudiar. —Se encoge de hombros—. Puedo entender perfectamente al profesor y, si no lo hago, le sigo el ritmo a través de los libros.

—Nunca tomas apuntes.

—Alguien ha estado mirándome con atención, ¿eh?

—Solo es algo que noté.

—Tengo buena memoria, asocio todo lo que escucho a lo que observo. Puedo recordar cualquier clase con detalle, me sucede con todo.

—Eso tiene que ser una gran ventaja —reflexiono y admito que tengo celos porque yo quisiera ser así de hábil para el estudio.

—No siempre, no cuando hay cosas que a veces quieres borrar de tu mente.

Se hacen unos breves segundos de silencio. Sus palabras han sonado bastante precisas y no creo haber imaginado el tono agrio en su voz.

Me doy cuenta de lo incómoda que me siento con el ambiente y el cambio drástico, así que vuelvo a hablar:

—¿Por qué entras a mis clases de Finanzas?

—Me gusta el curso y estoy realizando un trabajo de investigación para conseguir créditos que me quiten carga lectiva. Me ayuda a refrescar la memoria y el profesor McCain es mi tutor académico. Siempre es bueno ganar puntos extras, ¿no?

—Supongo, pero jamás elegiría a ese verdugo como tutor.

—Para mí es todo un reto.

—Masoquismo también se le dice. —Mi declaración lo hace sonreír y, por algún motivo, eso me gusta.

—Ahora bien. ¿Por dónde empezamos con tus clases?

—Quizá por el tema siete, que es donde comienza el próximo examen. No he entendido absolutamente nada.

—Ya veo. —Cierra mi cuaderno y lo descarta con facilidad—. A menos que descifremos tus anotaciones, lo mejor será guiarnos por el libro.

—Y tus superconocimientos —agrego sonriendo, y sus propios labios se estiran en una pequeña sonrisa.

—Qué bien te ves sonriendo, Dulce. Tal vez mi nueva misión sea que lo hagas más seguido.

Sus palabras hacen que mi sonrisa se tambalee, no por desagrado, sino porque hace que me sienta cálida. Las tonterías sobre las que Demi vive delirando y que parecen fanfics me rondan por la cabeza. Ya sabes, la tontería de pensar que Jagger y yo podríamos ser más que una inesperada asociación debido a un favor.

Jagger comienza con lo más sencillo y en un principio me cuesta entenderlo. Es paciente y no parece exasperarse, de hecho, luce imperturbable. Cuando comienzo a entender poco a poco el primer tema, me dedica una sonrisa que me distrae. Casi hace que me pierda lo que dice, pero no quiero avergonzarme. Necesito pasar este examen, por lo que me concentro en sus palabras.

No es un gran avance el que hacemos, pero estoy mejor de lo que estaba esta mañana y tengo dos semanas para lograr aprender cuatro temas, incluidas las prácticas. Tengo fe y esperanza.

—Mañana será una hora de práctica. Puedo traer el que fue mi examen en aquel momento para que practiques.

Asiento de manera distraída mientras lo miro. Jagger es tan enigmático, justo ahora es el chico bueno y gentil que me ayuda a estudiar para pasar mi curso.

—¿Tienes el teléfono de tu hermana? —Me saca de mis ensoñaciones con su pregunta.

Y ahora es el chico del negocio que me ayuda a resolver un problema que no es mío. Son cambios rápidos, rasgos de su personalidad que logran confundirme.

—Me lo llevará en la tarde.

—Que no borre ningún mensaje.

—Se lo he advertido. —Hago una mueca mientras recojo mi libro y mis anotaciones—. Esto de que me ayudes con ese problema sigue siendo algo que mantendremos entre nosotros.

—Y si nos ve juntos, ¿qué pensará?

—Podemos decir que eres mi tutor, tiene sentido y, en cierta forma, es verdad.

—O podemos decir que estoy conquistándote —propone sin despegar esos ojos grises de mí.

Mi reacción inmediata es abrir la boca como una tonta, pero la cierro enseguida antes de sacudir la cabeza.

—Y de nuevo ahí está el sonrojo. Eso también me gusta —dice. Estira la mano como si pretendiera acariciarme el pómulo con los dedos, pero termina por dejarla caer.

He pasado poco tiempo con Jagger y ya me está afectando. Su impacto en mi vida está llegando con demasiada fuerza.

Me aclaro la garganta y hago el intento de recuperar el control de esta conversación.

—No se creería que estás conquistándome.

—¿Por qué no? —Parece interesado de verdad en mi respuesta.

—Porque todos saben el tipo de chicas con las que sales. —Me encojo de hombros.

—¿Qué tipo de chicas?

Miro a un grupo de sus fanáticas que le guiñan un ojo y se ríen al pasar. Sonrío y enarco una de mis cejas. Esa es toda la respuesta que necesita.

—Ese tipo.

—Es un poco presuntuoso asumir que solo ese es mi tipo de chica y, peor aún, encasillarlas a ellas como un tipo.

—De acuerdo, tienes razón. Ha estado mal decir eso —me arrepiento—, pero el caso es que estoy alejada de las fiestas, de la diversión y de todo eso. Me asocian más con la tranquilidad, las cosas cursis y la controladora que solo estudia.

—Bueno, ¿y qué pasa si eso me gusta? —Arquea una ceja—. Además, presiento que eres más que eso.

—No pierdas el tiempo imaginando que hay más de lo que dejo ver, Jagger.

—Y para que lo sepas, no tengo un tipo. Cuando alguien me gusta, solo me gusta y ya.

Una de sus manos se apoya a un lado de la mía, ocasionando que nuestros meñiques se rocen.

—Como sea. —Alzo la mano, estoy demasiado asustada de lo mucho que deseo que toque la mía—. Vamos a evitar que Rose nos vea y así no tendremos que decir nada.

—Yo no me escondo, Dulce. Dejo que el mundo me vea.

—Créeme, el mundo te ve.

Echa el rostro hacia un lado y se lame el labio inferior antes de volver a hablar.

—Dime, ¿me mirabas mucho? —pregunta divertido, pero también intrigado—. Parece que tienes calado muy hondo lo que sea que pienses de mí.

—Todos te miran, es difícil no hacerlo.

—Me gusta pensar que me mirabas, yo te miré varias veces.

—¿Lo hiciste? —No puedo evitar preguntar en un murmullo.

—Tan distante, seria, pero sonriente con tus dos amigos, tan inalcanzable.

—No soy inalcanzable.

—¿No lo eres? —me pregunta con intensidad—. ¿Quiere decir eso que yo tendría una oportunidad?

—¿De qué? —susurro.

No me responde. En lugar de ello, me mete un mechón de cabello detrás de la oreja antes de que me aleje. Por supuesto, mi reacción es ponerme de pie y colgarme la correa de la mochila en el hombro. Pocos segundos después, él también se incorpora y se mete las manos en los bolsillos delanteros del pantalón.

—Te veo a las once en la cancha de tenis que está en el ala oeste.

—Nunca he ido ahí. ¿Es la que está cerca de la escuela de Educación?

—Sí. —Me lanza otra larga mirada—. Y trae el teléfono de Rose. Nos vemos, Dulce.

No tengo nada que decir y, de todos modos, él se marcha. Siento que así serán mis encuentros con Jagger.

No se supone que nuestras vidas colisionarán. Me es inevitable no soltar un profundo suspiro.

—¡Ey, Dakie!

Me giro hacia mi nombre y sonrío al ver a Ben acercarse, no importa que esté con Lena. Sus dedos están entrelazados y, por la manera en la que lucen relajados, da la impresión de que hoy están en una buena fase de su relación.

—Hola, chicos —saludo de manera general para ser educada.

Sé que no le agrado a Lena y ella tiene que sospechar que no es mi persona favorita, pero puedo ser civilizada.

—¿Ese era Jagger? —pregunta Lena mirando su espalda alejarse, cosa que me incomoda.

—Hum, sí. Me está ayudando con Finanzas.

—¿Ese era el problema que tenías? —pregunta Ben recordándome mi publicación en el grupo de la escuela.

Decido que me agarraré a esa excusa con uñas y dientes.

—Sí, ya sabes lo mal que llevo esa clase y estoy desesperada por conseguir una buena nota en mi examen final.

—¡Uf! Lo entiendo, nadie quiere repetir esa clase. —Ben le sonríe a Lena—. Ya te he contado bastante sobre el profesor McCain.

—Demasiado, casi me mareas. —Entorna los ojos, es despectiva, como siempre—. También te he escuchado decir que Jagger es una especie de protegido de ese profesor.

—Lo es. ¿Cierto, Dakie?

—Es su tutor académico, él es buen estudiante. —Ahora parece que soy la defensora de Jagger.

Ben enarca las cejas sorprendido de que no me esté quejando de que él sea un consentido de McCain, pero eso es porque antes no tenía conocimiento de lo inteligente que es Jagger de verdad.

—Bueno… Lena y yo vamos de camino a por un café. ¿Quieres unirte?

Por la mirada que ella le lanza, es fácil darse cuenta de que es lo último que desea. Tengo tiempo libre, pero prefiero invertirlo estudiando o haciendo alguna otra cosa que estar en un lugar donde no soy deseada.

—Gracias, pero he quedado en encontrarme con Rose. —Eso no es cierto, pero bien podría buscarla.

—Cierto, tienes una hermana —dice Lena como si la idea la asqueara—. Todos conocen a tu hermana y no por su buena fama.

—Hasta donde yo sé, todos la conocen porque es amigable. —Y es verdad, antes de todo este asunto de las amenazas, lo único que Rose recibía era amor.

—Sí, puedo imaginar lo amigable que es… —Mira a Ben—. Espero que tu cercanía se mantenga solo con una de las hermanas Monroe y que esa sea Dakota.

—Sabes que solo tengo ojos para ti, Lena.

Él le da un beso rápido y yo estoy gritando en mi interior: «¡Alerta de relación toxica!». Tu pareja no tendría que exigirte ni dictaminar con quién vas a relacionarte. Esa clase de control no es sano y Ben parece no querer darse cuenta.

—Eso espero. Bueno, que tengas buen día, Dakota.

Casi lo arrastra para alejarlo. Espero que algún día mi amigo reaccione y se dé cuenta de la clase de relación en la que está. No soy una experta en el amor, pero sé que eso no lo es.

—Creo que podrías estar comenzando a gustarle —concluye Demi cuando le resumo mi encuentro con Jagger de hace unas horas mientras me daba clases.

—Tal vez solo es coqueto.

—He escuchado de Jagger que es bueno en la cama, que es un buen conversador e incluso bailarín, pero nunca he escuchado que sea un coqueto y, créeme, ha follado con varias de mis hermanas.

Por hermanas se refiere a sus compañeras en la hermandad. Puede que aún no viva dentro de la gran mansión, pero figura en su lista de integrantes y participa en las actividades. También pasa tiempo dentro del lugar.

—Si ha follado con algunas de tus hermanas, ¿cómo es que nunca has hablado con él o estado cerca?

—No se ha dado la oportunidad. Soy de primer año y casi nunca estoy ahí —me recuerda—, pero las escucho ser risueñas sobre él.

—Y viendo que todas tus hermanas son preciosas y parecen modelos, te haces una loca historia en la cabeza de Jagger conmigo...

—Oye, oye —me corta, enlazando su brazo en el mío mientras continuamos caminando—. No todas parecen modelos. Hay mucha diversidad y son amables, al menos la mayoría. En cuanto a ti, eres preciosa, Dakota, y lo sabes.

—Estoy bien, pero Rose parece encajar más con...

—No hagas eso, es molesto que te compares. Rose es preciosa, pero tú también, no eres su sombra ni nada así. Si Jagger ha coqueteado contigo es porque como mínimo te encuentra bonita.

—De todos modos, no importa, solo quiero que me ayude.

—¿Segura? Porque de alguna manera ahora te sonrojas cuando hablas de él y ya no suenas tan desinteresada cuando me pones al día.

Tiene razón, cada vez me siento más intrigada por Jagger y, muy a mi pesar, más interesada. Dedico más que un par de pensamientos a él y no todos se relacionan con que sea mi tutor ni que me ayude con el problema de Rose.

—No me haré ideas equivocadas, ya hice eso con Drew y sabemos que eso terminó horrible para mí.

—¡Ay! Pero eso es muy distinto. Drew era un imbécil que te usó y te hizo creer algo muy diferente de lo que ofrecía. Ni siquiera era bueno en la cama.

—Sí lo era. El problema es que yo pensaba demasiado, pero lo disfruté.

—¿Más que con los chicos que te acostaste después?

—Es diferente —intento, y ella ríe.

—Jagger no es Drew y deja de adelantarte a los hechos.

—Eso te lo digo a ti, que te dibujas toda una fantasía de mí con Jagger.

No la miro, pero estoy segura de que entorna los ojos.

Por suerte, llegamos hasta la hermandad de Rose. Sonrío cuando una de sus hermanas nos abre la puerta y bromea sobre la enemiga, Demi, que viene a su fortaleza.

Debido a que me conocen y a que las chicas están demasiado distraídas organizando su próximo evento, nos dejan subir las escaleras e ir a la habitación de mi hermana. La encuentro con su amiga y compañera de habitación Cassie, junto a ellas también está Alec.

El coqueto amigo de Rose que hace babear a cualquiera y con el que mi hermana asegura que nunca se involucrará de manera romántica. Es difícil de creer porque hay que admitir que él luce irresistible. Es rubio de ojos marrones, está fornido y tiene un rastro de barba que hace que sus facciones marcadas se vean mayores a las de sus veinte años.

—Pero si acaba de llegar el hermoso dúo dinámico.

De inmediato, Demi se sonroja y no puedo culparla. Yo no estoy muy lejos de hacerlo mientras Rose me sonríe y Cassie me saluda con la mano.

A Alec no le basta con sus palabras, se levanta de la cama de mi hermana y viene hacia nosotras. Se coloca entre las dos y nos pasa un brazo alrededor de los hombros. Huele tan divino como siempre.

—Pensé que estabas libre, Rosie, pero veo que estás ocupada.

—Solo conversábamos sobre por qué Alec aún no ha pescado una enfermedad de transmisión sexual —me hace saber Cassie, que se mantiene atenta en su máquina de coser.

Es una amante de la moda pese a que estudia Química, siempre está confeccionando su ropa.

—Siempre uso condón.

—Y estos no siempre son eficaces —me escucho decir. Cassie levanta la vista para sonreírme.

—Dakie tiene razón —asegura Rose poniéndose de pie.

—¿Puedo hablar un momento contigo, Rosie? Prometo que será rápido.

Mi hermana me lanza una larga mirada antes de asentir. Consigo salir del agarre de Alec, que se mantiene abrazando a Demi mientras le hace una pregunta al azar sobre la reproducción de las ballenas.

—Ven, salgamos —me dice Rose. Me toma de la mano, nos lleva fuera de la habitación y nos mete en uno de los baños.

—¿Cómo mantienen los baños tan limpios? —No puedo evitar preguntar, y ella entorna los ojos.

—Estoy segura de que no has venido para hablar de nuestros baños.

—No… —alargo la vocal—. En realidad, necesito que me des tu teléfono.

—¿Por qué? —Cruza los brazos a la altura de sus pechos llenos.

Selecciono muy bien mis siguientes palabras, quiero ser tan sincera como se pueda, pero omito muchas cosas.

—Porque he conseguido a alguien que podría descifrar el número privado desde el que te escriben y necesita el teléfono donde originalmente llegaron los mensajes.

—Entonces iré y se lo daré por mí misma.

—No, yo soy quien ha acordado esto.

Entorna los ojos mirándome con sospecha.

—¿Quién es?

—Alguien de la escuela de Tecnología, Ben me consiguió el contacto. —Me sorprende la facilidad con la que sale la mentira.

—¿Ben sabe lo que está sucediendo? Porque pensé que no se lo diríamos a nadie, solo a Demi. Cassie y Alec ni siquiera saben que me extorsionan.

—Pero saben de tu aventura con Simon —confirmo y asiente—. No, Ben no lo sabe, inventé algo y me consiguió el contacto.

—¿Por qué no puedo ir a llevar el teléfono, Dakota?

Hay un toque en la puerta.

—¡Ocupado! —grita Rose—. Ve a uno de los otros baños.

—¡Joder, Rose! —se queja alguna hermana—. Me lo estoy haciendo encima.

—Entonces date prisa en llegar a otro baño.

—Perra —se queja la chica, y mi hermana sonríe.

—No era necesario.

—Sí, lo era porque estamos teniendo una conversación en este momento. Habla, Dakota.

—Ya te dije. Quiero ser discreta y le conté que era sobre mí, sobre unos mensajes de un exnovio que tenía un vídeo sexual mío no consensuado —me las arreglo para decir—. Es fácil que no se interese en saber porque soy yo y pocos me conocen, pero si sabe que se trata de ti, podría hacerlo más grande y convertirlo en un chisme.

Me mira fijamente y parece que compra mi argumento.

—Además, no es nada peligroso —agrego.

—¿Cuánto te está cobrando o qué te está cobrando?

—Cien libras —improviso.

—Dakota, ¿eso no es muy costoso?

—No para salvarte de ser expuesta.

—¡Mierda! Cómo odio toda esta situación. —Se pasa una mano por el cabello—. Bien, tengo ochenta libras que pueden cubrir gran parte…

—No es necesario.

—Claro que es necesario.

—No, le dije a papá que necesitaba dinero para material de estudio y me hizo una transferencia.

—¿Le mentiste a papá?

«No, te estoy mintiendo a ti, Rose».

—Es por una buena razón.

—La próxima vez, dímelo primero.

—Bueno, Rose, viniste a mí llorando por ayuda y es justamente lo que estoy haciendo. Tampoco me digas cómo arreglarlo porque está claro que no sabías cómo hacerlo por ti misma.

Mis palabras han salido bruscas y sé que vienen de algún lugar, de la frustración de todo el cambio que estoy teniendo por esto y de la impotencia de lo que sucede.

—Lo siento por involucrarte, estaba asustada y…

—No me digas cómo ayudarte, hago lo que puedo. Este no es mi problema y aun así estoy aquí. —Respiro hondo—. ¿Puedes, por favor, darme tu teléfono?

Tenemos una dura batalla de miradas, pero termina por exhalar y sacarse el teléfono del bolsillo trasero de su short de jean, pero cuando lo tomo, lo sostiene con fuerza.

—Promete que vas a devolverlo. ¿Y cuándo lo harás? Tengo parte de mi vida ahí.

De verdad, lucho para no estresarme y no responderle de manera grosera.

—¿Vas a extrañar que te extorsionen?

—¡No! Pero ahí está mi vida. —Esa declaración me parece un poco triste por lo que dependemos hoy en día de la tecnología.

—Por tu vida supongo que te refieres a todas tus redes sociales.

—Mejor déjamelo —pide como una adicta. Tira del móvil, pero lo sostengo con fuerza.

—¿Quieres o no quieres ayuda?

—Está bien, pero promete que no serán más de dos días.

—No sé cuánto será, Rosie. Ayúdame a ayudarte.

—Estoy segura de que esa frase sale en un libro de autosuperación. ¿Qué voy a hacer mientras no tenga mi teléfono?

—Tal vez pasar tus exámenes finales, leer esos libros de romance y pasión que te gustan, meditar sobre tus malas acciones y no follarte a tu profesor de Ética. Eso suena como un buen plan, ¿no crees?

Hace un puchero, pero no protesta y lo agradezco. Me encanta cuando deja de ser la Rose que todos conocen y se convierte en mi Rose, que puede ser sensata y audaz. La verdad es que odio que frente a los demás juegue a ser la muchacha tonta y estúpida.

Me guardo su teléfono antes de que pueda arrepentirse y salimos del baño. Volvemos a su habitación, donde Demi y yo nos quedamos al menos unos quince minutos antes de irnos.

Ojalá algo bueno salga de esto.

8

UN REHÉN A CAMBIO DE OTRO REHÉN

Dakota

Luego de tomar una ducha y completar mi vestimenta con un gorrito de lana, me aseguro de tener el teléfono de Rose antes de salir de la residencia y cruzar el campus para llegar a la cancha de tenis en la que Jagger me citó. Repasé la ruta antes de salir porque en el tiempo que llevo aquí no había venido nunca a este lado del campus.

En esta ocasión, soy la primera en llegar, lo que me llena de satisfacción.

Me tomo mi tiempo caminando hasta la malla que divide la cancha de tenis y paso los dedos por la red. La verdad es que nunca practiqué ningún deporte, lo único que hice siempre fue estudiar. Venir a la universidad fue como descubrir un mundo nuevo pese a que no me involucro en ninguna actividad extracurricular.

A veces siento que solo existo, que me dedico a ser arrastrada por la vida y a seguir la corriente de los acontecimientos. Como si no tuviera el poder de mis decisiones, como si solo hiciese lo que se espera o lo que se supone que es el siguiente paso para tener una vida más o menos ordinaria y tranquila.

Soy como el aire arrastrándose por los lugares, algo que solo se deja guiar sin control alguno y me doy cuenta de que eso no me gusta. Quiero ser más. Quiero experiencias, vivencias, recuerdos, vivir de verdad.

—¿Qué puede tenerte tan pensativa? —Su voz interrumpe mis pensamientos.

No me volteo, pero lo escucho caminar hasta detenerse a mi lado. Huelo el humo del cigarrillo antes de verlo expandirse frente a mí. Decido ahorrarme el comentario sobre lo dañinos que son porque él lo sabe.

—Creo que soy un poco como el aire —digo sin ni siquiera pensarlo.

—Interesante pensamiento.

—¿Sabes por qué? —No puedo creer que esté a punto de dejar ir mis pensamientos en voz alta con él.

—Me temo que no.

—Porque siempre me estoy dejando llevar sin rumbo. Llego como un soplo que nadie recuerda, que solo existió y pasó.

—Profundo. Quizá tu carrera era Filosofía y no la escuela de Negocios.

—No lo creo. No estoy interesada en responder preguntas existenciales, pagaría para que otros respondieran las mías.

Termina de fumar, arroja la colilla al suelo y la pisa. Luego engancha sus dedos a las pretinas de mi pantalón, tirando de mi cuerpo hacia el suyo mientras me hace retroceder hasta que mi espalda colisiona contra la red. Por un momento, temo caerme, pero él me sostiene con su agarre en mi jean.

—¿Qué dudas existenciales quieres que responda por ti? Lo haría gratis.

La primera sería que me diga cómo calmo a mi inepto corazón, pues puede ocasionarme muerte prematura debido a los rápidos latidos.

La manera en la que sus dedos toman un mechón de mi cabello me hace sentir cosas a las que no quiero prestarles atención.

—¿Qué dudas existencias te respondo, Dulce? —repite con la vista clavada en la manera en la que sus dedos juegan con el mechón.

—Una sería por qué invades mi espacio personal —logro murmurar.

Su respuesta viene acompañada de una pequeña sonrisa.

—Hay algo diferente en ti. Creo que me tomaré el tiempo de averiguarlo. —Acerca mucho su rostro al mío y siento que no respiro, pero entonces su nariz solo me acaricia la barbilla—. ¿Lo has traído?

—¿El qué?

—El teléfono. —Alzando el rostro, me deja ver su diversión—. Lo recuerdas, ¿verdad?

—Claro, ¡por supuesto! —Trato de empujarlo y, por suerte, retrocede dejándome tener mi espacio.

Aclarándome la garganta, me saco el teléfono de Rose del bolsillo y lo extiendo hacia él.

—Veo que a tu hermana le gusta la Sirenita —comenta al ver la funda del teléfono. Sin embargo, no digo nada al respecto.

—¿Cuánto puede tomarte revisarlo?

—Te lo entregaré mañana, espero que temprano, pero no prometo nada.

—¿Tan rápido? —De verdad me sorprende.

—Sería más rápido, pero mi equipo está ocupado.

—Bien.

Parpadeo y luego de nuevo está en mi espacio personal, pero esta vez sus dedos se aferran a la malla mientras su rostro está a solo unos centímetros.

Y tengo un grave caso de «atontidioestu».

Atontidioestu: Dícese de una persona que se atonta, se idiotiza y se vuelve estúpida ante la presencia de un posible humano que genera atracción sexual y nerviosismo a su sistema. En resumidas cuentas, quien podría hacer que se te caigan las bragas.

—Tus ojos son de un marrón fundido que me parece chocolate derretido. Resultan increíbles así de cerca y, ¿sabes?, me encanta el chocolate.

—¿Gracias? —alcanzo a decir. La verdad es que no recibo muy a menudo halagos así de elaborados.

—No estás acostumbrada a los cumplidos.

—Ni a ser enjaulada. Espacio personal, recuerda.

—Me gusta enjaularte.

—Te gusta cazar.

—¿Quieres ser mi presa? —susurra muy cerca de mí.

Algunos idiotas pasan gritando y eso hace que se descuide, por lo que me escapo pasando por debajo de su brazo. Eso parece divertirlo.

No es que Jagger me asuste o me haga hacer cosas que no quiero, es que me alarmo ante mis reacciones hacia él.

—Ya tienes el teléfono, haz lo tuyo y nos vemos mañana —digo en busca de mi tan amado control.

No espero respuesta, me doy la vuelta dispuesta a alejarme y grito con sorpresa cuando el gorro de lana que estoy usando deja de cubrirme la cabeza. Cuando me giro, descubro que Jagger lo sostiene sonriendo antes de cubrirse el cabello con él.

—Lo mantendré de rehén. Una vez que nuestro trato caduque, entonces, lo obtienes de regreso.

—No es justo. Estás reteniendo algo con mucho significado para mí. Nana lo tejió cuando aún podía recordarme antes de su alzhéimer.

Mis palabras parecen tener algún impacto en él y, luego de lucir pensativo, se mete la mano debajo de la camisa y se saca del cuello un collar que no había visto.

No dejo de observarlo mientras se acerca a mí. Me rodea hasta estar a mi espalda.

—Sostén tu cabello, Dulce —susurra con una voz enronquecida, y a mí los vellos de la nuca se me erizan cuando hago lo que me pide.

Siento el roce de sus dedos cuando lo ajusta y luego la caricia sutil cuando termina. Vuelve a estar frente a mí, observándome con una intensidad que me tiene pasmada.

—Estamos a mano. Ahora también tienes un rehén especial y significati-

vo para mí. Parece que tenemos cosas especiales que recuperar al final del trato, ¿no te parece?

Tomo el adorno en forma ovalada. Es de oro y, al girarlo, leo el grabado: «Eres mi +».

—Cuídalo, Dulce, yo cuidaré de mi rehén. —Se toca el gorro—. Ahora camina, casi es medianoche, te acercaré a tu residencia. No parece muy cómodo dejarte caminar por el campus sola a estas horas.

No lo contradigo porque aún estoy asimilando que tengo su collar.

Caminamos lado a lado en silencio y no me sorprende que no me pregunte dónde vivo, parece que lo sabe todo. Llegamos hasta mi edificio y me giro hacia él. Lo miro durante unos cortos segundos y luego tan solo actúo sin pensar cuando me alzo sobre las puntas de mis pies para plantarle un beso en la mejilla.

—Buenas noches, Dulce.

—Buenas noches, Jagger —respondo antes de darme la vuelta y adentrarme en el edificio sin terminar de entender muy bien qué acaba de suceder.

Entro en silencio al apartamento. Laurie, mi pretenciosa compañera, está dormida en el sofá con un libro sobre su pecho. Soy lo más silenciosa que puedo hasta llegar a mi habitación.

Agradezco en parte que Rose decidiera unirse a una hermandad, pues las habitaciones son pequeñas y hay dos por apartamento. Avery ya sufre compartiendo su espacio con Laurie y yo agradezco tener mi privacidad.

Me desvisto para ponerme un pijama, entro en mi cama y tomo en mis dedos el colgante del collar.

—«Eres mi +» —repito el grabado. Debe de tener mucho significado para él y me lo ha dado.

¿Cuántas piezas hay que unir para lograr descifrar quién es Jagger?

Estoy cerrando los ojos dispuesta a dormir cuando mi teléfono vibra en mi mesa de noche. Es una llamada de número privado, pero, debido a la hora, respondo con temor a que sea una emergencia.

—¿Hola? —No hay respuesta, pero escucho una respiración pesada y luego suaves gemidos—. ¿Quién habla?

—Oh, Dios —gime la voz que reconozco como la de mi hermana—. Más, por favor, Simon, más fuerte. Sí… ¡Dios! Justo ahí.

Los gemidos paran y alguien se ríe antes de que la llamada finalice. Puedo apostar a que en este momento estoy muy pálida. Un escalofrío me recorre el cuerpo.

Ese sonido, el nombre… Es el vídeo.

El teléfono vibra una vez más en mi mano y descubro que se trata de una imagen que me ha mandado el número privado. La abro y me llevo una mano a la boca.

Es Rose, acostada en una cama. Sus pechos desnudos, los pezones apuntan al techo, los ojos cerrados y sosteniendo la cabeza de Simon, supongo, contra su entrepierna.

Mis ojos se humedecen porque han violado la privacidad de mi hermana. La imagen desaparece tan rápido como ha llegado y el número privado me ha bloqueado.

Siento que se me hielan los huesos. Esto se vuelve muy serio y mi miedo comienza a incrementar. ¿Por qué están haciendo esto?

9

NO MIENTAS

Jagger

—¿No sienten una pesadez?

Ante las palabras de Joe, dejo de escribir en mi portátil para lanzarle una mirada. James, que se come un sándwich, también lo mira.

—¿Pesadez? —pregunta James.

—Sí, ya saben, como una vibra inquietante y desagradable.

—¿Estás hablando basándote en tu relación? —pregunto—. ¿De nuevo has discutido con Bonnie?

—Sí, hemos discutido, pero no me refiero a eso. Hablo de que el aire es pesado, hay una mala vibra como si pudiesen pasar cosas malas.

James y yo compartimos una mirada.

No soy supersticioso y no creo en vibras o auras, pero las palabras de Joe me incomodan. Si habla de un ambiente parecido al de mi primer año, nada estaría bien.

Joe llegó a la OUON un año después de mí, venía de Ocrox University of Berlin. Sí, es alemán, hizo una transferencia y no vivió todo el desastre y los terribles sucesos ocurridos, pero llegó en el momento en el que aún se hablaba de ello y, hace un año, charlé un poco de ello con él.

—Yo lo único que noto es que milagrosamente hay sol —dice James.

—Soy muy sensible a estas cosas. Deben creerme cuando digo que se siente un ambiente pesado —nos dice en medio de un suspiro—. Hacedle caso al alemán que se sentía incómodo en Alemania por percibir toda esa horrible energía de la sangre del pasado.

—¿Te refieres al holocausto? —pregunto sorprendido, Joe no tiende a hablar demasiado sobre eso.

—A eso y a las guerras. —Da un sorbo a su energizante, como si lo necesitase—. Me daba una vibra terrible. Mi familia estaba ofendida cuando se lo dije y fue como: «¡Joder! ¿Qué te sorprende? Algunos de nuestros antepasados fueron parte de esa mierda». Casi me desheredan, soy la oveja negra que se vino a convivir con los putos ingleses y que lloriquea sobre las malas vibras.

De nuevo, James y yo compartimos otra mirada. Joe solo habla de su familia cuando está borracho y le da por llorar enojado, lo que sucede pocas veces porque es más bien un ebrio feliz.

—Así que soy sensible a toda esa mierda de las vibras y os digo que hay una pesadez en el campus, me da escalofríos. —Para confirmar sus palabras, nos enseña que se le han erizados los vellos del brazo.

—Bueno, avísanos cuando las vibras cambien —le pide James sonriendo y Joe entorna los ojos—. ¿Qué vibras te doy?

—Jamie, tú me das las vibras de un tipo que no sabe cómo no follar con todas, pero que en secreto se muere por follarse a una amiga bastante cercana.

—Eso no es tan secreto. —Me río.

—No sé de qué habláis —dice James y le da otro mordisco a su comida.

—Hazle caso a tu amigo alemán —repite Joe.

Vuelvo mi atención al portátil, ignorando al rubio y al pelinegro, a los dos ojiazules que comienzan a molestarse y a conversar entre ellos mientras yo termino mi ensayo para Economía Internacional.

—Por cierto, Jagger —me llama Joe, alzo los ojos y me encuentro con los suyos azules intensos—. ¿Cómo vais Dakota y tú? ¿Ya la has besado?

—Soy su tutor —respondo volviendo a lo mío.

—Y le gusta un montón —agrega James riéndose—. ¿Qué vibras te da Dakota, Joe?

—¿Ahora creerás que soy tu detector de vibras, James?

—Habrá que sacarte provecho.

—No soy tu sabueso oledor de vibras. —Hace una pausa breve—. Pero ella me da unas vibras bastante buenas. Es pura, tranquila y alegre. Te conviene, Jagger.

Entorno los ojos, pero la realidad es que oculto mi sonrisa ante sus palabras.

—Por cierto, escuché que hace unos días, en las afueras del campus, casi agreden a una chica —dice Joe—. Bonnie me lo contó. La chica quiere ser discreta sobre ello, es de su hermandad, pero todas están algo asustadas de que vuelva a suceder. Ya te digo, hace que la pesadez que siento en el ambiente tenga mucho más sentido.

—¿Lo reportó? —pregunto.

—No, dice que no vio a su atacante y que solo quedó en un susto. No quiere hablar de ello y, de hecho, se supone que nadie hablaría de ello fuera de la hermandad, pero Bonnie no pudo evitar decírmelo porque ahora le da miedo salir sola del campus.

—Peligro lo hay en todas partes, pero es entendible que se sienta así —aporta James—. ¿Sabes? Cuando estaba en primer año, fui testigo de alguien que acosaba a una estudiante dentro del campus. Ella estaba asustada y a veces me torturaba pensando qué hubiese pasado si yo no hubiera llegado. Se llama Clover y nunca olvidaré el miedo en sus ojos ni el alivio cuando me escuchó llegar y fingir que nos íbamos a encontrar.

Mi cuerpo no puede evitar tensarse ante la conversación. No hablo, pero escucho cada palabra que se dicen.

—Ojalá no vuelva a ocurrir —concluye James.

—Eso espero —apoya Joe.

Yo también lo espero.

Esa oscuridad debe quedar atrás.

—Nada.

—¿Qué quieres decir con nada? —pregunto tratando de que la frustración no se escuche en mi voz.

—Justo como suena, Jagger. No he encontrado nada —dice Seth. Sostengo el teléfono de la hermana de Dakota en mis manos mientras hablamos por videollamada desde el mío—. He accedido a todo, pero no hay pistas. Lanza diferentes direcciones aun cuando es número privado.

—Eso quiere decir que debo hacer investigación de campo.

—Sí, puedes dar con pequeños detalles. Sin embargo, tengo una lista de diferentes lugares de donde vinieron algunos de los correos y un número público de donde provino una de las llamadas. Investiga directamente tanto como puedas y, si obtienes algún aparato electrónico, entonces avísame e iré a por él con la excusa de que extraño a Maddie.

—Pero es que sí extrañas a tu hermana —me burlo, y él entorna los ojos—. Me encargaré de conseguir alguna otra pista o detalle que pueda mejorar esta investigación. No existen los trabajos perfectos, siempre hay errores.

—Y esos errores son los que debemos encontrar —concluye.

Asiento jugando con el teléfono de Rose en mi mano.

—Así que haces todo esto por una chica… Eso es interesante, Jagger, nunca te he visto con un caso especial.

—Solo hago un favor.

—No es eso lo que dice Maddie.

—Conoces muy bien a tu hermana, a veces dice tonterías —bromeo—. En fin, debo colgar. Te mantendré al tanto de todo. Gracias, niño.

—Ya no soy un niño.

Me río y finalizo la videollamada. Doy vueltas en mi silla frente a una de mis computadoras antes de escribir un mensaje.

> **Jagger:** Listo. Cancha de tenis. 10 de la noche.

> **Dulce:** Hola, sí, estoy bien y llegué a salvo después de la tutoría.

> **Dulce:** ¿Que si puedo reunirme contigo a las 10? Claro, seguro. La amabilidad no mata.

No puedo evitar sonreír al tiempo que respondo a su mensaje.

> **Jagger:** ¿Quieres socializar conmigo? Soy bueno en los mensajes.

> **Dulce:** Te veo más tarde.

> **Jagger:** Contaré las horas.

No me responde, por lo que bloqueo el teléfono y me guardo el de Rose en mi bolsillo. Tomo mi portátil y salgo para mi encuentro con el profesor McCain, ya debe de tener la corrección de lo que le he enseñado de mi trabajo. Le pongo el seguro a la puerta y, al girar, no puedo evitar entornar los ojos. Una chica indignada y en sujetador sale de la habitación de Drew, parece bastante cabreada.

¿Por qué las chicas se ofenden cuando este tipo les muestra quién es? Fácil, porque juega al príncipe bueno.

Veo a la chica bajar por las escaleras y noto que está a punto de llorar. Luego vuelvo mi vista hacia Drew, que me sonríe como si fuéramos cómplices de lo que hace. Ambos somos idiotas, porque no voy a negar que tengo cierto grado de idiotez en mi sistema, pero su nivel sobrepasa el mío.

Le asiento con la cabeza a modo de saludo sin entender por qué se esfuerza en fingir que nos agradamos. El tipo me desprecia y yo no le tengo ningún tipo de cariño, para mí él solo existe.

—Ya las conoces, siempre quieren un para siempre cuando tú solo quieres follar. ¿No lo pueden entender? —comparte conmigo y, durante unos segundos, solo lo miro antes de responder.

—Quieren el para siempre que les estás prometiendo antes de tenerlas. Las ilusiones. No puedes culparlas por creer en un mentiroso en potencia — es mi respuesta.

—Las chicas deberían saber que solo hay una cosa que un chico universitario con novia quiere de otra chica, incluso si les digo que voy a dejar a Alondra. ¿Quién se creería eso?

Ni siquiera me molesto en responderle. Bajo las escaleras de la casa y salgo de la fraternidad donde Drew para mí es el idiota mayor.

El encuentro con mi profesor no es hasta dentro de un par de horas, pero hay cosas de las que debo hacerme cargo. Debo buscar a Chad para decirle que lo que quería, unos informes del rectorado, ya se encuentran en mis manos, por lo que camino hacia su fraternidad.

—¡Jagger!

Al girarme, me encuentro a Abel. Trota hacia mí con su sonrisa relajada y sus ojos inyectados en sangre, lo que me hace saber que ha estado en las drogas esta mañana.

—¿Qué tal todo, Abel?

—Bastante bien. —Comienza a caminar a mi lado—. Así que ¿conoces a mi prima Ariane?

La conozco. Es una bonita pelinegra curvilínea de sonrisa encantadora. Creo que va a la escuela de Ciencias Jurídicas y forma parte de algún club de debate.

—Sí, la he visto.

—Ella tiene un pequeño enamoramiento por ti. Pronto será su cumpleaños y me preguntaba si podrías salir con ella en una cita o algo así. Te pagaré, puedo darte dinero o hierba, si quieres.

—No soy un muñeco de alquiler, Abel.

Su expresión de desconcierto casi me hace reír cuando detengo mi caminata para explicarle algo tan básico que parece no entender.

—No soy algo que puedas regalarle a tu prima. Saldría o saldré con ella si me intereso de esa forma. Aprecio que quieras pagarme, pero pasaré de ello.

—¡Vamos! Soy su primo, pero puedo decirte que es preciosa. Lo pasarías genial.

—Sé que es hermosa, pero pasaré en este momento. No me alquilo, avísame si necesitas ayuda con otra cosa y deséale un bonito cumpleaños a Ariane.

—¿No te convence si te doy un poco de hierba gratis?

—No. —Me río y retomo mi caminata para alejarme.

Si voy a estar con una chica, tiene que ser por interés propio y no porque me pagan para ello.

Llego hasta la fraternidad de Chad y me sorprende que, cuando voy a tocar para entrar, la puerta se abre y la que reconozco como la compañera de piso de Dakota está saliendo. Sus ojos se abren conmovidos cuando me reconoce y, por último, parece ansiosa. Toquetea su cabello y baja la vista al suelo, me da la impresión de que teme hasta respirar el mismo aire que yo.

Creo recordar que es introvertida, no suele relacionarse con las personas y podría sufrir de ansiedad social o algo relacionado con ello.

—Hola, Avery —la saludo.

Ella alza la vista, palidece mientras se lleva una mano temblorosa al cabello para peinárselo.

—Hola —murmura.

—¿Vas a ver a Dakota?

—No —susurra y apenas alcanzo a escucharla—. Ten buen día.

Y prácticamente corre para alejarse de mí.

Aturdido, la miro irse. Entiendo que es posible que mi simple intercambio de cortesía la haya puesto ansiosa. Pobre chica.

—Es bastante retraída. Me sorprende que haya venido a mí para que la ayude a hablar con el presidente estudiantil de su escuela. —Me giro hacia la voz de Chad, él sonríe—. Es bastante bonita, ¿verdad?

—Sí.

De hecho, es muy bonita. No creo que sea algo fácil de ignorar, pero me queda claro que a Avery Judd no le gusta que la vean.

—Pero es demasiado trabajo lidiar con lo que está claro que es un problema. —Sacude la cabeza—. ¿Me tienes lo que te pedí, Jagger?

—Sabes que siempre cumplo.

Dicho eso, entro a su dormitorio para hablar de negocios, satisfecho una vez más de haber terminado un trabajo.

—Te estaba buscando.

—Entonces me has encontrado, Lore.

Alzo la vista del portátil y veo el momento exacto en el que Lorena entorna los ojos. Es una de sus especialidades, pues muchas cosas molestan a Lorena, como que algunas personas respiren, por ejemplo.

—Carlos García es un bastardo infiel y no vuelvas a darme asignaciones como esa. Ayudamos a la señorita perfecta y, en medio de su cabreo, iba a atacarme.

—Sí, algo de eso dijo cuando me llamó. Sin embargo, esperaba tu informe.

—Ese fue un caso fácil, los malditos infieles siempre existirán.

—Juro que no soy un maldito infiel.

—Eso es porque no tienes novia. Solo rapiditos —casi suena a reproche.

—O no tan rápidos.

A Lorena no le importan mi vida sexual ni mis líos De hecho, podría creer que en ese aspecto le asqueo o eso es la señal que me hace pensar cuando me lanza una mueca despectiva al respecto. Le agrado tanto como puede hacerlo alguien, no es una mujer muy dada a hacer amistades, pero al menos no odia mis entrañas.

—A diferencia de muchas mujeres del campus, no me interesa tu vida sexual, Jagger. Ahora dime. ¿Para qué me has pedido que te buscara?

Esa actitud es una de las razones por las que Lorena es parte de mi equipo de trabajo. No es sensible, no se anda con rodeos y siempre va directa al grano incluso si este duele y quema. A veces creo que no tiene sentimientos, pues nada parece perturbarla y posee el conocimiento exacto de cómo manipular a las personas.

En mi opinión, es peligrosa y perfecta para el equipo.

Con el tiempo, le he cogido aprecio. Es una especie de amiga arisca a la que cuidaría si así lo precisara.

—Necesito que hagas tu labor social del año.

—Que no cobre —deduce. Me gusta la rapidez con la que Lorena siempre capta las cosas—. No sé, no hay nada beneficioso sobre hacer las cosas gratis.

—¿Qué pasa con la gratificación de saber que hiciste algo bueno por alguien? —intento, sabiendo cuál podría ser su respuesta.

La bondad no va con ella.

—Bueno, para ello solo tendría que ir a hospitales a ayudar niños o personas que lo necesitan, no a ti.

—Dura nivel Lorena.

—¿Qué quieres? —Se impacienta.

—¿Recuerdas a Simon Clark?

Durante unos pocos segundos, la expresión de su rostro es sorpresa y desconcierto. Luego la máscara vuelve a su lugar y entorna los ojos. Si bien ella no estuvo cuando lidiamos con el acoso de ese bastardo, pues entró poco después, Maddie se encargó de ponerla al día con los trabajos que habían sido más importantes. Creo que enterarse de este le tocó alguna fibra sensible de su vida, porque ella sugirió que le diéramos una paliza. Estaba llena de ira e indignación, fue una de esas pocas veces en que vi a Lorena perder la compostura.

—Las escorias no se olvidan con facilidad.

—Recordarás el expediente del incidente de hace unos años.

—¿Incidente? Abusó sexualmente de una estudiante y quién sabe de cuántas más, pero las malditas autoridades no hicieron nada. —Su voz delata su molestia—. Lo desprecias, le guardas rencor y todavía sugiero que le demos una paliza a ese pusilánime bueno para nada.

—Esas chicas no mentían. Estoy seguro de que una de ellas se asustó y la otra ni siquiera entiendo lo que pasó, pero esas chicas estaban siendo sinceras en sus acusaciones. No puedes fingir ese dolor.

Sé que ellas no mentían y prefiero creer en una mentirosa que apoyar a un posible agresor sexual.

Lorena termina por suspirar y golpea sus largas uñas contra la mesa.

—¿Qué sucede con él? —acaba por preguntar.

—Es un hombre de ética y moral cuestionables. Esta vez no estoy buscando evidencia de que haya agredido o acosado a una estudiante. Solo necesito saber su rutina por un par de días. Necesito ese tipo de información básica.

—Soy ambiguo sobre lo que digo, pues todavía no quiero comentar el problema de Rose.

—¿Qué es exactamente lo que me estás pidiendo hacer, Jagger? Ve al grano.

—Habla con él, tiende a ser «amistoso» con sus estudiantes femeninas. Al acercarte, podrás obtener cualquier información de su teléfono, correo…, cualquier cosa que pueda servir. Y estudia sus alrededores.

—Bueno, si me acerco demasiado él va a querer acostarse conmigo y yo voy a querer matarlo.

—No te estoy pidiendo que lo seduzcas, Lorena, solo que le hables.

—Para los tipos como él incluso una pregunta es una insinuación.

—Tienes razón, lo mejor es buscar otra manera —digo, porque no hay ningún error en su declaración.

Se mordisquea el labio y se mira las uñas antes de encogerse de hombros.

—¿Qué estabas haciendo?

—He visto al profesor McCain, tengo cosas que corregir antes de avanzar en el trabajo de investigación.

—¿Y qué es lo que te ha corregido?

—Apenas la introducción y parte del planteamiento del problema.

—Te espera un duro camino con ese trabajo, ¿verdad?

Asiento a la pregunta, no es fácil satisfacer al profesor McCain. Permanece en silencio mientras me concentro de nuevo en uno de los comentarios que el profesor me ha dejado hasta que Lorena hace un sonido de resoplido que llama mi atención.

—¿Por qué Dakota Monroe nos está mirando? Eso nunca había pasado y no te voltees.

—¿Conoces a Dakota?

—Conozco mucho sobre Rose Monroe, lo que me lleva a tener conocimientos sobre Dakota —es su respuesta.

—¿Y conoces a Rose por…?

—Aparte de las fiestas y que es parte de esa hermandad ruidosa, durmió con mi novio hace seis meses. ¿Lo recuerdas? Fue una de tantas en la lista de ese bastardo infiel.

—¿La odias? —Ahora tiene toda mi atención.

—No, tengo entendido que no lo sabía. Él no supo guardarse el pene y no fue con la única con la que me engañó.

—Ese es un razonamiento bastante lógico.

—Estudio Ciencias Políticas, se supone debo razonar, ¿no? Ahora dime, ¿por qué nos mira Dakota? Pensé que era una broma el asunto del grupo.

—Le doy tutorías.

—Hubiese creído más que me dijeras que estás durmiendo con ella.

—¿Qué hay de malo en ella? ¿Por qué no puedo darle tutorías?

—En Dakota no hay nada malo. —Se ríe, como si acabase de escuchar el mejor chiste—. Solo eres tú. No le das tutorías a nadie. Además, tengo la impresión de que no eres su tipo.

—¿Por qué?

—Porque es la clase de chica segura con un plan de vida. Está muy dispuesta a conocer a su futuro marido y tener una relación larga de cinco años antes de casarse y tener la vida perfecta. Y a ti te gusta el descontrol y una serie de cosas que acostumbran a chocar.

Volteo y me encuentro con la mirada de Dakota, que abre la boca sorprendida. Paseo la mirada por la mesa en la que se encuentra con su hermana. También está rodeada de Demi y la que reconozco como Cassie, la amiga de Rose.

Me llevo una palma debajo de la barbilla y le hago el gesto de que cierre la boca, lo que consigue que luzca mortificada mientras se sonroja. Sonrío y le guiño un ojo antes de volver a enfrentarme a Lorena, que permanece con las cejas arqueadas.

—Le sacaré información a la basura de Simon, pero…

—Siempre hay un «pero», no me extraña.

—Me deberás un favor.

—Supongo que estamos haciendo una cadena de favores. —Entorno los ojos y vuelvo la atención a mi trabajo—. Trato hecho.

—Bien.

—Y si se vuelve demasiado, tú dímelo. También manejaremos esto con discreción.

—¿No me dirás de qué se trata esto?

—Por el momento no.

—Qué misterioso...

No, en realidad, trato de ser cuidadoso.

Cuando llego a la cancha de tenis, me sorprende que Dakota no esté aquí, pues me he dado cuenta de que es una de esas personas extremadamente puntuales.

Sabiendo que voy a esperarla todo el tiempo que tarde, camino hacia las gradas, tomo asiento en la tercera fila antes de apoyar la espalda en el asiento y clavar la mirada en la cancha.

Nunca he sido bueno en el tenis. A temprana edad, me inscribieron a unas clases y apesté mucho, diría que demasiado. Algunos lo verán sencillo, pero es un deporte que, como cualquier otro, tiene sus complicaciones. Sin embargo, mamá era muy buena y de alguna manera decidió que yo debía ir a verla a cada una de sus clases, lo cual estuvo bien y fue divertido hasta que mamá comenzó a aprender mucho más que técnicas de juego.

Sacudo la cabeza, no quiero pensar en mi infancia o en mis momentos con Megan, eso sería una mala idea. Así que prefiero centrar mi vista al frente para no perderme ningún detalle cuando Dakota decida aparecer. Por suerte, no tengo que esperar mucho más.

Parece que habla consigo misma y, cuando se detiene frente a la red, mira alrededor.

Tardo en darme cuenta de que me estoy mordiendo el labio inferior mientras me tiro del pequeño aro en la oreja. Sonriendo cuando saca el teléfono y poco después el mío vibra.

—Dulce.

—Odio la impuntualidad.

—Siendo así, tienes que estar odiándote mucho en este momento por llegar tarde.

—¿Qué? He llegado muy bien, llevo rato esperándote.

—Ah, ¿sí?

—Así es y no voy a esperarte toda la vida.

—No pensaba que fueras una mentirosa, pero quizá no lo seas porque eres muy mala en ello.

—No estoy mintiendo.

—Voltea a tu izquierda, Dulce. No puedes mentirme.

Ella se gira despacio y alzo una mano, doblando los dedos hacia ella para indicarle que se acerque.

Solo escucho su respiración al teléfono.

—Ven aquí, mentirosa —susurro antes de dar por finalizada la llamada.

Prácticamente, arrastra los pies al acercarse, pero eso me permite verla bien. El suéter que está usando posiblemente podría tragársela. Cuando llega hasta mí, palmeo la banca de mi lado y ella espera a que baje los pies de la banca del frente para pasar. No lo hago.

—Permiso, por favor.

—No sé si me gusta darles permiso a los mentirosos.

—Qué infantil.

—Pero no mentiroso.

Suspira antes de pasar una pierna sobre la mía, se queda parada con mis piernas estiradas entre la suya. Muevo las piernas y se queja porque casi se cae, pero sus manos se posan en mis hombros para conseguir equilibrio.

Lo único que veo son sus bonitos ojos.

Me incorporo y ella intenta retroceder, decido ayudarla ubicando mis manos en su cintura, mientras pasa hasta sentarse a mi lado en silencio.

—¿Tan mala soy mintiendo?

—Soy bueno descubriendo las mentiras.

—¿Otro de tus talentos, Jagger?

Me gusta la manera en la que suena mi nombre al salir de sus labios.

—Sí. ¿Quieres que te muestre otro? —la molesto.

Su respuesta es estirar la mano con la palma extendida. Aunque sé lo que quiere, la tomo de la mano y le beso la palma, con lo que da un brinco y cierra su mano en puño.

Eso la ha afectado.

—Dame el teléfono.

No suena enojada, se escucha nerviosa.

—Parece que tienes mucha prisa.

—Esta no es una cita, estamos aquí por algo.

—Si esta fuese una cita, me esforzaría muchísimo en que me dejaras besarte al final de este encuentro.

Trago al ver que se lame los labios aun sin mirarme.

—¿De quién es ese suéter que parece tragarte? ¿De tu novio?

Sé que no tiene novio, pero no estoy al cien por cien seguro de que no se relacione de una manera más informal con otro. No la he visto ser afectiva con ningún otro chico que no sea Ben, pero hay que tener en cuenta que es bastante discreta, no hace muchas publicaciones en sus redes sociales sobre sí misma.

—No tengo novio —confirma—. Ahora, dame el teléfono, Jagger.

Una vez más, extiende la mano y de nuevo beso la palma.

—Si sigues extendiendo la mano, la seguiré besando.

Su mano se cierra en puño una vez más antes de que la esconda en el bolsillo frontal del suéter.

Sonriendo, apoyo de nuevo la espalda en el asiento. Acepto que me gusta pasar tiempo con Dakota, es refrescante y me hace relajarme.

—¿Tú harías por alguien lo que estoy haciendo por Rose? —pregunta tras un silencio.

Su pregunta viene desde la vulnerabilidad, puedo darme cuenta.

—No tengo hermanos de sangre, pero Maddison, Seth y Layla siempre han sido mi familia. Es cierto que los he ayudado, ellos también me han ayudado a mí, pero nunca delegamos nuestros problemas a las manos del otro para que haga magia y lo solucione.

—Bien por ti —suena a la defensiva—. Y, para que lo sepas, Rose también me ha ayudado a mí. Ha estado a mi lado cuando más la he necesitado y la razón por la que ella no está aquí conmigo es porque ni siquiera sabe lo que he hecho, le he mentido. Si ella se entera de que pacté contigo a ciegas, se preocupará. Somos un equipo, no estoy haciendo su trabajo sucio, es mi decisión ayudarla —concluye alzando la barbilla como si me desafiara a contradecirla.

Admiro que me haga tragarme mis deducciones erróneas sobre su hermana, incluso si eso la molesta.

—No pudimos sacar el número de quien está amenazándola, sin embargo, obtuvimos alguna pista. Así que pasamos a otra fase.

—¿Qué fase?

—Si ellos no salen, oblígalos a salir.

—Suena coherente.

—Lo es. No es la primera vez que hago algo así.

—Suenas mafioso.

—¿Te gustan los mafiosos? —Porque ya van varias veces en las que usa tal referencia.

Aprieta los labios como si mis palabras la frustraran, es bastante divertido. Nunca pensé en acercarme a Dakota y no sé por qué, si es tan interesante de leer y muy buena para ver.

—Por ahora solo encárgate de llegar a nuestras clases de tutoría, te avisaré cuando esto avance.

—Es como lanzarse al vacío —murmura.

—Bienvenida, Dulce. En mi mundo, la única manera de no caer al vacío es dejándome que te acompañe al caer.

—El teléfono, Jagger.

Estira la mano y una vez más la beso, lo que la tiene resoplando, pero no me pierdo que lucha contra una sonrisa.

Me saco el teléfono del bolsillo y, cuando se agacha a tomarlo, mi collar sobresale en su cuello. Eso tiene una reacción inmediata en mí: tomo el adorno entre mis dedos sintiendo su familiaridad.

Es lo poco que me queda de lo que fue un buen momento en mi vida. Uno de mis más preciados recuerdos, incluso cuando muchas veces he tratado de negarlo.

—Veo que aún llevas a tu rehén.

—Si lo dejo solo, podría escaparse.

—Confío en que mi rehén no escape —digo, suelto la cadena y me aclaro la garganta—. Ya eres libre de irte, pero te acompañaré.

Caminamos en silencio viendo toda la actividad en el campus, sin embargo, eso no quiere decir que sea seguro y que estemos libres de locos. Después de todo, su hermana está en medio de un chantaje de algún enfermo que aún cree en la esclavitud sexual y yo tengo un montón de antecedentes que confirman que la universidad número uno en el *ranking* mundial no es la cuna de la seguridad que dicen en todos esos artículos.

En cuanto llegamos a su residencia, se gira para mirarme y no sé qué es lo que tiene esta chica que, cuando sonríe o se ríe, por inercia, yo también quiero sonreírle.

Se ve nerviosa y decido usar eso para aligerar el ambiente.

—Entonces, ¿estuvo buena la cita? ¿Me dejas besarte?

—Si esta hubiese sido una cita, diría que ha sido muy aburrida —responde con audacia, lo que me hace reír por lo bajo.

Avanzo hacia ella y no retrocede, pero puedo ver que se pone nerviosa, por lo que me detengo.

—No quiero morderte en este momento, así que no debes temer decirme un «buenas noches».

—Buenas noches, Jagger, y… gracias.

—Buenas noches, Dulce.

—¿Es cierto lo que dice Maddie?

Dejo de estudiar para mirar a James, que entra a mi habitación. Se deja caer en la silla giratoria de mi escritorio. Hay una sonrisa burlona en su rostro.

—¿Qué es exactamente lo que dice Maddie? —pregunto en respuesta.

—Que estás teniendo un enamoramiento por Dakota Monroe. Pensé que todo el asunto de las vibras de Joe y el decir que era tu caso especial era una broma, pero ahora me pregunto si es que cupido te ha lanzado una flecha después de tanto tiempo. —Su sonrisa se vuelve más amplia—. ¡Ah! La busqué en Facebook y le envié una solicitud de amistad.

Por supuesto que James haría algo así, es típico de mi muy entusiasta amigo.

—Me interesa, sí. Antes la había visto, pero nunca nos habíamos acercado —termino por decir porque evadir las situaciones no es lo que hago, siempre voy de frente.

Me queda claro que Dakota Monroe me interesa más que alguien a quien le hago un favor, se está convirtiendo en más.

—Es bonita, pero parece bastante… tranquila —dice con cuidado— y retraída.

—No sale mucho de fiesta.

—Querrás decir que nunca sale, porque he visto a su hermana y ella sí que es la reina de la fiesta. ¡Uf! Lo que daría por darle un abrazo a Rose Monroe.

—No me molestaría involucrarme con ella. Me gusta, me atrae y me enciende. Estoy seguro de que es recíproco, solo que es bastante terca.

—¿Crees que se convertirá en más que una follada? —Parece cauteloso—. Porque eso no sucede desde…

Trato de no hacer una mueca de dolor en mi rostro ante la mención. Duele, pero no es por ello por lo que no he tenido otra relación. Se trata del hecho de que no me volví a sentir así de intrigado y dispuesto a más que sexo desde ella, cosa que creo que podría cambiar con Dakota.

—No lo sé. No lo estoy planeando, pero si sucede, estará bien, supongo.

—Bueno, bueno, no vamos a ponernos en plan doctor corazón —bromea—. He venido también para decirte que he notado algo extraño.

—¿Qué cosa?

—Hace un rato, cuando venía de la habitación de las gemelas Hilton, la pasé muy bien, por cierto…

—Ve al grano, Jamie.

—Bueno, la cosa es que pasé por tu auto y tenías una nota. —La saca de su pantalón y me la entrega—. Vi a alguien con capucha dejarla, pero cuando grité para que se detuviera siguió corriendo. Pensé que podría ser una nota de amor o una broma. En cualquier caso, te la he traído. —Se pone de pie—. He quedado con Lorena y Maddie, ¿quieres venir? Vamos a discutir un caso.

—No, tengo que estudiar —digo—. Y Jamie.

—¿Sí?

—Por favor, no comentes de la nota con nadie.

—Como quieras, jefe.

Sale y cierra la puerta detrás de él.

Desdoblo la hoja y, tal como esperaba, es otro mensaje como el de aquella vez.

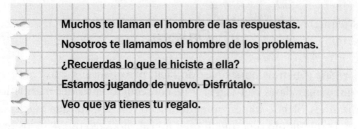

Muchos te llaman el hombre de las respuestas.

Nosotros te llamamos el hombre de los problemas.

¿Recuerdas lo que le hiciste a ella?

Estamos jugando de nuevo. Disfrútalo.

Veo que ya tienes tu regalo.

—Voy a dar con esto —me digo intentando no alterarme porque están haciendo alusión al pasado.

¿Por qué ahora? ¿Por qué?

10

BUENA SUERTE

Dakota

Estudiar para Finanzas nunca ha sido fácil, pero parece menos complicado ahora que tengo clases con Jagger y he conseguido entender más de lo que entendía antes. Siendo franca, aprendí mucho con él y, aunque muchas veces me distraje mirándolo o porque tocaba mi cabello, creo que veré los resultados de todo este esfuerzo. Siento que estoy preparada para escupir en esa hoja de examen cualquier cosa que puedan llegar a preguntarme.

Golpeando el lápiz contra mis labios no puedo evitar dejar que mi mente viaje a unos ojos grises muy claros y a unos tatuajes que cubren un cuerpo muy atlético. Me he sorprendido más de una vez con la curiosidad de querer ver todos sus tatuajes.

Nunca dudé del atractivo de Jagger, pero pasar tiempo con él durante mis tutorías a lo largo de estas dos semanas y media me ha afectado de tal manera que no puedo evitar pensar en él al menos una vez al día. Y no es que me deje olvidarlo, pues lo veo siempre en la clase del profesor McCain y en algunas de las cafeterías, o a veces solo recibo un mensaje suyo con algún tema al azar o haciendo referencia a la situación que me llevó a pedirle ayuda en primer lugar.

Sacudo la cabeza muy dispuesta a dispersar los pensamientos referentes a él. La última vez que pensé tanto en un chico terminé dándole mi primera vez por miedo a decir que no y luego terminé con un corazón roto cuando apareció alguien más bonita, menos tímida y más suspicaz.

Vuelvo mi atención a mis apuntes y no pasan ni dos minutos cuando mi teléfono vibra anunciando un mensaje de Jagger.

Mafioso Ardiente: Olvidé decirte algo…

Dakota: ¿Qué exactamente?

Mafioso Ardiente: Si suspendes, estaré muy decepcionado, pero si apruebas…

Dakota: ¿Qué?

Mafioso Ardiente: Te premiaré.

Envío uno de esos emojis que mejor describen las situaciones, en este caso, uno de ojos muy abiertos. Bloqueo la pantalla ordenándome estudiar, pero pronto me encuentro sosteniendo el colgante de su collar, siento tanta necesidad de saber el significado del rehén que poseo.

No puedo perder demasiado tiempo pensando debido a que un toque leve en mi puerta, seguido de la voz de Avery, me hace volver al presente. Cuando le digo que puede pasar, abre la puerta con una sonrisa tímida y solo se queda en el marco.

—Estaba pensando en ir a comer afuera. ¿Quieres venir?

Esta es su manera de decirme que no quiere ir sola.

Todavía hay cosas que quiero estudiar, pero sé que para Avery no es fácil pedir las cosas. Por eso me encuentro aceptando mientras me pongo los zapatos con rapidez, tomo mi bolso y, poco después, estamos saliendo del apartamento.

El local de sándwich al que vamos está a las afueras de la universidad, pero a tan solo unas pocas cuadras, lo que hace muy práctico el caminar.

Es incómodo caminar en tal silencio, pero entiendo que no debo presionarla, así que cuando habla sobre el clima y la escuela con timidez, respondo con entusiasmo. Estoy feliz de que, para cuando llegamos al local, las cosas son menos incómodas. No tardamos en pedir nuestros sándwiches junto a unas gaseosas y tomamos asiento.

Ella me deja llevar la conversación en un principio, hablo de mi última charla con mis padres y de que Rose me ha hecho un diseño increíble de manicura esta mañana. No soy una gran habladora, pero entiendo que ese es mi rol en esta amistad.

Pero todo mi parloteo es detenido de forma abrupta cuando ella habla en voz baja:

—Le pedí ayuda a Chad Calder, pero no la necesitaba.

Me sorprende que me hable del presidente del Centro de Estudiantes de mi escuela. Avery estudia Historia, por lo que me pilla con la guardia baja que se relacione con Chad.

—¿Por qué necesitarías su ayuda y por qué lo fingiste? —pregunto con cautela, me da miedo que retroceda y no continúe hablando.

—Le dije que necesitaba que me ayudara a hablar con el presidente del Centro de Estudiantes de mi escuela porque él estaba reacio a ceder sobre algo —admite y sus mejillas se sonrojan—, y lo hice porque no sabía cómo acercarme a él. Chad me agrada —admite mirando hacia su plato—, desde hace mucho tiempo, pero es muy diferente a mí.

Tal declaración se traduce en que le gusta hasta tal punto que ha decidido actuar a pesar de sus problemas sociales. Eso me impresiona y me da un poco de orgullo. Le sonrío.

—Bueno, había muchas maneras de que te acercaras a él, pero al menos diste el primer paso. Pero ¿qué pasará cuando le hable al chico y se dé cuenta de que mentías?

—Le pedí ayuda y le pagué para que fingiera. Sé que está mal, pero solo quería dar el primer paso con Chad. No sabré si pudo ser si no lo intento, al menos eso dice mi hermano.

—Pero la próxima vez mejor inténtalo sin mentir, ¿de acuerdo? —Asiente—. Y sé que no soy para nada experta en las relaciones, pero si alguna vez necesitas ayuda o apoyo, puedes contar conmigo.

—Gracias, Dakota. Eres una gran amiga.

Sus palabras me hacen sentir cálida viniendo de ella y le devuelvo la sonrisa mientras continuamos comiendo. No vuelve a hablar del tema, pero sus mejillas se mantienen sonrojadas y yo cruzo los dedos para que tenga una oportunidad con Chad.

Susurro al azar muchas cosas de las que he estado estudiando con Jagger. Trato de que mis manos sudadas debido a los nervios no arruinen mi material de estudio.

No he comido, de hecho, siento náuseas por los nervios y tengo el estómago cerrado, lo único que pasa es agua. Este examen es demasiado importante para mí. Si lo suspendo, tendré que ir de nuevo a clase y me retrasará en mi plan de estudio.

Hay tanta presión que de verdad espero no vomitar en medio de la evaluación.

Mi grito resuena por el campus haciendo que algunos estudiantes se detengan a mirarme. Esto haría que me avergonzara en otra ocasión, pero en este momento me encuentro demasiado sobresaltada para prestarle atención a eso.

Alguien ha tirado de la capucha de mi suéter y la risa ronca que me he encontrado escuchando durante los últimos días me hace saber que se trata de Jagger.

—¡Me has dado un susto de muerte! —me quejo, sacudiéndome hasta salir de su agarre.

—Te he estado llamando durante más de un minuto y parecías poseída, susurrando sin prestar atención —dice colocándose a mi lado para seguir mi paso.

—Estoy demasiado ocupada intentando no colapsar ante el hecho de que podría arruinar mi promedio y mi ciclo académico al suspender este examen.

—No vas a fallar, Dulce.

—¿Y cómo sabes eso?

En lugar de responderme, se coloca frente a mí y hace que detenga mi caminata antes de tropezar con su pecho. Observo con atención la manera en la que peina un mechón de mi cabello detrás de mi oreja y luego siento la caricia de su dedo en el lóbulo de la oreja.

No quiero pensar demasiado en la manera en la que ese gesto está ocasionando estragos en mí. Es abrumador tan solo comenzar a admitirme a mí misma la manera en la que mi percepción sobre Jagger Castleraigh ha cambiado desde que comenzamos a relacionarnos.

Mientras le sostengo la mirada, pienso en todas esas tardes o mañanas de estudio en las que me enseñaba con paciencia e incluso bromeaba conmigo; pienso en las miradas intensas y los toques sutiles, su seriedad para hablar sobre lo que sucede con Rose y los mensajes coquetos y llenos de bromas que me tienen contestando de manera simple, pero que por dentro me vuelven un desastre.

Me hace preguntarme si su comportamiento es normal, si es algo común que hace con todas las chicas o se trata de mí. No quiero sentirme especial, pero es la manera en la que me está haciendo sentir con su trato y eso me asusta.

Me aterra ilusionarme por algo o alguien que quizá no tiene sentido.

—Lo sé porque estuve durante días enseñándote y eres inteligente. El pánico es lo que te hace colapsar, pero una vez que aprendes, no olvidas —me dice con suavidad, deslizando su dedo por mi cuello hasta dejarlo donde siente mi pulso—. Sé que lo harás bien.

—Pareces tener demasiada confianza en mí.

—Y en mí. Sé que te enseñé bien, soy un buen maestro.

Me es inevitable no devolverle la sonrisa mientras sus dedos ahora se deslizan a la parte baja de mi nuca y empieza a masajearme con sus dedos el cuero cabelludo. En ningún momento retira sus ojos grises de mí.

—La verdad es que sí eres bueno —admito.

—Lo sé.

Da un paso hacia mí con la palma de su mano ahora apoyada en la base de mi cuello y sus dedos extendidos dentro de mi cabello. Es sutil la manera en la que me inclina la cabeza hacia atrás para que tengamos un buen ángulo, casi pensaría que vamos a besarnos.

Espera.

¿Vamos a besarnos?

Su rostro se ve más cerca de lo que estaba hace unos minutos y me sorprendo lamiéndome los labios, a la espera de algo.

¡Mierda! De verdad quiero que me bese Jagger.

—¡Dakie!

Me sobresalto mientras que Jagger mira detrás de mí. Poco a poco retira la mano de mi cabello, pero no retrocede, de tal manera que cuando me giro, mi espalda casi se roza contra su pecho. Veo a Alec, el mejor amigo de mi hermana, que me mira con las cejas enarcadas de sorpresa e incredulidad.

Me aclaro la garganta y, por un momento, me siento como si hubiese sido pillada haciendo algo malo, pero sé que no es así, por lo que me obligo a relajar mi postura.

—Alec, ¿qué haces aquí? —pregunto sonriéndole.

—Estás frente a mi escuela —dice con lentitud.

Miro detrás de él y, en efecto, me encuentro frente al edificio de Comunicación Social.

—Oh, perdón. —Me río con torpeza—. Es solo que tengo un examen muy importante y mi cabeza está hecha un desastre.

—Ya veo… —Le lanza una mirada hacia mi acompañante—. ¿Qué tal todo, Jagger?

—Bastante bien —responde este.

Alec vuelve la mirada hacia mí con una gran sonrisa, que le devuelvo.

—¿Irás más tarde a cualquiera de las fiestas? Si la respuesta es sí, dime cuál para no perderme el bailar contigo, Dakie —dice de manera coqueta, como siempre.

—No sé bailar.

—Mentirosa, te he visto bailar en algunas fiestas y lo haces muy bien. —Da un paso hacia mí—. No seas mala.

—No soy mala —me río—, pero no creo que vaya de fiesta, esa no es mi movida.

—Bueno, si cambias de opinión, estaré con Rosie, esperando la oportunidad de ese baile.

—Creo que llegas tarde a tu clase —dice Jagger detrás de mí. Un rápido vistazo a la hora en mi teléfono me hace saber que tiene razón.

—Nos vemos después, Alec.

—Espero que sea en una fiesta —grita a mis espaldas, y río por lo bajo mientras acelero el paso con Jagger a mi lado.

—¿Eres muy cercana a Alec? —me pregunta Jagger, que no tiene la respiración agitada por la caminata rápida como yo.

—No, pero es el mejor amigo de Rose y él siempre es amigable conmigo. Supongo que me ve como la hermanita de su mejor amiga.

—¿Hermanita? Dudo que sea así como te ve.

Doblamos a la izquierda y ya puedo visualizar los edificios de la escuela de Negocios.

—Alec es simplemente coqueto con todas. Para él es tan natural como respirar.

—Conozco a Alec, lo he visto de fiesta y sé que es coqueto, pero me parece que…

—Jagger, créeme, solo soy la hermanita de su mejor amiga —reafirmo, acelerando más el paso.

Tropiezo con algo y él me agarra del codo para que no me caiga. Cuando me suelta, continúo lo que básicamente es un trote.

—Gracias —digo entre jadeos y creo escucharlo reír.

Cuando llego a la escuela, respiro aliviada. Subo las escaleras en forma de caracol con rapidez para llegar hasta el piso tres, donde tengo el examen. Sin embargo, el alivio desaparece cuando me detengo frente a la puerta abierta.

—Lo harás bien, Dulce —dice Jagger detrás de mí.

Solo ahora reparo de verdad en que se ha hecho todo este camino conmigo, de que me ha acompañado.

Me giro y me enfrento a sus ojos grises. Una vez más, me acomoda unos mechones de cabello castaño detrás de las orejas.

—¿Y si lo arruino? —susurro. Siento de verdad la angustia de fallar.

—No lo harás.

—Pero ¿y si suspendo?

—Entonces, lo volverás a intentar.

Hace que parezca tan fácil…, pero aun así me sentiría fatal si fallara. No solo por mí, también sería por él, que ha invertido muchas de sus horas en enseñarme.

—¿Quieres un beso de buena suerte? —me pregunta con una sonrisita.

Parpadeo un par de veces. Durante unos segundos pienso que he escuchado mal, pero no es el caso.

Tal vez está bromeando, pero ¿sabes qué? Necesito estar nerviosa por otra cosa y algo de adrenalina. Creo que esa es la razón que justifica que me alce sobre las puntas de mis pies y, cerrando los ojos, presione mi boca sobre la suya. Es una presión corta que apenas me permite sentir la suavidad y la calidez de sus labios por unos pocos segundos.

Cuando vuelvo a estar sobre mis pies, abro los ojos y me encuentro con que su mirada es muy intensa sobre mí. Me aclaro la garganta, siento el rostro caliente.

—Espero que eso me dé suerte —digo nerviosa.

La manera en la que sus labios se estiran con lentitud en una sonrisa secreta me acelera los latidos del corazón.

—Necesitas más para tener suerte.

No hay más palabras cuando sus manos me toman del cuello y me da un beso en los labios. Es solo presión de su boca contra la mía, pero perdura durante más segundos que el beso que le he dado yo. Sus labios son suaves, cálidos y se sienten bien, sus pulgares me acarician por debajo de la línea de la mandíbula. Mis ojos se han cerrado y lo demás es un ruido sordo mientras me concentro en el contacto de nuestros labios.

Fácilmente es de los besos más tranquilos, cortos e inocentes que he tenido, pero me hace sentir como si fuese un gran beso, un gran momento.

—Buena suerte, Dulce, aunque estoy seguro de que no la necesitas —susurra contra mis labios antes de retroceder.

Mis ojos se abren con lentitud y me lo encuentro sonriendo. Asiente con la cabeza para que entre al aula y dé lo mejor de mí.

Le devuelvo la sonrisa y, con la sensación de sus labios aun sobre los míos, entro al lugar esperando aprobar este examen. Luego ya pensaré sobre estos pequeños e inocentes besos de buena suerte.

11

UNA CITA

Dakota

Entrego mi parcial un tanto recelosa. Estoy segura de que he respondido bien, pero eso no implica que no quiera volver a revisar como loca mis respuestas. Le dedico una sonrisa tensa al profesor McCain y, colgándome la correa de la mochila de un hombro, salgo del aula. Dejo caer dicha mochila en una banca porque estoy muy dispuesta a comprobar mis respuestas, pero una mano en mi cadera, desde atrás, me sobresalta.

—No te hagas eso, Dulce. Solo conseguirás frustrarte y cuestionar cada cosa que has puesto. Una vez que das pasos hacia delante, lo mejor es no retroceder.

Lo veo tomar mi mochila y la aleja de mis desesperadas manos mientras se pasa la correa por su esbelto hombro. Me distraigo de manera breve mirando el tatuaje que tiene en el cuello y no me doy cuenta de que me ha hecho una pregunta hasta poco después.

—¿Puedes repetirlo? —pregunto, y sonríe de lado ante mi despiste.

—¿Cómo crees que te ha ido? ¿Te daré premio o castigo?

—Creo que me ha ido bien, solo resta esperar las calificaciones la semana que viene.

—Soy un buen profesor, no dudo de que te haya ido bien. Además, los besos de buena suerte han ayudado, ¿cierto?

—¿Eso fueron besos? —intento bromear, y sus ojos tienen un toque intenso que casi me hace jadear.

Ignora mis palabras, pero quisiera saber qué está pensando.

—Vamos por un café, tengo ciertas cosas que decirte —anuncia.

Asiento, he aprendido que ese tono lo usa cuando quiere hablar sobre el problema de Rose.

No quiero admitir que me preocupa un poco, mucho, lo escurridizo que resulta quien amenaza a mi hermana mayor como para que alguien con la reputación de Jagger aún no haya dado con él. Trato de decirme que este lío no está escalando, pero los mensajes se han vuelto más agresivos y persistentes.

Cuando llegamos a una de las cafeterías menos concurridas, hacemos nuestros pedidos y nos sentamos poco después en una mesa alejada.

Juego con el vaso de poliéster de mi café. Espero con poca paciencia a que Jagger hable, pues creo que no me gustará lo que escucharé.

—Me temo que no estamos tratando con un principiante y que esto se convertirá en una cacería de brujas —anuncia antes de darle un sorbo a su café—. Quien envía los mensajes es un genio o tiene un gran apoyo tecnológico. Me hace preguntarme por qué alguien con tales habilidades o soporte tiene tanto ímpetu en «castigar» a Rose.

Me mordisqueo el labio inferior y miro hacia mi plato de comida.

—¿Y si fuese Simon? —susurro—. Es decir, después de todo, es mi hermana la que está siendo chantajeada. Él no aparece en ninguna foto de manera en que se le reconozca, ¿no es eso extraño?

—Es más que extraño. Podría ser Simon o podría ser alguien molesto de que Rose estuviera con él. Podría ser una enamorada de Simon, una examante, un familiar, cualquier estudiante que quiere vivir un romance, una estudiante que haya sido víctima de él...

—¿Víctima? —pregunto desconcertada—. Sé que lo que Rose hizo va contra las normas de la OUON, pero fue consensuado.

—No todas pueden decir lo mismo —suelta con sequedad.

—¿Estás insinuando que...?

—Lo mejor que puede hacer Rose es alejarse de él y tú no te relaciones con Simon, ¿de acuerdo? —Da un sorbo a su café—. Simon ya está siendo vigilado. Definitivamente, no es normal que forme parte del problema y que no sea una víctima.

—Bien —digo bebiendo de mi café.

—Sin embargo, no podemos concentrarnos solo en él. Puede ser alguien más o pueden ser varias personas.

—Todo esto me da tanto dolor de cabeza... —murmuro apoyando la espalda en el asiento.

—Te necesito esta noche.

De inmediato, me incorporo y lo miro con incredulidad. Esa risa ronca que tiene sale de él mientras me mira con diversión.

—Digamos que serás mi compañera espía. ¿Te gustaba jugar a los espías de pequeña?

—No. —Ni siquiera tengo que pensarlo, ese juego me cansaba y aburría. Además, Rose siempre hacía trampa.

—Bueno, tendrás que jugarlo porque te necesito mañana en una fiesta. A veces, la manera más fácil de descubrir a quien se esconde es escondiéndote tú también.

—Eso no tiene sentido.

—No lo sobreanalices. Quiero ayudarte, así que colabora.

Una vez más, me muerdo el labio para evitar replicar, pues entiendo que tiene razón. Mientras más rápido coopere, más rápido terminará esto.

—Está bien. ¿En cuál de todas las fiestas?

Eso le hace sonreír y procede a decirme que es la fiesta en la hermandad a la que pertenece Demi. Luego señala que estaremos juntos y que el plan es hablar y relacionarme con tantos estudiantes como se pueda. Necesita prestar atención y me pide que me asegure de que Rose esté ahí.

—Y tranquila, Dulce. No voy a fallarte, resolveremos este problema.

—Me veo como… Como si viviera para esto.

Avery se ríe mientras ambas miramos mi reflejo en el espejo.

Llevo un vestido plateado sin mangas ajustado a cada parte de mi cuerpo que llega un poco más debajo de la mitad del muslo. Prácticamente, parece una tela adherida que cubre las partes necesarias, pero las resalta. No entiendo muy bien qué es lo que quiere lograr: si cubrirme o resaltar los atributos. Mis pechos, que siempre consideré más pequeños que grandes, se ven más firmes y elevados; mis piernas largas se ven incluso más kilométricas. ¿Y mi culo? Nunca se vio tan bien.

En cuanto al peinado, mi cabello ha sido alborotado como si alguien hubiese jugado hace poco con él, lo cual es el caso pero no de la manera sexual en que parece. Llevo unas pulseras y el collar de Jagger que no me he quitado.

El maquillaje es obra de Avery. Los ojos están cubiertos de sombras muy oscuras que los hacen lucir de un marrón brillante y más llamativo. El rímel hace cosas fantásticas, les ha dado a las pestañas el tamaño regular y forma en unos asombrosos abanicos color negro. Los labios solo están pintados con brillo y delineados con un color nude para que se vean más carnosos.

A lo único que no renuncio es a la comodidad de mis zapatillas. Poseen solo unos pocos cuatro centímetros de tacón, pero no opacan por completo el *look*.

—¿Cómo has hecho este milagro, Avery?

No es que quiera ofenderla. Seguro que Avery, aunque sea tímida y extraña para socializar, se arregla mucho más que yo, pero siempre es del tipo dulce y discreta, nada que ver con esto que ha arrojado sobre mí.

—Veo tutoriales y, aunque no lo creas, asisto a muchos eventos sociales en casa.

—Es bueno saberlo. ¿No es esto demasiado?

Me miro otro poco más en el espejo intentando bajarme el dobladillo del vestido, pero solo consigo destapar más la parte de arriba.

El vestido es de Avery. Ama comprar ropa que luego se cohíbe de usar o que solo usa en eventos de casa. Debido a que es más delgada que yo, el vestido es algo más pequeño sobre mi cuerpo.

—Es perfecto, vas más cubierta que muchas chicas y ¿no dicen que somos libres de enseñar tanto como queremos sin ser acosadas?

—Tienes razón y, francamente, creo que me veo bien.

—Te ves increíble, Dakota. Solo estás resaltando lo hermosa que eres.

Le sonrío con cariño ante la manera sincera en la que lo dice y la fuerza que quiere transmitirme.

—¿Estás segura de que no quieres ir? Prometo que no te dejaré sola.

—No creo que hoy sea un buen día para presionar a mi ansiedad social. Prefiero quedarme y leer alguna novela divertida en JoinApp.

—¿Tal vez la próxima vez?

Ella asiente, pero ambas sabemos que es posible que siempre se niegue.

Vuelvo a mirar en el espejo y le sonrío a mi reflejo, pero acabo por fruncir el ceño en cuanto me doy cuenta de algo.

—¿Dónde guardo mi teléfono?

—Hum…, no había pensado en ello. —Me mira como si buscara alguna solución—. ¿Es necesario que lo lleves?

Lo pienso muy bien. Rose, que es la que podría necesitarme, estará en la fiesta junto a sus amigos; podrá buscarme si necesita hablar conmigo.

—Supongo que puedo lidiar sin él.

Mi teléfono suena y leo «Mafioso Ardiente» en la pantalla, por lo que contesto.

—Estoy aquí abajo, Dulce.

—Bien, ya bajo.

—Aquí te espero. —Hace una pausa breve—. Contaré los segundos para verte.

Cuelga, como si no hubiese hecho esa declaración con altas posibilidades de alterarme.

—¿Todo bien? Pareces sofocada.

—Sí, sí, todo bien. —Me río de manera nerviosa y guardo el teléfono en el cajón de mi mesita de noche—. Han venido a por mí.

Me despido de Avery tras cerrar la puerta de mi habitación y salgo del lugar antes de que pueda arrepentirme.

Avery me desea buena suerte. Cree que tengo una cita. Eso la pone un poco ansiosa, pero de igual manera la entusiasma. Así es Avery.

Como suele suceder, los viernes por la noche hay mucho movimiento en la residencia, con personas saliendo o simplemente hablando en los pasillos. Algunos chicos me silban y gritan cosas, pero los ignoro estoicamente y salgo del edificio. Me encuentro a Jagger terminando de fumar.

La manera en la que me mira hace que casi deje de caminar, es intenso. Sus ojos viajan desde mis pies hasta mi rostro y sonríe despacio.

Cuando me detengo frente a él siento la caricia de su mirada sobre su collar colgando en mi cuello.

—Fácilmente eres lo más hermoso que veré hoy, Dulce —dice y, estirando una mano, toca la tela del vestido a mi costado—. Este vestido tuvo que haber sido hecho para ti, te ves ardiente. Te ves increíble.

—Gracias —susurro sintiendo a través de la tela su agarre en el área de mis costillas.

—¿Me dirás que también me veo bien? —bromea.

Deslizo la mirada por su camisa gris, su chaqueta de cuero y su pantalón negro ajustado con los botines.

—Sabes que te ves muy bien.

Me doy cuenta de que es un error no traer alguna chaqueta, así que me abrazo cuando se me erizan los vellos de la piel por el frío.

—Ten, toma mi chaqueta.

Se la quita y me ayuda a pasar los brazos por cada manga. Luego me sube la cremallera. Me sonríe antes de tomar los bordes del cuello para acercarme a su cuerpo y estaría mintiendo si dijera que ese movimiento no me afecta.

—Hoy esta es una especie de cita. La gente debe creer que estás conmigo.

—Estoy contigo.

—Estar conmigo de la manera en la que se espera que yo luego te suba ese vestido y tú me muerdas.

—Oh.

Lo peor es que mi mente viaja para crear ese escenario a la perfección.

—Te advierto que voy a disfrutar mucho de esto. Tienes que avisarme si eso te molesta, tampoco quiero incomodarte. —Pasa su pulgar por debajo de mi labio inferior y luego se aleja—. Ahora caminemos, no queremos perder esta oportunidad.

Trago cuando su mano se desliza sobre la mía, entrelazando nuestros dedos mientras caminamos en silencio.

—¿Estás nerviosa?

—No es que odie las fiestas, es que mayormente siento que no encajo.

Pienso demasiado cuando me divierto —confieso—. A veces pienso que otros están pensando que no debería estar ahí.

—No es algo malo que no te gusten las fiestas o irte cuando no quieres ser parte de ella.

—Solo me gustaría ser como cualquier estudiante, ir de fiesta en fiesta cada fin de semana sin pensarlo demasiado.

—¿Por qué quieres ser igual a otros tantos? Te va muy bien siendo tú misma.

Le da un suave apretón a mi mano que hace que me voltee durante unos breves segundos para sonreírle y él me devuelve el gesto.

—Si esto es casi como una cita… ¿Qué es lo que sueles hacer en una primera cita? —tanteo con la vista al frente.

Hay unos pocos segundos de silencio mientras veo a muchos estudiantes caminar o haciendo ruido mientras conversan y ríen. Veo a unos cuantos de ellos drogándose, pero rápidamente aparto la mirada.

—Hace mucho que no tengo citas, pero por lo general era muy típico ir al cine o comer. ¿Qué haces tú en las primeras citas?

Mis primeras citas fueron todas durante el instituto, mayormente eran películas, comidas rápidas o largas caminatas. Desde que llegué a la universidad, no he tenido ninguna. Básicamente he follado, pero no he tenido ninguna conexión emocional ni siquiera con Drew. Es una lástima, porque amaba todo el juego de las citas. Me encantaba la expectativa y todas esas mariposas en el estómago debido a los nervios.

—No he tenido una cita en mucho tiempo y solían ser divertidas y algo torpes —termino por decir con una sonrisa llena de nostalgia—. Algunas fueron un desastre total.

—Bueno, debido a que ha pasado un largo tiempo para ambos, espero que esta sea una buena cita.

Lo hace sonar como si fuese una cita de verdad y no sé si preguntar.

—Pero ¿es una cita real? —termino por murmurar.

—Puede ser lo que queramos.

Miro hacia un lado para que no note mi sonrisa mientras seguimos caminando de la mano, acercándonos cada vez más a la hermandad. Podríamos haber venido en su auto, pero en parte agradezco que hagamos esta larga caminata de aproximadamente quince minutos o más.

Cuando estamos a escasa distancia de la hermandad fiestera de hoy, le devuelvo la chaqueta que una vez más vuelve a cubrir los amplios hombros de Jagger. Llegamos a la fiesta tomados de la mano y, de inmediato, casi todo el mundo lo saluda. Muchas veces he pasado desapercibida cuando entro en las fiestas para rescatar a Rose, pero esta vez parece que no soy invisible. En parte se debe a Jagger y en parte al disfraz que estoy usando.

Hay muchas miradas lascivas y depredadoras hacia mí de parte de la comunidad masculina e incluso de unas chicas que sé que se inclinan más hacia los pechos que las pollas. Reconozco a un montón de personas que nunca me interesé en conocer de verdad e intento que de alguna manera algo en mí se encienda por arte de magia para detectar quién podría ser el enfermo acosador. Buscar a quien no sé que debo encontrar es un tanto frustrante y pronto comienzo a inquietarme en esta fiesta.

Acepto dos vasos de ron con Coca-Cola que veo como Jagger sirve y prepara. No estoy dispuesta a que me droguen, pero aun así estoy inquieta y Jagger lo nota. Veo a su amigo rubio, con el que parece pasar más tiempo, acercarse a nosotros.

—Acabo de ver a Rose —anuncia antes de echarme una mirada—. Un gusto conocerte, Dakota. Soy James, puedes llamarme Jamie.

—Un gusto. —Le estrecho la mano, me impresiona el color azul de sus ojos—. ¿Has dicho que has visto a mi hermana?

—Sí, está en la parte de atrás.

Mis dedos comienzan a soltar los de Jagger.

—¿Tan rápido me abandonas? —bromea haciéndome girar para estar frente a él.

Sus manos se ubican en mi cintura con un agarre apretado que me hace sentir acalorada.

—No será mucho tiempo, solo quiero saludar a Rose —le hago saber, alzándome de puntillas para poder hablarle al oído por encima de la música.

—Recuerda que esto es una cita. Debemos actuar como tal.

Asiento con lentitud antes de deslizar una mano por su cuello. Mirándolo fijamente, reúno el valor y la audacia para plantarle un beso en la comisura derecha de la boca.

—Vuelvo pronto.

Al menos así creo que actuarían dos personas en una cita y, por la manera ardiente en que me mira, creo que he acertado.

Sonriéndole, le retiro las manos de mi cintura y giro para ir en busca de Rose. Quiero que sepa que estoy aquí y, con todo lo que está sucediendo, quiero asegurarme de que está bien.

Voy a la parte de atrás, donde James ha indicado que ha visto a Rose. Me encuentro con que hay muchas personas bailando y conversando. Recibo varias miradas y trato de responderles, dejando mi copa a medio tomar a un lado y alzándome sobre las puntas de mis pies para localizar a mi hermana.

—¿Me buscabas? —preguntan desde atrás dándome un ligero toque en la cintura que me sobresalta.

—Alec —saludo cuando se ubica a mi lado.

—¡Joder, Dakie! Qué caliente te ves, estás preciosa.

—Gracias. —Sonrío antes de aclararme la garganta—. Estoy buscando a Rose. ¿La has visto?

—No, pero podríamos bailar, ya que ayer no fuiste a ninguna de las fiestas y me quedé sin mi baile.

—Ya te dije que no sé bailar —bromeo—. Además, no creo que eso le guste a mi cita.

—Oh, con que una cita… Me siento dolido.

—Estoy segura de que lo superarás con cualquiera. —Me alzo de nuevo sobre las puntas de mis pies y, aunque no veo a Rose, sí localizo a Demi riéndose con unas de sus hermanas—. Diviértete y, si ves a Rose, dile que la estoy buscando.

—¿De verdad te irás sin bailar conmigo? —Finge un puchero.

—De verdad lo haré.

Le doy un suave apretón en el brazo y avanzo hacia Demi, que en cuanto me ve da un gritito para abrazarme cuando estoy a poca distancia.

—Te ves espectacular. ¡Malditamente caliente! Pensé que era una broma cruel cuando decías que vendrías.

—No seas exagerada. —Saludo con la mano a sus hermanas antes de centrarme de nuevo en ella—. Parece una buena fiesta.

—Lo es y he escuchado que Jagger está aquí.

—Eh… Sí, de hecho, he venido con él.

—¿Que tú qué? ¡Dakota! Está sucediendo mi predicción de que van a estar juntos.

—No es así. —Me río.

—¿Me vas a decir que todo ha sido profesional? —No respondo y da otro gritito—. ¡Dios! Amo tanto esto. Apuesto a que quiere arrancarte ese vestido, yo querría hacerlo.

No puedo evitar reír mientras la tomo de la mano para alejarnos de sus hermanas y poder hablar en más confianza.

—En realidad, esto es parte de conseguir información sobre la situación de Rose.

—Ah, claro —suena algo decepcionada.

—Pero… Es cierto que actuamos muy cercanos y que creo que podría estar pasando algo, pero no estoy segura.

—¿Se besaron?

—No así —digo evasiva, y su sonrisa crece.

—Pero algo ha pasado.

Me encojo de hombros y ella suelta risitas como una colegiala.

—Soy fan de todo esto.

—En fin. ¿Has visto a Rose? Quiero hablar con ella para asegurarme de que todo está bien.

—La vi irse hace unos minutos hacia el jardín trasero. Ven, te guío.

Tomándola de la mano, la dejo que me guíe a través de las personas. Me tenso y me siento asqueada cuando algún pervertido me pellizca el culo, pero cuando me doy la vuelta, no sé quién lo ha hecho. Eso me hace sentir impotencia mientras continúo avanzando con Demi.

Al salir de la casa, veo que en el jardín hay muy pocos estudiantes y enarco una ceja al no ver a mi hermana, Demi también parece desconcertada.

—Tal vez se ha ido…

—O se esconde —agrego. Entorno los ojos mirando hacia los árboles frondosos que van más allá de donde estamos.

Esta vez soy quien guía a Demi hacia los árboles. Nos adentramos donde la luminosidad es más tenue y me tenso cuando escucho susurros.

—No, creo que no estás entendiendo en la mierda en la que estoy. ¡Soy la maldita víctima! Y tú estás bien.

—Rose… —dice una voz profunda y masculina.

—Rose nada. Basta. —La voz de mi hermana suena vulnerable—. Ya basta. ¡He dicho que basta!

Continúo tirando de la mano de Demi. Al fin encuentro a mi hermana, que no está sola.

—Santa mierda —susurra Demi, y yo pienso exactamente lo mismo.

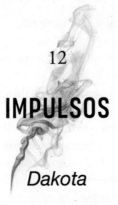

12

IMPULSOS

Dakota

Rose se encuentra con la espalda contra la dura corteza del árbol mientras los brazos de Simon Clark, el profesor de Ética, la envuelven. Él está besándola o al menos eso intenta, pero mi hermana tiene el ceño fruncido e intenta hacerlo hacia un lado para evitar el contacto mientras las lágrimas le caen por el rostro.

—Quiero ayudarte, Rose.

—Eso no es lo que parece —alcanzo a escucharla y suena dolida.

—Entiende por qué no puedo decirlo.

—Lo único que entiendo es que estás siendo un puto cobarde. Te estoy diciendo lo que me están haciendo y no te importa.

—Me importa, Rose, me importa. —Le toma la barbilla entre sus dedos—. Pero entiende que, si me involucro y alguien lo sabe, será peor para ambos.

—Para mí ya es peor —sisea ella, intentando empujarlo—. Es mi cuerpo, soy yo la del vídeo y las fotos, siempre seré yo.

—Rose, ¡vamos! Piensa con claridad. Has dicho que te están ayudando, todo saldrá bien.

—¿Por qué me das la espalda? —le pregunta sonando herida.

—No lo hago, nos protejo.

Harta de toda esta manipulación emocional hacia mi hermana, doy un paso hacia delante.

—Rose, vamos a volver a la fiesta —digo con firmeza. Noto que tengo una de mis manos cerradas en puño mientras veo a Simon Clarke voltearse.

Él es atractivo, rubio y con unos rizos encantadores que rodean un rostro que se mantiene juvenil, tiene unos rasgos aristocráticos y unos grandes ojos color miel. Es alto y tiene cuerpo atlético, como un nadador.

Mi hermana parece sorprendida de verme y también avergonzada mientras se limpia las lágrimas y él retrocede.

Un solo vistazo y ya lo odio.

Sé que Rose fue parte del error, pero escucharlo intentar hacerle todo ese lavado de cerebro y manipularla emocionalmente me pone enferma.

—Será mejor que se mantenga alejado de mi hermana a menos que quiera que el estudiantado y todo el directivo sepa cuánta ética le falta, profesor —digo con desprecio.

—Yo estaba… —comienza.

—Sé perfectamente lo que hacía —lo corto.

—Dakota —dice Rose, y no quito mi mirada de Simon, que tampoco desvía la suya.

—Esto es algo entre Rose y yo.

No puedo evitar reírme con incredulidad y burla.

—Se equivoca. En todo caso, sería algo entre mi hermana, usted y los directivos de la universidad, a los que dudo que les haga gracia el uso de poder que está ejerciendo sobre su estudiante —hablo, llenando el silencio—. Aléjese de mi hermana.

No desvía la mirada durante un largo tiempo que me incomoda, pero no me doblego. Al final, le lanza una mirada a Rose, asiente y se aleja. Se adentra más en los arbustos, sabe que hay una salida hacia el estacionamiento en paralelo.

—Eso ha sido tenso —dice Demi visiblemente tensa y nerviosa con la situación.

—Demi, ¿puedes dejarme a solas con Rose, por favor? —pregunto con calma pese a que tengo un tic nervioso en el ojo.

—Claro, volveré a la fiesta. Nos vemos adentro.

Rose y yo permanecemos en silencio durante un rato largo. La veo sacar de su pequeño bolso cosméticos que le permiten ocultar que ha estado llorando.

—¿Es en serio, Rose? ¿Sigues viéndolo?

—No lo estoy viendo.

—Entonces, ¿qué hacías aquí oculta con él? No me quieras ver la cara de tonta.

—Lo dejé, Dakota. Me escribió para hablar sobre la situación y pensé…

—¿Que te ayudaría? Porque lo único que he escuchado ha sido a un cobarde manipulándote. —Guarda los cosméticos mientras hablo—. ¿Qué pasa si él es el culpable?

—¿Por qué Simon me haría eso?

—No sé, quizá porque es un puto enfermo. —Muevo las manos exasperada.

129

—No estoy volviendo con Simon. Pensé que me ayudaría con esto, pero veo que no cuento con él —luce dolida.

—Lo único que veo es que tienes sentimientos por él. —Respiro hondo—. Rose, solo me ha bastado veros pocos minutos para entender el enfermizo juego de poder y manipulación que tiene sobre ti.

—No soy una maldita idiota manipulable, Dakota. ¡Basta de verme como una estúpida mujer bonita que no sabe hacer nada!

—¡¿Y no es esa la manera en la que quieres que te vea todo el maldito campus?!

—Ahora resulta que actuarás como todos los demás.

—¿Como todos los demás? Todos los demás te darían la espalda y yo estoy aquí envuelta en un problema que no es mío. —Hago un ademán hacia mi aspecto—. Estoy aquí disfrazada para buscar pistas, saliendo de mi zona de confort, pactando y negociando mientras tú estás en un árbol a oscuras con una de las razones por las que estás en este lío.

—Entonces, ¿qué? ¿De ahora en adelante tendré que escuchar que me eches en cara mi error?

—Sabes que no es eso, no es lo que he querido decir.

—Creo que será mejor que volvamos a la fiesta.

—No —digo—, creo que será mejor que te vayas a casa.

—¿Qué? ¿Ahora me castigas? No eres mi madre, Dakota.

—Entonces deja de actuar como si yo lo fuera. ¿Sabes qué? ¡Vete, vete a tu hermandad y, por una vez, entonces tal vez yo pueda vivir la experiencia de una fiesta verdadera sin tener que preocuparme por ti! —le grito.

Retrocede ante mis palabras y traga saliva. Me arrepiento de ellas de inmediato, pero no las retiro porque sé que se irá a su hermandad y entonces no tendré que pensar en si Simon vuelve o en otros problemas.

—Bien —acepta. Yo sonrío—. Me voy, te dejaré disfrutar de tu gran fiesta.

Lucho con el nudo en mi garganta mientras la veo irse. Cuando me quedo sola, me abrazo a mí misma y respiro hondo para no dejar que las emociones me hagan colapsar.

Sé que hablaremos luego y estaremos bien, que ha sido el calor del momento y que las hermanas muchas veces discuten.

Un escalofrío me recorre cuando me siento observada. Miro a mi alrededor demasiado consciente de lo sola y alejada que me encuentro. Antes de volver a la fiesta, respiro hondo unas cuantas veces y eso me ayuda a calmarme.

El lugar se encuentra mucho más ruidoso de cuando me he ido a buscar a Rose y en el camino me encuentro con Cassie.

—¿Has visto a tu hermana? —me pregunta.

—Le dolía la cabeza y se ha ido a descansar.

—Oh, tal vez la alcance dentro de un rato —me hace saber—. Por cierto, te ves increíble.

—Gracias —logro murmurar antes de que se vaya.

Esta vez busco a Jagger con la mirada. Estoy algo incómoda con los constantes comentarios que recibo sobre mi aspecto, pero al menos nadie vuelve a manosearme el culo.

Finalmente, lo encuentro en el recibidor, en un pequeño grupo de personas. Detrás de él, su amigo Joe se besuquea con una pelirroja alta y esbelta.

En cuanto mis ojos conectan con los de Jagger, respiro hondo y le dedico una pequeña sonrisa que me devuelve. Cuando lo alcanzo, tira de mi mano para que apoye el pecho contra su torso y lleva sus labios a mi oreja.

—¿Has encontrado a Rose?

—Sí, se ha ido a casa. —Hago una pausa antes de decidir decirle lo que ha pasado—. Estaba con Simon, pero luego hablaremos de eso, no quiero hacerlo ahora.

Se aleja lo suficiente para poder evaluar mi rostro y luego asiente, acariciándome con los dedos uno de los brazos.

—Ahora que has vuelto a nuestra cita, ¿qué tal si bailamos?

Voy a responderle, pero me distrae la manera descarada en la que las manos de Joe se afianzan en el culo de la pelirroja, que casi se frota contra él.

—Ah, esta es Bonnie, la novia de Joe. Cuando no están peleándose por tonterías, siempre son así de explosivos.

Joe abre los ojos y me ve. Me guiña uno antes de cerrarlos de nuevo y continuar con su sesión de besuqueo.

—Entonces, ¿bailas conmigo? —vuelve a preguntar Jagger.

—No me voy a frotar contra ti como si estuviera en celo y faltada de sexo —le hago saber y eso le hace sonreír—, pero sí, quiero bailar contigo.

Tomándome de la mano, se abre paso hasta una de las tantas pistas de baile que hay en la mansión. Miro a mi alrededor por un momento, antes de que sus dedos me tomen de la barbilla.

—Los ojos en mí, Dulce. Solo en mí.

Me lamo el labio inferior. Él sigue el movimiento con su mirada antes de acercarse y envolver un brazo alrededor de mi cintura. Me hace jadear cuando pega mi cuerpo al suyo, de tal manera que no hay espacio entre nosotros. Sus caderas se mueven muy despacio contra las mías, de un lado al otro, mientras esos ojos no se despegan de los míos. Con lentitud, mis manos viajan hasta sus hombros mientras me muevo siguiendo su ritmo.

Sus movimientos lentos y premeditados de un lado al otro y luego de adelante hacia atrás crean un cosquilleo en mi vientre que comienza a dejar evidencia en mis bragas. Me pilla por sorpresa la manera en la que este baile comienza a encenderme con rapidez.

Jagger no deja de mirarme mientras se mueve y mis labios se abren cuando una de sus manos baja por mi cadera y llega a la curva de mi trasero. Me presiona contra él y ¡mierda! No hay manera de negar que siento una erección contra mi vientre y que eso me hace estremecer. Estoy segura de que mi piel brilla con sudor del modo en el que lo hace la suya.

Las luces descienden y la mano sobre mi trasero aprovecha la oscuridad para bajar un poco más y adentrarse debajo del dobladillo de mi vestido. No lo detengo. Mis piernas se separan unos pocos centímetros para darle más espacio, saben lo que podría darme. Una exhalación profunda escapa de mis labios cuando siento desde atrás el roce suave contra la tela húmeda de mis bragas. Sus ojos son intensos, sus pupilas comienzan a dilatarse y mis manos suben hasta su cuello. Mientras, su rostro desciende para presionar su frente contra la mía cuando, despacio, sus dedos me rozan sobre la humedad de mis bragas. Presionan de manera rápida antes de sacar la mano de debajo de mi vestido.

Me deja tan mojada que tengo miedo de que se me caiga por los muslos al llevar un tanga tan pequeño. Deseo tanto que continúe…, pero de alguna manera logro recordar que estamos en un lugar público y que se supone que solo íbamos a bailar.

Me planta un beso en la comisura de la boca antes de llevar sus labios a mi oreja y morderme el lóbulo.

—Será mejor que detengamos esto ahora —su voz es baja y ronca—, si no queremos que haga alguna locura en público que incluya subir ese vestido.

Aprieta sus manos en mis caderas antes de tomarme de la mano y guiarnos hacia el jardín. Estoy muy segura de que mi rostro está sonrojado.

Cuando llegamos al jardín, se acerca a nosotros una de las dos chicas hermosas con las que siempre parece estar Jagger. Es la que tiene el cabello castaño rojizo, un cuerpo muy tonificado y resulta intimidante. Me da un rápido asentimiento de cabeza en señal de reconocimiento a mi existencia.

—He visto a Jordan sacar una foto, pero tal vez sea porque todos creen que ella hoy se ve sexi —dice y me señala—. No es nada muy grande, pero no hay que descartarlo.

—Gracias, Lorena. Tal vez no tenga nada que ver, pero es un dato.

—Ahora iré a bailar un poco y a por una cerveza. —Una vez más ella me mira—. Bonito vestido.

La veo desaparecer antes de volver mi atención de nuevo a Jagger.

—¿Ella también? Creía que esas chicas eran tus mejores amigas o algo así.

—Lo son, pero también son parte de mi equipo. No es que lo neguemos, pero tampoco nadie pregunta nunca. —Se encoge de hombros—. Creo que ya podemos irnos.

—Genial.

Toma mi mano una vez más y nos hace entrar a la casa para poder salir por la puerta principal. Me encuentro feliz de abandonar lo que definitivamente no es mi ambiente, pero un poco recelosa de no haber obtenido un poco más de ese baile y tan incómoda con mi ropa interior humedecida.

Antes de alcanzar la salida, vislumbro a Lena hablando con un chico que no es Ben y parecen estar discutiendo. Cuando ella nota que la miro, da un respingo antes de hacer una mueca con los labios y de alejarse como si huyera. Qué extraño…

Jagger nos hace salir del lugar y nos guía hacia el camino que me llevará de vuelta a mi residencia.

La cuidadora de esta residencia de chicas está durmiendo cuando pasamos por delante de ella, lo cual no es que importe. Las chicas la aman porque a ella le da igual si los chicos vienen a follar o no, su lema es: «Tu vagina, no la mía. Tu culo sinvergüenza, mi culo relajado». No es que sea el mejor lema de la vida, pero se entiende que le da igual lo que hagamos con nuestros cuerpos. Así que Jagger no tiene ningún problema en entrar y acompañarme.

En los pasillos aún quedan personas bebiendo descaradamente y la música alta resuena por el lugar.

Me detengo frente a mi habitación. Cuando abro la puerta, todo está oscuro, lo que significa que Avery duerme y que Laurie no ha vuelto. Quizá solo hemos estado tres horas y media en la fiesta y ahora me doy cuenta de que me hubiese gustado que fueran más. No por disfrutarlo, sino para obtener un poco más de esta sensación de Jagger. Justo ahora, sus dedos me acarician los nudillos mientras me mira como si esperara que me despidiera de él para poder irse. Excepto que descubro que no quiero que se vaya.

Esto es tan peligroso como emocionante.

No sé qué hacer, qué quiero o qué espero, pero hablo. Es una de esas veces en las que no me quedo en silencio sin más y dejo que mi lengua se vaya sobre mis pensamientos racionales.

—¿Quieres entrar, Jagger?

13

CHICA DULCE

Jagger

Un chico bueno quizá le habría dado un beso de buenas noches o un abrazo, le habría deseado dulces sueños y se habría dado la vuelta, rechazando totalmente su oferta. Pero soy Jagger Castleraigh y no soy conocido por ser del todo un hombre bueno.

Así que entro al pequeño lugar en el que vive Dakota.

Todo está oscuro, pero eso cambia cuando ella enciende una de las luces. Eso me gusta, me da la oportunidad una vez más de deleitar mi vista con sus suaves curvas.

Normalmente, tengo control sobre el sexo. Sé esperar hasta llegar a donde sea que el trato vaya a cerrarse, pero esta noche bailar con Dakota me ha ido quebrando poco a poco, hasta que he sentido que si no la tocaba iba a quemarme. Sin embargo, todo ha ido a peor cuando mi mano se ha colado debajo de ese tortuoso vestido. Cuando mis dedos la han rozado y han sentido lo mojada que estaba por nuestro baile. No es que la culpe, yo tenía un grave caso de erección. La mirada en sus ojos casi me hace tocarla de nuevo antes de haber decidido ir al jardín, pero entonces su expresión me hizo vislumbrar la decepción. Al igual que yo, ella quería más.

Aquí hay una fuerte química a punto de explotar.

En este momento, las manos me pican por tocar todo ese delicioso y delicado cuerpo. Siento que toda nuestra interacción ha sido un eterno juego previo que me tiene muy excitado.

Se gira y me dedica una de esas dulces y pocas sonrisas que parece regalar, mientras se balancea sobre sus pies con inquietud y nerviosismo.

He pasado las últimas tres semanas alrededor de Dakota. Es una chica a la que antes solo miraba por la curiosidad, sin embargo, he disfrutado cada segundo de ello. Me he sorprendido sonriendo sin ni siquiera darme cuenta cuando estoy a su alrededor.

Me gusta.

—¿Quieres algo? —pregunta.

Los ojos le brillan, quizá ni siquiera es consciente del deseo con el que me mira.

—A ti —respondo sin darle demasiadas vueltas.

Sacude la cabeza. Alcanzo a ver una sonrisa que desborda picardía y que no había conocido en ella hasta ahora.

—Me refería a una bebida o algo de comer.

—Si me preguntas qué quiero comer justo ahora, es fácil. La respuesta eres tú —dejo claro.

No soy un hombre que da muchas vueltas.

—¿Por qué querrías comerme?

—Esa es la pregunta equivocada. —Doy unos pasos hacia ella, me acerco cada vez más a la pared en la que ahora apoya la espalda—. La pregunta correcta es por qué no querría comerme a una chica dulce, inteligente, sexi y peculiar como tú.

Llego hasta ella y tomo un mechón de ese cabello largo que hoy luce salvaje. Deja escapar una respiración profunda y mi atención va a esa boca descarada.

—Ya no importa si te escondes, Dulce. Yo siempre voy a verte, no hay manera en la que no lo haga.

—Eso es absurdo.

—Entonces, lo absurdo te hace temblar y que tu piel se erice. Lo absurdo hace que esos ojos te brillen como el mejor de los whiskies. Y lo absurdo hace que tu cuerpo reaccione al mío. Creo que, en ese caso, me gusta lo absurdo.

Me dedica una pequeña sonrisa, al menos no está alejándome. Una de mis manos baja hasta su cintura, le da un suave apretón que me permite sentir la tira de su ropa interior.

—Parecen unas bragas muy pequeñas.

—No puedo creer que digas eso.

—¿Bragas o tanga? —pregunto. Sus mejillas se sonrojan mientras acerco mi rostro hasta que mi nariz roza la suya—. ¿Me dejas comprobarlo por mí mismo?

La respuesta que obtengo es una temblorosa respiración, mientras sus ojos se abren un poco más al igual que sus labios. Hay un pequeño asentimiento, pero tendrá que darme más que eso.

—Palabras, debes darme palabras —susurro.

—Sí —murmura.

En realidad, sé el tipo de ropa interior pequeña que lleva de cuando la he tocado, pero tener su aprobación para confirmarlo me hace sentir con ganas de devorarla.

—¿Dónde están tus compañeras de piso?

—A-Avery duerme… y Laurie no está.

—Qué conveniente… ¿Lo sabías y me has traído a una trampa para que no pudiera resistirme a ti? Porque funciona.

—No, no. Claro que no.

—De todos modos, me alegra estar aquí.

Tengo un duro y desconcertante momento en el que parece que el mundo se paraliza cuando sus ojos me miran fijamente y su mano se estira tomando un puñado de mi camisa, pero el mundo gira cuando susurra las siguientes palabras:

—A mí también me alegra que estés aquí.

—No puedo no reaccionar a una declaración como esa, Dulce.

Me lamo los labios antes de ir en busca de los suyos, aunque no es que exista mucha distancia que acortar.

Sus labios son suaves y están entreabiertos para mí. Atrapo ese regordete labio inferior y lo saboreo con mi lengua antes de succionarlo y brindarle calidez con los míos, comenzando a besar a esta dulce chica de labios deliciosos.

Su mano me estruja la camisa mientras la mía se aprieta sobre su cintura. Pongo la otra en su costado, justo por debajo de su pecho. Mordisqueo la suave carne de su labio inferior antes de introducir mi lengua en su boca y gimo porque se siente malditamente bien cuando su lengua se roza con la mía. En un principio, es un poco tímida para el beso, pero luego Dakota es toda pasión y eso me enciende como un fuego a punto de quemar todo a su paso.

Me endurezco, me excito y mi erección se presiona los tejanos. Oprimo mi cuerpo al ras del suyo. Siento la hinchazón de sus tetas contra mí y doblo las rodillas lo suficiente para que su entrepierna acune mi dolorosa erección, lo que la tiene gimiendo contra mis labios. Siento que la cabeza está a punto de estallarme.

Es un beso intenso y profundo, uno que está haciendo estragos con mi cordura y mi autocontrol, que me está enloqueciendo.

Empujo las caderas contra ella y gime, presionando sus dedos en mi abdomen tenso. Mierda, esto se siente malditamente bien y sé que se puede sentir aún mejor.

Una de mis manos sube y toma una de esas lindas tetas que se sienten de maravilla en mis manos. No me aleja, se arquea contra mi toque cuando le aprieto la tierna carne del pecho. Le libero la boca para mordisquearle la barbilla y descender por la delicada piel de su suave cuello.

Una vez más, empujo mis caderas contra las suyas mientras mis pulgares encuentran, a través de la delgada tela de su vestido y su sujetador, el pezón. Lo rozo y lo presiono hasta hacerla gemir y que se golpee la cabeza hacia atrás contra la pared.

La fina cadena se siente fría contra mis labios cuando beso el hueco de su garganta.

Necesito hacer más que esto. Quiero desarmarla. Quiero destruir y armar su mundo de nuevo con placer.

Incluso estoy dispuesto a dar sin tomar.

Dejo de besar su cuello. Me incorporo para mirarla y ¡joder! Es tan bonita… No, es mucho más que bonita.

Tiene la piel sonrojada, la boca hinchada y rojiza mientras que sus pupilas se encuentran dilatadas. En cuanto a su respiración, es tan agitada como la mía. Es la imagen del deseo y eso va a matarme. Hay tantas emociones en su mirada…

Tomo su mano y la alejo de mi abdomen. Por un momento, creo que lo malinterpreta porque hace una mueca y puedo ver que la vergüenza está emergiendo en ella.

—Vas a necesitar sostenerte. Te he dicho que comprobaría qué ropa interior usas.

—Espera… ¿Qué?

Me lamo el labio inferior antes de sonreírle e ir descendiendo hasta estar de rodillas. Normalmente, esta no sería mi posición, es un dolor de culo cómo se sienten luego las rodillas, pero justo ahora que tengo una meta en la mente nada me importa. El rostro de Dakota está mucho más sonrojado mientras mira hacia abajo, parece sorprendida.

—Jagger, no tienes que… Es decir, que no todos quieren y…

—Yo quiero, Dulce, mucho. —Hago una pausa—. ¿Tú no?

Su respiración se vuelve aún más agitada mientras nos miramos.

—Quiero —dice al fin con voz temblorosa.

Arrastro los dedos por sus muslos desnudos y hago que se estremezca. Ella ni siquiera se da cuenta de que separa más las piernas. Debido a la posición, puedo ver un pequeño triángulo de tela negro que cubre mi destino final.

—Jagger…

No entiendo si es una protesta o una súplica. De cualquier manera, sus manos no me interrumpen cuando las mías comienzan a arrastrar el material de su vestido para subirlo.

Poco a poco, bajo su atenta mirada, voy revelando más de su piel y esta se va erizando a medida que mis dedos la van rozando. Cuando el material está alrededor de la parte alta de sus muslos, a solo unos centímetros de mostrar su ropa interior, le sonrío. Agarro la tela con los puños y se la subo en un movimiento rápido hasta la cintura. Jadea y gime, pero luego parece consternada y se lleva una mano a la boca en un intento por silenciarse.

Veo su tanga y sonrío. Es negro, un triángulo de algodón diminuto que no oculta lo mojada que está, incluso los lados internos de sus muslos se encuentran mojados.

—He escuchado que a veces las chicas buenas son las que llevan un montón de diversión bajo su ropa.

—Si no me ponía eso, se me iba a marcar la ropa interior...

—No estoy quejándome. Es una hermosa vista. —Mirándola fijamente, acerco mi rostro, soplo y se estremece—. ¿Tienes frío, Dulce?

—Oh, oh, Dios mío.

Presiono mi boca sobre la tela y mi habilidad la hace temblar. Luego solo le bajo la diminuta ropa interior por las piernas al tiempo que mi boca comienza un desenfrenado ataque hacia esta chica que es dulce en todos los lugares.

Primero deslizo la lengua por sus pliegues humedecidos, saboreando su humedad antes de hacer movimientos circulares sobre su clítoris. La insto a levantar una pierna para sacarle del todo la ropa interior y luego atraigo esa pierna sobre mi hombro. De inmediato, sus manos van a mi cabello para conseguir algo de equilibrio aun cuando la pared la sostiene.

Mis ojos se cierran cuando atrapo entre mis labios el pequeño nudo que le da placer y chupo. La hago gemir de una manera profunda y espero que su compañera de piso no se despierte. Lamo, chupo y muerdo su clítoris antes de alternarme y bajar hacia su entrada. Recojo toda la humedad y me la follo con la lengua.

Saboreo tanto como puedo, lamo y succiono sacando mucho placer de su parte. Soy consciente de los pequeños ruidos que escapan de ella y, al abrir los ojos, llevo de nuevo la lengua a su clítoris. Mientras, mi mano asciende por su muslo antes de que uno de mis dedos recoja su humedad y se deslice con bastante facilidad dentro de ella. Jadea con fuerza y, en un acto reflejo, empuja sus caderas hacia mí. No me quejo, ella está siendo destruida de una buena forma.

Mientras mi boca se deleita con sus pliegues y su clítoris, un dedo se convierte en dos follándola al ritmo de mis lametones. Sus dedos están en mi cabello y, cuando alzo la mirada, me parece que es muy sexi la manera en la que se muerde el labio inferior para que sus gemidos no sean tan altos.

Nunca me ha molestado dar sexo oral, me gusta comer a las chicas que me atraen, pero esto se siente increíble. Quiero deshacer cada molécula de Dakota, quiero quitarle el sueño, robarle los pensamientos y cada onza de placer que sea capaz de recibir. Quiero que no me olvide.

Me tira con fuerza del cabello cuando mis dedos se mueven con mayor precisión y mi boca está más hambrienta.

—Oh… Oh —gime y yo gruño.

Soy un puto cavernícola en este momento, tengo avaricia por comérmela hasta que me canse.

Hago mis movimientos más rápido y ella no puede controlar sus gemidos. Luego se deshace en un balbuceo mientras se estremece con un impecable orgasmo del que me sentiré muy orgulloso. Lamo hasta el final y poco a poco retiro los dedos, los cuales también saboreo.

Me dedico a dejar besos suaves desde su muslo hasta su cadera, donde le doy un suave mordisco que la hace quejarse. Le bajo la pierna de mi hombro, me incorporo y siento la molestia en mis rodillas, aunque mentiría si dijera que no lo he disfrutado.

Me gusta la manera en la que me mira cuando la tomo de la cintura, donde se le arremolina el vestido, para sostenerla porque parece no encontrar el equilibrio. Tiene los ojos vidriosos, le suda la frente, los pómulos están muy sonrojados y el labio lo tiene hinchado con una pequeña herida carmesí debido a lo fuerte que se lo ha mordido. Intenta controlar su respiración, pero se le da fatal. Estoy complacido con toda esta imagen.

—¿Todo bien, Dulce?

Sacude la cabeza y se baja el vestido con las manos para cubrir lo que ya he descubierto. Se mira los pies y entiendo que está teniendo esa tediosa transición en que la vergüenza aparecerá en cualquier momento porque ella no está acostumbrada a esto.

—¿Normalmente consigues llegar ahí en la primera cita? —susurra, yo sonrío.

—Normalmente, no enloquezco y pierdo el control así de rápido.

—Necesito descansar.

Atrapo totalmente la indirecta y, aunque odiaría que use mi ausencia para comenzar a arrepentirse, acepto sus palabras. La beso en la comisura de la boca antes de alejarme, en el proceso piso su ropa interior en el suelo y la recojo. Sus mejillas se sonrojan aún más mientras estira las manos pidiéndomelas, se las entrego.

—Espero seguir viendo tus bragas.

—No lo creo.

—Yo creo que sí.

Abre la puerta y me encuentro con su mirada cuando estoy afuera.

Esta chica me gusta de una manera en la que hace muchísimo que no me gustaba alguien, desde el primer año de universidad. No estoy dispuesto a ignorar esta química que hay entre nosotros. No puedo darle la espalda.

—No enloquezcas, Dulce. Nos queda mucho por explorar.

—¿Del problema?

—Sí, pero también de nosotros. Dulces sueños.

Me giro y comienzo a alejarme con una furiosa erección que deberé bajar por mi cuenta. No es que vaya a ser difícil cuando planeo hacer uso de mi mano con la imagen de Dakota, con el vestido alrededor de sus caderas, expuesta, sonrojada, húmeda y con mi boca y mis dedos dándole placer. Solo de pensarlo podría hacerme estallar.

Esta chica significa problemas. Por suerte, soy bueno metiéndome en ellos.

—Los boletos van por mi cuenta —dice Maddie agitándolos.

—Por supuesto que sí, tú me invitaste al cine. De hecho, deberías pagar también por las palomitas, yo lo hago cuando te invito.

Resopla y su nariz se arruga de esa manera graciosa en la que lo hace desde que era pequeña. Sonrío y trato de tocarle dicha nariz mientras intenta morderme.

Amo a esta chica. A veces puede ser muy molesta e irritante, pero es la mejor amiga que pude conseguir, es mi hermana.

—Quedan dos horas para el comienzo de la película. Podemos ir a comer y luego volver. —Enlaza su brazo con el mío, sin esperar mi respuesta, y comienza a caminar hacia la salida—. He visto un local de hamburguesas a unas pocas calles y yo invito.

—Genial, no voy a negarme a eso.

No tardamos en llegar al local, donde un mesero nos toma nota y nos trae la soda que hemos pedido mientras esperamos por la comida.

—Bueno, he estado investigando a Jordan —dice.

Maddie es rápida, apenas hace dos días que le pedí el favor de que investigara al estudiante que tomó una foto de Dakota en la fiesta y ella no me pidió nada a cambio. Trabaja conmigo porque es mi amiga y desde pequeños hemos sido como un pack. Estoy seguro de que nuestros padres esperaban que nos involucráramos de una manera romántica, pero aun cuando hubo un tiempo en mi pubertad en el que sus pechos me llamaron la atención, ella y yo nunca hemos sido de ese modo. Pero además de formar parte de mi equipo por ser mi amiga, también se trata de que ella es hábil a la hora de conseguir información y es muy buena leyendo a las personas. Aparte, hace un tiempo hizo un estudio del lenguaje corporal.

—¿Y qué conseguiste? —Doy un sorbo de mi soda.

—Una cita.

Dejo de beber y la miro, lo que la tiene riéndose y pasándose un mechón de cabello detrás de la oreja. No está bromeando.

—En realidad, Jordan es inofensivo. No sé en qué ayudas a Dakota, pero la razón por la que él la observaba es porque le pareció bonita. Además, sabías que si la llevabas contigo, los tipos iban a actuar como cavernícolas.

—¿Qué quieres decir?

—Lo típico, que quieren a alguien cuando ya no está disponible. Pusiste a Dakota en el punto de mira en esa fiesta y, por arte de magia, todas las pollas querían ir con ella porque, además de que se veía bastante caliente, era deseable.

—Ese es un buen punto de vista. ¿Así que quería acercarse a ella y bailar?

—Supongo que más que bailar. Solo era un chico fiestero en busca de un buen momento. —Se encoge de hombros—. Ahora me ha pedido salir a mí.

—¿Por eso dices que tienes una cita?

—No, no me interesa Jordan —resopla, la miro de manera interrogativa—. Voy a salir con su compañero de habitación. Conversamos y fue bastante lindo, así que me invitó a salir y acepté.

—Ten cuidado, Maddie.

—Jagger, no todos los tipos son malos. Tú no lo eres y hay otros que tampoco lo son. —Es un argumento válido, pero aun así…

—Y no todos los tipos son buenos. Ni siquiera a mí puedes considerarme bueno.

—No empieces de nuevo, Jagger. No tendré contigo una vez más esta discusión en la que te digo que nada está mal contigo, que no eres culpable. Sí, a veces eres un auténtico idiota, pero no eres malicioso ni haces daño adrede —va alzando la voz—. Y no vas a arruinar nuestra salida diciéndome que eres un mal tipo porque no voy a tolerarlo.

Me paso las manos por el rostro. Puede decir todo lo que quiera, pero sé que no soy bueno, al menos no del todo. Soy culpable de una tragedia. Soy culpable de algo que nunca debió suceder, que no puedo cambiar y mucho menos olvidar.

—¿Es esa la razón por la que estás relacionándote con Dakota, Jagger?

Su pregunta me desconcierta, no logro entender a dónde quiere llegar.

—No sé lo que quieres decir.

—Dakota es tranquila, estudiosa. ¿Algo sumisa? Del mismo modo en el que lo era ella.

—No. Detente. —No la dejo decir más—. Sí, Dakota es estudiosa, a veces es tranquila, pero también es fuego, divertida, auténtica y nada sumisa. Me gusta por cómo es, no tiene nada que ver con el pasado.

Y no miento, ni siquiera había llegado a pensar en eso. Son dos personas diferentes que llegaron a mi vida de maneras distintas. No hay punto de comparación entre una experiencia y la otra.

—Bien, eso me alivia —suspira—. Estaba preocupada de que esa fuera la razón de tu interés.

—No lo es y, por favor, no lo comentes con nadie más. No me gustaría que llegase a oídos de Dakota. Apenas estamos comenzando algo y eso la asustaría.

—¿Dakota no lo sabe?

—No, y prefiero que se mantenga así.

—No puedes ocultárselo, Jagger, pero entiendo que todo es nuevo. Sin embargo, no tardes en decírselo, es mejor que lo sepa por ti que por alguien más.

No le respondo. Todo es nuevo aún y ni siquiera sé qué quiere Dakota conmigo más allá de la ayuda. El pasado todavía duele como para hablar de él.

El mesero aparece con nuestros pedidos y, cuando se aleja, tomo la mano de Maddison por encima de la mesa.

—Lo siento, no he querido sonar rudo contigo. Es solo que no quiero que mezclemos las cosas. Soy auténtico cuando te digo que Dakota me gusta y no quiero que ella sepa del pasado, al menos no ahora.

—Está bien, me siento feliz por ti. Es agradable verte involucrarte con alguien más que para follar. Ya te lo he dicho: no eres culpable, no eres un mal tipo.

Y ya se lo he dicho, creo todo lo contrario.

14

LAS HERMANAS MONROE

Dakota

Rose y yo permanecemos en silencio sentadas en las escaleras de la entrada de la mansión que conforma su hermandad, una de las más grandes.

El silencio es pesado, creo que ninguna de las dos sabe por dónde comenzar. No hemos hablado desde hace dos días, cuando discutimos en la fiesta. Hemos intercambiado un par de mensajes con el fin de ponernos al día sobre la falta de novedades en su verdugo, pero fueron mensajes cortos sin ningún indicio de conversación. Por eso, cuando esta mañana durante mi clase de Matemáticas recibí un mensaje suyo invitándome a venir a verla, no le he respondido, pero he venido.

No ha pasado el suficiente tiempo para decir que la he echado de menos, pese a que pocas veces hemos estados días sin vernos, pero sí se ha sido incómodo saber que estábamos enfadadas.

—Me hubiese gustado no haberte involucrado en esto. Dejé que la histeria me ganara. Pensé que eres infinitamente más inteligente que yo, por eso acudí a ti, y ahora me doy cuenta de que eso no está bien —susurra.

—Eres inteligente, entraste a esta universidad entre muchos aspirantes.

—Porque estuve en la lista de espera.

—Y escribiste un trabajo impresionante que avaló por qué te necesitaban aquí. —No puedo evitar la exasperación en mi voz—. Me molesta que te hagas la tonta frente a los demás, Rose, pero me molesta aún más cuando lo finges tanto que incluso tú misma te lo crees.

—No quiero discutir contigo, Dakota —susurra, suena cansada—. Solo quiero que nos arreglemos. El caso es que me arrepiento de haberte involucrado. No quiero que me lo eches en cara ni que ahora solo me veas a través de esa lente. —Se abraza las piernas y apoya la mejilla en las rodillas mientras me mira—. Me enfadó y dolió mucho lo que dijiste, incluso si tienes razón. Pensar que por mi culpa te reprimes...

—No me reprimo —la interrumpo—. Dije todas esas cosas porque estaba enfada de verte con Simon y de cómo te excusabas. Lamento cómo me expresé, lo único que quería era que te fueses a casa y estuvieras lejos de él.

—Entiendo que no puedas comprender cómo me siento respecto a Simon, que para ti tal vez parezca otro de mis caprichos, pero no pensaba solo en follarme a mi profesor de la universidad sabiendo que podía costarme la expulsión —suspira—. No fue físico en un principio, fue emocional, la manera en la que vio a través de la imagen de chica tonta.

»Las conversaciones, el sentirme querida y adorada, valorada. Desde que llegué, todos los chicos me ven como un polvo y admito que también permití que me dieran ese lugar, pero con él fue diferente... —Se pasa una mano por el cabello al levantar la cabeza—. El sexo prohibido fue tentador, pero lo quise mientras lo tuvimos. Tenía sentimientos por él y la manera abrupta en la que me ha dejado a raíz de este problema duele, porque me di cuenta de que no le importo lo suficiente.

»No quería escucharte decir lo mal que estuvo porque eso ya lo sé. Solo quería que comprendieras que me había estrujado el corazón al rechazarlo y al decirle que lo dejábamos, al exponer cómo me siento respecto a su falta de apoyo. —Parpadea para contener la humedad de sus ojos—. No quería a un verdugo o a alguien diciéndome lo que ya comprendo que está mal y por qué está bien mi decisión de alejarme. Quería a mi hermana preguntándome cómo estaba luego de poner fin a una relación que pensé que sería diferente. Quería un abrazo de «está bien que lo dejes ir, Rosie», no un recuerdo de cómo me arruiné por creer en falsas ilusiones y tener pensamientos estúpidos sobre un romance que definitivamente no iba a florecer. Era lo que quería, Dakota, y por eso me enfadé tanto cuando me atacaste con tus palabras, porque soy consciente de todo.

Me estremezco al darme cuenta de lo dura que puedo ser a veces con mis palabras cuando se trata de ideas contrarias a las mías. Sigo firme en mi posición sobre Simon y sobre lo que Rose hizo al involucrarse con él, pero me sienta fatal no haberle dado el abrazo que necesitaba ni ese consuelo por estar demasiado ocupada enfadándome.

—Sin embargo, sé que también actué a la defensiva con algunas cosas que te dije. Quisiera borrar esa noche o al menos lo que te dije y lo que te escuché decir.

En el momento, me pesa saber que muchas cosas vinieron desde el fondo, de cosas reprimidas desde hace años, de la frustración de ser parte de esto cuando fue mi decisión aceptar. Sin embargo, no lo digo en voz alta porque no quiero agrandar este problema ni hacerle más daño.

—Pensaré más antes de hablar —consigo decir—. No puedo comprender cómo te sientes sobre Simon porque lo vi manipularte. Desde fuera se ve fácil lo que decía, cómo actuaba…, pero sé que es difícil verlo desde dentro.

»Me queda claro que no es algo que aplaudiré y no me siento culpable de mis sentimientos negativos hacia él y hacia el hecho de que sigas hablándole más allá de un aula, pero lamento no haberte dado el abrazo que necesitabas y haber actuado mejor como tu hermana en ese momento. —Me deslizo más cerca de ella y le paso un brazo por los hombros—. Cuando te dije que te fueras, quería que lo hicieras porque temía que te volvieras a encontrar con él o que todo se complicara. Quería retirar mis palabras, pero me daba miedo que te quedaras.

—No volvamos a discutir.

—Sabes que eso es imposible. —Me río—. Discutimos por todo desde que aprendí a hablar.

Ella también se ríe y, de una manera muy típica de Rose, recompone su ánimo y me dedica una gran sonrisa que destaca lo hermosa que es.

—Bueno, Alec me dijo que te vio y que le negaste un baile porque dijiste que estabas en una cita…

—¿Por qué Alec te vendría con el chisme?

—Porque le gustas. —Entorna los ojos.

—A Alec le gustan todas.

—Bueno, quizá tú le gustas un poquito más que todas las demás. —Me sonríe de costado—. Pero le dejé claro que le cortaré las bolas si lo intenta, eres demasiado para él y sé que no estás interesada… Porque no lo estás, ¿verdad?

—¿Y qué pasa si lo estoy?

—Que te daría una larga lista de razones de por qué no debes involucrarte a nivel sexual o emocional con mi mejor amigo.

—Tienes razón —me río—, no me interesa de ese modo y yo tampoco le interesó así, solo es él siendo coqueto.

—Bueno, ¿quién era tu cita?

Me rasco la ceja pensando en cómo abordar esto. Rose no es tonta y, si le digo que es Jagger, unirá cabos, aunque puedo decir que nos conocimos debido a mis tutorías. De igual manera, si lo niego, Jagger es conocido en el campus universitario y ella es popular y tiene miles de amigos, se codea con las hermandades y las fraternidades, así que el chisme le llegará. Es mejor si tengo el control de la narrativa.

—¿Recuerdas que te dije que tengo un tutor de Finanzas?

—Sí, eso salvó a McCain de que lo arrojaras por unas escaleras. —Me mira con complicidad.

—Bueno, tuve una cita con mi tutor. —Tiro de los hilos sueltos de la abertura de mi jean—. Me gusta.

Y esa es una verdad absoluta.

Jagger Castleraigh me gusta demasiado. Ya ni siquiera puedo mentirme sobre ello, no cuando me corrí sobre sus dedos y su boca, no cuando deseaba desesperadamente su tacto, sus besos, su atención y su deseo.

He pensado mucho en esa noche y no solo en el encuentro contra la pared del apartamento. Pienso en toda esa noche, desde que lo encontré en la entrada de mi residencia, usar su chaqueta, tomarnos de la mano, la conversación casual y la más intensa, estar juntos en esa fiesta, sus ojos en mí, el baile y los susurros. Sencillamente todo.

No dejo de pensar en ello, no sé cómo no hacerlo.

—¿Estás saliendo con tu tutor?

—Tuvimos una cita, solo eso.

—Pero pasaron cosas, ¿verdad? —suena entusiasmada y no sé cómo responder—. ¡Oh, Dios! Te estás sonrojando, definitivamente hiciste cosas con él. ¿Follaste?

—¡No!

—Pero hiciste algo sexual.

—El caso es que era mi cita.

—Me alegra que por fin dejes atrás a Drew. Es un imbécil que tuvo suerte de que le dieras una mirada.

—Estuve con otros después de Drew —le recuerdo.

—Sí, pero aún pensabas que habías sido la que tenía el problema, no que lo tenía Drew.

Bueno, puede que aún no me haya sacado ese pensamiento del todo de la cabeza.

—Sabes que no eres el problema, ¿verdad? Tuviste orgasmos con otros chicos y te gustó el sexo.

—Pero no me gustó ser casual —susurro—. De alguna manera, fue como hacer lo mismo que Drew, ¿no?

—Y eso está bien, no está mal desear sexo dentro de relaciones y amar la monogamia. Pero lo que quiero decir es que no hay nada malo en ti. Está claro que en esa ocasión el problema fue Drew.

—No quiero hablar de él.

—De acuerdo. —Sacude la cabeza—. Mejor hablemos de tu cita. ¿Quién es? ¿Lo conozco? ¿Es de alguna fraternidad? ¿Equipo deportivo? ¿Tal vez…?

—Es Jagger.

Se hace el silencio de repente.

—Jagger Castleraigh —aclaro pese a que estoy casi segura de que es el único que se llama Jagger en esta universidad.

—Quise creer que había escuchado mal —susurra—. Dakota, es Jagger. No tiene novias y anda en todo ese asunto de favores y… No me creo que quieras…

—Me ha estado ayudando en mis estudios, me gusta que me mire, hablamos y disfrutamos el tiempo juntos. Lo pasó bien.

—Acabas de decir que no te va el sexo casual y eso es lo único que él quiere. Es lo que hace.

—Por el momento, estamos bien y ¡Dios! Solo ha sido una cita, no tienes que alterarte.

—No me altero, me preocupo. Lo conozco y no digo que sea una mala persona, pero sé que se acuesta con otras chicas. Hace mucho que no tiene una relación monógama, no crea lazos afectivos más allá de su reducido grupo de amigos y podría estar haciendo cosas ilegales con ese negocio que creó. —Respira hondo—. Simplemente, no veo que esto pueda salir bien para ti.

—Sé lo que hago y lo estoy conociendo.

En realidad, no sé qué estoy haciendo, pero al menos pretendo hacerle creer a Rose que soy consciente del enredo en el que me estoy involucrando.

—No está bien, Dakota…

—Rose, por favor, no quiero volver a discutir contigo —imploro, y ella aprieta los labios para guardarse las palabras, pero sé que se muere por decir mucho más.

También veo su desaprobación y las altas probabilidades de que más adelante vuelva a sacar el tema, pero por ahora lo deja estar. Poco después les hacemos una videollamada a nuestros padres, que son tan raros como siempre, pero nos hacen reír y desear volver pronto a casa.

15

RESULTADOS

Dakota

Cuatro días.

Esa es la cantidad de días que han transcurrido desde que Jagger me hizo correrme con fuerza, desde que sacudió mi mundo.

Pese a mis ensoñaciones sobre perderme en esos recuerdos, soy consciente de que la fila para comprar el almuerzo ha avanzado y de que Ben habla con Avery.

Ante el recuerdo de esa noche, las piernas casi me flaquean.

No fue la primera vez que obtuve sexo oral, Drew me dio al menos un par de sesiones antes de botarme. Aunque en un principio fueron los únicos modos en los que me dio orgasmos, no se sintió igual que con Jagger. Es un poco loco teniendo en cuenta que por Drew tenía sentimientos y lo de Jagger se supone que solo es una atracción.

Pero él me hizo sentir como fuego, me hizo olvidar hasta mi propio nombre y, bueno, tengo que darle crédito. Dudo que toda esa hazaña le llevara más de ocho minutos. Casi quiero llevarme una mano a la frente de forma teatral y suspirar un «mi héroe».

—¿Qué deseas?

Alzo la vista al darme cuenta de que una de las vendedoras espera mi respuesta. Con las mejillas sonrojadas por mis pensamientos lujuriosos, le hago saber lo que quiero.

Le doy dinero en efectivo porque no he recargado la tarjeta estudiantil, tomo el ticket que me ofrece con mi número y camino hasta la mesa donde ya se encuentran Avery y Ben. Están conversando, ocho meses fue lo que tardó Avery en poder hablar con él sin tapujos y sin tener ansiedad o estrés. De alguna manera, mi amigo fue paciente y se esforzó poco a poco para conseguirlo.

No me involucro en la conversación mientras me sostengo la barbilla con una mano. Reprimo un bostezo porque, pese a que he dormido, tengo sueño, así que me permito cerrar los ojos por pocos segundos. Cuando los abro de nuevo, me es inevitable no echar un vistazo a mi alrededor. Entorno los ojos cuando veo a Alondra, pero luego me siento mal porque ella nunca me ha hecho nada. Bueno, ni siquiera repara en mi existencia y no es su culpa que Drew me rompiera el corazón.

Suspirando, retomo mi vistazo por el lugar.

«No pienses en Jagger, no pienses en Jagger».

—¡Jagger! —se ríe una chica, y de inmediato mi cabeza se voltea hacia la voz.

La voz pertenece a Millie y la única razón por la que sé su nombre es porque tiende a ser una gran oradora en algunos eventos universitarios y pertenece a un grupo de apoyo entre mujeres. Se está riendo junto a los demás en la mesa, exceptuando a la chica de cabello castaño rojizo que ahora sé que se llama Lorena.

Millie es preciosa y sexi, irradia una seguridad y una confianza que a mí me encantaría tener. Creo que lo que encuentro más encantador en ella son sus geniales y alborotados rizos rubios, pero no es ella la que mantiene mi atención en la mesa.

Es Jagger.

Estoy «orgastrapada».

Orgastrapada: Dícese de esa persona que tuvo un orgasmo y quedó atrapada en ello recordándolo una y otra vez.

Él tiene una gran sonrisa mientras se inclina hacia Maddison. Después vuelve su mirada de nuevo a Millie y ella le acaricia la muñeca mientras se inclina, le susurra algo, o al menos eso es lo que creo que hace.

Vuelvo a sentir el ardor en el estómago, sé que son los indicios de la amargura de los celos. Sé que Jagger me dio un orgasmo, pero no me prometió el cielo, ni siquiera hemos hablado de ello o nos hemos visto desde entonces.

Con el índice y el pulgar, me tiro del labio inferior. Desearía tener algún poder supersónico que me permitiera saber de lo que hablan mientras los miro fijamente y, como si sintiera mi mirada, los ojos de Jagger conectan con los míos.

Me paralizo por un momento y él enarca una de sus cejas antes de esbozar una pequeña sonrisa. Miro esos labios que se sintieron tan bien entre mis piernas. Tiro de mi labio una y otra vez volviendo a entrelazar mi mirada con la suya o al menos eso hago hasta que siento un beso húmedo en la mejilla.

Rompo el contacto visual.

—Hola, Dakie. —Sonrío a Rose, que está sentándose a mi lado—. Hola, Ben y Avery.

—Hola —respondemos al mismo tiempo los tres.

—Coordinados. —Se ríe antes de centrar su atención en mí—. ¿Saltándote las clases?

—No —respondo, y hace un puchero—. De hecho, comienza dentro de media hora. ¿Y tú?

—Me he salido de clase —responde, y enarco una ceja hacia ella—, era Ética.

—Ah, lo entiendo.

Me da un leve asentimiento antes de fijar su atención en Ben y Avery.

Llaman el número de mi ticket y me pongo de pie para ir a por mi almuerzo. Mi estómago gruñe ante la visión de mi deliciosa comida cuando tomo la bandeja. Mientras camino de vuelta a mi mesa, sin embargo, me detengo cuando me topo de frente con Drew.

Él tiene la mirada en su teléfono y, cuando intento esquivarlo, sin darse cuenta toma la misma dirección por lo que terminamos en este baile estúpido improvisado y descoordinado.

—Este es un baile inesperado —bromea con su voz grave.

Sonriendo levanta la mirada, parece sorprendido cuando se da cuenta de que soy yo y al menos hay reconocimiento en su expresión.

¿Debería sentirme halagada? Porque no estoy teniendo recuerdos agradables, de hecho, resultan muy agrios. Sus labios vacilan solo un poco para luego desplegar la sonrisa que hace que su rostro se vea para morir, la que me derretía. Sostengo con fuerzas la bandeja.

—Dakota —susurra de manera lenta y ronca.

Desprecio el segundo en el que miro hacia mis pies, es solo un segundo, pero me lamento de ello. Por suerte, vuelvo a alzar la mirada por encima de su hombro.

—Hola, Drew.

—Es bueno verte, ha pasado un tiempo desde que nos topamos.

—Bueno, siempre he estado estudiando aquí —respondo y decido que es el momento de avanzar hasta mi mesa, pero su mano va a mi codo y hace que me tense.

—Sí, lamento eso. Siempre parece que ando ocupado o distraído.

—No pasa nada, también he estado ocupada.

—Sí, puedo verlo, te ves increíble. Más hermosa de lo normal —dice con encanto, pero no le muestro ninguna reacción.

Ya no soy tan ingenua, ya jugué con su fuego y salí quemada, no cometeré el mismo error.

Bajo la vista a su agarre aún en mi codo, eso hace que note la indirecta y me libere de su agarre.

—¡Dakie! —grita Rose. Cierro los ojos por unos instantes al saber que ahora algunas miradas seguramente están en nosotros.

—Quizá puedas darme tu número…

—Es el mismo —lo corto. No hay ilusiones, en mí solo hay una sensación muy amarga de que él ni siquiera se mereció todo lo que di: mis lágrimas y mi corazón roto—. Hasta luego.

—Seguro que nos vemos de nuevo —promete.

Llego hasta la mesa en silencio mientras dicen los números de Avery y Ben, por lo que se ponen de pie y van a por su comida. Me volteo hacia mi hermana en el momento en el que intuyo que va a hablar.

—No digas nada sobre ello, por favor.

—Él no lo vale —es lo único que susurra antes de robarme una patata, y la dejo porque, siendo franca, he perdido el apetito.

Alzo los ojos hacia mi hermana mayor y le dedico una leve sonrisa. Siempre la tendré a ella, mi roca.

—Es cierto, no lo vale, Rosie.

Sin darme cuenta, juego con el collar de Jagger mientras el profesor McCain no deja de hablar sobre cómo ha sido para él todo este semestre. No es que esté muy orgulloso de nosotros, pero al menos no nos gruñe.

Mi mirada permanece en el fajo de papeles que hay sobre el escritorio. Ahí está mi calificación, mi futuro sobre si cada hora de estudio guiada por Jagger ha valido la pena.

Si he suspendido, no puedo culparlo. Fue un excelente profesor sustituto para mí. Si he suspendido, será porque me distraje demasiado intentando descifrarlo o porque no sirvo para esta clase.

Necesito saber cuándo va a callarse y a acabar con esta angustia que me carcome hasta el alma. Ese examen es como estar despechada: no comes, no duermes, no eres feliz.

Estoy «despachexmentada».

Despachexmentada: Dícese de esa persona que no tiene un corazón roto, pero sí un cerebro destruido debido a la angustia de no conocer el resultado de su examen.

Ahí está, una nueva palabra para mi diccionario.

—Deja de lucir como una loca —susurra Ben sin esconder su sonrisa.

—Tienes que estar muy confiado sobre tu calificación. —Finjo golpearme la frente—. Cierto que no eres un moribundo académico en esta clase como yo.

El profesor parlotea otro poco más antes de que por fin tome la pila de exámenes. Mi mano va al brazo de Ben y le clavo las uñas. Se queja, pero no me importa, seguro que teme que luego Lena lo degüelle sin más mientras le pregunta qué zorra le ha clavado las garras; sé que esas serían sus palabras exactas. Para Ben no será nada divertido, pero yo necesito canalizar mi angustia.

Estoy a punto de dejarlo sin piel cuando me entregan mi examen, sin embargo, no lo miro. Dejo la hoja doblada sobre mis piernas. ¿Conoces la sensación de querer tanto tener algo que cuando lo tienes te da miedo que no sea lo que esperabas? ¿Miedo a desilusionarte y a tener que fingir que te gusta porque lo deseaste tanto que al final fue un absoluto fiasco? Eso me sucede en este momento. Tengo miedo de que mi esfuerzo no haya sido suficiente bueno.

—¿No vas a mirarlo? —Ben se pone de pie tomando su mochila y me doy cuenta de que todos se encuentran saliendo del aula.

—Necesito unos minutos.

—De acuerdo. ¿Te veré antes de que te vayas a Liverpool?

—Sí, seguro.

Él se abre paso hacia la puerta y, justo entonces, Jagger Castleraigh entra dándole un breve saludo. Escanea el lugar y me mira durante unos segundos antes de dirigirse al profesor con una carpeta.

Vuelvo la atención a mi examen.

Solo debo voltearlo y echarle un vistazo. No puede ir tan mal, excepto que si he suspendido, tendré que repetir la clase, me retrasaré un semestre porque no pasar esta materia me impide cursar Finanzas III. Cero presiones.

Tal vez pueda ir a mi piso y pedirle a Avery que lo mire por mí o llamar a Demi, correr hacia ella y pedirle que lo compruebe. ¿Me hace eso una cobarde?

Miro mi bolso tipo mensajero en el suelo. Estoy tentada de sacar el teléfono y escribirle a mi amiga para que venga. Suena como una buena decisión, aunque algo desesperada.

—¿Te quedarás a limpiar el aula, Dulce?

Alzo la mirada y me encuentro con los ojos grises de Jagger. Está subiendo los escalones hasta la fila en la que me encuentro sentada, acorta la distancia que nos separa y se deja caer sentándose a mi lado.

—¿Cómo te ha ido en el examen?

—No lo sé, no he visto el resultado.

—¿Y eso te tiene paralizada en un aula?

Con mi dedo índice y pulgar, tiro de mi labio inferior. Esto capta su atención, así que dejo de hacerlo de inmediato.

Somos las únicas personas que aún permanecen en el aula.

—¿Me harías un favor? —digo. Enarca una ceja ante mi pregunta—. Quiero decir, otro favor aparte de los que ya me haces.

—¿También vas a debérmelo?

—No es un favor muy complicado. —Le extiendo mi examen—. Míralo por mí.

No tengo que pedírselo dos veces. Me cubro el rostro con las manos mientras reina el silencio. Poco después, lo miro a través de mis dedos y descubro su ceño fruncido con la hoja desdoblada. No necesito preguntar porque esa expresión lo dice todo, sin embargo, soy una absoluta masoquista, al parecer.

—¿Qué pasa?

—Lo siento, Dulce.

Sacude la cabeza mientras me entrega la hoja doblada y la tomo llena de una absoluta vergüenza, no por suspender… ¡Bueno! Sí, por eso, pero más por el hecho de que quien se esforzó dándome clases ha visto que no he aprobado.

Siento ganas de maldecir, lo que hago pocas veces, pero… ¡Maldita mierda! Me esforcé.

—Lo siento mucho, quizá solo estoy en la carrera equivocada o no sirvo para el mundo de los negocios. —Me agacho, tomo mi mochila y después me pongo de pie con el examen aún en la mano—. Te veré luego… —Se interpone en mi camino—. Esto es un poco incómodo, pero necesito que me des un permiso.

Me mira durante largos segundos antes de hacerse a un lado, lo que me permite bajar a toda prisa los escalones y tomar profundas respiraciones cuando estoy fuera del aula.

Solo entonces me permito abrir la hoja condenatoria porque debo enfrentarme a la nota con la que he suspendido, pero jadeo y doblo la hoja de nuevo. ¡Mierda! Maldito viejo, tal vez sí deba empujarlo por algunas escaleras o contratar a una prostituta que le provoque un infarto cuando le haga cosas que seguramente solo vea en el porno.

Pero también maldito sea Jagger Castleraigh.

Entro de nuevo al aula y arrojo mi mochila a un lado para enfrentarme a Jagger, que está terminando de bajar las escaleras.

—¿Demasiado horrible la nota, Dulce?

—Tú, grandísimo bastardo...

No termino de hablar porque me pilla por sorpresa cuando mi espalda se da contra la pared antes de sentir su cuerpo al ras del mío. Es duro y cálido mientras deja un beso en la comisura de mi boca y luego traslada sus labios a mi oreja.

—No me culpes. No es una nota mediocre, pero tampoco es una nota magnífica. Nunca dije que hubieras suspendido, tú lo asumiste.

—Pero...

Con su nariz, me acaricia la mejilla. Corta del todo el hilo de palabras que planeaba decir. Me toma de la barbilla y me alza el rostro para que nuestros ojos conecten.

—Dije que lo sentía porque total y oficialmente me debes un favor. Parece que soy un grandioso profesor.

—Tal vez si el profesor McCain luciera como tú... —dejo escapar, lo que le hace reír de manera ronca.

—¿Quiere decir eso que piensas que soy agradable a la vista?

Yo diría algo más práctico: es follable a la vista.

Pero no hay palabras cuando sus labios atrapan mi labio inferior y lo chupan antes de hacerme sentir el ardor de sus dientes cuando me muerde, pero lo calma de manera inmediata con la humedad de su lengua.

Me deja de importar mi examen cuando se me cae la hoja arrugada al suelo y lo siento sonreír sobre mis labios. No sé explicar cómo me siento.

Se aleja lo suficiente para mirar la hoja en el suelo. Sus labios se encuentran hinchados y sonrojados. Por un momento, pienso que se alejará del todo, pero Jagger no se anda con juegos cuando vuelve al ataque.

Una vez más, sus labios atrapan los míos y comienza a besarme con profundidad. Es un beso de movimientos lentos mientras sus manos se enredan en mi cabello y su lengua se abre paso en mi boca. Me deleita con su sabor y la manera experta en la que toma el control, en la que me guía y me hace experimentar fuertes sensaciones.

Por fin, mis manos se mueven cuando van hacia su espalda. Lo presiono para que entienda que lo quiero más cerca de mí. Por suerte, lo capta y me aprisiona con la calidez de su cuerpo.

Me besa tan despacio que siento que me drogo por la manera en la que mis sentidos se van confundiendo. Sus manos se enredan en mi cabello y tira solo lo suficiente para mantenerme como quiere. Me hace sentir como si de nuevo entrara a la pubertad, porque cualquier toque me hace sentir en llamas.

Abrimos los labios, saboreamos y succionamos. El beso siempre se mantiene lento, pero es tan profundo y enloquecedor que estoy desenfrenada.

Poco a poco, transforma el beso en unos besos cortos y húmedos sobre mis labios mientras yo intento controlar mi respiración. Cuando finalmente detiene sus besos, me siento un poco atontada porque nunca me han besado así antes.

—Felicidades, estarás en Finanzas III —susurra contra mis labios—, pero debes mejorar esas calificaciones. Ya no aceptaremos aprobar con dos puntos por encima del límite.

—¿Qué? ¿Seguirás siendo mi profesor?

—Me gusta ayudarte —susurra antes de tomar mi labio inferior entre los dientes y un sonido muy parecido a un gemido escapa de mí—. ¿Te gusta que te ayude?

Asiento antes de llevar las manos a la parte baja de su nuca y atraerlo para darle otro beso que no es tan lento, pero es igual de profundo. Esta vez, sus manos se posan en mis costados. Me tantean mientras una de sus piernas se abre paso entre las mías y me empujo contra ella sintiendo que ardo.

Me siento adicta a la manera en la que su lengua acaricia la mía y a su sabor. Todos mis sentidos se encuentran colapsados por él.

—¡Dios! —susurro contra sus labios—. ¿Qué me pasa contigo?

—Me hago la misma pregunta —murmura con la voz enronquecida mientras se lame mi sabor sobre sus labios.

Un ruido que suena bastante cercano me hace voltearme y, poco después, veo a tres chicas entrar en el aula. Una de ellas se ríe. Yo empujo el pecho de Jagger y recojo mi mochila junto a mi examen arrugado.

—Señoritas —se despide él cuando salimos del aula.

—¡Adiós, Jagger! —Casi suenan como un coro de iglesia.

—Cualquiera diría que lo practican —me burlo, pero él ignora totalmente mis palabras mientras camina a mi lado.

Quiero hablar del beso o de la otra noche, pero caminamos en silencio. En realidad, caminamos con unas pocas personas que lo saludan de tanto en tanto.

—¿Cómo van los mensajes? —me pregunta cuando por fin hay una pausa en sus saludos.

—En cinco días, solo le ha llegado uno a Rose.

A veces me pregunto si debería contarle a Jagger lo de aquella llamada donde reproducían el vídeo de mi hermana y la foto que me enviaron, pero no hay rastro de nada de ello. Ni siquiera sé si me creería cuando no quedó ningún registro.

—No creo que se esté tomando unas vacaciones. ¿Sabes qué creo? Que están jugando con sus mentes. Parece un juego mental en el que quieren que estén asustadas y alerta, como si quisieran atormentarlas.

—¿Crees que son amenazas vacías? —me ilusiono.

—No, creo que es solo que primero quieren jugar y luego, actuar.

—Qué enfermos.

—El mundo está lleno de ellos.

Caminamos otro poco hasta que se para y, en consecuencia, también me detengo. Me volteo a mirarlo y me dedica una pequeña sonrisa con su boca aún inflamada por nuestros besos.

—Te veo en la fiesta más tarde.

—¿Investigaremos algo nuevo? —cuestiono. Lucho contra el estremecimiento que siento al recordar cómo terminó aquella vez para nosotros.

—No, solo espero verte ahí.

—No estamos haciendo esto. —Nos señalo.

—¿Qué cosa?

—Esto.

—¿A qué te refieres con esto? ¿A besarte, subirte el vestido y besarte en lugares más interesantes? ¿A que llevas todo el tiempo mi collar? ¿A que justo ahora estás mirándome fijamente la boca? Porque entonces creo que sí estamos haciendo esto.

—¿Por qué no tienes una moto?

Parece que mi pregunta lo saca totalmente de su liga. Siendo sincera, no sé por qué hago la pregunta justo ahora.

—¿Qué?

—Que por qué no tienes una moto —repito.

—Porque no me gustan. Estoy bien con los autos.

—¿Sabes que es el complemento esperado para tus tatuajes, tu sonrisa, tu cigarrillo y tu encanto?

—¿Me encuentras encantador?

—Responde.

—Lamento decepcionarte porque no tengo ni tendré ni deseo ninguna moto. Estoy bien con cuatro ruedas, pero puedo darte otro tipo de paseo si eso es lo que quieres. No me encasilles, Dulce. Juzgar no es un rasgo muy atractivo en las personas.

Me siento algo avergonzada porque es verdad. Con mi pregunta inocente he dejado en evidencia un poco de mis prejuicios y estereotipos. Nos hace detenernos una vez más y me mete un mechón de mi cabello detrás de la oreja, luego me acaricia la barbilla de una manera breve.

—Te veo en la fiesta de la fraternidad.

—Yo no voy a esas fiestas.

—Fuiste a una hace una semana.

—No garantizo que vaya a esta.

—Entonces, uniré mis manos y rezaré para que vayas, porque estoy descubriendo que besarte sí es lo mío. Te veo más tarde, Dulce.

—¡Espera! —lo llamo y se gira con lentitud—. ¿Qué pasa con mi premio? Dijiste que, si aprobaba, obtendría uno.

—Ve esta noche y lo tendrás.

Lo veo irse y sacudo la cabeza. Me da la impresión de que me he dormido en medio de una pesadilla que a veces se difumina en un sueño agradable. ¿Esto está pasándome de verdad? Vaya forma de cerrar mi tercer semestre.

Camino hasta lo que llamo «casa» en esta universidad y, al entrar, me encuentro con Laurie en el sofá con un tipo casi encima de ella.

—Tal vez deberíamos poner algún objeto en la puerta que avise de que no debes entrar —se queja ella mientras se arregla la camisa.

—Tal vez podríamos hacer un trío —se ríe el chico que hasta hace poco tenía la lengua hasta el fondo de su garganta.

—No va a suceder —respondo.

Él ríe y ella me mira de manera desagradable, como si el ofrecimiento hubiese venido de mi parte. Camino hasta mi habitación y, al pasar por la de Avery, toco. La falta de respuesta me hace saber que se encuentra en clases. Me pregunto cómo le estará yendo con su plan respecto a Chad, no ha vuelto a decirme algo.

Una vez encerrada en mi habitación, arrojo la mochila al suelo y me tiro poco después sobre mi cama.

Después de unos minutos recupero mi teléfono para confirmar que tengo una hora y media libre antes de mi próxima clase. Puedo echarme una siesta, pero primero reviso los mensajes que tengo de Demi.

> **Demi:** Tengo media hora libre, ¿¿¿nos vemos???

> **Demi:** ¿Y aprobasteeeeee?

> **Demi:** Estoy sentada solita en una fuente, parezco patética mientras te espero.

> **Dakota:** Lo sientooo, no leí tus mensajes.

> **Dakota:** Estaba demasiado ocupada enloqueciendo antes de saber los resultados y sí, ¡aprobééééééé!

Demi: Yeihhhhhh! Jagger fue un buen profesor.

Dakota: Lo fue.

Dakota: ¿Aún estás en la fuente?

En secreto, espero que ya esté en clases porque quiero descansar, así que me saco los zapatos y me cubro con la manta.

Demi: ¡Nop! Voy a reunirme con mis hermanas, viene otra gran fiesta (lo que no es una sorpresa).

Dakota: Jagger me ha invitado a la fiesta de más tarde en la fraternidad.

Demi: Iré con varias de mis hermanas.

Demi: ¡DEBES TOTALMENTE IR Y COMÉRTELO!

Dakota: No es mi ambiente.

Demi: Pero si la última vez lo pasaste superbién. Admítelo, te gusta pasar tiempo con él más allá de estudiar y ayudar a Rose.

Siento que, de hecho, lo de Rose no ha sido mi prioridad y eso me genera algo de culpa.

Dakota: Me lo pensaré.

Demi: Bieeen, espero que seas

Demi: TEAM JAGGER.

Riendo, le envío un emoji. La verdad es que no sé si ir.

Intercambiamos otros pocos mensajes antes de que bloquee el teléfono. Me disponga a dormir, pero un toque en la puerta que trato de ignorar se vuelve insistente. La voz de Laurie dice mi nombre, por lo que me levanto y abro la puerta.

—¿Qué sucede? —mi voz suena irritada.

—Han dejado este sobre en la puerta para ti.

Lo tomo y cierro la puerta tras darle las gracias.

Solo cuando estoy abriéndolo caigo en la cuenta de lo que podría tratarse y no me equivoco. Es una nota junto a una fotografía de Rose haciéndole una mamada a su profesor. Ni siquiera centro mi atención en la imagen, es demasiado fuerte ver cómo destruyen la privacidad de alguien que amas.

Leo la nota:

> **Toc-toc. ¿Te está gustando el juego?**
>
> **¿Te gustaría ser ella?**
>
> **Tal vez debiste ser ella. Hubiese sido más divertido.**
>
> **Sigamos jugando, no os aburriréis.**

Abro la puerta con rapidez y llego a la sala. El acompañante de Laurie ya se ha ido y ella está en el sofá entretenida con su teléfono.

—¿Quién te ha dado esto?

—Lo han deslizado por debajo de la puerta. —Ni siquiera levanta la mirada del teléfono.

—¿Has sido tú? ¿Eres tú? Porque esto es muy vil y horrible incluso para ti.

—Eh, relájate, rarita. No sé qué te han enviado ni me importa, pero no tengo nada que ver con ello, loca.

Me lanza una mala mirada antes de ponerse de pie y caminar hacia su habitación. Pisotea fuerte para hacerme saber que está enojada, pero me importa poco.

¿Quién está detrás de todo esto?

16

DRAMA BARATO

Jagger

—¿Estás esperando a alguien?

Me volteo hacia James, que me tiende un vaso con lo que huele como vodka. No es mi favorito, pero es preferible a la cerveza barata rebajada con agua.

Y lo tomo porque confío en él y sé que no está planeando drogarme.

—Sí, ¿y tú? ¿Por qué no te has perdido aún con alguna de tus admiradoras?

—No todo se trata de tetas, jefe.

—Pensé que contigo sí. —Bebo de mi copa.

—También se trata de culos.

—Por supuesto, porque eres así de básico —asegura Maddie, que llega hasta nosotros y yo entorno los ojos porque puedo ver que comenzarán a provocarse.

A su lado se encuentra Aria, que me da un largo vistazo antes de saludarme con un asentimiento y una sonrisa. Le devuelvo el gesto antes de dar un pequeño sorbo a mi copa.

—Puedo demostrarte cuando quieras que soy una edición especial, Maddie.

—Eres tan básico que recurres a tu polla para defenderte cuando digo que eres básico. Es muy predecible, de las cavernas y trillado.

—Igual de predecible que tu actitud de perra malvada cuando me miras. Supongo que te excito demasiado y despierto esa maldad en ti. Tranquila, gatita, puedes afilarte las garras en mi espalda.

—Ya, claro, porque me acostaré contigo… Claro.

—Lo sabes y…

—Ok… Pido pausa. —Alzo una mano—. Pueden seguir después con la discusión cursi.

Son tan peculiares que se sonríen y ella lo golpea en el hombro. Pueden decirme lo que quieran, pero para mí este par de locos se gustan o tienen una muy fuerte tensión sexual que un día simplemente va a asfixiarme.

—Hola, Jamie, te ves bastante bien —saluda Aria, y la sonrisa de James es inmediata.

—No más que tú, Aria.

—Asco. No vas a ligar con mi amiga —dice Maddie, enlaza su brazo con el de una sonriente Aria que, al igual que yo, disfruta de su tira y afloja con Jamie.

—Si quisiera ligar a tu amiga, ya lo hubiese hecho.

—Eh, no soy una chica fácil —interrumpe Aria—. Además, cuando hice mi elección, mis ojos estuvieron en Jagger.

—Qué halago —digo de manera tranquila. Cuando se ríe de forma suave, no puedo evitar sonreír.

Hay momentos en los que recuerdo lo fácil que eran las cosas entre Aria y yo, las buenas conversaciones y momentos divertidos que tuvimos sin ninguna tensión ni segundas intenciones.

Tal vez podríamos haber sido amigos, ahora nunca lo sabremos, porque no hay manera en la que me haga cercano a ella.

—Escogiste a Jagger y mira cómo terminó todo —la molesta James, y ella entorna los ojos.

—Estoy segura de que contigo hubiese sido peor.

—Si eso es lo que te dices, Maddie, para lidiar con el hecho de que no estás conmigo…

—¿Cuándo vais a follar? —pregunta Aria de manera soñadora.

—¡Aria! —dice Maddie mientras le libera el brazo a su amiga—. Eso jamás va a pasar, tengo buen gusto.

—Bueno, pero no exquisito. Si fuese exquisito, te darías cuenta de que soy otro nivel —interviene mi amigo.

—Eso ha sido demasiado, Jamie. —Me río.

—Extrañaba el sonido de esa risa —me dice Aria dando un paso hacia mí. Toma mi vaso, así que ahora es su copa.

—No deberías tomar copas ajenas —digo de manera tensa.

—No eres un extraño y confío en ti.

—Nunca terminas de conocer a las personas y no sabes si le he puesto algo a mi bebida…

—Jagger —me llama Maddie con suavidad. Cuando llevo mis ojos a ella, me dedica una sonrisa de simpatía—. Aria lo entiende, estoy segura de que ahora estará más atenta, ¿verdad?

—¡Jesús! Solo coqueteaba —resopla bebiendo de la copa—. Tienes que relajarte, Jagger, quizá solo te hace falta un buen polvo.

—Pero no contigo.

—¡Jagger! —Ahora la llamada de Maddie no es nada suave, pero me encojo de hombros y decido cambiar de tema.

—En realidad, Jamie y yo hoy vamos a portarnos bien —le hago saber.

—¿Jamie portándose bien? ¡Ja! Qué gran chiste.

—Por favor, Maddison, si sigues así de obsesionada conmigo, caeré por ti —responde Jamie.

Muy a su pesar, mi mejor amiga se ríe. Luego, los cuatro vemos a la pelirroja que grita el nombre de Jamie mientras se acerca a nosotros, es Bonnie.

Está despampanante con su cabello teñido de rojo fuego, alta y esbelta. A donde sea que vaya llama la atención y su carisma explosiva hace el conjunto completo. Joe está loquísimo por ella y ella por él, sus discusiones son básicamente un juego previo.

Aunque la conocí antes que a Joe, de alguna manera su novio se volvió más mi amigo que ella. Hablamos, nos llevamos bien y pasamos tiempo juntos en algunos círculos sociales, pero no somos tan cercanos como lo soy con Joe.

Cuando llega hasta nosotros, nos dedica una sonrisa llena de hoyuelos mientras abraza a Maddie, pues se llevan de maravilla. Con Aria no se lleva tanto, digamos que se toleran, tiene algo que ver con sus egos colisionando.

—¿Han visto a Joe?

—Joe dijo que no vendrías porque estabas cabreada —informa James, que mira a Maddie acomodarse el escote de la camisa.

—¡Por supuesto que iba a venir! ¿Dónde está?

—Joe no vino —hablo—. Me dijo que, como no venías, te enojaría si él lo hacía.

—Qué nivel de toxicidad —comenta casualmente Aria. Bonnie se limita a lanzarle una fuerte mirada de desdén.

—¿Cómo puedo amar a ese imbécil? —dice exasperada—. He venido aquí por él.

—Bueno, si quieres, te quedas con nosotras y te diviertes. No es culpa tuya que él no viniera —sugiere Maddie.

—Es un poco hipócrita teniendo en cuenta que Bonnie no quería que Joe viniera sin ella —dice James. Su lealtad es bastante grande.

—No lo he obligado a no venir —se defiende Bonnie—. Y voy a quedarme para que aprenda la lección.

No me queda claro qué lección debe aprender, pero me saco el teléfono y le hago una foto en la que sale graciosa por el flash.

Jagger: Bonnie está enojada de que no estés aquí.

La respuesta es casi inmediata.

Joe: Pero ¿qué le pasa?

Joe: ME DIJO QUE NO IRÍA Y QUE SE ENOJABA SI YO IBA.

Jagger: No es mi asunto.

Me guardo el teléfono y le sonrío a Bonnie.

—Estoy seguro de que tu novio aparecerá en cualquier momento.

—Genial, otra discusión que no necesito ver —se queja Aria.

—¿De qué hablas? Sus discusiones siempre terminan en una situación cachonda de besos y manoseos.

—Básico, como siempre, James.

—Tu deseo por mí cada día se hace más evidente, Maddie.

Sabiendo que esa es la apertura para otra discusión y que Aria se está acercando a mí con sutileza, echo un vistazo hacia el lugar donde he visto la última vez a Rose Monroe. En realidad, descubro que se está alejando del lugar.

—Si me disculpáis, tengo algo que indagar.

Estoy seguro de que me responden, pero los ignoro mientras sigo los pasos de Rose y me tropiezo con varias personas.

Rose es una mariposa social que saluda a todo el mundo. Mentiría si dijera que la chica no es absolutamente ardiente con toda esa piel bronceada y su cuerpo tonificado adornado con sensuales telas. Pero a mí me resulta hermosa como otras tantas chicas, no me atrae como lo hace su hermana.

Después de unos pocos minutos de persecución, la alcanzo al llegar a la cocina. Un par de chicos parecen estar listos para comenzar a molestarla, pero acorto rápido la distancia y le sonrío.

—¿Qué quiere la chica sexi para beber?

Sus ojos oscuros, muy parecidos a los de su hermana pero más claros, se alzan. En un principio, me miran con sorpresa antes de brillar con determinación.

¡Vaya! Quizá ya sabe lo mucho que me interesa su hermana, después de todo, nos han visto juntos por el campus y no solo teniendo una clásica sesión de estudio.

—¿Qué podría tener Jagger Castleraigh para sorprenderme?

—Siempre es bueno verte, Rose.

—Antes te habría dicho otra cosa, pero hoy no sé si me gusta verte.

Sin embargo, se alza sobre las puntas de sus pies y me planta un ligero beso en la mejilla.

—¿Por qué pareces enojada conmigo? Antes pensaba que me querías —finjo estar dolido, y entorna los ojos, pero una pequeña sonrisa se dibuja en su rostro.

—No estoy enojada contigo.

—Entonces, ¿podemos tener una conversación casual?

—Siendo sincera, pensaba que, para tener una conversación contigo en una fiesta, tendría que ser yo la que te buscara.

—No soy tan inaccesible, Rose.

—Tienes razón. Tal vez, cuando quiera hablar contigo, solo tendré que decírselo a mi hermana, ¿no? —suelta, y sonrío.

—Bueno, si me lo pide Dakota, es posible que acuda a ti con más rapidez.

Me doy cuenta de que la dejo sin habla y me divierte. Ha sido ingenuo que esperara que eludiera sus palabras, prefiero ir de frente.

La última vez que Rose y yo hablamos fue cuando nos topamos en la entrada del aula donde impartiría la clase el profesor McCain. Ese fue justo el día en que Dakota me pidió ayuda. Ese día tuvimos la típica charla casual y salió el tema de mi trabajo de grado y luego ella me habló de una de las personas que tenemos en común como «amigos».

Me doy cuenta de que no seguirá la conversación sobre Dakota, por lo que decido tomar un desvío y tantear su situación.

—¿Qué tal tus clases? —pregunto, y su reacción es inmediata.

Sus hombros se tensan y luego una sonrisa bonita pero nada genuina aparece en su rostro.

Ella no sabe que la ayudo, Dakota no se lo ha dicho. Me parece una tontería que la mantenga en la oscuridad como una niña, pero esa es la manera en la que ella quiere lidiar con mi participación.

—Mis clases van bien. Tengo algunas cosas con las que ponerme al día, pero he aprobado todas.

—Genial. ¿Estás sola en esta fiesta?

—He venido con algunas chicas de la hermandad y espero a Dakota, me dijo que vendría. —Se ríe de su propia mal broma.

—Ah, me acabas de iluminar la noche. Entonces sí ha funcionado rezar para que vinieras.

—Dakie es lo máximo. —Sacude su cabeza riendo—. Es una gran chica, la mejor hermana y seguramente la mejor persona en esta universidad. Es buena —borra su sonrisa— y no es tu tipo. Sé la clase de relaciones que tienes y eso no es lo que ella busca. Con Dakie debe ser príncipe o nada.

—Creo que Dakota sabrá lo que quiere, no necesita que seas su traductora.

—Si sigues adelante con esto, no cuentes con mi ayuda.

Por un momento, estoy sorprendido. Hasta hoy siempre había sido amistosa conmigo, pero puedo deducir que de verdad está en contra de la idea de que salga con su hermana. Intenta protegerla... de mí.

—Tienes razón, no soy un príncipe, pero yo también tengo razón cuando te digo que ella sabe hacer sus elecciones. Sé que tú tomas tus decisiones sin consultarle a ella, así que es justo que ella haga lo mismo, ¿no? —La miro fijamente y su ceño se frunce—. Si Dakota quiere salir o lo que sea conmigo, entonces estoy abordo.

—¿Que tú qué? —Parece conmocionada y un poco cabreada.

Pero asiento a modo de despedida y salgo de la cocina para volver a la parte principal.

—¡Jagger! —grita Rose por encima de la música, y me giro.

—¿Qué pasa?

—No puedes jugar con Dakota.

—Pero ¿y si ella quiere jugar? —Enarco una ceja.

—Sabes de lo que hablo.

Un pellizco en el culo me hace intentar voltearme, pero un par de brazos me envuelven la cintura desde atrás. Luego alguien me planta un beso en el centro de la espalda.

—Hola, Jagger.

—Hola, Millie —saludo cuando me volteo para verla.

Su sonrisa es seductora, o lo poco que alcanzo a ver de ella en esta posición.

—Sí, está claro que no eres un príncipe —señala Rose mirando a un punto que está detrás de mí—. Y será mejor que Dakie lo vea por sí misma. Hola, Millie.

—Rose —saluda Millie mientras dejo mis manos sobre las suyas para retirarlas de mi cintura porque la muestra de afecto pública no es lo nuestro.

Lo nuestro es el sexo libre y sin complicaciones o lo era cuando lo hacíamos, porque eso no sucede desde hace al menos dos semanas.

—¡Dakie! Qué bueno que has llegado —dice con entusiasmo Rose mirando detrás de mí. Cuando me volteo, Dakota ya está llegando hasta nosotros.

Me mira antes de que sus ojos bajen al agarre de Millie sobre mí y, por último, mira a su hermana. Tarda, pero le sonríe a Rose, pese a que su lenguaje corporal es bastante tenso e incómodo.

—No es mi ambiente, pero pensaba que podría celebrar haber aprobado la asignatura —le dice a su hermana sin mirarme.

—¡Mereces celebrarlo! —Rose enlaza su brazo con el de su hermana.

—Pensé que no aprobaría.

—Yo sabía que lo harías —hablo, pero pese a que me escucha, no me mira.

—Gracias de nuevo, Jagger —dice de manera cortés, como si fuésemos simples conocidos.

—Lo celebraremos juntas, hermanita. Por cierto, Dakie, ella es Millie. Al parecer es una muy buena amiga de Jagger.

—¿Es raro que tenga amigas, Rose? —le pregunto—. Pensé que tú, siendo tan amigable, entenderías la importancia de las amistades.

—Un gusto conocerte, Millie —dice Dakota de manera incómoda cuando Millie no consigue estrecharle la mano debido a que aún me está abrazando.

¿Qué demonios…? Pensaba que ya me había liberado de su abrazo. Ahora entiendo del todo por qué Dakota ni siquiera me mira.

—Vayamos con Alec —dice Rose.

Consigo desprenderme de los brazos de Millie mientras busco la mirada de Dakota. Durante unos pocos segundos, encuentro sus ojos marrones, pero ella aparta la mirada de inmediato.

Me dedico a apreciarla. No va superarreglada como aquella vez que fuimos juntos a una fiesta, esto es un poco más sencillo: unos leggins negros brillantes con una camisa holgada que deja su hombro al descubierto. Su maquillaje también es sutil y ver mi collar en su cuello causa cosas extrañas en mí.

—¿Tenemos planes para hoy, Jagger? —Me volteo a mirar a Millie ante su pregunta.

Esa siempre suele ser nuestra línea, pero este no es el momento adecuado. Siendo sincero, si estoy interesado en conocer más sobre Dakota, la cama de Millie no es un buen lugar para estar. Tampoco es justo para Millie, está claro que estoy interesado en alguien más y de una manera diferente a echar un polvo sin más.

Puedo rechazar su oferta sin que se ofenda porque ya hemos hecho eso sin ningún tipo de drama, pero antes de que responda, las hermanas Monroe deciden irse y sé que las cosas con Dakota se tambalean.

—Creo que tengo sed —murmura Dakota.

Excusas, lo sé bien. Quiero hablar con ella para que nada quede difuso entre nosotros, pero Rose es rápida.

—Ven, vamos por una bebida y a disfrutar. ¡No puedo creer que hayas venido, Dakie!

—Sí, yo tampoco —dice ella. Me lanza una breve mirada y luego se aleja con su hermana.

Y aquí va uno de esos estúpidos malentendidos de dramas baratos que tendré que solucionar. Suspiro y tomo la bebida de uno de mis hermanos de fraternidad que pasa por mi lado, pero en última instancia se la devuelvo porque no sé qué contiene o quién la ha servido.

—¿Jagger?

Vuelvo a dirigir mi atención hacia Millie. Me dedica una de sus sonrisas a la espera de una respuesta.

—Lo siento, Millie, pero no hay cierre de semestre caliente para nosotros.

—¿Sin ánimos?

—Con ánimos, pero estoy interesado en otra persona.

—Y no soy yo. —Se encoge de hombros haciendo una mueca muy leve antes de sonreírme—. Está bien, grandote, siempre puedo divertirme con alguien más. De todos modos, sabes dónde encontrarme. Nunca te cerraría la puerta.

—Gracias por tu amabilidad. —Le sonrío divertido.

Lo que primero me atrajo de Millie fueron su espontaneidad y su alegría, que siempre parecen acompañarla. Por regla general, suelo ser calculador, estratégico e incluso me llamarían frío. Es algo que aprendí hace mucho tiempo y ella fue como un soplo fresco. Es inevitable no contagiarte de su alegría cuando pasas tiempo con ella.

—Contigo puedo ser todo lo amable que desees. —Su mano va a mi culo y lo aprieta—. ¡Dios! En serio, me duele no conseguir un polvo de cierre de semestre contigo, pero siempre podré verte en Londres.

—¿No irás a Mánchester? —pregunto, porque es donde vive.

—Sí, pero después estaré con las chicas en la casa de Callie, podremos vernos. A ver si me dejas conocer tu hogar.

—Escríbeme y veremos —lo digo más como una cordialidad, porque ambos sabemos que no pasará.

Millie se alza sobre la punta de sus pies y muevo el rostro justo cuando deja un beso en la comisura de mi boca, lo que la hace reír.

—Te he echado de menos.

—No tanto.

—No me retes a extrañarte más de lo que esperas.

—Ve y diviértete, Millie. —Le pellizco las mejillas.

—Eres ardiente.

—De acuerdo, comenzaré a alejarme porque de lo contrario no terminaremos esta conversación.

Me doy la vuelta y me alejo. Por el camino me tropiezo con Chad, que ya está un poco achispado. Me grita que necesita de mi ayuda, que me reúna con él antes de irme a Londres. Seguro que es otro rollo administrativo con la presidencia estudiantil. Aburrido.

Continúo caminando mientras converso rápidamente con unos pocos en el proceso y buscando con la mirada a las hermanas Monroe, pero no las encuentro.

—Cualquiera diría que no eres feliz.

Cuando me volteo, me encuentro con la despampanante Alondra. La novia o lo que sea de Drew. Me sonríe con sus labios provocativos y esa dulce mirada de ojos azules que la caracteriza. Es una diosa y lo sabe.

—Estoy en medio de la búsqueda de mi felicidad en esta fiesta —le hago saber—. Castaña, alta, con unos ojos muy dulces, una piel bronceada natural, y unos labios pequeños pero carnosos muy tentadores.

—Hum, no conozco tu felicidad.

—¿Dónde está Drew? —pregunto. Me inquieta notarla algo pasada de copas y sola.

—Por ahí. No soy su dueña, no tengo que estar monitoreándolo, y viceversa. Sabemos divertirnos con otras personas.

—Qué modernos... —digo.

Luego escucho a alguien gritar mi nombre y le devuelvo el saludo antes de devolver la atención a Alondra.

—Así que creo que no hemos hablado mucho —dice.

—Eso es verdad, pero hoy parece ser la noche en la que hablo con todos. Bienvenida a esta conversación, debe ser breve antes de que vaya por mi felicidad.

—O puedes cambiar de rumbo.

—¿Alguna vez has tenido una pizza perfecta frente a ti y has robado un poco de queso, pero has tenido que esperar para comértela?

—¿Sí?

—Bueno, entonces entenderás que no puedo dejar de buscar a esta chica en particular.

—¿Es halagador que la compares con una pizza?

—No cualquier pizza, la mejor y, créeme, me gusta mucho la pizza.

—Supongo que para otra ocasión.

—Eso no pasará, Alondra, pero ¿qué tal si vas a por un vaso de agua? Te ayudará con la bebida.

—Paso, me quedo a disfrutar.

Y se va bailando. Me preocupo antes de recordarme que no todas las personas son mi responsabilidad.

Continúo en mi búsqueda de Dakota y me encuentro a Lorena en el camino. Se queja de la mala música, de los imbéciles y de que Simon se está poniendo pesado con lo de que quiere ir por lo físico cada vez que conversan. La escucho y le digo las cosas que desea escuchar para que me deje irme rápido.

Camino por varios lugares de la enorme casa en busca de Dakota. No subo las escaleras porque dudo que esté en el piso de arriba, conocido como «el hotel del viaje rápido»: entras, te corres y te vas. Sencillo, rápido y satisfactorio, si te gusta retorcerte en el sudor ajeno de algún otro polvo que alguien ha echado antes que tú. No, gracias, para ello mejor echar un polvo contra la pared. Es preferible conseguir dolor de espalda que fluidos corporales de desconocidos.

Me encuentro con un montón de personas que me saludan o se detienen a conversar, intercambio algunas palabras y no detengo mi búsqueda.

Dejo de caminar cuando veo a Rose bailar con algún tipo del equipo de futbol, pero Dakota no está. ¿No iban a celebrarlo juntas? Qué poco ha durado la solidaridad. Me hago una nota mental de que Rose debería ser más precavida cuando alguien está claro que va tras ella.

Decido que puedo fumarme un cigarrillo para seguir con la búsqueda de Dakota, así que salgo del jardín. Me llevo un cigarrillo a la boca al tiempo que saco el encendedor de mi chaqueta, pero entonces diviso a Dakota. Está de pie, cerca de uno de esos árboles que de ninguna manera ha crecido aquí de forma natural y no está sola.

Está con Drew.

Eso me enerva la sangre porque, más allá de los celos de que esté con esa basura, parece incómoda con su cercanía.

Drew es malas noticias. Si tuviera una hija, le diría que se alejara de un tipo como yo si busca amor; pero si tuviera una hija y Drew se le acercara, le pondría un maldito candado en todo el cuerpo para garantizar que esa rata traicionera ni siquiera respirara a su alrededor.

Me guardo el encendedor, al igual que el cigarrillo, y camino hasta ellos. Los alcanzo en el momento en que la mano de Drew pretende ir a la cadera de Dakota.

—Buenas noches —saludo sonriendo—. Por fin te encuentro, Dulce.

—Dudo mucho que me buscaras —responde dando un paso hacia atrás para alejarse de Drew, quien, de hecho, no me mira de forma amistosa.

—Créeme, he saludado a media universidad mientras te estaba buscando, pero te encontré y veo que estabas conociendo aquí a Drew Benet.

—Ya nos conocemos —asegura él— y nos agradamos.

—No tanto —dice Dakota. Se da la vuelta y empieza a alejarse.

Voy a seguirla cuando Drew me toma del brazo.

—Es mía, la vi primero y, cuando digo que la vi primero, me refiero a que la vi meses antes que tú.

—Drew —sacudo su agarre y me arreglo la chaqueta—, Dakota no es una cosa que poseer. Estoy seguro de que antes que tú la vieron un montón de personas. No es una chica invisible. No eres mi amigo, no te debo ninguna puta lealtad —niego con el índice— y no vas a meter a Dakota en toda tu mierda y tus trucos de niño soñado para quitarle las bragas.

—Como si no fuera eso lo que buscas.

—Lo que busco no es tu problema y, a diferencia de ti, soy un tipo honesto. Yo no juego a enamorarlas para luego botarlas como si fueran basura. Aleja tu maldita polla de esa chica. Hablo muy en serio.

—Y si no, ¿qué? —me reta.

—Solo recuerda mis contactos y mi alcance, reflexiona.

Me giro y me llama. Nunca he tenido un enfrentamiento directo con Drew. Es muy consciente de que no me agrada, pero cuando tropezamos en la fraternidad, somos civilizados o más bien hipócritas.

—Pregúntale a Dakota de qué y cómo me conoce.

Me obligo a ignorar lo que intenta sembrar en mi cabeza. Siempre trato que las cosas sean prácticas. Me interesa el presente de Dakota, no la basura que tocó en el pasado, pero de verdad espero que este imbécil solo esté tratando de jugar al niñito mimado queriendo ser malvado.

—Tenemos cosas más importantes de las que hablar y no me apetece hablar de mierda. —Le muestro el dedo medio aunque le estoy dando la espalda y acelero el paso para alcanzar a una Dakota muy dispuesta a irse.

La alcanzo cuando ya está bastante lejos.

—¿A dónde vas, Dulce?

—Al lugar de donde nunca debí salir, mi habitación —continúa caminando y la tomo de la mano.

Se gira para mirarme. Sus ojos lucen tristes, pero al mismo tiempo es como si estuviera muy cabreada.

—No, no te irás a tu habitación a menos que sea conmigo. —De acuerdo, eso no ha sonado nada bien—. Lo siento, no pretendía que sonara así.

—En serio, los hombres tenéis un gen particular que os hace unos idiotas enormes. Suéltame.

—A ver, aclaremos algo. Cuando un tipo y una mujer se saludan con un abrazo, no significa que están follando con la ropa puesta. ¿De acuerdo? Sí, me acosté con Millie, no lo niego y no fue antiguo, pero ella y yo sabemos que eso ya no pasará. Así que, antes de esquivarme sin más, podríamos hablar y evitarnos este drama barato.

—No sé de lo que hablas.

—Bah. ¿Qué dijimos sobre mentirme, Dakota? —Con mis dedos le levanto la barbilla para que me mire mientras me acerco. Mi otra mano aún sostiene la suya.

—Me has hecho venir, llego y estás con mi hermana y esa chica. Y sí, un abrazo no significa sexo, pero no soy estúpida, ¿sabes? Y sé que te enrollas con ella. No soy el sabor del mes, querido, y aprendí a las malas a no dejar nunca más que alguien pase sobre mí o que dé ideas equivocadas. Yo no comparto, no juego y no me arriesgo. Así que venir aquí ha sido una estupidez.

—Una estupidez sería que te dejara irte cabreada. Dakota, en este momento me interesa conocer a la chica que entra en crisis por una clase, divaga sobre quedarse un año más en la universidad, ayuda desesperadamente a su hermana y mantiene como rehén a uno de los objetos más importantes, o quizá el más importante, para mí.

»Millie es cariñosa y, créeme, hay un montón de chicas con las que me he liado, pero no soy un mentiroso. Estoy soltero y no he estado desde hace semanas con ninguna chica. Y no eres un sabor del día o del mes.

—Solo quiero que me ayudes con mi hermana.

—Tú querías que te ayudara con tu hermana, ahora quieres más. Sientes curiosidad por cómo yo. Sientes deseo hacia mí. Hay un montón de chispas y eso te asusta.

—No lo entiendes. No soy esa chica. Lo intenté una vez y déjame decirte que me fue horrible.

—No quiero que seas esa chica. Quiero que seas tú. Quiero conocerte a ti.

—Mira, seré sincera. —Respira hondo sin desviar su mirada de la mía—. Soy anticuada, me gustan las relaciones serias, me gustan los detalles cursis. Aunque el sexo casual no es malo, me doy cuenta de que no es lo mío. Sí, es evidente que te dejé besarme… ahí. —Lucho contra la sonrisa que quiere escapar de mí por el rubor de sus mejillas y la manera en la que se refiere al sexo oral—. Pero no es algo que haga siempre. Es algo que ni siquiera hago. Porque soy Dakota, la hermana centrada.

—¿Por qué te encasillas? ¿Por qué te llamas «la hermana» siempre? Esto no es una competencia entre Rose y tú.

—No compito con Rose.

—Pero te comparas.

—No lo hago —dice a la defensiva.

—Creo que te preocupas demasiado porque te gusto.

—Creo que es a la inversa.

—Bueno, sí, me gustas —me encojo de hombros— y yo te gusto. Podemos conocernos y, si hay más que chispas, entonces iniciamos una relación.

—Tú no tienes relaciones.

—¿Quién ha dicho eso?

—No has tenido ninguna relación aquí...

—Porque lo que quería lo tuve por mutuo acuerdo, no me ha interesado nadie de esa forma. Dulce, no creas que soy un patán antirrelaciones. Tampoco bajo la luna, pero si quisiera, podría ser un novio maravilloso.

Excepto que no he tenido una relación en mucho tiempo y que aquello no terminó bien.

—Eres difícil de entender, Jagger.

—No tienes que entenderme —digo.

—Ah, ¿no? —Sus cejas se enarcan.

—Para besarme solo necesitas que te guste.

—Una extraña lógica.

No protesta cuando tiro de su mano para acercarla a mi cuerpo. Solo parece un poco sin aliento y eso, en cierta manera, es lindo. Estoy acostumbrado a las chicas que van a por lo que quieren y son más depredadoras que presas, el tipo de chica que pensé que era mi tipo. Pero creo que me gusta este cambio.

Quizá se trata de que me gusta esta chica.

—Te debo tu premio —susurro. Bajo mi rostro al suyo para mirarla fijamente mientras dejo un beso en la comisura de su boca.

—Es por lo que he venido.

—Pensé que venías por mí —bromeo.

—Por el premio, siempre por el premio.

—Entonces, vamos. Te llevaré con la única mujer con la que mantengo una relación aquí en Nottingham. Créeme, a ella nunca la dejaría.

Y este es un paso importante. Solo una chica, además de Maddie, ha conocido a una mujer que significa tanto para mí.

Dakota no protesta mientras nos guío hacia mi auto. Me tenso cuando, al llegar, descubro una nota en el parabrisas. Me inclino para tomarla, pero en ella solo se lee mi nombre, nada más. Lo cual no es menos alarmante.

—¿Qué pasa? —pregunta Dakota en cuanto le abro la puerta.

—Nada, es una broma de James —miento.

James nunca hace estas cosas y, basándome en lo extrañas que se han puesto las cosas...

—He recibido una nota en mi piso —anuncia, y eso llama mi atención—. Decía algo sobre un juego, hacía referencia a Rose y había una foto de ella muy íntima. No hay nada que rescatar de ello, no hay huellas porque la tocó mi compañera y luego la toqué yo, y las letras son de máquina, pero creí que deberías saberlo.

Me acerco y le tomo el rostro entre mis manos. Puedo vislumbrar el miedo en sus ojos. No me teme a mí, teme a lo que sucede.

—Nunca dudes en decirme cualquiera de estas cosas, incluso si te parece que no vale la pena. ¿De acuerdo? Cualquier información puede ayudar incluso si no lo parece.

—También, hace unos días, alguien me llamó y me hizo escuchar segundos del vídeo.

Trato de no enfadarme porque me lo ocultó, tengo que ser paciente.

—De acuerdo.

—Luego envió una foto de Rose, pero tan pronto como llegó, desapareció, al igual que el registro de la llamada. Fue de un número privado.

Asiento un par de veces mientras sube al auto y cierro la puerta. Respiro hondo unas cuantas veces y me guardo la nota con mi nombre en el bolsillo del pantalón.

Rodeo el auto y subo. Me abrocho el cinturón de seguridad y arranco, pero antes de ponernos en marcha me volteo a verla una vez más.

—Recuerda, cualquier cosa me la dices. No me ocultes ninguna información.

—Está bien, confío en ti.

Espero que no se esté equivocando al hacerlo. Lo último que deseo es hacerle daño o que salga lastimada. Ya le hice a alguien un daño irreparable una vez intentando ayudar.

NOTA NO ENTREGADA A JAGGER

Jagger, ¿por qué perdemos la inocencia?

¿Por qué lo que solo era inofensivo acabó tan mal?

¿Por qué soy yo quien salió lastimada?

Ya no hay luz, soy oscuridad.

Me siento muy perdida, pero no quiero encontrarme.

Si me encuentro, hay más dolor porque encontrarse es recordar.

Y recordar es revivir una pesadilla que nunca quise protagonizar.

Ya no hay un bien, solo hay un mal.

Todos quieren que vea colores, pero yo solo veo un triste gris y, a veces, solo negro.

No hay risas, ni siquiera hay lágrimas. Solo hay un monstruo creciendo en mí, se alimenta de la tristeza, del dolor y del miedo.

¿Soy una persona horrible por querer alejarme de la realidad?

¿Me llamarías cobarde?

Te amo, pero ya no es suficiente.

Nunca lo será.

L. H.

Lo siento.

17

UN POCO DE INFORMACIÓN

Dakota

Jagger no parece guiarse por nada, rompe cualquier esquema en que quería encasillarlo. Estamos en su auto y me sorprende cuando estira la mano para encender la radio y suena una canción de Rihanna, esa donde Rose soñaba con hacer la coreografía con paraguas incluido y casi termina con la cara en el suelo.

—Maldición. —Se ríe—. Esa tuvo que ser Maddie, le gusta todo este pop.

—Creo que Rihanna incluso ha sido santificada —ofrezco—, toda chica pasa por su amor por ella.

—¿Tú?

—Mi fase fue distinta, yo lloraba reclamándoles a mis padres que no me tuvieran en la época de bandas y marihuana de los años setenta y ochenta. Pero eso es culpa de mi papá. Era la única música que escuchaba cuando yo era pequeña y me llevaba con él.

—¿Y los cantantes actuales? —pregunta interesado.

—Me gustan varios, pero no me vuelven loca. Tan solo lo disfruto —explico.

Me giro un poco, lo máximo que me permite el cinturón de seguridad, para mirarlo.

La verdad es que tengo mucho de mi excéntrico padre, solo que él lo lleva a un nivel más allá. El hombre, desde que nací, se propuso como meta de vida hacerme amar a las bandas que brillaron durante su crecimiento. Dio resultado.

—Voy a enseñarte a escuchar de todo. Pasaremos por Britney y llegaremos al rock pesado. Tengo incluso música latina, la traduje y hay un montón de cosas obscenas. Pero hoy, gracias a Maddie, empezamos con Rihanna.

Jagger comienza a hacer los coros gesticulando de manera exagerada y moviendo la cabeza al ritmo de la canción. Río mientras su voz sube de volumen, canta horrible. Su repertorio es muy variado y me hace saber que sus amigos se encargan siempre de dejar canciones nuevas. En nuestro trayecto, suena desde Coldplay hasta una canción hispana que suena muy triste.

—Y hemos llegado.

Bajo del auto al mismo tiempo que él y lo sigo bastante curiosa sobre todo esto.

—¿No es un poco tarde para hacer visitas? —pregunto, pero justo se saca una llave del bolsillo.

Sé que Jagger pertenece a una de las fraternidades más grandes, antiguas y de prestigio en la OUON. Creí escuchar que es nativo de Londres, viene de una familia adinerada que reside ahí, pero al parecer tiene conexión con esta casa que luce tan humilde y descuidada.

—No sé si esto cuenta como un premio, pero solo Maddie, Jamie… y otra persona han venido conmigo alguna vez. Es importante para mí.

Confianza.

Una parte de su confianza es un premio y, por alguna razón, eso se siente bien. Es mejor que cualquier premio que haya visualizado porque nunca me imaginé que este hombre tan enigmático se abriría conmigo y me enseñaría la manera en la que ve y convive con el mundo.

Abre la puerta y se escucha una televisión. Un gato pasa frente a nosotros antes de huir mientras Jagger me indica que entre.

La casa está muy limpia y muy bien conservada. Es más amplia de lo que se ve desde afuera.

—¿Cariño, has vuelto a casa? —Ese acento es muy americano.

—Sí, mamá. Soy yo.

Enarco una de mis cejas y sigo a Jagger hacia una pequeña sala de estar. En una mecedora, una mujer de unos setenta años parece estar tejiendo frente a un televisor que reproduce una película en blanco y negro. Cuando mira a Jagger, sonríe y él la abraza mientras le besa sonoramente una mejilla.

¿Es su mamá? No me lo esperaba.

—¡Sabía que volverías sano y salvo de la guerra!

Creo que para este punto mis cejas podrían tocar el nacimiento de mi cabello ante mi sorpresa. Ella toma el rostro de Jagger entre sus manos.

—Sabía que volverías. —En sus ojos se vislumbra la felicidad.

—Aquí estoy, mamá.

—¿Y quién es esta chica encantadora?

—Es mi amiga —responde.

—Oh, me gusta tu amiga. Me gusta. Ven, ven.

Un poco nerviosa, me acerco y extiendo una mano, pero no sé de dónde saca fuerzas esta rechoncha y envejecida mujer para inclinarme en un abrazo. Es cálida y parece muy feliz de abrazarme.

—Soy Marie. ¿Cuál es tu nombre?

—Dakota.

—Como el estado en el que nací. —Suspira—. Por eso mi Kye prestó servicio para nuestro país y está de vuelta.

¿Quién es Kye?

Jagger le sonríe y creo entender que él es Kye. Oh, Dios mío. ¿Qué mundo paralelo es este?

Marie nos indica que tomemos asiento y Jagger dice que preparará té, lo cual es aún más extraño.

—Mi Kye es un buen chico, no le rompas el corazón. Hace un tiempo una joven muy hermosa lo hizo. Mi Kye sufrió tanto...

—Él y yo somos... amigos.

¿Lo somos? Porque esto que está pasando entre nosotros es muy extraño. Lo busqué por ayuda y terminó siendo también mi tutor, le debo dos pagos que aún desconozco, lo dejé tocarme y hacerme sexo oral, y nos besamos. Además, me gusta mucho. ¿Cómo nos deja eso?

—No le rompas el corazón a mi Kye. Lo pasó muy duro en la guerra. Ya le rompieron el corazón antes y necesita una buena mujer.

—Eh... Yo no planeo ser su mujer, señora. Soy muy joven.

—No hay edad que se interponga para aceptar el amor cuando se es joven. Solo cuida de mi Kye.

—Jag... Kye es buena persona, no le haré daño, señora.

—Dime Bubu Marie.

Hago una pausa preguntándome si es broma, pero sonrío cuando la veo a la expectativa y llena de ilusión.

—De acuerdo, Bubu Marie.

Miro detrás de mí esperando que Jagger se acerque, pero está muy ocupado tarareando mientras prepara tres taza de té.

En serio, esto es raro. Vuelvo mi atención a Marie.

—¿Qué tejía?

—Cuando mi Kye me dé nietos, quiere tener muchos de estos.

—Vale, vale.

—Así que dime ahora si no van gustándote para cambiar de modelo. Nadie quiere que sus hijos tengan ropa fea.

—No voy a tener hijos con su Kye. —Trato de ser amable con mis palabras a pesar de que me asusta su declaración.

Por suerte, Jagger, Kye o como se llame, aparece con nuestras tazas de té. Luego de tomar la suya, se sienta a mi lado. Doy un sorbo y me sorprende lo bueno que está, le ha puesto la cantidad justa de leche y me mantengo en silencio mientras ellos conversan. Marie, de vez en cuando, le toca el rostro con mucho amor y le recuerda que lo ama, cosa que es recíproca porque Jagger la trata con cariño y bromea con ella.

Soy una espectadora de un momento bastante dulce, aun cuando en un principio me pareció tan extraño. Aunque estoy confundida.

Jagger me deja verlo en una faceta que muy pocos conocen y no puedo evitar sentirme especial.

Esto solo se suma a otras de las muchas piezas de Jagger que intento encajar para entenderlo. ¿Quién es Jagger?

En algún punto, Marie comienza a cabecear. El sueño por fin la está venciendo y es pasada la medianoche. Con ayuda de Jagger, se pone de pie y juntos van hacia su habitación para que ella pueda dormir.

Sin saber muy bien qué hacer, opto por tomar las tazas de té y lavarlas. Después, me quedo de pie esperando por Jagger, Kye, como sea que se llame.

Me saco el teléfono cuando lo siento vibrar y leo los mensajes de Ben que llegan uno tras otro.

> **Benny Boo Boo:** Oye, Rose acaba de pasar por una especie de mal momento.

> **Benny Boo Boo:** La estoy llevando a su fraternidad.

> **Benny Boo Boo:** Está bien, no te preocupes.

> **Benny Boo Boo:** Solo quiero que sepas que está a salvo y fuera de la fiesta salvaje.

> **Dakota:** ¿Rosie está bien? ¿Qué ha sucedido?

Pienso en la persona que la extorsiona, si se ha acercado a ella y le ha hecho daño. Luego pienso en otra cosa que escribo rápidamente a Ben.

> **Dakota:** ¿Cómo es que Lena te ha dejado llevar a mi hermana a su hermandad?

> **Dakota:** Lena odia a cualquier mujer que te rodee.

> **Dakota:** Y Lena odia a máxima potencia a mi hermana.

179

Sus respuestas tardan un poco en llegar.

Benny Boo Boo: Solo ha sido algún idiota que ha intentado pasarse de listo.

Benny Boo Boo: Todo bien, ya estamos en su residencia. Esperaré a que se duerma y me voy.

Benny Boo Boo: Lena no sabe que estoy aquí. Dije que iría a dormir.

Dakota: Gracias, Ben.

Benny Boo Boo: Para eso estamos los amigos.

Benny Boo Boo: No iba a abandonar a Rose.

Le respondo escueta y él me envía una foto de mi hermana cubierta por la sábana y dormida. Después manda una de su pulgar garantizando que se quedará con ella para asegurarse de que todo va bien antes de que se vaya. Más tranquila sobre el estado de Rose, me guardo el teléfono.

Agradezco que Ben, aun cuando tiene controlada la situación, me haya dicho lo que ha pasado.

—¿Quieres salir al jardín?

Mi atención va a Jagger, que alza lo que luce como una manta en su mano y me sonríe.

—No dejaré que te dé frío.

—Aunque te diga que no, tengo que hacerlo porque he venido contigo. No tengo dinero para tomar un taxi y no tengo ni idea de dónde estoy.

—Cierto, estás atrapada conmigo. Ven.

Lo sigo y nos adentramos en un jardín pequeño y bien cuidado. Hay una especie de columpio en forma de banco en la que Jagger se sienta y yo lo hago a su lado. Lo siento acercarse mientras nos envuelve con la manta. Respiro hondo y capto su fragancia. Resulta embriagadora, pero tiene una esencia de cigarrillo apenas perceptible que le quita la perfección y soy consciente de que mi costado está rozándose con el suyo. Sostengo uno de los extremos de la manta y él, el otro.

Pasan unos largos minutos de silencio que me inquietan. Pienso en mil maneras de romperlo, pues no creo en los silencios cómodos.

—¿Te llamas Kye? —Decido soltar una de las tantas preguntas a las que les doy vueltas.

—Me preguntaba cuánto tardarías en hacer la pregunta. —Se gira y apoya la espalda para poder observarme—. Creo que te he dado una parte de mí hoy, es tu turno. Entonces, te diré lo del nombre.

—No sé qué decirte.

—Cualquier cosa estará bien para mí.

Le doy muchas vueltas en la cabeza a qué decir mientras su atenta mirada no abandona mi rostro.

—Mi mamá es estadounidense —comienzo—. Es de Dakota del Sur, por eso me puso el nombre, dice que extrañaba sus raíces. El nombre de Rose lo eligió papá y fue en honor a Guns N' Roses. Mis padres son peculiares... Bastante.

—¿A qué te refieres con peculiares?

—Se conocieron en un festival de música. No porque ambos fueran por las mismas razones. —Me río al recordar la historia—. Papá tocaba la batería en una banda de poca monta, porque es un superroquero, y mamá protestaba por ese festival. Mi mamá es un poco, bueno muy, amor a la naturaleza.

—¿El famoso amor a primera vista sucedió?

—Para nada. —Sonrío porque, a pesar de que creo que mis padres están un poco locos, me gustaba escuchar su historia de amor cuando era pequeña—. Se despreciaron al instante, pero papá era un mujeriego y notó lo bonita que era ella y mamá no quería estar con un vago destructor de la naturaleza. Sin embargo, esa noche acabaron en un mismo grupo de personas, compartieron un porro y lo siguiente que pasó fue que mamá lo acompañó de gira por Estados Unidos.

»No creas que la banda de papá era famosa, abrían algunos conciertos y después él volvió a Liverpool, pero se escribían cartas. Se vieron ocho meses después de un montón de dramas que se crearon y, durante ese viaje, se casaron. Mamá se vino a vivir a Liverpool un año después, cuando supo que estaba embarazada. Nunca se han separado a pesar de que son tan distintos.

—¿Tus padres son jóvenes? —Está sonriendo como si hubiese disfrutado mucho de la historia resumida que le he dado.

—Sí, la gente joven suele hacer muchas estupideces.

—La gente adulta también.

Eso no puedo contradecirlo.

—Mamá tuvo a Rose a los veintiún años, papá tenía veinticuatro. Poco tiempo después me tuvieron a mí y eran padres desastrosos. —Río recordando mi alocada infancia—. Papá, para dormir, nos ponía Queen o los Beatles.

En cambio, mamá nos hacía plantar hierbas y flores en nuestro jardín y abrazar árboles. Fue una infancia muy loca.

»Mamá se negaba a que usáramos libretas en la escuela por los pobres árboles. Papá le decía que estaba loca y que no les haría comer césped a sus hijas. Pero se aman y de alguna manera lograban llegar a un acuerdo sobre una loca crianza. Mi mamá es vegetariana y papá no lo es. A veces intento entender cómo han logrado estar tanto tiempo juntos, pero creo que es algo que no necesita ser entendido, solo basta con que suceda.

Finalizo al darme cuenta de que he hablado un montón, pero es que la historia de mis padres me encanta. Creo que la pongo de referencia porque algún día quiero conseguir ese tipo de amor que sobrevive a las diferencias y se aferra a lo bueno. Al crecer, tuve que soportar a un montón de niños diciendo que mis padres estaban locos y eran raros, lo cual no pongo en duda. Muchas veces quise tener una familia típica, pero he entendido que amo a mi familia tal como es, incluso si a veces parecen de otro planeta.

—Mi nombre sí es Jagger. Mi madre amaba con locura a Mick Jagger y papá, como siempre, la dejó hacer lo que ella quería… —Se encoge de hombros—. No soy Kye.

»Kye es el hijo de Marie. Se unió al ejército cuando vivían en Estados Unidos y, años después, murió en un despliegue. Hace muchos años, Marie vino a vivir aquí intentando superar el dolor de la pérdida de su hijo, pero su memoria falla. Un día, cuando pasaba con alguien por aquí, ella me vio y comenzó a llamarme Kye. Fue un tanto confuso, era mi primer año en la universidad, pero ella me abrazó con tanto amor mientras lloraba que solo le seguí la corriente.

—Eso es sorprendente.

—No lo veas como que hice algo grandioso, solo estaba sediento de ese amor que ella estaba dándome. Así que entré en su casa con mi acompañante y, poco a poco, mientras ella decía cosas dispersas comencé a entender. Me tomó semanas de obsesión investigar todo acerca de Kye Carrey, pero cuando lo supe, sentí empatía por Marie y volví. Desde entonces, la dejo llamarme así, le digo mamá y verifico que esté bien. Tiene unos sobrinos en Estados Unidos y una hermanastra en Londres.

—¿Y sí te pareces a su hijo?

—Creo que son los ojos. —Se vuelve a encoger de hombros—. No es un sacrificio lo que hago, me gusta pasar tiempo con ella. De hecho, amo a Marie, es amorosa y muy dulce. La dejo creer que soy su hijo fallecido porque eso no nos hace daño y la tristeza se va porque cree que su hijo vuelve de la guerra. No me lastima recibir amor de alguien con un corazón tan puro como el de Marie. No me pesa llamarla mamá.

Lo miro fijamente y seguro que parece la mirada de alguien un tanto obsesivo, pero es que esta historia me ha tomado por sorpresa. Su gentileza me ha tomado con la guardia baja.

—¿Qué? ¿Por qué tienes esa mirada loca? —Supongo que no soy buena disimulando los corazones en mis ojos.

—No tengo una mirada loca, solo estoy sorprendida.

—Ahora, dime algo, Dulce. ¿Siempre sacas a tu hermana de los problemas?

—Nunca son tan grandes como el de ahora. Antes eran sencillos. Rose solo tuvo la «suerte» de desarrollar una personalidad mezclada de la de mis padres y mi abuela.

—¿Y tú?

—Yo desarrollé la personalidad de la de una niña adoptada porque no soy como ninguno de ellos. —Sé que quiere reírse porque presiona los labios—. Puedes reírte, ellos lo hacen siempre que lo digo.

»De pequeña, mi papá solía bromear, e iba corriendo a abrazarlo, diciéndole a mamá: "Oh, Virginia. ¿Dónde has encontrado a esta niña tan bonita?".
—Esta vez Jagger no se contiene y se ríe—. Me molestaba mucho. Él se reia diciéndome que era una broma, que yo era una de sus niñitas. Además, Rose y yo nos parecemos demasiado como para no ser hermanas biológicas.

—Eso es tierno, pero volviendo a mi pregunta inicial…

—Rose es una buena persona. Es solo que tiene una personalidad muy explosiva que la hace terminar en situaciones complejas. Así que desarrollé desde pequeña alguna vena masoquista que siempre busca ayudarla y ponerle las cosas más fáciles. Aquí, en Nottingham, quería que fuera diferente. Quería desprenderme de ser esa hermana.

Frunzo el ceño mientras pienso si decir con franqueza lo que siempre me ha pasado por la cabeza desde que supe que Rose también vendría a esta universidad. Es un pensamiento que me hace sentir una terrible hermana.

—Cuando supe que Rose vendría aquí, me sentí desilusionada. Sentía que me quitaban la oportunidad de solo ser Dakota Monroe y no únicamente su hermana. Amo a Rose, pero no quiero ser solo su sombra.

—No quieres ser una sombra, pero siempre te ocultas. ¿Quieres saber cómo sabía quién eres? —Asiento no muy segura de si necesito esa información—. Porque te observaba irte rápido de clases, como si corrieras de alguien que pudiera acercarse. Seria, con el mismo grupo de personas, sin intervenir en clase. Era como si solo quisieras perderte, ser invisible.

»Así que, ¿por qué no les muestras a todos quién es Dakota? No se trata de que dejes de ser quién eres, solo de que les dejes conocerte. —Se encoge de hombros—. No puedes culpar al mundo por no verte detrás de tu hermana cuando tú te empeñas en ocultarte.

Quiero replicar, pero no sé cómo. Si quisiera ser invisible, no me molestaría, pero el problema es que siempre tuve miedo de sobresalir por encima de Rose. Nunca me ha gustado ser el centro de atención, pero no asumí que lo manifestara ocultándome. Es muy difícil escuchar decir a otra persona cómo me percibe y descubrir que no quiero ser así.

—No digo esto para hacerte sentir mal, Dulce. Solo quiero ser sincero.

—A veces la sinceridad duele —susurro.

—Pero lastima menos que una mentira, créeme.

Es una buena lógica, sobre todo teniendo en cuenta lo sucedido con Drew, pero aun así sus palabras pican. Pensar en ese individuo me hace volver a más temprano esta noche, cuando Drew se acercó mientras yo estaba en el jardín frustrada por haber encontrado a Jagger con Millie. En un principio, estuve nerviosa, pero cuando habló y quiso venderme la misma vieja historia de chico soñado, logré entender que siempre fue una farsa. Nunca supe quién era él y me interesé por la imagen que él ilustró para atraer a las chicas a su cama.

Jagger debe de notar lo dispersos que están mis pensamientos, porque me toma la barbilla con sus dedos para que lo mire a los ojos grises.

—Te veo, solo debes dejar que el resto del mundo lo haga, si eso es lo que quieres. No tienes nada que esconder ni de que avergonzarte.

Luego, manteniendo sus ojos abiertos, baja la boca a la mía. Me da uno, dos, tres besos cortos antes de cerrar los ojos y atrapar mi labio superior entre los suyos. Automáticamente, cierro los ojos y me dejo guiar por las caricias de sus labios en los míos. Cuando me lame los labios, los abro para darle paso a su lengua. Suelto la manta y engancho los brazos alrededor de su cuello para permitirle que me bese profundamente mientras uno de sus brazos me rodea la cintura y su otra mano me acaricia la mejilla.

No es un beso desesperado, al contrario, es lento y me sorprende descubrir un poco de dulzura en él.

Es un beso que nunca esperé anhelar tanto.

Deja de besarme y, cuando abro los ojos, descubro que ya se encuentra mirándome, con su pulgar acariciándome la mejilla. No sé qué decir.

Deja de acariciarme la mejilla para sonreírme. Parece buscar algo en el bolsillo de su pantalón y, cuando su mano vuelve a subir, sostiene lo que parece un boleto.

—No tienes cara de ser bebedora, pero hay un festival de licor en Londres. Seguro que no es el premio que esperabas, pero habrá buena música y te garantizo que es un buen ambiente.

—Vivo en Liverpool.

—Lo sé.

Por supuesto que lo sabe, no me extrañaría que sepa incluso la talla de mis bragas y mi sujetador.

—No iré sola a un evento de licor.

—¿Quién dijo que estarías sola? Estaré ahí.

—Lo pensaré. —Tomo el boleto—. Igual no es un mal premio. Si no voy, puedo venderlo con facilidad y quedarme con el dinero —bromeo.

—Tu elección. Ahora, será mejor que nos vayamos. Planeo irme dentro de pocas horas.

—¿Vives en Londres? —pregunto para confirmarlo mientras me pongo de pie y caminamos de vuelta al auto.

—Sí.

—¿Sabes? Creo que es muy noble que le des esta felicidad a la señora Marie.

—No lo hago gratis, recibo su amor a cambio.

Eso suena un poco a que en la vida de Jagger falta amor, como si de alguna manera él no recibiera el suficiente. ¿Qué le sucedió a Jagger?

18

CURIOSOS ENCUENTROS

Dakota

—Si vas a Londres, podrás verme antes —dice Demi mientras caminamos por el centro comercial con unos cafés en la mano.

—Dijiste que irías a visitarme a Liverpool —le recuerdo.

—Sí, pero si vas a Londres, me verás antes. Digo, es obvio que no podría ir con vosotros al evento, pero supongo que podríamos vernos otro día.

—Verte sin duda alguna me motiva a ir.

—Te amo, pero sabemos que Jagger te motiva más que mi carita linda. —Me sonríe con picardía—. Deja de darle tantas vueltas, sabes que quieres ir.

—Es que no sé. Me está gustando mucho. ¿Y si las cosas se complican?

—¿No crees que ya son complicadas? Vayas o no vayas, tienen algo, Dakota. Las pocas veces que te he visto con él, me ha dado la impresión de que le gustas.

Nos detenemos frente a una tienda de ropa para ver lo bonito que están vestidos los maniquíes, pues hemos venido sin intenciones de comprar.

La cosa es que no dudo de que le guste a Jagger, dudo de lo que haremos al respecto.

Hay momentos en que me digo que soy una niña grande que ahora puede hacer lo casual sin complicarse, siempre que lo tenga claro, como lo hice con mis breves aventuras, pero esas aventuras no me gustaban como Jagger ni había desarrollado con ellos una especie de amistad como con él.

No tiendo a ser una chica insegura, pero tengo mis momentos. Todos han puesto a Jagger en un pedestal tan alto que me sorprende entender que estemos relacionándonos de esta forma. Sí, me siento bonita, considero que soy inteligente y mantengo conversaciones, pero recuerdo que una vez alguien me dijo que tenía «personalidad plana» y usó el término «la vecina de al lado», lo que consideré poco halagador. Además, siempre pensé que me gustaban los muchachos guapos, sociales, clásicos, encantadores y menos explosivos; Drew fue una desafortunada excepción.

Pero no me importa que Jagger no se adapte a ese prototipo de chico. Me descubro siempre pensando en él y sonriendo cuando recuerdo cualquier acontecimiento que hayamos compartido. Me toco los labios cuando recuerdo sus besos y, esta mañana, me he encontrado jadeando su nombre cuando me he tocado pensando en él.

Nunca pensé que esa sería la manera en la que terminaría mi primer año en la universidad: con un fuerte flechazo y una confusa relación con Jagger Castleraigh, el hombre de los negocios.

—Bueno, ya me lo pensaré mejor —digo—. Por ahora prefiero centrarme en que veré a mis padres. Los extraño.

—La verdad es que no puedo decir lo mismo de mi abuela y mi papá, sé que la casa será un desastre.

Hago una mueca porque, aunque ella dice poco de su relación con su abuela y su papá, con quienes vive, sé que es complicada. No ha mencionado abusos físicos o psicológicos, pero dice que es un ambiente denso y agotador.

—Podrías venir a pasar más días con nosotros. No creo que mis padres tengan problema.

—Gracias, pero debo ayudar a la abuela esos días, así descansa un poco mientras me hago cargo de la panadería. ¿Sabes lo que sí espero? Echar un buen polvo en Londres. La verdad es que pensé que follaría este semestre, pero he conseguido poco. —Suspira mientras retomamos la caminata—. ¡Oh! Hablando de follar, vi a Cassie enrollándose con Callie de Diseño de Modas.

—¿Quién es Callie?

Admito que quiero saber con quién se enrolló la amiga de mi hermana porque el chisme a veces entretiene.

—Callie Hummer, la amiga de Millie Denovan. Ya sabes, la superoradora.

—Ah, la de Teología —digo, y la que se enrollaba con Jagger.

—Sí, parecían la una sobre la otra, fue intenso. Pero quién sabe, no he visto a Cassie salir con la misma chica dos veces.

Nunca he querido mencionar que creo que a Cassie le gusta Rose. No es porque quiera caer en el estereotipo de chica lesbiana a la que gusta de su mejor amiga, pero es la manera en la que la mira y la trata, esos gestos sutiles y la sintonía en la que parecen estar. Pero no lo menciono y, además, si es cierto, Cassie parece querer ocultarlo y Rose vive en la ignorancia.

Demi, a quien amo y adoro, pero quien también puede resultar chismosa, cambia de tema a algo más trivial y divertido. Cuenta lo que le pasó anoche cuando coqueteaba con un jugador de rugby. Estamos tan entretenidas en ello que nos sorprendemos cuando choco con alguien y derramo mi bebida sobre ambos.

—Mierda, lo siento —me disculpo de inmediato al ver el desastre.

—No te preocupes, yo también iba distraído —dice una voz masculina con un ligero acento alemán, o al menos creo que es alemán.

Levanto la mirada y me encuentro con un muchacho guapo, alto, rubio y con unos ojos azules claros que me inquietan. Se ven calculadores y algo extraños. Me mira como si me conociera o quisiese decir algo.

También me es familiar, pero no ubico de dónde.

—De nuevo, lo siento —repito tras sacudir la cabeza para despejarme.

—No pasa nada, al menos choqué con una chica linda.

—Sutil —masculla Demi divertida.

—No sé qué decirte, pero al menos era café frío.

—No pasa nada, hay accidentes todo el tiempo. —Sus ojos azules no se despegan de mí—. Pudo ser peor, ¿verdad? Es decir, pudiste salir lastimada.

Se hacen unos inquietantes segundos de silencio que se tornan incómodos por su mirada. Fuerzo una risa antes de moverme los pies.

—Bueno, nosotras continuaremos.

—Claro, que tengáis una buena tarde. —Se hace a un lado sonriéndome.

Pasamos de él con nuestros brazos enlazados y me sobresalto cuando siento sus dedos en mi brazo libre. Es una caricia sutil, pero inesperada.

—Espero verte de nuevo —me dice sin perder la sonrisa.

Apresuro el paso con Demi y vamos hacia el baño para limpiar mi camisa.

—Era caliente, pero incómodo y raro —murmura echando un vistazo hacia atrás— y nos sigue mirando.

—Creo que es mejor que nos vayamos, me ha hecho sentir incómoda.

—Vale, además, me falta hacer las maletas. De nuevo, gracias por acercarme hasta Liverpool, es más económico movilizarme desde ahí.

—Dales las gracias a mis padres, que pagaron el alquiler del auto, y a Rose, que conducirá.

—Hecho, haré que tus padres me amen.

Le sonrío, pero lanzo otra mirada hacia atrás. El rubio ya no está y entonces lo recuerdo. Aquella vez en la fuente, cuando me dijo que la nota se me había caído.

Creo que era él.

19

DE PETICIONES Y CONCESIONES

Dakota

Lo primero que veo cuando entro en casa es a mamá con los ojos cerrados. Parece muy concentrada porque está meditando. Sonrío al notar que hay algo nuevo en su cabello largo castaño miel: tres mechones de plumas.

—Mamá se va a convertir en la mujer pájaro —se ríe Rose detrás de mí antes de cerrar la puerta.

—Y luego nos obligará a nosotras a hacerlo —agrego.

Al crecer, mamá nos hizo saber que cuando ella meditaba, era su momento sagrado. Sin embargo, a Rose eso le importa poco porque se arrodilla detrás de ella justo antes de darle un fuerte abrazo y gritar «¡Mami!». Mamá no se asusta, pero respira hondo mientras abre los ojos poco a poco y mira a mi hermana.

—La meditación es sagrada —le recuerda con esa tranquilidad característica en su voz.

—Y tus hijas también lo son —dice una voz detrás de mí.

Sonrío. Al darme la vuelta, me encuentro a papá. Enseguida salto sobre él para abrazarlo como un bebé mono. Él gruñe y me despeina el cabello antes de abrazarme y hacerme respirar su inconfundible olor a cigarrillos, porque parece que papá nunca dejará de fumar, y al cuero de su cazadora. Me hago hacia atrás y lo miro, me doy cuenta de que se ha cortado el cabello, pero papá no deja de sonreírme.

—Aquí está la niña que adopté. —Sonríe de lado y entorno los ojos mientras salgo de su abrazo. Por supuesto que eso lo hace reír.

—¡Papi! —Rose casi me derriba mientras trepa hasta él.

Camino hasta mamá y la beso en la mejilla antes de abrazarla. Parece muy feliz de tenerme entre sus brazos y yo soy feliz en ellos.

—¿Cómo está la dulce flor? —me pregunta.

—Estoy bien. —La veo recoger su esterilla y apoyarla contra el sofá.

—Eso es bueno. ¿Sabes cómo te sentirías mejor?

—¿Durmiendo durante todo el tiempo libre que tengo para volver con las pilas recargadas a la universidad? —pruebo, aunque conozco bien su respuesta.

—¡Tonterías! Meditación y yoga, quizá ir conmigo a esta conferencia...

—Suena mejor dormir. —Le sonrío y me gano que sacuda la cabeza.

Recojo la mochila y arrastro la maleta para subir las escaleras y llegar hasta mi habitación. Sonrío cuando el brazo tatuado de papá toma la maleta y me guiña uno de sus ojos azules que no se molestó en hacer que heredaran sus hijas. Subimos las escaleras y caminamos hasta mi habitación, donde me dejo caer sobre la cama y él se sienta a mi lado.

—¿Qué tal el trabajo? —pregunto tomando su mano y sonriendo como siempre lo hago cuando veo el nombre de mi hermana y el mío en su muñeca.

—Agitado, hay un montón.

Papá trabaja en un sello discográfico. Ayuda en el sonido y muchas cosas administrativas sobre contratos, búsqueda y fichaje de nuevo talento. De alguna manera, cuando se dio cuenta o decidió que no sería músico, supo cómo lograr mantener la música en su vida. Algunos fines de semana, suele dar clases de música a niños y adolescentes. Ama su trabajo del mismo modo en el que mi mamá ama el suyo: dar conferencias sobre la conservación de la naturaleza y escribir un montón de artículos referente a ello.

—Así que ¿qué tal ha ido el semestre?

—No ha estado tan mal. —Alzo la mirada para verlo y le sonrío—. He aprobado todas las asignaturas.

—No esperaba menos de ti. —Luego suspira y me lanza *esa* mirada.

—Tendrás que preguntarle tú a Rose.

—En realidad, no he suspirado por eso.

—Ah, ¿no? —Estoy confundida y él frunce el ceño.

—Cariño, Rose es tu hermana, pero no es tu hija. Ya hablaré luego con ella para saber cómo le ha ido. Pero he suspirado porque estoy a punto de obligar a mi hija a ir conmigo a escuchar una posible nueva banda que firmará con nosotros. ¿Te apuntas a escuchar jóvenes que se creen que hacen una música genial?

—¿Hacen pop? Porque escucho un poco de recelo en ti.

Papá tiene una fuerte aversión por las bandas de chicos que cantan pop. Bueno, en realidad tiene una fuerte aversión a ese género en general, pero su karma es que su hija mayor, Rose, es la mayor fanática de cualquier pop que pueda salir.

—Y para ello necesito a mi bondadosa hija, para que me recuerde por qué debo estar ahí.

—A mamá no le gusta que me arrastres a esos lugares —le recuerdo. Ahora puedo ir cuando quiera, incluso si no le gusta, pero, de pequeña, papá solía ignorar que no se suponía que tenía que llevar a una niñita a escuchar bandas de rock gritar.

—¿Y cuándo nos ha detenido? Simplemente te raptaré e iremos.

—Podrías llevar a Rose.

—Entonces ella solo gritaría por esos niños para pedirles matrimonio —dice—. Además, estoy seguro de que ya tiene planes con sus amigos.

—¿Y qué te hace pensar que yo no?

Él solo me da una larga mirada. Sabe tan bien como yo que fui esa estudiante que durante el instituto tuvo compañeros, pero no amigos. En mi defensa, lo intenté y nunca salía bien.

—Vale, sí, quiero ir contigo.

—Perfecto. —Me besa la mejilla—. Por cierto, pensaba que vendría tu amiga.

—Solo hemos acercado a Demi y luego se ha ido, pero vendrá dentro de un par de semanas. Te encantará.

—Quiero conocer a esa dulce alma que ha logrado que mi hija quisquillosa la llame amiga.

—¡Oye! No soy tan quisquillosa.

Lo único que hace es reírse antes de salir de mi habitación.

Me dejo caer sobre mi cama y me estiro. Me doy cuenta de que es un poco raro estar en casa ahora cuando paso todo mi tiempo en la universidad. No llevo demasiado rato ensimismada cuando Rose entra a mi habitación y se deja caer a mi lado. Me quejo porque me pisa el brazo, pero ella se limita a reírse mientras la aparto y me giro para mirarla.

Aprovecho esta oportunidad para abordar que mi amigo la rescató en la fiesta de anoche en el campus.

—¿Quieres contarme algo, Rose? ¿Como que Ben se hizo cargo de tu culo?

De inmediato borra su sonrisa.

—Algún tipo solo quiso pasarse de listo. Sé que siempre estoy saliendo con chicos y no siempre se trata de que busque una relación, pero eso no significa que quiera estar con todos o que me guste que me vean como un par de tetas.

»Tomé un poco de aire y, al regresar, algún idiota estaba diciendo que tenía que ir con él al piso de arriba. No entendía que yo no quería y me tiró del cabello para llevarme hasta la casa o eso pretendía, hasta que Ben llegó y preguntó qué estaba sucediendo. —Hace una pausa—. El tipo quería golpearlo, pero estaba tan ebrio que solo bastó con que Ben lo empujara. Así que luego me llevó a la hermandad, lo dejé entrar a escondidas porque no quería estar sola y él me acompañó hasta que me dormí.

Sonrío, Ben tiene una novia que podría haberle mordido y escupido si se daba cuenta de que ayudaba a Rose, sin embargo, él la ayudó.

—Eso fue muy dulce por parte de Ben.

—Sí… —Sonríe, pero luego frunce el ceño—. ¿Por qué alguien como él está con Lena? Es horrible con él, lo trata como a una mascota y él no se lo merece.

—Únete a la lista de personas que no entendemos por qué Ben no la deja. —Me incorporo para sentarme con mis rodillas flexionadas—. Yo ya desistí de decir nada porque no se lo toma bien. En ese tipo de problemas, el que sale perjudicado siempre es el idiota que intenta ayudar.

—Es una lástima que esté con esa bruja, merece dulzura. —Se encoge de hombros antes de sentarse igual que yo y jugar con un mechón de su cabello—. Le agradezco mucho que me ayudara.

—Puedes decírselo.

—No tengo su número. ¿Cómo puedo siquiera tenerlo si Lena lo castraría?

—Puedo dártelo, pero solo si prometes que vas a darle las gracias y no meterlo en problemas con Lena.

—Sé comportarme.

—Bien. —Me estiro para llegar a mi mochila, que está en el suelo, y sacar mi teléfono, marco la clave y se lo entrego.

—Le hablaré solo lo necesario —me informa, y asiento. Empiezo a raspar el esmalte de mis uñas que ya está bastante agrietado—. ¡Dakota Monroe! ¿Quién se supone que es el «Mafioso Ardiente»?

Alzo de inmediato mi rostro y me ahogo con mi propia saliva cuando empiezo a toser. Rose tiene una expresión de absoluta sorpresa mientras le arranco mi teléfono de las manos.

—¡No debes ser una chismosa!

—¿Qué? Estaba guardando el número y ha salido la notificación. ¿Quién es y por qué pregunta si irás a Londres?

Abro y cierro la boca mientras mi hermana espera algún tipo de respuesta. Con sinceridad, creo que me apetece hablar. Esta situación con Jagger me asfixia porque no sé qué es lo que sucede. Él habla de la química, pero no pone títulos y yo soy una chica a la que debes decirle «estamos saliendo» para que no se vuelva loca.

—Es Jagger —confieso, pero antes de que pueda gritar le cubro la boca con la mano— y lo registré así como una broma. Él me estaba ayudando con mi clase de Finanzas, por eso lo conozco. Y parece que me gusta. Entonces, me ha invitado a un festival en Londres, solo que aún no sé si iré.

Retiro mi mano de su boca y ella toma lentas respiraciones. Me inquieta lo que pueda decirme.

—No puedo creer que en realidad siguiera adelante. Le advertí que no te hiciera eso.

—¿Que tú hiciste qué? —Es medio jadeo medio grito.

—Él es un jugador, Dakie, lo cual no juzgo porque cada quien decide qué historia buscar, pero no va a darte la relación con la que sueñas porque no las quiere. Y tiene a todas esas chicas a las que folla. Va a destruirte si le das la oportunidad.

—Me ofendes un poco —declaro—. Vas pensando que solo quiero ser la novia de Jagger. ¿Qué pasa si quiero divertirme con él como cualquier estudiante universitaria? ¿Como tú misma lo has hecho?

—Que esa persona no eres tú.

—Pero es que no tienes que encasillarme. Puedo ser quien cree en el amor verdadero, pero también quien puede divertirse mientras espera a que este llegue.

—Dakie, recuerda lo que pasó con Drew y los rollos de una noche. Dijiste que no sabías si querías volverlo a hacer porque después te sentías rara…

—Me estrellé con Drew y ¿qué? ¿Una mala experiencia debe arruinarme mi juventud? No te veo retrocediendo cuando cometes errores. ¿Acaso te rindes? —La verdad, no sé de dónde me viene tanta palabrería, pero me aferro a ellas porque me doy cuenta de que de verdad quiero experimentar con Jagger.

Quiero divertirme por primera vez en mucho tiempo y él me gusta.

—Y, sobre los rollos, no los odié. Solo que no es algo que pensé hacer de nuevo, pero no es que lo aborrezca. Quiero pasarlo bien con Jagger y eso no hace que deje de soñar o de esperar conseguir al hombre de mi vida en un futuro.

—¿Y si te rompe el corazón?

—No puede hacerlo si no se lo doy.

—Suena fácil, avísame si funciona. —Suelta un bufido—. Es tu vida, solo te doy mi opinión. Si no funciona y te hace llorar, entonces le cortaré las bolas y comeré helados contigo.

—No esperaría menos de ti. —Río dejando ir mi molestia.

—En ese caso, te dejo responderle al señor Mafioso Ardiente y me largo a escribirle a Ben. Prometo no meterlo en problemas.

—Rosie…

—¿Sí?

—¿De verdad no te han llegado más mensajes?

No le he dicho las cosas que me han pasado a mí con respecto a ella, como la llamada, aquella nota y las fotos. Tal vez soy egoísta en mi intento de protegerla, pero si puedo evitar que pase por ello, lo haré. Al menos, por ahora.

—La cosa rara es que se ha detenido. Hace una semana que no llega nada. Quizá solo se cansó de jugar.

Qué raro. No creo que alguien con una mente tan perversa se rinda así de fácil, sin embargo, la dejo ir. Vuelvo a acostarme. Procedo a leer el mensaje de Jagger y a empezar lo que resulta una interesante conversación.

Mafioso Ardiente: Entonces, ¿festival en Londres?

Dakota: Aún pensándolo…

Mafioso Ardiente: Eso es bueno, porque eso quiere decir que estás pensando en mí.

Dakota: Son muchos gastos. Trasladarme, comida, hospedaje.

Mafioso Ardiente: Te tengo las soluciones.

Mafioso Ardiente: 1. Puedes venir con Jamie y Bonnie. Viven en Liverpool y van a venir en el auto de Jamie.

Mafioso Ardiente: 2. No te dejaría morirte de hambre y eso es una excusa muy mala, porque sé que no estás pobretona como para morirte de hambre.

Mafioso Ardiente: 3. Te doy mi casa, mi cama. Tranquila, conmigo tienes una cama en la que dormir.

Dakota: NO DORMIRÉ CONTIGO.

Mafioso Ardiente: Mejor, porque no quiero dormir precisamente…

No le respondo y bloqueo el teléfono. ¡Mierda! ¿Por qué la idea de dormir con Jagger no parece alocada? Fácil, porque en realidad quiero divertirme con él, descubrir el sexo, experimentar y solo vivir por una vez en mi vida. Quiero disfrutar y no quiero planear cada paso que doy.

Quiero dejarme llevar con Jagger.

Hay muchas chicas que parecen ansiosas de que los chicos de la banda se fijen en ellas. Algunas llevan poca ropa y otras están simplemente eufóricas y soñadoras de una manera en la que me encanta. Me gusta ver la manera en la que cada persona vive su fanatismo.

Papá suelta un bufido cuando el vocalista asegura que hará una cover de The Kiss. Yo sonrío. No son malos, son entretenidos. El vocalista no tiene mala voz y el guitarrista principal es maravilloso, pero es un poco forzado verlos intentar tan mal parecer roqueros cuando lucen como pop rock. No es que esté mal, solo que si se sinceraran con ellos mismos, obtendrían mejores resultados. La cover no le hace justicia a la canción y papá se bebe de un solo trago su vaso de ron mientras bebo de mi Martini conteniendo las ganas de reírme.

—Una banda de chicos —sisea.

—No son malos. No son tu estilo, pero seguro que arrastrarán a un montón de fanaticada. Tienen buenas letras y la música es pegadiza. Funcionará en el mercado. —Señalo al mar de personas que se lo están pasando genial al escucharlos—. Van a amarlos.

—Es una lástima que la música ahora no se centre en crear sonidos maravillosos que ericen los vellos de tu piel y letras tan profundas que te vuelen la cabeza al cambiar el significado de tu vida.

—Creo que eres prejuicioso, papá. —Bajo del taburete donde estoy sentada a su lado—. Estos chicos solo hacen otro tipo de música. A algunas personas les gusta escuchar sonidos pegadizos y letras divertidas que los relajen luego de un mal día.

—Y por eso te he traído. Siempre me recuerdas por qué estoy aquí reclutando a personas, pero si me disculpas, seguiré lamentándome mientras bebo otro vaso de ron. Voy a esperar a que la banda de chicos termine y a darle la maravillosa noticia de que podrían estar siendo evaluados para firmar contrato. ¡Yupi!

Me río y lo beso en la mejilla antes de caminar hasta donde está el grupo de muchachas enloquecidas por estos chicos. Siendo sincera, son atractivos y eso ayuda en el éxito, no hay que negarlo, la imagen vende. Muevo mi cabeza al ritmo de la nueva canción que proclaman que será la última mientras hablan sobre divertirse, no pensar y dejarse llevar. Sonrío ante el disfraz de una canción que parece hablar de sexo casual.

Golpeo mi dedo índice contra mi barbilla, pensando mientras escucho la canción.

¡Al diablo! No hay nada que perder, puedo divertirme.

> **Dakota:** Sí.

Mafioso Ardiente: ¿?

> **Dakota:** 1. Sí iré a Londres. No necesito ir con Jamie, pero aceptaré la oferta.

> **Dakota:** 2. Tengo para comer y no te permitiría que me dejaras morirme de hambre.

Mafioso Ardiente: ¿Y bien? Estoy muy seguro de que nos falta un punto 3…

> **Dakota:** Sí, dormiré en tu casa.

Mafioso Ardiente: ¿En mi cama?

> **Dakota:** Pensé que dijiste que no planeabas dormir.

Mafioso Ardiente: Cierto. Siempre que quieras, podemos hacer otras cosas…

> **Dakota:** Quiero.

> **Dakota:** Y mucho.

Mafioso Ardiente: ¿Qué quieres?

La canción termina y me muerdo el labio inferior tratando de escribir la respuesta. Acabo borrándola un par de veces antes de rendirme al fin y enviarle lo que quiero.

Papá y yo nos quedamos hasta el final de la presentación de la banda de chicos y lo veo hablar con ellos, que se encuentran más que entusiasmados. No puedo evitar contener la risa porque parece que él les gruñe y es que papá es muy intimidante. Es alto, con musculatura y todos esos tatuajes. Cuando ha concluido, me pasa el brazo alrededor de los hombros y nos guía hacia la salida. Me siento ofendida de las miradas maliciosas que recibo, me asquea que consideren que estoy liándome con mi papá, pero entiendo los celos. Seguro que mi papá es uno de esos tipos cuarentones por los que una chica se inclinaría.

Cuando llegamos hasta su moto, me entrega el casco aún quejándose sobre la banda.

—Supéralo, papá. Ya verás que luego encuentras una banda de tu estilo o un cantante.

—Ah, que Dios escuche a mi bello angelito. —Cierra mi casco y sonríe.

Sube a la moto y yo detrás de él. Esto es muy normal para mí. Me pasé toda mi adolescencia en una de estas o caminando con mamá, que está en contra de cualquier cosa que dañe el medio ambiente. Por ello me sorprende la aversión de Jagger hacia las motos. Cierro los ojos y abrazo a papá mientras nos guía de regreso a casa. Cuando disminuye la velocidad y se detiene, abro los ojos intrigada.

—No hemos llegado a casa —señalo lo obvio.

—No, pero debo decirte algo, mi bebé.

—De acuerdo.

Te diré que esta introducción siempre es presagio de una bomba. De alguna manera, mis padres encontraron un método para afrontar estas situaciones: mamá va con la hija dramática y papá se entiende con la tranquila que todo lo analiza. Ambos comienzan con un: «Debo decirte algo, mi bebé» y luego cae la bomba.

Se baja de la moto y me mira mientras juega con el cierre de su chaqueta de cuero. Luego me dedica una sonrisa mientras sus ojos azules se achican.

Me quito el casco para que nos miremos mejor.

—De acuerdo, no voy a adornarlo —me informa, directo como siempre.

—Bien. ¿Cuál es la bomba, papá?

—Tu mamá y yo, como cualquier pareja, además de que somos jóvenes, nos acostamos. Todo el tiempo.

—Vale, borraré mi memoria como ahora mismo.

—Y ha sucedido. Tendremos un nuevo bebé.

—Espera, creo que he escuchado mal.

—No, has escuchado bien. Tendremos un nuevo bebé en casa.

Abro mucho la boca y papá estira la mano para cerrarla. Frunzo el ceño intentando encontrarles sentido a sus palabras. ¡Mis padres tendrán un bebé!

—Pero... Pero no necesitáis más hijos. Rose vale como por cinco y yo por dos.

—Pero ha sucedido.

—Pero... ¡Pero es que sois mayores! ¿Cómo os ha ocurrido este accidente?

—Ya te lo he dicho, nos hemos lanzado en uno de nuestros momentos y...

—Oh, papá, detente. —Me paso las manos por el cabello y abro y cierro la boca varias veces hasta conseguir algo bueno que decir—: Pues, felicidades, ¿eh? —Río de forma loca—. ¡Un bebé!

—Ojalá sea un niño, ¿verdad? Necesito algo de igualdad en casa.

—Vamos a casa, vamos, vamos.

Él se ríe y vuelve a subir a la moto. Cuando lo abrazo, estoy tentada a pellizcarlo, pero en última instancia no lo hago porque él alza la visera de su casco y sonríe.

—Será un bebé muy querido, ¿verdad?

—Sí, claro. —No hay manera en la que no quiera a ese bebé, solo que creo que pasaré largos meses procesando esto—. No le darás mi habitación. Le das la de Rose.

—Trato.

Termino por reírme mientras pone la moto en marcha. Esto solo podría considerarse otra de las muchas bombas de mis padres. Tendré un hermanito o hermanita y no quiero imaginar cuál ha sido la reacción de Rose.

—Estoy preocupada sobre el embarazo de mamá.

Dejo de comer mi gofre para prestarle atención a mi hermana. Llevamos dos días en casa y, luego de obtener en un día un desayuno excesivamente sano y en el otro uno excesivamente grasiento, Rose y yo nos hemos tomado un descanso para venir a desayunar en una de nuestras cafeterías favoritas.

—Lo sé, nuestros padres no son viejos, pero mamá ya está en la década de los cuarenta. Me preocupa que algo pueda salir mal.

—No lo creo —me dice—. Mamá lleva una vida sana, su cuerpo es muy fuerte para traer a otro bebé al mundo.

—Entonces, ¿cuál se supone que es tu preocupación? —pregunto con curiosidad.

—La habitación. Nuestra casa es grande, pero solo cuenta con tres habitaciones. ¿Dónde dormirá el bebé?

Ah, es eso. Entorno los ojos y continúo comiendo.

—Ya negocié eso con papá —respondo con la boca llena.

—¿Qué quieres decir?

Trago, bebo de mi jugo de naranja y luego le sonrío. Ella me mira suspicaz.

—Le daremos tu habitación.

—¡Por supuesto que no! —Pincha con su tenedor la salchicha de su plato—. ¿Por qué no negocias tu habitación?

—Porque tu habitación es más bonita para un bebé —me excuso riendo.

—Tú eres la hermana menor, en teoría, serías quien debería renunciar a su habitación.

—No estoy de acuerdo con tal argumento. —Estiro mi tenedor hacia su plato—. ¿Puedo tomar una salchicha y tocino?

—Sírvete —me dice. No espero que me lo diga dos veces y le robo de su plato.

Soy quisquillosa sobre compartir bebidas, pero jamás me podré resistir si alguien quiere compartir comida conmigo.

—Tengo un plan mejor para el bebé.

—Espero que no sea darlo en adopción —digo, y ella resopla.

—La sala de estar o el cuarto de meditación de mamá podrían transformarse en el cuarto del bebé.

—No es mala idea, pero tranquila, todavía es pronto para pensar en eso.

—Eso dices, pero los meses siempre vuelan. Cuando menos te quieras dar cuenta, estarás cambiando pañales apestosos.

Me encojo de hombros y continúo comiendo. Ella desliza su plato hacia mí y bebe de su té sin azúcar.

—Así ¿qué, irás a Londres? —comienza, y enarco una ceja mirándola—. ¿Qué? Recuerda que vi tu conversación con Jagger. Además, escuché a mamá decirle a papá que irías con unos amigos. Estaba feliz de saber que sales de tu zona de confort o algo así le dijo a papá.

La creo. Mamá casi estaba haciéndome la maleta. No es que sea asocial, pero mis amigos son contados y ¿viajar a otra ciudad para divertirme con amigos? Eso para mamá es un gran paso.

—Sí, iré a un festival de licor.

—No te gusta beber.

—Pero habrá un gran ambiente.

—Y estará Jagger —dice. Asiento sin negarlo—. ¿Te gusta mucho? Bueno, es una pregunta estúpida. ¿A quién no le gusta Jagger?

—¿Te gusta Jagger? —La idea me genera incomodidad.

—Lo encuentro muy atractivo, sexi y caliente, si te refieres a eso. Es atractivo a la vista, pero no me interesa a nivel amoroso. Es demasiado distante e intimidante. Lo conozco desde que entré a la universidad y nunca me ha interesado salir con él, por si eso te está molestando.

—Me gusta de verdad. Más que encontrarlo atractivo, estoy interesada en relacionarme con él.

—¿Estás segura? No puedo evitar preocuparme.

—No sé si será un error, pero sé que quiero intentarlo.

—Bueno, espero que sea una grandiosa experiencia.

Permanecemos en silencio y me acabo el desayuno. Mientras me bebo mi jugo, ella vuelve a hablar.

—Y recuerda usar protección.

Me sonrojo, pero no puedo evitar reírme... y tener en cuenta su consejo.

20

UN POCO SOBRE JAGGER

Jagger

Alzo la mirada del teléfono hacia Mariana, la sobrina del ama de llaves. Está limpiando por enésima vez la mesita que está frente a mí. Así que, por enésima vez, su culo está en mi campo de visión, y admito que le echo varios vistazos. Confesaré que la última vez que vine a casa echamos un buen polvo, pero fue algo esporádico y ambas partes sabíamos que era solamente una calentura.

Conozco a Mariana desde que tengo diecisiete años y ella tenía quince. Siempre jugué al coqueteo pero no daba ningún paso, hasta hace unos meses. Es una chica divertida con la que es fácil hablar, pero ahora me resulta tedioso lo que está haciendo.

—Creo que la mesita brilla de lo limpia que está, Mariana —digo antes de volver mi atención al teléfono.

La escucho reírse.

—Quiero que brille.

—Seguro que ya lo hace. —Vuelvo a alzar la mirada y me encuentro con su sonrisa mientras las manos están en su cadera—. Así que has venido a pasar las vacaciones acá.

—Sí, tengo esta semana libre y quería venir. Siempre es bueno pasar tiempo con mi tía. ¿Qué hay de ti? ¿Vienes por diversión?

—Algo así… Pero estoy esperando a alguien con quien compartiré mi diversión. —No sé si eso es sutil, pero hace una mueca cuando recibe mi mensaje.

—Bueno, debo admitir que espero que tu diversión se accidente en el camino. Si eso sucede, estoy en cualquier lugar de la casa muy dispuesta a repetir.

—Yo, en cambio, juntaré mis manos rogando que ella llegue.

Se inclina una última vez sobre la mesita antes de irse. Sacudo la cabeza antes de escribirle un nuevo mensaje a Dakota.

Jagger: Alguien ruega que no llegues para divertirte conmigo.

Dulce: Es horrible desearle el mal a alguien, pero espero que a ese alguien le dé una fuerte diarrea y no de la verbal, sino de la que te deja encerrada en el baño.

Jagger: Eres una malvada.

Dulce: No soy malvada, soy dulce.

Sonrío. Creo que me tiene actuando como un idiota devoto de su ser. No es mi estado natural y me incomoda un poco, pero tampoco quiero darles la espalda a estas sensaciones que me llenan de electricidad.

Abro otro chat para escribirle a James.

Jagger: No olvides que debes pasar a por Dakota.

Jamie: Hombre, en serio que ella tiene que ser LA MUJER. Ya entendí que va conmigo a Londres, deja de joder y de masturbarte mientras esperas a esa dulzura que quieres devorar. Pobre chica.

Jagger: Deja de hablar como si fuese una muñeca inflable, cabronazo.

Jamie: Vale, Jagger. Lidia con tu menopausia tú solito. Nos vemos, cabronazo.

Entorno los ojos y dejo el teléfono a un lado, apoyo la cabeza en el respaldo del sofá.

No olvido la razón principal por la que Dakota y yo comenzamos a relacionarnos, pero todo ha estado extrañamente silencioso, lo que no quiere decir que debamos bajar la guardia. Quien sea que esté haciendo toda la mierda no es idiota y sabe lo que hace, no se anda con juegos.

Por otra parte, tengo mis propios asuntos en marcha. Los pocos mensajes en notas que he recibido se sienten como tener alguien respirando sobre mi nuca. Me recuerdan a una etapa oscura y lamentable de mi vida. Siento que estoy en una cuerda floja en la que me sostengo con fuerza porque no quiero caer. Todavía no les he dicho a mis amigos lo de las notas que estoy recibiendo, pero es el momento de actuar.

—Jagger...

Reconozco ese tono de papá y me tenso.

Mi papá no es un idiota ni un descerebrado incapaz de darme amor. Por el contrario, es un tipo grandioso al que admiro y que se encargó de darme una infancia increíble. Ese no es el problema con mi papá, lo es que siempre ha parecido que es un poco, mucho, su debilidad.

—No, papá.

—Pero no te he dicho nada. —Se deja caer a mi lado, me incorporo y me volteo a mirarlo mientras se quita la corbata.

No me pierdo la manera cansada en la que se pasa una mano por el cabello en el que ya se vislumbran canas. Cincuenta y siete años no pasan en balde.

—Pero sé lo que vas a decirme y no. No voy a escucharte.

—Ya te he dicho que la terquedad es un defecto.

—Y ya te he dicho que me sabe a mierda. —Bueno, quisiera retractarme, eso ha sonado muy duro y lo respeto demasiado como para ser tan grosero—. Lo siento, papá, no quise decir eso.

—Habla con tu mamá, Jagger, por favor.

—No tengo nada que hablar con Megan, papá. Y lo he dejado claro muchas veces.

—Debes hablar con ella, le rompe el corazón...

—Ya... Así que debo repararlo. —Entorno los ojos antes de ponerme de pie—. Cuando ella se encargó de pisotear el mío uno y otra vez, no vi a nadie pidiéndole que no lo hiciera. Dime, papá, ¿cuántas veces serás ese hombre que lucha sus batallas? Ella no se lo merece.

—Jagger, es tu madre, debes escucharla y hablar con ella.

—Es una desconocida y es la última persona con la que deseo hablar. No cambiaré de opinión.

—No dejaré de insistir porque soy tu padre y quiero lo mejor para ti.

—Soy adulto, papá. Tomo mis decisiones.

Comienzo a alejarme. No tengo ningún problema con papá, pero mientras él quiera tocar el tema de Megan una y otra vez, simplemente preferiré hacer cosas mejores. Paso por el despacho del abuelo y sonrío al verlo fumarse un puro mientras lee un libro.

—Creí que te habían prohibido fumar, viejo.

Mi voz lo sobresalta y da un brinco. Eso me hace reír porque sé que seguramente esperaba encontrar a mi papá.

Mi abuelo tiene ochenta años y un montón de dinero gracias a su empresa e inversiones. Es viudo y es un hombre que se niega a llevar la vida de un hombre de su edad; incluso a veces me entra la sospecha de que se cite con prostitutas o se encuentre mujeres sin inhibiciones que podrían hacerle una fractura a sus caderas. Es un hombre que se carga a la vida y disfruta al máximo. Esta enorme casa es suya, siempre he vivido aquí. Le enseñó a papá todo lo que sabe y le otorgó hace unos años el control absoluto de la empresa. Siempre me aconseja, me escucha y me obliga a integrarlo en el mundo de la tecnología.

La verdad es que todos amamos al viejo Greg.

—El doctor prohíbe muchas cosas, cachorro, pero sigo vivo.

—Lo cual no significa que debas dejar de tener en cuenta sus indicaciones.

—A las almas libres no se les pone cuerda.

—Las almas libres también abandonan los cuerpos al morir —agrego a su mágica frase anterior.

Mis palabras lo hacen reír mientras fuma de su puro y me insta a entrar. Me siento frente a su escritorio.

—Te pareces a tu abuela, cachorro.

—¿Qué? ¿Tengo lindo cabello y soy muy guapo?

—Eres tan listillo como lo era ella. La extraño.

—Pero vas y sigues acostándote con otras.

—La extraño, hijo, pero aún me funciona y debo usarlo mientras pueda —asegura, cosa que me hace reír.

—¿Quieres que salgamos más tarde, viejo?

—Solo si me llevas a comer hamburguesas. Tu papá no deja de dar la lata con una dieta que parece más árbol que comida. Si voy a morir, al menos que sea comiendo lo que me plazca.

—Creo que primero nos moriremos nosotros.

—No, cachorro, a ti te queda un montón de vida. Estás lleno de fuerza, inteligencia y un poco de sabiduría.

—Y, según papá, de mucha terquedad.

—Mason solo se preocupa por ti.

—Y por Megan, pero no vamos a hablar de ella. —Procuro cambiar de tema rápidamente—. Creo haberte dicho ya que Jamie va a venir.

—Ya me estoy preparando para escuchar todo ese ruido en mi casa. No hay hombre más ruidoso que ese muchacho lleno de vida.

—Pero… Hasta ayer una amiga no me confirmó que vendría, le ofrecí quedarse aquí.

—Eres tan sinvergüenza como tu abuelo. —Se ríe, disfruta de esto—. Mi gen se saltó a tu padre y fue directo a ti. Traes a una joven para meterte en su honorable ropa interior. Espero que estés siendo un caballero con la dama.

—¿Por qué asumes que me acostaré con ella?

—Porque solo Maddie se ha quedado en esta casa. Sé que cuando traes a tus amigas usas la casita de la piscina. Nunca pides permiso para traer a una adentro de la casa. Ya deseo conocer a esta señorita.

—Si me avergüenzas, viejo, no te seguiré consiguiendo pastillas ni actualizándote el perfil ni respondiendo en tu nombre en la página de citas.

—No quiero quedarme sin echar polvos, pero es mi deber de abuelo al menos ponerte un poco en vergüenza. Ahora, abre la ventana para que el olor se vaya y tu papá no venga a echarme la bronca.

Hago lo que me pide, aunque dudo que el olor vaya a irse tan fácilmente. Me despido y voy hacia la puerta, pero me llama. Me giro para prestarle de nuevo mi atención. Me sonríe como si supiera algo que yo no sé.

—A veces no sabemos que es la indicada. En ocasiones, se busca la perfección y, solo cuando la pierdes, te das cuenta de que la tenías frente a ti. Eres inteligente y quiero creer que, cuando te suceda, esa terquedad tuya no te impedirá darte cuenta.

—Meteré tu consejo en mi buzón de sugerencias para cuando te lo pida, viejo.

—Vete y jode por ahí. Te espero para ir por mi hamburguesa, me niego a seguir comiendo como una cabra.

—Me iré a joder el mundo.

—Vale, pero no jodas a mujeres por ahí si estás interesado en nuestra ansiada visitante… ¿Cuál es su nombre?

—Dakota.

—Dakota y Jagger… —Parece sopesar los nombres, me guiña un ojo—. No suena mal, cachorro.

Río y salgo de su despacho. Me topo con otra de las tres trabajadoras de la casa. Inclino la cabeza en una reverencia que la hace reír, le arrojo un beso y camino hasta mi habitación, pero corro de regreso al despacho del abuelo.

—¿Qué sucede? —pregunta al verme una vez más.

—¿Podríamos fingir que no hay habitaciones en buenas condiciones para que se quede conmigo?

—¿Me pides permiso?

—No, pero la conozco y no querrá hacerlo por vergüenza.

—Me pides ayuda para ir a echar polvos.

—Abuelo, no tiene que haber sexo obligatoriamente.

—Pero bien que se te para ante la idea, ¿no? —Se burla—. Está bien, cachorro. Pero cuando nazca el primer hijo, hagánle saber que le deben su primer polvo a mí.

—Viejo, no divagues.

Salgo del despacho sonriendo. Les debo mi educación y mi crianza a Mason y Gregory. Mi papá y mi abuelo. Son mi familia, no le debo nada a Megan.

—Así que Seth está hasta el culo y venimos a por él. —Apago el motor del auto y bajo al mismo tiempo que Maddie.

—Ya sabes cómo son los dieciocho años y mi hermanito se los está bebiendo.

—Es un tanto raro venir a estas fiestas. Es como viajar en el tiempo y ser nosotros esos pobres desgraciados.

—Amabas estas fiestas.

—Sí, pero era porque amaba la compañía. —Frunzo el ceño—. Ahora solo son recuerdos.

—Prometo que será rápido, Jagger. Espérame aquí, ¿vale?

—Me fumaré un cigarrillo. Entraré si los culitos de los hermanos Campbell aún no están aquí cuando me lo termine.

—Está bien.

Apoyo la espalda en mi auto y comienzo a fumar. Tengo un auto en Nottingham y dos en Londres. No me avergüenza tener una vida cómoda, pero al menos trato de ser merecedor de ello y de ganármelo. Mi primer auto lo tuve a los dieciocho años, luego de dar lo mejor de mí haciendo de recadero en la empresa de la familia. El abuelo y papá son fieles seguidores de «gánate lo que mereces», por lo que nunca he empezado desde arriba.

Como cualquier trabajador con aspiraciones, me han hecho pasar desde abajo y luego de soportar ser el último eslabón de la pirámide. El abuelo dijo que estaba orgulloso de que no me quejara y supe soportar el reto, así que me dio mi primer auto y yo estaba alucinado. Fue mi bebé, sudé para ganarme ese auto y eso me hizo apreciarlo y saber cuidarlo. El segundo auto me lo regalo papá, el que tengo en Nottingham, y fue a comienzos de mi segundo año en la universidad. En secreto creo que lo hizo para intentar darme un buen comienzo cuando mi vida se sentía un infierno y había cambiado tan drásticamente. El tercero lo compré con las ganancias de mis trabajos en la universidad, con ingresos de mi negocio. También me supo a gloria.

Tuve una moto como regalo de cumpleaños el año pasado, provenía de Megan y ni siquiera la toqué. Se la devolví junto a un amoroso mensaje donde dejaba claro que ni siquiera me conocía porque no sabía que odio las motos. Intentó llegar luego con un auto, pero creo que entendió que no estoy dispuesto a recibir nada de ella.

Agradezco cómo me han criado el abuelo y papá, me han enseñado a no tener las cosas gratis. Si bien he tenido siempre una vida cómoda y sin carencias, desde pequeño me enseñaron que las cosas no se regalan, que debes merecerlas y trabajar para conseguirlas. Si de pequeño yo quería algún juguete excéntrico, entonces tendría que ser un buen niño y hacer mis tareas. Si en mi adolescencia quería algún viaje o una fiesta de cumpleaños, debía demostrar que era lo suficiente responsable y digno de esa confianza. Es válido, me ha servido en la vida, porque me ha hecho un hombre honesto que no roba o se toma las cosas a la ligera. Me ha enseñado a luchar por lo que quiero y no esperar sentado a que me lo regalen. Creo que eso me ha ayudado a no perderme en que tengo dinero y solo creer que algún día tendré la empresa solo por mi apellido. Si yo no me preparo, no puedo esperar que me den la empresa como si fuese algún juguete.

Me termino el cigarrillo y resoplo. Se me está congelando el culo con el frío y los hermanos Campbell aún no han salido, por lo que decido que voy a entrar a por ellos cuando mi teléfono suena. Respondo sin reconocer el número.

—¿Diga?

—Jagger, por favor, no cuelgues.

En un primer momento, me tenso. Luego suspiro: es Megan, una vez más.

Algunos juzgarían mi actitud y rechazo hacia la mujer que me dio la vida, pero ellos no entienden que fue esa misma persona la que me causó tanto daño una y otra vez.

—¿Por qué es tan difícil de entender? —susurro.

—Lo siento, Jagger, por favor, déjame ser tu mamá.

—No puedo hacer esto ahora, Megan. De verdad, no puedo.

Finalizo la llamada y me guardo el teléfono en el bolsillo del pantalón. Hago como que la llamada nunca ha ocurrido mientras activo el seguro del auto y camino hacia la casa donde se celebra la fiesta.

No mentía cuando le dije a Maddie que venir a estas fiestas me hace recordar a mis propios dieciocho años, cuando creía que el mundo era mío mientras tuviera a mi mejor compañía. Odio esos recuerdos. Detesto recordar esa bruma de felicidad que no volverá.

Ignoro todo a mi alrededor, excepto los saludos de viejos conocidos. Antes solía tener muchas amistades, pero luego de lo ocurrido me distancié mucho porque me volví desconfiado.

No me cuesta encontrar el culo ebrio de Seth. Está sin camisa y riéndose mientras una chica no deja de restregarle las tetas en el brazo. Lo dejaría tranquilo si no supiera que esa chica es menor de edad y la hermana de alguien problemática.

—Eh, hermanito, nos estamos yendo. —Tomo su brazo y me volteo a ver a la chica que nos sonríe—. Lo siento, pero la restregada de tetas ha terminado. Seth se está yendo.

Ignoro los pucheros de la chica y me concentro en Seth. ¡Joder! Ha crecido. Ha dedicado mucho tiempo a ejercitarse y ya no es un niño.

—Bah, hermanito, parece que has estado trabajando para que te contraten en alguna película adolescente donde las chicas babeen con tus músculos.

—A las chicas les encantan —dice totalmente ebrio.

—Seguro que sí. —Me alzo sobre las puntas de mis pies—. ¿Dónde está Maddie?

—¿Maddie ha venido?

Tomo el brazo de Seth instándolo a caminar. Lo dejo sentado en uno de los sofás y le aclaro que no debe moverse mientras busco a su hermana. No es fácil dar con Maddie y debo saludar a varias personas que solían ser de mi círculo de amistad o iban a las fiestas a las que acudía yo. Consigo ver a Maddie en el jardín, parece que está teniendo una fuerte discusión con su exnovio. El solo hecho de verla cerca de Arnold ya me cabrea.

Comienzo a dar pasos hacia ellos cuando él hace la cosa equivocada.

La empuja y luego le da una bofetada.

Aprieto las manos en puños. Siento que la ira se despierta mientras camino hacia él. Le propino un puñetazo directo a la nariz, lo golpeo sin parar mientras todo se torna borroso. Apenas percibo dolor donde logra darme, soy una máquina que no para de golpearlo. Caemos al suelo, lo tomo de la camisa mientras mi otra mano toma un puñado de su cabello para que me mire.

Él me escupe, lo que me hace gruñir.

—Escúchame bien, maldita escoria. Te dije hace dos años que nunca más le pusieras un dedo encima porque iba a matarte… —le recuerdo, porque no olvido.

—Jagger… —me llama Maddie, y siento su agarre en mi brazo.

La mano que tomaba el cabello de Arnold va a su garganta y la presiono. Sus ojos se abren sorprendidos.

—Maddison es mi hermana. Cuando le tocas un pelo, me cabrea. ¿Que la golpees? Me vuelve un puto demonio. —Aprieto mi agarre en su garganta—. Última advertencia: si respiras tan siquiera a su alrededor, te corto los huevos para que te los comas justo antes de que parta cada uno de tus dedos y te enrolle la lengua alrededor de la garganta. Los tipos como tú, que golpean a diestro y siniestro, se merecen morir con los huevos en la boca.

—Jagger, por favor, no vale la pena —implora Maddie tirándome del brazo.

El rostro de Arnold comienza a tonarse violeta y entonces lo libero mientras él tose sin control y luego toma grandes bocanadas de aire. Es una maldita basura que mantuvo a Maddie en una relación abusiva. Primero era maltrato psicológico, del que yo no sabía, y un día la golpeó en una fiesta donde estaba ebrio y yo no estaba. Pero ella no esperó una segunda vez, lo dejó. Eso sucedió solo meses después de salir de la escuela, en nuestros días libres del primer año de la universidad y solo porque el imbécil estaba celoso. Me dolió horrible cuando al día siguiente vi a Maddie con un ojo negro y huellas de dedos en sus brazos. Fui donde el cabrón y le di un par de puñetazos antes de advertirle que no la volviera a tocar. Verlo hoy haciendo esto solo me ha cabreado.

—No te lo advertiré más, basura. Tócale un solo cabello y cumpliré mi palabra.

Tomo la mano de Maddie y la hago caminar lejos de las personas que se han agrupado a mirar. Voy a por Seth y luego los llevo a ambos hacia la salida.

—¡Uf! Qué frío —se queja Seth.

Recuerdo que no lleva camisa, por lo que me saco mi chaqueta y se la doy al pobre ebrio, que tropieza hasta llegar al auto.

Casi me río al verlo subirse al auto, pero me giro hacia Maddie.

—¿Qué ha molestado a ese maldito idiota?

—A él todo le molesta. Jagger, no sabía que estaba aquí —se defiende—. No encontraba a Seth.

—Seth estaba en la sala.

—Cuando he entrado, no estaba ahí, así que lo he buscado y me he topado con Arnold. Fue amigable al principio, pero le cabreó que quisiera pasar de él. Dijo estupideces que me hicieron enojar, discutimos y luego pasó lo que viste.

—Si se te acerca, no dudes en decírmelo.

—Era una amenaza vacía la que has hecho, ¿verdad, Jagger?

—No dejaré que nadie le haga daño a quienes amo.

—Jagger, no seas estúpido, él no vale nada de eso.

—Por su bien espero que nunca te vuelva a poner un dedo encima. Si sabe pensar, sabrá que no debe hacerlo.

—No hables así, Jagger. Eres mejor que eso.

Subo al auto y cierro la puerta con fuerza. Maddie sube en silencio.

Pongo el auto en marcha.

—Ay, qué cosas tiene la vida. Ay, deja que te lo haga de abajo hacia arriba. Ay, que se me para... La paloma, que se me para... El pajarito... Que sube, que sube, mi amiguito... —canta Seth una canción inventada.

Maddie y yo nos miramos antes de acabar con el silencio cuando comenzamos a reír. Le imploro que lo grabe y lo hace mientras Seth no deja de cantar su canción inventada.

—¿Por qué no nos lo dijiste antes? —pregunta Maddie.

Dejo de mirar el retrato familiar que hay en la pared de la casa de los Campbell, donde de hecho salgo yo. La familia de Maddison y Seth son de clase media, no cuentan con una mansión o grandes autos, pero son una familia increíble llena de mucho amor y alegría.

—Porque quería creer que solo era algún idiota queriendo intimidarme o recordarme el pasado. —Me giro hacia los hermanos que la vida me dio—. Pero ya no luce tan inofensivo. Necesito encontrar a quienes están haciendo esta mierda antes de que puedan hacer daño y no solo a mí, sino a las personas que me importan.

—Como sucedió antes... —completa Seth, pasándose las manos por el rostro—. ¿Todas las notas te las han dejado así? ¿Ningún mensaje o registro?

—Solo notas impresas.

—Sabe lo que hace. Intentar localizar a quien escribe notas no es fácil. No si no hay cámaras de seguridad y no hay huellas o ya la has tocado tú —dice Maddie—. ¿No sospechas de alguien en específico?

Me dejo caer en uno de los sofás y retomo mis pensamientos sobre ello.

—No le agrado a muchas personas en la universidad, incluso a muchos que siempre me saludan. No confío en nadie, pero sé que esto tiene que ver con el pasado. La sola idea de imaginar que esto me lo envía uno de esos enfermos hace que me sea difícil entender qué monstruo anda detrás. Todos sabemos que Drew tiene un absoluto desagrado hacia mí que es recíproco.

—Pero de tenerte celos, envidia y que le caigas mal a hacer tales atrocidades es un salto muy grande, Jagger —dice Maddie—. Me es difícil pensar que pueda llegar a tanto.

—Entonces, vigilémoslo. —Nos volteamos a mirar a Seth, que ha hablado—. No sé todavía quién es este tipo, pero iré a la universidad. Parece que la mejor solución para descartarlo o culparlo es vigilarlo y eso puedo hacerlo. Recuerden que entraré a la fraternidad de Jagger y Jamie, seré el novato que seguramente fastidiarán. Puedo vigilarlo, volverme cercano a él y a cada hermano de la fraternidad que encontremos sospechoso.

—Sí, hagamos eso —digo y voy todavía más allá—. ¿Sabes qué dispositivo de grabación pequeño comprar y configurar para mi auto, Seth?

—Sí, pero son bastante costosos.

—No importa, vamos a por ello. Estas notas las dejan en su mayoría en mi auto, así que podemos atraparlos instalando una microcámara.

—Elegante y sofisticado. —Maddie sonríe—. Me gusta. Pero prepara el golpe a tu tarjeta, porque si mi hermano fan de la tecnología dice que es costoso, es porque lo es.

—Andando, vamos a por ello —los apremio a salir.

Escucho las pisadas por las escaleras antes de que Layla Campbell aparezca. Esa niña es una de mis debilidades. Tiene ocho años y es la hermana menor, pero desde que nació ha tenido todo mi amor. Ella nos da una amplia sonrisa mientras juega con una de las trenzas de su largo cabello.

—¿Saldrán? ¿Puedo ir con vosotros? Por favor, por favor, por favor —canturrea y luego corre hacia mí para abrazarme la cintura—. Siempre te extraño mucho, Jaguie. ¿Me llevas contigo?

—Esa niña sabe cómo manipular —comenta Seth conteniendo la risa.

Me agacho y beso la frente de Layla antes de acariciarle la cabellera negra como la de Seth. Tiene mucho más parecido con Seth que con Maddison.

—Claro, pequeña, e iremos por helado.

—¡Síííí! —Lo celebra haciendo un baile gracioso que me hace reír—. Eres el mejor, Jaguie.

Jamie: Cabronazo, estamos abajo y tu chica creo que muere de los nervios.

Jamie: Fue divertido hacer el viaje con ella. La apruebo.

Leo el mensaje de James y me pongo rápidamente una camisa. Salgo de mi habitación justo cuando suena el timbre de la casa. Bajando las escaleras me encuentro con Mariana, que me da una sonrisa sensual mientras se toca el escote de la camisa, pero sacudo la cabeza y sonrío.

—Mi compañera para buscar la diversión ha llegado. No ha tenido un accidente.

—Una lástima… —murmura con pesar y a la vez mucha diversión.

Continúo bajando las escaleras y descubro que una de las trabajadoras ya ha abierto la puerta.

Jamie entra. Lleva una camisa de color verde neón que haría llorar a cualquiera.

—Hola, amor. —Me arroja un beso y va directo a las escaleras cargando con su mochila porque se siente totalmente en casa. Me palmea el hombro al pasar por mi lado y comienza a subir las escaleras.

Supongo que ya ha dejado a Bonnie en casa de Joe.

Vuelvo mi atención a Dakota, que parece intimidada y nerviosa. De manera distraída, se golpea la mano de la pierna mientras me mira. Lleva una camisa de manga larga y un pantalón ajustado que resalta el atractivo de sus piernas. Su cabello en una trenza a su costado. Doy pasos hacia ella y noto que suelta una profunda respiración.

Me detengo frente a ella y no me contengo de tomarle la trenza de cabello con una de mis manos.

—Bienvenida, Dulce.

—Se siente como meterse a la boca del lobo —murmura.

Mi sonrisa crece.

—Y este lobo sí que está listo para comerse a Caperucita.

—Suena a que recreas alguna escena porno.

Eso me arranca una carcajada justo antes de envolver un brazo alrededor de su cintura y pegarla a mi cuerpo, lo que la hace jadear mientras deja caer su mochila al suelo.

—Estás aquí.

Parpadea de forma continua y luego hace algo totalmente nuevo: lleva su mano a mi barbilla y la acaricia. Me atrevería a decir que con ternura y se siente increíble. Me hace sentir extraño, pero cuando sonríe por un momento me hace sentir que las cosas se tambalean.

—Hola, Jagger.

—Hola, Dulce. Me alegra que por fin estés aquí.

—A mí también.

—¿De verdad? —Volteo mi rostro y beso su mano.

—De verdad, me alegra estar en el lugar justo en el que estoy ahora.

—¿En mi casa?

—Pegada a tu cuerpo —es su respuesta y esa es mi sentencia para saber que estos días serán interesantes.

Se relaja en mi abrazo y cuando le devuelvo la sonrisa, de alguna manera siento que las cosas no son tan casuales como ambos pensábamos.

Creo que podría querer muchas cosas con Dakota y no solo físicas y sexuales.

21

SENTIR

Dakota

Mi primer pensamiento sobre la casa de Jagger es que es muy intimidante. Es más grande de lo que imaginé y deja en evidencia su buena posición económica. La decoración es elegante en color crema con detalles en color vino, unos cuadros distinguidos e importantes cuelgan en algunas de las paredes junto a un retrato familiar de los que supongo que son Jagger más pequeño, su papá y su abuelo.

Todo grita elegancia y distinción, y el suelo blanco brilla de lo limpio que está. Me hace sentir un poco cohibida de incluso caminar sobre él.

En cuanto a Jagger, en este momento está sosteniendo mi mano y cargando mi mochila mientras le responde a una mujer. Me la ha presentado como alguien de la familia y se dedica a los quehaceres del hogar. Anuncia las opciones para comer y, con amabilidad e incluso complicidad, Jagger le responde antes de que se retire.

—En casa, mis padres cocinan —digo torpemente mirando aún a mi alrededor.

—Cocinar no es el talento de papá y tampoco tiene tiempo para ello… Es una casa de alto mantenimiento.

Me doy cuenta.

Estoy bastante nerviosa por estar aquí, creo que es una de las cosas más locas y espontáneas que he hecho en mi vida. De alguna manera, sé qué esperar, pero también estoy a la expectativa de qué manera sucederá.

Cuando entré a Ocrox y supe casi de manera inmediata de la existencia de Jagger, este fue un escenario que nunca me pasó por la cabeza. En su momento habría pensado que era improbable si alguien me hubiese advertido de que esto me sucedería.

—Es una casa grande —comento al final.

—Es la casa del abuelo, él no hacía las cosas a medias… Y, hablando del abuelo, algunas de las habitaciones no están en condiciones en este momento y Jamie está ocupando una de las pocas, así que nos vamos a mi habitación con la bendición del viejo.

Eso suena casi demasiado conveniente, por lo que me volteo a mirarlo mientras me libero del agarre de su mano.

—¿Por qué James no duerme en tu habitación y yo en la disponible?

—Porque Jamie no me gusta como me gustas tú y porque creo que en nuestros mensajes estableciste que querías divertirte y yo que no quería dormir.

Ahí me tiene atrapada.

Quiero divertirme, vivir toda esta aventura con Jagger, el problema es que no sé cómo seducirlo, cómo hacer mis avances.

—No haremos nada que yo no quiera, ¿verdad?

—Nunca haría algo que no quisieras, Dakota. —Su semblante se torna serio mientras me observa fijamente—. ¿Alguien te ha obligado a hacer algo sin tu consentimiento?

—No.

Mi respuesta es rápida, pero es sincera. En mi primera vez, en ningún momento Drew me obligó o forzó, fue consensuado. No tengo miedo de admitirlo y reconocer el error.

—¿Segura?

—Totalmente segura.

—Yo quiero que te quedes en mi habitación, pero se trata de lo que quieras tú. Puedes dormir en otra habitación, Dakota. Lo último que quiero es presionarte.

Sonriendo, le doy un pequeño apretón a su mano antes de suspirar.

—Sé lo que quiero. Muéstrame tu habitación, Jagger.

La manera en la que me sonríe y lo que ese pequeño gesto ocasiona en mí me hacen saber que he tomado la elección que más deseaba: venir con él.

—Ven conmigo.

No tiene que decirlo dos veces. Lo sigo, subo las escaleras y me fijo en los títulos y diplomas que descansan enmarcados en la pared. Algunos de ellos son de Jagger y los reconozco como certificados de diplomados o participaciones en simposios, cursos y seminarios. Parece que su familia está muy unida al mundo de los negocios y que su abuelo, junto a su padre, cuentan con una gama alta de niveles de estudios. Ahora entiendo de dónde viene tanta disciplina y destreza para el estudio en Jagger.

Cuando llegamos arriba, veo que a cada lado se extiende un largo pasillo. En mi casa no hay problemas económicos, el trabajo de papá es genial y nos da mucho más de lo que necesitamos, pero esto es otro nivel de comodidad económica.

Lo sigo al ala izquierda, completamente en silencio, absorbiendo todo mi entorno. Me detengo junto a él en una puerta de un verde muy claro y de la de al lado sale una atractiva chica de piel trigueña y más alta que yo. En sus manos lleva una pila de toallas y le sonríe a Jagger antes de mirarme con curiosidad.

—Es verdad que no has sufrido ningún accidente que te impidiera llegar —suelta con una sonrisa que de alguna manera aligera la ofensa de sus palabras. Es raro.

—Dakota, te presento a Mariana, y Mariana, ella es Dakota.

Estoy tentada a estirar mi mano para estrechar la suya, pero no veo ningún movimiento de su parte. Se limita a hacerle un puchero a Jagger.

—Es bonita, parece tierna. —Me mira de arriba abajo—. Si en algún momento te aburres, siempre sabes dónde encontrarme, Jagger. Tranquila, Dakota. Sé mantener mis manos para mí cuando un chico está ocupado. —Se encoge de hombros sonriéndome—. Diviértete, solo el cielo sabe que nadie que pase una noche con Jagger va a aburrirse.

La veo irse a la vez que Jagger abre la puerta de su habitación.

—¿Tuviste algo con ella? Fue como ser abrazada, pero pellizcada al mismo tiempo.

Parece pensarse la respuesta y espero que sea sincero. No pretendo que sea un santo porque conozco perfectamente los rumores que abundan sobre él en el área femenina de la universidad. No es que me encante ese hecho, pero es su vida y ni siquiera hablábamos hasta hace poco.

—Algo breve de una vez, eso fue lo único que pasó. Conozco a Mariana desde que éramos adolescentes, es una buena persona y muy divertida.

—¿Te acostaste con tu empleada?

—Técnicamente, no es mi empleada. —Se hace a un lado para que entre a su habitación—. Es la sobrina de una de las trabajadoras y, en caso contrario, sería la empleada del abuelo o de papá, no mía.

—Eres bueno sacándote del hoyo.

—También soy bueno metiéndome en ellos —declara con una pequeña sonrisa.

Tardo unos pocos segundos en captar el doble sentido de sus palabras y, aunque me sonrojo, no puedo evitar reír.

—Estoy segura de que esa es una gran habilidad —me limito a decir entre risas—. Esta es una habitación grande —camino viendo alrededor, respiro hondo— y huele a ti.

—¿Eso es bueno?

¿Teniendo en cuenta que él huele delicioso? Eso es magnífico.

Me acerco al escritorio que hay en una esquina mirando los portarretratos que descansan ahí, reconozco a Maddison en uno de ellos. Jagger tiene una computadora de escritorio última generación, un televisor bastante grande en una de las paredes y, cuando miro por la ventana, descubro que tiene una piscina.

—No mentías cuando me dijiste que tu abuelo tenía mucho dinero y que no querías cobrarme.

—Pero tampoco mentí cuando te dije que no quiero ser el chulo del abuelo o de mi papá, me gano mi dinero. —Casi parece a la defensiva, por lo que me giro sonriéndole antes de dejarme caer sentada sobre la cama.

—Y, si solo te sustentaras con el dinero de tu familia, no es algo por lo que sentirse ofendido. No debe avergonzarte ser afortunado de tener mucho más de lo que necesitas. —Me encojo de hombros—. Existe la falsa creencia de que está mal ser feliz por tener tanto, pero luego dicen que deben estar agradecidos de lo que se tiene. Es un poco contradictorio, ¿no te parece?

—A las personas no les gusta escuchar a otros decir que poseen más que ellos o, al menos, a algunas.

—No cuando alardean o lo hacen con malas intenciones —aclaro—. Me gusta tu habitación.

—Qué bueno, puedes ponerte muy cómoda en ella.

Deja mi mochila en un amplio armario y da unos pasos hacia mí. Se agacha y se inclina lo suficiente para que yo termine acostada con él encima de mí, con sus brazos sosteniendo su peso, y su parte inferior casi descansando sobre la mía.

—Bienvenida a Londres, Dulce.

Esta es la más maravillosa de las bienvenidas.

—Gracias —logro susurrar antes de alzar una mano y acariciarle la mandíbula—. El viaje con James y Bonnie no ha estado mal.

No estoy mintiendo con la declaración.

Al principio estaba muy nerviosa y cohibida porque nunca había compartido espacio con James y mucho menos con Bonnie, pero la realidad es que con James me divertí mucho, pese a sus chistes subidos de tono y lo desconcertada que estuve en un principio por la facilidad y confianza con la que me hablaba. Me hizo sentir a gusto, nunca fue pesado sobre lo que sea que pase entre Jagger y yo, y sorprendentemente en ningún momento me hizo preguntas sobre Rose. Cantó a todo pulmón, me compró más de un café y jugamos a las cartas en una de nuestras paradas, fingió un berrinche cuando perdió.

En cuanto a Bonnie, fue más curiosa sobre mí, iba haciendo preguntas hasta que James le dijo que dejara de molestar. No fue desagradable, pero en líneas generales, solo me usó como oyente para hablarme de su novio Joe. Desde el inicio de su relación, hace más de un año, el chico hacía las cosas que la hicieron enojar, pero cuánto deseaba verlo. Hay cosas íntimas que me hubiese gustado más no saber.

—Me alegra saber que se comportó —dice Jagger, pero de repente se escuchan los gritos de James llamándolo—. Al menos hasta ahora lo ha hecho.

—Bonnie me puso al día sobre su relación con Joe.

—Algo intenso, me imagino —dice con diversión, James vuelve a llamarlo.

Me da un beso rápido en los labios, se incorpora y va hacia la puerta, mientras yo permanezco sentada y James entra haciendo un puchero.

—¿Podemos ir a por los hermanos Campbell y comer o alguna cosa divertida? Amo tu mansión, pero no quiero ser un prisionero de esta delicia.

—¿Quieres salir? —me pregunta Jagger. Detrás de él, James une las manos implorándome que mi respuesta sea afirmativa.

—Sí, eso me gustaría.

—Bien, llama a Maddie y dile que pasaremos a por ellos, Jamie.

—Entendido, mi capitán. —Se da la vuelta para irse, pero vuelve a girarse—. ¿Dónde está tu abuelo el supermachote?

—En una cita con su nueva enfermera.

—Jagger, tu abuelo tiene un perfume que atrae a las mujeres. No tiene sentido que aún folle.

—Ve y díselo a él. Parece no importarle poder romperse la cadera o algún otro lugar de su cuerpo.

—El sexo lo vale —es la respuesta de James antes de salir.

Estoy segura de que mis ojos lucen muy abiertos mientras veo a Bonnie y a Joe discutir. No me queda clara la razón concreta por la que lo hacen, teniendo en cuenta que cuando hemos llegado al club estaban ocupados siendo de esas parejas que se besan hasta el punto de incomodarte.

Sé por terceros que no discuten, porque me quedó claro que cuando están juntos no tienen ojos para nadie más, lo que me pareció romántico hasta que las palabras suaves se convirtieron en esta estruendosa discusión.

—Ellos son así. Los he visto dos veces en mi vida y siempre pasa eso —me dice Seth, el hermano menor de Maddison y a quien veo que Jagger le tiene mucho aprecio.

Poco a poco, estoy entendiendo que el grupo de personas a las que Jagger quiere y llama amigos son pocos, pero que son sumamente importantes. Me siento aliviada de haber sido bien recibida y no tengo que fingir que me agradan porque lo hacen de verdad.

Seth es muy extrovertido, agradable y divertido. Lo primero que me ha dicho es que nos veríamos este semestre en la Ocrox porque comenzaría su vida universitaria. Luego ha procedido a hacerme una serie de preguntas sobre el campus. He hablado más con él que con Maddison, quien me ha mirado con curiosidad y quien pasa más tiempo molestándose con James. Creo que he visto cierto intercambio de complicidad entre ellos, como si se gustaran, pero insistieran en fingir que no.

—Tienen un placer perverso por discutir por tonterías antes de follarse. —Esta vez Maddison es quien me habla respecto a Bonnie y Joe—. A veces es entretenido y otras tantas, molesto.

—Ahora discuten porque Joe le ha pedido a Bonnie la copa equivocada —complementa Seth, y sonrío.

—Parece un juego previo muy apasionado —hablo al fin.

—Así funciona la pasión. —Se ríe Seth bebiendo de su agua. Luego de que Jagger y su hermana le echen una larga mirada, añade—: Y hablando de pasión...

Sigo el camino de su mirada hacia una rubia hermosa que parece más cercana a la edad de Jagger que a la suya.

—Es mayor, Seth —se queja Maddison.

—Tal vez solo quiero consolar mis problemas maternales —responde poniéndose de pie cuando la rubia le sonríe.

—Seth...

—Ay, Maddie, hay que divertirse. Podrías intentarlo con Jamie.

—¡Iugh!

—Sí, sí, Maddie, nadie te cree, pero sigue mintiéndote si eso te hace feliz. —Le arroja un beso y camina con total confianza hacia la rubia, cuya sonrisa crece en cuanto él llega hasta ella.

—No creas lo que escuchas, no me gusta James.

Se desliza hacia la silla de mi lado en nuestra mesa vip. Hemos entrado sin ni siquiera hacer fila, algo que hasta ahora solo me había pasado con mi papá.

Jagger se ha ido a ver cómo servían su copa hace un rato, pero un par de personas lo han abordado y conversan con él. James me ha hecho saber que son amigos de la ciudad o, al menos, me informó antes de unirse a un grupo de chicas que celebran una despedida de soltera.

—¿Qué habría de malo en que te gustara James? —me atrevo a preguntar.

—Humm. ¿Que se folla a todas? Me he quejado lo suficiente de él como para que me guste.

O tal vez se ha quejado lo suficiente porque le gusta.

—Es soltero y, si quiere vivir su sexualidad, eso está bien, ¿no?

—No creas que soy crítica sobre él y el que folle —dice de inmediato—. No juzgo, es solo que…

Sonrío y me contengo las ganas de decir «te gusta», pero ella debe de verlo en mi mirada porque se ríe. Parece avergonzada antes de beber lo que resta de su copa.

—Mejor hablemos de Jagger —dice con entusiasmo.

Yo me aclaro la garganta y me acomodo un mechón de cabello detrás de la oreja.

—Te gusta mucho, ¿verdad? —me pregunta Maddison y me sonríe—. Hace mucho que no lo veía en una relación.

No creo que esto sea exactamente una relación. No le hemos puesto un nombre y eso me tiene nerviosa.

—Me gusta mucho —confieso—. Solo hay que ver que he venido a Londres para verlo y yo no hago estas cosas.

—¿Divertirte? —pregunta con curiosidad.

—Ir detrás de un chico.

—No estás detrás de Jagger. Me parece que ambos estáis corriendo hacia el otro. Se ven bien, ¿sabes? Y él parece feliz, algo que no había visto desde hace mucho tiempo.

Ambas miramos hacia el protagonista de nuestra conversación. Ahora otra chica se ha unido a conversar con él y los otros dos conocidos que lo abordaron desde un principio.

Jagger es amigable, pero, viendo la manera en la que es con sus amigos e incluso conmigo, no me cuesta darme cuenta de que siempre pone un muro. Incluso cuando actúa divertido y cercano, no se permite ser vulnerable ni dejar entrar a las personas con facilidad, es como si siempre esperara lo peor.

Es muy desconfiado, como si algo en concreto lo hubiese hecho así, pero ¿qué?

—Adivino: ¿me dirás que soy la primera chica en mucho tiempo para Jagger?

—Suena a cliché, pero esa es la verdad.

Me resulta difícil creerlo. Me consta que Jagger ha estado con muchas chicas dentro y fuera del campus. No es que me reste valor a mí misma, pero sé que tampoco soy una botella de agua en el desierto o alguien con la sangre de oro resaltando sobre toda la población femenina.

Hasta hace poco, muchos me describían como «la chica de al lado», lo que desde mi punto de vista se traducía a común y olvidable. No soy tan conversadora, no sé hacer chistes, sé bailar pero lo hago muy poco… Me centro demasiado en mis estudios y, aunque no soy asocial, primero soy silenciosa antes de hablar sin parar. Soy mala para delinearme los ojos y me encanta comer demasiados dulces. Todo lo analizo y por lo general tiendo a querer ser la voz de la razón y, hasta hace poco, pensé que era mala en el sexo o una frígida.

Tal vez soy demasiado dura sobre la percepción que tengo o tenía de mí misma, pero me resulta intrigante entender por qué yo sería una excepción para Jagger.

—¿Por qué yo sería una excepción? —no puedo evitar preguntar.

—Esa sería una respuesta que solo él podría darte —no duda Maddison en contestarme—. ¿Sabes? Es un chico rudo, inteligente y fuerte, pero apuesto a que te has dado cuenta de lo desconfiado que es. La razón por la que todos estamos tan sorprendidos de verte aquí es porque no hace algo a la ligera y porque, si te ha invitado, te muestra a su familia y te hace convivir con nosotros es porque le importas. Eres más de lo que han significado muchas aventuras.

—¿No te parece que podría ilusionarme con tus palabras?

—Tengo la ligera impresión de que vosotros ya estáis ilusionados.

Vuelvo de nuevo mi atención a Jagger y descubro que me mira. Con un ligero asentimiento, gesticula un «ven». Me muerdo el labio antes de mirar a Maddison, que presta atención a nuestro intercambio silencioso.

—Ve con él. Yo iré a bailar, necesito mostrarle al mundo cómo brillo.

La veo tomar un cubito de hielo de lo que era la bebida de James y caminar con seguridad hacia la pista, con lo que llama la atención de varias personas.

Sé a dónde quiero ir, me pongo de pie y camino hacia Jagger. Ahora solo se encuentra con una chica y un chico, pero sus ojos están en cada paso que doy. Cuando me detengo a su lado, su mano va hacia mi cintura y me atrae a su lado y se siente tan bien.

—Ella es Dakota —me presenta sin dejar de mirarme.

De manera distraída, estrecho la mano de las dos personas. Ni siquiera tengo tiempo de sentirme mal por no registrar sus nombres, puesto que mi atención se encuentra en la manera en la que Jagger me acaricia la espalda baja con sus dedos.

Trato de participar en la conversación, pero es difícil cuando todo lo dirigen hacia Jagger. Sin embargo, en esta ocasión, no me importa porque estoy distraída con su toque y la forma tan natural en la que sus labios se deslizan por mi sien y me acerca a su cuerpo. Casi me siento aliviada cuando por fin nos dejan a solas.

—Por fin se han ido, parecía que no captaban las indirectas de que quería estar a solas contigo.

—No estamos precisamente a solas —le digo, mirando hacia la pista de baile en donde, de hecho, James y Maddison se encuentran bailando mientras se ríen.

—Tienes razón, pero eso podemos solucionarlo, Dulce.

Me toma de la mano y me hace seguirle el ritmo a sus largas piernas cuando me lleva hacia un costado del club. Luego me hace salir, terminamos en el lateral del lugar que por suerte no hiede a orina rancia ni está cubierto de basura y roedores. De hecho, es un lugar donde se escucha el eco de la música, hace frío y tiene buena iluminación. No es que Jagger quiera que me centre en ello cuando me hace retroceder hasta que mi espalda da contra la pared.

Podría avergonzarme de la manera en la que mi respiración se convierte en unos jadeos que escapan de mis labios mientras lo miro a la expectativa cuando sus manos a cada lado de mi cabeza me enjaulan.

Él es lo único que veo y luego es lo único que siento cuando su nariz me acaricia el borde de la mandíbula, la mejilla, la nariz. Luego, sus labios son un pequeño roce contra una parte de mi rostro, cosa que me tiene el corazón acelerado.

—Me gusta sentirte cerca —susurra antes de que la punta de su lengua me humedezca el labio inferior.

—Te sientes bien —susurro en respuesta, mientras cierro los ojos.

Los roces de sus labios contra los míos se vuelven más persistentes hasta que finalmente los presiona y comienza a besarme.

El único contacto entre nuestros cuerpos son nuestros labios, pero yo lo siento en todas partes, especialmente entre mis piernas con el latido sordo de mi deseo y la manera en la que comienzo a humedecerme.

Su beso es lento, audaz y profundo. Se abre paso con su lengua cuando aparto los labios y me deja saborear el licor en su lengua junto a un toque mentolado. Es embriagador y me seduce de una manera que en este momento sería capaz de cualquier cosa.

Me besa como si estuviese sediento de mí y las puntas de mis pechos se endurecen, deseosos de su toque. Viendo que no me toca, mis manos se deslizan debajo de su chaqueta hasta presionarle la espalda para que se pegue a mí. Gimo en cuanto siento el calor y el peso de su cuerpo contra mí. Es entonces cuando por fin me toca.

Su pierna se abre camino entre las mías, las separa y presiona donde más lo deseo, lo que me arranca otro gemido. Una de sus manos me toma de la mandíbula mientras la otra clava sus dedos en mi cadera.

Nos besamos durante mucho tiempo, unos largos minutos que podrían convertirse en horas. Un beso da pie a otro y siento sus manos en mis costados, mi rostro, mi cuello, mi cintura. En una oportunidad, me acuna el trasero mientras mis manos sienten la piel cálida y suave de su espalda para después palpar la dureza de sus abdominales. También siento su erección contra mí y me encuentro muy mojada.

Nos besamos tanto que mi boca palpita hinchada y él es lo único que puedo saborear y sentir. Nos cuesta detenernos, él es quien consigue hacerlo plantándome unos besos más cortos y pequeños hasta tomarme de la mano. En silencio, nos guía una vez más dentro del club, donde la fiesta continúa, pero yo desearía seguirla a solas con él.

Jagger Castleraigh me gusta demasiado y temo que es mucho más que una atracción física.

Volvemos a nuestra mesa y nos sentamos lado a lado, con sus dedos masajeándome la parte baja de la nuca y mi mano apoyada en su muslo, con una tensión sexual asfixiante, pero con la comodidad de dos personas que se sienten a gusto juntas y comienzan a desarrollar una complicidad.

Me siento en un buen lugar, viviendo un gran momento, pero entonces capto a un hombre en la pista de baile que me hace incorporarme con rapidez.

—¿Dulce? —pregunta Jagger. Me volteo a mirarlo antes de regresar mi atención a la pista de baile.

Pero se ha ido. ¿Acaso lo he imaginado?

—¿Sucede algo?

Desplazo la mirada por el lugar, pero no lo encuentro.

Vuelvo a mi anterior posición intentando ignorar los escalofríos que me recorren.

—Creía haber visto a alguien —murmuro tan bajo que creo que en realidad él no alcanza a escucharme, pero no lo repito.

Creía haber visto al hombre rubio con el que me he topado ya dos veces: en la fuente de la sabiduría y el centro comercial.

Los escalofríos son los mismos que los de nuestro último encuentro, pero sería una locura creer que está aquí, aunque creía haberlo visto mirándonos.

Pero solo fueron segundos. Quizá es mi imaginación por lo incómoda que me hizo sentir. Definitivamente, él no está aquí.

22

MI EXCEPCIÓN

Dakota

Salir con los amigos de Jagger es algo que he disfrutado más de lo esperado. Hacia el final de la salida, estaba conversando más con Bonnie y Joe, quienes se habían reconciliado y hacían muchas insinuaciones sobre Jagger y yo que no me hicieron sentir incómoda.

Ahora James, Jagger y yo estamos volviendo a la mansión.

Se sintió raro festejar en la tarde, sobre todo porque en el club la oscuridad y las luces te hacían creer que era de noche, pero le veo la ventaja a regresar temprano luego de tanto festejo. Apenas entramos a la casa de Jagger, desde el sofá, dos hombres que reconozco del retrato familiar alzan la vista hacia nosotros.

—Hola, Mason y viejo Greg —los saluda James mientras nos adelanta.

Jagger me insta a caminar hasta detenerme frente a los dos hombres, que ahora están de pie. El padre de Jagger tiene una sonrisa cortés, pero la de su abuelo rebosa picardía y travesura.

—Tienes que ser Dakota. —Toma mi mano y me besa el dorso—. Eres mucho más hermosa de lo que mi nieto pudo llegar a decir.

—Viejo, deja de usar tu encanto en mi invitada.

—Es un gusto conocerte, Dakota. Soy Mason, el padre de Jagger, y el viejo coqueto es mi papá, Greg.

—Un gusto —respondo devolviendo el apretón de manos.

—¿Queréis cenar? Puedo pedir que preparen algo.

—Gracias, papá, pero ya hemos comido.

—Yo sí acepto la oferta, Mason —interrumpe James, y el padre de Jagger se ríe antes de indicarle que lo siga a la cocina.

El abuelo de Jagger me observa sin borrar su sonrisa y, por instinto, se la devuelvo. Es difícil no hacerlo cuando luce tan encantador.

—¿Te ha dicho ya mi nieto el problema de las habitaciones?

—Sí, ha sido una de las primeras cosas que ha hecho.

—Espero que no te incomode. —Se ríe antes de guiñarme un ojo—. Este viejo se va a dormir, ya he tenido demasiada acción por un día. Nos vemos mañana, sed buenos niños y recordad que la protección siempre es buena.

Se da la vuelta y comienza a alejarse, dejándome abochornada ante sus palabras. ¿Acaso nos ha dado una bendición para follar?

—Y ese es mi abuelo —dice Jagger riéndose—. Es un poco raro, pero lo amamos.

—Parece bastante activo.

—Ni te lo imaginas.

Permanecemos largos segundos en silencio, antes de que mi mirada vaya a las escaleras.

—¿Podemos ir a la habitación? —termino por preguntar.

—Esas son palabras mágicas para mis oídos. Por supuesto que podemos.

No nos toma demasiado tiempo llegar hasta su habitación, donde minutos después me dirijo hacia su baño para tomar una ducha.

Estoy nerviosa sobre salir del baño porque, aunque mi pijama consiste en un pantalón holgado de algodón y camisa de tirantes, esta es una nueva experiencia para mí. Nunca había estado durmiendo en la misma habitación que un chico con el que tuviese una intención más allá de una amistad, así que mientras intento calmarme, me deshago la trenza y me peino el cabello con los dedos. Me tomo el tiempo de mirar mi reflejo en el espejo.

Mis ojos lucen más grande de lo normal, brillan y mis mejillas se encuentran con un toque de rubor.

—Bueno, ya estás aquí, Dakota. No puedes dormir en el baño y, además, quieres hacer esto.

Me muerdo el labio inferior, pero al final termino por sonreírle a mi reflejo. La emoción, aún acompañada de mis nervios, me embarga el estómago. Asiento con la cabeza y abro la puerta del baño. Me encuentro a Jagger usando un pantalón holgado gris y el cabello húmedo.

Su sonrisa es inmediata al verme.

Está de pie, sin camisa, dejando a la vista lo que los dioses decidieron regalarle: el mejor cuerpo de la puta vida. Hago un conteo rápido de sus abdominales. ¡Ocho! Marcados y muy visibles. Tiene unos pectorales que me hacen querer lamerme los labios y unos oblicuos muy marcados en unas caderas angostas de donde cuelga muy bajo el pantalón. Su cuerpo es demasiado, resulta intimidante por lo perfecto que luce. ¿Es que se hizo Photoshop?

—Me he dado una ducha rápida en otro de los baños. —Se encoge de hombros, no sé si ignora mi estupefacción por su cuerpo o es que no lo nota—. No llevas sujetador.

Se sienta tras hacer tal declaración y bajo la vista a mis pechos, cuyos pezones empujan la tela fina. No sé si tengo frío o es completamente una reacción física hacia Jagger.

Saliendo de mi estupor, camino hasta mi mochila. Meto la ropa sucia en una bolsa antes de guardarla. Lo próximo es subir a la cama, donde él aún se encuentra sentado. Me tumbo boca arriba y lo siento moverse hasta acostarse a mi lado.

—No suelo dormir tan temprano, Dulce.

—Siempre hay una primera vez. —Permanecemos en silencio—. Voy a tener un hermanito o una hermanita.

—¿Sí?

Me giro para observarlo y apoyo mi cabeza de una mano del mismo modo que él hace, con mi codo apoyado del colchón.

—Tendremos un bebé en casa.

—Felicidades. —Hace una pausa—. ¿Te hace eso feliz?

—Se siente raro. Siempre he sido la hermana menor y, ahora, después de diecinueve años, un bebé se unirá a nuestras vidas. ¿Nunca quisiste tener hermanos? Dijiste que eras el único nieto de tu abuelo, asumo que no tienes primos.

—Antes, durante un tiempo, quise tener hermanos, pero viendo cómo resultaron las cosas entre mis padres, agradezco que no fuese así. —Por un momento se tensa, pero luego se relaja—. Mi familia paterna es muy pequeña y, efectivamente, no tengo primos, pero por parte de Megan…

—¿Megan?

—Mi creadora —es su corta respuesta—. Tengo algún que otro primo, de hecho, sin embargo, creo que me crie rodeado de adultos. Fue genial cuando conocí a Maddie y a Seth, han sido mis hermanos desde entonces.

—Rose es una hermana peculiar, pero hace cosas lindas por mí. Es detallista conmigo y, cuando éramos pequeñas, era realmente genial tener con quién jugar, aunque éramos tan diferentes en personalidades. Me gusta tener una hermana y estoy segura de que también amaré a ese bebé que se unirá a nuestra familia.

—Espero conocer a tu hermanito o hermanita.

—Tendrías que quedarte mucho tiempo a mi alrededor para que eso suceda.

—Trato —susurra antes de llevar su mano a mi cuello y bajar mi rostro al suyo.

Hace que mi cuerpo se incline hacia el suyo hasta estar a medias sobre él conforme nos besamos. Siento cada músculo endurecido de su cuerpo contra el mío más blando y contengo un gemido.

Me besa en profundidad, saqueando con su lengua mi boca mientras una de sus manos se desliza desde mi espalda. Baja hasta uno de mis muslos para hacerme flexionarlo y, de esa manera, encajar lo que comienza a ser una notable erección contra mí. Esta vez es imposible que el gemido no se me escape. Me muerde la barbilla dejando cortos besos alrededor, antes de volver a mi boca. Mis manos se aferran a su cabello y tiro de las hebras cuando siento su mano acariciarme una nalga, antes de deslizarse por el centro y pasar su mano de manera superficial por mi centro cubierto por el pantalón.

Sus labios me besan con lentitud antes de detenerse y, cuando abro los ojos, lo encuentro sonriéndome de lado.

—Sin bragas —susurra contra mis labios—. Me gusta.

—En cierto modo, esperaba un fácil acceso —coqueteo, y un sonido bastante atractivo escapa de sus labios perdiéndose en los míos.

Vuelve a besarme, subiendo una de sus manos y adentrándola por debajo del pantalón del pijama. Me acaricia el trasero desnudo y me presiona la espalda baja con su otra mano de tal manera que me tiene como quiere cuando su mano desciende desde mi trasero hasta mi centro, que se encuentra húmedo. En primera instancia, sus dedos son un roce tentativo que me hace estremecer y flexionar una pierna mientras la abro para darle mejor acceso.

Le muerdo el labio inferior cuando el roce de sus dedos se convierte en una presión arriba y abajo que me tiene delirando.

—Jagger… —susurro contra su boca—. También quiero tocarte.

Mis palabras hacen que su caricia se detenga y, cuando abro los ojos, encuentro los suyos dilatados. Me miran fijamente antes de movernos hasta estar de costado, frente a frente, con mi pierna flexionada sobre su cadera y su mano aún tocándome desde atrás.

—Tócame tanto como quieras, Dakota.

La manera en la que dice mi nombre con voz enronquecida hace que me moje más. Creo que es la primera vez que lo escucho decir mi nombre y me encanta.

Con una mano un tanto temblorosa, le toco el brazo. Me deslizo hasta uno de sus pectorales y presiono el pulgar contra uno de los discos planos de color rosa, eso parece gustarle. Sus dedos no dejan de moverse contra mí con lentitud, mientras espera por mí.

Arrastro la mano hacia su abdomen sintiendo las ondulaciones y flexiones de sus abdominales, la manera en la que se tensa, y me maravillo porque he estado con chicos en buen estado físico, pero Jagger es mucho más. Es la primera vez que me permito explorar con lentitud y a conciencia un cuerpo masculino.

Cuando llego a su ombligo, se me escapa una risita porque descubro que es un área cosquillosa para él por la manera en que se retuerce. Tiene poco vello, pero la textura se siente bien y entonces me detengo en la cinturilla de su pantalón.

Trago saliva y decido continuar colando la mano por debajo de la cinturilla del pantalón. Toco la punta hinchada de su miembro, lo acaricio hacia abajo para llegar a la base, donde siento su vello recortado. Mi mano deja de temblar y aprieto con la respiración tan agitada como la suya.

No tengo una amplia experiencia en tocar pollas. No es que haya visto demasiadas, pero tengo noción y entusiasmo. Me lamo la mano antes de tomarlo con confianza y comenzar a subirla y bajarla, apretando y tirando por instinto y lo que creo que podría gustarle.

Él sisea antes de comenzar a mover sus dedos contra mí al mismo ritmo que empleo sobre su miembro. Me hace entender que me tocará de la manera en la que yo lo toque, así que aumento la velocidad e incluso aprieto con más fuerza mi agarre para hacerlo gemir. Todo esto me gusta.

Me sobresalto cuando siento un dedo colarse en mi interior. Es raro porque ha pasado un tiempo, pero rápidamente mi cuerpo se relaja mientras gimo y acerco mi boca a la suya, percibiendo su respiración contra mis labios.

Reúno la humedad de la cabeza hinchada de su polla para lubricar mejor mis movimientos y mi mirada conecta con la suya mientras empujo las caderas hacia su mano. Amo la manera en la que se siente su dedo dentro de mí. Me arqueo de manera inmediata cuando su dedo se convierte en dos. Me toca de una manera que casi parece mágica, mueve su mano con destreza y rapidez, haciéndome gemir con fuerza antes de que mi cuerpo se estremezca mientras me corro. Mi mano deja de moverse y él me da un beso rápido antes de acostarse de espalda y ubicar su mano encima de la mía, guiando mis movimientos. Cuando bajo la mirada, me doy cuenta de que en mi faena de manoseo le he bajado el pantalón dejándolo al descubierto.

Su punta brilla con humedad y se encuentra de una coloración oscura mientras mueve nuestras manos con rapidez. Emite un gemido que me hace llevar mi mirada a su rostro para ver lo hermoso que se ve sonrojado, con las pupilas dilatadas y mordiéndose el labio inferior.

Nuestras miradas conectan y me dedica una sonrisa ladeada que me hace inclinarme para besarlo. Es entonces cuando lo siento estremecerse y nuestras manos se ensucian junto a sus abdominales cuando se corre con fuerza.

Nuestras respiraciones son pesadas y muy audibles. Cuando su mano abandona la mía con lentitud, suelto su miembro, alzando la mano para ver su esencia salpicándome los dedos que estoy tentada a lamer.

—¿Muy desastroso? —pregunta, y vuelvo mi atención a él.

—De una manera atractiva —aseguro plantando la mano en su vientre bajo y limpiándome de él. Esto le hace reír por lo bajo antes de que se incline hacia mí y me lama el labio inferior. Me lo mordisquea y se incorpora.

—Jagger —lo llamo cuando está de pie y se gira para prestarme atención—. Eres mi excepción.

Camina hasta su baño en silencio y me pregunto si tal vez esas simples palabras han sido demasiado para él. En realidad, me tenso porque, por un momento, temo que se repita la situación incómoda después del sexo que siempre había con Drew.

Pero Jagger se gira y me guiña un ojo mientras sonríe.

—Tú también eres mi excepción, Dakota.

Se adentra al baño y yo sonrío con la mirada clavada en el techo. Me siento en este momento tan viva, tan audaz y tan satisfecha...

Estoy «electrorgasmizada».

Electrorgasmizada: Dícese de una persona que obtuvo un orgasmo y, con mucho entusiasmo, siente cierta electricidad que le indica que más adelante podría ir a por más, porque quiere más. Mucho más.

23

¿HAS PERDIDO TU JUGUETE?

Jagger

Miro a Dakota comer despacio una ensalada de frutas como desayuno. No entiendo cómo eso puede llenarle el estómago siquiera. Yo, en cambio, tengo tiras crujientes de tocino junto a tostadas y huevos revueltos.

—¿Eres vegetariana? —pregunto con curiosidad.

—Mamá lo intentó, pero no. También como carne —se encoge de hombros—, pero me gusta desayunar ligero.

—Veamos cómo sabe —digo inclinándome hacia ella y plantándole un beso en los labios que me sabe dulce con un toque cítrico—. Hum, delicioso, haces que besarte se sienta incluso más adictivo.

—Ya veo que hemos amanecido románticos —anuncia James su entrada.

Nos giramos y nos encontramos a Jamie. Bosteza antes de dejarse caer sobre una de las sillas disponibles de la mesa en el jardín, donde estamos desayunando.

—Qué bueno que no hace tanto frío —anuncia antes de robarme una tira de tocino.

—A mí me parece que sí hace frío —dice Dakota encogiéndose más en mi suéter que trae puesto.

—Si quieres seguir viniendo a Londres al estar con Jagger, poco a poco te acostumbrarás, a mí me encanta Londres.

—Parece bastante gris, pero es bonito —se limita a decir.

De nuevo le robo otro beso luego de que trague un trozo de sandía.

—¿Ves? Adictivo el besarte.

Se sonroja y supongo que tiene que ver con el hecho de que acabo de darle un beso frente a mi amigo, pero Jamie ni siquiera se inmuta ante la muestra de afecto. Solo consigue llamar la atención de una de las trabajadoras y preguntar si hay más comida. Cuando la respuesta es positiva y se ofrecen a traerle algo, sus ojos casi brillan.

Con una mano sobre el muslo de Dakota, continúo comiendo.

La verdad es que lo que pasó entre nosotros anoche es algo que he practicado con muchas chicas, pero hay algo que lo hizo intenso y espontáneo. Me dio la impresión de que buscábamos estar más cerca, como si fuera algo que habíamos compartido muchas veces debido a la confianza que había en el aire. Fue un poco loco y me asustó de cierta manera, pero no retrocedo ante lo desconocido, así que solo quise más de ello.

Quiero más de ello.

Le doy un apretón en el muslo y, para mi absoluta sorpresa, siento un roce sobre mi hombro. Me giro y la miro mientras deja un beso sobre ese lugar de mi cuerpo, mirándome con una intensidad de la que no creo que sea consciente. Me parece increíble cómo puede ser tan dulce, a veces tímida y analítica, pero a su vez tan apasionada y coqueta de una forma tan natural.

Esta atracción está creciendo en algo más que por ahora no pretendo pensar.

Inclinándome esta vez, le planto un beso suave en la mejilla que la hace sonreírme de una manera que me hace sentir cálido, hasta que Jamie se aclara la garganta ocasionando que voltee a mirarlo.

Parece sorprendido y desconcertado.

—Estás siendo lindo, dulce y cursi —señala, lo que me hace encogerme de hombros.

—¿Lo soy? —lo reto, y parpadea.

—Cambiaré el nombre de nuestro grupo.

—¿Qué grupo? —pregunta Dakota mientras continúa comiendo.

—Una tontería —respondo antes de que Jamie pueda hacerlo.

—Buenos días, retoños.

—Buenos días, viejo. Despiertas tarde.

—Dormir sin que te importe es una de las ventajas de envejecer. —Toma asiento al lado de Jamie y abre su periódico.

La comida de Jamie llega y de inmediato comienza a devorarla como si no hubiese comido en días.

—Come con calma, James —le dice el abuelo—, que creo que ninguno de nosotros sabe revivir a una persona que se ahogue con comida.

—Sé primeros auxilios, señor —informa Dakota.

—En ese caso, ahógate, James. Que nadie te quite la suerte de recibir respiración boca a boca de la joven —le aconseja el abuelo, y yo frunzo el ceño, lo que le hace reír de manera inmediata—. O mejor no, porque parece que esa idea hace infeliz a Jagger.

—Muy infeliz, abuelo.

—Si se ahogara de esa forma, no sería necesario respiración boca a boca —señala Dakota.

—Ah, qué bonito es que me enseñes algo nuevo —bromea el viejo, y, aunque se sonroja, Dakota sonríe.

Seguimos comiendo mientras él lee el periódico y, cuando termino, apoyo la espalda a la silla, cierro los ojos y me cruzo de brazos. Alcanzo a escuchar a Dakota conversando con el abuelo y Jamie mientras los minutos pasan. Cuando abro los ojos, me encuentro a Dakota mirándome divertida.

—Me preguntaba si te habías quedado dormido.

—Drené energía anoche, pero dormí genial con un excelente oso de peluche a mi lado.

—¡Jagger! —Parece avergonzada.

—Tranquila, Dakota —dice Jamie—. Todos sabemos que no es tu culpa, solo es Jagger que te atrae a sus encantos y el sexo no debe avergonzarte.

—Ya calla, Jamie, o te avergonzaré frente a tu próxima conquista —advierto.

No quiero que ella se sienta incómoda, no está familiarizada con las bromas subidas de tono de James.

—Vale, me callo. —Se ríe.

Me pongo de pie y estiro una mano hacia Dakota. Ya ha terminado de comer y la toma mientras se levanta.

—Te veo luego, viejo.

—Recuerda la protección, cachorro —se ríe el abuelo, y Dakota se sonroja sobremanera mientras comenzamos a alejarnos.

—Es vergonzoso que asuman que estamos… Bueno, sí nos estamos enrollando, pero…

—Tranquila, solo lo hacen para molestarme, no es nada contra ti.

—Tu abuelo es peculiar.

—Mi abuelo es un tipo que vive la vida una y otra vez.

Asiente como si aceptara mi declaración y, en silencio, llegamos hasta mi habitación. Cierro la puerta detrás de nosotros y la observo caminar hasta la ventana.

Despertar con Dakota ha sido extraño, dormir con ella también. No digo que sea un tipo que tan rápido como consigue el orgasmo vuela, pero tampoco me quedo a pasar la noche. Hacía mucho tiempo que no dormía con una chica y había olvidado lo extraño y cómodo que puede resultar.

Al principio, es muy incómodo acoplarse a compartir algo tan íntimo como dormir con otra persona, debido a que te encuentras en un estado vulnerable en el que no tienes control de tu cuerpo o el mundo. Al menos para mí, dormir con otra persona no es sencillo. Confiar en otros no es algo que haga con facilidad. Mientras que el orgasmo pareció dejar a Dakota rendida en su sueño, a mí me costó un poco más, sobre todo cuando pegó todo su cuerpo a mi espalda de forma inconsciente. En algún momento de la noche, me quedé dormido con ella pegada a mi espalda y, cuando desperté, ella ya estaba despierta revisando su teléfono y sentada a mi lado.

—Si me hubieses dicho que tenías piscina, me habría traído mi traje de baño.

—Siempre podemos nadar en ropa interior… —Me acerco hasta llegar a su espalda y envolver uno de mis brazos alrededor de su cintura para pegar mi pecho a su espalda—. O desnudos.

—Te dije que quería divertirme, no que quería que toda tu familia me viera desnuda.

—El abuelo y papá saldrán esta noche. Jamie seguro que consigue irse con alguna mujer después del festival y las trabajadoras se van a casa porque hoy es viernes, regresan el lunes.

—Cualquiera diría que lo tenías planeado.

—Si lo hubiese planeado, no habría salido tan bien, ¿Qué me dices? —susurro contra la piel de su mejilla—. ¿Te atreves?

—No lo sé. —Sale de mi agarre y camina hacia su mochila en busca de ropa—. Creo que iré duchándome, nos vamos pronto al festival, ¿cierto?

—Sí —digo sin dejar de mirarla—. ¿Imaginaste que terminaríamos enredados de esta forma, Dulce?

Deja de moverse y se voltea con una sonrisa que le ilumina el rostro con picardía.

—Hasta hace un tiempo ni siquiera imaginé que iba a hablarte.

—Me gustan este tipo de sorpresas. Me gusta que lo dulce llamara a mi puerta.

—A mí me gustas tú —murmura antes de cerrar la puerta y dejarme con una sonrisa tonta en el rostro.

—¿No esperabas a tantas personas? —le pregunto a Dakota antes de entregarle la cerveza que ella misma me ha visto servir en su vaso.

—Esto es una locura.

—Y por fin he podido venir —suspira Seth—. Qué bonito se siente ser mayor de edad. Soy afortunado de haber cumplido dieciocho días antes.

—Tú no te embriagues, hermanito. No queremos tener que escucharte de nuevo cantar canciones raras e inventadas —le advierte Maddie.

—Habla por ti, a mí esta vez me encantaría grabarlo y luego colgarlo a YouTube —señalo antes de beber de mi cerveza artesanal alemana.

Siempre me ha gustado asistir a estos festivales de licor, por lo que trato de venir cada año desde que cumplí los dieciocho. Es un ambiente diferente que atrae a turistas y que se presta para la fiesta. Sé que mi exnovia no disfrutó venir la única vez que lo hicimos juntos, pero también sé que de haber seguido juntos, habría venido por mí; solía ocultar sus deseos y fingir que disfrutaba las mismas cosas que yo. Sacudo la cabeza porque no quiero que mi mente viaje a esos lugares y acomodo el gorro de lana de Dakota, que aún mantengo como rehén y que le ha hecho sonreír mucho desde que ha visto que me lo he puesto.

—Y ahí va Jamie detrás de unas tetas —comenta Maddi dándole una rápida mirada al reloj en su muñeca—. Al menos ha batido su propio récord. Esta vez ha tardado una hora y media en ir por ello.

—Es raro que le cronometres el tiempo, Maddie —asegura Seth—. Salta sobre él sin más y acaba con tu deseo arrollador por Jamie.

—Cállate, no seas un mocoso y… ¡Uf! Rubio sexi a la vista.

Su sonrisa se vuelve coqueta y sigo el trayecto de su mirada hacia un hombre rubio que conversa con unos señores mayores vestidos con un traje típico alemán, pero sus ojos están en mi amiga.

—Entonces, supongo que te encantan muchísimo los rubios —se burla Seth haciendo referencia a Jamie, que también es rubio de ojos azules.

—Deja de ser un mocoso y mírame ir a por alguien que seguramente sí vale la pena.

—Jamie vale la pena —comento.

—Pero no me gusta.

—Claro —decimos Seth y yo al mismo tiempo antes de reírnos mientras ella resopla.

—En este viaje solo me cae bien Dakota.

—Me halaga —dice la mencionada.

Maddie le sonríe antes de enderezar la espalda y caminar hacia el rubio que le sonríe.

—Algún día, ella y James dejarán de jugar a los tontos. Quién sabe, quizá hasta se casen —predice Seth con una molesta sonrisa paternal que hace reír a Dakota.

—Me pregunto qué tan pronto pasará eso —digo de manera pensativa.

—Oh, ahí viene Aria —anuncia Seth echándome una breve mirada antes de clavar los ojos detrás de mí.

Trato de no tensarme y decirme que Aria será lo suficiente sensata para evitar el coqueteo y no ser tan odiosa. Cuando llega hasta nosotros, la mirada que le lanza a Dakota me hace saber que la amabilidad no será su mejor amiga en esta ocasión, no es que alguna vez lo sea.

—Espero que me hayáis estado esperando —saluda.

Me da un toque en el brazo acompañado de una sonrisa y un breve abrazo a Seth, ignora a Dakota deliberadamente.

—Dakota, ella es Aria, seguramente la has visto en la universidad.

—Un gusto.

—No te había visto hasta que empezaste a pasar tiempo con Jagger, tienes poderes invisibles —espeta, y el agarre de Dakota en mi mano se tensa.

—Lo mismo digo —se limita a decir.

—Pensé que te quedarías en Preston con tu mamá —digo casualmente.

—¿Y resistirme a pasar tiempo con vosotros? Preferí venir una semana con papá incluso si es un insoportable, ya veis todo lo que hago por vosotros.

Clava su mirada en mis dedos entrelazados con los de Dakota, pero no comenta nada al respecto. Dirige su mirada hacia Maddie, que se está riendo con el rubio.

—Uh, alguien parece que lo está pasando muy bien. Yo también espero encontrar algo de diversión. —Se ríe y me relajo viendo que hoy su atención no está en coquetearme—. ¿Jamie ya se ha ido detrás de una falda?

—Aw, qué bien lo conoces —finge enternecerse Seth—. ¿Quieres venir conmigo a por una cerveza?

—Eres guapo y es cierto que te has puesto buenísimo, Seth, pero no voy a ligar con un niño.

—Estoy siendo amable. Es solo que no estás acostumbrada a caerle bien a las personas y que sean buenas contigo.

Eso la hace reír y enlazar su brazo con el de él.

—¿Te veo dentro de un rato? —me pregunta con la mirada clavada en mis ojos.

—No puedo esconderme en este festival.

Entorna los ojos y comienza a alejarse con Seth, iniciando una conversación.

—De acuerdo… ¿Por qué siento que no le he caído bien? —pregunta Dakota liberando mi mano y colocándose frente a mí para que nos veamos cara a cara.

—Casi nadie le agrada. Tú no eres el problema, su personalidad es difícil.

—Sin embargo, tú pareces caerle muy bien.

—No tanto.

Nos miramos en silencio y sus cejas se arquean. Se mira los zapatos antes de clavar una vez más la mirada en mí.

A lo lejos veo rápidamente a Bonnie y Joe encontrarse con Aria y Seth, pero vuelvo mi atención a Dakota.

—Tuviste algo con ella, ¿verdad?

—Nada formal.

—Pero lo suficiente duradero para que ella actúe así conmigo. Te enredaste con la amiga de tu mejor amiga.

No puedo reducir a Aria a solo sexo porque también conversábamos y salíamos a comer o nos reuníamos para hacer algo más que follar. Pese a que no fuimos una relación y tuvo duración de meses, nunca hubo exclusividad porque ambos nos enrollábamos con otras personas a veces.

—No fuimos novios ni exclusivos. Tuvimos algo, es cierto, pero es pasado. He dejado claro que lo que sea que hubo terminó y no es algo que sucediera hace poco.

—No sé cómo hacerlo. —Sus hombros caen—. No sé cómo ser racional sobre el hecho de que tengo que estar aquí con alguien con quien te acostaste. Es odiosa conmigo y está claro que no me quiere aquí. Me hizo sentir incómoda, Jagger, y odio sentirme tonta por admitirlo.

Tomándola de las caderas, la acerco hacia mí. Bajo el rostro para que nuestras miradas estén a la misma altura. Me duele ver que su entusiasmo ha disminuido.

—En primer lugar, no eres tonta. Seguramente yo me sentiría igual si la situación fuera a la inversa. Pensé que ella no vendría y luego fui un tonto al creer que sería amable, pero te digo que Aria no suele ser amable. —Respiro hondo y la pego más a mi cuerpo—. Dakota, me gustas tú. No tengo ojos para ella y no dejaré que esto nos corte la diversión. Podemos divertirnos tú y yo.

—Pensarán que te acaparo y que soy una completa asocial.

—Pueden pensar lo que quieran. —Sonrío—. En realidad, estoy seguro de que será bastante obvio que queremos estar a solas y no tardarán en darse cuenta de que Aria podría estar siendo pesada.

—Técnicamente, no ha hecho nada.

—Ha sido abiertamente grosera.

Suspira y me acerco todavía más. Presiono mi frente contra la suya y la miro fijamente hasta que acaba por dedicarme una pequeña sonrisa.

—¿Solos tú y yo?

—Solos tú y yo, tómalo como una cita.

Y me doy cuenta de que eso es justo lo que quiero: una cita con Dakota Monroe.

—Bien. —Termina por sonreír y le devuelvo el gesto antes de darle un beso en la comisura de la boca.

—Vamos, disfrutemos de nuestra cita.

La tomo de la mano y nos guío para comenzar a recorrer el enorme festival, lleno de personas que se encuentran muy alegres. No probamos demasiadas bebidas, pero pasamos por muchos puestos y lugares donde ella toma fotos que les envía a sus padres.

—Tomemos un selfi —digo, y me mira con sorpresa—. ¿O no quieres?

—No te veo como un tipo de selfis.

—¿Y cómo me ves?

Me hace gracia que, desde un principio, Dakota estuviera demasiado decidida a encasillarme. Cuando no encaja nada de lo que esperaba de mí, se confunde y me mira como si yo fuese un enigma por descifrar. No creo que haya tanto misterio e incógnitas sobre mí.

—Un tipo de fotos de perfil en blanco y negro o desenfocadas con una frase intrigante en la descripción.

Eso me hace reír y ella también se ríe.

—No has revisado mi Instagram, ¿verdad?

—Tienes la cuenta privada.

—¿Y a qué esperas para seguirme? —bromeo.

—Tú tampoco me sigues.

Eso es cierto, pero sí me paso por su perfil público de tanto en tanto para ver las pocas fotos que publica y las muchas *stories* que comparte.

Me saco el teléfono, entro en la aplicación y escribo su nombre. Obtengo el resultado de forma inmediata y presiono sobre el rectángulo azul que dice «seguir».

—Listo.

—Listo también —dice, y de inmediato acepto su solicitud—. Tienes pocas fotos.

—Pero no en blanco y negro ni desenfocadas.

Entorna los ojos, pero sonríe antes de abrir la aplicación de la cámara y colocarse delante de mí. Apoyo la barbilla en su hombro mientras la abrazo. Miro a la cámara con una leve sonrisa mientras que la suya es amplia cuando captura la foto.

Nos mantenemos en la misma posición y ambos miramos la imagen fijamente. De alguna manera, una simple foto se siente como algo grande y creo que no soy el único que se siente de tal forma.

—¿Te gusta? —me pregunta en voz baja.

—Sí. ¿Quieres publicarla?

Asiente y alcanzo a ver que se muerde el labio inferior.

—Entonces, hazlo.

La veo abrir de nuevo Instagram, ir a *stories* y escribir mi nombre luego de seleccionar la foto. Es simple, pero el gesto dice mucho.

—Bueno… —Se aclara la garganta antes de soltar una risita nerviosa y guardarse el teléfono para girarse a verme—. Creo que necesito ir al baño. Ahora vuelvo.

—Te acompaño.

—No voy a perderme y no tardaré.

—Bien —digo no muy convencido, pero entiendo que mis problemas sobre siempre esperar lo peor tienen que controlarse y darle el espacio que quiere—, aquí te espero.

—Ni siquiera te dará tiempo de extrañarme.

—Pero si ya te extraño —digo, haciéndola sonreír.

La veo alejarse antes de que un inesperado suspiro me abandone y vuelva la atención a mi entorno.

Mientras la espero, voy por dos salchichas pensando que tal vez tenga hambre. Al único de mis amigos que veo es a James, se está riendo con tres chicas que parecen encantadas con él. Los demás deben de estar en algún lugar.

Trato de no impacientarme por la tardanza de Dakota sobre todo teniendo en cuenta que los baños deben de estar colapsados, pero es difícil controlar mi inquietud.

Cuando mi teléfono vibra, lo saco para distraerme y me doy cuenta de que es un mensaje desde un número restringido.

Número restringido: El juego se pone interesante y avanza. ¿Has perdido tu juguete? Tal vez alguien más juega con ella.

Las salchichas se me caen al suelo y solo puedo pensar en que debo encontrar a Dakota.

24

FUEGO Y PASIÓN

Jagger

Intento comunicarme con Dakota por medio de llamadas telefónicas, pero acabo en el buzón de voz cada vez. Cuando llego al baño más cercano, al que debe de haber ido, la fila es bastante larga, pero ella no está.

Me acerco a dos chicas que están saliendo del baño y parecen sorprendidas de mi repentina aparición.

—Disculpad, estoy buscando a… —las palabras se quedan suspendidas en el aire antes de que me aclare la garganta— mi novia.

Entro en Instagram y presiono sobre la *story* de Dakota para que vean nuestra foto juntos.

—Es ella. ¿La han visto dentro?

—No, pero quizá está en alguno de los cubículos. Alguien parecía estar muy mal del estómago.

—Gracias.

Paso de ellas y me planto fuera del baño. Le pregunto lo mismo a otra chica que sale, pero, cuando me da básicamente la misma respuesta, entro al baño. Escucho quejas sobre que no debo entrar, pero no me freno, y toco las puertas de los cubículos cerrados.

—¿Dulce? —la llamo pasando de uno en uno en cada hilera.

—¡Vete, degenerado! —grita alguien.

—Los guapos siempre hacen lo que quieren —suelta otra chica.

—¿Dakota? —intento con su nombre, pero nadie responde a la llamada en ninguno de los cubículos.

—Lo siento —apenas logro disculparme cuando salgo del baño. Llamo a Joe, que por suerte responde rápido.

—¿Qué pasa? He visto que te has perdido de nosotros.

—No encuentro a Dakota.

—Humm, Jagger, no es una niña que se pierda.

—No es eso… ¿Estás con Seth?

—Sí, pero…

—Ponlo al teléfono —ordeno, y mi amigo se queja de mi falta de modales, pero lo hace.

—¿Qué pasa? —me dice Seth intuyendo que es extraño que llame cuando estamos en un mismo lugar.

—No encuentro a Dakota. Estábamos juntos y decidió ir al baño. Luego me llegó un mensaje sobre que perdí mi juguete, refiriéndose a ella. Era un número restringido con un tono parecido al de las notas de antes… Como la que llegó de nuevo —hablo con rapidez mientras camino hacia el otro baño más próximo y entro sin pedir disculpas mientras me dicen de todo—. ¿Dakota?

No hay respuestas que me digan que ella esté aquí y salgo.

—Su teléfono me envía al buzón de voz y no la encuentro, Seth.

—Mierda —maldice—. Déjame ver si puedo rastrearla con su última conexión y haré que los demás también la busquen. Te llamaré si sabemos algo y haz lo mismo con nosotros.

Finalizo la llamada y continúo moviéndome por el festival, pero hay demasiadas personas. No quiero dejarme llevar por el pánico, pero la preocupación comienza a incrementar a medida que los minutos pasan.

El mensaje ya no se encuentra en mi teléfono, ha desaparecido sin dejar ningún tipo de rastro. Es algo en lo que un hacker profesional debe ser un experto.

El sudor comienza a aparecer en la parte baja de mi nuca e intento de nuevo llamarla con los mismos resultados. En algún punto, debo detenerme para inclinarme sobre las rodillas y respirar hondo. Me doy cuenta de que el aire comienza a sentirse denso en mis pulmones.

Pase lo que pase, solo ruego que esto no sea una repetición del pasado. Que no sea de nuevo esa pesadilla. Cierro los ojos para intentar volver a controlarme y me sobresalto cuando alguien me toca el brazo.

—¿Jagger? —dice una voz suave.

Mis ojos se abren con rapidez. Me incorporo para girarme y me encuentro a la persona que me hace sentir que kilos de angustias me abandonan.

—Dakota —exhalo.

Ella parpadea desconcertada y la atraigo contra mi pecho para abrazarla con fuerza.

—Gracias, gracias —murmuro aferrándome a ella.

—Jagger, ¿qué pasa?

Me alejo lo suficiente para reparar en que no hay ningún daño en ella, pero descubro una marca de unos dedos alrededor de su muñeca que me hace tensarme.

—¿Quién te ha hecho esto?

Suelta una mueca de dolor cuando le acaricio la zona amoratada con huellas de dedos a su alrededor. Deben de haberla sujetado con fuerza.

—Ha pasado algo muy desconcertante —dice—. ¿Podemos sentarnos en algún lugar? Caminé mucho buscándote, no estabas cuando volví.

Asiento de manera distraída. Nos guío hacia una de las zonas verdes y la hago sentarse frente a mí, no quiero perderla de vista.

—Tu teléfono sonaba apagado, te he llamado.

—Me llegó un mensaje a Instagram que creo que era un virus porque, cuando lo abrí, mi teléfono se apagó. Luego, cuando lo encendí, decía batería baja y se apagó.

—¿Qué es lo desconcertante que ha pasado? ¿Quién te ha lastimado la muñeca?

—Estaba en el baño y, al salir, me he topado con una niña que lloraba porque no encontraba a su mami.

—Los menores de edad no están permitidos en este festival.

—Justo eso pensé, pero consideré que tal vez su mami era una organizadora. Parecía muy angustiada, por lo que fui a ayudarla. Caminamos un poco alrededor y luego me guio hacia la zona donde están aparcados algunos camiones. —Frunce el ceño—. En efecto, su mami estaba ahí y parece que trabaja en uno de los puestos. Me dio las gracias, pero me rogó que no le dijera a nadie de la niña. Accedí a ello y poco después se alejaron. Cuando iba a regresar, un hombre apareció diciéndome que fuese con él… —se estremece— y, cuando intenté volver, me tomó de la muñeca. No me dejaba ir hasta que le dije que me estaba lastimando. Ahí fue cuando me miró, se disculpó y me dijo que pensó que era otra persona, pero fue muy desconcertante.

No creo en las casualidades y no creo que ese hombre se hubiese equivocado. ¿Quienes atormentan a Rose podrían tener los ojos puestos en Dakota en Londres? ¿Asustarla?

—Y entonces volví, pero no te encontraba. Solo vi a James, que me dijo que te estaban buscando y él te envió mensajes.

—¿Sí?

Asiente y busco mi teléfono. Descubro que, mientras insistía en llamarla y me dejaba absorber por el pánico, James me había escrito diciendo que Dakota también me buscaba y que los demás estaban al tanto de que había aparecido.

—No los he visto, estaba tan centrado en encontrarte, pensé…

Lo peor, pero eso no es lo que digo. En lugar de ello, respiro hondo.

—Pensé que te habías perdido.

—Por un momento, también lo pensé cuando no os encontré a ninguno, pero ya estoy aquí y me alegra haber ayudado a la niña.

La situación de la niña es una rareza, pero no lo comento. En lugar de ello, me encargo de desprenderme poco a poco de las sensaciones anteriores y de sonreírle cuando me sonríe.

—¿Me extrañaste? —bromea, y le tomo la muñeca maltratada para besarle los moratones.

—Sí, tanto que me entré a tres baños de mujeres donde me dijeron todos los insultos que puedes imaginar.

—Oh, Jagger —se ríe—, lo siento.

—Está bien, me alegra que todo esté bien y que me encontraras.

Poco a poco, ella comienza a hablar y es quien lleva la conversación mientras pienso en lo raro que es todo. Me siento desconfiado sobre estar aquí. Aunque consigo deshacerme de la angustia, no me relajo; no creo que lo haga hasta que nos vayamos.

Escuchar a Dakota hablar sobre cualquier cosa me tranquiliza. Le presto toda mi atención y sonrío cuando algún comentario o anécdota es especialmente divertida, pero aun así estoy deseando que nos vayamos. No quiero parecer alarmista ni asustarla con mi desconfianza hacia las «casualidades» que han pasado hoy. Ese mensaje estuvo calculado junto a su desaparición, solo que no entiendo qué tiene que ver Dakota con ello. ¿Por qué las notas están volviendo? Hasta ahora, solo había recibido una, pero nunca un mensaje.

¿O acaso la persona que extorsiona a Rose ya sabe que estoy ayudando y quiere ponerme a prueba? Esto tendría bastante sentido.

—¿Sabe tu familia de tu negocio en la universidad? —pregunta curiosa.

Eso no me lo esperaba.

No tardo en responderle.

—Mi abuelo me dio capital para iniciarlo. Tenía curiosidad sobre mis planes y, tras confirmar que no me estaba metiendo en líos ilegales, me ayudó. Sin embargo, después solo esperaba que le dijera cómo me iba, aunque algunas cosas prefiero omitirlas. —Pienso en el abuelo y sonrío—. Creo que en parte le gusta escuchar las historias como una especie de aventura que le permite sentir que es joven de nuevo mientras vive la historia.

—Eso quiere decir que sacaste ese espíritu aventurero de él.

—Sí, mi papá es bastante serio. Está loco por el trabajo, pero también es asombroso. ¿Qué hay de tu papá?

Siento curiosidad por muchos aspectos personales de Dakota, su familia es uno de ellos.

—Mi papá suele bromear diciendo que soy adoptada, porque soy la rara de la familia. Rara referido a que siempre estoy planeando mi futuro. Soy seria y demasiado razonable para la familia tan peculiar de la que formo parte. —Sonríe—. Antes solía llorar cuando él me llamaba así y mi abuela decía que me estaba creando traumas. Cabe destacar que mi abuela Phía se cree bruja.

—¿Qué clase de bruja?

—De la que cree que lanza maldiciones. Antes le hacía creer a papá que, si engañaba a mamá, le echaría una maldición para que, al hacerlo, se le cayera la polla. Pongo totalmente en duda que tenga magia alguna, solo es una vieja chiflada a la que queremos mucho. La vemos una vez al año cuando viene de visita o vamos nosotros.

—Y dices que mi familia es peculiar...

—Bueno, la familia de papá no está tan loca.

—«Tan», esa es la clave, ¿eh? A mí no me pareces rara.

Me doy cuenta de que nuestra charla ha conseguido relajarme un poco.

—¿Crees que soy aburrida y seria? —intenta adivinar.

Y eso está muy lejos de lo que pienso de ella.

—No. Hasta ahora solo he tenido el placer de caer y perderme en una hermosa mujer leal que se sacrifica por su hermana, que besa como una profesional y que sabe cómo jugar con lo que esconde mi bóxer. Con una personalidad dulce y pícara que no deja de sorprenderme. —Le sonrío—. Para mí eres fuego y pasión, tienes la capacidad para atraerme y encenderme de una forma que aún no comprendo. ¿No será que eres la de la magia en tu familia?

Mis palabras parecen tomarla por sorpresa y luego veo esos ojos encenderse cuando una hermosa sonrisa se dibuje en su rostro. Antes de que me dé cuenta, Dakota está escalando a mi regazo, se sienta a horcajadas sobre mí y me toma del cuello. Atrae mi boca a la suya y me da un beso infernal que me deja aturdido. No pierdo tiempo en devolvérselo con el mismo deseo y desenfreno que ella me entrega.

Bajo toda esa inocencia y dulzura, también se encuentra un lado lleno de pasión y fuego dispuesto a atrapar a todo aquel que desee. Yo he caído fácilmente, no me he resistido y aquí estoy.

Me mordisquea el labio inferior antes de hacer algo que me resulta dulce: su nariz acaricia la mía manteniendo una sonrisa.

—Creo que sí quiero nadar contigo en tu piscina.

—¿Con ropa interior? —susurro.

—Desnuda —responde en un susurro antes de darme otro beso corto.

Fuego y pasión. No hay duda de que forman parte de ella.

Y una parte de mí se siente aliviada de que podamos irnos y dejar atrás las «casualidades» ocurridas con su desaparición.

25

ILUSIONES COMPARTIDAS

Dakota

Cuando se está llena de deseo y te encuentras alucinada por las palabras que nunca nadie te ha dicho, llena de un impulso más grande que el universo, puedes aceptar hacer locuras, como nadar desnuda con el chico que te gusta y que te ha dado los dos mejores orgasmos de tu vida.

En este momento, mi mirada está en Jagger. Deja caer la toalla y se queda en un ajustado bóxer rojo. ¡Maldición! Me tiene alucinada con cada trozo de piel que hay a la vista.

—¿Seguro que el agua no va a estar fría?

—Seguro, Dulce. Tiene calentador, ya te dije que es una piscina climatizada. —La diversión brilla en su mirada—. Creo que solo te estás arrepintiendo.

—No me arrepiento.

—Siendo así, te esperaré en el agua.

Toma la cinturilla de su bóxer y se lo baja hasta quitárselo. Cuando se gira, obtengo un excelente vistazo de su culo alejándose antes de arrojarse al agua. Mirando alrededor, reafirmo lo que Jagger ya me había dicho: estamos solos, nadie puede vernos.

Trato de no pensarlo demasiado cuando camino hasta la orilla de la piscina. Sostengo fuerte la toalla que me envuelve antes de sentarme bajo la atenta mirada de Jagger.

Sumerjo los pies en el agua sintiendo la calidez. Cuando mi mirada va a Jagger, encuentro que soy su centro de atención mientras se pasa la mano por el cabello húmedo. Bajo su atenta mirada, antes de arrepentirme, me deshago del nudo de la toalla para sumergirme poco después en el agua.

No estoy en el área más profunda, pero me mantengo lo suficiente agachada para ocultar mis pechos desnudos, y me coloco el cabello de forma estratégica. Siento su mirada a medida que comienzo a caminar hacia la profundidad, pero hacia el lado contrario de donde se encuentra él.

Su risa resuena por el lugar.

—¿Me harás perseguirte? —cuestiona con un brillo de picardía en sus ojos grises.

—No te estoy pidiendo que lo hagas.

—Pero es lo que quiero hacer.

Le regalo una sonrisa caminando hasta que mis pies dejan de tocar el suelo. La sensación del agua cálida contra mi piel es relajante.

Sus brazos no tardan en atraparme desde atrás y, debido a que es mucho más alto, sus pies aún tocan el suelo. Mi reacción física a su toque es inmediata: pezones endurecidos, vellos erizados y corazón acelerado.

Puedo sentirlo desnudo contra mi espalda.

—Te atrapé —susurra con voz enronquecida.

Creo que para este punto él ha hecho más que atraparme en la piscina en muchos sentidos.

Me hace girar, pegándome a su cuerpo. Mis pezones se rozan contra su pecho por lo que casi de forma inmediata mi respiración se torna jadeante. Su mirada es muy intensa mientras echa mi cabello hacia atrás para tener una vista completa de mis pechos.

—Eres preciosa, Dakota, y me vuelve loco que en este momento solo uses mi collar.

—Es raro cuando dices mi nombre.

—Tienes un nombre precioso, pero me gusta pensar que en este momento y que por mucho tiempo serás lo dulce en mi vida. —Me pega al ras de su cuerpo.

Mientras me roza la barbilla con sus labios, me daría tiempo de detener sus avances, pero no lo hago. Lo que sí hago es darle luz verde para hacer su camino hacia mi boca, donde me besa de manera lenta mientras percibo su miembro endurecido contra mí.

Me besa de una manera en la que se hace dueño de mis defensas y libera mis inhibiciones. Me hace desear más de lo que me da. Estoy ansiosa y codiciosa de todo lo que puedo obtener de este beso y cuando separa su boca de la mía. Me derrito porque me sonríe antes de liberarme y salpicarme agua en un gesto muy infantil.

Me mantengo flotando con sus manos tomándome de las caderas mientras inclino mi cabeza hacia el cielo oscuro. No hablamos y nuestras pieles se rozan en una especie de juego previo que tiene nuestros sentidos en un estado de alerta. En algún punto, Jagger, que aún puede tocar el suelo, es quien mueve mi cuerpo en el agua hasta que llegamos a una de las áreas menos profundas. Esto me permite estar de pie por mi propia cuenta, pero también deja mucho más de mi cuerpo desnudo a la vista, con el agua al nivel de mis caderas.

Lo escucho jadear y compartimos una larga mirada mientras retrocede hasta apoyar la espalda en el borde de la orilla mientras camino hacia él.

—Ni siquiera un sueño fue así de perfecto —susurra.

Estira sus dedos hasta acariciarme la clavícula y, poco después, tomar el collar. Pero sus dedos no se detienen demasiado tiempo en ello. Bajan por el centro de mi pecho y se deslizan hacia un costado hasta acariciarme un pezón.

Gimo porque mis pechos son una zona sensible que envía sensaciones directas a mi centro.

—Creo que no te das cuenta de lo sensual que eres. —Tira del brote endurecido y me arqueo contra él, su otra mano va a mi cintura—. Gracias por este momento, Dulce.

Sus besos comienzan en mi cuello y mis dedos se hunden en su cabello mientras me estremezco con su pulgar presionando contra mi pezón. Me besa la clavícula antes de deslizar su lengua en el centro de mi pecho y luego sus labios van mucho más allá, hasta que su aliento caliente golpea contra mi pecho.

—Jagger… —gimo a la expectativa de sentirlo—. ¡Jagger!

Mi gemido es mucho más profundo cuando su lengua me lame la punta endurecida, antes de atraparla entre sus dientes de una manera que me hace sentir un aguijonazo de dolor, pero también muchísimo placer. Chupa con fuerza, mientras lame y muerde, alternando entre un pecho y otro. Cuando creo que solo se dedicará a esa tortura, sus uñas cortas se deslizan por mi abdomen con lentitud. Bajan antes de acunarme entre las piernas, presionando dos dedos contra mí y después me abre para poder acariciarme sin tocar en realidad los dos lugares donde más lo deseo.

—Por favor, por favor… —me escucho pedir.

—¿Qué quieres, Dulce? —susurra contra mi pecho.

—Que me toques —es mi respuesta instantánea.

—¿Cómo lo quieres?

Nunca he verbalizado mis deseos durante el sexo, pero en este momento estoy lejos de sentir vergüenza o estar cohibida. Lo único que quiero es que me dé lo que necesito.

—Quiero tus dedos dentro de mí y más arriba. —La última palabra es un gemido alto cuando me presiona el manojo de nervios hinchado.

No deja de besarme y chuparme los pechos mientras su pulgar se mueve contra mi clítoris, pero estoy tentada a gritar cuando dos de sus dedos me acarician en mi entrada antes de penetrarme con ellos y follarme despacio.

—¿Así es como lo querías? —susurra contra mi pezón hipersensible.

No consigo hablar, pero asiento mordiéndome el labio, con mis manos enredadas en su cabello.

—Creo que aún no hacen condones acuáticos, así que, si quieres lo que yo quiero, debemos salir de esta piscina.

—Te deseo —consigo decir.

Cuando sus dedos salen de entre mis piernas, me quejo y bajo la vista a mis pechos. Seguro que mañana tendrán chupetones, pero ahora se encuentran sonrojados con los pezones hinchados.

Consigo moverme y camino hasta toparme con las escaleras. Lo escucho maldecir cuando giro y le ofrezco un vistazo de mi culo desnudo cuando comienzo a subir.

Fuera del agua, el frío me golpea con fuerza mientras goteo. Cuando me giro, me doy cuenta de que aún se encuentra viéndome embelesado, donde lo dejé.

—Date prisa, no querrás que me congele y que me enfríe.

—Tranquila, te calentaré.

Nada rápidamente hacia la escalera. Es todo un espectáculo ver esas gotas de agua rodar por su cuerpo desnudo cuando comienza a subirlas.

No despego la mirada de él. Cuando se detiene frente a mí, no habla. Solo me alza y de inmediato enredo mis piernas alrededor de sus caderas.

—Se siente bien —susurro.

—Estoy seguro de que nos sentiremos mejor. —Me sostiene de los muslos y estoy segura de que estoy humedeciéndole los abdominales.

Camina hasta adentrarse a la casa, dejando rastro de agua con cada paso, pero poco parece importarle cuando su único objetivo es el mismo que el mío.

Cuando al fin nos encontramos dentro de su habitación, me deja caer sobre su cama, que de inmediato se humedece con el agua que está goteando de mi cuerpo y cabello.

—Estoy mojando tu cama.

—Moja todo lo que quieras.

Con audacia y la confianza de la manera en la que mira con deseo mi cuerpo, abro despacio las piernas para mostrarle lo húmeda que me encuentro entre ellas. Su reacción es una profunda exhalación antes de que se lama con lentitud los labios.

—Estoy a punto de perder la razón.

—Puedes perderla.

Inclinándose hacia mí, gotas de su cabello caen sobre mi pecho. Bajo mi atenta mirada, se lame el pulgar antes de presionarlo contra mi clítoris con movimientos circulares que me hacen abrir todavía más las piernas.

—Ponte cómoda, Dulce, comienza el viaje.

Sus labios descienden hasta atacarme la garganta moviéndose hasta de nuevo atacar mis pechos. Lame cada gota de agua que encuentra y me mordisquea una vez más los pezones mientras su pulgar se mueve perezosamente entre mis piernas. No puedo evitar cerrar los ojos y me aferro a las sábanas mientras me retuerzo.

Me encanta la idea del juego previo, pero la verdad es que con lo vivido en la piscina es más que suficiente. Por eso tiro de su cabello para que me mire.

—No nos hagas esperar, estoy lista.

—¿Es así? —pregunta con una sonrisa ladeada, llevando dos de sus dedos a mi núcleo y tanteando mi humedad—. ¡Joder! Me vuelves loco, Dakota.

—Entonces, no juegues más y fóllame.

Parece que se lo piensa y luego se incorpora. Va rápidamente al baño de su habitación y, cuando vuelve, trae una caja de condones de la que saca uno.

Apoyada sobre mis codos, lo miro acariciarse la dura y palpitante longitud. Su cabeza hinchada brilla furiosamente antes de que se cubra con el látex.

—¿Lista?

Estoy nerviosa, excitada y muy ansiosa, quiero tanto esto.

—Ven aquí —digo, sin reconocer mi voz, con mis piernas aún abiertas y mi cuerpo sonrojado.

Vuelve a cubrirme el cuerpo con el suyo. Se ubica entre mis piernas mientras me besa y lo siento contra mí.

Mis piernas se abren aún más y su mano se desliza por mi pecho, tirando de la punta hasta serpentear más abajo y acunarme de nuevo entre las piernas. Me penetra con dos dedos que se deslizan con tanta facilidad que pronto se convierten en tres. El sonido de sus dedos contra mi humedad resulta obsceno y parece excitarlo, porque sus caderas empujan contra mí.

Cuando siente que estoy lo suficiente mojada, deja de tocarme para tomarse a sí mismo con una mano y deslizar la punta por mis pliegues, presionando contra el manojo de nervios y tanteando mi entrada.

—¿Esto está bien? —susurra con voz contenida y me doy cuenta de que las gotas de agua ahora se mezclan con sudor debido a la tensión de contenerse.

—No te detengas —susurro aferrando mis manos a su cuello y mirándolo fijamente—. Quiero esto tanto como tú.

Mientras asimila mis palabras, presiona la punta contra mi entrada. Empuja sus caderas hacia delante y va entrando muy despacio. Mi respiración es temblorosa, siento cada centímetro adentrarse en mí. Aunque soy consciente de su grosor y longitud, de alguna manera me siento muy llena y plena. No ha entrado del todo cuando retira sus caderas y empuja hasta el final haciéndome jadear y arquearme mientras le clavo las uñas en los hombros. Me dedica una sonrisita mientras ambos respiramos de manera agitada.

—¿Aún sigues queriendo esto?

—¡Demonios, sí! —No puedo creer que esa haya sido yo.

Pienso que va a reírse, pero no hay ninguna risa cuando de manera lenta comienza a embestir contra mí. Una de sus manos sostiene su peso mientras la otra se aferra a uno de mis pechos con su cuerpo rozándome con cada estocada. Es tan dolorosamente lento que siento que terminará por volverme loca. No hay ningún pensamiento sobre si esto está bien, sobre si le gusta o no. Lo único que puedo pensar es en lo bien que se siente, que quiero más y que nada se sentirá tan bien como esto.

Le muerdo la barbilla, mis manos se aferran a su cuello y mis piernas se enredan alrededor de su cintura desesperadas por algo más que el vaivén lento y profundo, me está quemando de adentro hacia afuera.

—Más —pido.

—¿Quieres más, Dulce?

—Quiero mucho más. —Mi respuesta le hace sonreír.

Se incorpora y sale de mí. Se sienta de tal manera que su culo casi descansa sobre las plantas de sus pies y luego me atrae hacia su regazo. Me deja a horcajadas sobre él y de nuevo se guía a sí mismo dentro de mí, tomándome de las caderas y dejando atrás sus movimientos lentos.

Me embiste desde abajo una y otra vez mientras me insta a rebotar sobre él. Mis dedos se enredan en su cabello y su boca atrapa un pezón que chupa con tanta fuerza que grito y lo aprieto en mi interior. El sonido de su piel chocando con mi piel húmeda resuena por la habitación y todo es desenfrenado. En algún punto, le tomo el rostro entre las manos y sus dientes me pellizcan el pezón antes de atraer su boca hacia la mía en un beso descoordinado y apasionado lleno de necesidad.

Me muevo en círculos y reboto sobre él antes de que sus manos en mis caderas me inmovilicen para que embista desde abajo con una rapidez que hace que mi trasero se sacuda y mis pechos reboten. Sus manos me abren las nalgas de una manera obscena mientras empuja una y otra vez; estoy segura de que sus dedos quedarán marcados sobre mi piel.

Exhala contra mi cuello mientras lo sostengo de la nuca con mechones de mi cabello metiéndoseme en la boca y adheridos a mi piel sudada. Entonces, una de sus manos me azota el trasero, grito apretándolo en mi interior. Amo la manera en la que después me estruja la zona azotada y me mantiene abierta para penetrarme sin descanso.

Mis gemidos se vuelven más agudos y altos; luego los suyos comienzan a llegar mientras se vuelve descoordinado. Me presiona contra él consiguiendo que su hueso púbico me estruje el clítoris y eso lo hace todo por mí. Me corro con un grito y con la cabeza inclinada hacia atrás mientras él continúa empujando sus caderas y moviendo las mías. Consigue alargar mi orgasmo antes de que se estremezca y gima de manera ronca. Y ni siquiera entonces deja de moverse. Parece que exprime cada segundo de placer hasta que sus embestidas se vuelven lentas y, finalmente, se detiene.

Estoy perdida. No tengo ni idea de cómo recuperarme de esto. No sé cómo algún otro hombre alguna vez logrará superar esta experiencia.

Me mantengo con los ojos cerrados y mi cuerpo pegado al suyo. Siento sus besos salpicarme en la barbilla hasta acabar con un beso lento y tentativo en mis labios.

—Nunca se sintió así de increíble —rompo el silencio.

Antes había tenido buenos polvos.

Pero ahora he tenido un polvo increíble.

—¿Y te ha gustado?

—Me ha encantado.

—Te gusta acurrucarte —murmura cuando enredo mis brazos alrededor de su cuello y de manera inconsciente acaricio con mi nariz su mejilla. Cuando lo dice, me congelo totalmente avergonzada—. No estoy quejándome, Dulce.

No sabía que me gustara acurrucarme después del sexo, no tuve oportunidad de descubrirlo con mis otras experiencias. Despacio, sale de mi interior y me estremezco, me siento hinchada y un poco dolorida en el buen sentido.

Me acurruco durante unos pocos minutos antes de que él se baje de la cama y vaya hacia el baño. Me quedo algo insegura sobre qué hacer a continuación, pero cuando vuelve se acuesta de nuevo a mi lado y levanta las sábanas para cubrirnos a los dos.

—¿Quieres acurrucarte conmigo de verdad? —susurro la pregunta. Él me sonríe atrayéndome a su costado, mientras me va quitando mechones de cabello desordenados de mi rostro.

—¿Crees que voy a negarme a tener esa delicia de cuerpo desnudo pegado al mío?

—Un chico listo no se negaría —bromeo, y me pega más a su costado, dejando mi pierna sobre la suya y la mitad de mi cuerpo sobre su pecho.

—Suerte que soy un chico listo.

Juega con mi cabello mientras en un principio estamos en silencio. Luego solo hablamos en voz baja sobre cosas triviales que nos gustan o cosas al azar. En algún punto, sin decir su nombre, le hablo sobre mi experiencia con Drew; le cuento que en aquel momento asocié el sexo con sentirme usada, lo diferente que se siente ahora.

—Dakota Monroe, nunca más dejes que un idiota te haga sentir así. ¿Quieres saber lo que he pensado siempre de ti?

—Sorpréndeme.

—Pienso que eres inalcanzable porque eres increíble. —Me sonríe—. Incluso Lorena me dijo que no estabas a mi nivel. Así que créeme, ningún imbécil de ese tipo u otro merece hacerte sentir menos ni que estás mal.

Nos hace girar para hacerme quedar de espaldas. De nuevo está entre mis piernas con las sábanas envueltas a su alrededor y dice:

—Voy a compensarte todo ese mal sexo. Si algún día no puedo darte orgasmos, bótame.

—Lo tendré en cuenta —digo. En este momento, me siento un lío sobre mis emociones.

—Me gusta lo que estamos teniendo. No pienso huir ni retroceder. No me voy a ir. —Hace una pequeña pausa para plantarme un beso en la comisura del labio—. Pensé que solo tendríamos polvos alucinantes, pero estoy interesado en ti de otras maneras. Si te ilusionas, te prometo que si me arrepiento o quiero retroceder, te lo haré saber y no te faltaré el respeto ignorándote sin más, porque mereces mucho más que eso.

Tengo miedo de enamorarme de un hombre que es tan distinto a mí, pero que parece entenderme demasiado bien.

—Oye, Dulce —aclama mi atención.

—¿Sí?

—¿Te apetece repetir?

Suelto una carcajada y luego contengo el aliento cuando se desliza hacia abajo dejando un camino de besos por mi cuerpo. Se detiene con un mordisco en mi cadera y luego va mucho más allá haciéndome gemir y preparándome para otra ronda. Acabo de descubrir que los rumores son ciertos. Las habilidades camísticas de Jagger son impresionantes.

26

JAGGER, MICK JAGGER Y DUBÁI

Jagger

Me estiro cuando noto el *topping* de fresa en la comisura de la boca de Dakota. Se lo lame mientras se sonroja puesto que James no disimula ni un poco que nos está mirando.

—Buenos días a las almas jóvenes —anuncia el abuelo entrando al lugar.

—Buenos días a las almas viejas —responde Jamie, lo que lo tiene riendo y a mí sonriendo.

El abuelo toma asiento a un lado de Dakota, quien le pregunta qué tal ha pasado la noche. Mantienen una conversación en voz baja con él mientras continúo comiendo y trato de ignorar el teléfono de James, que no deja de vibrar.

—Tu teléfono parece un vibrador en este momento, James —señala el abuelo, y Dakota se ríe antes de intentar ocultarlo con una falsa tos.

—¿Y qué conocimiento tiene usted de vibradores, abuelo? —cuestiona Jamie divertido.

—Créeme, he sabido usarlo con muchas chicas.

—¡Por Dios, papá! Basta. —Papá aparece mientras se termina de atar el nudo de la corbata.

Lo veo servirse una taza de café de la que, como siempre, inhala el aroma antes de beber un pequeño sorbo.

—Buenos días. Espero que tengáis un buen viaje de regreso a casa. Siéntanse bienvenidos de nuevo —les dice con cordialidad a James y Dakota antes de dirigir su atención a mí—. Jagger, ven un momento conmigo, por favor.

Tomando el último bocado de la tortita, le doy un apretón a la pierna de Dakota.

—Enseguida vuelvo, no dejes que el abuelo te espante.

—Soy encantador —asegura el mencionado.

—Lo es —confirma Dakota, y le sonrío dándole un beso en la mejilla, ante el cual Jamie emite un exagerado jadeo.

Me levanto y me dirijo hacia el despacho, donde sé que papá ya está esperándome. En efecto, lo encuentro organizando unos papeles en el maletín que usará hoy.

En silencio, lo veo luchar para no pasarse una mano por el cabello peinado a la perfección y retocarse la corbata al menos unas tres veces mientras su ceño permanece fruncido.

Papá tiene cincuenta años, aunque se conserva lo suficiente bien para aparentar un par de años menos. Tiene una excelente condición física, pero las ojeras y bolsas en sus ojos delatan el cansancio y el estrés, lo cual no es bueno para su hipertensión.

—Te ves estresado, papá.

Alza la vista parpadeando hacia mí antes de lanzarme una sonrisa tentativa.

—Tengo una reunión importante hoy y un montón de tareas pendientes. Vendrás toda la semana próxima a trabajar a la empresa, ¿cierto?

—Ahí me tendrás —confirmo. Es lo que hago siempre que vengo a casa.

—Bien.

—Sin embargo, estoy seguro de que esa no es la razón por la que necesitabas hablar unos minutos conmigo.

Mientras se bebe lo que resta de un café, que seguramente ya se encuentra frío, le echa un vistazo a su reloj. Suspira de una manera en la que me dice que hace acopio de paciencia y esa es mi señal para saber que no me gustará la conversación.

Aquí viene de nuevo, puedo intuir de lo que se tratará esto. Ya reconozco la tensión en su cuerpo, por lo que yo también me tenso. Desearía dejar de tener esta conversación.

—No voy a hablar de Megan —advierto—. Volveré con el abuelo si eso es de lo que pretendías hablar.

—Jagger, admiro tu tenacidad y lo firme que puedes ser, pero, hijo, dar segundas oportunidades y perdonar es una cualidad de valientes.

—¿Segundas oportunidades? —Me río de manera seca—. Sería como la oportunidad número mil que le doy para que se vuelva contra mí y me hiera una vez más. Y, papá, no soy un niño, por lo que no puedes engañarme con eso de que el perdón es lo más hermoso del mundo. No lo creo y, aunque eso fuese real, no me importaría parecer un cobarde.

—Tu mamá te ama.

—No es mi mamá. —Mi réplica es casi inmediata.

—¡Por supuesto que lo es! —insiste—. Te llevó durante meses en su vientre, te amamantó, madrugó por ti y te puso nombre…

—También me dio la bienvenida al club de los corazones rotos y de los niños con problemas de mamá.

—Jagger…

—Dejó de ser mi madre hace mucho tiempo y no hay vuelta atrás.

—Necesitas hablar con ella.

—No me digas lo que necesito, papá. Te admiro y te amo un montón, pero no soy un niño. Conozco mis necesidades y hablar con Megan no entra en la lista.

Me mira fijamente. Por la manera en la que se desarrolla esta conversación, su molestia es clara. Suspira cansado y tengo que admitir que me sienta mal experimentar culpa por no darle lo que quiere. Haría cualquier cosa por papá y el abuelo, pero esto simplemente no puedo.

—¿Por qué, papá? —dejo caer la pregunta.

—¿Por qué qué?

—¿Por qué la perdonas una y otra vez? ¿Por qué no eres capaz de entender que ella no cambiará? Megan no nos ama, solo siente la necesidad de ser amada por todo el mundo. No se merece ni tu lealtad ni tu comprensión, no cuando lo único que ha hecho su dichoso amor ha sido destruirte.

—Te equivocas. Ese dichoso amor, como le dices, me dio a un terco y tenaz hijo del que me siento orgulloso, aunque a veces no sepa ver que su viejo padre trata de ayudarlo.

—No lo entiendes, papá.

—Hijo, lo entiendo. Eres tú quien necesita entenderlo.

No, él solo entiende lo que sabe de mi turbulenta relación con Megan, que en realidad es poco. Papá vive en la ignorancia sobre muchos aspectos y esa tal vez sea la razón por la que no la suelta y sigue insistiéndome en una relación que no quiero mantener.

—¿Podemos dejarlo ya? —Sueno cansado—. No quiero entrar en discusiones contigo y menos por ella.

Suspira como resignándose a ceder por esta vez.

—Bien. ¿Cuándo regresarás de Liverpool?

Tengo previsto partir a Liverpool dentro de pocos minutos para llevar a Dakota con mi auto, mientras James lleva a los hermanos Campbell en el suyo. Bonnie ha decidido quedarse unos días más con Joe. Es en Liverpool donde mañana tendremos reunión de equipo sobre las actualizaciones de los trabajos realizados en el semestre pasado, aquellos que aún no se han concretado, hacer un plan de estrategia ahora que Seth comenzará la universidad y otros detalles más.

—Estaré dos días. Tengo una reunión y regreso.

—¿Reunión de qué?

—Mis asuntos —me limito a decir.

No es que mi negocio sea un secreto, pero tampoco es que papá conozca todos los detalles, mucho menos los que podrían parecer un poco extraños a simple vista.

—Tus asuntos… —repite como si analizara las dos palabras—. ¿Estás metiéndote en problemas, Jagger? Porque lo último que quiero es investigar que estás haciendo cosas inadecuadas.

—Puedes investigar, papá, no encontrarás nada turbio. No soy estúpido para arruinar mi carrera y futuro.

Excepto que soy consciente de que muchas cosas de las que hago no están bien.

—Confío en tu palabra. —Vuelve la mirada a su reloj—. Llego tarde. Mantenme al tanto de tu viaje, no desaparezcas y ten mucho cuidado, Jagger. Y, por favor, piensa en lo de resolver la situación con Megan. Es un puente que estoy seguro de que no quieres quemar.

Es un puente que quemé hace mucho.

Acepto el abrazo que me da y sonrío cuando me sacude el cabello con una mano de la forma en la que lo hacía cuando yo era apenas un niño, antes de palmearme la mejilla de manera sonora, lo que me tiene riendo.

—Estoy orgullo de ti, Jagger.

—Gracias, papá —digo con suavidad porque esas palabras siempre significan demasiado y no me canso de escucharlas.

Enorgullecerlos a él y al abuelo es importante para mí.

—Ten buen viaje, hijo. —Comienza a caminar y, en última instancia, se gira con una sonrisa—. Dakota es linda, amable, dulce e inteligente, así que te daré un consejo que no estás pidiéndome… Si esa es la chica que despierta algo más que tus hormonas, date por perdido y no luches contra ello.

—No estoy luchando.

—Eso es bueno. —Sonriendo, sale de su despacho y hago lo mismo cerrando la puerta detrás de mí.

Al dirigirme de nuevo a la cocina, me encuentro con Mariana, que esboza un puchero antes de reírse.

—Lo único que evita que me sienta mal y envidiosa es que me es imposible odiar a alguien así —se queja.

—Lo sé, dudo que alguien pueda hacerlo.

Entorna los ojos, pero se acerca riéndose y me da un breve abrazo que no resulta sexual ni insinuante.

—He escuchado que te vas a Liverpool y, cuando vuelvas, ya no estaré aquí. Me alegro de haberte visto, Jagger, incluso si no sucedieron las cosas que me hubiesen gustado que sucedieran.

Vuelvo a la cocina y me encuentro a Dakota riéndose. James sacude la cabeza sonriendo y el abuelo parece muy concentrado en contarle alguna historia. No puedo evitar sonreír mientras me apoyo en el marco de la puerta y los miro. Dakota se está riendo tanto que una lágrima se le escapa e intenta a toda costa calmar su risa, pero no lo consigue.

Tengo un pensamiento fugaz: podría acostumbrarme y disfrutar siempre de esto, de verla reírse con las personas que me importan.

Ariana Grande suena mientras conduzco. Quedan unos treinta minutos para llegar a Liverpool. Ha sido un viaje tranquilo, pero más silencioso de lo que esperaba.

Una rápida mirada a Dakota me hace saber que parece centrada, prestándole atención a la carretera.

—Entonces... —rompo el silencio.

—¿Sí?

—¿Te gustó el festival?

—No soy una bebedora, pero estuvo muy bueno, sin embargo...

Se mantiene en silencio dejándome a la expectativa durante unos breves segundos.

—Mis partes favoritas sobre el viaje no fueron en el festival.

—¿Cuáles fueron?

—Todos los momentos que pasamos juntos, con ropa o sin ella.

Me volteo de manera rápida para mirarla. Está sonrojada y juega con sus dedos. Cuando vuelvo mi mirada al frente estoy sonriendo.

—Y sé que suena cursi, pero esas partes me encantaron. Al final, tomé una buena decisión al ir.

—Me encantó que vinieras. —Me aclaro la garganta—. Me encantó estar contigo.

Durante unos largos minutos, se instaura un silencio que solo alimenta mis recuerdos del tiempo que pasamos juntos, la compañía, las conversaciones, el sexo...

No se cohibió ni avergonzó ni fue tímida sobre el sexo. Me dio la impresión de que, de alguna manera, ella tenía curiosidad y muchas ganas de experimentar. Sus toques, roces, cómo se sentía estar dentro de ella, sus gemidos y mi nombre con voz enronquecida es algo que me quedó muy grabado y de lo que quiero más.

Follar con Dakota ha sido toda una sorpresa y una explosión para mi cerebro.

—¿Será así cuando volvamos? —Su pregunta me saca de mis pensamientos.

—¿Qué cosa?

—Nosotros... —Su voz derrocha convicción—. Porque hay un nosotros y, si dices que no, estaré muy enfadada.

—¿Qué tan enfadada? —Lucho contra la sonrisa.

—No es gracioso. —Me golpea el muslo—. Te dije que si solo querías algo de una noche, debías decírmelo.

—Y no lo hice, ¿cierto? —En respuesta, me da la razón—. Lo que significa que no debes cabrearte porque estoy bien con el «nosotros».

—¿Será así cuando estemos en la universidad?

Sé lo que quiere, pero también me gustaría que me lo dijera. Quiero que deje claros sus deseos y sus límites.

—Será como quieras que sea. —Me encojo de hombros—. Te dije que estaba dispuesto a explorar mi química contigo, que no estaría con alguien más, y no estoy retractándome.

—Vale.

—Dakota, suéltalo. Sé que hay algo más.

Su profundo suspiro resuena en el auto.

—No quiero sonar pesada o intensa, pero con total sinceridad, estoy confiando en ti. Sé que no tenemos un título ni nada oficial, que básicamente nos estamos divirtiendo, pero si decides quedar con otra persona, debes decírmelo y de inmediato esto entre nosotros acabaría. Quiero exclusividad, no quiero terceros o ser el segundo plato. No tienes que ser mi novio para eso, pero no me gusta pensar que harás con otras lo mismo que haces conmigo mientras estamos en esto.

—Hace mucho tiempo que no tengo algo exclusivo, por lo que es muy necesario que, si algo te cabrea en algún momento, lo hables conmigo antes de asumir cualquier cosa —aclaro.

—Bien, anotaré en mi cabeza: «No asumir nada, hablarlo primero con Jagger».

Eso me hace reír y parece que el haber aclarado el asunto de la exclusividad la relaja. Poco después conversamos y no puedo evitar sonreír cuando la mano de Dakota va a la parte baja de mi nuca para acariciarme el cabello, es de las pocas veces que parece hacer el primer movimiento.

—Pregunta —anuncio—: ¿Qué pasa si me enamoro de ti?

—No creo que eso suceda. —Su respuesta parece casi automática.

Suena tan segura que no puedo evitar sentirme intrigado.

—¿Por qué no? Tal vez te resulta difícil entender que te veo muy diferente a la manera en la que pareces percibir tú esta situación.

—¿Cómo me ves?

—Eres preciosa, tienes una de las sonrisas más dulces que he visto y sin intentarlo resultas sexi, pero ¿sabes qué engancha? Cuando, al conocerte, se escucha tu risa encantadora; que eres increíblemente leal, bondadosa y honesta. Tienes muchas cualidades de las que muchas personas carecen y, en un mundo lleno de tanta suciedad, es muy extraño toparse con alguien como tú. Alguien fuerte, determinada, centrada.

»Hasta hace poco pensaba que eras una chica demasiado centrada en sus estudios y en el hecho de planear un futuro, pero ahora sé que esa misma chica está llena de una pasión desmedida, confianza y gratitud. Tienes cualidades que podrían ser contraproducentes, pero que en ti funcionan. —Me río bajito porque reconozco que he sonado demasiado apasionado—. Nunca he conocido a alguien como tú, Dakota Monroe. No entiendo por qué dudarías de que alguien se enamorara de ti.

Permanece en silencio, pero su mano abandona mi nuca y llega hasta mi mejilla hasta que sus dedos terminan en mis labios, donde no puedo evitar mordisquearlos brevemente sin descuidar mi atención de la carretera.

La escucho suspirar, eso me gusta.

—¿Y qué pasa si me enamoro de ti, Jagger? —Me da la impresión de que eso la asusta.

—¿Qué pensaría yo? —Finjo pensar—. Que soy un tipo afortunado de que una mujer como tú sienta cosas por mí. —Hago una pausa, para responder en serio—. No lo sé, supongo que tendría que suceder para saberlo.

—Pero ¿no te asusta que desarrolle sentimientos por ti?

—¿Por qué lo haría? Esa es una posibilidad cuando pasas tiempo con alguien o desarrollas el tipo de cercanía que estamos teniendo. Si llegase a suceder, me gustaría que me lo dijeras. Por la simple razón de que, si alguien no te corresponde como tú lo haces, no mereces esperar por ello cuando hay tantas opciones y cuando no mereces amar sin ser amada a su vez, pero...

—¿Pero?

—¿Qué pasa si no es unilateral? Por eso siempre será bueno que hablemos si eso sucede.

—Trato hecho.

Unos treinta minutos después, estoy deteniendo mi auto frente a la casa de Dakota. Es bonita, tiene una fachada de color amarillo pastel que hace juego con los ladrillos pintados de blanco y algunas franjas de color marrón, además posee un vasto jardín muy bien cuidado con unas pocas flores. Apago el auto y ambos bajamos, de manera terca no me permite ayudarla con la mochila.

Al estar frente a su casa, no puedo evitar pasarle uno de mis brazos por el cuello con el fin de atraerla hacia mí. Su pecho colisiona contra el mío y mis dedos peinan su cabello largo mientras me regala una sonrisa. Me resulta diferente y me llena de una calidez que en este momento no sé cómo describir, pero me hace sonreírle de vuelta.

—¿No es un poco raro? —pregunta. Mi ceja enarcada es toda la respuesta que le doy—. Te busqué para ayudar a mi hermana, no para enrollarme contigo.

—Podemos hacer ambas cosas, somos así de multifacéticos.

Su risita resuena y sus manos se aprietan en mi cintura antes de que me mire a través de sus pestañas.

—Te veo dentro de dos semanas —comienza a despedirse.

Bajando el rostro, le mordisqueo el labio inferior antes de succionarlo entre los míos. Comienzo a besarla y esta vez es su lengua la que se abre paso en mi boca, me gusta que ahora ella no se cohíba de tomar la iniciativa. Es un beso lento del que disfruto.

—¿Sabéis? No estoy muy seguro de si me gusta la idea de ver a mi hija besuqueándose con alguien. Dejadme pensarlo… —dice una voz masculina grave que hace una breve pausa—. Hum, no, no me gusta.

Dakota y yo nos separamos. Cuando alzo la mirada, me encuentro con el papá de Dakota, lo sé porque he visto fotos suyas en sus redes sociales y en las de Rose. Es un hombre alto, musculoso y con tatuajes. En este momento me mira con el ceño fruncido mientras mantiene los brazos cruzados a la altura del pecho.

—¿Quién es tu amigo, Dakota?

—Jagger —responde ella con las mejillas sonrojadas.

Estiro una mano hacia él, que la aprieta con la fuerza suficiente para que duela. ¡Mierda! Alcanzo a ver en el lado interno de su muñeca el nombre de sus hijas tatuado.

—¿Alguna razón en particular para que te llames Jagger o es un apodo? —No suelta mi mano mientras realiza la pregunta con seriedad.

—Mick Jagger, señor, ideas de mi… madre —me cuesta decir la última palabra.

—Mick Jagger es una buena referencia y solo por eso te dejaré entrar a mi casa y explicarme por qué le tragabas la cara a mi hija.

—Papá, Jagger solo me ha traído y…

—Y va a quedarse para el almuerzo, ¿cierto, Jagger?

Es una pregunta trampa porque sonríe como si me retara a contradecirlo, pero yo le sonrío.

—Claro, estaría encantando, señor Monroe.

—No seas molesto, papá.

—Oh, nena, esperé tanto por el día en el que pudiera hacer esto por ti y no solo por Rose que voy a regocijarme sobre todo esto. Pasad, adelante.

Dejo que Dakota pase primero mientras activo la alarma de mi auto y camino detrás de ella. Al entrar a la casa, el papá de Dakota deja caer una mano sobre mi hombro.

—¿Tienes algún apellido, Mick Jagger?

—Castleraigh.

—¿Como esa cadena de empresas transnacionales de comunicaciones?

—Sí, esa es mi familia.

—Ya veo… —dice, no suena impresionado—. Dakota no trae a chicos a casa y tampoco me hace verla besando a chicos. Debo controlar que mi hija no esté con algún imbécil que no le haga honor a su nombre.

—¡Papá! Deja de retenerlo. —Dakota reaparece sin la mochila y toma mi mano tirando de mí.

Escucho a su papá reírse y creo que más que intimidarme, cosa que funciona, él busca molestarla, lo que no quiere decir que no se preocupe de verdad por saber quién soy.

Sigo a Dakota, que está avergonzada de esta situación. Cuando llegamos hasta la sala, una mujer está en una extraña posición mientras un olor a especias llena el aire.

—Cariño, deja tu meditación. Resulta que Dakota no ha encontrado un cachorro de camino a casa —anuncia su papá pasando por delante de nosotros. Se sienta en uno de los sofás y apoya su tobillo sobre su rodilla—. Dakota se ha superado y de camino a casa ha traído a un chico con el que comparte saliva. ¿La buena noticia? Se llama Jagger. ¿La mala? Parecía demasiado amistoso con la boca de nuestra hija.

—¡Papá, basta! —Dakota se gira para mirarme con los ojos muy abiertos—. Oh, Dios, lo lamento mucho, Jagger.

Le dedico una sonrisa antes de volver mi atención a su mamá, que se incorpora y toma profundas respiraciones antes de abrir los ojos, inspirando hondo y acariciando una de las plumas que lleva en la cabeza. Rose tiene más de ella físicamente que Dakota, Dakota parece una mezcla de ambos padres.

—¿Esa es la mascota que has encontrado, Dakota? —pregunta su mamá poniéndose de pie.

Se ve más joven de la edad temprana que Dakota me dijo que tenía. Sus padres apenas están en los inicios de sus cuarenta, del mismo modo en el que lo está Megan.

—No desprende mala energía y ella parece relajada a su lado —continúa su madre.

—No lo sé, cuando compartían saliva, no se veía tan relajada. Parecía acelerada y recuerdo que es así como tú y yo hemos conseguido un nuevo bebé.

—Por favor, no vayáis por ahí —implora Dakota soltándome la mano para juntar las suyas en una súplica.

Toda esta situación es extraña y divertida.

—¿Has dicho que se llama Jagger?

—Sí, y él ha dicho que podemos llamarlo Mick Jagger —sentencia su papá. No lo he hecho, pero bueno…

—Hum… Tiene sentido, tiene ese aire de un Jagger, aunque nunca he conocido a uno —asegura su mamá antes de acercarse con pasos lentos—. Aunque su nombre en país o ciudad sería algo como Dubái. Encaja con Dakota.

—Esto es tan vergonzoso… —murmura Dakota consternada.

—Hola, nena. —Su madre le besa la mejilla y luego se la acaricia con ternura—. Te extrañé.

—Hola, mamá, me alegra que me extrañaras. —Dakota no puede evitar sonreírle. Luego su mamá se voltea para mirarme y sonríe de costado.

—¿Así que encontraste a Dubái en el camino a casa?

—¡No se llama Dubái!

—Es Mick Jagger, cariño —la corrige el señor Monroe.

—¡Es Jagger! —recalca Dakota interrumpiendo a sus padres.

—Bueno, estoy segura de que tenemos mucho de que hablar con este caballero. Es bueno que haya venido justo para el almuerzo obligatorio vegetariano de la semana. —Su sonrisa crece—. Así podremos hablar sobre lo que tu papá asegura haber visto. Por cierto, Dubái, soy Virginia y ese hombre atractivo y carnívoro es mi esposo, Spencer.

—Un gusto conocerlos.

—Iré a cocinar. Spencer, cariño, ven conmigo a ayudarme. —La mamá de Dakota se pierde al cruzar un pequeño pasillo.

—Nada de comerse las bocas, os estaré observando, y prepárate, Mick Jagger, mi esposa y yo somos muy curiosos —advierte el papá de Dakota antes de irse.

Tengo que admitir que esta situación es inesperada.

—Lo siento, Jagger, pero te dije que mi familia es especial y ahora estás envuelto en un día de locura.

—Solo me preocupa una cosa.

—¿Qué?

—¿Tu mamá dijo que era un almuerzo obligatorio vegetariano?

—¿Eso es lo único que te preocupa de mi familia? —Parece incrédula y yo me río.

—Eres especial, Dulce, entonces, ¿por qué iba a creer que tu familia no lo era? No me han molestado.

—Recuerda eso cuando la tortura comience.

—Lo haré. —Tengo curiosidad sobre cómo va a transcurrir esto.

27

DE LOS MONROE, PELUCHES Y MOMENTOS ESPECIALES

Jagger

Enarco una de mis cejas mirando a Rose. No deja de mirarme fijamente, hasta hace poco nos llevábamos bastante bien cuando hablábamos, ahora parece alerta de que salga con su hermana.

—Vas a desgastarlo —murmura Dakota, me volteo y me la encuentro entrecerrando los ojos hacia Rose—. Sí, es Jagger, y sí, está sentado en esta mesa.

—Solo es extraño —termina por decir Rose antes de darle su atención al teléfono.

Siento la mano de Dakota en mi pierna y de nuevo me volteo a mirarla. Me sonríe y yo le correspondo al gesto.

—Si mi familia se vuelve muy rara, solo recuerda que soy un poco más normal.

—Lo tendré en cuenta.

—Es-pa-cio. Espacio. —El papá de Dakota pasa su mano por en medio de nuestras cabezas obligándonos a alejarnos.

Me hace gracia, pero también me intimida.

—Papá, compórtate.

—Es lo que hago, hija. —Se inclina y besa su frente, luego me mira y señala con su índice—. Tú, compórtate.

—Me estoy comportando, señor.

—¡Spencer! Deja a Dubái tranquilo y ven a ayudarme a llevar las cosas a la mesa.

—Vale, manos alejadas —nos ordena una vez más antes de ir a ayudar a su esposa.

Me giro hacia Dakota.

—Nunca en mi vida he llegado a pensar que mi nombre en país o ciudad sería Dubái.

—Mis padres son especiales.

—Me agradan.

—O solo quieres meterte en las bragas de mi hermana —interviene Rose recordándonos su presencia.

Voy a responderle, pero Dakota se adelanta:

—Ya lo ha hecho, así que no tendría por qué ser amable si no lo quisiera.

Rose luce sorprendida y, siendo sincero, yo también lo estoy. Dakota se encoge de hombros mientras sus mejillas se sonrojan.

—Solo destaco un hecho para que ella deje de juzgarte y de ser molesta. —Ahora mira a su hermana—. No vas a espantarlo, así que detente. Me gusta Jagger y tienes que acostumbrarte a que esté alrededor, porque no quiero que esto termine.

Entiendo de dónde vienen las dudas de Rose. No es un secreto que he estado en aventuras casuales, pero no tengo planes de lastimar a su hermana y quiero que lo entienda.

—No voy a hacerle daño a Dakota, Rose.

—Y si se lo haces, haré que te tragues las bolas.

—Parece justo —concuerdo, y eso parece hacerla calmarse, porque acaba por sonreír.

—Bien —sentencia, y Dakota sonríe relajándose un poco más.

Minutos después, sus padres vuelven con la comida. Aunque no hay rastro de ninguna carne animal, el olor y el aspecto de la comida es increíble.

—Bueno, nos sentimos honrados de tenerte en nuestra mesa, Dubái…

—Mamá, por favor, llámalo Jagger.

—Mick Jagger —corrige su papá, y no puedo evitar reírme.

—Gracias por invitarme, señora Virginia.

—Oh, no, Dubái, no tengas problema en llamarme Virginia, eso creará un vínculo de comodidad en esta familia. A mi esposo puedes llamarlo Spencer.

—También creará tu muerte si descubro que Dakota tiene un solo rasguño o derrama una sola lágrima —me advierte Spencer sin perder la sonrisa, lo que lo hace más amenazante.

—Entendido, Spencer.

Dakota ya ni siquiera intenta intervenir porque creo que se da por vencida y nota que esto no me asusta ni desagrada. Es refrescante y nuevo, además, hace mucho tiempo que no me relacionaba con la familia de una chica que me gustara o que quisiera algo exclusivo.

—¿Te gustan las motos? —Dirijo mi vista al papá de Dakota y detengo mi mano, que se disponía a tomar una pieza de pan.

—No, señor, no tiene que preocuparse de que exponga a Dakota al peligro.

Rose suelta una risita y Dakota se queja por lo bajo. No entiendo por qué, pero creo que he dicho la cosa equivocada cuando Spencer Monroe frunce el ceño.

—¿Crees que expongo a mi hija al peligro cada vez que la subo a mi moto? ¿Que soy irresponsable porque me gusta andar en una? Porque desde que nació Dakota jamás se ha sentido insegura cuando sube a una moto conmigo. Nunca expondría a mi hija si pienso que estoy haciéndole daño o que se va a lastimar.

Mierda, esta es una horrible manera de equivocarse cuando intentas ser un lamebotas con el papá de la chica que te gusta.

—Para nada, señor —consigo decir. Espero que no me eche de su casa o me prohíba ver a su hija.

—Pero acabas de dejar claro tu odio hacia las motos. ¿Estás intentando darme la razón solo para meterte con mi hija?

—No, no. No es así.

—Pues…

—Spencer, déjalo. —La madre de Dakota me salva y sonríe—. Tranquilo, a mí me gusta mucho que no andes en esos artefactos que lastiman tanto a la naturaleza.

—Ah, pero eso no es lo que dices cuando te subo a mi moto —gruñe Spencer.

Dakota y Rose se quejan ante tanta información y yo contengo una sonrisa.

Tengo que admitir que es un almuerzo peculiar, pero no en el mal sentido. Me lo paso bien y, pese a estar un tanto intimidado por lo excéntrica que es esta familia, me gusta esta locura.

Después de comer y responder a preguntas divertidas o participar en un debate sobre el brócoli, Dakota me muestra la ubicación del baño. Tras orinar y lavarme las manos, sonrío al encontrarla esperándome.

—¿Quieres ver mi habitación?

Dudo que esa sea una invitación para follar. Siendo franco, me intimida hacerlo después de que su padre me haya garantizado que tiene ojos en todas partes, pero mi entusiasmo por conocer su espacio es instantáneo cuando me toma la mano y la dejo guiarme.

Caminamos por el pasillo angosto de la izquierda hasta detenernos en una puerta blanca que tiene pintado un camino de girasoles y orquídeas.

—Mamá las pintó —me dice.

—Tu casa tiene una estructura bastante interesante y amplia.

Por fuera se ve más pequeña de lo que es y solo cuenta con un piso consiguiendo tener pasillos y lugares abiertos. Está claro que el arquitecto que la creó claramente quería un desafío y funcionó.

—Nos mudamos aquí cuando yo tenía doce años. Nuestra antigua casa era muy grande, una herencia del abuelo, pero mis padres pensaron que era poco acogedora —me cuenta abriendo la puerta—. Con el nuevo bebé, creo que tendrán que transformar uno de los estudios en habitación o tomar la que siempre fue de huéspedes.

—Desventajas de los bebés inesperados.

Asimilo todo en el entorno porque soy consciente de que una habitación dice mucho de una persona. Las paredes son una combinación de blanco con verde menta, es espaciosa con una cama matrimonial de cabecero beige. Un amplio escritorio con una computadora de pantalla plana se ubica contra una de las ventanas y hay cuadros de paisajes exóticos en las paredes. Tal como lo esperaba, no hay desorden. De hecho, su armario se encuentra cerrado y sonrío al ver sobre la cama de sábanas beige al menos cuatro peluches y uno de ellos es un pato.

—Qué dulce —digo todavía sonriendo, y ella se ríe por lo bajo.

—Son especiales, han estado conmigo desde que era pequeña.

—Ah, entonces tendré que agradecerles por hacerte compañía.

Camino hacia el escritorio al ver que tiene una foto de sus padres cuando se casaron y otra donde están los cuatro. También hay un par de libros con portadas interesantes que me hacen enarcar las cejas.

—Son de Rose, ama leer romance, sobre todo el que tenga folleteo, y me presta algunos, a veces los leo.

—Y esas son tus próximas lecturas.

—Si me atrapan —dice.

Me saco el teléfono y tomo una foto de ambas portadas, uno parece ser un romance gay.

—¿Qué haces?

—Buscaré los e-books, así podremos conversar de ellos mientras no nos veamos. —Me guardo el teléfono.

—¿Hablas en serio?

—Muy en serio.

Girando de nuevo, camino hasta su cama. Veo que, además del pato, hay dos osos de diferentes tonos de marrones y tamaños y un conejo que parece bastante viejo y vestido con ropa de lo que asocian con roqueros.

—¿Por qué tengo la impresión de que tu favorito es el conejo?

—Se llama Rick y está conmigo desde que tengo un año. Cuando papá tuvo que estar afuera por un mes y medio, dijo que Rick me cuidaría mientras él no estuviese. —Sonríe tomándolo en su mano antes de abrazarlo—. Sería imposible que no fuese mi favorito.

Pese a que su historia es bonita, no puedo evitar sentir una punzada de tristeza y celos, yo no tuve eso. Es cierto que papá y el abuelo han sido cariñosos y amorosos, me dieron juguetes y momentos increíbles, pero tal vez si Megan hubiese sido diferente, podríamos haber compartido momentos como esos.

—Luces triste.

—Solo estoy celoso —digo de broma.

—¿De mis peluches infantiles?

—De los recuerdos —digo mirando hacia su cama—. Con Megan no tuve algo así.

—Megan es tu mamá —intenta recordar, y asiento.

—Está genial que tengas esos recuerdos. —Intento sonreír.

—¿Sabes qué? Puedes tener al señor Quack.

—¿El señor Quack? —pregunto divertido, mientras la veo tomar al pato vestido con ropa deportiva.

—Sí, este señor es *fitness*, por lo que siempre te mantendrá en forma, estará atento a tus horarios y te hará compañía —lo dice en tono de broma, aunque su sonrojo delata que se avergüenza, pero que quiere hacerme sentir mejor—. ¿Estoy siendo ridícula? —pregunta con el pato ya en su mano y habiendo dejado el conejo en la cama.

—Estás siendo adorable. —Estiro la mano y le acaricio un pómulo con el pulgar—. ¿Estás segura de que quieres darme al señor Quack?

—Sé que estará en buenas manos y cuidará de ti.

Una risa escapa de mí y termino por sonreír antes de atraerla hacia mí. La abrazo apoyando mi barbilla en su cabeza y siento que sus brazos me rodean la cintura.

—Gracias, Dakota —murmuro.

—Solo es un peluche —intenta restarle importancia.

Me separo los centímetros suficientes para poder bajar la mirada a su rostro.

—Es más que eso —susurro antes de cubrir sus labios con los míos y besarla con lo que espero que sea dulzura.

El beso es lento, suave y me permite experimentar este momento como algo más que atracción o cercanía física. Cuando nos separamos, ella me sonríe con suavidad y le doy otro beso corto antes de retroceder y mirar al pato.

—Bienvenido a mi mundo, señor Quack.

—Deberíamos volver, hemos tardado mucho y papá vendrá a amenazarte.

—Sí que es intimidante.

—Mi papá es un amor —asegura mientras caminamos hacia la salida.

—¿Es cierto que nunca has traído a un chico aquí? —pregunto cuando vamos por el pasillo que nos conduce a la sala.

—No sentí la necesidad de hacerlo. Es decir, algunos me vinieron a buscar o me trajeron, pero no conocieron a mis padres de manera formal. Tampoco se interesaron. —Me mira de reojo—. Tuve muy pocas relaciones formales, todas fueron cortas. No funcionaban y me sentía demasiado joven para llevar relaciones así de intensas.

—Me alegra haber sido el primero.

—No deliberadamente. Además, no eres mi novio.

Es cierto, todavía no lo soy.

Pero creo que quiero serlo.

Cuando llegamos hasta la sala, su papá me lanza una mirada de sospecha. Se encuentra sentado al lado de Rose y está frunciéndole el ceño al teléfono de esta última, que se ríe.

—Papá, pero es superdivertido.

—Es desagradable, no me hace gracia, Rosie. —Mira de Dakota a mí—. Habéis tardado demasiado en el baño.

—Le enseñaba la casa a Jagger.

—¿Por qué tienes al señor Quack? —me pregunta Rose.

—Dakota me lo ha prestado.

—Oh, eso está bien, porque mi hija tiene una hermosa energía en este momento que te está transmitiendo a través de un objeto preciado —dice Virginia desde el sofá individual mientras ojea una revista ecológica.

—En realidad, se lo he regalado —dice Dakota, y me volteo a verla, ella me sonríe.

—Tiene significado para ti —murmuro.

—Sí, y ahora lo tendrá para ti. Si tanto te preocupa, entonces esperaré que en algún momento me regales uno. —Se encoge de hombros.

Quiero tanto besarla, pero algo me dice que su papá se pondría más intimidante si lo hago.

—Muchas gracias por la hospitalidad y por el almuerzo. Me encantaría quedarme otro poco más, pero debo irme.

—Muchas gracias por recibir a mi hija en Londres, tus buenas vibras y haberla traído a casa. —Virginia se levanta y me da un abrazo—. Conduce con cuidado y espero verte pronto. Estoy segura de que lo haré, Dubái.

—Sigue siendo un buen chico —dice Spencer estrechándome la mano—. Me agradas, Mick Jagger, no me hagas cambiar de opinión.

—Me esforzaré en no hacerlo.

Rose me despide con la mano mientras sonríe y, junto a Dakota, caminamos fuera de la casa hasta que estamos frente a mi auto. Ya allí, medito si debo besarla una vez más. Hay una suave sonrisa en el rostro de Dakota, no está tensa e incluso me atrevería a decir que luce muy feliz.

Por un momento, pienso que me gustaría quedarme, la realidad de que estaremos semanas sin vernos no me resulta nada atractiva.

—Gracias por el peluche y por todo. —Estiro una de mis manos para tomar un mechón de su cabello—. Debo irme. Nos vemos pronto, Dulce.

Se alza sobre las puntas de sus pies, presionando suavemente sus labios en mi mejilla y sonrío al ver en la ventana que su familia nos mira sin ningún tipo de disimulo.

—Les agradaste a mis padres.

—¿Significa eso que no habrá problemas si un día decido volver?

—¿Te gustaría hacerlo? —Percibo un tono de ilusión en su voz.

—Siempre y cuando quieras recibirme. —Llevo mis manos a su cuello y, sin importarme que nos vigilen, bajo mi rostro y le doy un beso rápido en la boca—. Disfruta de tus vacaciones.

—Tú igual.

Comienzo a alejarme, porque si seguimos en esta despedida, me temo que la visualización de nosotros en unos serios besos intensos incomodaría a su familia y que yo nunca terminaría por irme. Así que subo a mi auto, dejo al señor Quack en el asiento de copiloto y le doy una última mirada a Dakota, que sonríe cuando me dice adiós con la mano.

Dakota es la chica dulce, la dramática, la risueña, la apasionada, la tímida, la sexi, la bonita y la estudiosa. Tiene un montón de adjetivos para ser descrita que podrían colisionar, pero que de alguna manera funciona en ella. Hace dos meses o algo así que nos conocemos, todo está sucediendo de una manera muy rápida, pero ¿cómo se detiene todo esto? No es que tampoco quiera poner pausa, me gusta avanzar.

Le guiño un ojo antes de poner el auto en marcha e ir a mi reunión con mi equipo. Mientras conduzco, no puedo evitar pensar en cuánto me ha gustado todo el asunto de Dakota hablando con mi pequeña familia y de mí hablando con la suya.

A veces no notamos los grandes cambios hasta que ya han sucedido.

28

REUNIONES Y VISITAS INDESEADAS

Jagger

La reunión con mi equipo se está llevando a cabo y los últimos en llegar son Lorena y Louis.

Estamos reunidos en el jardín de la inmensa casa de James. Su papá es un importante ingeniero petrolero y no existen carencias materiales en esta familia. Ama que James tenga amistad con un Castleraigh, pero no dice lo mismo del resto, cosa que a James no le importa aunque suele molestar a su papá. Así que mi buen amigo pertenece a una familia adinerada y con estatus internacional que hoy nos acoge en un lugar de su mansión sin que su papá lo sepa.

—Deberíamos empezar, tengo pensado volver a Londres dentro de unas horas con los hermanitos Campbell —anuncio captando su atención—. Lorena, ¿alguna actualización?

—Odio los casos de bastardos infieles. Si me dejaran cortarles la polla, habría menos problemas.

—Terminarías en la cárcel y el abogado nos saldría muy costoso, ¿cierto, Jagger? —pregunta Seth bastante divertido barajeando unas cartas.

—Seth tiene razón, nos saldría mejor dejarte en la cárcel —asiento hacia ella—, pero dame un informe real sobre cómo has cerrado tus casos este semestre pasado.

Me siento en el brazo del sofá donde se encuentra Maddie pintándose las uñas de las manos. Mientras Lorena, con voz perezosa y aburrida, toma su carpeta y va exponiendo su trabajo durante el semestre. Louis toma notas como loco en su portátil; no es algo que se le haya asignado, pero agradezco que lo haga aun cuando soy capaz de recordar con precisión todo.

Cuando Lorena termina de hablar, James y Seth comienzan a aplaudirla. Yo contengo las ganas de reírme porque ella les muestra el dedo corazón, claramente fastidiada de ellos.

—Excelente exposición, buena dicción, no leíste y tenías dominio del tema —se burla Jamie.

—Ya que estás tan participativo, es tu turno, Jamie —señalo, y él se ríe antes de ponerse de pie.

—Muy bien, comencemos con que he sido una excelente distracción para todas las chicas del campus a la hora de sacar información, incluso para las profesoras. No ha sido difícil ser una especie de camaleón cuando todos piensan que solo soy el amigo rico y mujeriego de Jagger...

—Eres el amigo rico y mujeriego de Jagger —reafirma Maddie enarcando una ceja.

—Cariño, espera tu turno para hablar, ¿vale? —Retoma su informe—. La cuestión es que aquí está resumido lo que he hecho este último semestre. Hay un par de casos que hay que retomar y he estado hablando con Jagger para incorporar una nueva herramienta al juego...

La diferencia entre la explicación de James y la de Lorena es abismal. James gesticula, lo adorna y hace un par de bromas, además de que mira de vez en cuando lo que tiene en su hoja. La siguiente es Maddie, que parece estar relatando un cuento mientras nos muestra que ha hecho una digitalización de ilustraciones para que entendiéramos mejor sus explicaciones. Louis es tímido como siempre, pero tiene una manera de exponer increíble que hace que te preguntes qué clase de libros se traga; no tartamudea y usa el tono de voz perfecto para captar nuestra atención.

Y luego está Seth, que bosteza y lo resume todo en una frase:

—He salvado todos los culos de vuestros clientes con mi cerebro y mi portátil.

—Bien. Tenemos un total de cuatro trabajos que concretar. Dos son de Jamie y, Louis, encárgate de ayudarlo. El otro trabajo es para Chad. ¿Quién lo toma?

—Chad parece que siempre tiene un problema —se queja James—. No me extrañaría que pidiese ayuda hasta para abrir una lata de cerveza.

—Puedo encargarme —dice Louis—, pero alguien más debe dar la cara.

Louis es el miembro silencioso que nadie conoce. Ni siquiera nos relacionan como amigos y eso es porque él lo prefiere así, lo que también ha resultado ser una ventaja.

—Puedo fingir que soy quien lo ayuda —se ofrece Maddie, y asiento mientras Louis le sonríe.

—Seth, serás el nuevo en la universidad. Quiero que las personas te vean solo como el hermano de Maddie y nuestro amigo. En teoría, funcionará porque pensarán que solo eres un niño empezando su experiencia universitaria.

—Es lo que es —dice Lorena, y Seth entorna los ojos.

—No tienen por qué saber que eres parte de mi círculo —continúo—. No tienes por qué esconder que eres bueno en tus clases, pero si fueses abierto socialmente, como el estudiante divertido y agradable, creo que funcionaría bien.

—Soy abierto socialmente y agradable, no tengo que fingir.

—El otro trabajo que falta por hacer es... —Respiro hondo, no quería tener que involucrar a otros, puesto que hasta el momento solo le había pedido ayuda a Lorena—. Es un caso que había tomado como personal, pero parece que no estamos lidiando con el tipo de atacante descuidado.

—¿Se trata de aquel teléfono que debí revisar aquella vez? —Seth enarca ambas cejas, es demasiado intuitivo.

—Sí. Se supone que es mi caso especial y precisamente porque lo es admito que necesitaré de todo el equipo o al menos la colaboración de varios de vosotros. —Paso una de mis manos por mi cabello—. Se trata de Rose Monroe.

—Sé quién es. —Maddison asiente y James se ríe.

—Cariño, todos sabemos quién es esa bomba sexi —le dice—. Es popular y agradable, además de ser la hermana de la novia de Jagger.

—¿Esa pobre chica ya es tu novia? Pobrecita... —se burla Lorena—. Y sí, todos sabemos quién es Rose Monroe.

—Yo no sé quién es —comenta Seth.

—Tú no cuentas, bebito.

—Lo siento, vejestorio —le responde a Lorena.

—Te señalaremos luego quién es, Seth —hablo antes de que Lorena pueda replicarle—, y, en efecto, es la hermana de Dakota.

—¿Tu Dakota? ¿Dakota, la chica genial que jugó a las cartas conmigo? —pregunta Seth.

—Esa misma Dakota, hermanito —interviene Maddison—. La que tiene a Jagger putito babeando.

—¿Qué pasa con Rose Monroe? —cuestiona Louis sin dejar de prestar atención para tomar nota.

—Esto no debe salir de aquí de ninguna manera —les recuerdo, pero la realidad es que confío en ellos—. Rose se acostó con su profesor de Ética.

—Bastante ética tiene el profesor. —Jamie sonríe al decir esto.

—Espera. ¿El que tuvo aquel problema en nuestro primer semestre? ¿Las chicas que estábamos ayudando? —recuerda Maddie.

Asiento confirmando su pregunta y ella frunce el ceño. Al igual que yo, ella cree que esas chicas no mintieron y que quizá el miedo las hizo renunciar y marcharse.

—Creedme, el tipo físicamente es un sueño, pero es un asco que solo tiene labia barata y romanticona para atrapar a chicas que sueñan con aventuras peligrosas y el amor verdadero —nos informa Lorena antes de hacer una mueca—. He estado ayudando a Jagger a relacionarme con dicho profesor y sé de lo que hablo.

—Alguien desconocido pilló a Rose Monroe en su aventura y ahora la están extorsionando por ello —miro a cada uno de ellos—, pero no están pidiéndole dinero a cambio.

—¿Qué quieren? —Seth parece atrapado por los detalles.

—Aparentemente, favores y disposición sexual de Rose Monroe.

—¡Vaya hijo de puta! Hay que ser un hombre muy mierda para hacer algo así. —James está indignado.

—¿Por qué asumes automáticamente que es un hombre? ¿Crees que ninguna mujer podría solo tener algo contra Rose? Creo que mientras los hombres la desean, muchas mujeres la detestan. —El argumento de Lorena tiene lógica.

—Excepto que si es extorsión que implica sexo, no sería una mujer que la detestara, sino alguna que la desea y que podría solo tener un fuerte resentimiento sobre desear a una mujer que sabes que nunca te corresponderá —añade Maddie—. Ya sabéis, algo de índole pasional y no de envidia.

—Depende, creo que ambas opciones tienen algo a favor —interviene Louis—, pero la cosa está en que, si Jagger no ha podido descartarlo y resolverlo fácilmente como pretendía, entonces también podríamos deducir que la persona intelectual no trabaja sola.

—Podría tratarse de alguien que siente pasión hacia Rose junto a alguien que la detesta, o viceversa —completa Seth—. Basándonos en que tuvieron tanto cuidado que no logré sacar algo importante del teléfono, debemos asumir que o se trata de una persona que conoce muy bien sobre esto o…

—Trabaja con alguien de fuera o de dentro de la universidad que conoce de este tipo de acecho —digo, Seth asiente—. Es bastante bueno verlos unir piezas. —Sonrío—. ¿Lo anotas, Louis?

—Estoy en ello, Jagger.

—Bien, hace una hora os he enviado al correo el informe sobre el caso de Rose y los pocos avances que hay. Leedlo, guardadlo en vuestra memoria y luego eliminadlo. Siempre es bueno ser precavidos cuando no sabemos hacia dónde nos dirigimos.

—¿Rose sabe que estamos trabajando en su caso? Te veo más relacionado con la hermana y no hay ficha de ella en nuestro sistema —comenta James.

—No hice el trato con Rose.

—Lo hiciste con Dakota —dice Seth.

—¿Estás follándote a alguien que pide ayuda del negocio? —cuestiona Lorena.

—Dakota es más que un caso.

—Es especial, ¿eh? —pregunta Jamie, y no respondo en voz alta, pero nuestro intercambio de miradas lo dice todo.

—Solo diré que no me agrada Rose Monroe, pero ninguna mujer u hombre merece ser extorsionado por algo que ocurrió dentro de su intimidad y de manera consensuada —habla Lorena—. Son mayores de edad y el tipo no está casado. Si bien es su profesor, leí el reglamento y técnicamente es un poco difuso comprender lo malo que es involucrarse con un profesor. Se sanciona y se discute si debes ser expulsado, pero te dan derecho a una especie de juicio.

»No me gusta que las personas chantajeen a otras, mucho menos con fines de esclavitud sexual, como si retrocediéramos en el tiempo donde algunas personas solo eran objetos designados a servir a los demás. Hemos evolucionado o eso quiero creer.

—Totalmente de acuerdo con Lore —la apoya Maddie—. Así que vamos a trabajar en este caso y ayudar a la cuñada de Jagger putito.

—Siguiente punto —anuncio—. Creo que durante las dos primeras semanas de regreso de semestre debemos abstenernos de obtener nuevos casos, o al menos que sean sencillos y no requieran de mucha elaboración y ejecución.

Todos asienten.

—Y el último punto —continúo— es que creo que nos vendría bien adherir dos personas más al equipo. No de semestres altos, deben ser bajos para que puedan actuar junto a Seth si hace falta. Necesitamos a alguien sociable y alguien con alguna habilidad que pueda sernos útil.

—Debemos ser cuidadosos y no ir en búsqueda de cualquiera —dice Lorena.

—Estoy de acuerdo con Lorena, creo que no debemos buscarlos —concuerda James—. La mayoría de nosotros fue algo espontáneo, no debemos forzarlo. Lo sabremos cuando uno de nosotros dé con esa persona.

—¿Qué tal Aria? —propone Maddie.

—No —decimos Lorena, Seth y yo al mismo tiempo.

—Es demasiado cortante, se pasa el tiempo coqueteando con Jagger, no le cae bien a la mayoría de las personas y esto no funciona por amiguismo —enumera Lorena sin ningún tipo de tacto.

—Aria está totalmente fuera de esto —digo yo.

—Solo era una sugerencia y sabéis que, pese a que puede ser difícil, es una buena persona.

—Sin duda no es mala —dice Seth—, pero apuesto a que trabajar con ella es una auténtica pesadilla.

—No es la persona que necesitamos —concluye James.

—Cerrado ese punto... —retomo—. ¿Alguien tiene algo que decir de algún otro tema? —Todos niegan ante mi pregunta—. Bien, entonces podemos concluir con esto y comernos las benditas galletas que nos ha enviado la madre de Louis.

Quedan poco más de dos horas para que los hermanos Campbell y yo volvamos a Londres, ahora estoy con ellos y James en un Starbucks, tomando unos cafés mientras pongo al día a James sobre las notas que he estado recibiendo.

—¿Cómo has tardado tanto en decirme esto, Jagger?

—Quería esperar a que estuviésemos en un lugar seguro. Las cosas han estado algo extrañas a mi alrededor en la universidad.

—¿De la manera en la que lo estuvieron antes de que todo sucediera? —cuestiona, y asiento en respuesta—. ¿Crees que son las mismas personas?

—Estoy seguro. Es como si se burlaran de lo que sucedió, como si jugaran con el pasado para construir el presente.

—Jagger sospecha de Drew —le informa Maddie.

—No lo sé, él es bastante imbécil, pero no creo que llegue a tales atrocidades, Jagger. Eso conllevaría a que pensara de más.

—No hace daño vigilarlo —es lo único que digo.

—De acuerdo, tendremos un ojo puesto en Drew —cede.

—También vamos a instalar cámaras en el auto de Jagger, ya que las notas las han dejado allí —comunica Seth—. Ya las he encargado por internet.

—Es una buena movida, bien pensado. —James me mira—. ¿Por qué no se lo has dicho a Louis y a Lorena?

—Confío en ellos, pero esto es personal. La razón por la que os lo digo a vosotros es porque sois como mis hermanos.

—Oh, eso es tan dulce... —Maddie me pellizca una mejilla.

—Parece que salir con Dakota le ablanda el corazón —se burla James.

—¿Ese no es Abel? —pregunta Maddie.

Todos, incluso Seth, que aún no lo conoce, nos volteamos hacia donde señala. Está al otro lado de la calle hablando por teléfono, lleva la capucha del suéter sobre su cabeza junto a unas gafas de sol, como si se ocultara...

—¿No es de Mánchester? —vuelve a hablar Maddie.

—Parece que tenemos a otro sospechoso que vigilar... —murmuro.

A pesar de haber hecho un viaje corto a Liverpool, no estoy ni un poco cansado luego de dejar a Maddie y Seth en su casa. Sin embargo, estoy distraído, por lo que solo me encargo de abrir nuestra cochera y dejar mi auto. Entro por la cocina y saco una lata de Coca-Cola del refrigerador, la abro para darle un largo trago.

Hay voces en la sala, por lo que camino hasta el lugar solo para detenerme cuando llego.

Papá no está solo.

—Jagger... —Rechino los dientes al escucharla decir mi nombre y vuelvo la mirada a papá, que se pone de pie.

—¿Qué hace ella aquí?

—Jagger, por favor, seamos adultos.

—No tengo nada que hablar con esta señora. —Incluso yo detecto el resentimiento en mi voz.

—Hijo, por favor, solo quiero hablar... —dice ella.

—No tengo nada que escuchar de ti, Megan. Solo quiero que me dejes en paz.

—Necesitamos hablar, Jagger, y vas a escucharme.

—No te dejaré nunca más hacerme daño. No me importa ninguna mierda que debas decirme. En lo que a mí respecta, tú y yo no tenemos nada que hablar.

—Jagger...

—¿Por qué no hablaste conmigo cuando de niño me usaste como un cebo para que papá no supiera de tus engaños? ¿De lo que vi? ¿Lo que escuché? ¿Los peligros a los que estuve expuesto por ti? ¿Lo que le hiciste a la persona que te confié? —Una lágrima rueda por su mejilla—. Sí, eso creía. Es demasiado tarde, Megan.

Paso de largo ignorando a papá, que grita mi nombre mientras salgo por una de las puertas laterales y camino hasta la casa de la piscina. Doy un trago de mi refresco antes de dejarla en una de las mesas y tirarme del pelo.

Ver a Megan me hace daño. Siempre tiene el mismo efecto y lo odio porque eso aún le da poder sobre mí.

¿Por qué no puede olvidarme sin más? Si yo puedo fingir que no tengo una madre, ¿por qué no finge que nunca tuvo un hijo al que le rompió el corazón más de una vez? Puede que le importara cuando era un niño, pero luego comenzaron sus disparos hacia mí y finalmente hizo algo que no puedo olvidar. Mi mamá hace años dejó de ser una madre. Pensé que, luego de haberme fallado una y otra vez, iba a ayudarme, a ayudarnos, y lo único que hizo fue acabar por destruirnos.

Doy un grito. Me exaspera que papá aún quiera atraerla a mi vida, que barra debajo de la alfombra todas sus faltas y finja que ella nunca ha hecho nada. Megan siempre fue su debilidad, incluso cuando lo lastimó más de una vez. Él siempre va a ayudarla pese a que no hayan estado juntos en años; sin embargo, eso no marca ninguna diferencia en su lealtad hacia ella.

Mi teléfono vibra y de mala gana lo saco de mi bolsillo para ver quién me ha escrito.

Dulce: Gracias por haberme hecho pasar unos días geniales.

Dulce: Vale, creo que es tonto agradecerte por ello…

Dulce: No importa, de verdad quería agradecerte y ¡aggg!

Dulce: Mejor olvídalo.

Sonrío y le respondo.

Jagger: Por el contrario. Gracias a ti. No lo sabes, pero a veces unos simples mensajes divagando pueden convertir una situación de mierda en una sonrisa.

Jagger: Duerme bien, Dulce.

Dulce: Descansa, Jagger.

29

CAER POR JAGGER

Dakota

Abro un ojo cuando siento una caricia en la nariz. Me encuentro con el rostro de papá, que se lleva uno de sus índices a los labios para pedirme que guarde silencio. Una música hindú relajante suena mientras mamá y Rose se ven relajadas en sus posiciones de meditación, cosa que yo no lograba. Así que le sonrío a papá y tomo la mano que me ofrece para ayudarme a levantarme.

Contengo las ganas de reírme mientras caminamos hasta la cocina y, al llegar, me encuentro un trozo grande de pastel de chocolate con fresas. Papá me alza sentándome sobre la encimera mientras él se sienta en una de las sillas altas. Toma una cucharilla para él y otra para mí, para que compartamos el delicioso manjar.

—Creo que nunca aprenderé a meditar —confieso tomando un bocado.

—No te sientas culpable. Yo llevo más de veinte años con tu mamá y nunca he aprendido a hacer meditación o yoga.

—Polos totalmente opuestos.

—A veces así sucede y funciona, cariño.

No puedo evitar pensar que así es como somos Jagger y yo: polos opuestos.

—Estás muy entusiasmado por el nuevo bebé, ¿verdad? —pregunto sonriendo, y él también lo hace en respuesta.

—Mucho. Pensé que teníamos cerrada esa fábrica hace mucho. Fue toda una sorpresa, pero ya me he hecho a la idea. Además, me gusta ser papá.

—Y eres uno muy bueno —garantizo—. El mejor.

—Me alegra escuchar eso. Sé que no todos los niños tienen padres como tu mamá y yo, que somos poco clásicos, pero lo hacemos lo mejor que podemos.

—Mi hermanito o mi hermanita estará feliz de tener unos padres como vosotros. —Tomo otro bocado—. Nunca le faltará amor, diversión y apoyo.

Seguimos comiendo mientras me cuenta sobre su trabajo, sus planes de un nuevo tatuaje y que mamá tiene una conferencia en Mánchester a la que quiere acompañarla.

—Ahora, cuéntame sobre Mick.

—¿Mick?

—Mick Jagger.

—Oh, por favor, papá. Te he dicho que se llama Jagger.

—Él no tiene ningún inconveniente con mi apodo, pero no desvíes mi pregunta. ¿Tenéis una relación formal?

—Estos tiempos no se manejan como antes, papá —musito sin mirarlo a la cara.

—Precisamente por cómo se manejaban en mi tiempo tuvimos a Rose de manera apresurada —se burla, y hago una mueca.

—No quiero que esto sea incómodo entre nosotros, papá.

—No tiene que serlo. Solo quiero saber si las cosas con ese muchacho son serias, si te trata bien…

—Apenas estamos saliendo y me trata muy bien. —Me sonrojo—. Es una buena persona.

—¿Lo seguiremos viendo por aquí?

—Supongo que, si las cosas funcionan, será así. —Alzo la mirada y me encuentro con la suya—. Quiero que sea así. Me gusta mucho y ni siquiera estaba esperando que eso sucediera. Y tengo la impresión de que le gusto de la misma manera.

—Me pareció bastante obvio que le gustabas. Solo había que ver cómo te miraba y se interesaba por cualquier cosa que dijeras —suspira—. De alguna manera, me siento preocupado y celoso, pero también es bueno verte vivir más allá de las clases.

—¿Crees que estaba demasiado enfrascada en mis estudios? ¿Que soy aburrida?

—Creo que haces las cosas a tu manera y a tu ritmo, eso no es malo.

—Qué diplomático… —bromeo—. ¿Qué opinas de Jagger? Y sé sincero.

—¿Mi opinión determinará que sigas saliendo con él?

Me muerdo el labio pensándolo de manera breve y termino por sacudir la cabeza en negación, ante lo que él suelta una risa baja.

—Eso suponía, y, para tu satisfacción, Mick me agradó. —Me guiña un ojo. Se toma lo que resta del pastel y camina hacia el fregadero para dejar el plato sucio.

Mi sonrisa es inevitable ante el hecho de que papá apruebe a Jagger. No sé si nos espera un futuro juntos, si esto es más que una simple relación corta y pasajera, pero me gusta que mi familia se sienta cómoda con la idea.

—Qué extraño —dice papá alejándose de la ventana de la cocina y caminando hacia la sala.

Bajo de la encimera y lo sigo viéndolo abrir la puerta y mirando alrededor.

—¿Qué sucede? —cuestiono cuando llego a su lado.

—Juraría que he visto desde la ventana de la cocina a un hombre parado fuera con la mirada clavada en nuestra casa —me dice mirando alrededor—. Creo que se ha ido, pero ha estado aquí.

—Tal vez le gustaba la fachada.

—No lo creo. Se cubría el rostro con unas gafas y llevaba una gorra. Eso en mi lista lo hace un sospechoso. Entra en casa, daré una vuelta para ver si lo encuentro.

Obedezco llena de nervios. ¿Nos han perseguido hasta acá? ¿Tiene que ver esto con las notas y los mensajes? Cada minuto que pasa me pone más angustiosa.

Cuando papá vuelve y me dice que no lo ha encontrado, eso no me deja más aliviada.

Por el contrario, estoy muy preocupada.

—Amo a vuestros padres —me asegura Demi acostada en mi cama mientras Rose le pinta las uñas de los pies.

Demi llegó ayer a la casa y desde entonces ha estado encantada con mis padres, que se han mostrado de igual manera encantados con ella.

—Nunca le han caído mal a ninguna amiga —presume Rose antes de fruncir el ceño—. Lo malo es que la mayoría siempre comenta lo caliente que les parece papá.

—Bueno… —comienza Demi alargando la última vocal.

—Ni siquiera continúes —le pido sin despegar la mirada de mi teléfono y sonriendo al ver la foto que Jagger me ha enviado.

Es el peluche del señor Quack con unas gafas de sol mientras ambos están en una tumbona frente a la piscina de su casa.

> **Dakota:** ¿Día libre?

> **Mafioso Ardiente:** Dentro de dos horas debo ir a la empresa.

> **Dakota:** ¿Usarás traje?

> **Mafioso ardiente:** Tal vez…

—Mira nada más esa sonrisa en Dakota, Rose. Parece estar en las nubes.

—En una llamada Jagger —agrega mi hermana, y alzo la mirada hacia ambas.

—Solo intercambiamos mensajes.

—Supongo que te fue muy bien en Londres con él. Odio que no me des detalles —se queja Demi— y odio todavía más que no pueda reunirme contigo y conocerlo como se debe.

Jagger me había dicho que invitara a Demi a reunirse con nosotros y los amigos de él, pero mi amiga había estado muy ocupada con la panadería de su abuela. Me había dicho de una manera tensa que no era un buen momento, que esperaba ansiosamente venir a Liverpool a pasar unos días conmigo.

—Me fue mejor de lo que esperaba.

—Es muy bueno en la cama, ¿verdad?

No le respondo, pero supongo que mi sonrisa dice demasiado, porque da un gritito y se mueve, haciendo que Rose maldiga cuando le pinta hasta el nudillo.

—Deja de comportarte como una fan de Jagger —se queja mi hermana—, es un simple mortal.

—Un mortal que está caliente, es hermoso, tiene poder, es popular, es inteligente y que al parecer es bueno dando orgasmos. Además, nunca he escuchado que sea una mala persona u odioso, solo reservado. Se dicen de él más cosas buenas que malas.

—Si es así, entonces, ¿por qué todos siempre se asustan antes de pedirle ayuda?

—Porque da la impresión de que es inaccesible —soy yo quien responde la pregunta de Rose— y porque la idea de pagar por un favor siempre asusta.

La mirada de Rose es perspicaz y, como no quiero que saque conclusiones muy acertadas sobre cómo empezaron de verdad mis interacciones con Jagger, hablo:

—Fue increíble —le digo a mi amiga—. Me sentí muy cómoda, libre y desinhibida. También conversamos sobre la exclusividad, no quería que se repitiera la historia.

Mi hermana me da toda su atención y acaba por sonreírme mientras usa quitaesmalte para retirar el desastre que ha liado al mancharle el dedo a Demi.

—Puedo ver cuánto te gusta y tengo que admitir que también vi cuánto le gustas a él, Dakie —dice mi hermana.

—En un principio dudé, supongo que aún pensaba demasiado en cómo terminaron las cosas con Drew, pero sí, me doy cuenta de que le gusto. Nunca llegué siquiera a imaginar que estaría de esta manera con Jagger. ¡Jagger entre todas las personas!

—Yo sí —presume Demi—, te lo dije desde un principio.

—Sí, eras molesta sobre ello.

—Soy toda una visionaria. —Se incorpora hasta sentarse—. Ahora debes presentármelo formalmente. Me muero por hablar con él y confirmar que sea real.

—Ahora que tu amiga sale con él, deberías ser menos fan —sugiere Rose tomando su teléfono que vibra consecutivamente—. Cassie ya está aquí. ¡Genial! Termina tú con tus uñas, Demi.

—Qué fácil es abandonarme —le dice, pero mi hermana la ignora mientras sale de mi habitación—. ¿Cuánto tiempo se quedará Cassie?

—No lo sé. —Me encojo de hombros—. ¿Tú no crees que…?

—¿Qué?

—Nada olvídalo.

Pretendía preguntarle si no creía que Cassie tenía un enamoramiento por Rose, pero eso no supondría ningún cambio. No expondré de esa manera a Cassie.

—Ahora bien, háblame de cómo están tus cosas por casa.

Demi suspira y vuelve a acostarse en mi cama con la mirada clavada en el techo.

—La abuela sigue haciendo comentarios hirientes, pero es por cómo la educaron. Sé que me ama, sin embargo, mi papá solo ha empeorado con la bebida y… —las mejillas se le sonrojan— ahora está en drogas.

Me levanto para ir hasta la cama y acostarme a su lado. Veo las lágrimas caer desde las comisuras de sus ojos.

—Antes era complicado, pero los vicios lo han vuelto cruel en todos los sentidos. —Cierra los ojos—. Cuando me invitaste a reunirme con vosotros en Londres, no podía porque estaba muy avergonzada de mi aspecto. Papá me había dado una paliza.

—Demi… —exhalo sintiendo un nudo en mi pecho.

—Descubrí su droga. Encontré cocaína, enloquecí y lo boté. Estaba furioso y no se detuvo cuando le lloré, pero cuando se dio cuenta de lo que hacía vi su arrepentimiento, no quería hacerlo.

—Pero lo hizo —susurro.

—La abuela no quiere darle la espalda. Dice que no hará lo mismo que hizo mi madre al abandonarnos, pero no está ayudando a que sane porque trata esas cosas como si fueran deslices.

—¿Qué dijo sobre que te golpeara?

—Que él estaba arrepentido y los seres humanos nos equivocamos, que solo Dios puede juzgar —dice con amargura—. Estoy dolida y preocupada. Tengo la impresión de que el tema de las adicciones empeorará. De manera egoísta quiero que empiece la universidad y escapar de todo eso. ¿Crees que soy una mala hija?

—No, ser egoísta es válido de vez en cuando, y, Demi, la próxima vez que algo así suceda, puedes llamarme y debes pedir ayuda, incluso denunciarlo.

—Pero es mi papá, Dakota, la poca familia que tengo.

No sé qué decir porque no la entiendo. No estoy en su lugar y es evidente que ama a su papá, que solía ser diferente, así que solo me acerco más y la abrazo mientras permanecemos acostadas y en silencio.

—Me asusta el futuro —confiesa, y trago saliva al pensar que a mí también.

En algún momento, se incorpora y me sonríe diciendo que debe terminarse de pintar las uñas. Entiendo que no quiere hablar más del tema, lo que intento respetar con todas mis fuerzas.

Un par de horas después, mi teléfono vibra y veo que es una foto de Jagger. Una que al abrirla me hace exhalar: Jagger usa una camisa negra formal con manga larga y de botones. Las mangas están subidas hasta sus antebrazos, exponiendo los tatuajes, y los dos primeros botones están abiertos, dejando al descubierto su pecho. Su mirada es intensa y sus labios dibujan una mueca seria que aun así me hace desear besarlo.

No es exactamente un traje, pero me enloquece como sé que lo haría con uno.

Intento escribirle una respuesta que borro cuatro veces, pero a la quinta finalmente presiono enviar.

> **Dakota:** Desearía estar ahí.

Estoy cayendo fuerte, ¿verdad?

30

MEZCLA DE EMOCIONES

Dakota

Mamá me da un fuerte abrazo y suspira en mi cabello. No es teatral, ni dramática o intensa, pero me garantiza que nota mi energía un tanto empañada, aunque está segura de que solo es por el estrés antes del nuevo semestre. Le sonrío y luego le acaricio su pequeño vientre abultado. Por fin creo que me estoy familiarizando con la idea de que tendré un hermanito o una hermanita.

Rose está siendo teatral mientras se despide de papá, pero no le presto demasiada atención porque mamá me toma de las mejillas luego de besarlas, dándome una de sus bonitas sonrisas.

—Cuídate, bebé. Mantén buenas vibras y energías. No te cierres a nuevas experiencias y sal de tu cascarón.

—Gracias, mamá. —Río—. Trataré de hacer todo eso siempre y cuando mis calificaciones no sean terribles.

Me da otra cálida sonrisa antes de pasar a Rose. Me giro hacia papá justo cuando me alza. Hace que mis pies dejen de estar sobre el suelo, me río y siento sus besos llover en mi mejilla. Cuando vuelve a depositarme sobre mis pies, me pellizca las mejillas antes de darme un toquecito en la punta de la nariz con uno de sus dedos.

—Sé una buena chica. No dejes que Mick Jagger te meta las manos por debajo de la falda.

—¡Papá! Ni siquiera voy a clase con falda.

—Entonces no dejes que te toque por encima del jean. —Se encoge de hombros—. Yo también fui joven y recuerdo cómo creé a mis hijas.

—Vale, ya comienzas a volverlo incómodo. —Me alzo sobre las puntas de mis pies besándole una mejilla cuando baja el rostro, justo después lo abrazo una vez más—. Te voy a extrañar. Los extraño mucho cuando estamos lejos.

—Y nosotros a vosotras, pero iremos a visitaros pronto.

Me besa una vez más la frente antes de que nos atraiga a las tres para darnos un fuerte abrazo familiar que me tiene sonriendo. De verdad, no me avergüenza que nuestros padres nos hayan traído a la universidad y que, en mi caso, me ayuden a mudarme a mi nuevo espacio en la residencia. Sigo con Laurie y Avery de compañeras, pero ahora nuestro lugar es más grande. Por desgracia, se me ha acabado la racha de no compartir habitación con alguien, puesto que se ha notificado de la permanencia de Rose en su hermandad y ahora tendré una compañera de habitación. Solo espero que no sea malvada.

Puedo ver a algunas chicas pasar y dejar la mirada en mi papá. A mamá no le afecta, pero yo frunzo el ceño. Rose es abiertamente más hostil y les muestra el dedo corazón mientras abraza a papá, que parece ajeno o finge no saber que aún enloquece a las mujeres de cualquier edad.

Después de otra despedida breve, vemos a nuestros padres subir al auto. Mamá nos arroja otro beso antes de hacer un corazón con sus manos. Amo demasiado a mis padres y, aunque son peculiares, me siento afortunada de pertenecer a esta familia.

—Saluda a Dubái de mi parte, nena.

—Se llama Mick Jagger, Virginia.

—Se llama Jagger —corrijo, ambos me ignoran mientras me sonríen y ponen el auto en marcha.

Los veo irse. Luego siento el brazo de Rose pasar alrededor de mis hombros mientras apoya su cabeza en la mía.

—¿Melancólica? —pregunto divertida.

—A veces me gustaría quedarme para siempre en casa. —Suspira—. Estoy un poco asustada de todo este silencio aquí.

Sé a lo que se refiere, al chantaje y a los mensajes, pero tratando de reunir todo mi entusiasmo, le palmeo el trasero y la sobresalto.

—¡Ánimo! Será un mejor semestre y año universitario, solo escoge mejor a tus citas.

—No creo que sea tan fácil —se lamenta con un deje de tristeza en su voz que me pone en estado de alerta porque eso significa algo.

Me volteo para mirarla mientras me deshago de su brazo. Ella se muerde el labio inferior, parece muy melancólica, como si hablara de algo muy imposible. Hay muchas alarmas en mi cabeza. ¿Qué está sucediendo ahora?

—Rose…

—No es nada. Por primera vez no actuaré sobre ello, no quiero problemas. —Me besa la mejilla—. Iré a la hermandad a reunirme con Cassie y luego tomaremos algo con Alec. ¿Quieres venir?

—No, prefiero ordenar mis cosas en mi nuevo hogar —digo, aún sospechosa sobre sus palabras.

—Eso es tan tú. —Me sonríe—. Entonces, ¿te veo luego?

—Seguro —respondo antes de verla irse.

Cruzo los dedos para que de verdad sea un mejor semestre e inicio de segundo año de carrera para ella.

Suelto un profundo suspiro y me saco el teléfono, pero no tengo ningún mensaje de Jagger pese a que nos hemos pasado las últimas semanas intercambiando muchos y enviándonos alguna que otra foto sobre lo que estuviésemos haciendo. Tengo toda una colección de Jagger con ropa de oficina. Él aún no planea volver, al menos no hasta dentro de unos días, lo que es una pena para mis altas ganas de verlo… y de besarlo.

Me guardo el teléfono una vez más y me adentro al nuevo edificio donde viviré durante un año. Al llegar a mi piso, le sonrío a Avery, que me devuelve el gesto de manera tímida.

Me encantaría abrazarla, pero me reprimo de hacerlo, pues sé que eso la pondrá ansiosa.

—¿Y Laurie?

—Todavía no ha llegado —me responde.

—¿Qué tal han ido tus cortas vacaciones? —pregunto, y ella alza de manera breve la mirada de su libro.

—Un poco caóticas, me hicieron ir a eventos sociales. —Se estremece—. Regresé hace unos días, me gusta más estar aquí.

—Sí, este lugar tiene su encanto —digo antes de que ella vuelva a enfrascarse en su libro sobre el Imperio otomano o algo de eso.

Camino hasta mi habitación y me dejo caer en la cama que he tomado como mía. Bostezo y decido echarme una siesta.

No sé cuánto tiempo pasa, pero me despierto debido a un fuerte sonido de cosas cayendo. Al incorporarme, me encuentro a una chica intentando recogerlo todo.

—Lo siento, de verdad que lo siento —dice. Como puede, arregla todo de muy mala manera.

—No te preocupes, solo era una siesta. —No despego mi mirada de ella—. ¿Serás mi nueva compañera o solo eres una invasora ocasionando desastres?

—Compañera. —Se ríe.

Se incorpora y me regala una sonrisa.

Es una chica muy bonita de cabello castaño claro con destellos rubios. En un primer momento, no niego que mi atención esté en la marca rojiza que le cubre el lado izquierdo desde su sien hasta un poco más por debajo de su pómulo, incluso está en su oreja. Pero salgo rápido de mi sorpresa porque eso podría incomodarla y luce nerviosa mientras intenta cubrírselo con el cabello.

—No, no lo hagas. Quiero decir, eres preciosa y... De acuerdo. —Sacudo la cabeza—. Empecemos de nuevo. Soy Dakota Monroe y asisto a mi tercer semestre en la escuela de Negocios. Estudio Administración Empresarial.

—Soy Charlotte Wesley, comenzaré mi segundo semestre en Sociología. Me han transferido.

—¿Por qué? —No puedo evitar cuestionar mientras estrecho su mano.

Me sonríe incómoda antes de rascarse el brazo, lo que me hace notar un tatuaje en su muñeca, bajo un relieve de lo que luce como una cicatriz. Es una flor llena de colores muy vívidos. Ella se da cuenta de mi mirada y baja la mano. De acuerdo, debo dejar de ser tan indiscreta.

—Tuve algunos inconvenientes en mi antigua universidad. —Se encoge de hombros—. Sinceramente, debería estar empezando mi cuarto semestre, pero todo a su tiempo, ¿verdad?

—Seguro —alcanzo a decir—. Tomé esta cama, espero que no te moleste.

—Estoy bien con que tengas la ventana. Me disculpo de antemano porque a veces resulto desordenada. No soy una loca cuando estudio, pero los nervios me hacen comer un montón, por lo que no te preocupes cuando me atrapes comiendo sin parar.

—Hecho. —Sonrío—. Cuando estudio, yo sí soy un poco loca con el silencio. Cuando estoy irritable, es mejor no hablarme porque suelo ser pasivo-agresiva con mis palabras.

—Muy bien. Una vez dicho esto, creo que podemos ser buenas compañeras de habitación.

—Espero que así sea —sentencio.

Me siento de nuevo en mi cama y la veo intentar acomodar sus pertenencias. Es una chica muy bonita, casi de mi estatura y muy delgada. Luce un poco desgarbada porque parece que lleva un peso con ella, algo emocional, o solo soy yo haciendo suposiciones erradas.

Se voltea para mirarme y le sonrío. Ella me devuelve el gesto con algo de timidez antes de pasarse un mechón del cabello detrás de la oreja, dejando a la vista la marca que hace poco se tapó. Quiero tomar eso como una leve señal de confianza.

—¿Podrías mostrarme un poco la universidad? ¿Decirme dónde está mi escuela? No quiero perderme el lunes y no me gusta preguntar a los desconocidos.

—Claro, vamos.

Me incorporo y espero a que ella tome un pequeño bolso junto a su teléfono antes de cerrar la puerta con llave detrás de nosotras. Avery alza la mirada de su libro.

—Vamos a dar una vuelta, ¿vienes?

—Preferiría quedarme leyendo un libro —susurra luciendo incómoda con Charlotte, lo que suele sucederle cuando en su entorno entran nuevas personas—, pero gracias.

—Pero ¿te animas a salir a cenar más tarde?

—Eso creo. —Se sonroja y alza su libro—. Cuando lo termine.

—Está bien. Laurie ya debe de estar a punto de llegar.

—El terror. —Se atreve a bromear fingiendo un estremecimiento.

Camino hasta la puerta y Charlotte me sigue. Apenas estamos fuera, vamos hacia el ascensor iniciando una conversación ligera. Mientras caminamos, entiendo por qué se incomodó cuando observé la primera vez su marca. Es muy molesto que algunas personas la miren sin disimulo, como si desearan evaluar desde todos los ángulos esa área de su rostro. Le incomoda, pero trata de fingir que no es el caso.

Le muestro los puntos más emblemáticos de la universidad y la insto a arrojar una moneda en la fuente de la sabiduría.

—¿No vas a arrojar una? —me pregunta cuando ya ha pedido su deseo.

—Prefiero pensar muy bien en qué pedir. Además, aún no se ha cumplido lo último que pedí.

Parece curiosa, pero no pregunta mientras continuamos el recorrido. Me cuenta que tiene veinte años recién cumplidos y que originalmente es de Liverpool, pero desde su adolescencia vive en Londres. Terminamos tomando un café en uno de los locales del campus.

—¿Estás nerviosa? —pregunto.

—No, de hecho, estoy emocionada. He venido a hacer muchas cosas a esta universidad, espero alcanzar cada meta que me he propuesto al venir.

—Siempre he creído que escogí a la universidad correcta, me gusta mucho. No me arrepiento de mi elección —comparto.

Es verdad, tuve tres opciones antes de venir. No mentiré diciendo que eran Cambridge o Harvard, pero eran buenas ofertas universitarias. Decidí dejarlas a un lado por la Ocrox University of Nottingham, porque nadie renunciaría a una plaza aquí y porque en la actualidad es la número uno a nivel mundial.

Siento una caricia en mi cuello y me estremezco por la sorpresa antes de que un aliento golpee mi oreja.

—Mi querida Dakota —susurra la voz masculina.

No me toma más que un segundo darme cuenta de que se trata de Drew, razón por la cual me inclino hacia delante para alejarme. Lo escucho reírse como si eso tuviese alguna gracia.

Cuando me volteo, descubro que toma la decisión de sentarse a mi lado sin haber sido invitado, lo cual encuentro muy molesto.

—Estaba pasando por aquí, te he visto y he decidido acercarme a saludarte. Siempre es bueno verte, Dakota.

—Hola. —Es lo único que digo frunciendo mi ceño.

Él lleva la atención hacia Charlotte.

—Soy Drew.

—Yo, Charlotte.

—Eres nueva, puedo asegurarlo —dice con su sonrisa encantadora, luego vuelve a darme su atención—. Entonces, ¿qué harás más tarde, cariño?

Hace un tiempo esa pregunta hubiese sido importante para mí, ahora solo me parece un idiota jugando a conquistar.

—Mis planes no te incumben, Drew —lo corto, y, por un momento, parece sorprendido de que no esté revoloteando con su insinuación.

—Ya sabes, pensé que podíamos pasar un buen rato, como antes.

Me inclino hacia él como si planeara besarlo y el muy descarado sonríe acercándose más a mí, haciéndome sentir su aliento mentolado contra el rostro.

—El único que tuvo un buen momento fuiste tú —susurro—, porque lo único que yo tuve fue la ansiedad de un orgasmo que nunca llegó —concluyo antes de alejarme.

Escucho un leve jadeo de Charlotte y veo la sonrisa de Drew borrarse mientras la mía crece.

Dando un sorbo al café, decido de manera despreocupada peinarme el cabello con los dedos antes de mirarlo una vez más. Todavía parece conmocionado por mis palabras. ¿De verdad se creyó esos orgasmos fingidos?

—Si nos disculpas, tenemos cosas privadas de las cuales hablar, Drew —le lanzo la indirecta.

—Te veo luego, Dakota. Podemos volver a conversar.

—Estoy demasiado ocupada.

No dice nada más, solo se retira.

Respiro hondo y sonrío. Me siento muy bien con lo que he hecho. Siento que por fin he encontrado mi voz para poner a Drew en su lugar.

—Eso ha sido bastante tenso —dice Charlotte.

—Me enrollé con él en el pasado, un fatídico error.

—Conozco esos errores y esa ha sido una respuesta infernal.

Ambas nos reímos y seguimos conversando. Sé que seremos grandes amigas.

Horas después, volvemos a la residencia y Laurie ya ha llegado. Hace algún comentario sobre que ahora vive con tres raras y, de manera grosera, le pregunta a Charlotte si no ha intentado ir a un dermatólogo. Esto genera mucha incomodidad antes de que esta última le responda que es una marca de nacimiento.

No soy violenta, pero en ese momento siento la necesidad de tirarle del cabello a Laurie por ser tan grosera y agresiva verbalmente.

Para la hora de la cena, Avery, Charlotte y yo salimos a por una pizza, Rose se encuentra con nosotras y me siento orgullosa cuando mi hermana ni siquiera repara en la marca de Charlotte y procede a decirle lo bonita que la encuentra y lo genial que es su tatuaje. Rose, como siempre, se encarga de llenar el silencio haciéndole preguntas. Es un momento agradable el que compartimos al cenar.

Al volver, cuando estoy revisando mi nuevo horario, mi teléfono suena y no puedo evitar sonreír cuando leo que se trata de Jagger.

—Hola. —Me acuesto en mi cama.

—Hola, Dulce. ¿Qué tal la universidad sin mí?

—Tal como la dejaste. —Mi respuesta lo hace reír.

—No es la respuesta que esperaba.

—Es la que tendrás —garantizo.

Él se ríe otro poco más y me siento tonta porque eso me tiene alegre.

—Tengo muchas ganas de verte.

—¿Es esa una clave para el sexo? —susurro.

—No. Por supuesto que deseo echar muchos polvos contigo, pero también me gusta cuando hablamos o respiramos el mismo aire.

—¡Vaya! Eso ha sido casi romántico —bromeo.

—Y no he intentado que lo sea —me sigue la broma—, pero de verdad me he dado cuenta de que tengo muchas ganas de verte.

Con mucha fuerza de voluntad, consigo contener el suspiro. Este chico está ocasionando estragos en mí. Cada día se cuela más hondo y despierta emociones que me da miedo que se vuelvan más profundas.

—Es mutuo —consigo decir—. También me gustaría verte.

—Eso significa que no soy un pobre diablo que tiene sentimientos por una chica que no le da ni la hora.

—¿Sentimientos? —Me incorporo.

—Has escuchado muy bien. —Se ríe—. Ahora, no te asustes, no estoy hablando de amor y cosas muy comprometedoras, pero hay algo y estoy seguro de que me entiendes.

—Sí, te entiendo.

Permanecemos unos segundos en silencio, es raro.

—Tengo algo que decirte cuando te vea.

—No puedes decir eso y esperar que permanezca tranquila.

—Será mejor hablarlo en persona.

—Jagger...

—De verdad, solo espera a que nos veamos.

—¿Y cuándo será eso?

—Llegaré el lunes. Tengo que ir a unas reuniones con papá y el abuelo, pero ese día estaré ahí.

—Bueno, trataré de no estresarme pensando sobre ello.

—Ahora, cuéntame, ¿qué tal la nueva compañera de habitación? ¿Está loca como predecías?

—No, es muy agradable. —Me avergüenzo de haber divagado sobre eso con Jagger—. Nada que ver con mis predicciones.

—Oh, eso quiere decir que ya no tendré que ser tu compañero de habitación para que te sientas a gusto.

—Una lástima. —Río—. Siempre podrás recibirme en tu habitación de la fraternidad, apuesto a que es muy amplia.

—Te daré un recorrido si quieres.

—Tendrías que cambiar las sábanas.

—No me he follado a chicas en mi cama, solía ir a sus lugares. Mi negocio es mi prioridad y no me da confianza ver a mujeres con las que tengo cosas casuales alrededor de documentos importantes o mi equipo de trabajo.

—¿No podré ir a tu habitación? —Sueno un tanto insegura.

—¿Te dije que eras algo casual? Pensé que había sido claro cuando te dije que lo iba a intentar contigo. Puedes venir cuando quieras.

—Eso se llama confianza.

—Estoy confiando en ti, Dulce, no me defraudes.

Son palabras con un gran peso. Me hacen sentir mucha responsabilidad, pero me creo capaz y merecedora de esa confianza.

—No lo haré, Jagger.

Continuamos hablando un poco más, me hace reír y sonreír. En un momento dado, bostezo y él lo nota por el sonido que emito.

—Ve a dormir, Dulce. Te veo el lunes.

—Buenas noches, Jagger.

Estoy con una sonrisa tonta durante largos minutos hasta que mi teléfono suena anunciando un mensaje. Lo abro emocionada pensando que puede tratarse de Jagger, pero es un número privado con una fotografía junto a un mensaje.

La foto es de Rose en bragas sonriendo mientras se encuentra arrodillada en una cama. Sus pechos desnudos están a plena vista. Una mano sostiene uno de ellos. En esta foto sí se visualiza el rostro de Simon Clark.

No me da tiempo a capturarlo todo, una vez más, el mensaje desaparece como si nunca hubiese sucedido.

El lunes llega con una sorprendente rapidez, pero es ausente de calma. Mi mente no deja de pensar en el último mensaje que recibí. Le escribí a Rose para preguntarle si había recibido algo, pero me dijo que no. Cuando se lo comenté a Jagger, maldijo y replicó que lo hablaríamos cuando volviera.

No quiero ser solo la damisela en apuros, me gustaría ayudar, hacer algo. Es frustrante depender de alguien más.

Mi primera clase no es tan temprano y, por suerte, no es Finanzas III con el profesor McCain. Desayuno con Demi y Alec se une a nosotras en una cafetería debido a que estaba de pasada y decidió quedarse un rato con nosotras luego de ser un completo coqueto como siempre. Poco después camino a mi primera clase sin dejar de pensar en el mensaje.

No he dado muchos pasos dentro de la escuela cuando comienzo a percibir que las personas están susurrando. Me digo que solo estoy siendo paranoica, pero avanzo unos pasos más y el café que llevaba en la mano cae al suelo cuando jadeo. Miro con horror lo que sucede.

Está en todas partes.

Ahora entiendo el mensaje. Esto es un juego enfermo que se ha llevado a otro nivel.

Tengo una mezcla de emociones, todas son desastrosas y negativas.

La gente me mira y estoy segura de que algunos están esperando con sus teléfonos para grabar mi reacción.

Y la tienen, porque mi temperamento se desata y no tengo control sobre mis emociones. Reacciono.

31

DE LO MALO EMANARÁ LO BUENO

Dakota

La ira debe de reflejarse en mi rostro mientras estiro las manos para arrancar y sostener con fuerza varias de las hojas esparcidas por las paredes y el suelo. Son demasiadas.

Siento un nudo en la garganta, pero me prohíbo llorar. No emito ningún sonido mientras los teléfonos de mi alrededor no dejan de grabar y capturar fotografías, pero me contengo porque no les daré el placer de que mi malestar sea su espectáculo. Alguien llega a mi lado, tira de varias hojas y las destruye.

Cuando me volteo, me encuentro con Ben. Debe de darse cuenta de que estoy al borde de las lágrimas y un colapso.

—Encárgate de este lado, yo me encargo del otro —me dice.

—Gracias —logro decir con una voz baja y llena de impotencia.

Siento dolor por mi hermana expuesta en una foto que se multiplica sin ningún control. En ella Rose sale llevando solo un tanga mientras está acostada boca abajo en una cama con su trasero al aire. Es su privacidad y un puñado de personas se sienten con la dignidad y potestad de criticarla, fotografiarla y reírse a su costa. Sí, estuvo mal que durmiera con su profesor, pero ¿estuvo mal que follara? ¿Que decidiera por su cuerpo y ejerciera el poder de vivir su sexualidad?

No, no lo estuvo. Incluso si mi hermana hubiese querido follarse a toda la universidad, era su asunto, su vida, su elección. Nadie tiene derecho a tomar su privacidad y mostrarla al mundo porque solo es un ser perverso que decidió odiarla.

Pueden decirme que desprecian a Rose por una u otra razón, pero nadie puede justificarme que le hagan esto a una persona, ya sea hombre o mujer.

Hago oídos sordos a los comentarios maliciosos y burlescos, me concentro en arrancar las hojas una y otra vez. ¿Cuántas hay? ¿Están en toda la universidad? ¿O solo en mi escuela para seguir jugando conmigo? De nuevo, alguien se ubica a mi lado y pienso que se trata una vez más de Ben, pero alcanzo a ver el dorso de una mano tatuada que me hace saber que se trata de Jagger.

Alzo la mirada hacia él. Es mucho más rápido y contundente que yo arrancando toda esa porquería. Su semblante es muy serio.

Es evidente que muchas personas lo adoran, porque el hecho de que Jagger arranque los papeles es de pronto un incentivo para que otros también lo hagan. Es de ese modo, mucho más rápido, como las paredes consiguen quedar limpias.

Respiro hondo al sentir la mano de Jagger en mi hombro. Cuando me atrevo a mirarlo, sus ojos de alguna manera me traen consuelo. Me toma por sorpresa cuando me agarra el rostro entre las manos y deja caer su boca sobre la mía.

No es un beso suave ni delicado ni es el tipo de beso que haya dado alguna vez en público. Introduce su lengua en mi boca para después mordisquearme el labio inferior. Poco me importa que nos vean, sus labios en este momento me dan el poder de distraerme y olvidar por unos segundos todo lo que sucede. Sin embargo, no es un beso largo, por lo que debo volver a la realidad cuando se aleja lo suficiente para que nos miremos. Vuelve a plantarme un beso en la sien que casi me hace dejar de luchar contra el llanto y luego sus labios van a mi oreja.

—Lo encontraré, Dulce. No llores, no le des la satisfacción de lastimarte. Solo quiere jugar con tu mente —susurra para que solo yo lo escuche.

Asiento y me dedica una leve sonrisa antes de atraer mi cuerpo al suyo para abrazarme. Apoyo mi frente en su pecho. En este punto, posiblemente todos hablarán ya de nuestra abierta demostración pública de afecto, pero no me importa y, al parecer, a él tampoco.

Mi teléfono vibra en mi bolsillo y, alejándome lo suficiente de Jagger, consigo sacarlo. Me tenso al ver que es un número desconocido:

> Pobrecita, siendo la pieza de un juego desconocido.
> Fuiste la elegida.
> Eres el regalo.
> Serás su perdición.
> Eres la herramienta.
> No podrás arreglarlo.
> No puedes salir.
> ¿Te gusta el retrato de tu hermana?
> En vídeo es mucho mejor.

Durante unos segundos, aprieto con fuerza el teléfono en mi mano. Después, sin decir ninguna palabra, se lo reenvío a Jagger. Me mira fijamente y creo que entiende lo que acabo de hacer. Hubiese sido muy obvio entregarle el teléfono justo después de recibir el mensaje, después de todo, no sé si ese ser enfermo nos observa.

—Ve a clase, luego busca tu hermana. Hablaremos más tarde. ¿De acuerdo? —murmura en voz baja.

Miro alrededor en busca de algo, cualquier pista, cualquier sospechoso. Lo único que noto es a Guido sonriéndome divertido mientras sostiene un teléfono en su mano. Eso me hace sentir como un toro y quiero ir contra él, sin embargo, Jagger me abraza para evitarlo.

—Dulce, ve a clase.

—Es él, tiene que estar involucrado en esta mierda.

—Déjame averiguarlo, enfrentarlo ahora no cambiará nada. Ve a clase.

Lucho contra la urgencia de ir y enfrentar a ese cobarde, pero termino por ceder. Al menos por ahora.

—Está bien, iré a clase, pero estoy segura de que él es parte de esto. Tiene que serlo, Jagger.

Intento alejarme, pero me atrae de nuevo para darme un beso rápido. Luego me ajusta en los hombros los tirantes de la mochila y hace una mueca exagerada hacia el café derramado en el suelo, que ahora está limpiando una de las trabajadoras.

—Dime tu aula, te conseguiré un café.

—14A —respondo.

—Bien. —Me acaricia el labio inferior con su pulgar antes de retroceder—. Ten cuidado, algo me dice que esto acaba de explotar.

Me da una última caricia y se aleja. Busco con la mirada a Guido, pero ya se ha ido.

Retomo mi camino hacia mi clase, fingiendo que no ha ocurrido nada, ocultando mis emociones con una dignidad intacta.

Las miradas están sobre mí.

Nunca generé ningún problema, jamás había sido el centro de atención ni había protagonizado escándalos. Sin embargo, de repente, hoy todos parecen saber quién soy.

Llamo a Rose, pero la llamada va directa al contestador, lo que me llena de preocupación. Sin embargo, necesito llegar a mi primera clase y demostrar que no pueden con nosotras.

Le escribo un rápido mensaje a mi hermana mientras camino.

> **Dakota:** Te amo. Te veo dentro de un rato y llevaré dulces.

No hay respuesta, pero recibo un mensaje de Jagger sobre el mensaje que le he reenviado antes.

> **Mafioso Ardiente:** Intentaré rastrear el número, pero no creo que sea tan idiota como para dejarse atrapar así de fácil.

> **Mafioso Ardiente:** Trae tu teléfono contigo más tarde. Nos veremos en la cancha de tenis.

> **Dakota:** Bien.

> **Dakota:** ¿Y el café?

> **Mafioso Ardiente:** Te cuesta un beso.

> **Dakota:** Hoy hay oferta. Pueden ser dos.

Estoy tratando de que esta situación no me supere y me aferro con fuerza al coqueteo con Jagger.

Me doy cuenta de que Ben comienza a caminar a mi lado, lo que tiene sentido porque vamos a la misma clase.

—¿Rose está bien?

—Lo estará —afirmo sin ninguna pizca de duda.

—De todos modos, si necesitan ayuda, me avisas. No puedo creer que alguien hiciera esa basura. Es su intimidad.

—Hay gente retorcida.

Llegamos hasta el aula y nos sentamos en el lugar de siempre: la hilera del medio. La mayoría de las aulas de esta facultad son de estilo auditorio, lo cual me gusta.

Ben saca un paquete de chicles de su mochila y me regala uno.

—¿Qué tal han ido tus minivacaciones? —le pregunto. Necesito distraerme y en parte lo considero mi amigo, quiero saber.

—Estuvo bueno. —Hace una mueca—. En realidad, Lena cortó conmigo.

—Oh, Ben, lo lamento. —En mi mente me proyecto haciendo un pequeño baile de celebración.

—Pero luego hablamos y lo resolvimos. Hemos vuelto.

—Oh… —Mi baile se destruye mientras fuerzo una sonrisa—. Felicidades.

—No tienes que fingir. Sé que no te agrada y que es una persona difícil.

—Una persona difícil es alguien que, por equis circunstancia, ha pasado por ciertas situaciones que la vuelven un ser complejo y eso justifica su comportamiento en cierta medida, aunque no del todo. Pero no hay nada que justifique el comportamiento grosero, agresivo y denigrante que Lena tiene hacia ti —hablo al fin—. Me desagrada porque no me gusta cómo te trata. Creo que te mereces más y ella te hace creer que su amor es el único que puedes alcanzar. Además, ambos sabemos que es grosera y maleducada conmigo, que me cansan sus malos comentarios sobre mi hermana y que yo tampoco le caigo bien. Apuesto a que te dice cosas bastante malas de mí y mi amistad.

No me dice nada, sin embargo, la expresión de su rostro me hace saber que mis palabras le saben amargas, pero eso es lo que hacen los amigos, ¿verdad? No se callan ni te dicen lo que esperas oír, te dicen lo que necesitas escuchar: la simple verdad. Deja escapar una lenta respiración, saca su libreta y un lápiz mientras me llevo el chicle a la boca.

—¿Qué pasa contigo y Jagger? —Cambia de tema y se gira sonriéndome—. ¿El problema que tenías y que requería ayuda era de tus partes privadas? —La diversión brilla en sus ojos.

—No seas idiota. —Muy a mi pesar sonrío—. La ayuda que necesitaba era que fuera mi tutor en Finanzas —no está muy lejos de la verdad— y surgió algo entre nosotros, así que estamos saliendo.

—Pensé que él no tenía citas, que lo suyo era enrollarse.

—Eso son deducciones. ¿Tú lo escuchaste decir eso?

—¿Crees que cambiará? —pregunta curioso—. Eres una chica de relaciones.

—No pretendo ni quiero cambiarlo. Me gusta por como es, ¿para qué cambiarlo cuando me gusta tal cual es? —Hago una breve pausa y sonrío—. Me gusta estar con él.

—Y a mí me gusta estar contigo.

Me sobresalto y, cuando me giro, me encuentro a Jagger sonriendo. Me extiende el café que tiene *topping* de caramelo y después me guiña un ojo.

—Y yo tampoco te cambiaría, Dulce. Me gusta todo de ti, cómo eres. —Se inclina y me da un beso rápido en los labios antes de incorporarse—. Te veo más tarde. Toma apuntes entendibles y no enloquezcas a mitad de la clase.

—Ese efecto solo lo tiene McCain.

Él se ríe, hace una ligera inclinación con la cabeza y baja las escaleras para salir del aula. Varias chicas lo saludan en el camino y él les devuelve el gesto con una sonrisa. Me intimida un poco toda esa atención que recibe, pero por el momento, y espero continuar así, me siento segura sobre esto.

Doy un sorbo a mi café, que sabe delicioso, exactamente como me gusta, dulce.

—No creía que llegaría el día en que te vería tontear en la universidad —comenta Ben, y me río.

Es muy fácil centrarse en Jagger para ignorar todo lo ocurrido. Sé que no es sano, pero es seguro.

Ben intenta quitarme el café, pero consigo alejarlo justo a tiempo.

—Dile a Lena que te consiga un café.

—Malvada.

—No tanto como tu novia.

Rose no responde a mis mensajes ni a mis llamadas y eso me preocupa. Me preocupo aún más cuando me doy cuenta de que las fotos también fueron esparcidas por su escuela y la de Medicina. Lo sé porque escucho a varias personas hablando de ello, pero ya no están porque dicen que Jagger dio una orden.

Tal como le dije a mi hermana en mis mensajes por la mañana, me encuentro frente a la mansión de su hermandad y no dudo en tocar el timbre.

Norah, la presidenta o como sea que llamen a la figura más importante y líder de una hermandad, abre la puerta. Me dedica una sonrisa suave que le devuelvo.

—Ya debes de imaginar por qué estoy aquí.

—Gracias a Dios que estás aquí, Dakota. Rosie no quiere hablar con nadie en este momento. De hecho, solo ha dejado entrar a Cassie y supongo que tiene mucho que ver el que sean compañeras de habitación. Es una absoluta mierda lo que le han hecho, como si ella fuese la única que folla en el campus o que tiene fotos sexuales privadas. La gente solo quiere un chisme, lo dejarán morir.

Le doy el intento de una sonrisa porque el tema no lo dejarán ir mientras lo mantengan al tope de manera lenta y pública. Ese tiene que ser el plan de quien orquesta todo esto. Sin embargo, agradezco la buena actitud de Norah.

En las películas o los libros, suelen pintar a las hermandades como casas de risas tontas, fiestas de pijamas y chicas superficiales. Y sí, hay un montón de fiestas de pijamas y risitas agudas, pero esta hermandad está formada por chicas inteligentes y muy creativas, por algo entraron en la OUON. Además, son leales y expertas en brindarse apoyo entre ellas.

Entro y hago un saludo general porque en realidad no conozco a muchas de ellas o he olvidado sus nombres. La mayoría parecen estar teniendo una importante reunión sobre las candidatas que llegarán este fin de semana para postularse a ser una hermana. Norah me deja subir a uno de los pisos de esta mansión y localizo la habitación que mi hermana comparte con Cassie, como el semestre anterior.

Toco la puerta y no me responden.

—Rosie, soy yo, Dakie.

Pasan unos largos segundos antes de que mi hermana abra la puerta y se arroje a mis brazos. Se aferra a mí con fuerza y de inmediato siento mi hombro humedecerse mientras llora. No tardo en acariciarle la espalda.

—Todo estará bien.

—No lo estará —murmura.

—Claro que sí.

Me libera y sorbe por la nariz mientras me mira con unos ojos irritados e hinchados.

Se hace a un lado para dejarme entrar y Cassie se pone de pie, con lo que me da a entender que es mi turno de asumir el relevo.

—Las dejaré a solas.

En realidad, no me molesta que se quede, pero Rose solo asiente mientras tira de mi mano para que me siente en su cama. Lo hago con la espalda contra el cabezal mientras ella acuesta su cabeza en mi regazo.

—Fue terrible —dice con voz afectada—. Llegué a la escuela y vi todas esas hojas. Los chicos me estaban tomando fotos y haciendo comentarios obscenos, como si fuese una carne en subasta. Fue denigrante y humillante.

—No negaré que sigo enojada por que, de todos los hombres, te involucraras con tu profesor, pero eso no da derecho a que tu intimidad sea violada de esa forma. —Palmeo su mejilla para que me mire—. Eres preciosa, tienes un cuerpo espectacular. ¿Y? Eso no te condiciona como un trozo de carne. Eres una mujer increíble y esa es la manera en la que debes ser vista. Rosie, ¿les vas a dar el gusto de verlos destruirte? Muéstrales el dedo corazón con una sonrisa y tu actitud descarada. Hazles saber que tu vida sigue y que no les pertenece.

—No soy tan fuerte.

—Lo eres.

—No es así como me siento —gimotea—. No dejo de pensar que se pondrá peor, que papá y mamá podrían ver todas esas fotos, que podrían arruinar mi oportunidad de trabajo en un futuro, que van a lastimarme. Me duelen los comentarios, me asquean las miradas lascivas y no sé cómo dar la cara. No soy valiente.

—Si no te crees valiente —le limpio las lágrimas con mis dedos—, entonces fíngelo hasta creerlo. Derrúmbate, llora y cae todo lo que quieras, pero levántate y da la cara. No has cometido ningún crimen y nadie tiene derecho a juzgarte.

—Fingirlo hasta creerlo… —susurra.

Se sorbe la nariz y nuevas lágrimas le caen, pero se encarga de limpiarlas. Se incorpora e intenta sonreír, aunque no lo consigue.

—Tienes razón, no hice nada malo.

—Bueno, no he dicho eso. Sí hiciste algo malo al acostarte con tu profesor. —Ante mis palabras, entorna los ojos y sonrío.

—Pero era mi intimidad y fue violada. Esos cabrones no me verán derrumbarme. Soy Rose Monroe y no van a destruirme por esto. —Luego su ánimo cae de nuevo—. Simon vio las fotos y no hizo nada.

Hago acopio de toda mi paciencia para no sacudirla e intentar entender cómo se siente respecto a él.

—Lamento que no fuera la historia de amor que querías vivir, Rosie, pero espero que ahora puedas ver la realidad con mayor claridad.

—Me dejó antes de que el chantaje comenzara, pero de todos modos esperaba que hiciera algo por respeto a lo que sea que tuvimos. Ni siquiera me llamó o se las ingenió para verme… —nuevas lágrimas descienden por sus mejillas— como hacía para follarme. Solo vio las fotos, me encontró ahí derrumbándome y huyó.

—No vale la pena.

—No la vale —concuerda levantando su barbilla y de nuevo veo su arrogancia y vanidad surgir. Me siento aliviada—. Debo arreglarme e ir a la reunión de la hermandad, daré la cara. Fingiré hasta creérmelo. Por cierto, ¿dónde están los dulces que prometiste en tus mensajes? —pregunta de la nada, y le doy una pequeña sonrisa a cambio.

—Los he olvidado —admito.

Hace un puchero, pero luego lo deja pasar antes de adquirir una actitud seria.

—No le digas nada de esto a mamá y papá, por favor.

—No lo haré por ahora, pero si esta situación llega a superarnos, ellos deberán saberlo. ¿Entendido?

Asiente en acuerdo y luego sonríe. No sé cómo seguirles la pista a sus emociones hoy. Es un cambio constante.

—¿Crees que mamá y papá aceptarán mi propuesta para la habitación del nuevo bebé? Ambas habitaciones se pueden acondicionar.

Me doy cuenta de que mientras yo he evadido la realidad con los besos y coqueteo de Jagger, Rose se aferra a cualquier tema casual que pueda darle una sensación de estabilidad.

Paso mucho rato con Rose, me voy cuando se une a la reunión con sus hermanas y sonrío al ver que la mayoría pregunta cómo está y la anima. Sé que por hoy ella estará bien.

Comienzo a dirigirme hacia la cancha de tenis donde me encontraré con Jagger y me inquieta que el camino no se encuentra tan transitado. La pequeña plaza que hay frente a los edificios de Arquitectura se ve especialmente tétrica con el busto de la cabeza del fundador de la universidad poco iluminado.

Aligero el paso y, poco después, percibo que alguien camina detrás de mí.

Intento acelerar y tomar mi teléfono para llamar a Jagger, pero alguien me agarra desde atrás y me hace entrar en el lateral de uno de los edificios de Veterinaria.

Grito de inmediato y se ríe de una manera escalofriante.

Me inmoviliza contra la pared y todo el cuerpo de mi atacante se pega al mío desde atrás.

Me asqueo cuando algo duro se presiona contra mi espalda y se restriega.

—Hola, Dakota —susurra.

Lo reconozco como Guido, el chico que esta mañana me ha sonreído desde la distancia.

—¿Qué te sucede? —jadeo.

—Solo quiero comprobar si tu culo es tan agradable como se mira el de tu hermana.

No sé cómo, pero su mano se escabulle para tocarme el trasero. Cuando intento gritar, me cubre la boca con la mano. Estoy asustada, pero debo calmarme para salir de esta situación.

—Las hermanitas Monroe… —susurra contra mi nuca antes de conseguir voltearme y cubrirme de nuevo la boca con rapidez.

Ahora, estando cara a cara, me enfrento a sus ojos rojizos con las pupilas dilatadas. Se mueven de forma errada en un claro indicio de estar bajo los efectos de alguna droga.

—¿Sabías que una vez invité a tu hermana a salir? —me pregunta, pero debido a su mano en mi boca sé que no espera que responda—. Y me rechazó.

301

Tal vez jugaba a hacerse la difícil, porque viendo esa foto de estrella porno, quizá solo tiene un precio para abrirse de piernas o para dar ese culo carnoso. Tal vez tú seas más accesible. Después de todo, he visto que Jagger juega contigo. Tienes que ser muy buena para que renunciara a tantos culos por ti.

Hago el movimiento más típico conocido pero que nunca falla: golpeo con la rodilla su ingle. Tal como esperaba, se dobla por el dolor, lo que me permite liberarme mientras corro para alejarme.

Mi respiración es irregular y trabajosa, y solo me detengo cuando estoy cerca de la cancha de tenis. Intento calmarme y me doy cuenta de que mi rostro está húmedo debido a las lágrimas.

Me acaban de acorralar, tocar sin consentimiento y degradar verbalmente. Me siento asqueada y angustiada, no puedo dejar de derramar lágrimas.

Me llevo una mano al pecho y me aferro al collar de Jagger. Todo pasó, estoy bien, ha sido un susto.

Debo ser fría y calculadora. Debo contárselo a Jagger, pero evitar que se altere. Debemos ser discretos porque Guido puede ser la clave para que todo caiga.

Acomodo mi cabello y tomo otras lentas respiraciones antes de caminar hacia la cancha de tenis, hacia Jagger.

NOTA NO ENTREGADA A JAGGER

Jagger, ¿recuerdas el inicio? Era colorido, alentador, el mundo parecía estar en nuestras manos. A veces temo olvidar esos momentos.

¿Sabes lo que me gustaría olvidar? La oscuridad, esa que avanza y poco a poco me consume.

Nadie lo entiende, ni siquiera ella puede entenderlo.

A veces duele tanto que no sé cómo respirar.

A veces quisiera no sentir.

Y es entonces cuando me doy cuenta de que a veces desearía estar muerta.

Si muero, no siento.

Si muero, no querré lastimarte.

Si muero, no recordaré.

Pero quiero creer que puedo ser más que eso, Jagger, porque a veces, cuando lo dices, creo en ti.

A veces, creo cuando me dices que estaré bien, que aún soy hermosa. Que ves luz en mí.

¿Qué es lo que miras? No lo sé, pero hoy y quizá mañana creeré en lo que tú ves.

Pero un día, me temo que no lo haré.

L. H.

Lo siento.

32

CONFIAR

Jagger

Una vez más, soy el primero en llegar a la cancha de tenis.

Tras acomodarme el gorro de Dakota sobre la cabeza, me siento debajo de la malla que divide la cancha. Me planteo escribirle un mensaje a la señorita impuntual, pero no tardo en verla en la distancia. Sonrío, algo que últimamente hago mucho.

Su paso es apresurado y no dudo en levantarme, pues noto lo agitada y pálida que se encuentra. Tiene los ojos muy abiertos y su mirada se pasea por los alrededores como si estuviese a la espera de algo.

—Dakota —digo con suavidad, y sus ojos se centran en mí antes de suspirar.

Me pilla por sorpresa cuando envuelve sus brazos a mi alrededor y esconde la cabeza en mi pecho.

—¿Qué sucede? —pregunto sin rodeos, pero trato de mantener la suavidad en mi voz.

Tarda en sacar el rostro de mi pecho, pero por fin alza la mirada, aunque no me libera de su abrazo, pero no es que eso me moleste.

—Acabo de tener un encuentro desafortunado —dice—. Venía sola de mi residencia.

En mi mente evoco la ruta y es un largo infierno de soledad, pues suele estar poco transitada. Sé que esta historia no va a gustarme.

—Me di cuenta de que alguien me seguía, pero luego me tomaron y me arrinconaron cerca de la plaza que hay frente a los edificios de Arquitectura. —Me tenso—. Era Guido, dijo cosas sobre que iba a probarme ya que Rose se veía tan bien, que ella una vez lo rechazó. Parecía drogado.

—¿Te tocó? —siseo.

Piensa demasiado el responderme.

—Dakota. ¿Te tocó?

—Me hizo sentir su erección, pero no pudo hacerme más.

—Esa es una razón suficiente para matarlo.

—Jagger... No digas esas cosas.

Intento liberarme de su abrazo con delicadeza, pero ella no me lo permite. Sabe que iría detrás de Guido. Quien se ha atrevido a hacer tal asquerosidad y debe pagar.

—Si lo agredes, podría denunciarte o... ¿Qué pasa si la ira te ciega?

Diría que tendré el control, pero no estoy tan seguro.

—Sé que no puedo denunciarlo porque dirán que hizo poco y que no hay pruebas, así que vamos a centrarnos solo en el hecho de que puede estar involucrado en el acoso a Rose.

—No puedo estar en paz con que te tocara sin tu consentimiento, Dakota, así de sencillo. No puedo concebir esa mierda. Es abuso.

Se estremece ante mis palabras.

—Por favor, solo quiero estar contigo en este momento —susurra apoyando la mejilla en mi pecho y abrazándome con más fuerza.

Quiero estar para ella, pero me cuesta no hacer nada contra Guido.

—Jagger, por favor —pide al notar lo tenso que se encuentra mi cuerpo bajo su abrazo.

Tomo profundas respiraciones que me permiten hacer acopio de algo de control y solo entonces soy capaz de devolverle el abrazo.

—¿Cómo has escapado?

—Le he dado una patada en las pelotas —no tarda en responder—. He corrido hasta aquí lo más rápido que he podido.

Por dentro soy todo ira. Quiero ir por ese pendejo y golpearlo por arrinconar de esa manera a una persona y atacarla con pretensión sexual, pero se supone que he aprendido a ser más frío y calculador sobre mis emociones, tengo que recordármelo.

—Voy a hablar con él muy seriamente y lo vigilaré —consigo hablar al fin—. Puede ser una pista importante. Va a pagar, pero supongo que todo a su momento.

Eso espero de verdad. Guido podría conocer una parte de mí que trato de no mostrar en esta universidad.

—Muy bien hecho, Dulce. Es agradable saber que sabes cómo defenderte, pero hay que tener cuidado. ¿De acuerdo? —Me lanza una mirada dura—. No, no es porque seas mujer. Simplemente, cuando se ve un lugar solitario, por lo general, uno lo evita. Sé que eso molesta, pero son medidas que se deben tomar en este momento.

—Lo sé, solo iba distraída. Tal vez Guido solo estaba drogado, pero pudo ser peor —dice, yo respiro hondo—. Espero que a través de él podamos tener algún tipo de respuesta para terminar con la pesadilla.

Muy a mi pesar, Dakota sale de mi abrazo para sacarse el teléfono del pantalón antes de introducirlo en el bolsillo lateral de mi chaqueta; eso me dará oportunidad de revisar el tema de los mensajes. Una vez que lo hace, sus manos van debajo de mi camisa, específicamente a mi abdomen y me hacen sentir la frialdad de su tacto.

Suelto el aire poco a poco por la boca.

—Tu piel siempre está caliente.

—Y tus manos siempre están muy frías —respondo, me sonríe.

—Por eso me las caliento contigo.

Le sonrío antes de estremecerme, cuando sus manos se deslizan hacia mi espalda.

—¿Qué tal tu primer día? —pregunto.

—Oh… ¿Haremos esa cosa de contarnos el primer día de clase?

—Estoy seguro de que te mueres por hablar de ello.

—Tienes mucha razón. —Ríe y comienza a hablar con demasiados detalles sobre su primer día y me parece que su día fue aburrido, pero ella cree necesario darme cada dato, incluso aunque sea nulo—. ¿A ti cómo te ha ido?

—Bien. Exceptuando lo de encargarme de las fotos, fue como cualquier otro día de clase. Sin embargo, hace unas pocas horas he visto a Marie.

Sonrío al recordar a la mujer bastante mayor a la que llamó mamá, a quien presenté a Dakota. Si bien mamá Marie sufre de alzhéimer, de alguna manera ella logra recordar un poco que su Kye llevó a una chica con él. Fue genial verla. Cuando paso mucho tiempo lejos de Nottingham, me preocupo por no saber de ella, por eso me encargo de pagarle a Olivia, la mujer del restaurante de las hamburguesas, para que cuide de Marie. De esa manera, nos ayudamos los tres.

—¿Cómo está?

—Bien, dulce como siempre. Me ha preguntado por esa muchacha a la que debe hacerle ropa de bebé para cuando tenga muchos con su Kye —me burlo, recordando lo exaltada que estuvo Dakota con ese tema.

—Me gustaría verla alguna otra vez, si no te molesta.

—No me molesta.

Nos sentamos en el suelo. La atraigo hacia mi regazo y la siento a horcajadas sobre mí, ella me lo permite. Ahora soy yo quien lleva las manos a su espalda, las adentro debajo de su camisa y siento la frialdad de su piel. Acaricio su columna con la palma de la mano, arriba y abajo, haciéndola estremecer.

—¿En tu fraternidad no tienen esta cosa de reunirse y planear todo para escoger nuevos miembros?

—Sí.

—Y supongo que tienes un gran rango. —Asiento para afirmar—. ¿No deberías estar en esa reunión?

—Me gusta estar aquí, contigo encima de mí.

—Puedo notarlo. —Se sonroja y yo me río porque no pienso disculparme por comenzar a tenerla dura cuando ella está sobre mí.

—Ahora dime lo de ese mensaje. Lo que dijiste que me dirías al vernos.

Al instante, mi sonrisa se borra y miro al cielo. ¡Mierda! Estoy a favor de la sinceridad, pero confieso que no es tan fácil cuando debes decir algo que no quieres admitir en voz alta.

—Voy a enojarme con lo que me digas —sentencia. Cuando bajo la mirada, me encuentro con la suya—. De repente, te has tensado.

—No te gustará, pero te dije que te daría mi sinceridad. —Respiro hondo—. Seth ha descubierto que no solo han esparcido por la universidad la foto de Rose.

—No… —susurra consternada.

—También está en páginas pornográficas de alto mantenimiento y han dejado su cuenta de Instagram para que la contacten.

—La van a acosar, Jagger.

Los ojos de Dakota se humedecen y el estómago se me cierra de impotencia.

—Seth ha logrado quitarlo de la página, pero estuvo el tiempo suficiente para que algunos pudieran verlo y guardar su usuario. Es posible que esté recibiendo mensajes en su cuenta…

—Pero Rose no me lo ha dicho y… —Cierra los ojos haciendo una mueca triste con sus labios—. Es obvio que me lo oculta, se está haciendo la fuerte. Está atravesando un infierno más grande de lo que creía.

—Quiere protegerte.

—No necesito que lo haga —dice con fiereza—. Puedo protegerme sola.

—Y ella debe pensar lo mismo de sí misma. ¿No has pensado que se arrepiente de haberte involucrado en esto?

—Solo quiero ayudarla, no se merece esto.

—No, no se lo merece.

Se mantiene en silencio, escuchando mis sugerencias para disminuir el nivel de acoso que Rose recibirá en su cuenta de Instagram. Sé que ella hará bien el abordar el tema con su hermana, pero también sé que le duele todo esto.

Permanecemos sentados de esa manera durante un largo rato, en silencio y con mis dedos jugando con su cabello mientras luce pensativa.

—Creo que deberíamos volver ya —susurra al fin, y asiento.

Hacemos el trayecto hacia su residencia agarrados de la mano y no puedo evitar sentir ira en cuanto pasamos frente a la plaza en la que Guido la atacó. Una vez que hemos llegado, ella suspira.

—¿Crees que tardarás demasiado con mi teléfono?

—Espero que sea breve, mañana debería estar listo.

—Bien.

Bajando el rostro, le doy un beso breve y suave en los labios.

—Trata de descansar.

—Parece difícil con todo lo que está pasando, pero lo intentaré.

Me da el esbozo de una sonrisa y después la veo entrar al edificio. Doy la vuelta caminando hacia la residencia temporal donde se está quedando Seth, porque es un hecho que estará en la hermandad, me encargué de eso.

Durante el trayecto, pienso en Guido. Nunca me ha parecido más que un tipo machista, insensible y prepotente que se da unos cuantos viajes con la droga, pero el que atacara a Dakota y lo que dijo da mucho que pensar. Siento que de repente están surgiendo muchos sospechosos.

Cuando llego a la residencia temporal, Seth me recibe comiendo papas de una bolsa y vuelve a sentarse en la cama con uno de sus portátiles frente a él.

—¿Traes el teléfono?

—Sí —respondo dándoselo antes de acostarme en su cama y bostezar.

—¿Cuántas horas duermes a diario, Jagger?

—Cinco, a veces menos.

—¿Por qué? Pensé que ya no tenías pesadillas. —Se gira a mirarme.

—No las tengo, pero a veces pienso mucho.

—¿En eso?

—No, no siempre. A veces solo pienso en mi trabajo de grado, en mis planes, en los trabajos pendientes y en Dakota. A veces pienso mucho en ella. —Cierro los ojos considerando que puedo dormir un poco.

—¿Crees que te enamorarás?

—No lo descarto, podría suceder. Me gusta demasiado, más de lo que esperé.

—No creo que esté mal. Ella es agradable y…

—¿Sí? —Abro un ojo para mirarlo y está sonriéndome con burla.

—Tienes suerte, pensé que una chica así estaba fuera de tu alcance. Demasiado lista y centrada.

Me río sin tomármelo como una ofensa o como algo personal porque hasta hace poco también yo pensaba que la idea de Dakota y yo estando juntos era contradictorio e incoherente, pero resulta que no era tan imposible después de todo. En efecto, parece que la chica seria, silenciosa y que lucía inalcanzable también es la chica apasionada, divertida, estresada, inteligente y cariñosa que poco a poco desarma mis piezas para ordenarlas a su manera.

Estoy comenzando a dormitar cuando, una vez más, Seth me llama. Le doy mi atención.

—¿Sabías que mucha de la droga que se mueve en la universidad proviene de Bryce Rhode?

Eso me pilla por sorpresa y me hace incorporarme de manera inmediata. Hasta donde yo sabía, luego de su expulsión, a la que contribuí, su paradero quedaba bastante lejos. Tal como dije hace un tiempo, Bryce estaba construyendo una red de drogas en la universidad que estaba causando estragos a su paso. Era destructivo y bastante oscuro. Yo intervine sin temor y a él lo echaron de la universidad junto a un cargo frente a las autoridades. No supe de ninguna condena, solo que se había hecho un arreglo para que se largara.

—¿Cómo lo sabes?

—Desde antes de venir, hacía investigaciones y ya he hecho mucho desde que llegué hace tres días. Parte de la droga que trae un tal Guido proviene de Bryce. De hecho, son Guido y otro que no logro descifrar quienes luego se la venden a Abel y a cuatro estudiantes más que la venden por gramos al alumnado.

—¿Bryce está en esta ciudad?

—Hum, no lo sé. Es un poco incierto. Puedo investigar sobre ello. Te lo digo porque sé que en tu primer semestre tuviste un problema con él.

—Sí, pero luego de que se fuera no supe de él.

Comienzo a unir cosas en mi cabeza que no me gustan nada.

—Siempre sentí que se quedó muy tranquilo tras lo que ocurrió. Lo creí culpable de lo que pasó con *ella*, pero me dije que estaba demasiado lejos… ¿Y si le ha pagado a alguien o se está cobrando un favor? —Mis manos se aprietan en puños—. Todo se ve muy claro. Bryce tiene que ser parte de lo que ocurrió.

No quiero saltar a conclusiones erradas, pero todo se ve tan claro en este momento que me frustra haber dejado pasar lo evidente hace un par de años, cuando era joven e inexperto. Había tantas personas llenas de rencor hacia mí en ese momento que me era difícil pensar que, algo lejos, yacía alguien al que le destruí el imperio que comenzaba. O tal vez mi arrogancia me cegó y me hizo creer que era indestructible, que lo sabía todo.

—Necesito saber si Bryce está aquí y quién es el otro chico que mete su droga en la universidad.

—Y si fue él, ¿qué sucedería, Jagger? Es un caso cerrado desde hace tiempo.

—Sabré qué sucederá cuando llegue a ese punto, Seth.

—Hola, Abel.

El mencionado suelta el humo del porro que se está fumando antes de darme una sonrisa adormilada. Me ofrece el porro, pero lo rechazo. Me siento a su lado en el césped y empiezo a comerme la manzana que he traído.

—¿Te has decidido a darle una oportunidad de cita a mi prima Ariane?

—No, sigo declinando la oferta —respondo—, pero estoy aquí debido a otro asunto.

—¿Qué podría tener o saber yo que te interese? —Su sonrisa se amplía—. ¿Es algo que pueda cobrarte?

Tengo mis dudas sobre Abel y no puedo olvidar que lo vimos en Liverpool con pinta de sospechoso. A eso hay que sumarle que puede que Bryce le pase la droga, así que es difícil verlo como un simple e inofensivo vendedor de hierba y éxtasis.

—¿Te vas a quedar mirándome sin más? —me pregunta, y le sonrío.

—¿Qué pasa si solo me gusta mirarte?

—Oh, Jagger, no coquetees conmigo, mejor coquetea con mi prima.

—Ya te dije que no saldré con Ariane.

—¿Es por esa linda castaña con la que ahora se te ve siempre? ¿Qué pasa? ¿Ahora te va la monogamia?

Aunque no me gusta el tono de burla con el que está hablando de Dakota, mantengo mi expresión y odio mis siguientes palabras:

—Es casual, nada duradero e importante.

—Pero la mantienes contigo, tiene que ser muy buena…

—Nos divertimos —minimizo—, pero volviendo al tema que me trae a ti… —Doy otros dos mordiscos a la manzana antes de continuar hablando—. Todos sabemos que, si los estudiantes quieren un buen viaje con hierba o éxtasis, lo consiguen contigo… —Ante mis palabras, su sonrisa es casi inmediata—. Sin embargo, el otro día te vi recibir drogas de Guido.

Miento, pero sé que es verdad porque Seth nunca diría de algo de lo que no estuviese seguro.

La reacción de Abel es entrecerrar los ojos, pero parece tan drogado que su expresión está demasiado relajada para resultar intimidante o inquietante.

—Guido consigue de la buena, pero al parecer se cree demasiado bueno para hacer el trabajo sucio dentro del campus. No sé cómo lo consigue, pero sé que cuando vendo de la suya, siempre se acaba rápido y quieren más. ¿Estás interesado? —Me sonríe—. Pensé que eras demasiado correcto para jugar con las drogas, Jagger.

—¿No conoces al distribuidor de Guido?

—Nop. ¿Para qué? —Se ríe—. Solo me interesa que me dé más, no cómo... Oh, espera, no te lo diré. —Se ríe de una manera que quiero sacudirlo.

Pero asiento como si lo entendiera, al menos ha confirmado lo de Guido. Doy otras mordidas a mi manzana mientras nos mantenemos en silencio.

—¿Dónde pasaste tus vacaciones de fin de semestre, Abel?

—Preston —responde—. Fue bastante aburrido cada día que pasé ahí, no tuve oportunidad de ir a ningún otro lugar.

Miente sobre Liverpool, sobre la manera extraña en la que vestía, como si quisiese esconderse. Tal vez estuvo en Preston, pero también hizo lo suyo en Liverpool.

—¡Ey, Ariane! —Llama a alguien que hay detrás de mí antes de sonreírme—. Estás de suerte, Jagger —me dice.

Unos segundos después, Ariane llega hasta nosotros.

Es una chica curvilínea, con tetas grandes, caderas anchas, cabello negro y rostro angelical con una boca carnosa y seductora. También es alta. Y tiene magnífico trasero. Sé que estudia Ciencias Políticas con Lorena y que tiene el liderazgo del grupo de debate.

Sus labios se curvan en una sonrisa hacia mí antes de que se deje caer para sentarse a mi lado.

—Creo que no has tenido la oportunidad de conocer a mi prima Ariane —no tarda en presentarnos Abel.

—Un gusto, Ariane. —Extiendo la mano—. He escuchado mucho de ti.

—Definitivamente, cruzo los dedos para que sean cosas buenas. —Me estrecha la mano—. Pensé que nunca conseguiría conocerte. No eres un chico fácil.

Tengo que reconocer que su coqueteo es fácil y suave, y que, si estuviese soltero, su seguridad me habría atraído.

—Tienes razón, no soy fácil, pero siempre estoy abierto a hacer nuevas amistades.

—Es bueno saberlo. Me dijeron que es divertido pasar el tiempo contigo.

Sin querer le sonrío, pero no quiero seguirle el juego a su coqueteo. Me doy cuenta de que he terminado la manzana y comienzo a incorporarme.

—Oh, ¿ya te vas? Pero si apenas comenzábamos... —me dice con una sonrisita.

—Tengo clases a las que ir y una chica a la que besar.

—Hum... —tararea.

—Un gusto, Ariane, los dejo. —Asiento hacia ellos en un modo flojo de despedida.

—Espero verte pronto, Jagger. Definitivamente, el placer ha sido mío —se despide Ariane con una sonrisa.

Jagger: Ya puedes recuperar tu teléfono.

Envío el mensaje y vuelvo mi atención a la clase de Relaciones Económicas Internacionales III. Me está resultando tediosa y no es difícil darse cuenta de que no soy el único al que le pasa.

Reviso mi celular y noto que Dakota ha visto mi mensaje, pero no me responde. Los últimos días han sido algo complicados.

Los estudiantes siguen hablando de la foto de Rose tal como lo esperaba. Pese a que Seth se encargó de quitarla de las páginas pornográficas, esta se reprodujo y la gente ha acosado a Rose en sus redes sociales incluso cuando las ha puesto privadas.

He visto a la mayor de las hermanas Monroe caminar por el campus como una reina, como si la foto no le afectara. Sé que simplemente está fingiendo esa seguridad porque Dakota ha pasado los últimos cuatro días con ella y dice que lo está pasando bastante mal y sigue asustada.

Me he encontrado con Dakota un par de veces y una de ellas fue para discutir su plan de estudio de Finanzas cuando lo recibió, por lo que hubo pocos besos o mimos. Puedo sentir su estrés y angustia cuando nos reunimos de manera breve. Su atención en este momento está en Rose y lo entiendo, pero tengo que admitir que me cabrea que se deje de última y olvide que ella también es una prioridad, que se delegue al segundo plano con tanta facilidad.

De manera egoísta, quisiera volver al tiempo que tuvimos en Londres. Allí, pese a que estaban mis amigos, era fácil que solo fuésemos ella y yo; incluso desearía que fuese así de fácil en el campus. Deseo la cotidianidad de coquetear, de ir a fiestas con alguien que te gusta, de las citas, del sexo, de los besos y de los problemas mundanos que parecen enormes pero tienen fácil solución.

Sin embargo, lo que me toca es toda esta tensión, peligro y preocupación que se expande sin ningún control. Me siento como una banda elástica que expanden y expanden calibrando cuánto le falta para romperse, cuando ya no pueda más.

No puedo romperme, pero comienza a inquietarme darme cuenta de que ya no tengo tanto control.

Por un lado, está el problema confuso de Rose. A simple vista parece fácil, pero se siente como un puzle al que le faltan piezas importantes para entenderlo. Por otro lado, está la manera en la que siento las garras del pasado alcanzarme. Alguien quiere traerlo al presente, alguien quiere jugar conmigo. Esto me asusta porque mirar hacia atrás y rebobinar esos recuerdos duele demasiado; son cicatrices que nunca sanaron que duelen incluso más que cuando fueron creadas.

Parece que la tranquilidad no es una opción.

Suspiro cuando por fin termina la clase. Reprimo un bostezo, quiero tomarme un expreso doble para espabilarme. Es un fastidio tener que conversar con la gente cuando simplemente quiero irme, pero es parte de la fachada que vendo: el muchacho del negocio con el que de alguna manera todos empatizan, pero al que respetan. A veces no quiero hablar con nadie, quiero pasar desapercibido, pero debo fingir que estoy bien hablando con cualquiera y que me interesa cualquier cosa que quieran decirme.

La diplomacia es una mierda.

Cuando al fin dos compañeros me dejan escapar de sus tediosas conversaciones, salgo del aula y cometo el error de ignorar mi entorno. Una mano toma la mía y me hace sacudirla por instinto. Cuando me volteo descubro que se trata de Dakota, que abre los ojos sorprendida, como si esperara que la atacara.

Me doy cuenta de que la expresión de mi rostro debe de ser inquietante y amenazante, por lo que trato de relajarla al darme cuenta de que es ella y no alguien que quiera atacarme.

Es una mierda vivir con tanta desconfianza. Esta ha aumentado desde que las notas comenzaron a llegar de nuevo.

—Lo siento, no quise asustarte, pero he dicho tu nombre un par de veces y no me has escuchado.

¿Lo ha dicho? No puedo creer que me descuidara de tal manera.

Miro detrás de ella y descubro que su amiga Demi y Avery se encuentran ahí. La primera me mira con entusiasmo y la segunda, mucho más reservada.

—Oh, ellas son mis amigas Demi y Avery. Ella también es mi compañera de piso.

—Señoritas —saludo sonriéndoles, y Demi da un paso al frente extendiéndome la mano, que no dudo en tomar.

—Eres mucho más alto de cerca.

—¡Demi! —se ríe Dakota, y yo sonrío.

—Gracias, mido 1,83.

—¿Tanto? —me pregunta ahora Dakota y me meto un mechón de cabello detrás de la oreja.

—¿Demasiado alto? —le pregunto acariciándole la oreja. Ella se sonroja ante mi abierta demostración de afecto delante de sus amigas.

—No hay tal cosa como demasiado alto —aporta Demi.

Envío otra mirada a Avery, que se sonroja y da un paso más cerca de Demi. Es una chica fácil de intimidar.

Al darme cuenta de que Dakota aún me toma de la mano, entrelazo nuestros dedos buscando su mirada.

—¿Algún plan en la mente?

—Iba con ellas…

—Avery y yo podemos ir sin ti, ¿cierto, Avie? —pregunta Demi.

—Eh… Sí.

—¿Quiere decir eso que puedo raptar a Dakota? —pregunto.

—No la estás raptando si ella quiere ir contigo —me hace saber Demi y decido que esta chica me cae bastante bien.

—¿Qué me dices, Dulce? ¿Quieres venir conmigo?

A la mierda haber tenido sueño o querer café, lo único que quiero es a ella conmigo.

Alza esos expresivos ojos marrones hacia mí antes de mirar a sus amigas, puedo decir que se encuentra indecisa.

—Podríamos encontrarnos después —le hago saber. Me sonríe antes de girarse hacia sus amigas y entrelazar más fuerte nuestros dedos.

Intercambia una mirada con Demi, que le sonríe y, de una manera nada sutil, le muestra el pulgar.

—Hablamos más tarde, Avie y yo estaremos bien sin ti —la tranquiliza Demi antes de dirigir su mirada hacia mí—. Será mejor que cuides de nuestra chica, Jagger.

—Cuidaré muy bien de nuestra chica, Demi.

—Oh, Dios mío. De verdad que eres encantador. —Me mira parpadeando—. Bueno, bueno, vamos, Avie, mi próxima clase es dentro de media hora y tengo hambre. ¡Divertíos, chicos! Y, ¡oh!, Dakie, no te preocupes por Rose. Cuando salga de clase, me encargaré de irla a ver y comprobar que se encuentra mejor.

—Gracias, Demi.

—Hasta luego —murmura apenas Avery sin mirarnos a los ojos, pero noto que le sonríe a Dakota divertida y cariñosa antes de que se alejen de nosotros.

—Parecen ser buenas amigas.

—Lo son —responde con orgullo.

Atraigo su cuerpo más cerca del mío para que estemos frente a frente, aún con nuestros dedos entrelazados.

—¿Rose está bien?

—Creo que es algo más emocional —suspira apoyando su mano en mi abdomen, el cual se contrae ante su tacto—. Se ha pasado toda la noche con fiebre y dolor de cabeza.

—Lo lamento.

—Estará mejor, Rose es muy fuerte. Sé que un día se despertará y se dará cuenta de que es más que lo que dicen y el acoso se detendrá.

Ser acosado por redes tiene que ser una auténtica pesadilla. No puedo ni siquiera imaginar cómo se siente su hermana.

—Toma, aquí está tu teléfono. —Metiendo la mano en el bolsillo de mi suéter, lo saco y se lo entrego.

—Adivino. No hay pistas —dice con una sonrisa triste.

Odio sentir que la defraudo al no tener al culpable de forma inmediata. Siempre tengo respuestas y soluciones y, en este caso tan importante, le he dado muy poco.

—Ojalá que en este momento pudiese darte todas las respuestas que necesitas.

—Sé que lo estás intentando.

—Pero intentarlo no es suficiente, intentarlo no es lo que necesitas. Necesitas soluciones y parezco un inservible al no dártelas.

—No me pareces un inservible. Además, estoy segura de que te distraigo.

Nos quedamos en silencio simplemente mirándonos. Siento estas sensaciones angustiantes y emocionantes en mi interior mientras nuestras miradas conectan.

Por un momento, quiero decirle que me fastidió no verla durante los últimos días, que no dejaba de pensar en besarla, follarla y simplemente hablar; ahora me doy cuenta de que es parte de mi vida.

Pero, en lugar de ello, bajo mi rostro al suyo y presiono mi boca sobre la suya.

Le doy un beso que carece de suavidad, pero que ella disfruta mientras la atraigo con una mano en su espalda baja, para presionarla contra mi cuerpo. Muerdo su labio inferior antes de lamerlo y enredo una de mis manos en su cabello para profundizar el beso cuando mi lengua se roza con la suya.

Quería y necesitaba tanto este beso…

Quiero muchísimo más.

—¡Consíganse una habitación! —gritan.

Me quejo cuando esas palabras logran que aleje su boca de la mía.

—Tiene razón. —Dakota me sorprende con sus palabras en un susurro contra mi cuello—. ¿Me llevas a tu habitación, Jagger?

Solo me toma aproximadamente tres segundos responderle:

—Te llevo a donde quieras.

Hace poco le dije a Dakota que nunca había llevado a una mujer a mi habitación, aparte de a Maddie. Sin embargo, decido arriesgarme con ella cuando la tomo de la mano y nos guío hacia mi fraternidad, hacia mi habitación.

Estoy confiando en ella y quiero creer que esta vez, de verdad, no voy a equivocarme.

33

EL SENTIR DE UNA PASIÓN

Jagger

—Así que esta es la manera en la que se ve y se siente venir a esta fraternidad sin que haya una fiesta... —Echa un largo vistazo alrededor mientras cierro la puerta.

Por sorprendente que pueda parecer, el lugar está vacío, pero así suele encontrarse durante las tardes de martes a jueves.

—Había venido a la fiesta aquí, pero es muy diferente verla con tanta tranquilidad. —Se gira para mirarme—. La hermandad de Rose me parece enorme, pero creo que esta es aún más grande.

—Es la más antigua.

—La más importante, exclusiva y prestigiosa también, según lo que esuché.

—Pero somos humildes —bromeo.

Es cierto que esta fraternidad se compone de hijos de personas influyentes, hay pocos becados y es difícil acceder. No depende de pruebas de iniciación, tiene más que ver con tu currículo, familia, nota media y habilidades. A veces me gusta bromear llamándola una secta, pero la verdad es que la mayoría de ellos me caen bien y son útiles; pueden serme de ayuda o servirme en el futuro cuando seamos más que estudiantes de la OUON.

—Humildes —repite divertida enarcando una ceja mientras me mira.

—Hay buenos tipos aquí —hago una pausa— y otros no tan agradables, algunos simplemente son un desperdicio.

—He escuchado que eres una especie de dios en esta fraternidad, bueno ¿de qué hablo? Lo eres en toda la universidad. —Golpea su índice contra sus labios—. Ahora quiero que en minutos seas mi dios.

—Ah, ¿sí?

Me doy cuenta de que me encanta la faceta de Dakota atrevida, la manera en la que no es tímida sobre el sexo y cómo ha aprendido a confiar en mí para no avergonzarse de sus deseos.

Esta mujer me está enloqueciendo.

—Sí, quiero que seas mi dios de habilidades camísticas.

—¿De qué? —Mi voz suena tan desconcertada como me siento.

—No lo entenderías —es su respuesta entre pequeñas risas.

La miro darse la vuelta y caminar hacia las escaleras. La manera en que pone un pie en el primer escalón y gira el rostro para mirarme a la expectativa por encima de su hombro me seduce.

—Acércate, Jagger.

No dudo en hacerlo y sonrío al darme cuenta de que incluso cuando tiene un escalón de ventaja, sigue siendo más baja que yo.

—Qué alto —musita.

—Ya escuchaste a Demi, nunca se es demasiado alto.

—No te rías de ella. La verdad es que creo que te admira. Quería conocerte.

—No me río de ella, me pareció divertida, me cayó bien.

—Bien, porque la amo y es una gran amiga. No besaría a alguien que fuese malo con Demi.

Sus manos se deslizan hasta detrás de mi cuello, me acuna la nuca mientras su mirada desciende a mi boca, lo que me tiene lamiéndome los labios. Inclinándose, toma la iniciativa de besarme con suavidad, de una manera seductora, tomándose el tiempo de chuparme el labio inferior antes de mordisquearlo a su antojo.

—Buenas tardes. ¡Qué bueno es verte de nuevo, Dakota! —Escucho la voz de Jamie.

Dakota deja de besarme para mirarlo cuando pasa por su lado y lo único que hace mi amigo es guiñarle un ojo.

—Hola, James. ¿Vas a clase? —pregunta Dakota fingiendo que no está sonrojada por haber sido pillada comiéndome la boca.

—Sí, tengo asesoría con mi tutora de tesis. Deséame suerte para que consiga que la profesora esté enamorada de mí y deje de ser tan ruda conmigo, jugar con mis ilusiones y hacer cambios todo el tiempo sobre las cosas que ella misma corrige.

—Suerte —le dice, y él hace un puchero antes de despedirse y alejarse—. Parece estresado por su tesis.

—Está enloqueciendo por ello. Su tutora es complicada, se arrepiente de haberla escogido.

—Pobrecito… —Vuelve a mirarme—. ¿Ahora tienes la habitación para ti solo?

—Siempre he tenido una habitación para mí.

—Oh, discúlpeme, su majestad.

—Tonta, no soy el único con tal privilegio, pero reconozco que soy afortunado.

—Y supongo que en este momento yo también lo soy.

—¿Eso crees?

Deslizo mis manos hasta su culo, apretándolo en mis manos mientras se arquea contra mí haciendo que sus tetas se vean increíble al tensarse contra su camisa de algodón.

—Quiero ir a tu habitación.

—¿Y qué quieres hacer ahí, Dulce? —Le paso la lengua en el lado de su cuello donde late su pulso errático.

—Quiero orgasmos —admite jadeante.

Río de manera ronca antes de tomarla por los muslos para alzarla y ella enseguida envuelve las piernas alrededor de mi cintura.

—Vamos a por ello —susurro plantándole un beso en la comisura de la boca.

—Sí, siempre y cuando no se armen escenas de guerra o dramas. Aquí las reglas son muy diferentes a las de las residencias y el presidente es bastante permisivo. Sin embargo, nunca había traído a una chica a mi habitación aparte de Maddie. No confío lo suficiente o, al menos, antes de ti no lo hacía.

Sus cejas se arquean con sorpresa antes de darme una sonrisa tímida que me dice que necesitamos llegar a mi habitación rápidamente por lo mucho que la deseo. Así que comienzo a subir las escaleras de manera veloz y, cuando alcanzo el segundo piso, donde está mi habitación, camino hasta la puerta blanca. Dejo a Dakota sobre sus pies para poder sacar las llaves de la puerta y abrirla.

—Bienvenida, Dulce. Puedes entrar y estar tan cómoda como lo desees.

Su sonrisa es amplia mientras le brillan los ojos y pasa por delante de mí mirando tanto como puede. Cierro la puerta, me aseguro de poner el pestillo, y me ubico detrás de Dakota sin llegar a tocarla.

—Es una habitación grande y me sorprende lo ordenado que eres. Es lo mismo en tu habitación en Londres.

—El abuelo dijo que ninguna mujer tenía por qué lidiar con las porquerías de otros por estar enamorada, así que desde pequeño me dijo que, si no quería que me mandaran a la mierda, aprendiera a mantener mis cosas en orden.

—Ese fue un buen consejo. Ojalá se lo hubiesen dado a mis padres, los dos son desordenados.

—Pero no hablaremos de nuestras familias ahora.

—No, no lo haremos —me dice.

Estoy demasiado concentrado, o tal vez deba decir cautivado, mirándola sacarse la camisa de algodón, dejando a la vista un sujetador de seda sin relleno que no oculta lo duros y erguidos que se encuentran los picos de sus tetas, pero poco después la vista mejora porque se saca también esa prenda dejando dichas tetas al desnudo. Son tal como las recuerdo, respingonas y pequeñas con pezones sobresalientes de un rosa oscuro. Mi boca se hace agua con el deseo de devorarlas.

Me sonríe mientras su sonrojo aparece. Lo próximo es mirarla doblarse para sacarse los zapatos y, con algo de torpeza, luego se encarga del pantalón.

Y es así como Dakota Monroe, en este momento, se encuentra en mi habitación vistiendo unas bragas de encaje que esconden poco de su montículo y el parche recortado de vello. Tan tentadora y deliciosa.

Se atreve a comenzar a tironear del borde de sus bragas para jugar conmigo.

—Tu turno —dice.

Estirando un brazo hacia mi espalda, tomo un puñado de mi camisa y me la quito para arrojarla a algún lugar de la habitación. Continúo con los zapatos finalizando con el jean y, sin ningún tipo de preámbulos, me bajo el bóxer, deleitándome con su grito de sorpresa. Sonrío.

—¿Qué has hecho? —pregunta.

Me tomo en una mano, dándome un apretón brusco antes de deslizarla arriba y abajo por mi dureza sin dejar de mirarla.

—¿Tú qué crees? —respondo con otra pregunta.

—Pero no era así, antes en Londres no era así —consigue decir sin dejar de mirarme la polla envuelta en la mano y cómo me acaricio a mí mismo.

—¿Estás intimidada ante este cambio?

—¡Por supuesto que sí! Pero también estoy intrigada, no puedo dejar de mirarlo.

—Puedes tocarme, espero que quieras hacerlo.

Se muerde el labio inferior y se golpea el índice contra la barbilla, como si se lo pensara, pero no tarda en esbozar una sonrisita de curiosidad mientras camina hasta mí. Mira hacia abajo cómo me masturbo y no me pierdo la forma en que las pupilas se le dilatan y la sutil manera en la que aprieta las piernas.

—Déjame hacerlo por ti —pide con voz rasposa, apartando a un lado mi mano para suplantarla con la suya.

Su tacto es más suave y su mano es pequeña, pero ¡joder! Se siente increíble mientras toma el presemen de mi punta para lubricarse la palma y comenzar a masturbarme con calma, descubriendo qué me gusta.

Su agarre se vuelve más audaz con el paso de los segundos y pronto su pulgar me acaricia la punta hinchada mientras se vuelve más rápido. Su mirada busca la mía cuando apoyo una mano en su cadera antes de deslizarla entre sus piernas por encima del encaje. La insto a separar las piernas y, de esa manera, descubro que está tan húmeda que me moja los dedos a través del encaje.

—Me encanta saber que disfrutas esto, Dulce.

Su respuesta es un gemido y alzarse sobre las puntas de sus pies cuando mi pulgar le presiona el clítoris por encima de la tela. Lo muevo de una manera que la tiene agarrándome con más fuerza.

—¿Cómo se llama este? —consigue preguntar en medio de un jadeo, haciendo referencia al nuevo *piercing* que me decora la polla.

—Su nombre es el juguete nuevo y favorito de Dakota —bromeo con voz enronquecida—. Es un *apadravya*.

—¿Dolió?

—Lo hizo, no puedes imaginar que no vaya a doler perforarse la punta del pene, pero sé que valdrá la pena. Y ya dejó de doler hace días.

—¿Cuándo te lo has hecho?

Cada vez parece que se le hace más difícil emitir palabras, más cuando mis dedos le hacen la braga a un lado y dos de ellos recogen la humedad de su entrada para moverse sobre su clítoris ahora resbaladizo.

—Un día después de dejarte en Liverpool. —Es difícil responder y prestar atención cuando ella está acariciándome.

—Esto es una locura.

—Ahora conoces algo de mí que nadie más sabe —susurro, y eso hace que su mano se detenga.

Me mira y sonrío. Saco la mano de debajo de sus bragas y me da un suave empujón que me hace saber que quiere que me siente sobre la cama. Cuando lo hago, se queda de pie como si pensara qué hacer conmigo.

Me lamo los dedos aún recubiertos de sus jugos mientras extiendo las piernas, apoyándome sobre las palmas de mis manos e inclinándome hacia atrás. Espero que no esté a punto de huir por miedo. Sí, puede ser intimidante, pero no, no va a dolerle. Siempre que me hacía un retoque o tatuaje nuevo, una de las trabajadoras del local me preguntaba si quería un *piercing* en mi miembro y al fin cedí y dije: «¿Por qué no?», y aquí están los resultados.

Mi respiración es temblorosa cuando por fin Dakota se deja caer sobre sus rodillas frente a mí, pasa su cabello detrás de sus orejas y de nuevo me envuelve la polla con su mano.

—El *piercing* me pone nerviosa, pero tengo mucha curiosidad y quiero sentirte en mi boca.

Mi respuesta es ampliar mi postura y mirarla a la espera, pero mis ojos se cierran cuando Dakota considera que mi erección es un helado para lamer de arriba abajo. Se deleita con cada curva, vena y tramo de piel tersa. Me hace maldecir cuando su lengua por fin se concentra en la barra de metal, lamiendo y besando ese tramo de piel en mi punta que me hace alzar las caderas.

Me doy cuenta de que su cabello nos está estorbando a ambos, por lo que lo tomo en un puñado en una especie de cola mientras la miro subir y bajar la cabeza mientras mi polla se desliza por la calidez de su boca una y otra vez. No se lo traga todo, pero me lleva lo suficiente hondo para hacerme tensar las bolas y maldecir. Cada vez que su cabeza sube, me veo recubierto de su saliva y es cuando consigo que juegue con el *piercing*. Gruño, gimo y maldigo mientras sus labios me envuelven una y otra vez.

Ella no tarda en darse cuenta de algo que ya sé: aunque está de rodillas, ella es quien manda y dirige en este momento.

Tener el poder la llena de seguridad y me mira mientras la saliva y el presemen le cubren la barbilla. Se ayuda con la mano mientras me da de las mejores mamadas que he tenido en mi vida.

No importa si hubo muchas antes de ella, si hubo alguien antes de mí, en este momento solo somos nosotros dos experimentando algo nuevo con un puto *piercing*. Llego a la conclusión de que ha sido de las mejores decisiones de mi vida, porque cuando su lengua lo rodea o sus labios tiran de él, siento que me eleva.

El placer incluso incrementa, lo que pensé que sería imposible, cuando me doy cuenta de que desliza una de sus manos entre sus piernas, para tocarse el clítoris por debajo del encaje de las bragas.

Decido que es demasiado, que necesito follarla tanto como ella ansía que la folle. Así que tirando gentilmente de mi agarre en su cabello, hago que me mire. La visión de esos ojos humedecidos, pero repletos de pasión, mirándome con su boca envolviéndome aún casi me hace venir. Esta chica podría ser mi absoluta perdición.

—Creo que… Debemos saltarnos esta parte porque estoy… Muy desesperado.

Me libera alzándose sobre sus pies mientras con el dorso de la mano intenta limpiarse la barbilla, pero le tomo la mano al ponerme de pie. Es mi lengua quien recoge los rastros de su saliva y mi esencia antes de llegar a su boca y devorarla con un beso arrollador mientras mis manos se desplazan hacia sus hermosas tetas. Tiro de los pezones hasta estar seguro de dejarlos rojizos y desesperados por mi boca, la cual no tarda en cubrirlos cuando abandono la suya.

Chupo y muerdo sus pezones mientras me tira del cabello y gime, pero soy quien emite un sonido ronco cuando busca alivio al montar mi pierna. Desliza el encaje húmedo contra mi piel mientras se frota en busca de un alivio que quiere que le dé.

Que quiero darle.

Solo cuando sus tetas están rojizas, hinchadas y con marcas de mis dientes, retrocedo en busca de un condón mientras ella, con manos temblorosas, se desliza las bragas por las piernas.

Cuando abro el paquete con cuidado de no rasgar el condón, ella se acuesta en la cama con las piernas abiertas. Por un momento, me detengo con la vista clavada en sus labios hinchados, su núcleo húmedo y el pequeño nudo de nervios hinchado y sobresaliendo. Es una vista increíble mientras sus tetas enrojecidas y marcadas se elevan y bajan con la rapidez de su respiración.

Recupero mis movimientos mientras me cubro con el látex sin dejar de mirarla, es mejor que cualquier fantasía.

Voy hacia ella. Extiendo sus piernas aún más abiertas mientras bajo el rostro y deslizo mi lengua desde su entrada hasta su clítoris. Mi recompensa es su gemido diciendo mi nombre y su sabor recubriéndome la lengua. Durante cortos minutos, mi lengua alterna entre su entrada y el pequeño nudo, hasta que sus muslos tiemblan y dice mi nombre desesperada. Es entonces cuando asciendo por su cuerpo besándole las caderas, el estómago, la cintura, sus tetas sensibles e hinchadas una vez más, hasta llegar a su boca tras una parada en el cuello.

Mientras la beso, dos de mis dedos se hunden con facilidad entre sus piernas. Está tan mojada que el sonido de mis dedos moviéndose resuena en mi habitación. Le meto los dedos durante unos pocos minutos antes de ubicarme entre sus piernas. Se las abro y le flexiono las rodillas antes de subírselas hasta donde pueden llegar, de manera que se encuentra tan abierta como puede estar.

Miro la forma en la que mi erección se mueve entre sus pliegues.

—Llévame dentro de ti, Dakota.

Se esfuerza en tomarme y luego presiona la punta contra su entrada. Entonces empujo todo el camino con lentitud, saboreando cada centímetro que pasa dentro de ella. La siento suspirar contra mis labios y eso tiene que ser la cosa más dulce y caliente que alguna vez he experimentado durante el sexo.

Le permito adaptarse a mi tamaño y reúno la fuerza de voluntad para no correrme de inmediato, antes de comenzar a embestirla, sosteniéndole aún las piernas abiertas y flexionadas. Sus manos están en mi cabello y mis dedos se clavan en su piel mientras empujo con más dureza y ella grita. Hay besos, mordiscos y tira de mi cabello. No hay silencio y hay muchos jadeos.

Cuando creo que podría cansarle la posición, la hago envolver una pierna en mi cintura y otra la subo a mi hombro mientras un frenesí me consume, quiero más. El *piercing* hace que la sensación sea más potente y parece estimularla a la perfección dentro, porque cada vez que entro grita más fuerte y me dice: «Justo ahí».

Puedo sentir mi cuerpo resbaloso por la acumulación de sudor mientras se desliza con facilidad contra el suyo.

—Necesito más —susurro.

Sin ni siquiera planearlo, antes de dejar de moverme, giro y consigo que nos quedemos de costado. Su espalda termina contra mi pecho y hago que una de sus piernas se flexione mientras empujo en nuestra nueva posición. Sus gemidos y gritos solo me impulsan a ser más audaz y duro. Una de mis manos se aferra a su pecho mientras otra desciende entre sus piernas para frotarle el clítoris. Siento que estoy enloqueciendo, las sensaciones son abrumadoras. Siento que el sexo me está consumiendo. ¡Es una puta locura! Algo primitivo que me pide más y más.

Dakota emite un gemido fuerte y ronco mientras aprieta un puñado de sábanas. Entonces se estremece y yo siento como me aprieta en su interior cuando se corre. Cierro los ojos y un minuto después siento el cosquilleo nacer en la parte baja de mi columna mientras se expande y me hace temblar al sentir el mejor orgasmo de mi vida. Es tan fuerte que me nubla la mente.

No dejo de moverme y, francamente, siento que nunca dejaré de correrme. Se siente como un viaje sin fin y es tan fuerte que casi duele por su intensidad.

En algún punto, mis movimientos se detienen y respiro hondo con la frente apoyada en la parte baja de la nuca de Dakota.

Su cabello es un absoluto desastre sudoroso y despeinado que parece estar por todas partes y me hace cosquillas en la nariz. Una de mis manos aún se aferra a su pecho y la otra descansa entre sus piernas. Espero no haber sido muy rudo.

Con el pasar de los minutos, consigo moverme. Salgo de ella en medio de un suspiro, me saco el condón y reviso que no se haya roto antes de arrojarlo a la papelera, a un lado de mi cama. Me giro hacia ella, que ahora descansa de lado frente a mí, mirándome.

Sus mejillas están muy sonrojadas y sus labios inflamados. Se ve hermosa incluso cuando su cabello sea un desastre que no se entiende y necesite con urgencia un cepillo para peinarlo.

—Hola, Dulce. ¿Ha sido demasiado? —Con mis dedos le acaricio el brazo y ella se estremece.

—Ha sido increíble. —Me dedica una pequeña sonrisa—. No tengo palabras.

—Eso fue una increíble explosión. Dame el veredicto final. ¿Se queda el *piercing*?

—Definitivamente, nos lo quedamos.

Riéndome, estiro el brazo para atraer hacia mí. Dejo que su cabeza descanse en mi hombro mientras juego con su cabello y sus dedos recorren el contorno de uno de mis tatuajes.

—Me estás enseñando cosas nuevas, nunca había hecho esa posición. En realidad, no he experimentado casi nada.

—Nos quedan un montón —aseguro, y ella sonríe antes de bostezar y acurrucarse, algo que he descubierto que le gusta mucho—. Descansa, te he quitado toda la energía. ¿Tienes alguna clase a la que ir?

—No, pero quiero cenar con Rose.

—Te despertaré —aseguro.

—De acuerdo... —Mientras lo dice está más dormida que despierta.

De alguna manera, dormito con ella, pero en algún punto mi brazo se acalambra por la posición. Con cuidado, la acomodo antes de ponerme de pie y tomar mi ropa para vestirme. Le echo un vistazo y dejo el seguro en la puerta para que ella pueda desbloquearla desde adentro, pero nadie pueda hacerlo desde afuera a excepción de mí, que traigo la llave.

Voy hacia uno de los tantos baños, orino y me lavo el rostro.

Todo ese sexo ha despertado mi apetito y estoy seguro de que, cuando Dakota se despierte, estará hambrienta. Así que preparo un par de sándwiches mientras converso con algunos chicos de la fraternidad que son agradables. Me como mi sándwich solo cuando todos se van y aprovecho para revisar las noticias desde mi teléfono. La verdad es que no sé cuánto tiempo pasa, pero regreso a la realidad porque escucho lo que parece una breve discusión y, en vista de que está prohibido pelear entre miembros de la mansión y dentro de ella, camino hasta el sonido. Me sorprende lo que me encuentro.

No son hermanos los que pelean. Se trata de Dakota y Drew.

Ella parece estar intentando pasar por donde está él, él no la deja y yo me cabreo.

Las cosas podrían ponerse muy feas. Creo que estoy a punto de enterarme de algo que definitivamente no va a gustarme y que me hará despreciar a Drew mucho más de lo que ya lo hacía.

34

NO TE METAS CON DAKOTA

Jagger

Dakota intenta una vez más pasar de Drew, pero él le corta el paso. La toma del brazo mientras ella intenta sacudirse de su agarre.

—¿Por qué pareces tan renuente? Siempre quisiste estar conmigo. ¿Crees que no notaba tu enamoramiento? Te morías por abrirte de piernas a mí —lo escucho decirle y mi cuerpo se pone incluso más tenso.

—Suéltala ahora mismo, Drew. Muévete —digo desde el final de la escalera antes de comenzar a subirla hasta alcanzarlos.

Su agarre permanece sobre el brazo de Dakota y la mirada que me lanza es desafiante.

—No te metas en esto, Jagger. Es entre nosotros.

—No somos ningún nosotros —dice ella—. Tú no te metas en esto, estoy aquí con Jagger.

—Oh, así que tu nuevo sabor es Jagger. ¿También te pones como un puto cadáver cuando te abres de piernas para él o te ha enseñado cómo ser una verdadera mujer?

La bofetada que Dakota le da resuena por todo el lugar y consigue que se libere de su agarre.

—Me das tanto asco…

—Sin embargo, te recuerdo gimiendo mi nombre —se ríe él.

—Como si alguna vez me hubieses hecho gemir.

Conozco las reglas de la casa, pero bien podría obligarlo a salir y partirle la cara por todo el espectáculo de mierda que está desplegando.

—Cierra la boca, Drew —advierto.

—¿O qué? ¿También te la ligaste en una fiesta? ¿La estás enseñando a hacer una mamada decente? ¿A correrse? Porque amigo, lo intenté, pero estaba muy tensa.

Cierro los ojos y solo es cuestión de segundos para conectar los puntos. Dakota fue una de esas chicas que Drew ilusionó, lastimó y luego dejó. Si antes eso me molestaba, ahora que sé que Dakota es una de esas chicas, siento que mi nivel de cabreo incrementa. Cuando abro los ojos, lo único que quiero hacer es destruirlo.

Lo empujo con fuerza, lo que hace que su espalda choque con la pared. El reglamento de la casa dice que no puedo golpearlo dentro de estas paredes, pero no dice nada sobre no dañarlo de otras maneras que no incluyan golpes o armas.

—No soy tu maldito amigo, Drew, y ambos lo sabemos —consigo hablar—. Cuida la manera en la que hablas de mi novia —le advierto.

—¿Novia? —Se ríe.

Vuelvo a empujarlo contra la pared y la mueca que hace me da el indicio de que le ha dolido mucho, pero eso no le impide centrar sus ojos burlones sobre Dakota.

—Creo que deberíamos ponernos al día, Dakota. Algo debes de tener para haberlo atrapado. Supongo que ahora tienes un coño mágico. Me parece justo que si fui quien lo estrené sea yo el que lo monte de nuevo.

Listo, que esta puta casa se vaya a la mierda. Ya no se trata de mantener un lugar aquí, ya no importa si me expulsan.

He decidido que moleré a golpes a Drew hasta que se atragante con cada una de las palabras que ha dicho. Sin embargo, antes de que pueda actuar, Dakota pasa por mi lado. Casi siento que veo la escena a cámara lenta cuando sus manos van hacia delante tras tomar impulso y, entonces, empuja a Drew hacia abajo… por las escaleras.

Es un momento épico, alarmante y desconcertante.

Drew grita y estira la mano esperando que alguno de nosotros evite su caída, pero ambos miramos como su cuerpo comienza a rodar escaleras abajo, golpeando los escalones en ángulos extraños y dolorosos.

Su cuerpo se detiene casi llegando al último tramo y se queda de lado. Ahí es cuando siento preocupación. ¿No ha muerto, cierto?

No puede estar muerto, pero por otro lado tiene que estar muy malherido.

Su gemido hace eco en la mansión solitaria y está repleto de dolor y agonía. Se mueve tontamente hasta estar de espalda, lo que ocasiona que ruede los dos escalones restantes con un grito de dolor que casi me hace estremecer.

El jadeo de Dakota me hace mirarla. Descubro que las lágrimas le ruedan por el rostro y tiene los ojos abnegados de angustia y preocupación.

—Oh, Dios —dice con la voz ahogada—. ¿Por qué lo he hecho?

—No has hecho nada —digo de manera seria, sin dudarlo ni un segundo.

Está claro que debo tomar el control de la situación y que ella se encuentra abrumada.

—Jagger…

—Tropezó y cayó por las escaleras. Yo lo vi y tú también lo viste. —Hago una pausa para darle tiempo de asimilar mis palabras—. ¿Lo recuerdas?

—Yo-yo, él… —tartamudea, y una lágrima desciende por su mejilla.

Acorto la distancia que hay entre nosotros. Le limpio las lágrimas con mis pulgares antes de besarle la frente y atraerla a mi cuerpo para darle un abrazo, ella se aferra a mí.

—Se cayó, Dulce —repito—. Es tan imbécil que no se fijó por dónde caminaba y, mientras te decía toda esa basura, tropezó y rodó por las escaleras. Nunca tuvimos oportunidad de ayudarlo pese a que intentaste tomarlo de la mano para que no se cayera —elaboro con convicción.

—Pero…

—Jamie también lo vio —agrego.

—Jamie no está aquí.

—Sí, Jamie estaba aquí. Lo recuerdo y tú también —reafirmo.

Aún la mantengo envuelta con uno de mis brazos. Consigo marcar en mi teléfono el número de Stephan, el actual presidente de la fraternidad. Para mi fortuna, no tarda en responder. Tal vez se trate de que debe intuir que algo ha pasado teniendo en cuenta que es la primera vez que lo llamo.

—Drew ha tenido un accidente —digo sin dudar y sin preámbulos.

—¿En la mansión? ¿Y qué tipo de accidente? —Parece que se aleja del lugar ruidoso para que nos escuchemos mejor—. ¿Es muy grave?

Llevo la mirada hacia Drew y creo ver algunas manchas carmesíes. Además, permanece inmóvil y gime de dolor.

—Sí, en la mansión y parece estar mal. Ha tropezado en una discusión estúpida con mi novia y rodó por las escaleras. No está muerto, creo que se ha fracturado una pierna debido a la posición en la que se encuentra y puede que un brazo. Hay poca sangre, pero podría haber una hemorragia interna, es una posibilidad. —Ante mis palabras, Dakota se tensa—. También podría tener las costillas magulladas. Necesitamos una ambulancia para verificar todo esto. No puedo moverlo por si lo empeoro.

—¿Qué? Jodido idiota, cada vez entiendo más por qué lo echaron de la otra fraternidad. Ya mismo voy para allá. Logan, llama a una ambulancia —ordena a otro hermano—. ¿Estás solo?

—No, estoy con mi novia y Jamie. Procuraré que el idiota no muera, aunque no para de quejarse.

—Bien, bien. Nos vemos en breve.

Finalizo la llamada y tomo el rostro de una nerviosa y llena de lágrimas Dakota. Le doy un suave beso para captar su atención.

—Está bien, Dulce. No tendrá grandes daños y solo será por unas semanas, no morirá. Que agradezca que lo arrojaste por las escaleras y no que yo le partiera la cara. Debo bajar a verificar que esté medianamente bien y que su historia coincida con la nuestra.

—Pero él hablará.

—No, no lo hará. No pasa nada, eso le hará aprender a respetar a las mujeres y no a subestimarlas.

Poco a poco, la libero de mi abrazo y procedo a llamar a Seth. Le pido que entre en el sistema de la casa y que elimine la evidencia: los vídeos de seguridad. Luego localizo a Jamie para decirle que mueva el culo y llegue antes de que lo haga Stephan; por suerte, está cerca.

Lo siguiente es bajar las escaleras hacia Drew. Me inclino hacia él en cuanto estoy a su lado. Está consciente y lloriquea.

Siendo sincero, tiene que estar pasando por un montón de dolor. Su pierna está en un ángulo antinatural y el brazo sobre el que cayó yace inmóvil y como un fideo. Sin embargo, al hacer una rápida inspección con la mirada, llego a la conclusión de que no morirá ni tendrá daños permanentes. Aunque aún es una posibilidad que tenga una hemorragia interna y eso sí podría causarle la muerte.

—Agradece que caíste por esas escaleras —le hago saber—. Escúchame bien, pedazo de mierda. Dejarás de engañar a las chicas. Si solo quieres follarlas, se lo dirás, pero se acabó lo de ilusionarlas. ¿Entiendes?

—Vete a la mierda, tú y esa pequeña… ¡Ah! —grita cuando presiono la mano en su pierna fracturada.

—¿Qué es lo que decías? —Sacude la cabeza desesperado ante el dolor de la presión de mi mano en su pierna afectada—. Me importa una mierda tu dolor. Estoy cansado de todos tus juegos y espero no volverte a ver, escuchar o saber que molestas nunca a Dakota. ¿Entiendes?

—¡Bien, bien! Por favor, basta. Detente —grita de dolor.

—¿Sabes? Tu pierna sanará, pero cuando rompes un corazón, lo dejas marcado, agrio y predispuesto para no entregarse a otro. No es bonito ni agradable, así que por tu bien espero que cumplas. Tengo información de ti y no querrás que el mundo lo sepa.

La puerta se abre y, cuando alzo la mirada, me encuentro a James entrando. Él se detiene como si hiciera una toma de la situación: Drew lloriqueando, yo agachado frente a él y Dakota con clara evidencia de sus lágrimas sentada en el último peldaño de las escaleras.

—¿Qué ha sucedido, Jagger?

—Drew discutía con Dakota, luego quiso hacer algo tonto como empujarme, resbaló, tropezó y cayó por las escaleras. ¿No lo recuerdas, Jamie? Tú estabas aquí, con nosotros.

—¡No es cierto! —protesta Drew.

Me pregunto si sería demasiado amable por mi parte hacerle perder el conocimiento para que deje de quejarse.

—Sí, es cierto. Yo estaba detrás de Jagger y Dakota cuando en uno de tus movimientos idiotas tropezaste y te caíste por las escaleras. Intenté ayudarte, pero no llegué a tiempo —sentencia James sin ningún tipo de duda o vacilación.

Mi amigo suena muy convincente y sonrío hacia Drew.

—¿Lo ves? Tres historias que coinciden. ¿Qué tienes tú? Cuida lo que dices, sé secretos sobre ti e insultaste a mi novia. Como yo lo veo, no me agradas y buscaría cualquier excusa para molestarte. ¿Qué ha sido lo que ha ocurrido, Drew? —intento.

—Me resbalé y caí.

—Eso pensé —me incorporo y subo las escaleras.

Me siento al lado de Dakota y la atraigo para darle otro abrazo. Parece un poco más calmada, pero sé que aún se encuentra afectada. No todos los días se arroja a un idiota por las escaleras. Me da una sonrisa temblorosa.

—Gracias por cuidarme —susurra.

—¿Cuidarte? Queda claro que sabes cuidarte, tendré cuidado contigo. En todo caso, fue un placer hacer tu coartada —le sonrío y le doy un corto beso en los labios.

La ayuda llega rápido con Stephan. Es bueno confirmar que Drew no tiene una hemorragia interna o al menos eso dicen los paramédicos que lo asisten y guían hacia una ambulancia.

Repito nuestra historia y Stephan no lo duda porque nunca nos hemos visto envueltos en problemas y en secreto le desagrada Drew. Hasta hace ocho meses, Drew pertenecía a otra fraternidad de la cual lo echaron y, gracias a su papá —quien es un importante abogado internacional y penal— y a su bolsillo, consiguió llegar aquí. Es un tipo inteligente, atlético y sociable, pero no a todos nos agrada.

Vemos como se lo llevan y luego me encargo de acompañar a Dakota a su residencia. En el camino, Seth me escribe para decirme que ya está borrada la evidencia y que evite estar solo en unas escaleras junto a Dakota. Es una especie de broma que consigue hacerme sonreír y, cuando se lo digo, ella ríe.

Ya se siente más tranquila. Creo que ese movimiento vino de toda la frustración, dolor y disolución que Drew le hizo pasar. Si a mí me cabreó escucharlo hablar de esa manera de ella, para Dakota tuvo que ser mil veces peor.

Ella pudo haber reaccionado de maneras menos agradables que esta. Además, espero que todo esto enseñe a Drew a ser más honesto sobre sus intenciones. No es lo mismo que una chica decida follar sabiendo que es solo eso a que una chica reciba tus directas de amor y posible relación para luego dejarla una vez que consigues el sexo.

No me siento mal por Drew, mejorará y, con algo de suerte, será más consciente del daño que ocasiona con sus acciones. Me despido de Dakota frente a su edificio con un largo beso.

—Que nada de eso arruine y contamine el momento asombroso que pasamos en mi habitación —susurro contra su boca.

—Nada va a hacerlo. —Me abraza por la cintura—. Me has llamado tu novia.

—Sinceridad, ante todo. —Le devuelvo el abrazo.

—Gracias por protegerme.

—Era eso o que también me empujaras por las escaleras —bromeo, y su cuerpo se sacude por la risa.

Cuando levanta la mirada, me encuentro con sus ojos irritados y tiene la nariz sonrojada por haber llorado

—¿Irás a cenar con Rose?

—Creo que le pediré que venga y comamos aquí.

—Bien. —Le doy otro beso suave—. No te preocupes, Dulce. Cuando tenga alguna actualización sobre el estado del imbécil de Drew, te lo haré saber.

—Ten cuidado. Creo que te has ganado un enemigo.

—Estoy seguro de que tengo más de uno. —Me encojo de hombros, pero recuerdo las notas y lo más importante: Bryce—. Tendré cuidado. —Le doy otro breve beso—. Descansa, estamos en contacto.

No me voy hasta que ha entrado a la residencia.

Regreso andando a la fraternidad y en el camino llamo para preguntar cómo está Marie, así como para hacer saber que mañana iré a verla.

Al llegar a la fraternidad, le cuento con detalles la verdad a James. Él se ríe y jura que le encantaría poder ver cómo se cayó Drew por las escaleras, además se lamenta de no haber sido él quien lo empujara y de no haberlo pensado nunca. De alguna manera, yo también acabo riéndome y, un par de horas después, Stephan vuelve haciéndonos saber que Drew no regresará hasta dentro de dos días. Le han escayolado la pierna y el brazo y el torso se lo han vendado porque tenía unas cuantas magulladuras, pero es posible que en uno o dos meses esté totalmente recuperado.

Jagger: Debiste haberlo empujado más fuerte. Estará incómodo por un mes o algo así.

Dulce: Entonces ya no me sentiré culpable por sentirme bien cuando lo recuerdo.

Jagger: Has conseguido dos fans: Seth y James.

Dulce: Eso me da consuelo.

Jagger: ¿Solo eso?

Dulce: Y la tarde que pasamos juntos. Sacando a Drew del esquema, fue perfecta.

Jagger: Como tú. Descansa, Dulce.

35

HABLEMOS DE JAGGER

Dakota

El hecho de que perciba la mirada de todos sobre nosotras me hace estar muy segura de que Rose también la percibe, pero mi hermana sabe fingir muy bien que no le afecta ser el centro de atención por las razones equivocadas.

—¿Qué tal el puesto de algodón de azúcar? —nos pregunta.

—No quiero, pero vamos. Estás muriendo por uno —respondo.

Rose me sonríe antes de dirigirnos hacia el puesto.

Por fin, ha terminado la segunda semana de clases. A diferencia de la primera, ha sido más intensa con las clases que comienzan a volverse profundas, las secuelas de las fotos de Rose y el nuevo mensaje que me ha llegado.

Además de ello, aún pienso en lo sucedido con Drew. Sigo consternada por mi reacción y me inquieta no arrepentirme tanto como quisiera.

Escuchar a Drew hablar de esa manera de mí me descolocó. Me hizo querer hacerle daño, me hizo querer gritar de furia, me hizo rabiar conmigo misma por haberme enganchado con la imagen que él me vendía, por dejarme atraer por la envoltura y lo poco que me dio de sí mismo. Ya tarde, cuando veo que solo es un ser mezquino en busca de sexo de mujeres como yo, que lo creemos basándonos en un estúpido sueño que nos vende.

No sé si me hubiese acostado con él de haber sido sincero con sus intenciones, con lo que quería. Me hubiese gustado que, si solo iba a ser sexo desde un principio, lo estableciera, que no me ilusionara con palabras bonitas para luego pasar de largo de mí en público. Cierto, nunca dijo que fuéramos algo formal, pero tampoco lo negó. Solo se encargó de endulzarlo cuando parecía que iba a desistir y dejar lo que no me hacía bien. Lo mantuvo hasta que decidió que no era suficiente y llegó alguien que consideró mejor.

Mientras me ubico entre Charlotte y Rose, quienes comprarán algodón de azúcar en una larga fila, hay otra cosa, en realidad persona, rondando por mi mente: Jagger.

No se trata solo de los polvos espectaculares que hemos estado echando, se trata de su actitud cuando sucedió todo. No tuvo ni que pensarlo unos minutos. Su reacción serena e incluso fría para manejar las cosas me asustó, porque por un momento parecía otra persona. Alguien distante, frío y calculador incluso si fue para ayudarme. Por unos pocos minutos, me sentí desconcertada mirándolo intimidar a Drew, pero cuando él me vio con sus ojos grises llenos de reconocimiento y afecto hacia mí, esa incertidumbre desapareció.

—¿No vas a querer uno? —La pregunta de Charlotte me saca de mis pensamientos.

—No, solo quiero un chocolate caliente o un té, pero os esperaré.

Esta es una actividad realizada por una de las hermandades con el fin de colectar dinero y llamar la atención de los nuevos alumnos. Es algo tranquilo de un viernes por la tarde. De hecho, es la hermandad rival de Rose, que se queja todo el tiempo de ellas, pero aun así aceptó venir. El desmadre seguramente será por la noche en una fiesta a la que parece que todo el mundo quiere ir y que se celebra fuera de la Ocrox.

Un toque en el hombro de Rose la hace voltearse y, en consecuencia, Charlotte y yo también lo hacemos. Alguien la pilla por sorpresa con el flash de una cámara que casi está en su rostro. Mi hermana retrocede por instinto y me pisa el pie. Aunque me duele, no me centro en ello debido a que mi atención está en los dos tipos desconocidos que comienzan a reírse de su tontería.

—Lo siento, queríamos una foto de la famosa nudista —se burla uno—. No me has respondido en Instagram, Rose. ¿Cuánto por meterte la polla en esa boca de zorra?

Durante estas dos semanas, los estudiantes han estado murmurando, mirando e incluso señalando. Aunque sé que muchos de ellos y personas de fuera todavía le escriben a Rose en sus redes sociales, esta es la primera vez que presencio que sean directos al respecto.

En un primer instante, temo que Rose se eche a llorar y que yo me lance a una pelea con dos hombres físicamente más grandes que yo, pero mi hermana alza la barbilla rezumando confianza y dignidad mientras los mira con desprecio y hostilidad.

—Qué patético eres. Vienes a decir tonterías, pero estás resentido de tu inútil fotopolla que seguramente se perdió o ni siquiera vi por lo insignificante que me pareciste. —Se ríe con sequedad—. Tiene que ser muy frustrante desear a alguien que no puedes tener, vivir a la espera de otra foto para masturbarte porque sabes que nunca pondrás un dedo sobre mí. Puedes llamarme mil veces zorra y eso no cambiará el hecho de que tu existencia me da igual y no me tendrás. —Hace una mueca con sus bonitos labios, los tipos dejan de reír—. Y me llamo Rose, pequeño estúpido. Ahora quítame la cámara de encima y fuera de mi vista.

Los tipos hacen gestos obscenos referentes a sexo oral antes de irse riéndose, pero lo único que hace Rose es encogerse de hombros. Le resta importancia y se hace la fuerte, pero a mí me cuesta mucho no correr detrás de esos imbéciles.

Charlotte luce contrariada antes de mirar a Rose.

—¿Estás bien? Podemos irnos si quieres.

—No ha sido nada. Solo son unos imbéciles, Lottie —le dice Rose con una sonrisa, pero yo veo ese brillo de las lágrimas en sus ojos.

Aprieto su mano en la mía para liberarla igual de rápido.

—Imbéciles los hay en todas partes —comenta Charlotte en respuesta.

—Y de ambos sexos —agrego—. Avancen, la fila se está moviendo.

—¿Qué tal te parece la universidad hasta ahora, Lottie? —Rose cambia de tema desesperada.

—He visto poco, pero creo que las personas, al menos algunas, son agradables. Parece que ya se hacen una idea de esto. —Se señala su marca rojiza—. No me siento del todo cómoda aún, pero supongo que será cuestión de acostumbrarme. Me alegra conoceros a vosotras, eso hace que la experiencia sea mucho mejor de lo que lo fue en Londres.

—Me siento muy halagada —se ríe Rose antes de enlazar su brazo con el de ella—. A mí también me caes de maravilla, y muy pocas personas que no sean mis hermanas de la casa me caen bien.

—Ahora yo soy la halagada, Rose.

—¡Mi querida Dakota! —Me giro ante el entusiasta saludo y me encuentro a Seth caminando hasta nosotras con una amplia sonrisa.

Seth no tiene ningún parecido físico con su hermana Maddison, sin embargo, eso no quiere decir que Seth sea desagradable a la vista. Al contrario, es bastante atractivo. Es alto, tiene una piel cercana a la trigueña, cabello negro y parece que pasó todo su tiempo ejercitándose para derretir a las chicas jóvenes y no tan jóvenes al llegar a la universidad. Esa sonrisa encantadora en sus labios tiene que ser su gancho, al igual que la chispa de diversión y picardía que lleva en ella. Me cae muy bien y, puesto que parece desempeñar el rol de hermano menor de Jagger, eso es bueno.

Cuando llega hasta mí me da un suave abrazo junto a un sonoro beso en la mejilla. Después, manteniendo aún la sonrisa, hace una ridícula reverencia hacia mi hermana y Charlotte, sus ojos se detienen en la última. Casi estoy esperando que se impacte por su marca, pero su sonrisa se amplía a la vez que se endereza y da pasos hacia ella invadiendo su espacio personal.

—Esa sí que es una marca hermosa —asegura, y ella da un paso hacia atrás—. Cierto, debo dejar el espacio de las personas, algo de eso me dice Jagger.

—¿Tu novio? —me pregunta Charlotte al escuchar el nombre.

—Sí, su novio es mi hermano. Por cierto, soy Seth. Tú debes de ser la bella Rose Monroe. —Estira la mano hacia mi hermana, que la estrecha sonriendo—. A ti no te conozco, pero me gustaría hacerlo.

—Vale… —dice mirando detrás de él—. Eso ha sonado muy bien, pero detente, amigo. Soy Charlotte.

—Yo soy Seth.

—Ya lo has dicho. —Río, él se voltea a mirarme y se pasa una mano por el cabello—. Es bueno verte. ¿Qué tal te va en las clases?

—Bastante bien, es divertido.

—Solo tú encontrarías divertido ir a clase. —Entorno los ojos—. Llevo cuatro clases con McCain y ya necesito una bolsa de papel para tomar respiraciones y no entrar en pánico.

—Pero tienes a tu supertutor Jagger —me recuerda Rose.

Sí, y me gustaría no necesitar sus clases particulares, pero Jagger es mi luz al final del túnel, algo así de dramático y profundo.

La fila avanza y miro como Seth se mete la mano en el bolsillo del pantalón y alcanzo a ver mi teléfono. Se lo envié ayer con Jagger tras recibir otro mensaje extraño. Rápidamente, tomo su muñeca y niego con la cabeza.

—¿Quieres acompañarme al puesto de chocolate caliente mientras ellas esperan su algodón de azúcar?

—Claro, no hay problema —responde.

Él es un chico muy inteligente que sabe captar las situaciones con rapidez y entender mi señal de irnos.

—Te envío un mensaje y nos encontramos si no llegas a verme, aunque esto no es tan grande —le sugiero a mi hermana, que está en acuerdo, y comienzo a alejarme con Seth.

Sin decir ninguna palabra, me entrega mi teléfono.

—¿Nada?

—No es un número de acá, es de Irlanda —me dice. Nos detenemos frente a unas pocas personas en el puesto de chocolate caliente—. Llamamos y respondieron.

—Siento que se aproxima un «pero» y que no me gustará.

—Era un teléfono desechable que alguien le regaló a alguien. Por lo que estaríamos buscando a ese primer alguien.

—Pero no tiene sentido. ¿Por qué alguien de Irlanda extorsionaría a Rose?

—Pasa la persona delante de mí y es mi turno—. Un chocolate caliente, por favor.

No tardan en darme mi pedido. Después caminamos hasta uno de los pocos árboles que hay en esta zona y nos dejamos caer sobre el césped. Doy un sorbo a mi chocolate y suspiro.

—Esta persona en Irlanda no es quien extorsiona a tu hermana, solo es una conexión, un despiste.

—Que ahora me molesta a mí.

—Eres una pieza en un juego que no es tuyo. —Se encoge de hombros—. Quedaste atrapada en la línea de fuego.

—Eso no es bonito —me quejo—. Solo quiero ser una estudiante con dramas sencillos y manejables.

—¿Como una infidelidad, triángulos amorosos y corazones rotos? —pregunta divertido—. Porque a Jagger no le gustan mucho ese tipo de dramas.

—A mí tampoco. —Doy otro sorbo.

Lo miro y me doy cuenta de que esta puede ser una oportunidad perfecta.

—Así que conoces desde hace mucho tiempo a Jagger...

—Desde que tenía ocho años. —Estira las piernas delante de él—. Hace diez años.

—¿Siempre fue así?

—¿Fuerte? ¿Inteligente? ¿Hábil? Sí, quizá no con tanta astucia como ahora, pero Jagger siempre tuvo su toque. —Se ríe—. Su papá fue citado muchas veces a la escuela, él hacía trueques y negocios, era muy astuto. Siempre lo ha sido.

Durante unos minutos, sonrío escuchando varias anécdotas sobre que Jagger era una especie de ser místico para Seth. Río de varias historias, sin embargo, poco a poco su voz va bajando.

—Pero muchas veces pensé que Megan lo lastimaba.

—¿Su mamá?

—No lo maltrataba físicamente, nada de eso, pero ella... Muchas veces no lo vio como un hijo. A veces parecía como un objeto, ¿sabes? Algo manipulable a su antojo. —Hace una mueca, creo que no nota lo mucho que me está diciendo—. Algunas cosas se fueron de control.

—¿Por eso Jagger está molesto con ella?

Parece que se da cuenta de que está hablando conmigo, me mira fijamente de una manera muy seria y aprieta los labios antes de suspirar.

—No, eso era malo, pero lo que pasó con Lind... Fue terrible, algo que Jagger nunca va a perdonarle.

—Pero...

—No es algo que vaya a decirte yo, ¿entiendes? Es privado para Jagger y él te lo dirá si así lo quiere. —Mira detrás de mí—. Además, viene caminando hasta nosotros justo ahora.

Volteo y, en efecto, Jagger lleva unas gafas de sol y se acerca con James. Se detiene detrás de mí y, aún de pie, se estira como un gran gato antes de agacharse, dejarse caer sentado y ubicar sus piernas, con las rodillas flexionadas, a cada lado de mi cuerpo. Una de sus manos toma mi cabello y lo hace a un lado antes de que sus labios presionen un beso suave contra mi cuello, haciéndome percibir la calidez de su aliento contra mi piel.

—Hola, Dulce.

—Hola, Jagger. —Dirijo mi mirada a James—. Hola, Jamie.

—Un placer verte de nuevo, Dakota. —Me sonríe dejándose caer al lado de Seth—. ¿Dónde está tu molesta hermana?

—Ni idea de dónde pueda estar Maddie. No la monitoreo, soy el hermano menor.

—Bonita excusa —se ríe James, antes de acostarse del todo sobre el césped y cerrar los ojos—. Estoy feliz de terminar esta semana de clases, ya deseo las vacaciones.

—Acabamos de regresar a clases hace dos semanas —digo con incredulidad.

—Sí, esa es la cuestión. Ya necesito vacaciones de nuevo —es la respuesta que me da, y Jagger se ríe contra mi cuello.

Sus dedos me toman de la barbilla y me giran el rostro para que su boca pueda encontrar la mía. Me besa con suavidad y lentitud, rozando de una manera muy leve su lengua con la mía. Cuando se aleja, abro los ojos y me encuentro con que me sonríe.

—Sabes dulce.

—Chocolate caliente. —Alzo mi vaso ya casi vacío.

—¿Cuál es el plan?

—¿Qué plan? —respondo dando el último sorbo a mi chocolate.

—¿Vas a la fiesta por tu cuenta, paso a por ti o no te apetece ir? —Plantea mis opciones con sus dedos acariciándome el cuello antes de tomar el collar, mi rehén, y jugar con el adorno entre sus dedos.

—Iré con Charlotte, Demi y Avery, si no te molesta…

—Quieres usarme de chófer.

—Algo así.

—¿Cuál es el pago? —pregunta en mi oído.

—Tú decides.

—Me gusta eso, está bien.

—¿Ese es tu collar, Jagger? —Volteo ante lo incrédula que suena la voz de Seth. Él tiene su mirada en mi cuello antes de llevarla a Jagger—. El que...

—Lo es —lo corta.

—Y lo tiene Dakota y... ¡Vaya! Estoy sorprendido. —Parpadea sin parar antes de aclararse la garganta y sonreírme—. Te sienta bien, Dakota.

—Eh, gracias.

Mi teléfono vibra y un poco asustada lo miro, pero solo se trata de Rose que me manda su ubicación para que las encuentre a ella y a Charlotte.

—Voy a reunirme con mi hermana y Charlotte —le digo, estoy bastante cómoda, pero me remuevo preparándome para ponerme de pie.

—Paso a por vosotras a las diez.

—Espérame abajo, no tienes por qué subir. —Beso su mejilla y me pongo de pie—. Os veo luego, chicos.

—Que así sea —sentencia James haciéndome reír.

—¿Dakota? —dice la voz de Alec antes de que pueda alejarme.

Lo veo acercarse a mí con una sonrisa y, cuando está lo suficiente cerca, me toma por sorpresa alzándome sobre mis pies en un abrazo demasiado apretado.

Esto de sus muestras de afecto efusivas con todos es algo a lo que no me acostumbro, sobre todo porque es el mejor amigo de mi hermana, no el mío.

—Creo que esto se pondrá interesante —se ríe James cuando Alec me deja de nuevo sobre mis pies, pero mantiene una mano en mi cintura.

—¿Dónde has estado? Te he extrañado, Dakie. ¿Te escondes de mí porque sientes demasiado?

—Tonto —me río incómoda. Sé que Jagger nos mira y quito la mano de Alec de mi cintura con sutileza—. ¿Por qué te extraña no verme? Siempre es así.

—Qué difícil es conquistarte, Dakota.

—Ya deja de intentar tus coqueteos conmigo.

—Bah, aún sigues sin creerme cuando te digo que tú eres diferente para mí. —Me mira fijamente—. Por ti cambiaría...

Abro y cierro la boca antes de aclararme la garganta y rascarme una ceja con incomodidad.

—Te presento a Seth y a James —digo, pese a que seguramente ya conoce al segundo— y a Jagger, estamos saliendo.

Las cejas de Alec se arquean al mirar a Jagger, que le devuelve la mirada desde debajo de una manera intimidante.

—Así que de verdad sales con este personaje —me dice.

Me siento incómoda porque, aunque su voz suena amistosa, casi lo siento como un reproche.

—¿Hay algún problema con eso, Alec? —pregunta Jagger levantándose y ubicándose detrás de mí mientras me rodea con un brazo y pega mi espalda a su pecho.

—Muchos, pero entiendo que no es mi asunto —le responde antes de devolver su mirada a mí, sonriéndome—. ¿Irás a la fiesta esta noche?

—Sí, iré con Charlotte, Demi y Avery. También espero que Rose se anime a ir.

—¿Avery irá a una fiesta?

—No exageres, ha ido a otras conmigo. —Entorno los ojos—. También iré con Jagger.

—Qué ganas tengo —dice Jagger, plantando un beso en mi cuello y con su mano plana sobre mi abdomen.

No tengo que mirarlo para saber que Alec y él se sostienen la mirada.

—Debería mearla. —Alcanzo a escuchar a James.

—Espero conseguir un baile contigo esta vez.

—Debo irme, he quedado con Rose y Charlotte.

—Tal vez es mi momento de conocer a la famosa Charlotte, iré contigo —se ofrece Alec, y siento a Jagger tensarse, aunque no se queje de ello en voz alta.

Me giro entre sus brazos, le sonrío mientras me mira con seriedad y, aunque por lo general él es todo un misterio, en este momento me deja ver la manera en la que no le gusta para nada toda esta situación.

—Te veo más tarde. —Envuelvo mis brazos alrededor de su cintura—. Yo también tengo ganas ya de estar contigo en la fiesta.

No sonríe, pero su postura se relaja. Cuando veo su rostro bajar al mío, de forma inmediata reclino mi cabeza hacia atrás esperando su beso, que es intenso, profundo y húmedo. Me hace desear estar a solas con él. Me dejo devorar por su boca y, cuando finalmente se aleja, me toma la barbilla con sus dedos.

—Contaré las horas —susurra antes de dirigir su mirada detrás de mí.

Jagger no está intentando esconder sus celos ni el hecho de que considera que en este momento soy suya. Su mano posesiva en la parte baja de mi espalda y su beso abiertamente intenso son una prueba de ello.

Alzándome sobre las puntas de mis pies, llevo mis manos detrás de su nuca para acercar mis labios a su oreja.

—Solo tengo ojos para ti —susurro.

—Quiero follarte —susurra también como respuesta mientras roza sus labios contra el lóbulo de mi oreja.

Cuando alejo el rostro, nuestras miradas conectan y me asusta todo el revoltijo de emociones que me azota el estómago cuando me da un beso con los ojos abiertos y retrocede.

—Saluda a las chicas. —Me sonríe y vuelve a dejarse caer sentado sobre el césped.

Me cuesta alejarme, de hecho, siento que camino sobre una nube con la presencia de Alec a mi lado.

—No imaginé que algún día te vería con Jagger —dice, haciéndome bajar de mi nube de ensueño.

—Yo tampoco lo imaginé, pero me gusta y mucho. —Sonrío.

—¿Eres consciente de su reputación?

—Sí.

—¿Sabes lo que le sucedió a la única novia que se le ha conocido?

Casi tropiezo con mis pies y él me toma del brazo. Lo miro escuchando el eco de su voz en mi cabeza.

Lucho contra la urgencia de que me diga todo lo que sabe, de hacer preguntas, pero me contengo.

Hasta el momento, ni siquiera sabía que Jagger había tenido alguna novia en la universidad. En mi mente siempre estuvo soltero y ligando, no sé por qué fui tan tonta de no imaginármelo nunca enamorado en el pasado.

—No quiero hablar de eso, Alec.

—¿No sientes curiosidad?

Más que curiosidad, es deseo de conocer más sobre el chico que me trae loca, pero sacudo la cabeza para negar mientras retomo la caminata.

—No sé por qué actúas tan extraño e incómodo sobre el hecho de que salgo con Jagger, pero estás haciéndome sentir incómoda.

—¡Mierda! Lo lamento, Dakie, no quiero que te enojes conmigo. —Me pasa un brazo por encima de los hombros—. Perdona mis celos, siempre pensé que serías mía —bromea.

—Qué iluso —digo dándole un codazo, pero sonriéndole.

Continuamos caminando y, por suerte, deja de hablar de Jagger. Se centra en su típico y tonto coqueteo mientras me habla de cosas que no me interesan, pero que escucho. Estoy tan distraída que me tropiezo con alguien, oigo sus disculpas, asiento y continúo conversando con Alec mientras caminamos.

No me cuesta encontrarme con Rose y Charlotte, pero cuando voy a acercarme, alguien se detiene frente a mí y retrocedo. Me pego más a Alec en cuanto noto que se trata de Guido.

—Aléjate —siseo.

Alec nota la tensión de mi cuerpo, apoya una mano en mi espalda y se acerca a mí de manera protectora.

—Dakota, sé que estás asustada. Lo lamento, iba muy colocado la otra noche —comienza—. Solo estaba bromeando.

—Me atacaste. No te haces ni una idea del miedo que pasé. Me tocaste cuando no lo deseaba.

—¿Tocaste a Dakota? —Alec básicamente gruñe dando un paso al frente, pero le tomo la muñeca para detenerlo. Lo último que deseo es que se arme un espectáculo público.

—Este no es tu asunto —le hace saber Guido antes de mirarme—. No lo exageres ni lo conviertas en algo que no es.

—Me tocaste sin mi consentimiento, me acosaste y me hiciste sentirte —escupo asqueada, estremeciéndome ante el recuerdo.

Guido frunce el ceño antes de que su expresión de arrepentimiento finalmente se transforme en una mueca hostil.

—Sé que sales con Jagger y lo último que deseo es tener problemas con él, así que ten cuidado con lo que dices.

—El que debe tener cuidado con lo que dice eres tú —suelta Alec.

—Ay, por favor, corta el rollo, Alec. No te la vas a follar. Está claro que abre las piernas para Jagger.

Siento una ira muy similar a cuando Drew me dijo todas esas cosas horribles en la fraternidad, pero aprieto las manos en puño y me clavo las uñas en las palmas de las manos.

Se me escapa una risa incrédula y una parte que desconocía de mí sale a flote cuando digo mis siguientes palabras:

—Sí, deberías estar asustado porque Jagger lo sabe.

Dicho eso, camino lejos de él para llegar hasta mi hermana y Charlotte. Alec me sigue y me toma de la mano para detenerme.

—¿Qué ha sido eso?

—No es tu asunto, Alec, y no se lo menciones a Rose.

Antes de que pueda decirme algo, me libero de su agarre. Llego hasta mi hermana y Charlotte en cuanto las localizo. Les doy una sonrisa y Rose salta sobre Alec como un bebé mono.

—¿Me compras un algodón de azúcar? —le pide con un puchero.

—Pensé que te negabas a ingerir edulcorantes y colorantes.

—Estoy haciendo excepciones, Alec.

—Esta es Charlotte. —Se la presento.

Durante unos segundos, Alec se fija en la marca, luego le sonríe y no pierde el tiempo en hacer despliegue de su coqueteo.

Pasamos un rato agradable, Alec no menciona lo de Guido, aunque a veces lo descubro mirándome de una manera intrigante, como si intentara descifrarme. Por eso, cuando nos vamos, Charlotte me pregunta si Alec y yo tenemos una historia o tuvimos algo. Lo niego con ahínco y destaco que el mejor amigo de mi hermana es un coqueto sin remedio.

Cuando estoy en mi habitación, me quito el suéter y una nota cae al suelo.

¿Dos hermanas o solo una?

Estás jugando muy bien.

Eres la pieza que se mueve tal como lo planeé.

Está escrito en letras recortadas de alguna revista y es un mensaje muy turbio que me hace estremecer. Trato de pensar cómo ha llegado hasta mi suéter y entonces recuerdo al desconocido que tropezó conmigo. No fue una casualidad.

Intento recordar su rostro, pero la realidad es que no lo vi, solo seguí de largo…

¿Por qué tanto acoso? ¿Por qué tanta intimidación? Da la impresión de que es algo más grande, algo más personal. No quieren jugar ni dar una lección ni divertirse.

Da la impresión de que quieren destruir y que, ahora, en el proceso, quieren arrastrarme a mí.

36

MÁS DE LO QUE ESPERABA

Jagger

—Hola a ti, chico ardiente.

Al levantar la mirada del teléfono, me encuentro con una chica que viste un pijama diminuto mientras me mira con intriga y unos ojos lascivos.

Me guardo el teléfono en el bolsillo de mi pantalón y procedo a sonreírle.

Laurie Camichel es estudiante de Derecho, tiene veinte años y es la otra compañera de piso de Dakota. También sé cosas como que es pesada con algunas personas, que una vez alguien quería pagar para que jodieran una de sus notas y que una vez ella quiso pagar para mejorar otra nota. No es la mejor persona y no es alguien con quien me muera por relacionarme. Sin embargo, sonrío, porque así funciona esto.

—Hola. ¿Está Dakota?

—Hum, ¿qué pasa si te digo que no?

No tengo oportunidad de responderle, porque detrás de ella veo que Dakota pasa rápidamente con un zapato en la mano, vuelvo mi atención a Laurie.

—Te diría que no te creo porque acabo de verla pasar.

—¿De qué conoces a Dakota? —Apoya su hombro en el marco de la puerta, lo que me hace saber que esto va para largo—. Había escuchado todos esos rumores de que follaban, pero pensé que solo eran chismes.

—¡Jagger! —Me giro y me encuentro con Johnny, un tipo de una fraternidad cercana.

Le estrecho la mano y acepto un abrazo demasiado exagerado.

—¿Qué haces por aquí?

—Estoy buscando a alguien… —Hago una breve pausa mirando a Laurie y luego lo miro a él—. En realidad, estoy buscando a mi novia.

—¿Tu qué? —cuestiona él y no me extraña su sorpresa.

La última novia que tuve estuvo conmigo desde el último año de instituto hasta nuestro primer semestre en Ocrox. Fue una relación larga y es la única novia que me han conocido.

Causó un gran impacto en mi vida de dos maneras: una llena de luz y otra llena de mucha oscuridad. Pero no fue su culpa que las cosas resultaran mal, fue mía por no actuar antes, por permitir que saliera lastimada por mis acciones.

—Jagger… No sabía que ya estabas aquí. —Esa voz sí que la conozco y, cuando giro, me encuentro a Dakota aún con un zapato en la mano.

Le sonrío.

—Sí, he llegado hace unos minutos.

Se hace un silencio de lo más pesado e incómodo. Dakota se mueve impaciente por esta escena y chasqueo la lengua decidiendo acabar con ello.

—Me alegro de haberte visto, Johnny. —Le sonrío antes de darle la espalda—. ¿Lista, Dulce?

—En realidad, no. ¿Quieres pasar?

No necesito otra invitación, casi obligo a Laurie a hacerme espacio para poder entrar. Dakota no tarda en tomarme de la mano y me guía hacia la habitación que comparte con Charlotte. Laurie se queja sobre algo de tener prohibido meter a chicos o alguna mierda sobre la nueva compañera de Dakota demandándola, sin embargo, no presto atención a sus palabras.

Me dejo caer en la cama que Dakota me señala como suya. Me apoyo sobre las palmas de las manos mientras la miro ponerse los zapatos.

No puedo evitar deslizar mi mirada por el pantalón de cuero ajustado que está usando, le resalta los muslos y el buen culo que tiene. Su camisa blanca holgada deja a la vista la suavidad de uno de sus hombros. Es su estilo y se ve increíble.

—¿Dónde está Charlotte? Pensé que Avery y ella vendrían con nosotros.

—Las convencieron para ir con Rose, Cassie y Demi —responde mientras se recoge el cabello en una cola alta con unos cuantos mechones de cabello sueltos—. Soy la única que no traicionó tu invitación y va contigo.

—Gracias por eso.

Se voltea a sonreírme brevemente antes de sentarse frente a un pequeño tocador y aplicarse sombra en diferentes tonalidades de marrón y luego máscara, o como se llame, para sus pestañas.

—Entonces —empiezo a decir—, la nota que te dejaron…

—Está adentro de mi mochila, es escalofriante.

Me estiro y tanteo hasta dar con una hoja. Me sorprende el patrón de esta: recortes de revista. Igual que sucedió con Lind hace un tiempo, solo que fue demasiado tarde cuando lo comprendí.

—No recuerdo a la persona con la que tropecé, pero tuvo que ser quien lo dejara en mi suéter. Es la única explicación que encuentro. —Se gira para mirarme—. Estoy asustada, siento que ahora también la ha tomado conmigo.

No creo poder desmentir su miedo porque es lo que está sucediendo. Ya no solo se trata de ir a por Rose Monroe.

No puedo creer que esté a punto de hablar de mi primer amor.

—Quien fue mi novia durante mi primer año de universidad se llamaba Lindsay y en ese periodo recibió algunas veces notas así de este estilo con recortes de periódicos —comparto, y ella me mira—. Muchos de los mensajes no tenían sentido para mí, por lo que quisimos pensar que se trataba de una broma.

—¿No fue así? —susurra, pero alcanzo a escucharla.

—No, las cosas terminaron muy mal. Lindsay fue lastimada y no volvió a ser la misma —me limito a decir sin entrar en detalles, pero puedo percibir en sus ojos que quiere preguntar más, sin embargo, no se atreve.

Hay un nudo en mi garganta ante el recuerdo. A mi mente viene el daño irreparable que le hicieron a Lindsay, la tristeza que no pude hacer desaparecer y cómo ella se volvió una versión negativa y desgastada de sí misma.

Vi a mi novia marchitarse hasta desaparecer y convertirse en una cáscara sin vida.

—¿Crees que esto está relacionado?

Empiezo a creerlo.

Parece un patrón, los tiempos, cómo comenzaron casi de manera similar, el acoso.

Resulta doloroso imaginar que a las hermanas Monroe pudiera pasarles lo que ocurrió con Lindsay. No lo permitiré incluso si tengo que morir en esa misión.

Me acerco a Dakota y le sonrío intentando relajarla y despejar su miedo.

—No permitiré que ocurra lo mismo, la historia no va a repetirse. Lo prometo.

Su mano me acaricia la mejilla y me da una pequeña sonrisa.

—Estar a tu lado me hace sentir tan fuerte… —confiesa, y las mejillas se le sonrojan—. Me gustas mucho, Jagger.

—Me gustas demasiado —musito en respuesta.

Nos miramos durante unos largos segundos que se convierten en minutos y esta vez le sonrío con ganas.

—¿Púrpura? Estás un poco atrevida hoy, ¿eh? —Hago referencia al labial que tiene en la mano y que aún no se ha aplicado.

—La muestra se veía bonita cuando lo compré, nunca lo he usado. —Sonríe y le tomo la barbilla, acercando sus labios. Los rozo, sin llegar a besarla.

—Necesito besarte antes de que te lo apliques y te arruine el maquillaje.

Eso es lo único que digo antes de capturar con mis dientes su labio inferior, liberarlo, succionarlo y luego comenzar a besarla. Es un beso largo en el que me tomo el tiempo de acariciar con mi lengua la suya. Cuando me permito alejarme, sus labios se ven más llenos por mis constantes succiones y mordiscos.

—Ahora, date prisa, una fiesta nos espera.

—¿Notas lo raro que es que, de alguna manera, llegar a esta fiesta juntos nos hace algo oficiales? —cuestiona mientras aplica la pintura a sus labios.

—Ya éramos oficiales.

Pero sí noto lo extraño que es después de tanto tiempo ir a una fiesta universitaria con una novia, con alguien que me importe más que para tener sexo. Me genera escalofríos solo recordar cómo resultó eso la última vez.

Cómo terminó mi última noche de fiesta con Lindsay.

Esta vez será diferente.

La casa está muy llena y eso pone incómoda a Dakota, lo noto por la manera en la que su mano se aferra a la mía y en la que su cuerpo se encuentra tenso. Dejo de escuchar lo que dice Chad para sonreírle y ella me devuelve la sonrisa. Un tipo pasa con una bandeja llena de bebidas y, cuando ella va a tomar una, tiro de su cuerpo para atraerlo al mío.

La envuelvo entre mis brazos con su torso pegado al mío, le beso la sien y acerco mi boca a su oreja para que me escuche por encima de la fuerte música que retumba.

—Nunca tomes una bebida abierta en una fiesta si no ves cómo la sirven, sea quien sea. Preferiblemente toma algo que esté cerrado y que puedas abrirlo tú. —Hago una pausa—. Una vez alguien lo olvidó y le ocurrió algo muy malo.

Asiente entendiéndolo mientras envuelve los brazos alrededor de mi cintura y apoya la barbilla en mi pecho.

Alguien tropieza conmigo y al voltearme me encuentro a Lorena, que alza su vaso hacia mí en un brindis silencioso.

—Hola, Lorena. Creo que no conoces a Dakota.

Liberándose de mi agarre, Dakota le lanza una sonrisa tentativa y Lorena se la devuelve.

—¿Cómo has terminado con alguien como Jagger? Puedes aspirar a más, cariño. Un gusto conocerte… Y hola, Chad.

—La inalcanzable Lorena —suspira Chad alzando su copa hacia ella con una sonrisa conocedora.

Lorena entorna los ojos antes de devolver su atención a Dakota. En un primer momento, su interacción parece un tanto agresiva, pero luego resulta que tienen una conversación sobre temas banales. A lo lejos observo a James que lleva a Seth hacia un grupo de mujeres de nuestra edad. Enarco una ceja cuando un poco más allá encuentro a Maddie riéndose con un grupo de sus hermanas; entre ellas se encuentra Aria, que tiene la mirada fija en mí antes de hacer una mueca al notar a Dakota.

Gira dándome la espalda y poco después mi teléfono vibra con un mensaje. Descubro que se trata de ella cuando lo saco.

Aria: ¿Podemos hablar?

Jagger: No. No hay nada que tengamos que hablar.

Aria: ¿De verdad SALES con ella? Pensé que solo la follabas.

Ni siquiera le respondo, silencio el teléfono y vuelvo a atraer a Dakota contra mi cuerpo. Cuando inclina la cabeza hacia atrás para mirarme desde abajo, le planto un beso en la frente que la hace sonreír.

Finjo no darme cuenta de la manera en la que algunos nos mira y posiblemente hasta hablen de nosotros, pero poco me importa. Que digan lo que quieran.

Poco tiempo después, cuando la conversación de Chad comienza a fastidiarme, llamo la atención de Dakota. Señalo hacia donde se encuentra Rose con varias de sus hermanas, junto a Avery y Charlotte. Su rostro se ilumina y no tardamos en dirigirnos hacia ellas, pero a mitad de camino, Dakota me hace saber que desea una bebida. Termina con una lata de soda y yo con una de cerveza, lo único que me permitiré beber; esta noche conduzco porque la fiesta es fuera de la universidad.

Cuando llegamos hasta sus amigas, Rose casi se arroja sobre Dakota para abrazarla. Yo hago un saludo general hacia las demás. Algunas me pestañean con coquetería; la nueva amiga de Dakota, Charlotte, me sonríe y Avery no quiere ni mirarme a los ojos. Rose se acerca a mí y me da un rápido beso en la mejilla.

—Qué bueno que hagas que mi hermana se divierta. Le diré a papá que no lo haces tan mal en eso de salir con Dakie. Me pide que le dé informes.

Qué agradable es Spencer Monroe, aprecio la confianza y la atención. Le sonrío a Rose mirando a Dakota caminar hasta detenerse en medio de sus compañeras de piso y enlazar su brazo con el de Avery.

—¿Estás bien con todas estas personas a tu alrededor? —le pregunta.

—No es mi ambiente, pero no está tan mal. —Apenas alcanzo a escuchar la respuesta de la chica.

—¡Hola! —Todos nos volteamos hacia el recién llegado: Ben Montgomery junto a su novia Lena.

Cuando Ben vuelve a hablar, todas se ríen, salvo Lena.

Me doy cuenta de que Rose lo mira durante unos largos segundos antes de fingir que su bebida es más interesante. Luego mi mirada va a Lena, que no se pierde la interacción, pero al darse cuenta de mi mirada desvía la suya y sé por qué lo hace.

Hace unos meses, antes siquiera de que Dakota y yo comenzáramos a hablar, Lena se lio con Chad. Sí, el mismo Chad presidente estudiantil de su facultad. Y sí, siendo novia de Ben, porque llevan mucho tiempo juntos. No fue solo un beso. Yo estaba buscando a James urgentemente en una fiesta y, cuando abrí una de las puertas, me encontré a Lena desnuda montando a Ben con desenfreno mientras él le chupaba los pezones.

Ella sabe que lo sé y supongo que vive con el temor de que un día yo hable. A veces quisiera decírselo a Ben, pero ¿con qué propósito? Hasta ahora no habíamos intercambiado más que unos saludos y, siendo sincero, dudo que me hubiese creído.

—¡Falto yo para la fiesta! —grita Demi metiéndose en el grupo.

Sonrío porque la chica es tan alegre que es difícil no contagiarse.

—¡Oh, Ben! Qué guapo te ves —suspira—. Hoy haces a Lena una mujer afortunada.

Lena hace una mueca de desprecio que Demi finge no notar antes de dirigir su mirada hacia mí. Entonces se vuelve tímida y me hace sentir como alguien famoso por la manera en la que se comporta conmigo.

—¿Dónde estabas? —le pregunta Rose, y ella se sonroja.

—Conociendo mejor a Raúl.

—¿Raúl, el chico cubano? —pregunta una de las hermanas de Rose, Amelie.

—Raúl es más que «el chico cubano» —lo defiende Demi—. He venido a deciros que pasaré el rato con él… Es que es muy lindo y sexi y parece que quiere follarme y quiero que lo haga.

—Ve y disfruta —la alienta Rose dándole pequeños empujones mientras ella ríe y se va feliz.

—Qué patético —se escucha la voz de Lena.

Despacio, Rose dirige su atención a Lena, a quien Ben intenta apaciguar. La mayor de las hermanas Monroe ubica una mano en su cadera en una pose diva muy conocida y arquea una de sus cejas perfecta.

—¿Qué te parece patético, Lena?

—La actitud de Demi y la manera desvergonzada en la que la alientas.

—¿Te parece patético que las mujeres vivan su sexualidad como les venga en gana?

—Me pareces patética tú, pero tiene sentido que eso sea lo que le aconsejes con tus precedentes.

Rose da un paso hacia ella, hasta que se quedan cara a cara.

—¿Por qué no escupes lo que te mueres por decir?

—Eres una zorra, la puta de la que todos hablan.

—Lo siento, no se me da bien escuchar mierdas dichas por novias inseguras, así que ¿por qué no te largas? Nadie te ha invitado a este grupo.

—Estoy aquí con mi novio Ben.

—En ese caso… —Rose lo mira fijamente y traga saliva—. Debes irte, Ben. Te queremos aquí, pero no queremos a la ponzoñosa con la que te contaminas.

—No te permito…

—Me importa una mierda lo que quieras o no permitir, Lena. Solo lárgate, nadie te quiere y estorbas.

—¿Estorbo con qué? ¿Con el hecho de que quieras follarte a mi novio?

—Deberías dejar de gritar y pensar más en lo que dices, Lena —hablo al fin. Atraigo su atención y compartimos una larga mirada.

—Vámonos, Ben. No tengo por qué aguantar las tonterías de tus amiguitas.

—Y nosotras no tenemos por qué aguantarte a ti. Lárgate —dice Rose haciendo que Lena rechine los dientes.

—No me provoques, Rose.

—Lárgate —le repite Rose dando un paso al frente hasta que están lo más cerca posible.

—Ben…

—Lár-ga-te. —Rose la hace retroceder.

—Lena, vamos —dice al fin Ben con la mirada clavada en Rose, que no despega sus ojos de Lena de manera desafiante.

Ben consigue tomar la mano de la infiel de su novia y alejarla. Entonces Rose libera una profunda respiración y sus hombros caen con la mirada fija en el lugar por el que la pareja desaparece.

Me queda demasiado claro que Rose tiene sentimientos por Ben.

Cassie, su mejor amiga, se acerca y la envuelve en un abrazo desde atrás.

—Si él no da un paso por ti es porque es un tonto, y te mereces más que un tonto —le asegura con dulzura y suavidad.

Y me queda claro que Cassie mira con anhelo y amor a Rose.

—No sé de qué hablas. —Rose se gira y le sonríe—. Solo quería que Lena se fuera porque es una pesada.

—Sabes que no eres nada de lo que ella dice, ¿verdad? —pregunta Cassie metiéndole un mechón de cabello detrás de la oreja.

Rose asiente y suspira.

Dirijo mi mirada a Dakota, que, al igual que yo, presta atención a la conversación. Estoy seguro de que se da cuenta de que Cassie tiene sentimientos por su hermana, pero no lo comenta mientras Avery se dedica a pegarse a su lado e intentar adaptarse al grupo.

Me acerco más a Dakota y le planto un beso en la mejilla antes de hablarle en la oreja.

—Voy a dar una vuelta. ¿Estarás bien o quieres venir conmigo?

—Me quedaré aquí un poco más.

—Bien. —Le doy un beso rápido consciente de que las demás nos están mirando sin disimulo—. Si no nos encontramos o se hace difícil, escríbeme o llámame. —Asiente—. Ahora vuelvo.

Al alejarme, me encuentro con personas que conozco y con las que hablo. Saludo a quien grita mi nombre y conozco algunas personas nuevas. Evito que alguien me agarre del culo y, en algún momento, llego a la clásica discusión que mantienen Maddie y James, lo que no es nuevo.

—La casa es enorme y tienes que detenerte justo a mi lado. ¡Increíble! —se queja Maddie.

—Supéralo, belleza, no tienes derecho de espacio en esta propiedad. Díselo, Jagger.

—No estudio Derecho, pero eso es cierto —concedo, y Maddie me golpea el brazo—. ¡Auch! Estoy siguiendo la ley.

—Cuando te conviene.

De nuevo pasan tipos con bandejas. Cuando Maddie toma una copa y va a dirigirla a su boca, la golpeo de su mano con tanta rapidez que parte termina cayendo en su camisa blanca. Mierda. Ella se mira la camisa y luego me mira a mí, está furiosa.

—No tomes algo que no has visto cómo se sirve. Te lo he dicho muchas veces —digo paciente.

—¡Me has echado la bebida encima! ¿Qué carajos? Podías haber gritado y ya para detenerme. —Respira hondo—. Jagger, entiendo tu mala experiencia sobre esto y sí, se me ha pasado, pero no tienes por qué exagerar. No todas las copas están adulteradas.

James comienza a reírse y eso enfurece a Maddie. Lo empuja antes de alejarse molesta hacia las escaleras, supongo que en busca de un baño.

—Soy amable, iré a ayudarla a limpiarse —me informa James con la clara intención de seguirla.

—Cuidado con la manera o con qué parte de tu cuerpo pretendes ayudarla.

Lo único que él hace es reírse antes de correr para alcanzarla. Mientras lo sigo con la mirada, alcanzo a ver al molesto amigo de Rose con sentimientos o intenciones hacia Dakota: Alec.

Dakota cree que su coqueteo es inofensivo y que es su personalidad, pero he visto la manera en la que la mira y desea, la forma en la que desprecia que ella esté conmigo. No me intimida, pero me molesta y me rompe los huevos que quiera actuar como si tuviese derecho sobre ella. Se atrevió a retarme con la mirada y a pensar que él podría hacerlo mejor que yo, que Dakota está hecha para él. Es arrogante, pedante y un camaleón, juega al coqueto tonto y mujeriego.

Sacudo la cabeza y maldigo cuando me encuentro de frente a Millie al girarme. ¡Joder! Qué susto. ¿Cuándo ha llegado?

—No te había visto desde que terminamos el semestre pasado. ¿Te ocultabas?

—No, pero me pongo al día con cosas y he estado viendo a alguien de manera muy regular.

—Eso escuché, los rumores vuelan.

—Los rumores son cierto.

—¿Eres exclusivo?

—Estoy en ello, soy un novio.

—Un novio… —repite saboreando la palabra—, pero si eres un novio no podemos divertirnos, ¿verdad?

—Correcto, los encuentros casuales quedan en el pasado, Millie.

—O podemos recrearlos con otra integrante. ¿Qué dices? Sé quién es Dakota y es atractiva de una manera clásica y angelical.

—¿Te van también las mujeres? —Porque me sorprende desconocer ese dato.

—No, pero a veces me gusta experimentar y, si eso hace que esté con mi mejor polvo, bienvenida sea la novia.

—No creo que a Dakota le guste eso y me temo que pasaré.

Millie camina hacia mí con un vaivén de caderas que no me pierdo.

Posa sus manos en mis brazos y se alza para susurrarme al oído:

—Le preguntaré si se anima.

—Esa no es una buena idea.

—No pierdo nada por intentarlo. —Me guiña un ojo y se aleja. La persigo con la mirada antes de sacudir la cabeza y movilizarme por al menos una botella de gaseosa.

—Jagger, debemos hablar.

—Te dije que no tengo nada que hablar contigo, Aria. —Abro la lata y le doy un trago. Paso de ella mientras avanzo.

—¿Por qué me evitas?

Me detengo para girarme y mirarla.

—Porque no quiero hablar contigo.

—Eso es grosero. —Me sonríe.

—Aria, todo esto de coquetear y fingir que todo es un juego previo se vuelve molesto, más ahora que sabemos que estoy saliendo con alguien con quien fuiste una mierda.

—No tiene que caerme bien tu ligue.

—Dakota no es mi ligue.

—No puedes decirme que es tu novia. ¡Por Dios! Es la chica más simple e insípida que he visto en años.

—Es la chica que me gusta de una manera en la que nunca me gustaste tú.

Es grosero y contundente, pero hace que se paralice y me permite continuar sin que me siga. Quizá también es lo que hará que su constante juego de seducción termine.

Consigo encontrar a Bonnie. Me lloriquea mientras me hace saber que Joe se enojó con ella por besar a una chica en broma. Cuando intento razonar con ella, simplemente termina enojándose conmigo. Poco después, de hecho, me encuentro con Joe bebiendo de un barril de cerveza e intento razonar con él para que vaya y hable con Bonnie. Lo único que consigo es que me eructe y me diga que no me meta en sus asuntos, consejo que sigo con gusto mientras me alejo… Un rato después, los veo bailar de manera obscena mientras se besan.

Son tan volátiles que prefiero no intentar entender su relación, aunque les parece funcionar.

No me doy cuenta de que el tiempo transcurre debido a que entablo demasiadas conversaciones, pero en cuanto lo noto, me dispongo a ir en busca de Dakota.

—Jagger.

—Guido —asiento—. Contigo quería tener una conversación. Salgamos.

No se niega mientras me sigue. Vamos fuera de la casa y nos alejamos hacia donde están aparcados los autos.

Es entonces cuando le doy un puñetazo que lo detiene de inmediato y se lleva una mano a la nariz ensangrentada.

—Sé lo que le hiciste a Dakota y no toleraré que vuelvas a hacer esa mierda. Quiero molerte a golpes. ¿Eres consciente de la gravedad de lo que hiciste? La acosaste.

—Estaba en un viaje muy fuerte y no fui consciente de lo que hacía.

—Sus ojos me hacen saber que está drogado.

—Entonces, ¿qué? ¿Te drogas, haces desastres y luego lo justificamos con eso?

—Bueno, no finjas ser un ángel, Jagger. Muchos sabemos que lo que le pasó a tu antigua novia fue por tu culpa, por tus extraños tratos. Fue la consecuencia de tu error, ¿no?

Me tenso y su dedo ensangrentado se presiona contra mi pecho, pero lo empujo con fuerza haciéndolo caer al suelo. Sin embargo, no tarda en ponerse de pie de nuevo.

—No sabes nada, Guido.

—Oh, al contrario, sé mucho, Jagger. —Se ríe—. Sé más de lo que crees. No vas y dañas a otros sin esperar consecuencias. Le jodiste la vida a Lindsay y seguro que se la joderás a Dakota.

Lo tomo del cuello de la camisa y le estampo la espalda contra un auto.

Él se ríe, no hace más que reírse mientras la sangre de su nariz se pierde en su boca tintándole los dientes frontales.

—Habla ahora. ¿Qué demonios sabes?

—Te metiste con la persona equivocada —anuncia—. ¿Quién va y juega con la vida del hijo de un criminal? ¿Te acuerdas de Bryce? Apuesto que él se acuerda de ti.

Mierda.

Lo suelto como si se tratara de ácido mientras sus palabras sobre el hijo de un criminal se repiten en mi cabeza con un desagradable eco.

Sabía que Bryce estaba construyendo algo ilegal, pero ¿hijo de un criminal? Mierda, mierda. No estoy jugando a meterme en las grandes ligas o negocios turbios que no me incumben. No se supone que todo se vuelva tan serio y mucho menos que tenga al hijo de un criminal sediento de venganza detrás de mí.

—Bryce va a destruirte y no está solo. Teme, Jagger. —Se ríe—. Todos te miran, te cazan. Por cierto, ¿dónde está tu novia ahora?

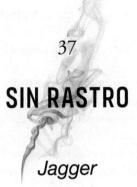

SIN RASTRO

Jagger

Maldigo al darme cuenta de que se me ha pasado el tiempo, de que me he distraído y de que la pregunta de Guido tiene un claro significado.

Tengo una nueva prioridad mientras me alejo de Guido, y cuando me saco el teléfono, encuentro dos mensajes de Dakota. Uno preguntando si nos encontramos y otro diciendo que tengo que ver a Seth coqueteando con su nueva amiga.

> **Jagger:** Voy a encontrarte.

> **Jagger:** Lo siento, ya voy por ti.

> **Jagger:** ¿Dónde estás?

Los minutos pasan y no recibo respuesta. Le escribo tres mensajes más antes de llamarla, pero no contesta. Me guardo el teléfono y comienzo a buscarla.

Me cuesta llegar al lugar donde la vi por última vez y por supuesto que no está. Comienzo a buscarla entre las personas, pero hay demasiadas. De alguna manera la fiesta ha crecido muchísimo y las luces intermitentes no ayudan.

Una vez más, la llamo y de nuevo voy al buzón de voz.

Tampoco doy con Rose y me topo con Cassie. Me hace saber que también está buscando a Rose, no la ve desde hace un rato, en el que se fue a por bebidas para ambas.

Esto se siente mal.

Unos minutos después, me tropiezo con Avery.

—¿Dónde está Dakota? —grito por encima de la música.

—No lo sé, Charlotte y yo estamos buscando a Rose. Solo he visto a Demi irse con ese chico, Raúl… Queremos irnos a casa. —Todo eso lo susurra, apenas me mira a los ojos, por lo que debo inclinarme para que lo repita y más fuerte.

—Llamad un taxi del campus, le haré saber a Dakota que se han ido.

—Gracias.

Intento llamarla una vez más, pero obtengo los mismos resultados.

Me paso las manos por el cabello intentando contener mis emociones, pero lo cierto es que comienzo a sentirme inquieto mientras la busco y no doy con ella.

En el camino, me tropiezo con Alec. Está conversando con un grupo de personas y me mira con indiferencia cuando lo tomo del brazo, pero poco me importa.

—¿Has visto a Dakota?

—¿No la estabas acaparando? Me dejó claro que no iba a bailar conmigo por ti.

Dudo que eso sea exactamente lo que ella le dijera, pero está claro que se encuentra cabreado por el rechazo.

—¿Cuándo fue la última vez que la viste?

Me mira fijamente antes de acercarse.

—¿Qué está pasando? ¿Dakota está en problemas?

Pienso en esquivarlo, pero por encima de mis celos consigo entender que, si más personas la buscamos, más rápido la encontraremos.

—No la encuentro.

—Pudo haberse ido.

—No sin avisarme.

—Sí, si quería alejarse de ti. ¿Qué le hiciste? Porque te partiré la cara si…

—Simplemente búscala —ordeno antes de alejarme para continuar mi búsqueda.

¡Joder! No se supone que se volviera un caos de esta manera y de forma tan de principiante. Escribo rápidamente al grupo de WhatsApp del negocio y nos dividimos para buscar a las hermanas Monroe.

Muchos de los asistentes a la fiesta no las han visto en un rato, otros dicen que las vieron hace poco, algunos ni siquiera saben de quiénes hablo. Media hora después, no las encontramos y la preocupación comienza a elevarse. No vuelvo a ver a Guido y tampoco las encuentro a ellas.

38

PISTAS DE LA OSCURIDAD

Dakota

No voy a mentir, me lo estaba pasando bien en esta fiesta con las hermanas de Rose y mis amigas. Además, mi hermana estaba relajándose por primera vez en mucho tiempo y admito que en secreto me encantó cómo confrontó a Lena. Solo me hacía falta reencontrarme con Jagger.

Todo cambió de manera drástica tiempo después.

Estás cerca, tú puedes dar con la llave.

Despego la nota adhesiva que hay en una de las paredes de este lugar y continúo caminando. Abro una de las puertas y me encuentro a una pareja follando, pero no es mi hermana. Incluso desearía que fuese ella.

Todo inició cuando las amigas de Rose comenzaron a dispersarse y quedamos un grupo pequeño conversando. Un tiempo después, le escribí a Jagger preguntándole dónde podríamos vernos porque recordé aquella vez que bailamos y me tocó; quería que lo repitiéramos, pero no recibí respuesta. Después, Seth apareció dejando caer un coqueteo divertido sobre Charlotte, que parecía entre desconcertada, asustada y halagada. Le volví a escribir a Jagger, de nuevo me quedé sin respuesta.

Cassie había intentado ir a por bebidas y mi hermana se había ofrecido a ir a por ellas. Ese fue el momento exacto de la última vez que la vi.

Estuve esperándola durante un buen rato junto a Cassie, otras hermanas y mis amigas hasta que un tipo me pidió bailar. Se puso insistente, lo que me hizo alejarme y las dejé con Seth.

No conozco a casi nadie de esta fiesta, aunque vi a compañeros de algunas clases que me saludaron. Pero algo extraño me pasó cuando a quien reconocí como Millie Clarke se detuvo frente a mí diciendo que necesitábamos hablar.

La curiosidad me hizo seguirla hacia donde la música nos permitiera escucharnos.

Ella comenzó con una introducción bastante cordial y nada extraña, le respondí a la cortesía preguntándome a dónde se dirigía aquello. Luego Millie acarició mi cabello sujeto en una cola y la cosa se puso extraña cuando me habló sobre ella y Jagger, que eran muy buenos amigos. Hizo especial énfasis en «muy», traté de no enloquecer y solo guardar silencio. Entonces, ella mencionó que seguramente yo había comprobado que Jagger era el mejor sexo, lo que, siendo franca, me enfadó. Tras dar muchas vueltas en la primera conversación que teníamos, ella soltó la bomba: si me apetecía un trío con Jagger y ella.

En un principio, me reí de forma nerviosa. Sin embargo, me pareció inquietante que por segundos me lo pensara, pues me llamó la curiosidad y ella lo percibió. Así que sonrió y me dijo que me lo preguntaría otro día, como si compartiéramos alguna complicidad. Me habló sobre un debate para el que se estaba preparando sobre un pergamino encontrado en no sé dónde y cuya creación se le atribuía a no sé quién. Terminó preguntándome sobre mis clases. Tengo que admitir que fue agradable y amable hasta que en algún momento una de sus amigas la llamó a gritos.

Me quedé algo aturdida luego de ese extraño encuentro.

Y fue cuando pasó.

Del teléfono de Rose me llegó un mensaje diciendo: «Encuéntrame» y pensé que era una mala broma hasta que llegó otro mensaje: «Vamos, juega conmigo». Se me erizaron los vellos de la nuca cuando llegó el último: «Estoy atrapada, ven a por mí», acompañado de una foto que me paralizó.

Rose inconsciente en el suelo de algún sitio en este lugar.

Fue como supe que esos mensajes no los estaba enviando mi hermana. Lo estaba haciendo la maldita persona que no nos deja en paz.

Sentí miedo y quise vomitar, llegué a tener arcadas y mis ojos se llenaron de lágrimas. Incluso pensé que mi miedo era tangible, como una entidad que rodeaba mi cuerpo, se aferraba a mí, me enfriaba como el cuerpo de alguien sin vida. No tuve tiempo de procesarlo cuando llegó el siguiente mensaje: «¿Te unes a nuestro juego?».

Intenté llamar a Jagger, pero no respondió a la primera llamada. No lo intenté de nuevo porque mi atención estuvo en el enlace que me llegó poco después al teléfono desde el de Rose. Lo abrí sin pensar e hizo un conteo extraño antes de que la pantalla se volviera negra y el aparato se reiniciara.

No volvió a encenderse después de eso. Ahí fue cuando comprendí, tras unos minutos, que mi teléfono había sido infectado con algún virus que lo dañó. Eso hizo que mi miedo incrementara, porque logré comprender lo serio que era el asunto, lo enfermas que estaban esas personas.

Fue horrible la manera desorientada y perdida en la que me sentí, la angustia de saber que Rose me necesitaba, pero no saber dónde encontrarla, el desconcierto de no saber a quién acudir cuando ni siquiera podía contactar a Jagger.

Lo siguiente fue planificado. Tuvo que serlo.

Varias personas tropezaron conmigo y me hicieron caer al suelo. Una especie de seda cayó sobre mi rostro. Grité mientras me enredaba para quitármela, pero al fin lo logré. Me di cuenta de que las pocas personas que me rodeaban me miraban desconcertadas. Me encontraba casi afuera de la fiesta y algunos se reían como si creyeran que me había vuelto loca por una tontería o estuviese bajo los efectos de alguna droga.

Miré tantos rostros como pude con la esperanza de encontrar alguna pista, pero fue una búsqueda inútil. Sin embargo, uno de ellos tenía que ver con esto porque descubrí una nota adhesiva pegada a mi pantalón que antes no estaba.

> Los caracoles son lentos, babosos y algunos, venenosos.
> Así es él.
> Se volvió lento, es un baboso y tiene un veneno que os
> contamina...
> Sois una pieza importante y predilecta de este juego.
> Tal vez deberías dar un paseo por las bebidas...

No lo dudé y me adentré de nuevo en la fiesta.

La música me perturbaba, la felicidad de otros me angustiaba. Intenté de nuevo encender mi teléfono mientras pasaba hacia el área de las bebidas, pero al llegar me di cuenta de que no sabía qué se suponía que debía buscar. Al menos eso pensé hasta que di un paso y sentí que pisé algo viscoso.

Al bajar la mirada, encontré un caracol y casi vómito. Noté que el caracol llevaba una nota adhesiva que ahora estaba cubierta de sus restos. Asqueada y siendo ignorada por el resto, tomé la nota.

> ¿No pensaste que fuera literal?
> Qué bueno está este juego.
> Lamento decirte que no ganaréis.
> Estáis destinados a perder, pero ¡ánimo! Esto será
> divertido.
> Quizá en el baño ella reposa esperando por ti.

Alguien tropieza conmigo y le doy un codazo asustada de que me haga daño, pero lo único que hace es gritarme groserías. Hay demasiada gente, pero me concentro en leer de nuevo la nota.

Soy consciente de que este es un juego perverso, pero no me importa mientras esto me lleve a encontrar a Rose y confirmar que ella está bien.

Tiene que estar bien.

Baño, esa es la palabra clave.

En la planta baja, descubrí que había cinco baños y fue en el último donde, sobre la tapa de un retrete muy sucio, supongo que adrede, encontré la siguiente nota.

> Qué ágil eres, definitivamente eres la Monroe más lista.
>
> Pobre Rose, no es tan bueno cuando la vida no te sonríe.
>
> ¿Alguna vez pensaste que ella querría un tatuaje?
>
> Si subes las escaleras, verás muchas puertas, toca y toca.
>
> Y encontrarás la correcta.

Corrí hacia las escaleras y por eso ahora me tiemblan las manos mientras abro cada puerta en busca de mi hermana. Esto es malditamente enfermo y asqueroso. Es una guerra psicológica, es alguien lleno de malicia y veneno. Alguien destructivo.

En algún momento, se me ha deshecho la coleta y mi cabello es un desastre. Estoy sudando y soy consciente de que mi zapato desprende mal olor debido al caracol y que las manos me apestan debido al retrete. Tiro de mi cabello desesperada y finalmente me topo con una puerta que contiene un letrero de «Solo personal autorizado». Camino hasta ella, tomo el pomo de la puerta y esta se abre sin necesidad de forcejeo.

Todo está oscuro y, mientras tanteo la pared, alguien me empuja adentro, cerrando la puerta detrás de mí mientras grito.

Escucho mi propia respiración acelerada, mis jadeos, las palabras que ni siquiera sé cómo están saliendo de mí con tal rapidez. Poco después acepto que estoy sola, sin embargo, desesperada, tanteo la puerta intentando abrirla.

Me han dejado encerrada.

El aire es pesado y caluroso; además, hiede a humedad.

Mis manos tocan las paredes y mis pies tropiezan con algo hasta que finalmente logro dar con un interruptor.

La luz es tenue, muy baja, pero me permite darme cuenta de que estoy en una especie de cuarto de cosas que no sirven.

—Todo estará bien, saldrás de aquí —me digo al cerrar los ojos como un mantra que me impide entrar en pánico.

No pueden dejarme mucho tiempo aquí, ¿verdad? Alguien vendrá a por mí, la puerta se abrirá y...

Alguien gime de dolor y me volteo de inmediato. Grito hasta casi desgarrarme la garganta antes de inclinarme y comenzar a vomitar ante la escena que presencio.

Vomito sobre mis zapatos e incluso creo que me salpica en el pantalón. Casi resbalo, pero logro agarrarme a una silla mientras mi cuerpo tiembla y lucho contra los sollozos que quieren rasgarme desde adentro.

No puedo perder mi mente, debo ser fuerte. Debo ser racional.

—No. No. ¡Mierda, no!

Corro hacia Rose.

Sus manos están atadas juntas por encima de su cabeza, está en sujetador y en su costado brilla el carmesí oscuro de su sangre. Está delirando y parece perder la consciencia por unos breves segundos.

No dudo en llegar hasta ella. Con manos temblorosas le tomo el rostro, pero su cabeza se balancea como si no pudiese erguirla por sí misma. Susurros inentendibles salen de sus labios mientras su cuerpo arde en fiebre.

Prácticamente, su cuerpo está suspendido. Sus pies apenas tocan el suelo mientras cuelga del agarre de sus brazos. Fácilmente podría desgarrarse los tendones y músculos de sus brazos.

Me cuesta dejarla, pero debo hacerlo para poder ir por la silla que arrastro hasta detenerme frente a ella. No sé cómo consigo mantenerme cuerda, no llorar, pero tiemblo mientras lucho contra la cuerda que le ata las manos.

—Estarás bien, Rose. Lo estarás —le digo incluso si en su delirio ella no puede escucharme.

Me toma unos minutos y, cuando lo logro, su peso cae sobre mí, ocasionando que caiga de la silla.

Me quedo aturdida por unos segundos. La cabeza me duele y me doy cuenta de que su frente ha chocado con la mía y me ha lastimado. Tal vez el líquido que corre por mi frente es sangre. Parpadeo todo el rato para orientarme sin dejar de acunar a mi hermana.

En automático, consigo quitarme la camisa para limpiarla y, una vez más, quiero vomitar cuando veo la razón de la sangre.

Con algún objeto punzante, han escrito dos letras en su cuerpo: «BI». Luce doloroso, es una herida cruda y profunda. Estoy segura de que le dejará cicatriz.

La han marcado.

Cierro la mano en puño para evitar tocarla y mis lágrimas caen sobre ella.

—¿Qué te han hecho, Rosie? —susurro entre lágrimas con la voz quebrada.

La sostengo mientras lloro y tardo en darme cuenta de que del bolsillo de su falda sobresale una nota que tomo con miedo y los dedos temblorosos.

> Disculpad la soledad.
>
> Disculpad que el tatuaje no esté completo.
>
> Pero es seguro que le faltan letras: T, C y H.
>
> Lamento que fueras tú, Rose.
>
> Pudo ser cualquiera.
>
> Pero en esta ocasión tú eres la perra.
>
> Dakota, tú eres la pieza.

La han marcado como una mercancía dañada y prometen venir a por más. No pueden... ¡Ya basta! Esto tiene que parar.

Mi mente se está quebrando, mi miedo es más grande que yo.

Intento abrir los ojos de Rose. Me encuentro con que sus pupilas están dilatadas, un sudor frío la cubre mientras su cuerpo no deja de temblar. ¿Y si convulsiona? ¿Qué le han dado? ¿Cómo la han drogado? ¿Qué le han hecho? Es como si estuviese bajo los efectos de alguna droga. Podría estar experimentando una sobredosis o una reacción alérgica. ¡No lo sé! Pero debo sacarlo de su sistema.

Como puedo, nos incorporo y lo próximo que hago es introducirle dos de mis dedos en la boca. Los llevo hasta su garganta hasta que ella comienza a toser antes de finalmente vomitar. Enseguida retiro los dedos para que no se ahogue y la inclino hacia delante, con lo que consigo que me ensucie el pantalón mientras el hedor putrefacto inunda el lugar.

Cuando parece que ha acabado, su cuerpo tiembla y la abrazo sin importarme la suciedad, el hedor, el vómito o la sangre. Solo necesito sostenerla, solo quiero salvarla.

Mi primer instinto es gritar, pero estamos en un cuarto pequeño, la música retumba y la fiesta se celebra en otro piso. Las personas no transitan por aquí, no me escucharían. Y si Jagger me está buscando, debo ayudarlo a encontrarme.

Me estremezco e intento tener algún pensamiento racional. Rose no tiembla como antes, pero eso no es un indicio de que esté bien. Necesitamos salir de aquí.

Trato de ubicarla sobre el suelo y noto sus muñecas llenas de sangre por la atadura que la retuvo, pero me digo que me centraré en ello cuando consiga sacarnos de aquí.

No puedo explicar cómo se siente este momento, solo sé que duele de una manera que quema y arde. Siento como si estuvieran revolviendo cada parte dentro de mí, la angustia me consume. El miedo de no saber si alguien me escuchará podría enloquecerme. ¿Cuánto tiempo estaremos aquí? ¿Alguien vendrá? ¿Alguien nos salvará?

—Tú vas a salvarnos —me digo a mí misma—. Puedo con esto, tengo que poder con esto, por favor.

Cerrando los ojos, respiro hondo un par de veces y me dejo ir con las lágrimas porque necesito drenarlas. Sin embargo, no dudo en limpiármelas con las manos antes de ponerme de pie y caminar hacia la puerta que se encuentra cerrada y apoyo la frente en ella.

—Piensa, Dakota. Necesitan salir de aquí —me aliento.

Primero intento patear la puerta, pero no funciona.

Luego me convenzo de tomar impulso y, con un grito, golpeo mi cuerpo contra la puerta. Se estremece, pero mi peso no es suficiente.

Mientras me limpio las nuevas lágrimas, me acerco a Rose y reviso que esté bien, pero no lo está. Sigue exactamente igual y ese es mi consuelo mientras busco otras alternativas y mi mirada cae en la silla que he usado para bajar a Rose.

—Puedes hacerlo —me digo mientras voy hasta ella y la tomo con determinación.

Es pesada, pero la voluntad logra muchas cosas porque la alzo y la estrello contra la puerta un par de veces. Siento que mis músculos protestan y los brazos me tiemblan, algunos de mis dedos se cortan, pero no me detengo.

La puerta es vieja y de madera, por lo que cuando grito golpeándola una y otra vez, veo que se abre una brecha.

—Bien, bien, Dakota —jadeo.

Tomando la silla de nuevo, grito con todas mis fuerzas y arremeto contra la pequeña brecha. Entonces dejo caer la silla y mis dedos se vuelven mis herramientas cuando los meto entre la brecha. Me deshago en gritos de dolor cuando las astillas se clavan en mi carne al comenzar a tirar con uñas y dedos la madera para ampliar la abertura.

Me sangran los dedos, las uñas se me parten y algunas incluso se desprenden en su mayor parte, pero la adrenalina no me deja registrar el dolor. Lo único que quiero es sacarnos de aquí.

Necesitamos salir de aquí.

Lágrimas, mocos y saliva me cubren el rostro mientras grito y lloro desgarrándome los dedos de una manera que ni siquiera alcanzo a entender, pero no me rindo.

No me rindo por Rose y por mí.

La luz comienza a filtrarse, la abertura es más pequeña que mi puño, pero mis dedos logran salir.

—Estamos aquí —digo con voz ronca y moviendo los dedos lastimados.

Más lágrimas caen mientras un sollozo me rompe al darme cuenta de que seguimos aquí, que no he logrado nada, que debo seguir ampliando la abertura.

La sangre corre hasta mis codos cuando me desgarro aún más y arranco trozos de la puerta. Algunas astillas me atraviesan la piel y la madera suelta me corta las muñecas y los antebrazos.

—¡Dakota! —grita alguien y me paralizo—. ¡Rose!

—¡Aquí! —grito con toda la fuerza que consigo reunir—. ¡Ayuda! Por favor, estamos aquí. Por favor. ¡Ayuda!

Muevo los dedos de manera frenética lastimándolos aún más, pero no me importa cuando espero que seamos vistas, encontradas.

Pienso que no me han escuchado, pero alguien me agarra los dedos.

—Espera unos segundos, te sacaremos de aquí, Dakota.

Creo que es James, no estoy segura.

Gateo hacia Rose, que parece estar algo consciente. La abrazo a mi cuerpo y comienzo a notar el dolor en mis dedos, mis brazos, mi cuerpo y el cansancio, pero no pasa nada, porque me esforcé, porque nos han encontrado.

Una luz comienza a colarse poco a poco y, cuando levanto la mirada, la puerta está abierta.

Respiro, llena de alivio.

El dolor, el cansancio y el esfuerzo han valido la pena. Estamos a salvo.

Y una molesta voz en mi cabeza me dice que estamos a salvo por ahora.

39

ATAJO A UNA HISTORIA OSCURA

Jagger

Horas después de la búsqueda de las hermanas Monroe, logramos encontrarlas. Al menos, James las encontró gracias a que Dakota hizo mucho esfuerzo por ser encontrada.

Con las manos sangrientas, desaliñadas y bastante asustada, Dakota logró abrir una grieta en la puerta por la que James pudo verla. Fue un movimiento inteligente, valiente y de supervivencia del que estoy orgulloso.

Lo que sucedió ha sido terrible y pensar que pudo ser peor me llena de escalofríos. Saber que sucedió en el mismo lugar en el que estuve me llena de impotencia… Me hace sentir culpable porque pude haber hecho más. Debí de haber sido más atento, más cuidadoso, menos confiado.

Debí aprender del pasado.

Spencer y Virginia Monroe se enteraron tres horas después de lo que les sucedió a sus hijas, aunque creo que ellas no han sido sinceras con ellos. Llegaron tan pronto como pudieron. Tomando el auto enseguida, ni siquiera tuvieron tiempo de reunir ropa. La mamá de las hermanas Monroe tuvo una subida de tensión debido a la conmoción y tuvieron que atenderla de emergencia, puesto que ponía en riesgo su embarazo. Por suerte, la estabilizaron y la obligaron a mantener reposo en el hotel donde se hospeda y donde Demi y Cassie se turnan para asistirla mientras Spencer sigue en el hospital.

Intento imaginar lo que vivieron y simplemente siento que el aire se atasca en mis pulmones. Es como viajar en el tiempo, pero la sensación es mil veces más angustiante, junto a la incertidumbre de saber que pudo ser peor, la impotencia de no poder haber llegado antes, de haberme descuidado. Me enoja pensar que estos ataques, más que dirigidos a Rose Monroe, parecen recrear de nuevo cómo me hicieron sufrir hace un tiempo a mí.

Lo primero que hicimos tras encontrarlas fue acudir al hospital. Dakota no me miraba y eso me ha tenido tenso, sin embargo, entiendo que ahora esa no es una prioridad.

Cuando llegamos al hospital, Dakota fue atendida debido a la herida en su frente, los moretones en su espalda por lo que tuvo que ser una fuerte caída y las heridas abiertas y sangrantes de sus manos, le faltaban más que un par de uñas. Ella estaba pálida, no hablaba y no quería soltar a Rose.

Rose... Es una historia diferente.

Dolió mucho ver la manera en la que estaba. Sucia, sangrante, ardiendo en fiebre y, en última instancia, al llegar al hospital, convulsionando debido a la droga que le había sido suministrada. Cuando creí que ese era todo el daño visible, entonces vislumbré dos letras talladas con algún cuchillo o navaja en su costado y que claramente estaban infectadas, razón por la que cuatro días después se encuentra todavía hospitalizada.

Resultaría difícil para alguien de fuera creer que una fiesta universitaria pudiese descontrolarse, pero el ataque fue intencionado. Si Bryce Rhode está involucrado en esto, se trata de criminales, lo cual está fuera de mi alcance.

Mi jurisdicción se limita a problemas universitarios, tonterías y alguna que otra cosa más seria, pero esto... es algo que no sé cómo manejar.

El ataque a las hermanas Monroe no es lo único que sucedió. Las cosas se pusieron incluso peor cuando ayer la universidad amaneció una vez más llena de fotos en las paredes de muchas de las escuelas. Eran de Rose y en esta ocasión no había censura, las tetas de Rose estaban a la vista de cualquiera que quisiera mirar.

Arrancamos cada puta hoja y, una vez más, limpiamos las páginas pornográficas en las que se veía un GIF de Rose apretándose las tetas desnudas y con las piernas abiertas llevando una tanga que apenas la cubría. Dakota no lo sabe debido a que no ha ido a clase, sigue en el hospital junto a su papá y en las noches en el hotel con su mamá.

El circo en que se volvió la universidad debido a la foto y el GIF me llenó de rabia. Las personas actuaban indolentes tomando fotos de la imagen, pasándosela, bromeando. Fueron tan lejos que lo hicieron tendencia en Twitter al hablar mierdas sobre Rose. Todos juzgaban, hablaban y se burlaban de la chica que apenas hace unos días había sido torturada, ultrajada y drogada porque alguien se sintió con el poder y potestad de lastimarla.

Aún puedo saborear la ira. Tengo una rabia que me envenena desde adentro, que puja por salir y ser drenada.

Quiero acabar con cada persona que escucho susurrar y reírse sobre ello a cada paso que doy en la universidad, así que decidí que debía venir a la fraternidad para evitar perder la frialdad por la que soy conocido. Estaba perdiendo el control.

En este momento, estoy sentado en el sofá esperando a Jamie para ir al hospital. Aunque Dakota no habla conmigo y no soy de la familia, quiero estar ahí.

Controlo mi ira y al parecer todo es normal hasta que todo se sale de su curso.

Comienza con Drew riéndose. Hago mi mejor esfuerzo por ignorarlo lazándole una breve mirada al idiota que aún se encuentra afectado por la caída por las escaleras. Desde ese día, nos hemos ignorado de maravilla y el plan es seguir haciéndolo, pero entonces él habla y se sentencia.

—¡Qué tetas las de Rose Monroe! Te juro que me corrí imaginando tocarlas, chuparlas y morderlas. —Hace sonidos desagradables—. Son perfectas y me hace pensar que quizá me follé a la hermanita equivocada. Dakota tiene unas tetas increíbles, pero las de Rose son más grandes.

Su risa resuena por el lugar junto a unos pocos imbéciles que le siguen la corriente. Incluso uno de ellos, Frank, se atreve a preguntarle qué tal fue follar a Dakota, ignorando mi presencia o siendo lo suficiente arriesgado.

—Estuvo rico, aunque ella hizo poco, pero aun así fue bueno. Se sentía apretada y está bastante buena —se ríe—, pero también puedes preguntarle a Jagger, es quien se la está follando ahora.

El tipo deja de reírse en cuanto se encuentra con mi mirada y maldice al darse cuenta de mi estado de ánimo.

—Lo siento —se disculpa Frank—, no sabía que era tu chica, Jagger...

—No tienes que disculparte, Frank —dice Drew mirándome con burla—. No creo que Jagger tenga problemas en decirte a qué sabe el coño de Dakota Monroe, pero también te lo puedo decir yo: me sabía a coño virgen hambriento de una buena polla que la martillara.

Tiene tanta confianza porque no puedo atacarlo o me expulsarán de la fraternidad.

Pero Drew parece no ser consciente de que me importa una mierda que me echen.

No tengo ni que pensarlo dos veces y ni siquiera sé cómo me levanto del sofá, pero en pocos segundos lo tengo agarrado del cuello de la camisa. Golpeo su rostro una, dos, tres veces, antes de sacudirlo para drenar parte de mi ira.

—Maldita basura, no vuelvas a decir su puto nombre siquiera —le grito y vuelvo a conectar mi puño con su rostro.

Él intenta protegerse el rostro y golpearme con su mano buena, pero no lo logra. Le parto la nariz, le rompo los labios y conecto con uno de sus ojos, pero cuando no es suficiente, mi mano se cierra entorno a su garganta y le corta el suministro de aire.

—Deberías morir, la gente como tú es la que debería vivir desgracias —escupo, apretando más fuerte mi mano.

Alguien tira de mi cuerpo para apartarlo del suyo. Grito enfurecido de que no me dejen lastimarlo mucho más. Quiero acabar con él, que se trague cada una de sus sucias palabras y, por un momento, también quiero llorar debido a la magnitud de mis emociones.

Mientras mi pecho sube y baja con la respiración agitada, miro a Drew. Su rostro sangra mientras tose y se toca el cuello con la marca de mis dedos, pero verlo en ese estado no es suficiente.

Porque esto no borrará lo que pasó el viernes.

No hará sentir mejor a Dakota.

No me hará sentir mejor a mí.

No borrará el susto que ha pasado Rose.

Y no acabará con los malditos enfermos que hay detrás de todo esto.

Pero al menos evita que esta basura vuelva a hablar de ese modo de ellas. Su rostro es un desastre y James me sostiene para que no vaya por más.

El lugar se sume en un silencio tenso mientras todos me miran como si esperaran que atacara de nuevo. Por un momento, me jode que vean a Drew como una víctima.

—Jagger… —comienza a decir Stephan. Sé lo que viene a continuación porque no me está hablando como amigo, me habla como presidente de la fraternidad.

He roto una regla importante al golpear a un supuesto hermano dentro de la fraternidad, más cuando dicho hermano se encuentra lesionado, pero no me arrepiento.

—Lo sé, Stephan. Sacaré mis cosas al final de la semana. Hay personas geniales aquí, pero no puedo compartir hogar con una basura como Drew —digo mientras Jamie me libera—. No puedo lidiar con esto ahora, hablaremos cuando vuelva.

No espero su respuesta porque salgo de la fraternidad. Aunque tengo alguna clase, decido no ir porque mi cabeza y mis emociones son un completo caos.

Pretendo subir a mi auto, pero James me quita las llaves. Yo simplemente lo miro antes de asentir y subir al asiento de copiloto, donde golpeo el salpicadero con los puños mientras grito.

Cuando me detengo, definitivamente no me siento mejor. James tan solo arranca el auto y comienza a conducir hacia el hospital. Solo rompe el silencio cuando llegamos y detiene el auto.

—No pensabas matar a Drew, ¿verdad?

—No pienso ir a la cárcel y ser la decepción de papá por ese imbécil. Solo quería hacerle daño, no matarlo.

—Bien, porque por un momento pensé que te convertirías en una versión del Irlandés cuando se ponía raro loco malvado. ¿Lo recuerdas? Callum perdía la puta cabeza.

Mis labios intentan estirarse en una sonrisa porque lo recuerdo. Callum era un estudiante de Criminalística que marcó a la universidad y del que muchos han escuchado hablar. En mi primer año de universidad, casi asesinó a Bryce al ahogarlo en una piscina frente a todos en una fiesta. Estoy seguro de que, si Jamie y yo no lo hubiésemos detenido, él habría llegado hasta el final, pero ese no fue el único episodio que Callum Byrne, alias el Irlandés, tuvo. Él nunca dejó de sorprendernos. Poco a poco hizo que los demás fueran conscientes de lo peligroso que era molestarlo pese a su actitud optimista y alegre.

Aprendí que era un hombre peligroso, pero por suerte siempre estuve del lado de los amigos y no de los enemigos.

—Es imposible olvidar a Callum —termino por decir.

—No he llegado a escuchar lo que fuera que dijo Drew, pero supongo que se lo merecía.

—En algún momento me encargaré de que todos sepan la mierda de persona que es, de que salga a la luz todo lo que sé de él y las pruebas que tengo.

Desde hace un tiempo, tengo trapos sucios sobre él y cada vez veo más cercano que salgan a la luz. Es solo que las personas involucradas me han pedido que no lo haga, pero supongo que es el momento de replantársarelo una vez más.

—Quiero que el director de la escuela de Ciencias de la Comunicación sepa que Frank ha estado robando información del sistema para aprobar tres de sus clases.

—Pero nosotros hemos hecho eso por él.

—Eso no tiene por qué saberlo. Haremos como que ha sido cosa suya y debe saberlo de manera casual. Entonces, lo expulsarán y entenderá que nunca debió seguirle toda esa conversación de mierda a Drew sobre Dakota y Rose.

Frank parecía a gusto riéndose y conversando de ello con Drew. Solo fingió decencia y arrepentimiento cuando supo que salgo con Dakota. Da igual que mi decisión sea radical o no, simplemente cometió ese error y ahora quiero que pague.

—Bien, me encargaré de ello —asegura Jamie—. Ahora, sobre la expulsión...

—Puedo vivir sin la fraternidad. Papá estará decepcionado, pero es lo que es.

—Necesitamos buscar un apartamento al cual mudarnos, Jagger —comienza, y de forma inmediata me volteo a mirarlo—. Puedo encargarme de conseguir algo céntrico para antes del viernes. No me gustaría recurrir a papá, pero ambos somos conscientes de que él puede conseguir todo lo que quiera.

No soy un tipo muy orgulloso cuando se trata de mis amigos, así que me estiro para apretarle el hombro para agradecerle lo que hace por mí. Renuncia a un montón de hermanos para estar conmigo.

—Gracias, Jamie.

—Somos hermanos, no de sangre, pero sí que lo somos. —Me sonríe y trato de devolverle el gesto.

Permanecemos en silencio y no puedo evitar suspirar. Me siento agotado, mis horas de sueño se han reducido drásticamente y de por sí ya dormía poco.

—De nuevo, Jamie —digo, y él tarda en entenderlo, pero lo hace—. Está pasando una vez más.

—No, Jagger. No se repite. No fallaste. No es tu culpa.

Es difícil creerlo y aceptar sus palabras.

—Bryce Rhode tiene algo que ver con esto y con lo que le ocurrió a Lind —le informo—. Está sucediendo casi el mismo patrón de hace unos años y es evidente que tiene rencor o una enfermiza venganza hacia mí. Pensé que hacía un bien, me creí un maldito salvador cuando informé a las autoridades universitarias de su imperio de drogas y ¿para qué? Ahora entiendo que quizá las autoridades lo encubrían, que le dijeron que fui yo quien habló. Sea cual sea el caso, él lo sabe. —Miro al frente—. Y Bryce no es cualquier pequeño traficante. Bryce Rhode es el hijo de un importante criminal, lo supe hace poco.

—¿Qué? —El asombro y el terror son evidentes en su voz—. Pero ¿de qué me estás hablando? Eso no puede ser cierto.

—Estoy envuelto en una gran mierda, Jamie. Me está cazando. —Vuelvo a pasarme las manos por el rostro—. Es algún tipo con conexiones criminales intentando joderme. ¿Qué se supone que tengo que hacer? Solo soy un estudiante con conexiones normales, no es que maneje un grupo de espías gubernamentales. No esperé meterme en estos líos con gente tan peligrosa y siento que esto involucre a las hermanas Monroe.

—¿Por qué Bryce atacaría a Rose Monroe? Me es difícil hacer una conexión entre ambas cosas.

—Eso es algo que intento pensar y descifrar, puede ser un cebo. Debe de haber algún lazo.

—Tienes razón, algo debe de unir estas situaciones, pero no podemos precipitarnos. —Hace una pausa—. Si Bryce está involucrado con criminales, esto es jodido, Jagger. Los criminales suelen tener conexiones en las estaciones de policía, lo cual explicaría por qué el caso de Lindsay se cerró con tal rapidez sin determinar a los culpables.

Solo de pensar en ello, mis manos se cierran en puños.

Creí en una justicia que no existe. Es posible que Bryce tuviera en sus manos todas las herramientas para cerrarle las puertas a cualquier método de castigo que pudo haber obtenido por las mierdas que hizo.

—Es evidente que Bryce no trabaja solo —digo en voz baja y distante—. Tiene que haber alguien más ayudándolo, tal vez los mismos que la lastimaron.

—¿Cómo supiste que Bryce es un criminal?

—Guido.

—Entonces, él debe de saber mucho más. Debemos pensar cómo sacarle información…

—¿Te das cuenta de que esto es una jodida pesadilla? ¿De verdad quieres seguir a mi lado y lidiar con todo esto? Porque lo mejor sería que te alejaras, Jamie.

—¡Tonterías! Esto es solo otro obstáculo que superaremos. Si se trata de hacerle justicia a Lind y que las hermanas Monroe estén a salvo, entonces aquí me quedo, Jagger. Ya se nos ocurrirá algo, pero saldremos de esto —me asegura con una confianza ciega—. Ahora, ve con Dakota.

Dejo que pasen otro par de minutos antes de bajar del auto. Jamie me asegura que vendrá por mí cuando le avise y que por ahora pasará a llevarle las compras del supermercado a mamá Marie, además de verificar que esté bien por mí.

Me dirijo directo al piso y al ala donde ha estado Rose recuperándose desde que ingresó al hospital. Me doy cuenta de que Spencer no está, pero ella sí. Es un tanto extraño no saber qué hacer porque no hemos hablado, ella solo ha llegado a hablar muy poco con sus padres.

Cuando Dakota nota mi presencia, nuestros ojos se encuentran. Los suyos están rojos y cubiertos de profundas ojeras, se ve cansada y demacrada. Tiene una bandita en la frente que le cubre la abertura de lo que fue un golpe y sé que su torso también está vendado, al igual que algunos de sus dedos.

Espero expectante qué sucederá, cuál será su movimiento con respecto a mí y finalmente ella suspira. Señala con la cabeza al asiento de su lado y entiendo la señal. Me dejo caer a su lado, estirando una mano para tomar la suya, y me siento aliviado cuando, pese a que no entrelaza nuestros dedos, no me aleja.

Pasados unos pocos minutos, Dakota comienza a hablar en voz baja sobre lo que pasó esa noche. Me muerdo la lengua para no maldecir y aprieto la mano que tengo libre para evitar golpear la silla. Escucho todo y, cuando termina de hablar, la atraigo a mi costado para abrazarla, agradecido de que me lo permita.

—Fue... horrible —dice con voz quebradiza—. No sabía si ella estaba bien... Actué por instinto. En el fondo estaba muy asustada, pero sabía que tenía que hacer algo.

—Lo siento mucho, Dakota.

En esa disculpa no solo lamento la situación, lamento no haber podido ayudar. Es como un ciclo, volver a empezar, pero es mil veces peor.

Me hace saber que sus padres se encuentran dentro con Rose, que está mucho mejor. La historia que conocen sus papás es que fueron atacadas, pero no saben la verdadera razón y no sé si ellas planean decirlo.

Espero fuera cuando Dakota entra a hablar con Rose y converso un poco con Spencer. Se ve mucho mejor que los días anteriores y está claro que se siente aliviado de que la infección de Rose haya sido detenida, está mejorando. El doctor dice que, si todo va bien, le darán el alta dentro de dos días.

Hay un alivio colectivo ante el hecho de que no se encontrara ningún rastro de agresión sexual.

Dakota sale tiempo después y me permite llevarla a comprar algo de comer. Terminamos con unos sándwiches de pollo y sentados en un banco de un parque donde comemos en silencio.

Todo esto es extraño. Decido hablar apenas terminamos de comer porque hay un peso entre nosotros y es hora, aunque sea a medias, de darle un pedazo de mi historia. De hablarle del pasado.

—Mi última relación no salió nada bien —confieso, y eso hace que ella me dé su atención—. Una vez te mencioné que tuve una novia llamada Lindsay Hoffman. —Espero su reacción, que consiste en un asentimiento—, Vinimos juntos a la universidad, comenzamos a salir durante el último año del instituto. La amaba y, antes de venir a la OUON, estábamos bien.

—Comprendo —apenas dice en voz baja.

—Creo que estaba siendo un buen novio, no lo hacía tan mal y ella era una novia increíble. —Sonrío al recordar esos días—. Estudiaba Derecho y me ayudó con algunas cosas legales cuando comencé muy rápido a armar mi negocio. Ella no se involucraba directamente en ello, pero a veces daba alguna opinión de asesoría legal de lo que estuviese aprendiendo. Era muy inteligente y leal.

No me es difícil recordar esas primeras veces, las risas, su timidez y la mirada dulce que me daba mientras me contemplaba tener todos los planes de un negocio que sería más grande que yo.

La dulce Lindsay, soñadora, insegura, amable, tranquila y amándome.

Estirando una mano, tomo la de Dakota para poder continuar con este doloroso relato.

—Todo iba bien. Claro que alguna persona se cabreaba a veces por ser «víctima» de mi trabajo, pero nada muy grave ni de lo que no tuviera control. —Hago una pausa para tragar saliva—. Al menos no hasta una fiesta.

—Pero siempre estás en las fiestas.

—A veces resultan agridulces para mí. Están repletas de momentos buenos, pero también de recuerdos malos y muy dolorosos.

—¿Qué fue lo que pasó, Jagger? —pregunta, y detecto el miedo en su voz.

—¿Cómo drogaron a Rose en la fiesta, Dakota?

Nos miramos durante unos segundos que se sienten eternos y puedo darme cuenta de que en su mente intenta unir hilos para entender lo que aún no he dicho.

—Creo que la drogaron… con una bebida —susurra y asiento—. Ella dice que estaba bien hasta que tomó una nueva bebida y fue al baño porque se sentía mareada. Pero no aceptó bebida de nadie, ella misma se preparó su copa, Jagger.

Pero en un vaso abierto cualquiera pudo haber echado algo en su bebida en cuestión de segundos mientras la distraía.

—A Lindsay también la drogaron a través de una bebida. —Aprieto su mano y siento la palma de la mía sudada—. Pero tal vez necesito retroceder en la historia para que tengas el contexto de cómo sucedió eso, aunque durante mucho tiempo me costó entender el porqué.

»Cuando llevaba más de medio año realizando trabajos y ya era conocido en todo el campus, Lindsay comenzó a recibir notas. No eran muy seguidas y fueron pocas, pero ella nunca me lo dijo. —Odio que la última frase suene como un reproche—. Yo también recibía notas extrañas, pero pensé que solo era alguien que quería jugar conmigo, que era inofensivo. Lo ignoré, Dakota, lo hice a un lado pensando que tenía el control y me jactaba de saber todo de los estudiantes, pero ni siquiera sabía que mi novia recibía todas esas notas alarmantes.

—Tienes que entender que no eres un ente omnipotente capaz de saber y solucionarlo todo, Jagger.

—A Lindsay la drogaron a través de una bebida cuando me descuidé —suelto, y ella deja ir una respiración bastante audible—. Estábamos en una fiesta y al parecer todo iba bien hasta que me despisté un rato. Yo siempre insistía en que ella debía relacionarse con otras personas y que debíamos tener espacio.

Siento un nudo en la garganta al recordar lo mucho que Lindsay odiaba que estuviésemos separados, lo insistente que yo era sobre que hiciera amigos y tuviera su espacio. Si no la hubiese dejado sola esa noche, todo habría sido muy distinto.

Lo recuerdo perfectamente.

Todo iba bien, lo pasábamos genial. Lindsay se fue asegurándome que estaría con unos compañeros, pero simplemente quería hacerme creer que no tenía dependencia emocional de mí porque tal vez la presioné demasiado. Me quedé con algunos de mi fraternidad y haciendo conexiones con otras personas, incluso hablando de encargos de personas que querían de mi trabajo. Me sentía en la cima sin saber que iba a caer con fuerza obteniendo grandes cicatrices en mi alma.

Me di cuenta de que había pasado el tiempo y de que hacía un rato que no la veía. Fue entonces cuando comencé a buscarla y la encontré rápido porque alguien gritó.

Callum Byrne encontró el cuerpo de Lindsay flotando en la piscina de la fiesta. Su ropa estaba desgarrada. Recuerdo sus labios azulados, lo pálida que estaba, los hematomas, los golpes, los cortes, la sangre, lo maltratada que estaba… También recuerdo que sentí que su vida se me iba de las manos. Puedo viajar a ese momento exacto a la perfección y revivir la angustia, el dolor, la desesperación, la incertidumbre y, sobre todo, el sufrimiento de haberle fallado.

—A Lindsay la violaron en grupo, hicieron cosas perversas con su cuerpo. —Trago saliva porque se me quiebra la voz—. Lo peor es que ella estaba paralizada, pero podía escuchar y sentir todo lo que le hacían a su cuerpo. Podía verlos enmascarados sobre ella, alrededor de ella, en todas partes. Fue consciente de todo, Dakota. Me descuidé unas horas y le hicieron eso por mi culpa.

—No es tu culpa —dice con voz temblorosa y llevándose una mano a la boca cuando una arcada la invade.

—Es mi culpa porque luego recibí una carta diciendo que ellos hicieron su trabajo, como yo hacía el mío.

—Oh, Jagger… —Dakota no sabe qué decirme y lo entiendo.

No es una historia fácil de escuchar, incluso cuando trato de ahorrarle los detalles.

Me planteo qué más decir, si debo llegar hasta el final o si soy capaz de contarlo, pero es demasiado. En última instancia, tomo el atajo: lo inconcluso. Digo hasta los recuerdos que no destruyen tanto.

—Lindsay se deprimió mucho y no encontraron a los culpables. Ella no volvió a ser la misma y no podía culparla. Y luego Megan...

—¿Tu madre? —Suena desconcertada de que ella sea parte de este relato. Pero lo cierto es que Megan fue el detonante final.

—Ella es o era psicóloga, le rogué que la ayudara, que hiciera algo bueno por mí luego de tanta mierda que me había hecho pasar. —Me es inevitable no emitir una risa cortante—. En lugar de ayudarme, la jodió tanto, lo arruinó tan mal que nunca podré perdonárselo. Megan me ha hecho daño, pero nunca fue tan grave como lo que le hizo a Lindsay, por eso no quiero tener nada que ver con ella.

Puedo notar que se encuentra confusa, que se da cuenta de que hay lagunas en mi relato, pero que la historia es tan fuerte y dolorosa que no se siente capaz de preguntar más.

—¿Nunca encontraron a los culpables, Jagger?

Siento que esa es una pregunta importante para ella y me duele tener que darle la respuesta mientras le limpio una lágrima que se le escapa.

—No, Dakota, no lo hicieron. —Y esa respuesta duele—. Apenas llevábamos meses iniciados y quedaba mucho por aprender. Además, quien orquestó todo sabía cómo operar. El detective y las autoridades cerraron el caso por falta de evidencias meses después y la universidad se lavó las manos al argumentar que había sucedido a las afueras del campus. —Le aprieto la mano—. Pero ahora hay muchas pistas y han salido a la luz muchas cosas que me hacen entenderlo mejor.

»Muchas veces bromeaste sobre lo de llamarme mafioso, pero la verdad es que solo soy un hombre con conexiones en la universidad, ingenio y capacidades que me ha dado la carrera que estudio, pero hay cosas que son más grandes que yo, sobre todo aquellas que van hacia el terreno de la delincuencia.

Mis palabras la hacen estremecerse y mira hacia otro lado, tarda en devolver su atención a mí.

—¿Qué pasó con Lindsay?

Trago antes de respirar hondo.

Lindsay Hoffman. Una chica que amé y me dio un amor juvenil desenfrenado de un año y medio que se vio y sintió bastante corto cuando tuvo un final tan abrupto y drástico.

Mi mirada se encuentra con la de Dakota, está bañada en lágrimas e intuye que mi respuesta no será bonita.

—Lindsay ya no vive —digo en voz baja—. Dejó de hacerlo a principios de mi segundo año. Unas semanas después de que yo volviera al campus. Ella nunca lo hizo —susurro.

Ella tenía diecinueve años cuando dejó de vivir. Apenas llevaba unas pocas semanas de inicio de mi segundo año cuando papá me llamó y me dio la noticia de que se había suicidado.

No hay manera de explicar lo que sentí, cómo dolió, la culpa, los cuestionamientos de qué pude haber hecho mejor, lo que pasaría si…

Es una historia con cesura, la versión corta y la que menos duele, porque aún no me siento preparado para darle la versión completa, la cruda, la extraña, la que incluso a mí me enferma.

Pensar en que sentí que se repetía la historia el viernes casi me mata.

—Lo lamento mucho, Jagger, pero aun así no creo que fuese tu culpa. —Hace una pausa—. Y lo que sucedió el viernes tampoco lo es. No te sientas responsable porque los únicos culpables son quienes tienen las manos sucias de una situación tan atroz como la que nos hicieron pasar.

Aprieta levemente mi mano antes de dejarla ir y no se siente bien.

—Creo que deberíamos volver al hospital, o al menos yo. Tú deberías ir a hacer las cosas que tengas que hacer.

Mis cosas en este momento se reducen a presenciar que ella y su familia estén bien, pero creo que Dakota no lo entiende, porque se aleja.

40

SIN ÉTICA

Jagger

—Profesor —digo entrando al aula luego de ver salir a la última alumna.

Por lo pálida que iba con la mirada en el suelo, sospecho que pasó algo que la asustó o inquietó. Conociendo al personaje, me es inevitable no tensarme y querer correr detrás de ella para ofrecerle ayuda y garantizarle que yo sí la creo.

Simon Clark me mira con sus labios convertidos en una línea de disgusto, no es un secreto que mi visita no es grata.

—Pensé que no tendría la suerte de toparme de nuevo contigo, Castleraigh. Hace mucho que no hablábamos.

La diferencia es que yo sí esperaba toparme de nuevo con él, pero pensé que sería para hundirlo y terminar lo que hace años no logré hacer por falta de apoyo y pruebas.

—Me parece increíble que no esperaras que nos reencontráramos cuando conozco tanto de ti. Parecía un cliché saber que en algún momento iba a volver —digo adentrándome mucho más en el aula.

—Te creía más inteligente, pensé que habías aprendido la lección.

—Lo único que aprendí, Simon, es que a los violadores que se visten de traje es más fácil creerles que a las víctimas. También que la próxima vez necesitaría más pruebas.

—¿Próxima vez? Todos sabemos que tu juicio es errado.

—Ahora vas a decirme que todas las veces que te tiraste a una estudiante fue consensuado. —Me río con ironía.

Tomo una de las sillas de esta aula y me siento frente a su escritorio. No despega la mirada de mí, sin embargo, no luce perturbado ni nervioso por mi presencia. Tampoco se siente amenazado.

—¿Qué quieres? —pregunta fastidiado—. Pensé que tras el inconveniente y las calumnias que levantaste en tu primer semestre habías aprendido cuál es tu lugar.

—¿Calumnias? Con el debido respeto, querido profesor, ambos sabemos que, entre esas chicas y usted, hay un solo mentiroso.

—¿Sabes? Tu padre y tu abuelo tienen mucho poder, pero no siempre van a protegerte cuando te metas en problemas.

—¿Es eso una amenaza?

—Tómalo como un consejo.

—No necesito de tu consejo, pero gracias. —Le sonrío—. Sé que tuviste el semestre pasado a una alumna muy hermosa. Intervenía en tus clases, es inteligente y una flor social.

—No me encariño con mis estudiantes.

—Qué declaración tan peculiar cuando de hecho sé que te encariñas demasiado. —Dejo de sonreír—. Fuiste y te acostaste con una estudiante. Has visto que sus fotos han sido esparcidas por la universidad. Fotos de los encuentros sexuales que tuvo contigo. Fotos que, por alguna razón, no te perjudican a ti. ¿No te parece extraño?

—Así que de nuevo vas con las mismas acusaciones, Castleraigh. ¿Vas a acusarme también de violarla?

—Sé que no la violaste a ella, pero también sé lo malditamente extraño que es que tu rostro nunca se vea en las fotos, que no te extorsionen y que no te hayas ofrecido a ayudarla.

Se hace al menos un minuto de silencio.

—Bien, ambos sabemos que me he tirado a un par de alumnas y que ha sido consensuado. Eran mayores de edad y eso es todo. No es algo que sea tu asunto y no seré el primero o el último que lo haga. Dicho esto, puedes irte.

—Ambos sabemos que no todos los acercamientos fueron consensuados, Simon.

Presiona dos dedos en el tabique de su nariz, cierra los ojos y respira hondo. Cuando sus ojos se abren de nuevo, me lanza una sonrisa desafiante y una mirada abiertamente llena de desprecio.

—Sé de tus jueguitos en la universidad. Te crees muy adulto dando tus supuestas ayudas, pero solo eres un niño jugando a ser grande. —Guarda sus papeles en su maletín—. No te metas conmigo, Castleraigh. Hay muchas cosas que no te incumben. Ya tienes demasiados problemas, no busques más.

Se levanta y hago lo mismo mientras nos miramos fijamente.

—Y, créeme, esa chica Monroe sabía lo que hacía. —Sostiene su maletín y arquea una ceja mirándome—. Suerte con su hermana. En Ocrox todos te conocen, todos hablan. No eres el único al que le gusta resolver problemas. —Borra su sonrisa—. Mantente alejado de mí, Castleraigh. Algunos asuntos son más grandes que tú.

Camino hacia la puerta para adelantarlo y, en última instancia, me giro.

—Algún día, Simon, pagarás de verdad por lo que has hecho. Ambos sabemos que eres un asqueroso violador y que deberían cortarte la polla para dártela de comer. Me encargaré de que Rose Monroe salga de esto y de que tus sucias manos nunca más estén sobre una estudiante. —Sonrío y salgo.

Camino para salir de la facultad. Apenas lo hago, llamo a Seth, que no tarda en responder.

—¿Puedes conseguirme para esta tarde la lista de estudiantes de la clase del aula C de la escuela de Letras?

—¿De qué días y qué profesor?

—No sé qué días exactos, sé que la imparte los miércoles, como hoy. Es el profesor Simon Clark.

—De acuerdo, dame unas horas.

Finalizo la llamada y pienso en que debo hablar con la última chica que salió del aula. Ella lucía asustada y esto no tiene que ver con mi problema o el de las hermanas Monroe, se trata de que hay que detener a Simon Clark. Algo me dice que durante todos estos semestres ha hecho más daño a sus alumnas de lo que me puedo imaginar.

Sí, tal vez algunas cedieron de forma voluntaria, como Rose Monroe, pero tengo la sospecha de que muchas corrieron el mismo destino que las chicas que intenté ayudar en mi primer semestre.

41

DECISIONES

Dakota

Muy pocas veces he visto a papá ser serio o estar molesto con nosotras. Esta es una de esas ocasiones.

Spencer Monroe se siente impotente debido a que alguien atacó a sus hijas y no encuentran culpables. Además, ambas nos negamos a volver a Liverpool y él debe regresar al trabajo pronto. Sin contar con que la tensión de su esposa embarazada se encuentra elevada.

Papá está muy estresado, molesto y angustiado. Es triste verlo de esa manera. En este momento, tiene la mirada fija en la ventana de la habitación del hospital y la espalda tensa.

Mi mano se mantiene tomando la de mi hermana.

—Quisiera que me escucharais y volvierais a casa —vuelve a hablar.

—Papá, tengo una carrera universitaria aquí que me gusta mucho. No quiero interrumpirla —digo—. Entiendo tu preocupación, pero lo que pasó no volverá a repetirse.

Papá piensa que fue un ataque que pudo pasarle a cualquiera debido a que en medio del desastre e inconsciencia de Rose no supe qué decir. Creo que para la conversación seria necesito que mi hermana se sincere con ambos. Además, que mamá esté en una mala situación con su presión arterial debido a estos sucesos no me alienta a decir lo que no debería callar.

—Papá, estoy bien. Quiero continuar mis estudios aquí. Es lamentable que esto sucediera, pero estaré bien —agrega Rose.

Papá camina hasta nosotras. Cuando nos alcanza, toma nuestras manos unidas, alternando la mirada de una a la otra.

—No me tatué vuestros nombres en la piel por querer ser un padre genial, lo hice porque os llevó en el corazón, en el mente y quise llevarlas en algo tan tangible como la piel. El amor que siento por vosotras es el más grande que he experimentado. Sois mis más grandes orgullos, la mejor música que he escuchado nunca. Creo que cuando seáis madres entenderéis la necesidad de querer protegeros. No puedo obligaros legalmente, pero me sentiría más tranquilo si vinierais a casa con nosotros.

Me gustaría complacer a papá, decirle que todo es tan fácil como marcharnos, pero no miento. Aquí me he adaptado a estudiar, me gusta mi plan de estudios y, si nosotras nos vamos, ¿quién será la siguiente? No parece justo tener que exponernos a esto, pero tampoco parece justo tener que huir como si fuésemos delincuentes y hacer ¿qué? ¿Dónde estudiaremos? ¿Qué haremos? No es tan fácil como hacer una pausa en nuestras vidas.

Lo que ha sucedido no ha sido un juego universitario, ha sido algo muy grave. Algo de lo que pienso convencer a Rose de contar a las autoridades, porque esto no tiene que recaer sobre Jagger. No es un dios y no tiene solución para todo.

—Pensadlo, por favor. Iré a ver cómo está Virginia, vuelvo pronto. —Besa nuestras frentes y sale de la habitación.

Rose suspira mirando hacia un lado, me doy cuenta de que contiene las lágrimas. Cuando ella gira su rostro hacia mí, un nudo se instala en mi garganta.

—¿Puedes abrazarme, Dakie?

No tiene que pedírmelo dos veces.

Trepo como puedo a su cama y la abrazo intentando no lastimarla. Ella apoya la mejilla en mi hombro. Mi pulgar repasa aún los moretones y las magulladuras de sus muñecas, donde la cuerda la maltrató.

—Lamento no haber llegado a tiempo, Rosie.

—Me salvaste, Dakota. Me encontraste.

—Pero no a tiempo. —Y eso me hace daño, podría haber hecho más.

—No era tu deber. Hiciste lo que pudiste por mí y lo agradezco. —Suspira—. Ahora dime, por favor. ¿Qué tan mal está lo que sea que me hicieron en la piel?

Su voz tiembla.

Rose no sabe lo que le han escrito principalmente porque la drogaron antes de que la trasladaran a ese lugar. Sintió el dolor de cuando lo hicieron, pero para ella todo era confuso. No sé cómo decírselo cuando, al bajar la mirada, me doy cuenta de que está a punto de derramar lágrimas.

—¿Qué me hicieron? —susurra, y paso mis dedos por su cabello—. Por favor, dime, tengo derecho a saber.

—Perforaron tu piel con algo filoso… —No encuentro las palabras—. Rose…

—Solo dímelo, de igual manera lo veré en algún momento.

—Escribieron dos letras en tu costado.

Hay un largo momento de silencio en el que la miro y estiro mi mano para limpiarle la lágrima que deja caer. Asiente como si llegara a alguna especie de acuerdo consigo misma.

—No digas cuáles letras, lo sé… Puedo recordar las risas y voces. Me llamaban perra.

—No eres eso y no es justo que llamen a cualquier chica de esa manera.

—Sé lo que algunos piensan de mí, Dakota.

—¿Y qué importa? Deben importarte las opiniones de quienes sí te conocemos y queremos. —Beso su frente—. Debemos hablar con las autoridades, Rose.

—No. Papá y mamá enloquecerán.

—Pero ¡tienen motivos para hacerlo! Esto no es un juego, Rosie. Estoy asustada.

—Mamá está en una habitación de hotel siendo monitoreada con una tensión que pone en peligro la vida del bebé y solo cree que alguien al azar me atacó. ¿Qué es lo que crees que pasará cuando sepan que me acechan?

—Querrá protegerte, eso es lo que pasará. Porque son nuestros padres y…

—Y no lo sabrán. No los angustiaré.

—No puedes… —Me incorporo.

—Basta, Dakota. No lo sabrán —me corta con voz firme—, ¿de acuerdo? No necesitan saber toda esa basura.

—Toda esa basura es tu vida. ¡Tu vida! Tienen derecho a saberlo porque no somos heroínas, Rose. No trabajamos para un servicio secreto ni tenemos excelentes dotes de defensa. Solo somos dos jóvenes adultas siendo acechadas y molestadas por algún perverso o algún grupo de ellos que está jugando con nuestras vidas. ¿Y quieres que no se lo diga? —Mi voz aumenta—. ¡Tienes que estar bromeando! No es solo tu decisión.

—Lamento que seas parte de esto, que tuvieras que pasar por eso, pero más lamentaré si a ese bebé le pasa algo por alterar a mamá. Puedo superar haber sido una imprudente con fuertes consecuencias, pero no que algo les ocurra a ellos. Lo siento, Dakota. Si hablas, lo negaré. —Tiene que estar bromeando—. Mentiré y diré que solo estás teniendo una mala reacción, lo negaré una y otra vez.

—Pero ¿qué demonios? —Quiero golpear la pared mientras la escucho y dejo de abrazarla para alejarme.

—Lo siento, tú tienes tus secretos y yo tengo derecho a guardar los míos.

—¿Qué malditos secretos tengo?

—Jagger —susurra—. Lo sé, sé que te ayudaba, nos ayuda y ellos también lo saben.

—¿Ellos, quiénes?

—Quienes me acechan. Ellos quieren llegar a él, yo...

—¿Tú qué? —la insto a continuar.

—Escuché que decían su nombre y que todo salía como lo acordado. No lo sé, estaba tan mareada y desorientada...

—¡Es porque te drogaron! Y aun así no quieres hablar.

Siento que estoy a pocos instantes de enloquecer, quiero tirar de mi cabello y gritar. Es como si Rose estuviera pasando las páginas de un libro a gran velocidad y me mareara. ¿Cómo puede ignorar que esto va más allá de lo que unos estudiantes sin experiencia pueden resolver?

—Jagger no puede arreglar esto, yo no puedo y tú tampoco. Necesitamos profesionales. ¿Qué pasa si lastiman a otra persona? ¿Si luego de ti viene alguien más?

Se muerde el labio inferior mirando hacia otro lado.

En este momento, creo que no puedo lidiar con la situación. Necesito serenarme para pensar en cómo llegar a hacerla entender que necesitamos ir con las autoridades y contar lo que sucede.

Me acerco y beso su frente antes de comenzar a alejarme. No entiendo cómo nuestras vidas se convirtieron en este extraño juego del mal donde las víctimas somos nosotras.

—Lo siento, Dakie.

—No sé si yo lo lamento más —murmuro saliendo de la habitación.

Cierro la puerta detrás de mí y respiro hondo. Mi cuerpo está en tensión y estoy muy cansada.

Cuando avanzo, veo a Jagger con la espalda apoyada en una de las paredes y tengo un conflicto interno en lo referente a él. Más allá de la terrible y trágica historia que me contó, hay algo que se ha hecho evidente: es una víctima de lo que sucede.

Esto no solo se trata de lastimar a Rose, de alguna manera Jagger es parte de esto. No sé cómo se vinculan los problemas, pero mientras lo analizaba al no dormir me di cuenta de que las cosas se pusieron más peligrosas en cuanto lo involucré. Tras escuchar su desgarrador pasado, está claro que él tiene a alguien en una venganza inconclusa que podría estar yendo detrás de él.

Lo que le sucedió a Lindsay no tiene palabras, es algo que lo marcó y me sorprende que sea un hecho que nadie comente en la universidad. Pero ese suceso es la prueba de que quienes lo hicieron no son estudiantes con un sencillo resentimiento, al contrario, son seres sin escrúpulos para causar tal daño a otros.

Jagger no es peligroso, el peligro se encuentra en lo que lo rodea, lo que le persigue. Él es un enigma. Un muchacho lleno de intrigas que se dedica a ayudar a otros a cambio de alguna gratificación específica. Hay personas que lo aprecian y otras que no. No juega a ser el chico malo, pero tampoco se comporta como un príncipe.

A veces quisiera estar dentro de su cabeza sin ningún tipo de barreras. A veces me pregunto: «¿Lo conoce alguien en su totalidad? ¿Sabe alguien cuánto, de verdad, pudo llegar a afectarle lo que le ocurrió a su novia?». Cuando él me reveló la historia, lo que apuesto que solo fue una pequeña horrible parte del relato, en sus ojos había mucho arrepentimiento, culpa, resentimiento y tristeza. Fue desgarrador, creo que fue la primera vez, desde el tiempo que llevamos conociéndonos, que vi a Jagger dejar ir algo de control. Aun así, no lo dejó ir del todo. Se contuvo, controló los detalles que me daba, retuvo muchos sentimientos que querían dejarse ir.

Fue extraño y doloroso porque sabía que sufría con los recuerdos, pero no quería compartirlos del todo.

Me doy cuenta de que comienza a hacerse raro que nos veamos y no hagamos ningún movimiento. Suspiro y camino hasta él. Meto las manos en los bolsillos delanteros del suéter que llevo puesto.

—¿Irías conmigo a por un café, Jagger?

—Iría contigo a muchos lugares, Dakota.

Hay muchas cosas implícitas en sus palabras.

Comienzo a caminar y se ubica a mi lado. Vamos a una cafetería que está a dos cuadras del hospital. Durante todo el trayecto, tenemos una charla no sustancial o al menos no lo es hasta que Jagger me informa de que se ha mudado de su fraternidad.

—¿Qué ha sucedido? —Detengo mi caminata al realizar la pregunta.

—Perdí el control sobre algo que sucedió, pero todo está bien. Estoy viviendo con James. Seth tiene mi habitación en la fraternidad, será mis oídos y mis ojos.

—¿Y es lo único que te importa? Eran tus hermanos, tu casa.

—Eran conexiones y diplomacia, no eran mis hermanos.

—No dejas entrar a la gente, Jagger —digo con pesar—. No te dejas querer. ¿Solo te importan las conexiones que puedas usar?

—Si fuera lo único que me importara, no estaría ahora mismo preguntándome cuándo me lo dirás. —Retoma la caminata y apresuro el paso para alcanzarlo.

—¿Decirte qué?

—Algo sobre no funcionar, sobre descuidar el caso de tu hermana por estar juntos, sobre darnos un tiempo. Sobre culpar al destino y no a nosotros.

Terminarlo, porque sé que te has tomado estos días para reflexionarlo y que esperas el momento correcto para dejarlo caer, como si eso fuera a disminuir el impacto.

¿Cómo puede leer tan bien a una persona? ¿Cómo puede conocerme tanto en cuestión de pocos meses? ¿Qué han sido, dos o tres meses? Abre la puerta de la cafetería para mí, hacemos nuestros pedidos y con los cafés en nuestras manos tomamos asiento.

—Estar contigo no me distrajo de mi trabajo, Dakota. De verdad quería y quiero ayudar. Te prometo que me encargué de seguir pistas, no lo olvidé.

—Lo sé.

—Entonces, ¿cuál será tu excusa?

Me cuesta decir las siguientes palabras que se sienten flojas y llenas de cobardía. También me duelen.

—No es un buen momento para nosotros. No para mí y no para ti.

—¿Y si quiero luchar? —pregunta.

—¿Y si no quiero que luches? —susurro.

—No quiero excusas, Dakota. Siempre te he pedido sinceridad, es lo único que quiero en este momento.

—Jagger, mi hermana fue atacada. Me he llevado el susto más grande de mi vida. Ella no quiere ir a las autoridades, por lo que esto va a continuar. —Hago una pausa porque no quiero ser cruda con mis siguientes palabras—. Eso ya es un problema grande, pero tú, Jagger…

—¿Qué pasa conmigo?

—Tienes toda una historia detrás de ti. No te culpo, pero sé que también han estado pasándote cosas. Estás en problemas y no son sencillos. Esas personas quieren vengarse de ti y no quiero ser esta persona fría, pero tampoco quiero que lastimen más a Rose.

»No sé si todo se vincula, no sé si alejarme es lo idóneo, pero necesito un respiro para organizar bien mis ideas y tú lo necesitas para evaluar tu situación. No se trata solo de ayudarnos a nosotros, se trata de que también estás en problemas y no es un juego, es peligro real.

Por un minuto entero, él no habla. Creo que esperaba de mí otras palabras. No sé si soy egoísta o estúpida, no sé si me equivoco, pero estoy asustada. Esto es más grande que nosotros y tenemos a grupos cazándonos. No quisiera hacer que parezca que le doy la espalda a lo que hemos construido, pero por el momento parece lo idóneo para podernos centrar en la situación más que en nuestro romance, al menos para mí.

—Quisiera encontrar argumentos para tal postura, pero no puedo. —Se pasa las manos por el cabello y me rompe lo exasperado que luce—. Quiero

385

que estés bien, Dakota, quiero que Rose y tú lo estéis. Y entiendo lo que dices, porque sé que en este momento es como si tuviera explosivos en mi cuerpo.

—Jagger...

—No, es verdad. Quieren acabar conmigo, destruirme o hacerme daño y lo último que quiero es arrastrarte conmigo. —Respira hondo—. Me jode que se me escape de las manos, que no pueda garantizarte que esto estará bien, que a mi lado nada pasará, porque ya conoces lo que sucedió con Lindsay.

—Jagger, no digo que vaya a suceder eso... No es lo que quiero que pienses.

—Pero quiero un final diferente esta vez, Dakota. ¿Crees que no pienso que tal vez vosotras son un daño colateral de una venganza hacia mí?

—¿Por qué lo harían? No nos hablábamos.

—¡No lo sé! ¡Maldita sea! No lo sé —termina con un susurro—, pero soy dañino y entiendo por qué quieres alejarte, pero me sienta mal. —Soba su pecho—. Quieres alejarte de mí...

Más palabras escapan de mí, razones que quería guardarme y no decirle, pero todo fluye y no puedo detenerlo.

—Jagger, míranos. Estuvimos más centrados en lo que sucedía entre nosotros que en lo que sucedía a nuestro alrededor. ¿Cuántos detalles dejamos escapar? Desde que estoy contigo incluso parece que olvidé cosas de mí, a veces yo... —Mi voz baja—. Solo olvidaba que te busqué para ayudarme con Rose, dejamos ir nuestras prioridades. Nos cegamos.

—Nunca he sido tu prioridad y tampoco te he obligado a que me des ese puesto.

—Lo sé, pero sin darme cuenta, es lo que hacía. Te puse primero, me encandilé y lo próximo que supe fue que mi hermana estaba colgada en una habitación oscura siendo maltratada. Porque te distraje de la razón por la que te busqué en primer lugar.

Me mira durante un largo momento. Es serio, impenetrable y reflexivo.

—Seguiré ayudándoos. Lamento que le hicieran daño y no quiero que vuelva a suceder. Voy a centrarme al máximo. Indagaré y daré con la basura que esté haciendo todo este daño, pero también me haré cargo de mi problema. No quiero seguir cargando conmigo estos explosivos que podrían lastimar a los que me rodean.

—Jagger, no tienes que hacerlo. Esto es más grande que tú, no puedes darle solución, no eres Dios.

—No lo entiendes, Dakota. Cuando le sucedió a Lindsay, lo único que hizo la policía fue cerrar el caso. Quien está involucrado tiene... Mira, voy a idear algo. Pensaré cómo llegar a alguna autoridad que sea de confianza y pueda seguir todo este desastre asqueroso. —Estira su mano y toma la mía—. Esto es serio, Dakota. No puedes confiar en cualquier policía, podrían tener infiltrados.

—¿Por qué nosotras? ¿Por qué Rose está involucrada contigo?

—Es algo que tendré que averiguar.

Libera mi mano.

—¿Por qué siempre tienes el control sobre todo?

—¿Quieres un ejemplo? Te daré tres. Perdí el control de una fiesta y mi novia fue violada. Perdí el control de quien la cuidaba y mi novia se pudrió. Perdí el control sobre si contaba la verdad cuando decía estar bien y luego ella murió. ¿Por qué querría perder el control una vez más?

Se hace un silencio pesado.

Tengo la sospecha de que esta es la reacción de Jagger cuando algo le duele o lo roza, estar a la defensiva y cerrarse todavía más. Él dice estar bien con esta decisión que se ha convertido en algo mutuo, pero intuyo que más que «picarle», como él lo llama, le duele. Del mismo modo que me duele a mí porque tengo sentimientos por él que van más allá de la lujuria y atracción.

—Entonces —rompe el silencio—, terminamos.

—Sí…

—Necesitas que siga siendo tu tutor.

—Puedo conseguir…

—Te va bien con mi ayuda, soy un buen tutor contigo y lo sabes. No tengo problema en seguir ayudándote.

—Gracias. —Esto se torna incómodo y espinoso.

—Me importas, Dakota, y espero que más adelante podamos encontrar más razones para estar juntos que separados, porque me haces sentir diferente. Supongo que estamos solteros, eres libre y yo también lo soy. Fue bueno mientras duró.

Sin decir una palabra más, Jagger comienza a alejarse a paso firme. Lo miro irse sabiendo que en sus hombros sostiene tantas cargas que cree que son su responsabilidad y en su interior tanta culpa que no le corresponde.

Sostengo mi rostro entre mis manos y respiro hondo.

Entre Rose que no quiere hablar con nuestros padres y Jagger que me dice que no podemos ir a cualquier autoridad en busca de ayuda, siento que estoy a punto de volverme loca o encerrarme para nunca más estar expuesta al dolor, aunque este siempre te alcance.

Es imposible tener una vida intacta al dolor. Es el equilibrio de la felicidad y es una emoción que experimentas a lo largo de tu vida, solo que muchas veces duele más de lo que crees soportar. Espero no llegar a ese punto.

Pero ahora que Jagger se ha ido siento mucho dolor.

—Vuelve —susurro, pero sé que ya se ha alejado.

Que hemos terminado.

42

ÉL Y YO

Dakota

—Entonces, ¿las cosas con ella no funcionaron? —escucho a Rose preguntarle a Cassie mientras le depila la axila a Alec, que maldice.

Medio sonrío al ver a Alec querer arrepentirse de sucumbir a la petición de Rose.

—Solo era sexo, Rosie —responde Cassie sin dejar de confeccionar una falda.

—Quiero que tengas una novia y seas feliz —insiste mi hermana.

—¿Y quién te dijo que ella quiere una novia? —pregunta Alec—. ¡Maldita sea, Rose! Eso lo has hecho adrede.

Se queja cuando mi hermana tira de otra franja de vellos.

—A mí me parece que los pelos en las axilas son sexis —comento paseándome por el inicio de mi cuenta de Instagram.

—Se cancela el depilarme las axilas porque a Dakota le gusta —dice Alec intentando levantarse de la cama, pero mi hermana lo hace acostarse de nuevo y va a por la otra axila.

—Demasiado tarde, muñeco, levanta el brazo. —Aplica más cera caliente en él antes de volver a hablar—. A mí me parece que Cassie estaría superbién si tuviese una novia.

—En ese caso, sé mi novia —bromea Cassie, o eso creo, mientras, mi hermana se ríe.

—Lo siento, amor, pero en este momento no estoy preparada para una relación.

—Entonces, somos cuatro tristes solteros reunidos en una habitación —digo.

—¿No estabas con Jagger? —me pregunta Alec.

—Ya no —respondo sin alzar la mirada de la pantalla del teléfono.

Decir las palabras me cortan.

Ha transcurrido una semana y media desde la ruptura. Me gusta fingir que no ha pasado nada, pero la verdad es que cada noche, antes de dormir, pienso en que pude haber manejado las cosas de una manera diferente; y cada mañana me insulto a mí misma y pienso en retractarme.

Lo extraño y tres noches me descubrí llorando por él en el hombro de Demi mientras comíamos helado.

Lo he visto por el campus y me ha dado una tutoría, fue distante, serio y casi amigable, pero había tantas barreras que, incluso estando lado a lado, lo extrañé.

Una vez, saliendo de la clase del profesor McCain, intenté abordarlo para hablar de nosotros y fue tan cortante y contundente que no me atreví a decir nada. Me convencí de que mi decisión había sido acertada y que él lo llevaba bastante mejor que yo.

Soy la chica tonta que buscó ayuda en el estudiante más conocido de la OUON y que tontamente comenzó a desarrollar sentimientos por él.

Para mí fue más que sexo, más que una ayuda, pero no sé qué fue para él.

¿Me extraña de la manera en la que yo lo extraño? ¿Se arrepiente de nuestra decisión? ¿Cada noche, al igual que yo, quiere tomar el teléfono y llamar para implorarme que volvamos? ¡Maldita sea! Soy un absoluto desastre despechado.

—¡Dakie! —grita Alec, y parpadeo mirándolo—. Te habías ido.

—Lo siento, solo pensaba.

Mi mirada se cruza con la de Rose, que me observa con preocupación, pero simplemente me encojo de hombros.

—¿De verdad ya no estás con Jagger? —pregunta Alec.

—No tendría que mentir sobre ello.

—Lo siento —me dice Cassie con simpatía—. Sé que te gustaba mucho.

Él hacía mucho más que gustarme.

Desplazándome por las historias de Instagram de las personas que sigo, miro la de Maddie. Sale con su hermano, Aria y Jagger. Al ver la cercanía de los dos últimos en la foto, pincho en el usuario de Aria y veo su historia porque su perfil es público.

Una sensación amarga me embarga cuando miro sus dedos en el cabello de Jagger mientras él reposa con los ojos cerrados en un sofá. Ella lo ha etiquetado junto a la delincuente frase: «Todo vuelve a su lugar, ¿cierto?».

Me lleno de una rabia injustificable porque recuerdo sus palabras finales «estamos solteros». Me duele y quiero llorar, pero no lo haré aquí.

—Voy a irme, acabo de quedar con Demi —miento poniéndome de pie.

—Puedo acompañarte —se ofrece Alec mientras se pone la camisa ahora que Rose ha terminado.

—Estaré bi…

—No se diga más, voy contigo.

Pienso en protestar, pero solo quiero salir de aquí, ir a la residencia y acostarme un rato. No importa que falte a mi próxima clase obligatoria de Política, luego me pondré al día con Ben.

—¿Cenamos más tarde, Dakie? —pregunta mi hermana.

—Estaré ocupada —respondo sin mirarla y salgo de la habitación.

Las cosas entre nosotras están un poco tensas desde que salió del hospital. Es difícil ignorar el hecho de que amenazó de tildarme de mentirosa. Mi molestia de que no quiera hablar sobre lo sucedido se aúna a mi despecho por Jagger.

Estoy feliz de que Rose se haya recuperado y me preocupa que finja que no pasó nada, pero no puedo ignorar cómo me siento sobre algunos aspectos sobre ella y sé que ella también tiene opiniones encontradas sobre mí y mi forma de actuar.

Alec y yo salimos de la hermandad caminando lado a lado. Él se esfuerza en hacer una conversación que sigo a duras penas. Pienso en la foto de Jagger, me torturo pensando en las posibilidades, me hago daño repitiéndome que lo perdí y finjo que estoy bien con ello.

—No vas a verte con Demi, ¿verdad? —pregunta Alec, y me detengo para mirarlo—. Quiero decir, llevamos quince minutos caminando sin ningún destino claro y te ves miserable.

Lo único que hago es mirarlo. Siento como si me estrujara el pecho y un cosquilleo familiar en la nariz.

—Me siento miserable —susurro, y luego las lágrimas comienzan a caer—. Tenía mucho miedo y estaba preocupada, pero siento que tomé la decisión equivocada y…

—Está bien, nena. —Me acerca a su cuerpo y me abraza permitiéndome llorar contra su pecho.

Me cuesta entender la razón exacta por la que lloro, pero me siento muy abrumada por tantas emociones.

—Quiero desaparecerme, Alec, quiero dejar de sentirme así. Odio tener miedo, odio este juego —continúo, y él me consuela con su mano en mi espalda y su fuerte abrazo.

—No sé lo que pasa, pero eres de las personas más increíbles y fuertes que conozco, Dakota. Estarás bien y, si esto es un mal de amores, te sobrepondrás.

Asiento pese a que sigo llorando contra su pecho.

—¿Esto es por Jagger? —pregunta en voz baja.

—Esto es por todo. Es demasiado.

Tal vez no entienda lo que mi «demasiado» abarca, pero asiente y me permite llorar otro poco más. Después me acompaña en silencio hasta mi residencia, donde paso todo el día en la cama y regreso unas pocas veces al perfil de Aria para ver la historia hasta que se borra.

—Parece que no estás teniendo una buena semana, Dakie —dice Ben cuando termina la clase de un seminario de Oratoria al que nos hemos inscrito.

Mientras más créditos extras obtenga, mejor estaré sobre mis planes de estudio para obtener la licenciatura. Durante unas pocas semanas, esto me ayuda a tener la mente ocupada en algo más que los problemas.

Han pasado tres semanas y media desde que Jagger y yo terminamos, una semana y media desde que lloré contra Alec y una desde que me dije: «Ya está, la vida sigue, esa fue la decisión». No me queda claro si viví todas las etapas del duelo de una relación, pero me gusta fingir que ya lo llevo mejor y que lo estoy superando.

—Es solo que no he estado durmiendo bien —respondo finalmente a mi amigo.

Y no es una excusa.

Pese a que las cosas parecen «tranquilas» porque no recibo más notas ni mensajes ni fotos filtradas de Rose, el miedo no es algo que desaparezca. Todo el tiempo estoy alerta como si esperara que alguien saltara y me atacase. No es sano, pero no puedo evitarlo, no cuando afuera todavía hay un grupo de personas que quieren lastimarnos.

Me niego a creer que alejarme de Jagger emocionalmente haya detenido el acoso, eso es imposible, esas personas solo quieren jugar con mi mente.

—Tal vez puedas ir a la enfermería a que te receten algún relajante —sugiere Ben mirándome con preocupación.

—Paso, me niego a estar dopada con medicamentos. —Guardo mi libreta junto a mi lapicero.

—Bien dicen que podrías fumarte un porro y relajarte.

—No me tienta la marihuana —digo. La probé un par de veces y no es mi cosa favorita, ni siquiera sentí que surtiera gran efecto en mí.

—Entonces, no sé qué aconsejarte, querida amiga.

—De todos modos, gracias. —Le sonrío.

—Tal vez solo tienes un mal de amores —comenta, haciendo referencia al hecho de que Jagger y yo ya no estamos saliendo.

—Tal vez.

—Ben, ¿será que mueves el culo y te acercas?

Ambos llevamos la mirada al frente, donde a unos pocos escalones por debajo Lena parece estar esperando. ¿Cuándo se supone que ha llegado? Como siempre, tiene con un humor terrible y no me envía las miradas más amistosas.

Ben le lanza una sonrisa tensa antes de terminar de recoger sus cosas. No puedo evitar tomarlo de la muñeca antes de que pueda irse, lo que hace que me mire muy intrigado.

Llevo mi atención a Lena una vez más. Hay solo unos cuantos estudiantes rezagados, entre ellos Chad, que no disimula su interés en el asunto.

—No es tu hijo ni tu propiedad ni tu cachorro. No tienes ningún derecho a hablarle de esa forma. —Por primera vez, soy abiertamente hostil con la arpía.

—¿Y quién va a decirme cómo hablarle a mi novio? ¿Tú? —Se ríe—. Por favor, no me intimida tu regalada hermana, menos tú.

—No pretendo intimidarte. Solo quería darte un poco de sabiduría y conocimiento sobre cómo tratar a las personas, ya que da la impresión de que desconoces lo que es la educación.

Libero la muñeca de Ben, que me mira sorprendido ante mi arrebato. No puedo obligarlo a terminar con ella, pero al menos puedo demostrarle a Lena cuánto me desagrada su comportamiento.

—No necesito que me eduques. ¿Unos meses siendo el juguete de Jagger y ya te crees valiente para acusar a otros? Me das risa. Incluso él debe de reírse de ti.

—Lena —le advierte Ben antes de mirarme de nuevo—. Lo siento, Dakota, en realidad no quiere decir eso.

—Sí que quiero decirlo. Ahora date prisa, me alegra no tener que fingir ya que quiero hablar con tu patética amiga. Te espero afuera.

Me muerdo la lengua para no insultarla, porque no caeré a su nivel, y dejo ir una lenta respiración por la boca cuando sale del aula.

—¿Es así como quieres que te trate tu novia toda la vida, Ben?

—Es complicado.

—Sí, supongo que lo es, porque no quiero ni pensar que estás soportando que tu novia te maltrate por puro gusto. Y queda claro que de aquí en adelante preferiré mantenerme alejada cuando Lena se encuentre presente, no soportaré sus groserías.

—Lo entiendo.

—Y tampoco la dejaré insultar a mi hermana. Ahora ve, por favor, lo último que quiero es que regrese con su veneno.

Él suspira y se aleja. Espero que Ben entienda pronto la gravedad de la relación tóxica en la que se encuentra.

Tomo mi bolso y me pongo de pie.

—¿Es tu amigo? —me pregunta Chad.

Casi nunca hemos hablado. La única razón por la que ahora noto más su presencia, aparte de que es el presidente estudiantil de mi escuela, es porque sé que Avery tiene un enamoramiento por él, pero mi amiga sigue dando pasos muy lentos para relacionarse con él.

—Sí. Es mi amigo Ben.

—Pobre, sí que parece estar en malas manos.

—Porque quiere —dice otro chico que se pone de pie para marcharse y que nos saluda con la cabeza—. Si fuese yo, en ese mismo momento, terminaba las cosas. Las novias pueden ir y venir, al menos si no estás locamente enamorado, pero ¿las amigas? Se supone que ellas están por encima.

—Sí, pues Lena está por encima de mí. —Me encojo de hombros y comienzo a bajar las escaleras, ellos también.

—Pues qué tonto —dice Chad—. Si un chico le habla así a su novia, le dicen controlador, pero si una chica lo hace, entonces, ¿no pasa nada?

—Desapruebo eso, pero ¿qué puedo hacer? No es como si pudiese obligarlo a dejarla porque es mala conmigo.

—Eso es una mierda, pero no puedes obligar a las personas a darse cuenta hasta que ellos solos lo consiguen. —Chad sacude su cabeza con desaprobación—. Os veo en la próxima clase. —Hace una pausa—. Por cierto, soy Chad Calder.

Lo sé, pero evito decir eso mientras me limito a decir mi nombre, aunque se supone que Jagger nos presentó en una fiesta, pero imagino que soy fácil de olvidar.

—Yo soy Eric Holland —se presenta el otro chico.

—Un gusto, os veo en la próxima clase.

Chad se despide con una sonrisa y comienza a alejarse. En el camino, no tarda en encontrarse con conocidos y entablar conversaciones como la persona popular que es.

—¿A qué escuela vas? —La pregunta hace que vuelva mi atención a quien ahora sé que se llama Eric.

—La de Negocios, ¿y tú?

—Química. —Me sonríe y eso resalta su atractivo—. Ha sido un gusto conocerte, Dakota.

—Igualmente.

—Ya estoy deseando verte de nuevo.

Me guiña un ojo con coquetería antes de comenzar a alejarse. Supongo que no soy tan invisible cuando estoy sola.

Sonrío mientras Demi mueve mi cuerpo como si fuese una marioneta al ritmo de la música. Me río cuando me hace girar, ubicando sus manos en mi cintura y moviéndome como quiere.

No tenía muchas ganas de venir a esta fiesta en su hermandad, pero me dejé convencer. No lo estoy pasando mal, es solo que admito que de tanto en tanto mi mirada busca a Jagger alrededor, pero no ha venido. La única a la que he visto es a Maddie y también a Aria porque son parte de esta hermandad.

—Deja de buscarlo con la mirada —me reprende Demi al oído.

—Pensé que eras la mayor fan de las dos.

—Sí, pero ya no quiero verte así de triste, Dakota. Ha pasado un mes y sé que él va a fiestas y se lo pasa bien, tú también tienes derecho a divertirte.

Trato de sonreírle y de moverme por mi cuenta al ritmo de la música, eso la hace aplaudir. Sigue con unos serios movimientos seductores que poco después tienen a un chico viniendo a bailar con ella, lo que me sirve de excusa perfecta para alejarme alegando que voy a buscar una bebida.

Mientras camino, me reacomodo el escote del vestido ajustado. En la distancia, veo a Rose reírse con Cassie y Charlotte. Chad también se encuentra ahí y es una pena que Avery no haya venido, porque sé que le habría encantado hablar con él.

Suspirando, me acerco al área de bebidas. Estoy por tomar uno de los vasos ya preparados hasta que recuerdo a Jagger diciéndome que nunca tome una bebida que no haya preparado yo o que no está sellada. Así que devuelvo el vaso y tomo una lata de soda pese a que no soy fan de ello.

—¿Sin licor esta noche? —me sorprende Eric llegando a mi lado.

—Soy una chica prudente —respondo a gritos para que me escuche por encima de la música.

Su mirada es descarada sobre mí cuando aprecia mi vestido y yo tampoco puedo evitar hacer un repaso de él. Se ve más atractivo de lo que ya pensaba que era y su camisa deja claro que se ejercita.

—Te ves especialmente bien.

—Lo sé —respondo, haciéndolo reír, y sonrío.

Abro la lata y doy un sorbo que me hace dibujar una mueca de la que él se da cuenta.

—No pareces muy feliz con tu elección de bebida.

—Sin embargo, me niego a arrepentirme.

—Ah, una chica que nunca se retracta.

—Más bien una chica terca —corrijo.

Es fácil hablar con él e incluso divertido. Desde aquel encuentro en el seminario de Oratoria que compartimos, hemos hablado más y más. A veces siento que tiene un interés más allá de lo platónico conmigo y no sé cómo sentirme al respecto. No me desagrada, pero la idea de avanzar tampoco se siente tan bien, lo que es una tontería porque estoy soltera, pero no me resulta fácil.

—¿Qué tal un baile? —me pregunta con una sonrisa.

Miro hacia donde todos bailan e imagino mi cuerpo pegado al suyo, como el de Demi está pegado en este momento al chico moreno. Aunque siento el cosquilleo de la emoción, también me entran los nervios. ¿Quizá es muy pronto? ¿Tal vez soy muy tonta?

—Hum, de hecho, quiero ir al baño —es mi brillante respuesta que lo hace sonreír divertido.

—De acuerdo, hoy no.

Le doy un leve asentimiento y me dirijo hacia las escaleras para ir a uno de los baños que habilitan durante estas fiestas. En el inicio de los tramos, Maddison se encuentra con Aria y ambas me miran.

—Es bueno verte —dice la amiga de Jagger con una pequeña sonrisa—. Te ves bien.

—Gracias, tú también.

Es cierto. Maddison es un absoluto bombón con un pantalón palazzo azul que combina muy bien con su top blanco, que deja a la vista su tonificado abdomen.

—Qué bueno que te diviertas sin Jagger, porque seguro que él lo hace sin ti —dice Aria.

—¡Aria! —la reprende Maddison, y Aria sonríe antes de fijar su atención lejos de mí.

No espero a que Maddison diga algo, simplemente subo las escaleras y me pongo a la corta fila de uno de los baños. Pero cuando entro descubro que es un desastre.

El suelo está mojado y hay papel higiénico tirado, incluso esquivo un condón que parece usado y la tapa del inodoro está cubierta de pis. ¡Qué asco!

Tiro la lata de soda casi completa y miro mi reflejo en el espejo. Mi maquillaje está intacto al igual que los rizos que Avery logró hacerme con una tenaza.

Cuento hasta veinte hasta que decido salir para volver a la fiesta y pasar un buen rato. Quizá puedo buscar a Eric y bailar con él. ¡Solo es un baile, por Dios! No tengo que hacer gran cosa.

Abro la puerta y casi me empuja el chico que parece tener mucha urgencia por entrar. Me giro y enarco las cejas sorprendida al encontrarme a Alec.

—¿Has venido a rescatarme del baño sucio? —Sonrío.

—Ven conmigo un momento.

No espera a mi respuesta. En lugar de ello, me toma de la mano y me guía hacia una de las habitaciones con balcón. No me alarmo debido a que mantiene la puerta abierta.

—¿Podemos estar aquí? —pregunto.

—Conozco a la mayoría de las chicas de esta hermandad.

—Hum, trataré de no pensar de qué manera exactamente las conoces. —Le sonrío—. Aunque ellas son demasiado geniales como para salir contigo.

—Si se trata de salir, solo he querido salir contigo, Dakota.

Mi sonrisa se borra despacio.

—Ya comenzarás con tus bromas —digo con una risa incómoda—. Mejor volvamos a la fiesta.

—No estoy bromeando. Cualquiera puede darse cuenta de que me gustas, Dakota. Incluso Rose lo sabe, solo que me pidió que no hiciera algo al respecto porque yo follaba con demasiadas chicas. —Da un paso hacia mí mientras lo miro—. Me gustas básicamente desde que te conocí. Es difícil no pensar en ti y sé que esta es una misión suicida, pero al menos debía decirlo incluso si nada bueno saldrá de esto. No te gusto de esa manera, ¿verdad?

Abro y cierro la boca, carraspeo y miro a mi alrededor pensando en qué decir.

Cuando mi mirada vuelve a él, me lanza una sonrisa incierta y luego lo veo acortar la distancia. Me toma la barbilla alzándome el rostro y lo próximo que siento son sus labios sobre los míos.

Me besa son suavidad y lentitud, pero también de manera profunda cuando, tras mi jadeo de sorpresa, su lengua se adentra a mi boca. Sabe a ron y a menta y, siendo sincera, tengo que admitir que se siente bien.

Pero solo es eso, un buen beso que disfruto, pero sin emoción. Un beso que no irá a más y que no me despierta las ansias de otro.

Nos besamos. Cuando una de sus manos se desliza por mi espalda hasta acunarme el culo, me separo y retiro su mano. Sacudo la cabeza para negar.

—No funciona —consigo decir.

—¿Es por Jagger?

—Es por mí, no me siento así, Alec.

—Pero podemos intentarlo.

Pero no quiero hacerlo.

Sacudo de nuevo la cabeza para negar y le doy lo que estoy segura de que es una sonrisa triste antes de salir de la habitación.

Mi cabeza es confusa sobre mis pensamientos cuando bajo las escaleras. Me paralizo en el último escalón cuando veo a Jagger a una corta distancia con Joe y Bonnie. Aria está a su lado riéndose de lo que sea que Bonnie está diciendo.

Tal vez mi mirada es muy persistente, porque sus ojos se alzan y conectan con los míos.

Pienso en irme y correr, pese a que no hay razón para hacerlo. Ya pasamos tiempo juntos durante las tutorías, siento que con una mirada podría saber que acabo de compartir un beso con alguien más y desprecio esta sensación de culpa.

Él me saluda con la cabeza como si fuésemos colegas y le doy el intento de una sonrisa. Camino hacia mi hermana en lugar de ir hacia la salida.

Es la primera vez que estamos en la misma fiesta desde la ruptura.

Lo miro bailar y reír con otras.

Yo también río y bailo con mi hermana y sus amigos.

Lo veo beber agua.

Yo me obligo a beberme la horrible soda.

Todos se acercan a él.

Yo permanezco con el pequeño grupo.

Él sale a fumar y Aria lo sigue.

Yo me tomo fotos con Demi fingiendo que no me importa.

Y él al final se queda en la fiesta.

Y yo me voy cuando me canso de fingir.

Me pregunto si él está besando a alguien de la manera en la que a mí me han besado esta noche. Si es así, me pregunto si, al igual que yo, sintió culpa y se alejó al no notar nada y al extrañarme como lo extraño yo.

43

TIEMPO DESPUÉS...

Jagger

—No quiero decir esto, pero te ves deprimido.

Alzo la mirada de las hojas dispersas donde tengo las correcciones del profesor McCain sobre mi tesis. No logro concentrarme, así que le presto mi atención a Seth, que se encoge de hombros antes de morder su sándwich.

—No estoy deprimido. Sucede que estoy cansado y tengo cosas que arreglar en mi tesis.

—Entre otras cosas. ¿Cuentas el tiempo desde la ruptura?

—No.

Han pasado dos meses y cuatro días.

—Estoy centrado en otras cosas —prosigo, y él entorna los ojos.

—Como la cacería a la que te has dedicado. —Suspira—. Jagger, entiendo que quieres encontrar soluciones para esto, pero...

—¿Qué?

—Maddie y yo estamos preocupados. Nosotros tenemos la impresión de que podrías estar obsesionándote demasiado con todo esto.

—Hasta que no los atrapen, no estamos a salvo.

—Lo entiendo, pero ¿por qué no has contactado con el detective que investigamos y vimos que era de fiar? No puedes desconfiar de todo el mundo. Sí, tengo muchas habilidades con la tecnología, pero también estoy asustado de que alguien vaya a hacernos un daño real porque Bryce proviene de un círculo de criminales.

Entiendo lo que dice. Tal vez me he ensimismado mucho en encontrar respuestas y al no obtenerlas me he puesto algo irritable. Es algo que muchos notan, pero es frustrante saber que fuera hay alguien con ganas de lastimarte a ti y a los tuyos, pero no saber exactamente qué hacer ni quiénes lo ayudan. He llegado a pensar en contárselo a mi padre, pero temo que se vuelva una noticia viral al ser una figura pública debido a las empresas.

Hace poco más de dos meses que ocurrió la fatídica fiesta. Desde entonces todo ha estado tan silencioso que es más escalofriante que cuando las notas llegaban, porque sé que están ahí, en algún lugar, esperando el momento para atacar.

—Voy a contactar con el detective cuando logre sentir que es de fiar —le respondo a Seth finalmente.

Es difícil confiar. Quiero obtener ayuda profesional para lo que está sucediendo, sin embargo, no puedo obviar lo mucho que aterra darle la información a la persona equivocada y que pueda hundirnos más. Pero la mirada de Seth me dice lo que ya sé: es una cuestión de fe y confianza a ciegas cuando se trata de esto.

—Hazlo, Jagger. No solo por ti, hazlo por nosotros tus hermanos, por Dakota y Rose.

Mencionar a Dakota es como presionar el dedo en una herida reciente, hago una mueca y Seth sonríe.

—¿Extrañas a Dakota?

Mucho.

—Le doy tutorías.

—Sabes que no es lo mismo. —Y esa frase está llena de verdad.

—He visto rupturas peores —comento para llenar el silencio.

No recibo respuesta a mis palabras, lo que me hace alzar la mirada, porque Seth siempre tiene algo para decir. Le hago un gesto con la cabeza para indicarle que suelte lo que sea que quiera decirme.

—Nunca terminaste con Lindsay, nunca pudiste cerrar el ciclo. Ahora finges que es normal y que no te lastima que Dakota terminara su relación contigo, pero sí te duele. No duermes porque piensas en el pasado y lo mezclas con el presente.

—No sabía que estudiabas Psicología. —Sonríe ante mis palabras—. Deja el tema, Seth, y mejor sigue adelantando el trabajo que tenemos.

—De acuerdo, pero callarlo no te hace bien y lo sabes.

Vuelvo a concentrarme en las correcciones de mi tesis, pero es muy difícil hacerlo.

De nuevo hemos estado abiertos en el negocio, por lo que hemos recibido nuevos trabajos que en su mayoría son sencillos. Algunos son unas tonterías que no me distraen de mi objetivo principal.

—¿Sabías que el amigo de Dakota, Ben, a veces visita a Rose? —De nuevo le doy mi atención a Seth cuando habla, enarco una ceja—. Sí, ya sabes, estas cámaras que puse en su puerta y ciertos lugares de la hermandad. He podido ver que él a veces va y le lleva dulces, creo que le gusta.

Suena escandaloso, pero Dakota y Rose accedieron a ello cuando Maddison les hizo la propuesta de las cámaras. En mi auto también está instalada una, pero, puesto que no han dejado ninguna nota en dos meses, no hay ningún resultado al respecto.

—¿Te sientas a mirar los vídeos como una especie de comedia romántica? —bromeo—. Por supuesto que se gustan, así como tú te traes algo con la compañera de habitación de Dakota.

—¿Charlotte? ¡Es preciosa! Exótica, bonita, inteligente y piensa que bromeo. —Se encoge de hombros—. Algún día estaremos juntos.

—¿Eres vidente?

—No, pero soy perseverante y listo. —Me sonríe con suficiencia—. Maddie finge que odia a James y James que ella no le pone. Tú finges que no extrañas a Dakota. Lorena finge que odia a la gente, por lo tanto espanta a los chicos. Louis finge que no sabemos que es gay. Yo soy transparente y positivo. Un día Charlotte y yo compartiremos nombres cuando los mezclemos y hagamos nuestro *ship*.

—¿Su qué? —No puedo evitar reírme y él también lo hace.

—Esa cosa que hacen con los famosos. Lo que Maddie hizo con tu nombre y el de Dakota.

—Dagger —recuerdo un poco agridulce—. Ni siquiera sé por qué me sorprendo de lo que dices, pero ¿cuál era el objetivo de que hablaras de Ben y Rose?

—Que él se preocupa por ella y a veces le lleva dulces para hacerla sonreír, todo a escondidas de su novia. ¿Por qué sigue con ella?

—No siempre tomamos las mejores decisiones, Seth.

—Pero a veces apesta que nos compliquemos tanto la vida cuando la respuesta parece tan sencilla, Jagger.

—La vida sin complicaciones parecería vacía. Extrañas lo que pierdes, ansías lo que no tienes. Parece básico y simple.

—Si fuera básico y simple, no dolería tanto, ¿no crees?

Me quedo pensando por un momento en sus palabras y algo me desconcierta. Las últimas veces que he visto a Ben con Lena, él no lucía enfermamente feliz, parecía como uno de esos pájaros que ha conocido la libertad y luego está en cautiverio en una jaula. ¿Por qué se sometería a algo así? ¿Lena esconde algo? ¿Tiene algún secreto de él? O tal vez Ben solo es un tonto enamorado confundido por otra chica. «No todo debe tener un trasfondo oscuro, Jagger».

Me pongo de pie estirándome. Voy hacia Seth para despeinarle el cabello antes de ir hasta la cocina para prepararme mi propio sándwich.

Esto de vivir con James no es tan malo, incluso James no es tan desordenado como parece y hace que nos sea más fácil trabajar y estudiar.

—¿Cómo va la fraternidad? —pregunto.

No extraño la fraternidad. Me llevaba bien con la mayoría de los chicos, pero no teníamos ningún lazo fuerte más allá del interés y el conocer la importancia de conectar y llevarnos bien en pro del porvenir de muchas relaciones políticas y empresariales que tendremos en el futuro. Siempre se trata de diplomacia y conexiones.

—Este tipo de las escaleras… —Enarco una ceja y Seth ríe—. Ya sabes, hablo de Drew. Bueno, siempre anda comentando lo genial que es que no estés. Creo que, aunque el tipo es inteligente en su carrera, es un idiota total. Ya le han quitado el yeso, pasa algo de tiempo con su novia, que es preciosa y dijo que le gustaría jugar conmigo.

—Alondra y Drew tienen una relación abierta o algo así.

—En realidad, me gusta la fraternidad. Sería mucho más genial si estuvieras, pero entiendo por qué perdiste el control. ¿Le dijiste alguna vez a Dakota por qué te expulsaron?

—Nunca salió el tema cuando terminamos y ahora solo hablamos de Finanzas. Igual no tiene por qué saberlo, no fue la gran cosa.

—Creo que tal vez a ella le gustaría saberlo.

—¿Qué te parece, Kye?

De inmediato le sonrío a Marie mientras observo las botas de bebé que ha tejido y me devuelve la sonrisa, parece muy complacida.

—Creo que son las mejores botas de bebé que he visto, mamá.

—Es para tu bebé.

—Pero te he dicho que no hay bebé, mamá.

—Pero tú y esa chica tendrán… ¿Cómo era su nombre?

Borro mi sonrisa porque cuando olvida detalles siento que está a pocos pasos de un día terminar de olvidar cualquier recuerdo referente a Kye, el hijo del que ocupo el lugar.

A veces me siento egoísta y culpable por tomar un amor que no era dirigido a mí. Marie es la madre que perdí en Megan. Amo a esta mujer, quiero que sea feliz y siempre garantizo que se encuentre bien, pero quizá le estoy quitando el derecho de llorar la pérdida de su hijo incluso aunque lo olvide una y otra vez.

—No necesitas recordar el nombre en este momento, mamá —respondo al darme cuenta de que espera que le dé un nombre.

—Pero era una guapa morena con bonitas pecas.

Le sonrío antes de tomar su mano y besarla porque no está recordando a Dakota. Está recordando a Lindsay, la única otra mujer además de Maddie y Dakota que ha conocido.

—Lo era, mamá. Ella lo era —susurro.

Me hace guardar las botas de bebé en el bolsillo de mi chaqueta y, tras tomar el té, jugamos una partida de ajedrez. Ella no me gana porque yo ceda, gana porque es buena. Su médico dice que estos juegos le hacen bien, hacen que su mente se mantenga activa y nutriéndose. Nos hago la cena y vemos una película en su vieja televisión.

En algún punto, siento su mirada sobre mí y, al voltear, la encuentro mirándome fijamente.

—¿Sucede algo, mamá?

—Nada. Solo me siento afortunada de tenerte.

—Yo soy el afortunado. —Le sonrío y me inclino para besar su mejilla—. Eres la mejor madre, no podría tener una mejor.

—Te amo, hijo.

—Y yo a ti, mamá.

Sonrío al ver a Seth hablar con un grupo de estudiantes. Es evidente que el chico no tiene problemas para socializar y que se ha adaptado muy bien a la universidad. Me llevo la lata de cerveza a la boca y doy un sorbo.

Es difícil saber si me gusta o no estar en esta fiesta. Es bueno ver a mis antiguos hermanos de fraternidad. Ninguno me guarda rencor por lo ocurrido con Drew, pero estar aquí me hace tener que lidiar con las miradas nada disimuladas de desprecio del mencionado y saludar a muchas personas cuando solo quisiera ser un observador.

No digo que en los últimos dos meses no haya ido a fiestas, pero por lo general permanecía por muy poco tiempo.

Hace poco Chad se acercó a mí. La verdad es que tuvimos una conversación bastante entretenida en la que luego Abel se incluyó, aunque no es que este último aportara mucho. Como otras tantas veces, en las pocas fiestas que he venido en dos meses, intenté hablar con Guido, pero es bastante escurridizo. Cuando logro atraparlo, lo único que hace es reírse y burlarse diciendo que caeré; mayormente también va muy colocado en droga.

Hace poco, Millie se acercó a saludarme, pero no porque estuviese interesada en follar conmigo. De hecho, Christopher, un estudiante de Medicina, tomaba su mano y ella lucía muy contenta con sus planes para esta noche. Fue agradable verla, pero cuando se fue me hizo sentir muy solitario porque soy este tipo pensativo en una fiesta, con la espalda contra una pared. Soy un observador en lugar de un partícipe y ni siquiera tengo interés en serlo.

Me siento tan apartado que por un momento pienso en ir hacia Aria, que lleva tiempo mirándome. También lleva dos meses enteros presionándome para caer, pero más allá de un par de besos robados de su parte, no ha pasado nada y sigo firme sobre no involucrarme de nuevo con ella.

—Hola, Jagger.

Al girarme, me encuentro con una belleza sonriente. Es Ariane y, como siempre, parece portar consigo una sonrisa dulce que me es difícil no devolverle.

—¿Te ocultas de la fiesta?

—Solo observo —respondo—. ¿Te pierdes de la diversión?

—Me he acercado con la esperanza de encontrar un poco.

La manera en la que coquetea me deja claro que sabe cómo hacerlo y la verdad es que esa seguridad la vuelve todavía más atractiva. No me he involucrado con nadie después de Dakota, pero supongo que tal vez es el momento de pasar página de la que fue apenas una historia.

—No sé si soy la diversión que buscas, Ariane.

—Déjame decidir eso a mí.

Tengo un momento de incertidumbre sobre qué hacer. Siempre dije que, si no estás en una relación, eres libre de involucrarte con otra persona, no califica como infidelidad, pero no puedo evitar pensar en Dakota.

—De acuerdo —termino por decir y mis labios se estiran en el inicio de una sonrisa.

Pero horas después vuelvo al apartamento y entierro el rostro en la almohada preguntándome por qué no puedo seguir adelante, por qué no pude hacer nada con Ariane, por qué solo pienso en Dakota.

Miro a Dakota hablar con un estudiante de la escuela de Química. La hace sonreír y no me decido entre la sensación de dicha de que ella se ría y la incomodidad de que sea debido a él. Los celos siempre fueron emociones que no permití que me controlaran, aprendí a trabajarlos, a absorberlos y a hacer de ellos algo positivo. Sin embargo, en este momento no puedo recordar cómo hacerlo. Me digo que en su mesa también están Ben y Charlotte. Me recuerdo que desde hace dos meses no estamos juntos, que la vida sigue, que las personas solteras pueden ver a tantas personas como les plazca. Sin embargo, eso no me hace sentir mejor y no evita que quiera ponerme de pie, ir a su mesa y apartarlo de ella.

Vuelvo la mirada a mi teléfono y casi escupo mi jugo cuando veo el nombre del grupo en WhatsApp: «Cadena de oración por Jagger».

Jagger: ¿Por qué orarían por mí?

Maddie: Por tu corazón, bebé.
Te duele y no sana.

Jagger: No me duele el corazón.

Jamie: Le duelen los testículos, que es algo muy diferente. No ha liberado carga ni siquiera con su mano. :S

Lorena: ¿Cómo es que sabes que Jagger no se masturba? ¿Lo hacías tú por él?

Jamie: JA, JA, JA. Qué graciosa eres. Para que lo sepas, solo toco mi polla, no la de otros.

Lorena: Ajá…

Jamie: De este grupo, no soy el tipo al que le van las pollas…

Seth: No puedo creer que dijeras eso… :o

Seth: Esperad… No estáis hablando de mí.

Jagger: No me duele el corazón.

Jagger: Mis pelotas no van a explotar.

Jagger: Jamie no me masturba.

Jagger: A Seth no le van las pollas.

Jagger: Y DEJAD DE HABLAR DE MÍ COMO SI YO NO OS LEYERA.

«Maddie ha cambiado el asunto del grupo de "Cadena de oración por Jagger" a "A Jagger mamón le duele el corazón"».

—Ese es un nombre ingenioso —dice Joe mirando y leyendo la pantalla de mi teléfono.

—Eres demasiado chismoso —murmuro bloqueando el teléfono.

—Lo siento, se me pega de mi novia.

—Y ahora quieres culpar a la pobre de Bonnie.

—¿Pobre? Pobre de mí —dice a la defensiva—. Ahora garantiza que me gusta mi profesora de Matemáticas Avanzadas porque «me quejo mucho de ella».

—Ni siquiera opinaré al respecto porque vosotros siempre acabáis follando y olvidándolo.

Ríe por lo bajo antes de llevarse unas papas a la boca. Vuelvo mi mirada a la mesa de Dakota. De manera breve, nuestros ojos conectan. Por un momento, casi creo que se paraliza, pero luego Ben le dice algo que llama su atención.

Suelto una lenta respiración.

—Deberías levantarte y acabar con esto.

—¿Acabar con qué? —le pregunto a Joe.

—Con que ese tipo está rondándola con claras intenciones de follarla y quizá hacerla su novia. Te están matando los celos y, francamente, no sé cómo lo soportas. Si viera que a mi Bonnie la corteja otro, me volvería loco de solo pensar en alguien más besándola y tocándola, en verla darle sus sonrisas a otro bastardo. —Frunce el ceño como si eso le estuviese pasando—. Iría a por mi chica, Jagger.

—Bonnie ha sido tu novia desde hace años, esto es diferente.

—Esto es una mierda. Te encanta esa chica y te mueres por besarla de nuevo. Odias cada segundo en el que la ves con otro, pero quieres fingir ser civilizado en lugar de ir por ella.

—Ella no quiere estar conmigo y no voy a acosarla para que cambie de opinión.

—¿Que no quiere estar contigo? —Se ríe—. Por favor, Jagger. A la chica la está coqueteando un tipo atractivo y, cuando te ve, pone ojos de cachorrito miserable.

Vuelvo la mirada a Dakota. Ahora escucha con atención algo que le dice Eric, él enrolla un mechón de su cabello entre su dedo y ella se lo permite. Regreso la mirada a Joe.

Qué equivocado está.

Un movimiento cercano nos llama la atención. Joe y yo vemos que Rose

Monroe se deja caer en nuestra mesa lanzándome una pequeña sonrisa. Solo he tenido dos oportunidades de hablar con Rose desde lo sucedido.

La primera vez la encontré llorando en un árbol. No dije mucho. Me limité a sentarme a su lado y a acompañarla hasta que poco después intercambiamos como máximo quince palabras antes de que se fuera. La segunda vez me acusó de romperle el corazón a su hermana, por lo que me gritó y amenazó con romper los vidrios de mi auto. Lo único que dije fue: «Buenos términos. Decisión mutua, esas cosas pasan». Me gritó un poco más, pero luego pareció entenderlo y se fue. Por lo que me sorprende que esté sentándose en mi mesa ahora.

—Hola, Rose. Me alegro de verte.

—Hola, Jagger. —Desplaza su mirada hacia mi amigo— Y hola, Joe. ¿Nos dejarías un momento a solas?

—De todos modos ya tenía que ir a clases. —Se levanta tomando mis papas en el proceso—. Hablad lo que tengáis que hablar. Te veo en la última clase, Jagger.

Me despido con una mano de manera distraída, prestando atención a Rose, que se pasa un mechón de cabello detrás de la oreja.

—Quería disculparme por la escena de gritarte aquella vez…

—Hace un mes y medio desde que me acusaste de triturar el corazón de tu hermana.

—Sí, hablé con ella y me dio la versión extendida. Lamento mucho haber sido una de las razones por las que las cosas entre vosotros se complicaran.

—Depende de cómo lo mires, Rose. También fuiste la razón de que nos acercáramos. —Me guardo el teléfono en el bolsillo—. Además, no me arrepiento de nada de lo vivido con Dakota, aunque sí del final.

Me lanza una pequeña sonrisa y parece relajarse más. Creo que tenía la idea de que iba a gritarle o juzgarla.

—Quiero agradecerte por haberla ayudado cuando te buscó, por ya sabes, toda esa situación. —Suspira—. Me avergüenza la situación en la que la he puesto, pero nunca esperé que mis decisiones nos hicieran llegar hasta este punto.

—No te sientas culpable, Rose. Esto no es solo por ti.

—Lo sé. —Su mirada persiste en mí—. No lo recuerdo bien, me tenían demasiado drogada, pero ellos hablaron de ti.

—No sabes cuánto desearía que pudieras recordar algo más que el daño que te hicieron. Dakota tuvo razón en algo cuando terminamos, estaba muy relajado sobre la ayuda que me había comprometido a dar.

—Oh, no. No es tu culpa, Jagger. No eres el dios de las soluciones, solo hacías lo que podías. Pero ya acabó, Jagger. No tienes que hacer nada más.

Me inclino hacia delante para poder hablar en voz baja y que solo ella me escuche. Apoyo los codos en la mesa y le pido que se acerque, lo cual agradezco que haga.

—No te engañes, Rose. Sé que duele y asusta la idea de imaginar a alguien que quiere lastimarte, pero esta persona no va a detenerse por arte de magia. Está estudiando una estrategia mejor, te hace bajar la guardia. No ha acabado y, aunque no te pido que paralices tu vida, es mejor estar atenta. —Su labio tiembla, estiro la mano y tomo la suya para darle un ligero apretón—. Voy a hacer todo lo que esté en mis manos para ayudar, pero necesito que me avises de cualquier incidente, ¿de acuerdo? Dakota, tú y yo somos un equipo. Lograremos dar con una solución.

También espero que mi mierda no las esté salpicando. Cada vez estoy más convencido de que ellas representan un daño colateral de un ataque hacia mí, solo que no logro unir los puntos. Siento que soy el núcleo de este problema.

—Quisiera que todo terminara sin que alguien salga lastimado —murmura en voz baja—. Esto me hace sentir tan avergonzada…

—No tendrías por qué estarlo.

—Lo sé, todos lo dicen, «es tu privacidad, tu sexualidad, tu cuerpo…». Pero eso no impide que me avergüence de que muchos hayan visto fotos sexuales mías. Cuando camino, sé que hablan de esas fotos. Algunos hacen comentarios obscenos y a veces las chicas son peores con sus palabras. No puedo evitar sentirme cohibida por estar en mi propia piel en este momento.

Aprieto de nuevo su mano, porque me gustaría decirle que todo estará perfecto, pero no estoy seguro de eso. Las personas siempre podrán ser crueles con otros, así es el ser humano. En ocasiones hacemos daño. En esta universidad abundan las personas sensatas y empáticas, pero también las malintencionadas e hirientes; supongo que es un equilibrio.

—No les des ese poder, Rose. La gente siempre va a hablar, bien o mal, pero solo tú le das el poder de hacerte daño con las palabras. —Asiente con la cabeza poco convencida y decido cambiar de tema—. Mejor dime, ¿cómo está tu mamá?

—Siendo una embarazada del yoga. —Sonríe—. Está de cinco meses y su barriguita se nota. Parece que estaba de tres meses cuando nos dio la noticia. —Ahora está entusiasmada hablando—. Papá suele mandarnos vídeos. ¿Puedes creer que por la noche le canta Queen o alguna otra banda que admira? También están debatiendo el nombre. Si es niño, papá quiere llamarlo Romance Blake y, si es niña o niño, mamá quiere Paris Blue. —Se ríe y yo lo hago con ella.

Eso definitivamente suena como Spencer y Virginia Monroe.

—Interesantes nombres, parecen encajar bien en tu familia. ¿Qué opináis vosotras?

—Dakie está intentando negociar que nos den la oportunidad de presentar un nombre o llegar a un acuerdo donde ganen ambos. —Se encoge de hombros y mira detrás de ella—. ¿Quién es ese chico que está con mi hermana? Supongo que es algo que quería preguntarme desde hace unos minutos, porque apenas si da un vistazo breve.

—Eric Holland. Estudia Química y va por el tercer año. —Hago una mueca—. Y está soltero, como Dakota.

Me mira sorprendida. Retiro mi mano de la suya y me encojo de hombros.

No sé todo sobre los estudiantes de la Ocrox de memoria, pero trato de conocerlos a su mayoría con informes. En el caso de Eric, sé que desde hace un par de meses va a un seminario con Dakota y cada vez hablan más. Él parece poco a poco estar haciéndose parte de su vida.

Rose me mira expectante y luego mira a los lados. Varios nos observan e incluso algunos idiotas se ríen. Vuelvo mi atención a ella y le sonrío.

—¿Quieres ir a comer afuera? Estoy seguro de que me encantará escuchar mucho más de las locuras de tus padres.

Me sonríe, no la estoy alentando a huir, pero hoy ambos necesitamos un respiro.

Nos ponemos de pie al mismo tiempo.

—Gracias, Jagger.

Le sonrío mientras comenzamos a caminar. Cuando estamos a pocos pasos de acercarnos a la mesa de Dakota y compañía, ella nos mira sorprendida. La saludo con la cabeza y Rose, con la mano. Se detiene un momento, cosa que no sé si hace por su hermana o por Ben, que la mira sin ningún intento de disimulo.

—Hola, chicos —saluda Rose—. ¿Os estáis divirtiendo?

—Sí. ¿Os unís? —pregunta Charlotte, y de alguna manera noto que ella me lanza una mirada bastante extraña.

—No, Jagger y yo iremos a comer afuera —Rose lo dice más para Dakota.

Mi atención va a Eric, que está sonriendo. Si mi presencia causa alguna diferencia en su comportamiento, no lo manifiesta. Esto es incómodo y, con sinceridad, quiero alejarme de este tenso momento entre Dakota y yo.

—¿Vamos? —le pregunto a Rose señalando con la cabeza hacia la salida.

Ella mira a Dakota como si algo le molestase o entristeciera, luego sonríe.

—Sí, vamos. Os veo luego, chicos.

—Hasta luego —me limito a decir.

Comenzamos a alejarnos y no miro atrás, sigo avanzando. Retirándome.

44

EL GATO Y EL RATÓN

Jagger

El profesor McCain nunca se había cabreado conmigo hasta hoy. Normalmente, cuando me hace preguntas en la clase de Dakota, a la cual siempre entro de oyente, soy tenaz para responder, pero hoy he sido tan patético y apático que luego de que terminara la clase me dio un sermón que me pateó la moral. Me lo merecía, la respuesta que di a su pregunta me avergüenza.

Necesito una buena hamburguesa hecha por Olivia que me espabile y me quite la sensación de vergüenza por ese momento.

Mientras camino por los pasillos y fuera de la facultad, sé que alguien me está siguiendo. Al doblar a la izquierda, me detengo y me giro en el momento justo para sentir el impacto de un cuerpo más pequeño contra el mío.

Lo primero que reconozco es su olor.

Es un poco irónico que se repita la historia.

—¿Por qué me sigues, Dakota? Pensé que ya habíamos pasado por esto.

Cambia el peso de un pie a otro como si sopesara sus palabras y la miro esperando que hable, pero también lo hago porque disfruto de apreciar cada segundo de encontrarnos tan cerca. Normalmente, uno esperaría que en dos meses y medio hubiera muchos cambios, pero Dakota es la misma chica. Su cabello luce un poco más largo, pero en líneas generales sigue luciendo como la chica encantadora que me motivó a tener una relación monógama.

—Quería saber si habías sobrevivido al regaño de Satanás, lo escuché.

—Quieres decir que espiabas. —Sonrío y ella hace una mueca antes de sonreír también.

—No pude evitarlo, lo siento.

—Me merecía el sermón. Fue vergonzoso lo que respondí a su pregunta y últimamente las correcciones de mi tesis no han sido magníficas. ¿Qué hay de ti? Dentro de dos semanas tienes examen.

—Sí, ya comienzo a sufrir ansiedad.

—¿Comenzamos tus tutorías para ese parcial el jueves? —tanteo.

—Eso sería bueno.

—Bien.

Se hace un extraño silencio incómodo y me balanceo sobre mis pies. Echo una rápida mirada detrás de su hombro para saludar con la mano a un par de compañeras de clases con las que, de hecho, trabajo en una exposición para una clase.

—¿Qué tal te fue con Rose? —Vuelvo mi atención a ella ante su pregunta.

—Fue agradable. Me dijo que Romance Blake o París Blue está a cuatro meses de nacer. —Sonrío cuando ella ríe.

—Ni siquiera hablaré sobre esos nombres.

—No podíamos esperar menos de tus padres. No olvido que soy Dubái.

—Sí, y también Mick Jagger.

—Es verdad.

—Ellos pregunta por ti, mamá te ama.

—Pero Spencer no, ¿eh?

—Se hace el difícil, pero créeme que le agradas.

—Ellos también me agradan.

Por un momento, se siente como hace un par de meses, esa ligereza y espontaneidad mientras nos sonreímos y conversamos con complicidad. Pero pronto se acaba cuando ambos sostenemos un silencio y nuestras miradas se vuelven mucho más pesadas con la carga de lo que no decimos.

—Bueno, debo irme. Quedé de verme con… —Se ruboriza y parece incómoda de mencionarlo—. Nos vemos.

—Seguro. —Me giro y comienzo a alejarme.

Me maldigo por no esperar por si ella tenía algo más que decir, pero estos celos en mi interior no querían escuchar si esa persona sería Eric, seguramente lo es.

Me parece irónico que mi primer pensamiento durante las semanas que siguieron a la ruptura fue que ella podría tener un acercamiento con Alec, sé que está loco por ella. Nunca pensé que habría un Eric y me mata pensar que le gusta, que yo quedé atrás, que siempre seremos aquello que pudo ser, pero que no fue.

Ignoro a las personas que me saludan porque hoy mi día ha sido agridulce y no tengo la paciencia para fingir que todo está bien, que soy un tipo genial sin ningún problema.

Mi teléfono vibra y suspiro al ver que se trata de Megan una vez más. De nuevo no contesto su llamada. ¿Algún día Megan va a cansarse?

Ahora que vivo a las afueras del campus, me movilizo en auto a la universidad, así que camino hasta uno de los aparcamientos. Al llegar, lo primero que noto es que en el limpiaparabrisas hay enganchada una nota para mí.

> **El juego nunca acabó.**
> **Seguimos avanzando.**
> **No salvaste a Lindsay.**
> **No salvarás a una Monroe.**

Por un momento pienso: «Te tengo». La cámara tiene que haberlo atrapado, pero cuando tiempo más tarde Seth y yo revisamos la grabación, lo único que vemos es a alguien vestido de negro con una chaqueta voluminosa, gorra y gafas. Antes de irse, adrede, muestra el dedo corazón a la cámara.

Seth amplía la imagen hacia su barbilla y boca. Me pregunta si lo reconozco y luego habla sobre obtener de manera ilegal algún programa policial sobre reconocimiento facial. Asiento a todo lo que dice antes de hablar.

—Esta persona sabía que estaba siendo grabada, Seth. Lo hizo adrede. Oficialmente, me están cazando y quieren darme el papel del ratón en el juego del gato y el ratón.

45

¿MI TIPO? JAGGER

Dakota

El corazón me late rápido mientras intento acelerar mis pasos, tengo la escalofriante sensación de que me están siguiendo. Charlotte, que va a mi ritmo a mi lado hablando sobre una de sus clases, parece no notarlo. No quiero alarmarla diciéndole lo que estoy sospechando, menos cuando ella ni siquiera sabe el problema en el que estoy envuelta… Problema que, unos tres meses después de la horrible fiesta, casi creí que había terminado, pero eso es porque a veces soy muy estúpida o muy ingenua.

Nuestra salida ha sido normal. Hemos ido al cine a ver una película mala y a comer un montón de golosinas. La sesión que hemos elegido tal vez era demasiado tarde, pero no hemos prestado atención cuando, al salir, hemos ido a por hamburguesas. Ahora atravesábamos el campus para llegar a nuestra residencia.

Un rápido vistazo a la hora en mi teléfono me hace saber que es poco más de la medianoche. Aunque algún que otro estudiante se encuentra deambulando por ahí, la noche se siente sola y me genera escalofríos.

La sensación de persecución persiste haciendo que me sea inevitable el detenerme, me giro para mirar detrás de mí. En un primer momento, solo encuentro a tres chicas riéndose y conversando, pero al llevar mis ojos más allá vislumbro un cabello rubio y unos ojos azul pálido que vi un par de veces.

Es el hombre rubio de la fuente de hace tantos meses y del centro comercial. Solo me lanza una pequeña sonrisa antes de volver su atención a su teléfono.

Los escalofríos me recorren el cuerpo.

No es una casualidad.

—¿Sucede algo, Dakota? ¿Por qué nos detenemos?

—Espera un momento —le digo sin mirarla. Apresuro el paso tontamente hacia el hombre rubio sumido en su teléfono a una pequeña distancia.

Los nervios me invaden, pero no detengo mis pasos mientras me acerco a él. Debe de escucharme porque alza la mirada arqueando una ceja hacia mí haciendo una pregunta silenciosa.

¿Podría estar siendo simplemente paranoica?

Lo miro fijamente. Los escalofríos no desaparecen porque su mirada es pálida e inquietante, con las pupilas algo dilatadas y los ojos rojizos que denotan cansancio o drogadicción. Su cabello es más largo que las veces anteriores y una sombra de barba le rodea la mandíbula cuadrada y los labios amplios.

Tendría que alejarme, pero creo que es muy tarde porque ahora su atención está en mí.

—¿Se te ha perdido algo, ratón? —pregunta arrastrando de manera leve la voz en un acento que creo que es alemán.

—¿Por qué me sigues?

—¿Seguirte? —Ríe y el brillo en sus ojos delata la diversión—. No te estoy siguiendo. Si fuese detrás de ti, sería una cacería, no una persecución.

Trago saliva y lanzo una mirada alrededor. Por suerte, no estamos solos, incluso si solo hay unas pocas personas. Además, Charlotte se mantiene donde la dejé mirándonos con atención, tal vez también percibe la vibra inquietante que transmite este hombre.

—La fuente, el centro comercial y ahora —enumero—. Solo te he visto esas ocasiones y me miras…

—Te miro como la chica guapa que eres. —Me sonríe—. Pensé que podría invitarte a un café. Te he visto unas pocas veces y la verdad es que haces que quiera conocerte.

—Oh —es lo que consigo decir mirándole la mano, se roza las yemas de los dedos como si intentara controlar el tocarme o hacer algo.

Doy un paso atrás.

—¿El gato te ha comido la lengua, ratón?

—Mi nombre es Dakota, no ratón.

Da un paso hacia mí y me paralizo cuando se inclina hacia mi oreja.

—Indefensa, pequeña y frágil, perfecta para ser cazada como un ratón —susurra dejándome escuchar su acento de una manera más fuerte—. Sé que te llamas Dakota y también sé que eres una presa.

Retrocede mientras me lanza una sonrisa ladeada con sus labios agrietados por la sequedad. Se los lame mientras me mira de arriba abajo, lo que me hiela los huesos.

—Supongo que no querrás ir a por ese café. —Finge pesar antes de pasar de mí y comenzar a alejarse.

Pero entonces gira y nuestras miradas conectan.

—Puedes llamarme Rhoypnol.

Lo miro irse con tranquilidad, aún confusa e inquieta. Ha sido un intercambio tenso y extraño. Pese a que se va dándome la espalda, siento que sigo siendo observada.

La sensación no viene del tipo rubio, tiene que ser alguien más. Me giro de nuevo para prestar atención a mi alrededor, pero no encuentro nada sospechoso, pero lo sé.

Simplemente sé que alguien me está siguiendo. Siento su mirada clavada en mi espalda.

Experimento una vez más el miedo.

Respirando hondo, apresuro el paso para volver con Charlotte y la insto a que retomemos la caminata.

—¿Qué ha sido todo eso con el tipo rubio? ¿Lo conoces?

—Lo he visto un par de veces, dijo que pensaba invitarme a un café —respondo tratando de mantener mi paso rápido con la sensación persistente de la persecución.

—Alcancé a ver poco, pero se veía bien.

Ciertamente, es atractivo de una manera inquietante, pero me asusta en lugar de atraerme.

—No es mi tipo —me limito a decir, y siento alivio cuando visualizo a la distancia nuestra residencia.

—No es Jagger —dice con cautela.

No puedo evitar suspirar. Es algo que hago mucho cuando se trata de Jagger.

Parece mentira que con el par de meses que estuvimos juntos lograra colarse tan hondo en mí. Hemos pasado más tiempo separados que juntos, pero aun así no dejo de sentir su ausencia.

Pensé que con el paso de las semanas mis sentimientos cambiarían, pero han pasado casi tres meses y sigo extrañándolo, sigo viendo sus redes sociales y deseando tantas cosas sobre nosotros.

Todo el tiempo, siempre que puede, Aria sube alguna historia con él con frases capciosas que me dejan intrigada sobre si tienen una aventura. Hace poco lo vi en una fiesta riéndose y luciendo familiar con una estudiante que luego supe que se llama Ariane… También he escuchado todos los rumores sobre ello y me he preguntado cada día si son ciertos.

Los celos me consumen y tienen un sabor amargo que me quema como el ácido, pero siempre sonrío como si no importara y me propongo tener también mis vivencias.

La mitad de mí piensa que separarnos fue una equivocación y la otra que es entendible cuando estaba tan asustada por lo que fue una experiencia tan desagradable.

—¿Dakota?

Me doy cuenta de que Charlotte está esperando una respuesta.

—No compararé a cada chico que se interese por mí con Jagger —consigo decir.

Pero, por desgracia, me avergüenza admitir que es lo que he estado haciendo.

—Suenas afligida. ¿Fue muy mala la ruptura?

—No lo sé. He pasado noches rebobinando ese día y creo que en algunas cosas tal vez fui muy fría e injusta y él respondió a la defensiva. Se fue sin escuchar qué más podía decir y no hice nada para que se quedara, pero el tiempo pasa y cada vez que lo veo lo extraño desesperadamente. Tener tutorías con él donde es amable pero distante me hace sentir que estamos tan alejados… —Mantengo la mirada al frente y me aclaro la garganta para despejar el nudo que se forma—. No me di cuenta de lo mucho que me importa hasta que ya no estuvo.

—Tal vez logres sentirte así con el tiempo sobre Eric.

—Pero entre Eric y yo no hay nada.

—Él está interesado en ti, Dakota.

Tiene razón. Aunque experimento atracción hacia Eric, es algo leve, casi insignificante. Trato de dejar claro de manera sutil que no estoy interesada en más que una amistad, suficiente tengo con lo raras que se volvieron las cosas entre Alec y yo desde esa fiesta.

Nos hablamos cuando coincidimos y él coquetea, pero hay incomodidad sobre ello y me apena que a veces noto que me mira con tristeza.

—Tal vez Jagger y tú simplemente deberíais conversar. Parece que te castigas al alejarte así de él.

¿Es lo que hago? ¿Me castigo por la culpa de no haber estado para Rose? ¿Por haber vuelto mi relación con él lo primordial en lugar del problema de mi hermana?

Me mordisqueo el labio inferior. Pienso una vez más en cuánto desearía que arregláramos las cosas entre nosotros, pero no es solo mi corazón lo que está en riesgo, es mucho más. Mientras estuvimos juntos, todo parecía un caos que no dejaba de empeorar. Ahora las cosas han estado muy calmadas desde que nos separamos. Sin embargo, ¿merece la pena esta «calma» cuando me siento tan… desolada?

—Ya es tarde para eso, ambos avanzamos —hablo finalmente.

No me responde y lo agradezco.

Por fin llegamos a casa y nos encontramos a Laurie sentada en el suelo pintándose las uñas de los pies. Tiene los auriculares puestos y tararea una canción sin darnos ningún tipo de mirada porque no le interesamos.

En cuanto a Avery, está demasiado concentrada en lo que sea que haga en su portátil. Sin embargo, nos saluda con la mano antes de volver su atención a la pantalla y comer su ensalada de frutas.

Charlotte y yo caminamos hasta nuestra habitación. Poco después estoy acostada en mi cama con la atención en mi teléfono, riéndome de un mensaje gracioso que Eric me ha enviado y luego respondo al mensaje de Chad.

Chad y yo fuimos emparejados en el trabajo final del seminario de oratoria en el que conocí a Eric. Es bastante extraño que hablemos después de tanto tiempo observándolo de lejos y creo que ese asunto pone nerviosa a Avery, aunque ella no me lo dice. Creo que le da inseguridad a pesar de que le dije que no pensaba delatarla y que él no me interesa como más que un compañero de clase.

Avery no me ha dicho qué tal van sus avances con Chad. Para ser franca, lo he escuchado decir que se ha involucrado con varias chicas en las últimas fiestas, pero ella todavía está ilusionada con él. Aunque no me hable de sus movimientos, intuyo que todavía aplica algunas estrategias, porque cuando menciono su nombre, Chad presta más atención.

Creo que a Chad le intriga Avery, pero le gusta más el fácil acceso a sus conquistas que esforzarse en conocerla de verdad, cosa que me apena.

Respondo a un mensaje de Ben para preguntarle si todavía sigue en pie lo de quedar mañana temprano a tomar un café y discutir un ensayo que haremos juntos. Me aseguro de darle las buenas noches a mis locos padres luego de que me envíen una foto de la panza de casi siete meses de mamá y compruebo que Rose está bien.

> **Rosie:** Estoy pasando la noche en la fraternidad de Alec. Cassie también ha venido.

> **Rosie:** Es noche de películas.

> **Rosie:** Debiste haber venido.

No creo que eso hubiese sido buena idea con la tensa situación actual entre su mejor amigo y yo. No sabe lo que pasó en esa fiesta, desconoce del beso, a la única que se lo conté fue a Demi.

Me responde con emojis y luego le escribo a Demi, pero su última conexión me hace saber que milagrosamente tuvo que haberse quedado dormida hace unas horas.

Entro a mi cuenta de Instagram y, cuando me meto en las historias de James, sonrío al ver que ha subido una foto de Jagger leyendo un libro donde lo menciona junto a «Este tipo aburrido no quiere ir de fiesta, quiere leer». Es lo único que consigo de Jagger, por lo que bloqueo el teléfono y lo dejo a un lado. La habitación se sume en la oscuridad mientras me remuevo buscando una posición cómoda en la cual dormir.

—¿Dakota? —dice la voz de Charlotte. Me sorprende, puesto que pensé que ya se había dormido.

—¿Sí?

—¿Consideras que Jagger es una buena persona?

Esa es una pregunta extraña para hacer, pero muchas veces Charlotte me ha realizado preguntas que me desconciertan, por lo que no le doy más atención y respondo.

—Es humano —digo en voz baja, pero sé que me escucha.

Tiene defectos, pero también virtudes. Tiene buenas intenciones. Es una persona real, cruda y honesta.

—¿Le haría daño a alguien?

—¿Por qué me preguntas eso?

Tarda en responder y me estoy planteando encender la luz cuando finalmente habla:

—Porque he escuchado rumores sobre que él hace algunos trabajos para ayudar a otros, pero que todo tiene un precio. No lo hacen sonar como algo simple e inofensivo. Así que me preguntaba por qué él querría ayudar a otros y exponerse al peligro. ¿Qué pasa si enoja a alguien ayudando a otro?

Demasiado tarde.

Y también demasiado sospechoso.

—Jagger sabe lo que hace —finalizo la conversación porque creo que se ha puesto un tanto extraña y mi confianza está tambaleándose en este momento—. Buenas noches, Charlotte.

—Buenas noches, Dakota —susurra.

No sé si soy paranoica y hoy he estado más alerta de lo habitual, pero me cuesta conciliar el sueño ante el pensamiento de que tal vez Charlotte esté escondiendo algo.

Mi atención se encuentra totalmente en Jagger escribiendo en su portátil mientras espera a que yo resuelva el cuestionario de práctica que me ha puesto. Estoy a cuatro días del examen con McCain y, tal como acordamos, ha estado dándome tutoría los últimos días.

Mi mirada se desplaza por su barba de días, su cabello que está un poco más largo y en lo absolutamente hermoso que me sigue pareciendo. Siento que incluso se ha vuelto más atractivo durante los últimos meses.

Me pican las manos de las ganas por tocarlo y me cuesta entender que han pasado tres meses desde un contacto físico más allá de interacciones puntuales y precisas.

No puedo dejar de mirarlo y distraerme, quisiera acercarme y besarlo, tocarlo, conversar… Enmendar la decisión que concluyó en aquella cafetería.

Mi corazón se acelera cuando presencia la manera en la que sus labios carnosos se curvan en una pequeña sonrisa juguetona. Hace mucho que no la veía.

—¿Has terminado el cuestionario? —pregunta.

—No —me sincero.

—Entonces, ¿por qué pierdes el tiempo mirándome? —Sus ojos grises hacen prisioneros a mis indefensos ojos marrones.

—Solo me he quedado pensativa con la mirada al frente —me excuso, y él retoma de nuevo la atención en su portátil.

Me muerdo el labio queriendo, ansiando, que de nuevo me mire como hace unos instantes, que me sonría con tal complicidad.

—En realidad —hablo captando su atención de nuevo—, sí estaba mirándote.

Se lame los labios y no puedo evitar seguir el movimiento con los ojos lamiéndome los míos. Cuando mi mirada sube a la suya, encuentro que sus ojos tienen ese brillo peculiar que siempre terminaba con nosotros besándonos.

—¿Por qué me mirabas con tanta concentración?

—Porque eres hermoso de ver. —Entorno los ojos, él ríe—. No puedo evitarlo. Cuando puedo mirarte sin que te des cuenta, siento que no me odias.

—No te odio, Dakota. A veces simplemente no puedo mirarte porque quiero cosas que no puedo tener.

—¿Qué cosas?

Comparte una larga mirada conmigo antes de reírse por lo bajo.

—Eres bastante inteligente para entenderlo por ti misma. —Estira una mano para acariciar con los dedos el dorso de la mía—. Es agotador, ¿cierto? Esforzarse en no mirarnos y desearnos.

—Yo… —Miro detrás de él y a poca distancia Ariane nos mira con atención pese a que quiere ser disimulada.

Frunciendo el ceño, alejo mi mano de la suya y vuelvo a la realidad.

—Escuché que te vieron con una chica llamada Ariane…

La sonrisa de Jagger se borra y mi mirada va hacia Ariane. Continúa caminando mientras se esfuerza en no lanzarnos otra mirada.

—No haré esto contigo.

—¿No hacer el qué? ¿Hablar? —Arqueo una ceja para acompañar mis preguntas.

—Hablar sobre lo que se dice de mí con otra chica como si fuese un tema sobre el clima.

—¿Por qué? Es normal, no estamos juntos y…

Quisiera callarme porque siento que el enfado de mis celos está hablando por mí y soy consciente de que no tengo derecho de estar celosa, pero me es muy difícil contenerlo.

—Bueno —dice de manera contundente clavando su mirada en mí—, ¿quieres hablar de Eric? Seth tiene una lengua larga y le gusta compartir conmigo todo lo que escucha, como que irás a una cita dentro de… ¿Qué? ¿Unas siete horas? Quizá recuerde que escuché algo sobre un restaurante italiano para la cita.

—¿Cómo se supone qué Seth sabe eso? ¿Me estás espiando? —Ambos nos estamos alterando—. Y no es una cita.

—No te estoy espiando. Entendí que terminamos y respeto tu espacio. Seth tiene sus maneras de hacer las cosas y, francamente, le pedí que no me diera más actualizaciones de tu vida amorosa. No tengo interés en saber de ella. —Baja la mirada al portátil mientras escribe.

Trago saliva porque se siente como si no quisiera mirarme, como si no soportara hacerlo.

—Ahora, ¿puedes volver con el cuestionario? Tengo reunión sobre una clase dentro de media hora.

—Lo siento, Jagger —termino por decir. Detesto que estemos en esta situación espinosa.

Me duele que seamos así, esta indiferencia y un patético intento de ser adultos sobrellevando el hecho de que terminamos.

—¿Por qué lo sientes? —pregunta, revisando las notificaciones de su teléfono.

Sin mirarme, todavía no quiere hacerlo.

—Porque me doy cuenta de que esa mañana en la cafetería te lastimé incluso aunque no quería. Era un mal momento y me temo que…

—¡Maldita sea! —Rápidamente cierra su portátil y comienza a recoger sus cosas—. Lo siento, tengo una emergencia. Te pasaré los apuntes, debo irme.

—Pero…

—Hablaremos de esto después, ¿de acuerdo? —Se agacha para estar a mi altura y me mira con intensidad—. Quiero que hablemos, tal vez estamos en la misma página.

¿Es eso posible? Mi página consiste en aclarar todo lo sucedido y…

—Lo prometo, Dulce. Hablaremos.

Balbuceo unas pocas palabras porque antes de darme cuenta Jagger ya se ha ido, va corriendo y luciendo muy pálido. ¿Qué ha sucedido?

Y algo destacado: me ha llamado Dulce una vez más.

46

VULNERABILIDAD

Dakota

Reviso una vez más mi teléfono para confirmar que estoy en la dirección correcta y, en efecto, aquí vive Jagger. El número del apartamento coincide con el que me consiguió Demi.

Hace días que no sé qué sucedió con él luego de que se fuera de nuestra clase de tutoría de esa forma. Horas después me envió al correo unos apuntes adjuntados y se disculpó por no poder darme las últimas clases. No mencionó la conversación que prometió que tendríamos.

Quiero saber si está bien, parecía muy alterado luego de haber recibido aquella notificación, así que me armo de valor y toco el timbre. Poco después, Maddison abre la puerta y me mira con sorpresa.

—Hola, Maddison. ¿Está Jagger?

—Maddie —me corrige en automático—. No creo que él esperara esta visita.

No sé si tomarlo como algo bueno o malo, pero ella me da una pequeña sonrisa.

—Jagger no está.

Nos miramos durante unos minutos y luego ella suspira.

—¿Puedo hacerte una pregunta?

Asiento, no muy segura.

—¿Sales con Eric Holland?

—No salgo con Eric, solo somos amigos —respondo con convicción, y ella parece dudar antes de volver a hablar.

—Eso no es lo que da a entender la foto que le enviaron a Jagger de vosotros besándoos.

¿Qué? Doy un paso atrás sorprendida. ¿Me están espiando? Tengo un nudo en mi estómago.

El beso sucedió. Habíamos salido en una cena como cualquier otra, solo que en algún punto Eric me besó y yo lo dejé. No se sentía mal y me gustó cómo me besaba. Pero, de nuevo, faltaba más e hice esta cosa horrible de compararlo con Jagger.

Al terminar la noche dejé claro que no estaba interesada en una relación ni en una aventura. Él había asentido, fingiendo de una muy mala manera que mis palabras no le habían decepcionado.

—No estamos saliendo —repito incluso cuando sé que no le debo explicaciones, pero quiero que me crea.

—Oye, Maddie, déjala. No seas mamá gallina sobre Jagger. Él solito puede atender sus asuntos. —Seth aparece detrás de su hermana y me sonríe—. Hola, Dakota. ¿Quieres pasar y esperar a Jagger? Debe de estar a punto de volver según su mensaje.

—Si a vosotros os parece bien.

Maddie se hace a un lado, pero me toma del brazo ofreciéndome una sonrisa de disculpa.

—Lamento si mi pregunta te ha incomodado. Es solo que a veces me gustaría que la vida de Jagger fuese más fácil. Recibe muy poco por todo lo que da —susurra para que solo yo la escuche, y sus palabras me llegan.

Cuando me libera de su agarre, me adentro en el apartamento. Saludo a James y me dejo caer a su lado en el sofá. Me tomo el tiempo de evaluar el apartamento, es amplio, elegante y con una decoración minimalista comprendida en tres colores: blanco, negro y gris. Casi parece simbólico que se trate de esos tres colores.

—¿Cómo te va con Eric? —pregunta James, y me volteo a mirarlo—. Vi una buena foto de vosotros besándoos intensamente.

—Somos amigos. —Es molesto tener que ir diciéndoles eso a todos.

¿Quién le hizo llegar la foto a Jagger?

—Maddie, ¿quieres ser mi amiga de esa manera? —le pregunta.

—Sueña —le responde ella antes de sentarse en el suelo junto a Seth. Noto que tienen hojas dispersas por el lugar—. Estamos trabajando en algo. Jagger confía en ti, no nos decepciones. Lo que ves aquí no se cuenta.

—No se lo diré a nadie —aseguro al ver la manera en la que Seth parece estar haciendo un mapa conceptual y Maddie escribiendo.

En un principio, es un tanto incómodo, pero con el paso de los minutos me siento relajada conversando con James y ocasionalmente los hermanos Campbell intervienen en medio de su trabajo. Intercambio un par de mensajes con Rose y pongo al día a Demi. Espera a la expectativa un reporte de cómo vaya mi encuentro y mi conversación con Jagger. También como un sándwich de pavo, lechuga y tomate que mis anfitriones me ofrecen.

Leo el mensaje al menos tres veces, pero no le respondo.

Ha actuado extraña desde hace dos semanas con sus preguntas sobre Jagger. Parece ser más silenciosa, luce estresada y me mira en ocasiones de manera extraña.

Estoy asustada sobre poder haber confiado en la persona equivocada y me pone ansiosa no tener con quién conversarlo. Todos parecen verla inofensiva, incluso Demi, que suele ser muy perceptiva.

Ayer intenté revisar entre sus cosas, pero me sentí tan avergonzada que no pude hacerlo. Una parte de mí todavía se aferra a la idea de que es mi amiga y no va a traicionarme o lastimarme.

James llama mi atención cuando murmura mi nombre.

—Perdona, me he distraído. ¿Qué decías?

—Jamie, Jagger no quiere que lo sepa —intenta detenerlo Seth, y eso solo sirve para intrigarme.

—¿Qué se supone que no quiere que sepa? —Desplazo la mirada hacia los tres—. ¿Jamie?

—No veo por qué ella no puede saberlo.

—Jagger te pateará el culo —murmura Maddie, pero no hace nada para impedirle hablar.

—¿Tienes alguna idea de por qué Jagger y yo ya no estamos en la fraternidad? —Sacudo la cabeza para negar—. Apuesto a que tampoco sabes que Jagger se encargó de hacer control de daños cuando tu hermana estuvo en el hospital y salieron nuevas fotos sin ningún tipo de censura.

Parpadeo y miro a cada uno de ellos.

—¿Fotos? ¿Qué fotos?

Pero intuyo qué tipo de fotos.

—Tu hermana con las piernas abiertas, con un diminuto tanga apenas cubriéndole el coño y manoseándose las tetas.

—¡James! Puedes al menos tener más tacto —dice Maddie enfadada.

—No voy a adornar las cosas, Dakota necesita saber las cosas tal cual pasan.

—Jagger no me dijo nada —susurro, pero yo tampoco le pregunté.

—¿En qué momento lo haría? Nunca conversasteis de verdad —dice Maddie con tacto, y tiene toda la razón.

—Una vez más, Jagger me hizo borrar las fotos de cada sitio web pornográfico y quitamos cada foto de las escuelas, estaban en todas partes. Él hizo una declaración —me hace saber Seth.

—Más bien fue una amenaza —corrige Maddie—. Que cualquiera que siguiera difundiendo las fotos debería atenerse a las consecuencias de que él divulgara secretos. Filtraría todo lo que supiera o recopilara de ellos y sabemos que es capaz de hacerlo.

Tiene absolutamente el poder de esa información y, si no es así, conseguiría hundir con facilidad a quien se lo proponga dentro del campus.

—Jagger golpeó a Drew, perdió el control cuando dijo ciertas cosas de ti y tu hermana. Casi lo vuelve mierda y, debido a que había múltiples testigos, fue expulsado —continúa James—. No es que nos quejemos, funciona bien esto de vivir por nuestra cuenta, pero creo que es justo que sepas las cosas que Jagger ha hecho. No es un mal tipo.

—Jagger es el mejor tipo —dice Seth con orgullo.

Proceso sus palabras.

Al volver a la universidad, tras la salida de Rose del hospital, supe que hubo una foto y que fue mucho más explícita, pero nadie hablaba de ello. Sabía que tenía que deberse a Jagger, pero no alcancé a imaginar todo lo que hizo por nosotras. ¡Por Dios! Incluso llegué a pensar que se había ido de la fraternidad porque así lo quería o que le daba igual. Qué equivocada estaba.

—¿Cómo está tu hermana? —pregunta James.

—Está bien, poco a poco ha ido recuperando su confianza, aunque siento que muchas veces esconde lo que de verdad siente.

Rose tuvo un inicio duro al volver a la universidad. Le daba miedo salir de la hermandad, también la señalaban y nos enteramos de que, mientras ella estuvo en el hospital, se esparcieron unas fotos suyas. Con el paso del primer mes, comenzó a salir con normalidad y, cuando me parecía que se ponía ansiosa, ella me sonreía y fingía que nada pasaba. Muchas veces siento que lo finge. Quiere que el resto la percibamos como fuerte, pero tengo la sensación de que en silencio y en la soledad se derrumba y deja salir todos sus temores. Es mi Rose alocada y divertida, pero siento que una parte de ella está marchita.

—Es una chica fuerte, es muy triste lo que le sucedió —dice Maddie—, pero no quedará impune como con Lindsay. —Me sorprende que la nombre, quizá Jagger le dijo que ya lo sé—. Jagger no va a permitirlo.

—¿Qué no permitiré?

Todos nos volteamos a ver a Jagger. Hace una pausa cuando me encuentra en su sofá. Por un momento, solo nos miramos, pero después desvía la mirada y se pasa una mano por el rostro, que luce cansado. Suspira y se aleja caminando hacia la cocina.

Miro a Maddie y ella me asiente. No dudo en tomar esa señal y me pongo de pie para alcanzarlo.

Lo encuentro bebiendo de una botella de agua. Sus ojeras son difíciles de ocultar y tiene puesta una gorra. Normalmente, su rostro tiende a ir afeitado dejando al descubierto su cincelada mandíbula, pero en este momento lleva una barba de pocos días.

—Estoy preocupada por ti. ¿Todo está bien?

—No —responde dejando la botella a un lado—. No está bien lo que está sucediendo.

—¿Con qué?

—Las personas que molestan a Rose saben algo de lo que pasó esa noche con Lindsay. No, de hecho, ellos son parte de eso. —De nuevo se pasa las manos por el rostro—. No quise decírtelo al principio, pero también estuve recibiendo notas, algunas relacionaban a Rose, pero eran directas sobre mí, alusiones sobre el pasado. Tenía sospechas de que se trataban de las mismas personas, pero sigo sin saber por qué ambos sucesos están conectados. Por eso acepté alejarme, porque temía que mi presencia activa en tu vida solo hiciera que las cosas fuesen más complicadas para vosotras.

—Jagger, tendrías que habérmelo dicho. Siempre me dijiste que te dijera todo al respecto mientras te guardabas algo muy importante. —Muevo mis manos con desesperación.

—Lo sé y entiendo tu molestia, lo siento. ¡Me equivoqué! ¿De acuerdo?

Tomo respiraciones continuas para calmarme porque no quiero discutir.

—¿Qué ha sucedido?

—El mensaje que recibí era de los padres de Lindsay. —Me mira directamente a los ojos—. Recibieron una nota y la copia de un vídeo que se supone que había dejado de existir.

Siento náuseas porque creo entender a qué tipo de vídeo se refiere. El vídeo en el que un grupo de personas viola y maltrata a Lindsay.

—No estaba completo, eran tres minutos de su tortura de dos horas. —Sus manos toman con fuerza el mesón y cierra los ojos—. Era tan horrible, que sus padres tuvieran que verlo y…

—Lo volviste a ver —completo.

—Tuve que hacerlo —susurra con voz afectada—. Me encargué de que cada puto vídeo fuera borrado hace años y ahora les envían eso a sus padres, los destrozaron. ¿Quieres saber qué decía la nota?

Me acerco y ubico mi mano en el centro de su espalda. Siento que respira hondo y el calor de su piel se filtra bajo mi tacto.

—La nota decía: «Preguntadle a Jagger por qué no me salvó, por qué me condenó». Esos malditos enfermos lo escribieron como si fuese ella. Era lógico que sus padres me buscaran.

Ni siquiera tengo que pensarlo cuando lo abrazo desde atrás presionando mi frente contra su espalda. Su cuerpo se sacude y mi corazón se quiebra cuando me doy cuenta de que son sollozos silenciosos los que estremecen su cuerpo.

—Lo siento tanto… —susurro—. No fue tu culpa, Jagger.

—Ver esa mierda de nuevo… ¿Cómo pudieron hacerle eso? Lindsay no le hizo daño a nadie. —Su voz se quiebra—. ¿Cómo pueden hacer que sus padres vean algo tan atroz? Mi alma perece al ver lo que le hicieron, al recordar cómo apagaron su luz. No quiero que nadie más pase por eso, Dakota. Es algo horrible para vivir, no tengo palabras para describirlo.

»Me arrepiento de haberla dejado sola esa noche, me arrepiento de haber buscado la ayuda de Megan, me arrepiento de no haber sido lo suficiente bueno para ayudarla. —Se sorbe la nariz—. Me arrepiento de haber aparecido en su vida. Yo le hice eso.

Lo obligo a girarse para que me enfrente. Poniéndome de puntillas, le tomo el rostro entre mis manos, limpiando sus lágrimas con mis pulgares.

—Tú no le hiciste eso, Jagger —consigo hablar y mi voz contiene mucha emoción—. El daño se lo hicieron unos enfermos retorcidos que decidieron lastimarla. No es tu culpa, no sabías que sucedería. A una fiesta se va a divertirse, no tendrías por qué sospechar que iban a lastimarla. —Busco su mirada.

No me responde y lo obligo a mirarme.

Ahora entiendo que con mi silencio y pocas palabras le hice asumir que, de igual forma, lo sucedido con Rose era su culpa, incluso si no lo considero de esa forma.

—Eso no fue tu culpa, Jagger, y lo que pasó con Rose tampoco lo es. —Lo atraigo para darle un abrazo—. No eres responsable de esos acontecimientos, el peso cae sobre las personas que les hicieron el daño.

Me envuelve en sus brazos y durante unos largos minutos solo nos abrazamos. Lo sostengo porque Jagger se ha permitido bajar la guardia conmigo, confía en mí y me ha mostrado su vulnerabilidad.

Poco después, cuando aleja la cabeza de mi cuello y me da una mirada cansada, sus dedos me acarician las mejillas y llevo el agarre de mis manos a su cuello.

—¿Estabas en Londres?

—Sí, acabo de regresar —susurra pasando su pulgar por mi labio inferior—. ¿Cómo haces para ser el soplo de aire fresco cuando todo se siente tan denso?

—No sé de lo que hablas.

Apoya su frente contra la mía y suspira. Cierro los ojos.

—Te extraño, Dulce.

Dejo escapar una bocanada de aire y luego siento la caricia leve de sus labios contra los míos. Afianzo mi agarre en su cuello cuando siento la presión de su boca contra la mía, exhalando con lentitud antes de que capture mi labio entre los suyos. Me besa con delicadeza y dulzura, como si saboreara cada instante de este contacto del que hemos estado privados por casi tres meses. Sus manos abandonan mi rostro y se posan en mi espalda, atrayéndome más cerca de su cuerpo. No acelera el beso, mantiene esa suave lentitud que derriba cada muro de mi ser.

—¿Tú me extrañas? —susurra contra mis labios y suena vulnerable.

Mi respuesta le importa más de lo que le gustaría dejar ver.

Abro los ojos y lo miro.

Besarme con Eric se sintió bien al igual que hace un tiempo cuando Alec me besó y me gustó, pero mi química con Jagger no se desgasta. Es fuerte y, cuando sus labios están contra los míos, es como flotar y no ser consciente de la realidad. No digo que aislarme del mundo por un beso sea sano, pero no puedo controlar cómo me siento.

Antes temía que estar con él me consumiera porque nunca me había sentido tan bien con alguien que fuera más que mi amigo, pero ahora temo marchitarme por la ausencia de él. Elijo consumirme en lugar de marchitarme.

Lo elijo a él.

—Jagger, te necesitamos aquí —grita Seth sacándonos de nuestro momento, interrumpiendo cualquier oportunidad de conversar.

Jagger hace una mueca antes de liberarme y alejarse, aunque desearía que no lo hiciera.

Comienza a caminar hacia la sala y lo sigo aún con la sensación de su beso persistiendo sobre mis labios, pero me paralizo cuando llego a la sala y encuentro a Charlotte.

¿Qué hace ella aquí? Su mirada parece estar pidiéndome disculpas, justo antes de que Jamie grite:

—¡Tiene una bomba!

47

BIENVENIDA AL NEGOCIO

Jagger

Nunca consideré que Charlotte pudiera ser una amenaza, pero quizá se deba a que es Seth quien está llevando la investigación completa de su pasado hasta ahora. Aún no hemos hablado de ello, fui tonto y no lo consideré una prioridad. Pero debido al escenario actual, tengo que llegar a la conclusión de que mi juicio estuvo desviado y, por desgracia, me equivoqué.

Mi corazón late muy deprisa mientras en mi mente maquino miles de opciones para evitar la explosión de cualquier tipo de artefacto que Charlotte traiga consigo. Es un momento en el que mis ideas colisionan y no puedo rescatar una sola de ellas. Sin embargo, Charlotte no se mueve. No está haciendo explotar nada y, contrariadamente, mis amigos no están corriendo o buscando solución, solo la miran.

Así que, ¿qué demonios sucede?

—Charlotte, ¿qué está sucediendo? —cuestiona Dakota detrás de mí.

—Lo siento, Dakota —se disculpa antes de mirarme y meterse la mano dentro de la chaqueta, y me preparo para cualquier cosa—. Tengo algo para ti, Jagger.

Saca su mano y tiene una…

—¿Una carpeta? —cuestiono antes de mirar a Jamie.

—¿A qué bomba pensaste que me refería? ¡Hablo de una bomba de información!

Queda claro que James tiene una idea muy diferente a la mía sobre las consecuencias que puede haber tras gritar algo como «tiene una bomba». Sin embargo, eso no es lo más destacado de este momento.

Charlotte se acerca a mí y tomo la carpeta de sus manos sin entender qué se supone que está pasando.

—¿Qué es esto? —cuestiono.

—Soy de Londres —comienza—. Bueno, nací en Liverpool, pero he vivido en Londres la mayor parte de mi vida. Tener esto —se señala la marca a un lado de su rostro— no hizo mi vida fácil, sufrí muchas burlas y acoso escolar. Mi vida era miserable e incluso al entrar a la universidad creí que tenía amigos, pero solo coincidí con personas crueles. Me creí enamorada, pero conseguí que jugaran conmigo y cosas realmente desagradables de las que no quiero hablar ahora.

Dakota me adelanta para estar frente a su compañera de piso, aunque da la impresión de que, en realidad, más que compañeras, han logrado crear un vínculo de amistad.

—Lo siento mucho, Charlotte. Ellos eran idiotas —la consuela casi en automático, porque Dakota es un ser lleno de empatía.

—Ahora lo sé, Dakota, pero no lo sabía entonces. —Ella me mira—. Conocí a Lindsay.

Instintivamente, doy un paso hacia atrás al escuchar el nombre de alguien que fue tan importante para mí, que sufrió en consecuencia de mis acciones. Dakota me da una mirada breve y ahora los hermanos Campbell están tensos, Lindsay también era importante para ellos.

—¿Cómo? —cuestiona Maddie.

—Por internet. Estábamos en una plataforma de novelas llamada JoinApp. A Lindsay le gustaba escribir.

—Lindsay nunca escribió una historia —replico con desconfianza.

—Ella lo hacía y quizá no tenía muchos lectores, pero era buena. Su prosa era única y especial. Tenía el alma vieja y escribía de una manera que hacía sentir tanto...

—Esa no era Lindsay —sentencio.

Yo conocía todo de mi novia, sus sueños, sus esperanzas, sus temores y ella lo conocía todo de mí, al menos todo lo que fui capaz de decirle... Pero solo conocí a la Lindsay de los buenos tiempos, antes de que le hicieran daño. La Lindsay que se forjó de circunstancias oscuras no me dejó entrar, no me permitía acercarme. Sin embargo, parece que tampoco lo conocí todo de la Lindsay llena de luz.

—¿Desde cuándo escribía? —pregunta Seth, que me apoya la mano en el hombro para reconfortarme.

—Llevaba poco más de un año. Me gustaba leerla y la ayudé con sus portadas, nos hicimos amigas. Nos conocimos una vez, antes de que ella viniera a la universidad. —Charlotte sonríe—. Ella me entendía, me hacía recordar mi valor e incluso me decía que mi novio no era un buen chico y merecía algo mejor.

»Ella me habló de ti, el maravilloso novio que eras y cómo desearía que cada chica en el mundo tuviera a alguien especial como tú, Jagger. —Se aclara la garganta—. Todo iba bien, pero tiempo después, ella desapareció. Dejó de escribir sus historias y de responder a mis mensajes. Le escribí por todas partes, pero no respondía.

Siento que el aire se hace más denso, para mí es fácil conectar y saber cuándo ella se aisló: después de esa fiesta que solo fue el inicio de caos y destrucción.

—Cuando ella apareció, comenzó a escribir una historia muy oscura. Era diferente a lo que solía hacer —continúa.

—Necesito sentarme —informo, porque siento que el suelo se tambalea bajo mis pies.

Camino hasta el sofá más cercano y me dejo caer en él con la carpeta a mi lado. James, Maddie y Seth se acercan y se sientan en el suelo; en el caso de Charlotte y Dakota, se sientan en el espacio que sobra en el sofá en el que descanso.

Me sostengo la cabeza entre las manos sin saber si podré soportar escuchar todo esto.

¿De verdad la creó?

—¿Qué tipo de historia oscura? —le pregunta Dakota a Charlotte.

—Trataba de pensamientos sobre una chica que era feliz y que parecía tenerlo todo pese a su inseguridad y ansiedad, hasta que una noche fue a una fiesta donde… —Su voz se quiebra.

—Fue violada —completo con las palabras que me saben amargas— por múltiples personas y todo fue grabado, y posterior a ello, difundido.

—Sí. —Un par de lágrimas le caen por el rostro—. Todo era tan gráfico que no parecía irreal. Le pregunté si ella estaba bien, pero no me respondía. Nunca lo hacía. Su historia solo se iba volviendo más oscura mientras narraba las emociones de su personaje principal. —Respira hondo—. El personaje principal, la chica, quiso hacerle daño a su novio varias veces sin que él ni siquiera lo notara…

Retiro las manos de mi rostro para mirarla. Entiendo el significado de sus palabras: Lindsay quiso hacerme daño.

—Oh, Dios mío. ¿Estaba… narrando… lo que vivió? —Maddie parece consternada.

Lindsay fue muy evasiva sobre lo que sucedió esa noche, hubo autoridades involucradas en la investigación, pero sospeché que no lo dijo todo. Las cosas que logré saber se debieron a la tortura de los pocos minutos de vídeo que alguno de esos enfermos me envió. Nunca la presioné a contarme, a recordar, pero siempre sospeché que a Megan en sus consultas le dijo mucho.

—Al principio, no lo entendía. La historia era muy gráfica y oscura, fue clasificada como contenido para adultos y en algún momento fue eliminada de la plataforma por su crudeza. —Charlotte respira hondo una vez más—. Pero antes de que sucediera, escribió mucho. —Me mira—. Incluso sobre la ayuda que estaba recibiendo de una mujer…

Megan, la mujer que terminó por arruinarle y destruirle la vida.

—Cuando su historia desapareció, también lo hizo ella. —Más lágrimas caen por su rostro—. Lo siguiente que supe es que Lindsay estaba muerta.

—Se suicidó —comenta en voz baja Seth.

—¿Lo decía en su historia? ¿Que iba a suceder? —Estoy desesperado por hacer que toda esta información entre en mi sistema y me haga entender la gravedad del asunto.

Estoy desesperado por que esto me haga finalmente entender lo mal que estaba Lindsay. Siento que no di lo suficiente, que no entendí su dolor con plenitud para poder ayudarla a salir adelante. Contribuí a hundirla más cuando acudí a Megan en busca de ayuda.

—Tenía pensamientos muy oscuros, días en que decía que no podía más, o al menos lo transmitía a través de su personaje, pero nunca usó esas palabras.

Lucho contra las ganas que tengo de arrojarlo todo, de gritar y de romper todo lo que encuentre a mi paso.

No sé si Lindsay y yo seguiríamos juntos si las cosas hubiesen sido diferentes, pero la amaba y nunca quise que la lastimaran ni ocasionarle tal daño.

—¿Por qué has venido? ¿Has fingido todo este tiempo? —le cuestiona Dakota.

—He venido porque Lindsay hizo mucho por mí cuando mi vida era un desastre y porque después de salir de mi propia oscuridad quise hacer algo por ella. —Su voz toma fuerza—. No merece la pena que quienes la lastimaron estén libres para hacerle daño a alguien más. No merece quedarse solo como una historia que fue borrada. Como un caso más dentro del montón. Han pasado años y todavía nadie hace justicia por ella. Es hora de que suceda.

»Soy tu amiga, Dakota, mi amistad hacia ti es real y también he venido para empezar de nuevo. Pero parte de la razón por la que he venido es porque quería ver a Jagger y deseo ayudar a darle un cierre a la muerte de Lind.

—¿Por eso me hacías todas esas preguntas? —insiste Dakota.

—Sí, pero no te usé, lo prometo. Eres mi amiga, desde Lindsay no tenía una amiga con la que me sintiera tan cómoda siendo yo misma.

—Esto no se trata de mí y de mis lastimados sentimientos —dice Dakota con sequedad—. Esto se trata de que crees que Jagger es quien tiene la solución a esto, que debe hacer esto.

Me lamo los labios al sentir que la cabeza me palpita. Todo es un caos.

Lo que sucedió esa noche es un capítulo que no se ha cerrado. Un capítulo que todavía nos persigue y atormenta. Un capítulo que cobra nuevas víctimas como las hermanas Monroe. ¿Cuánto daño van a ocasionar estas personas? ¿Por qué tanta animosidad y crueldad? Con sinceridad, me siento parte de una película de terror donde ninguno de nosotros obtendrá un final feliz. Es difícil ser positivo y optimista sobre un futuro que peligra.

—¿Qué hay en esta carpeta? —La tomo y mi voz me suena extraña incluso a mí.

—Como me preocupaba lo que estaba escribiendo, en su momento rescaté algunas de las escenas más perturbadoras y oscuras. Lo narraba en primera persona y no usó nombres reales, pero tal vez tú...

—No —dice James por primera vez y luce muy serio—. Jagger tuvo que ver ese maldito vídeo durante dos minutos y ¿ahora quieres que también lo lea? ¡No es su culpa! ¿Por qué torturarlo así?

—Jamie... —comienza Maddie.

Empiezan una discusión a la que no le presto atención porque abro la carpeta. Me encuentro unas hojas encuadernadas con un grosor considerable y leo muy por encima entre las páginas, pero la cierro de inmediato porque tengo que respirar hondo.

Mi mirada se encuentra con la de Seth antes de que él la desvíe hacia Charlotte y asienta mirándome. Creo entender lo que quiere decirme.

Normalmente, para comenzar a trabajar con nosotros primero tienes que pasar una serie de pruebas. Es necesario que confiemos en ti, pero con Charlotte es diferente: ella ya sabe lo que sucede. Sí, desconoce que las amenazas han vuelto y que han involucrado a las hermanas Monroe, pero ella tiene pruebas, conoce el origen y parece dispuesta a ponerse en evidencia y peligro por hacer justicia por Lindsay.

—¿Quieres unirte a nuestro equipo, Charlotte? —corto la discusión de Jamie y Maddie—. Tenemos espacio para ti y creo que te necesitaremos para este caso.

—Pero debes ser consciente de que esta situación es más grande que nosotros. Hay peligro real sucediendo —dice Seth—. Yo estoy cagado, pero muy dispuesto a conseguir justicia por Lindsay y evitar que lastimen a más personas. —Mira a Dakota cuando lo dice antes de volver su atención a Charlotte—. Y ni siquiera vamos a pagarte por esto en particular.

—No quiero dinero, lo único que quiero es que la memoria de Lind descanse en paz. —Charlotte alza la barbilla mientras se retira el cabello del rostro, dejando al descubierto la marca que suele esconder—. Conozco el peligro, lo intuía al venir aquí y, aun así, he corrido el riesgo. No voy a detenerme ahora. Quiero ser parte de esto.

—¿Qué opináis vosotros? —les pregunto a James y a Maddie, porque sus opiniones importan.

Además, si ellos aceptan, seríamos mayoría. De esa manera, Lorena y Louis no podrían estar en contra de ello o poner objeciones.

—Creo que nos sería de ayuda, y más mujeres al poder. —Le sonríe Maddie—. Por cierto, soy Maddison y formo parte del negocio.

—Yo soy James, pero eso ya debes de saberlo —dice el susodicho antes de intentar sonreír, pero puedo notar lo tenso que se encuentra—. Bienvenida al negocio, Lottie.

48

CONTRADICCIONES

Jagger

Dakota y yo caminamos en silencio por el campus. El cielo ya se oscureció y la noche es fría. La estoy acompañando a su residencia luego de una tarde tan intensa y reveladora. Después de que Charlotte se fuera, se quedó conmigo acompañándome en el silencio aunque mi cabeza gritaba. Hubo muchas discusiones sobre el hecho de que incluyera a Charlotte en nuestro equipo sin ni siquiera consultarlo. Nunca me he considerado un tirano o dictador y, cuando hicimos las votaciones con Louis y Lorena presentes, la mayoría de nosotros seguíamos aceptando a Charlotte. Eso conllevó que Lorena y Louis llegarán al apartamento a dar su postura y, en el caso de Lorena, exigir saber qué demonios estaba sucediendo.

En cuanto a la carpeta, se encuentra a salvo en mi habitación y no sé si seré capaz de leerla. Me asusta que después de todo pueda saber cómo se sentía Lindsay, las cosas que no me decía.

Mi relación con Lindsay después de esa noche fue un desastre. No llegamos a tener ningún contacto íntimo y lo entendía, pero ella me permitía abrazarla. Sin embargo, a veces se alejaba de mí y en su mirada… Muchas veces pensé que me odiaba. Había días en los que me dejaba sostenerla, conversábamos o solo nos quedábamos juntos en silencio, sumidos en el dolor, pero agradeciendo no estar solos, y entonces era capaz de percibir su amor. Era como estar con múltiples Lindsays, todas ellas con una distinta reacción a su dolor.

Tengo miedo de leer sus palabras, de confirmar lo que me dijo Charlotte: que quiso lastimarme. Lindsay estaba en una lucha interna más fuerte de lo que cualquiera pudiera llegar a imaginar, lo que vivió fue atroz.

En el pasado, semanas después de la fiesta, cuando recibí una copia de tres minutos del vídeo de Lindsay siendo lastimada, vomité. Sentí que en cualquier momento mis intestinos iban a salirse con cada profunda arcada y me enloqueció, me torturó. No dormí, no comí y sentía que me consumía. Intentaba no verlo en mi cabeza, intentaba que Lindsay, que no era la misma, no lo notara. La policía y el detective que llevaba el caso obtuvieron ese vídeo acompañado de la nota que me habían dejado. Pero durante semanas estuve vomitando, con fiebre y teniendo pesadillas porque no podía sacármelo de la cabeza.

Leerlo será traer de nuevo esas imágenes, pero ¿en qué me convertiría no leerlo? ¿En un cobarde? Ella pasó por eso, lo sufrió. Lo mínimo que puedo hacer es leerlo y encontrar las pistas que me lleven a confirmar que se trata de Bryce y descubrir quiénes eran cada uno de los enmascarados que la lastimaron. Se lo debo.

—¿Confías en Charlotte?

La voz de Dakota me saca de mis pensamientos y la miro de reojo mientras avanzamos en la fría noche.

—No confío en muchas personas —respondo—. La respuesta es no. No confío en ella todavía, pero creo en las pruebas que ha presentado.

—¿No piensas que son cosas que deberían estar en manos de la policía?

—Antes, hace años, lo hice y ¿sabes qué recibimos la familia de Lindsay y yo? —La impotencia tinta mi voz—. Que cerraran el caso por falta de evidencias. Un caso inconcluso mientras su familia sufría las consecuencias.

—¿Tienes sed de venganza? —Se detiene y me toma del brazo para obligarme a mirarla.

Hay preocupación en su mirada.

—Quiero que se haga justicia. Quiero que no lastimen a ninguna otra persona, porque no te haces ni una idea del dolor que causaron. Arruinaron su vida, la de su familia…

—Y la tuya —agrega—. Te convirtieron en este chico desconfiado y cauteloso. Te hicieron crear tu sistema de seguridad, protegerte. Te hicieron recibir todo, pero no darlo en igual medida. Forjaron «el negocio» que llevas ahora. Cambiaron el concepto de lo que iba a ser, ¿verdad? Te hicieron adaptar tu vida, moldearte al dolor.

No culparé de lo sucedido a las acciones posteriores que tomé, puedo hacerme responsable de mis decisiones.

—Dakota, sé que no soy un justiciero —suspiro—. De hecho, tengo el contacto de un detective policial en el que podremos confiar, solo estoy…

—Tienes miedo de equivocarte y contárselo a la persona equivocada. —Me da una sonrisa leve—. Eso es válido, Jagger. Pero a veces es necesario arriesgarse, más cuando se trata de algo tan grande como esto.

—Confiar no es tan sencillo, pero en esta oportunidad debo hacerlo.

Retomamos la caminata en silencio. No libera mi brazo de su agarre y no protesto al respecto. En medio de todo este caos, me doy cuenta de que es la primera vez en meses que bajamos la guardia y estamos juntos de esta manera.

Lo supe antes y lo sé ahora: Dakota Monroe me importa y la he extrañado mucho. Tengo sentimientos por ella que crecieron, que pasaron por una serie de etapas hasta transformarse en lo que es hoy.

Cuando nos detenemos frente a su residencia, nos miramos. Sus ojos dicen mil cosas que me gustaría entender, me pregunto si se siente igual que yo.

—Sí.

—¿Sí qué? —pregunto enarcando una ceja que la hace sonreír. Con sus dedos toma el adorno de mi collar, que aún lleva colgando al cuello.

—Sí, te he extrañado y no te debo explicaciones, pero acerca de Eric, solo salimos y como amigos…

—¿Crees que estar juntos nos hace mal? ¿Que nos hacemos daño o incrementamos el peligro? —pregunto.

Suspira, se acerca y me toma las manos con la mirada fija en nuestros dedos entrelazados.

—Me preocupa que todo esto sea solo una consecuencia de ayudar a Rose y que, en realidad, fuera de eso, tú y yo no tengamos nada más que nos una.

—¿Eso crees? —pregunto incrédulo porque ambos sabemos que es más que eso—. ¿Qué pasa con nuestra química en el sexo? ¿Con nuestras conversaciones? ¿Los debates sobre economía? ¿Las risas? Sí, esto surgió de un momento de mierda, pero no es malo. Conozco un montón de relaciones tóxicas que suceden en este campus, pero tú y yo no somos una de esas. Solo dime algo, Dakota, este tiempo separados, ¿no te ha servido para aclararte y entenderlo todo? ¿Sigues pensando que funcionamos mejor estando separados?

Me mira con tanta fijeza que los vellos de mi nuca se erizan. Con tan solo una mirada, Dakota ha aprendido a desarmarme, a sacar un lado de mí que hace mucho que dejé atrás. Se alza sobre las puntas de sus pies llevando sus manos a mi cuello. Me insta a bajar el rostro cuando sus labios comienzan a rozar los míos y me preparo para un beso que sé que será tan bueno como siempre.

Ese beso no tarda en llegar. Mis ojos se cierran al igual que los suyos y la dejo guiar los movimientos, al menos hasta que siento su lengua barrer sobre mis labios para luego abrirse paso en mi boca y acariciar mi lengua. Tiene una cualidad única para hacer que un beso se vuelva tan significativo, tan auténtico. Una de mis manos se adentra en su cabello y le hago ladear más la cabeza para profundizar el beso tanto como puedo. Un sonido placentero y suave se le escapa y me calienta el cuerpo.

Cuando se hace necesario el respirar me alejo, pero no demasiado. Continúo rozándole los labios con los míos y, en cuanto abrimos los ojos, me pregunto si mi mirada es tan intensa como la suya y si mis ojos dejan al descubierto mis emociones.

—¿Significa eso que quieres estar conmigo? —susurro. Poco a poco, una sonrisa se extiende en sus labios.

Pero antes de que ella pueda llegar a hablar, alguien más lo hace.

—¿Jagger?

Me paralizo y retrocedo del toque de Dakota ante la voz que dice mi nombre. Cuando me giro, me encuentro a Megan Hilton.

—¿Qué haces aquí, Megan?

—Necesitamos hablar —responde, y da unos pasos hacia mí.

Quiero que se aleje.

Megan frunce el ceño cuando se fija en Dakota, pero es evidente que está sorprendida de algo y descubro qué es en cuanto habla.

—¿Qué haces con el collar de mi hijo? —exige saber mirando el cuello de Dakota antes de que sus ojos se posen en mí—. ¿Por qué lleva el collar que te regalé?

Casi en automático Dakota sostiene dicho collar. Parece muy sorprendida y observa con atención a la mujer que me dio la vida. Lo entiendo, no se esperaba que un collar tan importante para mí proviniera de una persona por la que en voz alta no muestro simpatía.

—Se lo di —respondo, y Megan hace una mueca de dolor.

—¿Tanto me odias? ¿Tan poco sientes por mí que le das algo tan valioso a una conquista?

—Ella no es una conquista, Megan.

—Ese collar era mi esperanza, Jagger. Mientras tú lo llevaras, sabía que algún día me escucharías.

—Solo te mientes a ti misma. No quiero saber nada de ti, me haces daño.

—Yo…

—Siempre me has decepcionado, me has usado y, como si eso no fuese suficiente, hundiste a Lindsay. ¿Qué te hace creer que quiero tener algo que ver contigo?

—Te di la vida. ¡Te llevé meses en mi vientre! Te amamanté, te amé, te amo.

—Tienes una manera muy peculiar de demostrarlo —digo en medio de una risa irónica.

—Por favor, habla conmigo, por favor. —Comienza a arrodillarse y no hay manera en la que yo permita eso.

Acorto la distancia que nos separa y, por primera vez en mucho tiempo, la toco. Mis manos le toman los antebrazos y nuestros ojos se encuentran. Veo dolor, arrepentimiento y vergüenza. En mi pecho hay un dolor sordo y aprieto fuerte mi mandíbula porque mis labios comienzan a temblar.

Quisiera que fuera mi mamá, la antigua, la que no me hacía daño con sus decisiones egoístas, la que no me rompía el corazón con sus acciones. Cierro los ojos unos segundos y, al abrirlos, veo lágrimas en su rostro.

—No te arrodilles por nadie, Megan.

—Lo haré por ti.

—No quiero eso. Por favor, no lo hagas.

Escucho el teléfono de Dakota sonar mientras hago que Megan esté de pie de nuevo. Me doy cuenta de que mis manos todavía se niegan a dejarla ir. Después de todo, parece que en mi interior hay un niño masoquista que añora el contacto de su madre.

—Habla conmigo, por favor. Escúchame —me ruega.

Por primera vez, me noto dispuesto a escucharla porque me siento cansado. Han sido años de huir, correr y esconderme de ella. Tal vez si la escucho, finalmente me deje ir.

—Está bien.

Mis palabras parecen tomarla por sorpresa porque se paraliza, parpadea todo el rato y nuevas lágrimas aparecen.

—¿Qué significa esto, Jagger? —pregunta Dakota, y me volteo hacia ella. El teléfono tiembla en su mano y su rostro está muy pálido.

—Ahora no. Va a hablar conmigo. Por favor, deja que me dé estos minutos —le pide Megan a Dakota ignorando lo pálida que está ella.

—Hablaremos, Megan, pero no ahora.

Ahora no sé si más adelante querré hacerlo, la oportunidad se ha ido…

—Jagger…

Ignoro la voz de Megan mientras me acerco a Dakota. Tomo el teléfono de su mano temblorosa. Leo el mensaje en la pantalla:

> **Dile a Jagger, él sabrá.**
> **Es un cuento que ya se narró.**
> **Una escena que ya vivió.**
> **A la B la acompaña la I, quedan letras para que diga Bitch…**
> **Dile a Jagger, él lo sabe bien.**
> **Algunas chicas, cuando toman la bebida equivocada,**
> **se duermen y terminan en una piscina.**
> **Él lo sabe, sabe que, si no corre, la va a perder.**
> **¿Ella sabe nadar?**

El teléfono resbala de mis manos y miro a mi alrededor unos pocos segundos antes de comenzar a correr. Mi pecho arde por cada respiración que tomo mientras la velocidad se hace presente en cada pisada que doy contra el suelo.

«Yo lo sé bien. Lo entiendo. Capto el mensaje».

Las hermanas Monroe se encuentran enlazadas en mi propia tragedia. Mientras corro sin dirigir ninguna mirada atrás, me doy cuenta de algo. Todo este tiempo todo se ha tratado de mensajes con contradicciones que nos enviaban, nos mareaban, jugaron y lanzaron mil cartas que entendí después.

Rose es una herramienta para llegar a mí. No sé ni puedo entender por qué ella, pero ella no es el objetivo principal, soy yo. Las hermanas Monroe son el anzuelo que escogieron para llegar a mí. No sé lo bien que les salió el plan, solo sé que la idea de no llegar a tiempo me asusta.

Corro tan rápido como puedo incluso cuando duele y siento que las piernas podrían fallarme en cualquier momento. Visualizo las instalaciones de la piscina principal de la universidad, una de tantas. El mensaje ha sido claro, alude al pasado. Aquella noche encontraron a mi novia casi ahogada en una piscina y ahora ellos quieren que encuentre a Rose.

Pero aquella fiesta fue fuera de la universidad, es la razón por la que no se hicieron responsables de la investigación y, ahora, todo sucede aquí.

Espero que no sea demasiado tarde.

Corro sintiendo que mis pulmones podrían colapsar con mi mala respiración, pero poco me importa cuando me adentro a las instalaciones de la primera piscina cuya puerta se encuentra abierta.

Continúo corriendo, derrapando con el suelo húmedo. Me caigo de rodillas, pero no registro el dolor mientras me incorporo.

—¡Rose! —grito su nombre, pero no la veo.

No hay respuesta.

Tanteo una de las paredes en busca del interruptor, todo está muy oscuro. Estoy desesperado y, cuando por fin consigo encender las tenues luces, me doy cuenta de que Rose no está aquí.

Entonces, caigo en la cuenta de algo: me quedan muchas piscinas por revisar.

Y lo entiendo, una vez más, yo podría llegar demasiado tarde.

Podría fallar.

Me arde el pecho, siento que cada respiración que tomo quema, pero eso no me detiene para salir del lugar y seguir en mi búsqueda. Puedo llegar a tiempo.

Corro hasta la segunda piscina. El tiempo corre y temo por Rose. He sido un idiota al dar por hecho que todo sería sencillo, que de verdad ella estaría en la primera piscina a la que he acudido.

Mi frustración aumenta cuando al llegar a la segunda piscina me doy cuenta de que tampoco se encuentra en ella y quedan otras. En la tercera piscina, el resultado es el mismo.

Siento mis manos temblar. La desesperación amenaza con nublarme la mente y hacerme irracional. Mis emociones luchan por controlarme, consiguen desorientarme y me tientan a dejarme llevar por la histeria, pero no lo permito. Lucho por mantenerme cuerdo y racional. Lucho tanto…

Cuando llego a la cuarta piscina, siento que colapsaré y que mis pulmones explotarán. Soy jadeos y casi creería que soy asmático por la manera en que se escucha mi respiración. Mis piernas duelen y mi cabeza palpita, pero lo veo y por breves segundos mi mundo se oscurece.

En el centro de una piscina profunda y más pequeña que el resto yace en el fondo —como si estuviese anclado— algo, posiblemente alguien. Es un manchón rosa que luce como una persona.

«No, por favor, no. No puedo fallar, no de nuevo».

Sin pensarlo dos veces, me quito los zapatos para evitar el peso de ellos cuando salto a la piscina. El agua está helada y me quema los huesos, pero no me permito concentrarme en ello. Mis ojos arden ante el cloro del agua al mantenerlos abiertos a medida que nado a las profundidades de esta piscina.

No me creo un tipo pez, pero supongo que la desesperación me hace contener la respiración mientras me acerco al bulto y descubro algo…

No es Rose.

Me falta el aire, por lo que nado a la superficie. Me mantengo a flote mientras toso e intento tomar fuertes bocanadas de aire, mis pulmones anhelan el oxígeno. El cabello se me adhiere a la frente y cada músculo de mi cuerpo arde ante el esfuerzo que he realizado desde que esos mensajes llegaron a Dakota.

—¿Jagger?

Mi cabeza gira de inmediato en busca de una voz que me congela y que a su vez me da alivio. Suelto una respiración ruidosa mientras me mantengo a flote y observo el rostro de Rose Monroe. Se encuentra a una pequeña distancia de la piscina, está pálida y desconcertada. Trae en su mano una hoja.

—¿Qué haces aquí? —Mira alrededor—. ¿Dónde está Dakota? Decía que la vería aquí, que si venía la encontraría…

—Dakota… —Hago una pausa y me doy cuenta de esta pesadilla—. ¡Maldita sea!

Golpeo con mi mano en el agua.

La he dejado sola con Megan. ¿Cómo he podido ser tan estúpido? ¿Cuánto tiempo llevo buscando a la hermana equivocada?

—Llama a tu hermana ahora —le ordeno, y, por suerte, ella no duda.

Tengo el teléfono en el bolsillo trasero del pantalón, pero está destrozado. Comienzo a nadar hacia el borde de la piscina y respiro aliviado cuando las respuestas de Rose al teléfono me hacen saber que Dakota está a salvo... Por ahora.

Solo ahora que la adrenalina comienza a disiparse noto los temblores de mi cuerpo debido al frío. El agua se encuentra helada. Mis dientes castañean y mis ojos se sienten irritados. Mis huesos poco a poco manifiestan el dolor debido a la frialdad en la que se encuentran sumergidos.

Coloco las manos sobre el suelo que rodea la piscina para impulsarme y salir, pero me cuesta. Mi cuerpo se sacude con espasmos y, cuando finalmente lo logro, no encuentro fuerzas para levantarme. La brisa fresca que corre solo lo empeora. Siento como si estuviera en medio de un caso de hipotermia.

—¿Qué es eso? —escucho la voz de Rose y cierro los ojos—. Jagger, parece una persona en el fondo de la piscina —dice con voz temblorosa.

Mis ojos se abren de inmediato. Con la poca adrenalina que puede haber en mí me incorporo y entrecierro los ojos. No es un alguien porque lo supe cuando me di cuenta de que no era Rose Monroe, pero tiene que ser algo importante.

Creo que estoy desorientado y aturdido, que no consigo pensar con claridad debido al dolor y el estrés, porque tomo la decisión más estúpida e imprudente: me arrojo de nuevo al agua. Me sumerjo en las aguas profundas y heladas mientras escucho a Rose gritar mi nombre.

Se siente como cuchillas frías que me cortan la piel. «No te concentres en el dolor, Jagger, avanza», me digo mientras muevo los brazos y las piernas entumecidos con el fin de nadar hasta el fondo. Debo de tener algún ángel conmigo, porque lo consigo con mucho esfuerzo. Mis pulmones se quejan por la falta de oxígeno y tomo lo que resulta ser un maniquí.

Nado casi desesperado hacia la superficie. No puedo controlar los espasmos de mi cuerpo mientras llego hasta la orilla. Rose toma el maniquí y lo saca, luego sus manos toman las mías y hace un esfuerzo sobrehumano para ayudarme a salir. Cuando mi cuerpo está fuera del agua, me siento como un caso perdido.

No dejo de sacudirme con espasmos, mis dientes castañean y mis pestañas se sienten como hielos y mis pómulos, como porcelana agrietándose.

Me duelen tantos los huesos que, cuando Rose me toca, siento que me quema. Un grito sale de mí y me sacudo con fuerza.

Todo da vueltas, no puedo abrir los ojos y el tacto de Rose me hace daño.

—Jagger... ¡Dios! Tus labios están azules —escucho a Rose.

No puedo evitar el siseo que escapa de mí cuando siento que me mueve la cabeza. Quiere darme calor corporal, pero me lastima y grito porque quiero que se aleje.

Siento unas garras heladas que me arrastran. No puedo mover el cuerpo. Los dedos que me dolían comienzan a perder sensibilidad junto a otras partes de mi cuerpo.

Rose murmura cosas que no consigo entender. Mi estado consciente comienza a fallar. Estoy perdiendo el conocimiento.

Por primera vez en mucho tiempo, no tengo control sobre mí y me siento tan indefenso que de verdad siento como si la muerte me arrastrara.

Estoy dentro y fuera de la inconciencia. Es un dolor en mi cuerpo que nunca he experimentado. Hace tanto frío.

Hay sonidos a mí alrededor, luego siento una mayor calidez y gimo intentando aferrarme a ese contacto, intentando absorber todo ese calor.

—Toda estará bien, Jagger. Vendrán a ayudarnos, Rose ha ido a por ayuda. —Me sería imposible no reconocer esa voz.

Luego siento el roce de algo cálido contra mis labios, su aliento caliente y quisiera más de eso. Quiero que me quiten toda la frialdad que ha hecho prisionero a mi cuerpo.

—Da... Dul... —apenas consigo decir con mis dientes castañeando de una manera que emite sonidos escalofriantes.

—Estoy aquí, siempre, estoy aquí.

Creo que me envuelve en un abrazo e intento aferrarme a su aroma.

Pero no importa cuánto lucho ni cuánto quiera aferrarme a ella. El dolor se convierte en entumecimiento y luego en una nada cuando, aún luchando, pierdo la batalla.

NOTA NO ENTREGADA A JAGGER

Querido Jagger, he pensado en hacerte daño.

Hay una voz en mi cabeza que me dice que tú eres el culpable.

Siento que, de la misma manera en la que te amo, quiero destruirte.

Mi amor se desgasta, Jagger.

Mi amor se marchita.

No me queda nada que darte.

Y odio que no puedas sentir mi dolor.

Pero también me odio por querer lastimarte.

Si te amé, ¿por qué ya no puedo hacerlo?

Me estoy perdiendo y no puedes detenerlo.

Me estoy yendo y ni siquiera estoy diciendo adiós.

Hoy siento menos por ti de lo que sentí ayer.

Lo siento, pero no es lo mismo.

Nada es ni será igual.

L. H.

Lo siento.

EL NEGOCIO

El negocio no ha terminado.
Mi negocio sigue en pie.
Llegó el momento de buscar verdades y contar historias.
¿Necesitas ayuda? Aún puedes contar conmigo.
No olvides preguntar por mí, por Jagger Castleraigh.
Estoy listo para hacer negociaciones.

AGRADECIMIENTOS

Siempre digo que esta es la parte más gratificante, pero también una de las más difíciles, el espacio en donde finalmente tengo voz y no soy solo mis personajes.

El escribir un libro trae consigo toda una red de apoyo que está para ti en el alocado proceso creativo que hay de por medio y yo les doy muchísimas gracias a cada una de las personas que han sido parte de esto.

Un enorme «gracias» a mis padres, que han sido el apoyo y sostén fundamental. A mi mami especialmente, por ser la mitad de mi equipo, por hacerme comer, descansar, por escucharme y apoyarme de una manera que nadie más lo hará. A mi papá por su preocupación, amor y el creer en mí paso tras paso.

A mi hermana, Derlis Victoria, le agradezco por siempre estar para mí, por amarme y despertar a su lectora interior con el fin de disfrutar mis historias, no todos tienen la fortuna de tener a una hermana que también sea de sus mejores amigas.

Y es aquí precisamente en donde entran mis amigas, mi lugar seguro, las hermanas que la vida me permitió elegir: Willa, Du, Kris, Roma y Karla. Gracias por, además de ser mis lectoras, permitirme llamarlas amigas. Fueron una de las sorpresas más bonitas de mi vida, son parte de mi tranquilidad, de mis aventuras y de muchos de mis buenos recuerdos. Lo he dicho antes, pero espero que el destino nos dé la oportunidad de reunirnos en estas y otras vidas porque tengo la teoría de que nuestros corazones están enlazados y, si el hilo rojo existe, entonces tenemos uno de esos bastante fuerte.

A mi Sammy hermosa, gracias por ser tan especial, por el logo de Ocrox, por tus opiniones, tu emoción y por darme cada una de tus lágrimas. La vida sabía que nuestro destino era ser más que escritora y lectora, sabía que lo nuestro era el poder de una gran amistad.

A mi mitad Narlis (Natalia), por haber sido de las primeras en creer en esta historia cuando la creí un riesgo, por ser de las primeras en entenderla y haberme dado en su momento la primera portada en Wattpad. A mis queridas Kari, Hill, Ari, Maia y Lupis, por la *playlist* poderosa, el fangirleo enloquecido y su eterno silencio cuando supieron que este libro vería la luz, qué bonito es vivir la emoción con ustedes, qué hermoso es que esta alegría sea compartida. ¡Gracias, bonitas!

A mis mujeres Alex y Ari, la vida es más bonita desde que la vivimos juntas. Gracias por las terapias compartidas, el desahogo, apoyo y amor, sinceramente no puedo imaginar mi vida de no haberlas conocido, son una parte importante de mí, gracias por las palabras, risas, lágrimas y los abrazos. Las amo un montón y, la verdad, a veces ni siquiera alcanzo a comprender mi fortuna al poder llamarlas amigas.

A Angie y Jess, por creer tanto en mí, aguantar mis quejas, alegrías, llantos y preocupaciones, entraron en mi vida en el momento justo y sin duda alguna marcaron la diferencia en ella.

A Wattpad, por ser la casita naranja en la que he crecido, por creer en mí y apostar por mis historias, especialmente a Nina y a Katherine.

Gracias al maravilloso equipo de Penguin Random House por una vez más dar como resultado un libro que sé que se sentirá como un hogar, por la paciencia, trabajo y dedicación para esta historia.

Cuando comencé a escribir *Contradicciones* esperaba muy poco porque no era el tipo de historia que acostumbraba a escribir pese a ser lo que siempre quise plasmar, fue mi desafío, mi meta personal, una nueva manera en la que quería ser conocida. Durante un tiempo pensé que simplemente permanecería en Wattpad cuando algunas puertas no se abrían para ella, pero finalmente su momento llegó y estoy segura de que la historia está preparada para conquistar un montón de corazones y generar angustias. Así que gracias a cada uno de ustedes por amar locamente esta historia, sé que muchos soñaban conmigo este momento, que esperaban impacientemente que al final *Contradicciones* tuviera su oportunidad de brillar.

Se siente como un sueño el saber que este bebé ya se encuentra en papel, este es un regalo para mí, para ustedes, para Dagger. Es su momento, y espero de corazón que tú (el nuevo lector) quedes atrapado por esta historia.

Gracias por llegar hasta aquí, por darle una oportunidad a esta novela. ¿Nos vemos en *Negociaciones*? Porque esta historia apenas comienza, ¿vamos por más?

Los ti amu.